MUERTE EN EL TEATRO

ÜRSULA LLANOS

MUERTE EN EL TEATRO
Autora: Úrsula Llanos

Bemasoft Ediciones S.L.
C/Lagasca nº 95 Madrid
ediciones@bemasoft.es

Octubre de 2015-edición 1ª
ISBN 978-84-941862-8-8
Depósito legal M-**33125-2015**

A MI HERMANA MARÍA LUZ

Personajes

Atilano Garcerán,	prestigioso abogado criminalista
Rogelio Bernal,	su pasante
Marina Abril	Lucía y hermana tornera
Marcela Llanes	Doña Ana de Pantoja y abadesa
Claudio Veiga	Don Juan Tenorio
Laura Marco	Doña Inés
Leónidas Domínguez	empresario del teatro y director de la obra
Arturo Armengol	Don Luis Mejías
Jaime Robledo	Ciuti, criado de don Juan
Pedrito	Gastón, criado de don Luis
Alfredo Galán	El comendador, padre de doña Inés
Matilde Iniesta	Brígida
Manolo Ponce	Capitán Centellas
Paco	El traspunte
Gabriel Egea	Avellaneda
Ventura Caspe	El hostelero
Cristóbal Sancho	El sepulturero
Germán Blasco	Don Diego, padre de don Juan Tenorio
Violeta Garcerán	Antigua novia de Atilano

—CAPITULO I—

—— La defensa tiene la palabra.

Al pronunciar esas palabras, el presidente del tribunal había girado la cabeza hacia el estrado de su derecha, en el que Rogelio se hallaba sentado junto a su jefe, que, impasible, se asemejaba a una enorme estatua. Solo al cabo de unos segundos pareció don Atilano Garcerán darse por aludido e inició el movimiento de retreparse contra el incómodo respaldo de madera de su asiento. Luego fijó sus inquisitivos ojos castaños en el acusado, que terminaba de responder al interrogatorio del fiscal y que, en pie delante del banquillo, se destacaba como una figura extrañamente solitaria en el abarrotamiento de la sala de la Audiencia.

Todas las miradas estaban pendientes del abogado defensor, que traslucía un incomprensible aplomo, pese a que en sus respuestas al fiscal sobre el asesinato de que se le acusaba, su defendido había relatado una historia tan inverosímil como absurda.

Rogelio había escuchado su declaración con inquietud creciente, captando el clima de incredulidad que iban generando sus palabras y el escepticismo con el que las había acogido el tribunal. ¿Tendría don Atilano alguna carta escondida en la manga con la que contrarrestar el pésimo efecto que había producido a los asistentes la declaración de Arturo Armengol?

Era aquella la primera vez que Rogelio vestía la toga, acompañando a don Atilano a un juicio, y carecía además de experiencia en el ejercicio de la abogacía, pero sabía que la impresión que estaba percibiendo era certera, por lo que se preguntó cómo enfocaría su jefe el interrogatorio, alegrándose íntimamente de que fuera el otro y no él quien hubiese asumido la peliaguda defensa de Armengol.

Realmente Rogelio no había estudiado Derecho por vocación. A los dieciocho años se matriculó en esa facultad porque no le atraía ninguna otra carrera universitaria y tenía entendido que no era difícil superar los cursos y obtener el título. Gracias a los buenos oficios de una tía, tampoco encontró dificultades después de obtener el título en colocarse de pasante en el despacho de don Atilano Garcerán, el famoso abogado criminalista, conocido en el mundillo jurídico por "Atila", como si por su singularidad no necesitase apellidos. Ciertamente no era un individuo corriente. Su semblante parecía tallado en granito por la impasibilidad que demostraba hasta en los momentos más difíciles, porque su rostro cuadrado y de facciones enérgicas no experimentaba el menor cambio ni tan siquiera en esos minutos largos y excitantes que preceden a la notificación de una sentencia. En esas ocasiones se limitaba a aguardar inmóvil, como una gigantesca esfinge, y a lo sumo llegaba a enarcar una ceja, mientras en la correspondiente secretaría localizaban los papeles que debían serle entregados.

Pero Rogelio, que le veía a diario, sabía que Atila poseía sus nervios como todo el mundo, aunque quizás por las desmesuradas proporciones de su cuerpo tenía más espacio donde pasearlos y ocultarlos que el resto de los mortales y esa era la causa de que sus emociones no le aflorasen al rostro. Su jefe medía cerca de dos metros de estatura, pero su silueta no resultaba larguirucha ni excesivamente esbelta, porque su complexión tendía a ser fornida, pese a que no realizaba ningún ejercicio físico. Su rostro, coronado por una espesa pelambrera castaña con algunas hebras grises en las sienes, llamaba la atención por la seguridad que traslucía y por la energía que parecía emanar de él. Porque el único detalle de su fisonomía que se salía de lo corriente era su mandíbula, obstinadamente cuadrada. Poseía además una agilidad mental extraordinaria, aunque para el gusto de Rogelio le faltase para ser completa una cierta dosis de sentido del humor. Su jefe jamás entendía sus chistes y, cuando los entendía, no les encontraba la menor gracia, lo que para el chico, que era chistoso por naturaleza, constituía una faceta sumamente frustrante. Además, no solía demostrar el menor interés por los temas que no guardaban relación con su trabajo. Su existencia transcurría entre legajos, textos legislativos y los innumerables clientes que acudían a su despacho, del que apenas si salía para otra cosa que para presentarse en la sala de audiencia del tribunal de turno, ya que vivía en el mismo ostentoso piso de la calle de Velázquez donde tenía su bufete. Como consecuencia, el hombre podía ser comparado sin desdoro a un aburrido y ampuloso compendio jurídico, capaz de dormir al más alegre rebaño de ovejas.

Así le conceptuaba Rogelio, o al menos le había conceptuado hasta esa misma mañana, pues al trasponer tras él el umbral de la sala de la Audiencia Provincial, había experimentado un insospechado orgullo al ir en su compañía. Por primera vez el muchacho se había sentido importante y tuvo que acabar por reconocer que se debía a la expectación que suscitaba don Atilano entre los asistentes que se apiñaban junto a la puerta de la sala y que cuchicheaban a su paso, envolviendo también a su pasante en la admiración que suscitaba el otro.

Sintiendo un creciente cosquilleo de emoción en la boca del estómago, el chico traspuso el umbral en pos de su jefe, en cuanto el agente judicial salió a anunciar el juicio que iba a celebrarse a continuación. Al fondo y sobre una alfombrada tarima, que unos peldaños elevaban sobre el nivel del suelo, distinguió a los tres miembros del tribunal, que permanecían en silencio, lo mismo que el fiscal, que ocupaba el estrado lateral derecho. Atila y él se encaminaron al estrado frontero al del fiscal y el público que se agolpaba en la puerta fue desparramándose por los bancos de madera, con un rumor sordo que se trocó en absoluto silencio cuando el secretario, desde su mesa situada frente al tribunal, al nivel del público y de espaldas a éste, "dio cuenta" del juicio y dos policías trajeron al inculpado, un hombre de mediana estatura, moreno y de unos cuarenta años de edad, que fue a ocupar el banquillo de los acusados, unos pasos delante de los bancos del público.

El ambiente en la sala era tan tenso, que cuando el presidente comenzó a efectuar al reo las preguntas de rigor, Rogelio se llevó inconscientemente la mano al nudo de la corbata, sintiendo que le oprimía en exceso. En esa posición oyó contestar al acusado, puesto en pie, que se llamaba Arturo Armengol, que era soltero y que su profesión era la de actor. A la pregunta de si se confesaba culpable de la muerte de don Claudio Veiga, que había sido asesinado durante la representación del cuarto acto de don Juan Tenorio, encarnando precisamente a ese personaje, el encausado contestó que era inocente sin el menor asomo de vacilación. Parecía absolutamente sincero y sus ojos oscuros reflejaban la desorientación del que no entiende cómo ha podido verse implicado en una acusación de asesinato, siendo totalmente ajeno a los hechos que se le imputaban.

Armengol era un tipo bien parecido, con un acusado aire de melancolía, como el de los galanes de otras épocas. Casi extrañaba verle vestir un traje de espiguilla gris en lugar de una cota de malla, pues producía la impresión de no pertenecer a este siglo. Aunque su porte era respetuoso, permanecía erguido, con la expresión del que no tiene nada que ocultar y confía plenamente en la justicia. Con esa actitud se había vuelto anteriormente hacia el fiscal, cuando, tras serle concedida la palabra a éste por el presidente del tribunal, había comenzado su interrogatorio. El fiscal era un hombre bajito y regordete, de semblante sonrosado y nariz ligeramente respingona, por la que le resbalaban continuamente sus gafas de montura metálica. Mientras se las sujetaba con el dedo índice sobre el puente de su apéndice nasal, le había preguntado a Arturo con voz clara, en la que podía captarse un ligero acento catalán:

—¿Qué papel interpretaba usted en la obra de teatro que estaban representando cuando se cometió el crimen?

— El de don Luis Mejías— repuso pausadamente Arturo.

—¿Y dónde se encontraba en el momento de autos?

Al advertir que el reo parpadeaba desconcertado, el fiscal carraspeó, disimulando una sonrisa socarrona.

— Quiero decir, que donde se encontraba usted en el instante en que mataron a don Claudio Veiga.

— En escena, con Claudio. Sucedió todo durante la escena del duelo del cuarto acto.

El fiscal se había inclinado sobre su mesa con un gesto que había querido ser inquisitivo y que lo hubiera sido de haber estado en posesión de una nariz de mayor tamaño, pero que había quedado deslucido por culpa de sus resbaladizas gafas.

—¿Puede referirnos lo que sucede en esa escena, de la forma más detallada posible?

— Desde luego—había afirmado Arturo, desviando su mirada del fiscal para pasearla por los tres miembros del tribunal, que, con sus togas, se asemejaban a tres negras estatuas. Parecía calibrar el efecto que su actuación estaba produciendo, como si el tribunal fuera su público y estuviera representando una escena en la que le hubiera tocado en suerte interpretar el papel de reo—. El cuarto acto tiene lugar en la quinta de don Juan Tenorio— había empezado a explicar con voz mesurada—. Éste acaba de raptar a doña Inés del convento y la ha llevado a su casa, junto al Guadalquivir. Llega entonces a la quinta el padre de doña Inés, el comendador, con la pretensión de recuperar a su hija y de vengar la afrenta y, casi a la vez y con el mismo objetivo, se presenta también en la casa don Luis Mejías, el amigo de don Juan, a quien éste acaba de quitarle con engaño la novia. Don Juan mata de un tiro al comendador y luego lucha a espada con don Luis Mejías, que muere de una estocada suya. La escena del duelo termina al rodar éste por el suelo y huir don Juan de los alguaciles que vienen a prenderle, saltando por el balcón.

— Y usted hacía el papel de don Luis Mejías— había repetido el fiscal.

— Sí, señor.

— Pero el día de autos no fue el personaje que usted representaba el que cayó al suelo, víctima de una estocada. Quien se desplomó sin vida al finalizar el duelo fue don ClaudioVeiga, que interpretaba a don Juan Tenorio.

— Sí— había reconocido Arturo sencillamente.

— Y don Claudio falleció a consecuencia de una cuchillada en el corazón que el autor del crimen le propinó en ese mismo instante, ¿no es cierto?

— Sí— había repetido nuevamente Arturo, sin expresión.

El fiscal había permanecido en silencio unos segundos, haciendo una pausa tremendamente efectista. Luego había inquirido:

—¿Había alguien más en escena?

— No..., bueno, sí. Estaba también Alfredo Galán, el actor que hacía el papel del Comendador. Cuando don Juan le disparaba un tiro, él avanzaba unos pasos hacia el público y luego caía al suelo junto a las candilejas. El director de la obra lo decidió así para que no tropezáramos con él durante el duelo. Estaba en ese lugar, boca abajo.

— Completamente inmóvil, supongo.

— Claro— había afirmado Arturo sin vacilar—. Tenía que aparentar que estaba muerto.

El fiscal había efectuado una nueva pausa, antes de realizar una recapitulación que, por otra parte, resultaba obvia:

— De manera que, en el momento en que en la función debía ser usted alcanzado por una estocada, fue don Claudio el que cayó al suelo sin vida, con una tremenda herida en el pecho. Usted ha reconocido que estaban los dos solos en escena y que se encontraban en presencia de numeroso público. Incluso ha admitido usted que nadie se acercó a don Claudio durante la escena del duelo ni tuvo oportunidad de propinarle la cuchillada que le causó la muerte. Obra esa declaración en el folio 317 del sumario. ¿Se ratifica en esa declaración?

La expresión confiada de Arturo se había desvanecido bruscamente de su rostro. Había buscado con los ojos a Atila, que, desde su mesa, asistía imperturbable al interrogatorio sin traslucir lo que pudiera estar pensando, y que finalmente había hecho un imperceptible gesto de asentimiento.

— Sí, es cierto. Nadie se nos acercó durante la lucha, ni tenía por qué. Claudio debía fingir alcanzarme con su espada y de pronto, inexplicablemente, se apartó de mí. Dio un par de pasos y se desplomó sin vida. Tenía una herida en el pecho, pero yo no se la causé. Yo solo llevaba en la mano una espada plateada, que únicamente tenía de espada el aspecto, pero que carecía de filo y de punta. Yo no le maté.

Había levantado la voz al asegurarlo, pero su protesta, aunque sonó sincera, no convenció a ninguno de los asistentes. Incluso a Rogelio, que conocía al dedillo como se habían desarrollado los acontecimientos en el teatro Odeón la tarde en la que Claudio Veiga había encontrado la muerte en el escenario en plena representación, le pareció la historia que acababa de referir Arturo completamente inverosímil. Tan inverosímil como la primera vez que, meses antes, Arturo les había referido a don Atilano y a él la misma versión. Les dijo que no comprendía cómo podía haber sucedido, puesto que estaban los dos solos en el escenario.

Rogelio recordaba que aquella tarde del mes de Noviembre había sido especialmente lluviosa y que el agua se abatía torrencialmente contra el cristal del balcón del despacho de don Atilano..

Úrsula Llanos

—CAPITULO II—

 Esa tarde Atila había tomado de las manos de su pasante el borrador del escrito de calificación que el chico acababa de redactar siguiendo sus indicaciones y se había abismado en su lectura. Tabaleaba con el bolígrafo que mantenía en su mano sobre la mesa y de cuando en cuando realizaba alguna corrección con gestos harto elocuentes. Rogelio, que había ido a apoyarse en la puerta que comunicaba su despacho con el de su jefe, hubiera podido enumerar sin temor a equivocarse el número de enmiendas y de tachaduras que Atila iba efectuando, sin necesidad de fijarse en sus manos. Le bastaba con sumar sus sucesivos fruncimientos de cejas y la forma en que plegaba sus labios. El semblante del famoso abogado le permitía leer en su interior mejor que en cualquier libro, pese a la fama de impasible que se había ganado el otro entre sus aburridas amistades leguleyas.

Acababa el chico de alcanzar el recuento de cinco tachaduras y comenzaba a inquietarse seriamente, cuando el estridente sonido del teléfono en su propio despacho le obligó a dar un respingo y a encaminarse apresuradamente en esa dirección, maldiciendo in mente la gripe de la secretaria. Una gripe sumamente inoportuna, que le había convertido momentáneamente en mecanógrafo y telefonista, lo que era un desdoro para su brillante título de abogado.

No tardó más de unos segundos en regresar corriendo al despacho de Atila, por el que resultaba difícil deambular, porque, pese a su gran tamaño, estaba materialmente abarrotado de lo que el muchacho consideraba "cachivaches". Pesadas librerías de caoba talladas recubrían las paredes, enmarcando las dos puertas de la habitación, la que daba al pasillo y la que comunicaba el despacho con el de Rogelio, y el amplio balcón que se abría sobre la calle de Velázquez y que a esas horas tenía ya corridas las cortinas de terciopelo dorado. La descomunal mesa de Atila era también de caoba y su butacón y los dos de los clientes estaban tapizados a juego con las cortinas. Pero además se apiñaban en la estancia un sinfín de objetos más, tales como un enorme reloj de pared, un par de escritorios repletos de cajoncitos y unas cuantas plantas, que el chico tuvo que sortear para poder aproximarse a la mesa de su jefe.

— Don Atilano, es para usted. Le llama un chalado, que no para de farfullar incoherencias. Dice que está en no sé qué teatro y que acaban de asesinar a don Juan Tenorio.

— Será algún bromista— consideró el abogado, sin levantar los ojos del escrito que Rogelio le había entregado poco antes y que no terminaba de gustarle. Y en un tono mesurado, en el que no podía captarse el menor matiz sarcástico, añadió —: Pregúntale si es el capitán Centellas y, si te contesta afirmativamente, cuelgas.

—¿El capitán Centellas?— repitió estúpidamente Rogelio, con la perplejidad retratada en su pecoso semblante.

— Sí, hombre, sí— replicó Atila con aire paternal—. ¿Es que no conoces la obra? Es el capitán Centellas quien, de una estocada, pone fin a la vida de don Juan Tenorio.

— Ya— recordó el chico comprendiendo—. Tiene razón. Y por supuesto que conozco la comedia. Incluso la representé una vez en los años de facultad. Hice el papel de sepulturero y me divertí una barbaridad lloriqueando en el cementerio entre los muertos de don Juan. Voy a devolverle ahora mismo la bromita a ese pelmazo.

Desapareció nuevamente Rogelio al trasponer el umbral de la puerta de su despacho y reapareció instantes después, con expresión entre risueña y desconcertada.

— Don Atilano, dice que no es el capitán Centellas,

sino don Luis Mejías y que se ponga usted, porque es urgente. Dice que la policía está a punto de detenerle y que necesita su consejo legal. ¿Le paso la comunicación?

El abogado clavó en él sus penetrantes ojos castaños, sin esbozar el menor gesto.

— ¿Te ha dicho que es don Luis Mejías?

— Eso al menos es lo que le he entendido. Habla como en telegrama y además parece estar completamente histérico. Se ha empeñado en explicarme un galimatías ininteligible de estocadas, puñaladas y duelos medievales. ¿Cree que será un chiflado o que se tratará de un espadachín que ha caído en el siglo veintiuno por equivocación?

Como de costumbre, su ironía no le hizo a Atila la menor gracia. Se le quedó mirando con reprobadora seriedad y algo muy similar a un acopio de resignación afloró a su semblante.

— Deja de ensartar majaderías y pásame la comunicación. Puede que se trate solamente de un borracho o de un chistoso, aunque me parece que hoy no es día de inocentes.

Distraídamente había desviado la mirada hacia el calendario que tenía sobre la mesa y, al comprobar la fecha en la que se hallaban, pareció recibir una inspiración súbita.

— Es que estamos a quince de noviembre, ¿entiendes?

— Sí, señor— replicó Rogelio con retintín. Sabía perfectamente que ese era el mes que corría y que Atila lo ignoraba por completo hasta ese mismo momento. Pese a ser un genio, o precisamente porque lo era, su jefe solía desconocer esos detalles tan elementales y cotidianos. Era un tipo absolutamente despistado.

— Lo que he querido explicarte, es que es en el mes de noviembre cuando se representa todos los años en Madrid don Juan Tenorio— le aclaró pacientemente, como si hablara con un niño pequeño—. Probablemente es algo relativo a esa comedia lo que ese hombre ha intentado decirte. Pásame la comunicación, que yo hablaré con él.

El chico obedeció en el acto y bastante intrigado

regresó para tomar asiento frente a su jefe en uno de los sillones que habitualmente ocupaban los clientes. Atila había descolgado ya el auricular con su parsimonia característica e instantáneamente oyó a través del hilo una alterada voz masculina.

—Oiga, oiga. Necesito hablar con don Atilano Garcerán. Ya le he dicho que es muy urgente. ¿Es que no se puede poner?

— Soy yo mismo. ¿Con quién hablo?

Le pareció que su invisible interlocutor dejaba escapar un suspiro de alivio.

—Me llamo Arturo Armengol, pero usted no me conoce personalmente. Estoy aquí, en el teatro Odeón y necesito que venga inmediatamente. Se acaba de cometer un crimen y todos creen que he sido yo, aunque ni siquiera le he rozado. Claudio ha caído al suelo de repente, cuando representábamos la escena del duelo. ¿Me comprende? Hago el papel de Mejías.

—¿Me está hablando de un accidente durante la función?— inquirió cautelosamente Atila.

— No ha sido un accidente— replicó el otro con voz angustiada—. Alguien ha herido de muerte a Claudio, pero no había nadie más en escena. ¿No puede venir?

— Vamos a ver si le he entendido— concretó el abogado, dirigiendo una desalentada mirada hacia el balcón, contra el que se oía repiquetear sordamente la lluvia—. Durante la función ha muerto uno de los actores y esa muerte se la atribuyen a usted. ¿Puede decirme por qué?

— Ya se lo he dicho— repuso ansiosamente el desconocido—. Luchábamos a espada en el escenario, cuando Claudio se ha desplomado de repente, como si le hubiera alcanzado de una estocada. Estábamos los dos solos en el escenario y nadie se le ha acercado. Ha muerto a consecuencia de una herida que tiene en el pecho, pero yo no he sido. Ni siquiera le he rozado.

— Comprendo— murmuró Atila sin inmutarse—. De lo que me dice, deduzco que el difunto encarnaba en la función a don Juan Tenorio. ¿No es así?

— Claro que es así. ¿Pero es que no puede venir?— le apremió histéricamente—. Ya han avisado a la policía y aparecerá de un momento a otro. ¿No puede venir?

— Por supuesto que sí, tranquilícese. ¿Dónde se encuentra usted en este momento?

— En el teatro Odeón, ya se lo he dicho. Le esperaré en mi camerino— repuso el otro con evidente alivio—. Dese prisa, por favor.

El abogado colgó cuidadosamente el aparato, poniéndose en pie a continuación. Pensativo, se acarició la barbilla, mientras volvía a escuchar con disgusto el repiqueteo de la lluvia contra el cristal del balcón, que no presentaba visos de amainar. Luego consultó su reloj de pulsera. Era tan tarde que al menos podía tener la seguridad de que no acudiría ya al despacho ninguna visita intempestiva.

—Bueno estará el tráfico— protestó como para sí.

—Espantoso— corroboró Rogelio, temiendo lo que se avecinaba. Aún conservaba una débil esperanza, por lo que indagó tímidamente:

— No me necesita, ¿verdad?

Significativamente desvió los ojos hacia el reloj de pared, para que el otro cayera en la cuenta de que las horas de oficina hacía tiempo que habían transcurrido, pero eso era otra de las muchas cuestiones en las que Atila no reparaba. Lo único que distinguía, en opinión de Rogelio, era el día de la noche y tampoco siempre.

Como había supuesto, Atila no se inmutó. Se limitó a mirarle inexpresivamente.

— Por supuesto que te necesito. Prometí a tu tía Violeta convertirte en un abogado de primera fila y no voy a desaprovechar esta oportunidad. Debes adquirir práctica. Sospecho que se trata de un homicidio preterintencional y esta es una de las figuras más controvertidas de nuestra legislación. Considero importante que puedas forjarte tu propia composición de lugar.

Rogelio le siguió al vestíbulo sin decir palabra, pero

mientras ambos se embutían en sus respectivas gabardinas, maldijo in mente la manía de su tía de convertirle en una copia de don Atilano. La buena señora era un pedazo de pan, pero maniáticamente responsable. ¿A qué obedecería la estima en que la tenía don Atilano? Gracias a la influencia de ella, que le había escrito una carta de recomendación, había accedido a tomarle de pasante unos meses antes. Su tía era viuda y su jefe, soltero, pero no le parecía probable que hubiesen sido novios, años atrás. A decir verdad, no podía imaginarse a don Atilano con novia. Ninguna chica de su época le hubiera dado el sí, después de que él le hubiese explicado minuciosamente en qué consistía el régimen de gananciales y cómo, al casarse con él, su status sería equiparable al del menor, al del pródigo y al del sordomudo, ya que esa era la regulación legal de la mujer casada en los años de juventud de su jefe. No le consideraba capaz de declararse de otra forma, por lo que la chica en cuestión se apresuraría a echar a correr horrorizada.

Le observó escrutadoramente mientras bajaban la los tres pisos de escalera. ¿Cuantos años podría tener? Por lo menos, cincuenta. Muchísimos, se dijo desde la optimista perspectiva de sus veinticinco. La de homicidios preterintencionales e intencionales que habría llevado entre manos. Seguramente tendría elaborado un sistema de defensa tipo para cada uno de los supuestos posibles. Aunque hasta ese momento había conceptuado de aburrido su trabajo en el despacho y reconocía íntimamente que Dios no le había llamado para el ejercicio de la abogacía, sintió de pronto curiosidad por conocer la opinión del otro.

— Dígame, don Atilano. ¿Cree que su nuevo cliente es culpable del homicidio de ese actor? Supongo que se habrá desgañitado por teléfono, protestando de su inocencia.

El abogado le contempló impasible desde sus alturas, acelerando la rapidez del descenso. Rogelio no era un tipo bajo ni mucho menos. Medía un metro, ochenta centímetros de estatura, pero al lado del otro parecía haberse quedado escuchimizado, tanto a lo largo como a lo ancho.

— Efectivamente me ha asegurado que es inocente,

pero sin desgañitarse. Son muy pocos los que de primera intención admiten su culpabilidad. Podría contarlos con los dedos de la mano, pero hay que tener en cuenta que en este caso el homicidio se ha cometido ante una sala repleta de público. Si algo nos va a sobrar, son testigos.

La calle de Velázquez se difuminaba en gris bajo la cortina de agua, cuando ambos salieron del portal. Más que deslizarse en gotas, la lluvia parecía desplomarse sobre sus gabardinas y después sobre el automóvil de Atila, cuando se introdujeron dentro del mismo.

Una noche de perros, se dijo el muchacho, mientras se mezclaban con el espeso tráfico y giraban por la primera bocacalle para enfilar la calle de Lagasca en dirección a la de Alcalá. Pensó en la secretaria, que a causa de su gripe llevaba en casita una semana y se hallaría en cama en esos momentos, tomando leche con coñac, y sintió una envidia corrosiva. Él no pescaba nunca ni un mal catarro ni tampoco su jefe se constipaba jamás. Sus juicios absorbían a éste de tal modo que no le quedaba tiempo de abrir la boca lo suficiente para que penetraran por ella los microbios. Un caso de inmunidad absoluta el del abogado, achacable a su manía de trabajar a todas horas. Si el resto de los madrileños le imitase, los hospitales acabarían por cerrar por falta de clientela y los médicos se morirían de hambre. Claro que, por fortuna, la mayoría de la gente aspiraba a divertirse también, a disfrutar en vacaciones y a ver la televisión. Por eso, porque era un caso raro, don Atilano tenía un bien ganado prestigio, que habría llegado a oídos de Arturo Armengol. ¿Por qué habría elegido éste tan desafortunado momento para liquidar a su compañero de reparto? Porque si no había sido un accidente, la defensa de Armengol iba a resultar bastante peliaguda.

Atravesaban ya la Puerta del Sol, borrosa bajo la cortina de agua, y Rogelio meneó dubitativamente la cabeza, preguntándose qué motivos podría haber tenido Arturo en ese último supuesto para haberse dejado llevar por tal arrebato de furor. Los actores solían ser tipos raros y era posible que el difunto le hubiera sacado de sus casillas tan solo por interponerse en escena delante de él, estropeando su actuación o por cualquier otra nimiedad semejante. Se lo imaginó agitanado, de modales agresivos y expresión huidiza. Lo que los extranjeros entienden con craso error por un tipo latino, pero una media hora más tarde pudo comprobar, no sin sorpresa, que se había equivocado totalmente.

La puerta de actores del teatro daba a la calle Carretas y por ella se accedía a un lóbrego pasillo, que podría parangonarse sin desmerecer al de un manicomio que hubiera congregado en el corredor a todos sus locos, después de darles suelta. Un hervidero de máscaras semi histéricas corrían en dirección a los recién llegados, pero afortunadamente cambiaron de rumbo antes de arrollarles y se introdujeron en un camerino, obedeciendo la orden de un tipo, con aspecto de pirata, que parecía el psiquiatra jefe del manicomio. De la primera puerta de la izquierda del pasillo salió casi a la vez una señora, vestida de dama antigua y totalmente de negro, que lloraba como una Magdalena. Estuvo a punto de colgarse del cuello de Rogelio, pero lo pensó mejor después de levantar la mirada hasta su rostro y parpadear con extrañeza. Debió de llegar a la conclusión de que no le conocía de nada, porque emitió un desamparado hipido y se fue a buscar refugio en el pirata, que se la quitó de encima con brusquedad.

—Déjese de lloriqueos, Matilde, o búsquese a Alfredo— vociferó el pirata con voz de trueno—. O mejor aún, vuelva a su camerino y quédese allí quietecita. ¿No comprende que ya tengo bastante con esta pandilla de chalados?

La señora debió de comprenderlo al ver cómo tres barbudos vestidos de época zarandeaban al pirata, hablando a gritos. El más alto de los tres buscaba, sin duda, a alguien, a quien no conseguía encontrar en aquel barullo. Como respuesta, el pirata se encogió de hombros y en ese instante reparó en la presencia de los dos extraños, que aún no habían avanzado más que un par de pasos, y en su aire de desorientación.

—¿Quiénes son ustedes?— les preguntó dirigiéndose a Atila y levantando la cabeza para ver su rostro, como si se hallase ante un rascacielos. Apenas si le llegaba al hombro a Rogelio, por lo que al lado de Atila se asemejaba a un pigmeo.

— Me llamo Atilano Garcerán y soy abogado— repuso éste con una sencillez que sorprendió a su pasante—. He venido a entrevistarme con el señor Armengol. ¿Sabe usted donde puedo encontrarle?

La actitud del pirata cambió radicalmente. Sus ojillos le observaron con admiración mal disimulada mientras cambiaba con él un apretón de manos.

— Encantado de conocerle. He oído hablar mucho de usted. Soy el empresario de este teatro y el director de la obra que tenemos en cartel. Mi nombre es Leónidas Domínguez. Pero vengan, vengan. Arturo les está esperando en su camerino, angustiadísimo como es natural. En menudo follón nos encontramos.

Les precedió hacia el fondo del corredor, sorteando hábilmente a los actores que, aún disfrazados, venían en dirección contraria, para detenerse finalmente frente a la antepenúltima puerta y cederles el paso. En fila india penetraron en un camerino no muy amplio, ocupado por otros dos barbudos, también vestidos de época. El que se hallaba en pie se volvió súbitamente al oírles entrar y, al verle de frente, Rogelio abrió los ojos sorprendido. ¿De qué le conocía? El barbudo vestía un traje negro con golilla en el cuello y una barbita corta circundaba su rostro moreno y ovalado. De pronto lo recordó. Ya sabía. Aquel tipo era idéntico al "Caballero de la mano en el pecho" que el Greco inmortalizara en su famoso cuadro. Poseía la misma mirada melancólica, la misma expresión doliente. Identificó su voz en el acto como la de su interlocutor telefónico, al oírle dirigirse al abogado.

—¿Es usted don Atilano Garcerán?—. Y sin esperar a que se lo confirmara, añadió muy agitado—: Gracias a Dios que ha llegado. La policía no puede tardar y necesito que me aconseje.

— Desde luego que lo necesitas— corroboró el gordo pirata, pasando una mano por su escasa cabellera, cuyos últimos vestigios se le rizaban en el cogote—. La policía no creerá lo que ha sucedido, aunque es la verdad. Es incomprensible cómo ha podido morir Claudio.

Agitaba enfáticamente las manos ante Atila y éste esbozó una media sonrisa.

— Si me lo permiten... El tiempo apremia y desearía hablar a solas con el señor Armengol.

— No faltaría más— rugió amistosamente Domínguez.

Con una leve indicación consiguió que el otro barbudo saliera del camerino a toda prisa y él cerró la puerta a espaldas de ambos, con la brusquedad que imprimía a sus ademanes y que la hizo retemblar.

— Siéntese, por favor— les dijo Arturo, cuando se quedaron solos, ofreciéndoles unas sillas de anea. Él se dejó caer en otra frente a ellos como si estuviera mortalmente cansado. Luego levantó sus ojos hacia Atila—. Verán, es tan absurdo lo que tengo que contarles que... no sé, mucho me temo que no me van a creer. Ha ocurrido durante la escena del duelo del cuarto acto. ¿Conocen la obra?

Ante el gesto de asentimiento de ambos, continuó:

— Recordarán entonces que, después de que el Tenorio mate de un tiro al comendador, lucha a espada con don Luis Mejías, que muere a consecuencia de una estocada suya. Mi papel es el de Mejías y precisamente en el momento en que Claudio debía alcanzarme con su espada y de pronto, sin ningún motivo, se ha apartado de mí, ha dado un par de pasos hacia el público y se ha desplomado sin vida. Tenía una herida en el pecho que sangraba bastante, pero yo no se la he causado. Solo disponía yo de esa espada que ven sobre el tocador— dijo, señalándola con la barbilla—. Un trasto de la guardarropía del teatro, que, como observarán, carece de filo y de punta. Una estaca plateada, que solo tiene de espada el aspecto, ¿comprenden?

Rogelio se apresuró a asentir, para que el otro pudiera percatarse de que era un chico listo, y Atila le preguntó:

— Cuando don Juan ha caído al suelo, ¿estaba la espada que usted esgrimía manchada de sangre?

Arturo meneó vigorosamente la cabeza en sentido

negativo.

—Claro que no. Domínguez me la ha arrebatado inmediatamente y me ha cacheado a continuación en presencia de toda la compañía para averiguar si llevaba otra arma encima. Todos podrán atestiguarlo.

—¿Inmediatamente?, ¿cómo de inmediatamente?,— trató de puntualizar Atila, enarcando levemente las cejas.

Rogelio, que les escuchaba en silencio, se dio cuenta de que la poderosa influencia que solía ejercer Atila en sus interlocutores radicaba en la seguridad que traslucía. Arturo escudriñaba ansiosamente su semblante, tratando de percibir algún gesto tranquilizador, como si el abogado fuese todopoderoso y dependiese exclusivamente de él que pudieran o no acusarle del crimen de Claudio Veiga.

Atila se inclinó ligeramente hacia Arturo, animándole con su ademán a que se explayara.

—Lo que quiero, es que me refiera con el mayor detalle posible los movimientos de todos ustedes, desde que su compañero ha sido herido de muerte. En escena se hallarían únicamente ustedes dos y el comendador. ¿Ha tenido éste último oportunidad de agredir al fallecido?

Arturo hizo un ademán negativo.

—No. Alfredo estaba en primer término, caído boca abajo. Además es una excelente persona, incapaz de hacer daño a una mosca. En cuanto a los demás... la verdad es que no recuerdo con claridad lo que ha sucedido. En el primer instante me he quedado inmóvil, como idiotizado. Por lo que don Leónidas me ha dicho, han bajado el telón en el acto y todos los que se hallaban entre bastidores se han precipitado sobre Claudio. Yo les he visto hacer sin conseguir moverme. He permanecido en pie a su lado como un poste, hasta que don Leónidas me ha dicho que su corazón no latía.

—¿Y ni en la espada de usted ni en sus ropas había sangre?

—No. Aún no me he mudado, para que la policía pueda comprobarlo y un compañero ha permanecido conmigo en este camerino todo el tiempo que ha transcurrido desde entonces, hasta que ha llegado usted. Podrá declarar que ni siquiera me he lavado las manos.

—¿Ha sido idea suya?— inquirió Atila inexpresivamente.

— No,— reconoció Arturo,— de don Leónidas. Yo no me encuentro en condiciones de discernir qué es lo que puede resultarme más conveniente. Ha sido él quien me ha hecho comprender que probablemente me acusarán a mí de le muerte de Claudio—. Su moreno semblante se ensombreció—. Todo parece estar en contra mía. Una serie de casualidades que en otra tarde cualquiera no hubieran tenido la menor trascendencia y que en ésta parecen probar mi culpabilidad—. Hizo una pausa y clavó su mirada en el rostro de Atila para verificar el efecto que le producían sus palabras. Luego añadió —: Claudio y yo nunca nos hemos llevado bien. Se creía un divo, era realmente un tipo insoportable. Esta tarde, antes de que comenzara la función, hemos tenido una discusión en este mismo camerino y al final hemos acabado llegando a las manos. Incluso le he atizado un puñetazo con el que le he derribado de espaldas y ha acabado de aterrizar en el pasillo. Todos han acudido al oírnos y...

Dejó la frase en el aire y Atila la terminó por él.

— Y le han oído a usted amenazarle, ¿no es así?

— Sí— admitió Arturo como a regañadientes—. Pero Claudio también me ha amenazado a mí. Se creía insustituible y ha afirmado que exigiría de don Leónidas que eligiera entre los dos. Lo ha dicho plenamente convencido de que, por consiguiente, a mí me pondrían de patitas en la calle. Don Leónidas ha acudido al oír el alboroto y ha puesto orden, como siempre. Faltaban solo unos minutos para que levantaran el telón y se ha llevado a Claudio casi a rastras al escenario. El primer acto tiene como decorado una hostería, donde van a acudir don Juan y don Luis Mejías, que un año antes habían quedado en dilucidar allí el resultado de una apuesta. La obra comienza con los versos que don Juan recita. Un monólogo muy corto, tras el cual se retira. Vuelve a hacer su entrada en la escena en la que él y don Luis Mejías acuden embozados, junto con otros caballeros, en ese cuadro tan conocido en el que ambos fanfarronean sobre sus mutuas hazañas, quedando él vencedor, pues ha burlado a más mujeres y ha matado a más hombres que don Luis.

— Sí, lo recuerdo perfectamente— dijo Atila—. Siga.

— Bueno, pues al iniciarse ese cuadro se ha negado a volver a escena. Han sido unos momentos horribles, pues los demás no sabíamos nada y estábamos inmóviles en nuestros puestos, esperando a Claudio, ya que sin él no podíamos proseguir. Los silbidos del público comenzaban ya a percibirse y ninguno sabíamos qué hacer. Oportunamente y a instancias de don Leónidas, ha salido a escena otro compañero, sustituyendo a Claudio y el acto se ha salvado de milagro.

— ¡Qué barbaridad!— farfulló por lo bajo Rogelio, que no estaba acostumbrado a permanecer tanto tiempo en silencio.

Arturo le dedicó una sonrisa de agradecimiento por ponerse en su lugar y continuó:

—Pueden imaginar el revuelto que se ha armado entre bastidores al caer el telón y cómo estábamos de indignados contra él. Para colmo, el muy cretino se ha enfurecido al enterarse de que Jaime, que es un chico joven y muy bien parecido, le había sustituido y le ha amenazado con hundirle para siempre. Ha amenazado después a don Leónidas con demandarle por incumplimiento de contrato. ¿Qué incumplimiento si había sido él el único que no había cumplido con su parte de ese contrato al negarse a salir a escena? Creo que, si se ha decidido a continuar desempeñando su papel, ha sido por fastidiar a Jaime que había obtenido un gran éxito al sustituirle. Aunque el chico es muy joven, es un gran actor y ya saben ustedes lo que son los celos profesionales. El caso es que la función ha continuado en un ambiente de tensión indescriptible y a un percance le ha seguido otro. La mujer de Claudio, que encarna a doña Inés en la función, se ha caído por las escaleras al salir del escenario, accidentándose, y a duras penas ha logrado realizar más tarde la escena del sofá con su marido. No sé cómo el público no nos ha abucheado, porque esa escena ha sido un desastre gracias a los buenos oficios de

Claudio, que parecía estar empeñado en deslucir la actuación de Laura. También se había peleado con ella anteriormente. La verdad es que no sé si ha quedado algún miembro de la compañía al que no hubiese hecho blanco de sus iras. Los ánimos se hallaban unánimemente soliviantados contra él, pero yo no podía figurarme... no podía figurarme que el desenlace sería tan trágico y que en un rapto de furor...Pasó cansadamente una mano por su frente—. Lo que no imagino es quien ha podido ser ni como lo ha hecho. Al encenderse la luz en el escenario he advertido que las miradas de todos se clavaban acusadoramente en mí y...

—¿Al encenderse la luz?— le interrumpió Atila, observándole sin pestañear—. ¿Es que anteriormente estaban a oscuras?

— Prácticamente sí— replicó Arturo algo vacilante—. Verá, es que la escena del duelo es difícil. La ensayamos más de mil veces sin que saliera a gusto de don Leónidas. Es un genio, como usted sabe, y quería que esa lucha pareciese auténtica y no la especie de ridícula pantomima con que se conforman otros directores. Las escenas de esgrima quedan muy bien en el cine, pero en el escenario de un teatro suelen resultar grotescas. Para evitarlo, resolvió al fin el problema con un golpe de efecto. El telón del foro de ese acto se halla ocupado casi en su totalidad por una vidriera emplomada, color ámbar, que, al ser iluminada por detrás, permitía que nuestras siluetas se destacasen a contraluz contra ella mientras peleábamos. La crítica ha alabado mucho esa escena y al público también le ha gustado, porque en semi penumbra conseguíamos dar a ese duelo bastantes visos de autenticidad.

— Comprendo— murmuró Atila pensativo—. Ustedes dos se distinguían lo suficiente el uno al otro para intercambiar sus acometidas y en cambio los espectadores no percibían otra cosa que sus sombras y no podían apreciar su escasa habilidad en la esgrima. Pero supongo que si alguien más hubiera irrumpido en el escenario en esos momentos se le hubiera visto desde la sala...

— Sí, claro.

— Y que asimismo le hubieran visto ustedes dos.

— Por supuesto— afirmó Arturo.

Atila frunció reprobadoramente el ceño.

—¿Y lo único que puede decirme es que la herida que le ha causado la muerte ha aparecido en el pecho de Claudio como por arte de magia? Si nadie se le ha aproximado, solo ha podido asestarle usted esa puñalada.

El otro se apresuró nerviosamente a rebatírselo.

— Pero yo no he sido, ya se lo he dicho. Además, no llevaba encima ningún arma. Cuando don Leónidas me ha registrado...

— Eso habrá tenido lugar un par de minutos después, al menos— consideró reflexivamente el abogado—. Como se hallaban casi a oscuras, le ha sobrado tiempo para arrojar el cuchillo en cualquier rincón antes de que hayan encendido la luz. Se lo digo porque, si ha sido así, la policía lo encontrará. Es importante que pueda mantener en el juzgado de instrucción lo que declare en comisaría.

Atila había adoptado su tono más persuasivo, pero no hizo la menor mella en Arturo, que volvió a negar enfáticamente.

— Pero no ha sido así. Si encuentran un cuchillo, será el que haya utilizado el que ha asesinado a Claudio y en ese caso las huellas...

— Si es que aparecen huellas, que es mucho suponer— le interrumpió el otro con cierta impaciencia.

A Rogelio le pareció que su jefe se estaba conteniendo para no soltarle un exabrupto al actor, que, aunque inquietísimo, le miraba con una confianza ilimitada, como si esperase que en cualquier momento Atila se diese una palmada en la frente y exclamara jubilosamente:

— Ya sé. El asesino ha sido Pepito Pérez, que estaba colgado de la lámpara del escenario y no ha necesitado más que balancearse un poco, pendiendo del cable, para asestarle a Claudio una puñalada y luego se ha esfumado trepando por el mismo cable hacia el techo.

Los pensamientos de Atila discurrían ciertamente por

otros derroteros, porque en lugar de descifrar el enigma en un santiamén, como Arturo debía pensar que era su obligación, y encontrar en el acto a otro culpable, que pudiera sustituirle en el banquillo de los acusados, frunció ominosamente el ceño y masculló:

— Le advierto de antemano que su situación es muy comprometida. Sus compañeros tendrán que declarar como testigos y manifestar que la han oído a usted amenazar al difunto esta tarde y que, durante la función y en el momento en que representaban la escena del duelo en el escenario, Claudio Veiga se ha desplomado sin vida, a consecuencia de una herida en el pecho que, según usted., se le ha producido sola. ¿Quién espera que se lo crea?

—¿No me cree usted?— inquirió Arturo, clavando en él sus ojos oscuros. Parecía tan sincero, tan convincente pese a lo inverosímil de su historia, que Rogelio reprobó íntimamente la actitud de Atila que, hermético, sostenía su mirada sin pestañear.

— Mi opinión no cuenta— replicó en tono ambiguo—. Importa en primer lugar la de la policía y en segundo término, la de juez de instrucción, que esté hoy de guardia. Me refiero al orden cronológico ¿entiende?

Arturo abrió la boca para replicar, pero no llegó a hacerlo, porque en ese instante don Leónidas abrió la puerta unos centímetros para introducir la cabeza en el camerino y cuchichearles:

— Dense prisa, que la policía acaba de llegar. Si necesitan que les entretenga...

— No, ya hemos terminado— manifestó Atila poniéndose en pie. Sus gigantescas proporciones parecieron achicar aún más las del minúsculo camerino, pero el abogado ni siquiera reparó en cómo su defendido y su pasante se comprimían sobre sí mismos a su paso. Se limitó a menear la cabeza con disgusto al volverse hacia Arturo para recomendarle:

— Si se obstina en mantener esa versión, haga hincapié en la circunstancia de que no se ha movido del lado del difunto cuando éste ha caído al suelo sin vida y en la de que no ha podido causarle la muerte por carecer de un arma oportuna. Responda sin vacilar, pero medite bien las respuestas y procure no contradecirse.

Se lo había aconsejado en apenas un susurro y se apartó de Arturo con el semblante completamente inexpresivo en el instante en que un nuevo personaje irrumpió en el camerino.

Rogelio dudó en catalogar como policía al hombre bajito de chorreante gabardina que, entre estornudo y estornudo, acababa de personarse. Poseía un rostro sonrosado, que concordaba con el azul clarísimo de sus ojos. Sin duda, el cabello que ocultaba su empapado sombrero sería rubio, pero no llegó a confirmar su suposición porque el recién llegado no se despojó de él. Parsimoniosamente paseó su mirada por los rostros de los presentes para detenerla en Atila con algo de sorpresa. Luego continuó su escrutinio hasta Armengol. Su disfraz de caballero tristón de los cuadros del Greco debió ayudarle a identificarle, porque se dirigió a él sin vacilar.

—¿Don Arturo Armengol? Soy el comisario Ballesteros. Acompáñeme a la Jefatura— le dijo, con una voz afónica por el catarro—. Luego se volvió hacia otro policía más joven, que había entrado en la estancia detrás de él, para encomendarle que le informara de sus derechos. Su compañero se los debía saber de memoria, porque se los recitó de carrerilla mientras el comisario inspeccionaba el camerino con la mirada y, una vez que se hubo cerciorado de que carecía de ventana y de que la única puerta de la estancia era la que él había utilizado para entrar, le dijo a Arturo:

—Esperaré en el pasillo a que se cambie de ropa. Dese prisa, por favor.

Amistosamente, Ballesteros se volvió hacia Atila.

—Venga conmigo y charlaremos mientras tanto. ¿No me recuerda? Coincidimos hace cosa de un mes en la Audiencia Provincial en el juicio de un robo en una joyería de la calle Preciados.

Había salido ya al corredor, seguido de Atila y de

31

Rogelio, y se detuvo al otro lado de la puerta, que dejó entornada, dirigiendo apenas una distraída mirada a los policías de uniforme que trataban de poner orden en aquel barullo.

— Claro que le recuerdo— manifestó Atila, cuya memoria era prodigiosa y jamás olvidaba un rostro—. Fue usted el que detuvo a los seis inculpados y el fiscal le llamó a testificar.

Ballesteros movió afirmativamente la cabeza, reprimiendo un estornudo.

— Efectivamente. Un caso muy complicado aquél y que me proporcionó muchos quebraderos de cabeza. Cinco de los encausados fueron declarados culpables y condenados. Solo el que usted defendía fue absuelto. Curioso. Muy curioso.

Había cierta ironía en su comentario, aunque no lo trasluciera su semblante. Impasible, le dirigió una rápida mirada al abogado, al tiempo que murmuraba:

— Este homicidio, en cambio, parece muy sencillo y mucho me temo que perderá el juicio.

Atila sonrió con aparente buen humor.

—¿No se adelanta un poco a los acontecimientos? Aún no ha encontrado al autor y...

El otro le interrumpió.

— Puedo asegurarle que lo he encontrado y le anticipo que esta vez perderá el caso.

—CAPITULO III—

Rogelio advirtió el aplanamiento de su jefe en cuanto se personó en el despacho a la mañana siguiente. Acodado sobre la brillante superficie de la mesa y con la mirada fija en un punto indefinido, le pareció que se asemejaba enormemente a un enorme mastín, de orejas gachas y expresión lastimera, entristecido por haber perdido la presa que acechaba. No era fácil que Atila hubiese ido de caza la noche anterior, después de mandarle a él a casa cuando salió para la comisaría con Ballesteros y con Arturo, así que dedujo inmediatamente lo ocurrido.

—¿Detuvieron por fin a ese actor, verdad? Les contó su absurdo cuento y se pitorrearon en sus narices, ¿a que sí?

El abogado reunió fuerzas suficientes para dirigirle una mirada reprobadora.

— Con ese vocabulario no llegarás a ninguna parte, Rogelio. No se pitorrearon en sus narices ni en ninguna parte. Se limitaron, como era natural, a no creerle, aunque estuvo convincente. Sus respuestas fueron claras y concisas. No se contradijo ni una sola vez, pero resultaba tan inverosímil su versión de los hechos, que era imposible aceptarla. Por tanto, le retendrán el mayor tiempo que puedan y le pondrán a disposición judicial, antes de las setenta y dos horas que marca la ley.

El chico fue a acomodarse sobre un ángulo de la mesa y se acarició pensativamente la mejilla.

— Pues lo curioso es que a mí me pareció que decía la

verdad.

— ¿ De veras?— musitó el otro distraídamente.

—¿A usted no?

— No lo sé, reconoció caviloso Atila—. Ya te he dicho, que en todo momento su actuación fue convincente, pero hay que tener en cuenta que los actores hacen profesión del fingimiento y él no es mal actor.

— En eso estamos de acuerdo— convino Rogelio, alisándose con los dedos su crespa pelambrera rojiza, como si el gesto pudiera ayudarle a reflexionar—. Incluso al verle por primera vez me pareció un caballero auténtico del siglo XVI, que acabara de escaparse de un cuadro. No me dio la impresión de que fuera disfrazado. Y después, mientras le oía hablar con usted, esa impresión se acrecentó. Es un tipo fuera de época. Parece como si creyera plenamente en la justicia y en las leyes.

Atila enarcó ligeramente las cejas.

—¿Es que acaso tú no crees en ninguna de las dos?

— Solo hasta cierto punto— replicó el chico con su pecoso semblante distendido en una mueca de escepticismo—. Es más bonito pensar que solo se castiga a los culpables y que la verdad acaba siempre por resplandecer, pero no es totalmente cierto. Aunque como abogado carezca de experiencia, leo los periódicos y sé que más de una vez ha permanecido enchironado toda su vida un inocente solo porque las pruebas parecían acusarle.

— Los jueces son humanos y, por tanto, pueden equivocarse tanto como el resto de los mortales— objetó su jefe a modo de disculpa.

— Claro que son humanos, pero Arturo parecía albergar la seguridad de que se le haría justicia. O es un idiota o un optimista.

Atila volvió a mirarle reprobadoramente.

— Quizás tan solo un hombre de buena fe.

— Que viene a ser lo mismo— replicó Rogelio sonriendo con cinismo—. Y no se enfade— le atajó, viendo su gesto—. En España no existe la pena de muerte, pero la libertad es una cosa demasiado seria como para no espabilar si peligra. Si lo hizo él, ha demostrado ser rematadamente idiota. Tomarse la revancha y apuñalar al otro en plena función y ante un sinfín de espectadores lo demuestra. Y si no ha sido él... entonces es digno de lástima, porque, después de lo que ha declarado, no podrá usted alegar la preterintencionalidad del homicidio. Si consideran que concurre alguna agravante, hasta puede que le acusen de asesinato.

—¿Y qué?— protestó Atila, humillado por la forma en la que el muchacho se expresaba y en la que su futura defensa parecía carecer de relevancia—. Si es inocente, lo demostraré.

—¿Y si no lo es?

El otro vaciló ligeramente y replicó acariciándose su cuadrada mandíbula:

— En ese caso conseguiré para él la pena mínima. Existen muchas circunstancias a su favor. Y por cierto— añadió en otro tono—. Ya conoces al forense que va a practicar la autopsia del difunto y es probable que pueda adelantarte algo, si te acercas ahora mismo a verle.

Rogelio no disimuló su desagrado al desviar sus ojos hacia el balcón, sobre el que se abatía un aguacero torrencial.

— ¿Quiere que vaya a verle con la que está cayendo? Tengo el despacho abarrotado de papelajos, que no pueden esperar. ¿No recuerda el caso del ladrón que entró a robar en la mansión de la marquesa de los ricitos? Tiene señalada la vista para la semana que viene y tengo que preparar el borrador del interrogatorio.

— Lo redactaré yo mismo— repuso Atila imperturbable—. Toma el Metro y procura no tardar.

Con una mirada de las que reservaba para las ocasiones especiales cortó en seco las objeciones de Rogelio, antes de que hubiera tenido tiempo de formularlas, y acto seguido tomó unas cuartillas del primer cajón de su mesa y comenzó a escribir sin prestarle más atención. Poco después oyó el golpe de la puerta del piso al cerrarse y dejó el bolígrafo sobre el papel para pasarse una mano por su espeso cabello castaño. No conseguía concentrarse. Solía ocurrirle cuando algo le desazonaba y el crimen del teatro Odeón le tenía más que perplejo. Parecía tan absurdo... Ilógico por completo que su cliente se hubiese dejado llevar por un rapto de furor precisamente cuando se hallaba en escena. No le había dado la impresión de que se tratara de un hombre agresivo. Al contrario, le había conceptuado como un tipo más bien reposado y de reacciones algo lentas. Y si no había sido él el homicida, ¿cómo habría podido otra persona perpetrar el crimen? Parecía un juego de prestidigitación en el que el criminal fuera invisible.

Se acodó en la mesa e inspiró aire diciéndose que había sacado a flote otros asuntos igualmente difíciles y quizás éste fuera aclarándose sobre la marcha, conforme fuera reuniendo más datos. Redactaría aquel maldito interrogatorio y meditaría más adelante sobre el crimen del teatro.

Se quedó con el bolígrafo en el aire al oír el timbrazo de la puerta. ¿Quién podría acudir a su despacho a esas horas de la mañana? Recibía a sus clientes por la tarde, como la placa de la puerta indicaba claramente, y siempre previa petición de hora. ¿Sería algún despistado o algún analfabeto que no sabía leer?

Cachazudamente se puso en pie, sorteando la mesa y se encaminó sin prisas hacia el oscuro vestíbulo, para lo cual recorrió un interminable y alfombrado pasillo. Una lata la gripe de la secretaria, se dijo fastidiado. ¿Por qué se pondría todo el mundo enfermo cuando más trabajo había? Claro que, si Mercedes tuviera que esperar para pescar una gripe a que no hubiera trabajo en el despacho, no la padecería nunca. ¿Sería que cada vez se cometían más crímenes en Madrid o que la mayoría de los inculpados en delitos de homicidio se empeñaban en que él los defendiera? Atila no conocía la respuesta porque, aunque tenía un buen concepto de sí mismo como abogado, en el fondo era un hombre modesto. Pese a que se encontraba en la cincuentena, había vivido poco e ignoraba por completo que en el ambiente en que se movía se le consideraba una celebridad. Por eso se conformaba con una secretaria, que se acatarraba con excesiva frecuencia y con un pasante, que se tomaba muy poco en serio su trabajo. Otros compañeros, que por cierto sabían mucho menos Derecho que él y tenían muchos menos clientes, contaban con una cohorte de abogados jóvenes en sus despachos y con una pléyade de estilizadas y atractivas secretarias, lo que impresionaba a los que acudían a solicitar sus servicios. Pero Atila era incapaz de darse tanto bombo. Había nacido en un pueblo de León de no más de tres mil habitantes, donde los más adinerados eran pastores de sus propias ovejas. Aunque entre sus convecinos no había ninguno que hubiese cursado estudios, él, ante la sorpresa general, se empeñó en estudiar la carrera de Derecho. Por eso, a los diecisiete años se despidió de sus padres, que eran pastores a sueldo, y de sus siete hermanos, que también eran pastores, y se trasladó a Madrid. Durante esos años se alojó en una pensión de mala muerte en la Moncloa, para vivir cerca de la ciudad universitaria y no gastar dinero en transportes. Se pagó los estudios dando clases por las tardes en una Academia, también de mala muerte, a la que asistían unos endemoniados y descarados chiquillos, que no conocían lo que era la disciplina. Por suerte, a Atila le ayudó entonces su desmesurada estatura, porque ninguno de aquellos mozalbetes se atrevió nunca a rechistarle.

Más tarde, cuando comenzó a ejercer la profesión de abogado, alquiló un despacho, que consistía en una única habitación, en un edificio de oficinas. En invierno tenía que calentarlo con una estufa, porque carecía de calefacción. También carecía de cuarto de baño, pero él no estaba habituado a muchas comodidades y no le importaba compartir el del pasillo con los otros diez ocupantes de los despachos vecinos. Fueron unos años duros, pues, aunque ganó la mayoría de los asuntos de oficio que le turnó el Colegio de Abogados de Madrid, no consiguió hacerse con una clientela hasta mucho tiempo después. Y lo curioso fue que lo logró por pura casualidad, por la circunstancia de que le tocó de oficio defender a una muchacha, que trabajaba como criada de una famosa actriz, cuando ésta la denunció por haberle robado sus joyas. Todos los periódicos y la televisión se ocuparon de aquel juicio y cuando finalmente quedó demostrado que el ladrón de las joyas era el amante de la actriz y no la criada, lo publicaron en primera plana y le entrevistaron en la televisión. De la noche a la mañana pasó Atila, de ser un abogaducho desconocido, a un prestigioso profesional de la abogacía, cuyo teléfono sonaba insistentemente por obra de los que deseaban pedirle una cita.

No obstante, aún transcurrieron varios años más, antes de que pudiera comprarse el magnífico piso de la calle Velázquez donde vivía y tenía su despacho. Durante ese tiempo ahorró hasta el último duro y siguió enviando dinero a su familia para que sus siete hermanos, tan altos y tan grandes como él, que se llamaban también como el santo del día en que nacieron, pudieran estudiar algo y mejorar de empleo. Por esa razón siguió atendiendo él mismo el teléfono y escribiendo en el ordenador sus escritos. Después, al trasladarse a su nuevo domicilio, contrató a Mercedes como secretaria, resistiéndose a aceptar como socios a los compañeros que se empeñaban en proponérselo y a los abogados sin trabajo, que se le ofrecían como pasantes. A solas se encontraba muy a gusto. Disfrutaba llevando personalmente todos los asuntos y redactando hasta los escritos de trámite. Por eso le costó decidirse a contratar a Rogelio como pasante y si se decidió, fue por complacer a la tía de Rogelio, que había sido su novia durante sus años de facultad. Lástima que ella, que estudiaba Bellas Artes en la Escuela de San Fernando, le dejara cuando Atila cursaba el cuarto curso, para casarse con un ingeniero de caminos, forrado de dinero, pero completamente idiota. Probablemente la chica se había cansado de pasar frío, paseando con él por el Retiro en invierno, y de asfixiarse de calor en el mismo parque en verano, porque él no podía permitirse el lujo de invitarla a un café o a una coca cola. Atila intuyó que ese era el motivo, aunque ella solo le dijo que lo había pensado mejor y que creía que no tenían nada en común.

No volvió a verla y tampoco logró reponerse de aquel fracaso. Se aisló del mundo gracias a sus juicios y a sus librotes, olvidando que existían las mujeres. Probablemente fue una idea acertada, porque sus clientes masculinos aprovechaban siempre alguna oportunidad para quejarse de sus esposas y del sexo femenino en general. Por lo visto todas eran igualmente complicadas y reaccionaban también de una forma incomprensible. Tan incomprensible como Violeta, que ni siquiera tuvo el detalle de explicarle por qué había decidido de improviso casarse con aquel estúpido.

Y tampoco se había molestado en llamarle por teléfono para recomendarle a su sobrino Rogelio como pasante. Se limitó a enviarle una carta, sin efectuar ninguna alusión de tipo personal. Atila la había recibido unos tres meses antes y al coger el sobre y enterarse de quien era la remitente había tenido que hacer un esfuerzo para conseguir reaccionar. Era una carta absolutamente formalista, que, sin embargo, rezumaba nostalgia y que le removió por dentro un sinfín de recuerdos que creía olvidados. ¿Qué aspecto tendría ella ahora, al cabo de treinta años?, ¿se parecería a la de entonces?

Las reflexiones de Atila se cortaron en seco cuando, al abrir la puerta del piso, distinguió a la muchacha que acababa de llamar al timbre y que en el rellano levantó hacia él una mirada tímida. Chorreaba agua de los pies a la cabeza y su voz sonó apenas audible.

—Necesito hablar con don Atilano Garcerán. ¿Es usted?

Atila carraspeó aturdido.

—Sí, pero...

—Es muy importante— alegó ella—. Quiero explicarle lo que pasó anoche en el Odeón. Soy actriz y lo vi todo entre bastidores.

Olvidó él instantáneamente la sarta de objeciones que, al oír su primera frase, había ido acumulando en su garganta. Incluso había iniciado el ademán de señalarle la placa de la puerta, pero retiró disimuladamente su brazo, que aún mantenía en el aire, indicándole que podía pasar. Intimidada, la chica le siguió hasta el despacho, donde tomó asiento en una butaca frente a la mesa, despojándose antes de la empapada gabardina.

El abogado apenas había distinguido su semblante en la oscuridad del rellano de la escalera, pero al contemplarla a plena luz parpadeó ligeramente. Era una de las chicas más bonitas que había visto en su vida. Poseía unos ojos inmensos, entre verdes y azules, rasgados hacia las sienes. Destacaban sobre lo tostado de su piel, atrayendo hacia ellos la atención, como si un foco los iluminase. Pero el resto no desmerecía. Su melena, oscura y rizada, le caía suavemente sobre los hombros, enmarcando un óvalo de pómulos acentuados. La naricilla breve y la boca bien dibujada remataban el atrayente semblante, al que acompañaba una silueta esbelta. Una pena que no vistiera mejor, se dijo Atila que admiraba la elegancia en las mujeres, aunque no le interesasen sus retorcidas mentes. El pantalón vaquero lo habría adquirido sin duda en algún saldo y el jersey verde manzana que vestía aparecía plagado de bolitas. De no haberle anticipado ella cuál era su profesión, la hubiese catalogado de estudiante universitaria. En la actualidad, y aunque a él le resultase inexplicable, tenían a gala vestirse de mamarrachos, incluso las de familias más pudientes. ¿Cuantos años podría tener?, ¿dieciocho, diecinueve...?

— Pues usted dirá— la animó, advirtiendo que tragaba saliva como si tuviera la garganta seca y no supiese por dónde empezar. Era extraño que, siendo actriz, poseyese tan escasa desenvoltura. Encogida en el sillón, le miraba con sus enormes ojazos como si temiera que en cualquier momento fuera a soltarle un exabrupto.

— Sé que es usted el abogado de Arturo, porque me lo ha dicho don Leónidas— empezó con voz temblona—. Me he enterado esta mañana de que le han detenido y Laura me ha aconsejado que viniera a verle. Vengo de su casa y... también ella desearía visitarle, pero ya sabrá que se halla medio impedida.

Atila le sonrió amistosamente para infundirle confianza.

— Vamos a ver. Empezaremos por el principio, que es la única forma de entenderse. ¿Se llama usted....?.

— Marina Abril. Es mi nombre artístico. Mi apellido verdadero es González, pero me lo he tenido que cambiar porque es demasiado corriente. Como nací en Abril, Marcela pensó...

— Y dice que trabaja en el teatro Odeón— la interrumpió él, dispuesto a ahorrarse divagaciones y a ir directamente al grano.

— Sí, hago dos papelitos en la comedia. El de Lucía y el de la hermana tornera. En realidad no soy más que una principiante. He debutado precisamente con esta obra. Comenzamos a ensayarla hace un par de meses y desde el día del estreno hemos actuado a teatro lleno. Estaba resultando un éxito, como todo lo que acomete don Leónidas, pero ayer la suerte nos volvió la espalda. Y no me refiero solo al trágico fin de Claudio Veiga. Todo salió mal desde el principio. Fue como una cadena de despropósitos sin explicación, hasta llegar a ese horroroso desenlace. Yo lo presentí.

— ¿Lo presintió?— inquirió el abogado, inclinándose hacia ella interesado—. ¿Presintió lo que iba a suceder?

— Que fueran a matar a Claudio, no— balbuceó ligeramente alarmada—. Presentí que ibas a ocurrir algo horrible desde que perdí el chal—. Vaciló y abatió avergonzada sus largas pestañas negras—. Sé que es una tontería y que el llevar una prenda o no llevarla carece de virtualidad para que las cosas salgan bien o mal. La mayoría de los actores somos un poquillo supersticiosos y no soy una excepción. Pese a ello no supuse lo que a Claudio le iba a ocurrir hasta unos segundos antes y tampoco pensé en Claudio ni en un crimen. No sé cómo explicárselo. Intuí que iba a pasar algo de pronto y eché a correr hacia el escenario. Llegué justo a tiempo de presenciarlo y puedo asegurarle que Arturo no le mató. Lo hubiera visto. Me hallaba solo a una media docena de pasos de los dos.

— Vería entonces como le apuñalaba otro— insinuó Atila sin apartar los ojos de ella y con todos los sentidos en tensión.

Marina le contempló sin pestañear y denegó lentamente con la cabeza.

— No. Fue algo incomprensible. Un segundo antes y al desviar la estocada de Arturo, vi a Claudio de frente. Una sonrisa cruel distendía sus facciones y puedo asegurarle que estaba lleno de vida. Como se había peleado anteriormente con el otro, el duelo resultó más real que nunca. Un instante después invertían sus posiciones y distinguí perfectamente la expresión de Arturo y hasta sus menores movimientos. Llevaba en alto la mano izquierda, como es habitual en la esgrima, y en la derecha, su espada. Pero no se la clavó al otro. Hizo con ella un molinete y Claudio fingió perder el equilibrio y cayó sobre la puerta practicable del decorado, aterrizando entre los dos telones del foro, tal y como lo tenían ensayado. Al incorporarse, debía simular que atravesaba a don Luis Mejías con su espada, pero fue entonces cuando pareció olvidarse del libreto, porque se dio media vuelta y avanzó trastabillando hacia mí, para desplomarse a mis pies. Fue horrible— murmuró cubriéndose el rostro con las manos.

Atila permaneció inmóvil unos segundos, con un hondo pliegue en su frente.

— Ya— musitó escuetamente y en un tono tan ambiguo que Marina levantó instantáneamente los ojos hacia él.

—¿Le servirá de ayuda a Arturo lo que acabo de contarle?— inquirió ansiosamente—. Todos los compañeros le estimamos. Puede decirse que ayer hicimos frente común con él y contra Claudio. Me refiero a cuando los dos llegaron a las manos antes de la función.

— Entiendo— dijo el abogado, tomando rápidamente una cuartilla y aprestándose a tomar notas. Solía recordar con total exactitud lo que le referían de palabra, pero le gustaba reseñar por escrito los detalles de mayor importancia. Luego la animó a continuar, retrepándose más cómodamente en su butaca—. Cuénteme lo que sucedió. Comience su relato en el instante en que llegó al teatro.

.

*   *   *

Relato de MARINA

— Verá. Vivo muy cerca del teatro, en un piso

propiedad de Marcela Llanes y que comparto con ella. Ayer, Marcela salió de compras nada más terminar de comer y aproveché para echarme un rato la siesta. Me desperté muy tarde, por lo que tuve que arreglarme a toda prisa y echar a correr bajo una lluvia torrencial que, pese a lo corto del trayecto, me empapó de arriba a abajo. Al trasponer la puerta de actores del teatro, chorreaba agua de los pies a la cabeza como si me hubiera bañado en una fuente y me detuve en el umbral el tiempo imprescindible para recuperar el aliento.

El pasillo estaba oscuro y silencioso. Posee un olor característico del que resulta difícil desentrañar sus componentes, pero en el que parece predominar el de verduras cocidas, entremezcladas a la humedad y al polvo. Que el polvo pulula por doquier, es incuestionable, y otro tanto puede decirse de la humedad que rezuman las paredes, pero el olor a verduras resulta incongruente en un lugar en el que ni tan siquiera existe una cocina. Sin embargo, impregna por completo el ambiente, como sucede en los portales de las casas de barrio, entre las que puede incluirse la que yo habito. Un olor que, siendo desagradable, no es ni con mucho lo más repelente de él. Sus baldosas rojas y deslucidas y su techo altísimo que reclama a gritos una mano de pintura, le proporcionan un aire terriblemente siniestro, acrecentado por la escasa iluminación. La única bombilla que cuelga del techo deja en sombras los dos extremos y, teniendo en cuenta que es un pasillo sumamente largo y con un sinfín de puertas en la pared de su izquierda, es fácil imaginar lo tenebroso que resulta. Yo suelo recorrer como una exhalación los diez metros que separan el portal de la puerta de mi camerino, temiendo que en cualquier momento surja una mano de las sombras y me agarre por el cuello, como en las películas de terror. Marcela suele reírse de mí al oírmelo decir y se empeña en explicarme que esas cosas no ocurren en la realidad. Para animarme, acostumbra también a parlotear durante horas sobre los miles de pasillos de teatro que ha conocido y que, al parecer, eran mucho más tétricos que el del Odeón, pero como yo no he conocido otros teatros, porque mi carrera acaba de empezar, encuentro éste horripilante y paso un miedo atroz todas las tardes, cada vez que lo recorro sola.

Comparto con ella un camerino minúsculo, en el que apenas logramos rebullirnos las dos al mismo tiempo y sobre el que Marcela refunfuña constantemente. Ella es la segunda actriz de la Compañía, por lo que dice que no está en consonancia con su categoría. A mí en cambio me parece un camerino estupendo, porque, como soy el último mono y no tengo ninguna categoría, no puedo quejarme por esas minucias. Además, acostumbro a aislarme entre sus cuatro paredes en cuanto abandono el escenario. Mis dos papeles son tan cortos, que podría decirse que paso la vida en él, fumando como una chimenea para dar escape a mis nervios.

Ayer, Marcela se estaba maquillando frente al tocador, ya vestida de doña Ana de Pantoja, con su largo traje de terciopelo rojo, cuando irrumpí en el camerino sin aliento tras mi habitual y aterrorizada carrera por el pasillo. Al oírme entrar, se volvió a medias.

—¿Qué? ¿a cuántos fantasmas te has encontrado hoy por el corredor?— me preguntó con guasa, recorriendo con los ojos mi chorreante figura. Chorreaba el paraguas que llevaba en la mano como si lo hubiera zambullido en una fuente. Me chorreaba el impermeable y por el cuello me corrían unos desagradables hilillos de agua, que me bajaban zigzagueando por la espalda.

— Vienes hecha una sopa, guapa— comentó, mientras se incrustaba contra el espejo para permitirme pasar tras el biombo.

La estancia era tan diminuta y el biombo tan grande, que podría decirse que ocupaba casi todo el espacio disponible. Mudarse de ropa con la otra en el camerino, requería un verdadero alarde de contorsionismo que las dos realizábamos a la perfección, pero, aun así, al ponerme las enaguas de mi traje de criada, la arrojé de bruces sobre el tocador.

Ni tan siquiera protestó. Se limitó a reponer en su lugar sus pestañas postizas y a meterme prisa con un ojo guiñado.

— ¿Te falta mucho?— se inquietó—. Tengo que acabar

de sombrearme los párpados y no me atrevo mientras sigas detrás del biombo. Podrías dejarme tuerta.

—Enseguida acabo— la tranquilicé, ciñéndome los vuelos de mi larga falda de rayas rojas y azules a la cintura y ajustándome a continuación el corpiño de raso negro sobre la blusa blanca de organdí. Un traje precioso el de criada de aquella época, que las del presente envidiarían. Claro que, a saber cómo irían vestidas en realidad las domésticas en el siglo XVI, me dije dubitativamente, mientras recogía mi empapada ropa de calle y la colgaba cuidadosamente de la pared en una percha. Después plegué el biombo, con gran satisfacción de Marcela.

—!Vaya, menos mal! Este camerino es peor que el Metro en las horas punta— masculló con el pincel aún en alto.

Sus ojos recorrieron nuestros dominios y exhaló un suspiro de desaliento. Verdaderamente lo que llamábamos tocador no era más que un mueble decrépito de patas temblequeantes, con un muestrario completo de manchas de grasa en su superficie. Entre mancha y mancha, se apilaban nuestros tarritos de maquillaje, horquillas, cepillos, y un sin fin de cosas más confusamente revueltas. Sobre él colgaba un espejo deslustrado, rodeado de bombillas, que en su mayor parte estaban fundidas y las que no lo estaban esparcían una luz tan pobre y tan tristona, que no permitía distinguir con claridad las fotografías con las que Marcela había cubierto las paredes. Aparecía en ellas en todas las posturas imaginables y con toda clase de disfraces y peinados, pero había que aproximarse a un palmo de distancia para poder apreciarlo. Por eso no sentí no clavar ninguna mía en la pared, cuando magnánimamente me indicó que podía hacerlo el día que comencé a compartir el camerino con ella. Por eso y porque no tenía ninguna adecuada, pues hasta unos meses antes yo trabajaba como peluquera en mi pueblo y me había contentado con acudir al fotomatón cuando necesitaba una foto de carné.

Marcela me había hecho hueco en la silla que ocupaba, para que yo pudiera tomar asiento en la mitad de la misma y, al ver nuestras imágenes reflejadas juntas en el espejo, exhaló un segundo suspiro, mientras refunfuñaba:

— Por suerte, estás más delgada que un fideo, porque si tuviera que compartir este antro raquítico con otra chica más rellena, creo que moriría por asfixia.

Solía aludir a mi delgadez para poner de manifiesto que era ella la que estaba en su punto, ya que me sacaba cuatro tallas en la ropa. Desde luego poseía un tipo espléndido y de las características que suelen entusiasmar a los hombres, pero juntas nos deslucíamos mutuamente pues, o ella resultaba grandota, o yo demasiado estilizada. El espejo que nos reflejaba a ambas nos lo hizo notar una vez más. Su cabeza sobresalía casi un palmo sobre la mía y su fuerte complexión reducía mi figura a la de una adolescente algo famélica.

Así al menos me vi yo, aunque Marcela debió ver otra cosa, porque esbozó una mueca de disgusto.

—¿Cómo consigues mantenerte tan flaca con esos bocadillazos que te comes?, — me preguntó, disimulando el fastidio que el no poder hacer lo mismo le producía —. Engulles como una lima y a pesar de todo parece que en cualquier momento te vayas a quebrar por la cintura. Lo mismo le sucede a la tonta de Laura, pero ella, al menos, está a dieta perenne. Para pisarme el papel de doña Inés, ha debido pasar más hambre que un faquir, ¿no crees?

Me encogí de hombros para no tener que decirle la verdad, porque lo cierto era que Laura, que era la primera actriz de la compañía, recitaba como nadie y había que reconocérselo, aunque se creyese una diva y a las dos nos fuese antipática. Marcela se empeñaba en hacerse la ilusión de que ella había estado a punto de conseguir el primer papel de la obra que teníamos en cartel y que la otra se lo había arrebatado con malas artes, pero no era cierto. Si don Leónidas no hubiese contratado a Laura, habría buscado a una tercera, porque Marcela no pasaba de ser una actriz mediocre con un buen físico y él era muy exigente.

Debió adivinar lo que yo estaba pensando, porque dejó de pintarse las cejas para volverse hacia mí.

—¿No lo crees? Aunque me hayan encasillado en

papeles de mujerona bravía, podría perfectamente encarnar a doña Inés. También sé desmayarme cuando hace falta.

Traté de imaginármela en la escena del sofá de don Juan Tenorio, sin conseguirlo. ¿Por qué aspiraría a interpretar en escena a unos personajes tan gráciles y etéreos? Margarita Gautier, la Ofelia de Hamlet y por supuesto doña Inés, constituían la meta que soñaba alcanzar algún día, pese a que en cualquiera de esos tres papeles estaría desastrosa. Si la habían encasillado, como decía, en los de mujerona bravía, era porque indiscutiblemente le iban. En la Carmen de Merimée, en la Raimunda de la Malquerida o en otro similar lograría en cambio un gran éxito, pero no se avenía a admitirlo.

Mi evasivo ademán no llegó a satisfacerla y se contempló pensativa en el espejo, como si estuviera cavilando sobre ello. Su boca llena y bien dibujada, que acababa de pintarse de un rojo intenso, se distendió en una mueca de disgusto al comentar:

— Me gustaría saber qué me sobra o qué me falta para haber avanzado tan poco en esta profesión. Hace más de diez años que debuté y aquí me ves, encarnando todavía a la tonta de doña Ana de Pantoja. Una boba rematada, que solo dice cuatro palabritas en la obra y que, además, debía ser corta de vista. Porque hay que reconocer que el procedimiento que utiliza el Tenorio para conquistarla no puede ser más idiota. ¿Confundirías tú a tu novio, con un fresco que se te colara en tu cuarto por la noche?

Me eché a reír con ganas al imaginarlo.

— Por supuesto que no lo confundiría.

A través del espejo vi su mohín desdeñoso.

— Ni tú ni nadie lo confundiría. Comprendería que don Juan sedujese a doña Ana si al menos se molestara en mandarle flores y en pasearle la calle durante unos días, pero así por las buenas, porque la chacha le dé la llave de la casa y consiga introducirse por la noche en el cuarto de ella... Me parece demasiado facilón.

— A mí también— reconocí—. Pero las obras de teatro son así. La mayoría carecen de lógica y los personajes reaccionan sin el menor sentido común.

— Pues en eso, el Tenorio se lleva la palma— manifestó desdeñosamente. Ahí tienes a don Juan, metiéndose en el bote a setenta y dos mujeres en un año, y además a doña Ana y a doña Inés, a fuerza de decirles cursilerías. No me repondría en un mes del ataque de risa, si a mí me dijeran eso de:

> *"¿No es verdad, ángel de amor,*
> *que en esta apartada orilla*
> *más pura la luna brilla*
> *y se respira mejor?"*

— Sí, pero porque en la actualidad ese estilo está pasado de moda— repliqué, pintándome cuidadosamente los ojos. Marcela me había enseñado a hacerlo de forma que pareciesen inmensos y parpadeé varias veces después, para apreciar el efecto. Satisfecha del resultado, añadí —: Ahora se lleva un tipo de hombre más espontáneo, pero en el siglo XVI no había televisión y las mujeres tenían pocos entretenimientos. En esa época, probablemente, los hombres que supieran recitar versitos causarían estragos.

— !Bah!— masculló despectiva—. El don Juan es un arquetipo que han inventado los hombres, porque satisface su morbo. A todos los gustaría parecérsele, pero yo no he conocido a ninguno con esas características. Y mira que he conocido hombres.

Lo decía como si fuese una experta en la materia y como mi caso era el contrario, pues en el pueblo los chicos en edad de merecer se contaban con los dedos, me volví hacia ella con curiosidad.

—¿Has conocido muchos?

— Montones de ellos y todos son casi iguales. Unos más altos y otros más bajos, pero en el fondo, unos infelices a los que puede sopapear cualquier espabilada. Si yo supiese escribir como Dios manda, crearía el personaje de doña Juana, que es mucho más real y le daría sopas con onda a Tirso y a

Zorrilla.

— Y hoy serías tan famosa como ellos— apunté con guasa.

— Por supuesto— admitió jactanciosamente—. Porque, además, mis personajes no serían tan absurdamente estúpidos como los de esos autores. Cada vez que veo en escena a Laura, interpretando a doña Inés y desmayándose de emoción por las simplezas que le dice el Tenorio, me entran ganas de vomitar. Si en lugar de sufrir tanto sofoco, le hubiese soltado a él una patada en la espinilla cuando la raptó del convento, no habría matado don Juan a su padre ni se hubiera muerto ella de pena en el convento, después de que él la abandonara. Fíjate si era boba que, cuando al final del cuarto acto acuden los alguaciles a rescatarla de don Juan, que la había raptado y que ya ha huido, al salir ella del cuarto y reconocer el cadáver de su padre, aun sabiendo que le ha asesinado él, cuando los alguaciles gritan:

"Justicia por doña Inés".

a la idiota solo se le ocurre vociferar:

"Pero no contra don Juan".

Me eché a reír nuevamente y la otra se amoscó.
—¿Te parece que no tengo razón?
— No sé, chica. Pero si encuentras tan tonta a doña Inés, ¿por qué te gustaría tanto interpretar ese papel?

Me envolvió en una mirada de suficiencia, como si la respuesta fuese obvia.

— Me gustaría, porque es un papel bonito y muy lucido, pero ella era una simple.
— Bueno, yo diría que era una ingenua.
— Una ingenua simple— insistió tozuda—. Aunque se hubiera pasado la vida en un convento, podía haber espabilado un poco. El comendador, en cambio, es un tipo más humano. Me recuerda incluso a mi padre, que en una ocasión en que me

encontró en el pueblo con el hijo del boticario, me atizó un guantazo y me llamó perdida.

— ¿Y qué estabas haciendo?— me interesé, dejando el tarrito de maquillaje sobre el tocador y volviéndome hacia ella.

Se encogió displicentemente de hombros.

— Nada, ¿qué iba a hacer? Jugábamos a las canicas en un pajar de las afueras del pueblo, pero para mi padre, los pajares y las afueras eran por definición pecaminosos. ¿Es que no te acuerdas de él?

Moví negativamente la cabeza, después de meditarlo. A Marcela y a mí nos unía un parentesco raro y lejanísimo, de esos que solo se consideran como tales en los pueblos. Desde luego, no recordaba yo a su progenitor, que murió cuando yo era una criatura e incluso a ella muy vagamente en esos años. Se marchó a la capital cuando yo empezaba a ir a la escuela y después había vuelto en escasas ocasiones.

— Pues tenía muchos puntos de contacto con el comendador del Tenorio— continuó pensativa—. No cacareaba tanto sobre el honor y la honra, porque mi padre era de pocas palabras, pero me traía frita—. Frunció el ceño y añadió —: Creo que efectivamente ese es el papel más real de la obra y hay que reconocer que Alfredo Galán lo está bordando. Ojalá le sirva el éxito que está obteniendo para conseguir trabajo en lo sucesivo, porque, ¡Pobre hombre! Pensar que en su juventud ha sido un actor de primera fila y que últimamente no tenía donde caerse muerto... Si ha conseguido que León le contrate en esta ocasión para el papel del comendador, ha sido gracias a Arturo, que ha actuado como valedor suyo. Esta profesión nuestra es muy dura. Te pasas la vida luchando por escalar un puesto y cuando llegas a viejo resulta que ya no interesas a ningún empresario y que el público se ha olvidado de ti.

Cuando no estaba presente y no podía oírnos, omitíamos el tratamiento que le dábamos y le acortábamos el nombre al empresario, al que designábamos simplemente como "León". Como para nosotros era un especie de fiera, me parecía a mí que ese apodo le cuadraba en grado sumo.

M quedé silenciosa, aunque sabía que lo que Marcela acababa de decir no era totalmente cierto. El verdadero motivo de que Alfredo hubiera estado tanto tiempo sin trabajo residía en su afición a la bebida, de la que recientemente parecía haberse reformado. Pero como resultaba más consolador achacarle la culpa de todo lo malo que nos sucedía a los actores a los empresarios y al público, no la contradije.

— Arturo se ha portado muy bien con Alfredo— admití—. Es un hombre de grandes sentimientos y un extraordinario actor. Yo diría que León le prefiere con mucho a Claudio. Desde luego, con Claudio no se lleva bien.

— Porque es un engreído insoportable— rezongó con acritud Marcela—. Tan engreído como su mujer. Y, sin embargo, ambos llenan los teatros, aunque no me explico por qué.

— Porque son buenos— repliqué sin amilanarme, aunque sabía que tal afirmación solía provocar una explosión de ira en mi compañera. Como esperaba, se enfureció.

—¿Buenos? Claudio necesita ya usar corsé para disfrazarse de don Juan y ni aun así consigue disimular los michelines del estómago. Y Laura no vale más que ninguna de nosotras dos. Recita como una gata afónica y además, tiene más años que Matusalén. Cada tarde, cuando oigo como la Brígida le hace el panegírico a doña Inés, diciendo eso de: "No cuenta la pobrecilla diecisiete primaveras", pienso que cuando salga Laura a escena, el público le va a tirar tomates, porque esas diecisiete primaveras las tiene en cada pata.

— A distancia, da el pego— repliqué sin alterarme.

— Porque está tan flacucha como tú— masculló con resentimiento mal disimulado.

Me encogí de hombros, sin ganas de continuar discutiendo. A diario manteníamos las dos opiniones dispares sobre ese tema, pues Marcela carecía en absoluto de ecuanimidad y su antipatía por la primera actriz la impulsaba a negarle hasta sus cualidades más reconocidas. Cierto que Laura había pasado de los treinta y muchos, pero se conservaba bien y recitaba además maravillosamente. Para colmo, pertenecía a ese privilegiado gremio de personas que sin proponérselo se constituyen en centro de atención en cualquier lugar en que se hallen. Su aspecto no era precisamente llamativo. De estatura mediana y muy esbelta, con una bonita melena rubia, teñida según Marcela, y unos ojos azules de mirada infantil. Y había algo en ella que sugestionaba. A mí no me caía bien, pero yo soy el último mono de la compañía o el penúltimo, y conmigo no se molestaba en ser agradable. Es más, me ignoraba por completo. Por suerte, no coincidíamos en el escenario en ningún momento, porque con Marcela, que sí coincidía, solía mostrarse francamente grosera cuando caía el telón, si su actuación no había estado a la altura de las circunstancias. Marcela no se atrevía a replicarle, por supuesto. Ni siquiera don Leónidas, con su temible genio, le levantaba la voz ni criticaba abiertamente ninguno de sus movimientos. Los epítetos de "grulla paralítica" y de "mamarracho paticorto" nos los reservaba a Marcela y a mí, que no éramos importantes ni insustituibles.

Había conocido yo al empresario del Odeón un par de meses antes, en el café Gijón. En su última visita a nuestro pueblo, Marcela me había animado a seguir sus pasos y me vine con ella a Madrid, dispuesta a alcanzar la fama y a superar a Greta Garbo. Por aquel entonces yo creía que mi medio pariente era una actriz plenamente consagrada y que a su lado no me resultaría difícil introducirme en el mundillo teatral. La primera sorpresa me la llevé precisamente la tarde en que fuimos juntas al café para que me presentara a don Leónidas.

Esa tarde de Septiembre llovía como si el cielo hubiera decidido desplomarse sobre nuestras cabezas, convertido en agua. Las dos nos habíamos arreglado cuidadosamente para la entrevista, yendo a la peluquería por la mañana y acicalándonos convenientemente con nuestra mejor ropa. Al menos, la mía era la mejor que poseía y en el pueblo todas mis amigas opinaban que aquel vestido azul me sentaba como un guante y entonaba a la perfección con la chaqueta de cuadritos. Sin embargo, en Madrid, o no entonaba, o el guante pertenecía a otra mano que no era la mía. Ya en la calle, advertí que la ropa parecía estarme grande, al compararla con la de las transeúntes con que nos cruzamos. Iban vestidas de otra forma totalmente distinta, lo que me dejó perpleja. Para colmo, a causa de la lluvia, cuando alcanzamos a trasponer la puerta de cristales del café Gijón, mi aspecto resultaba lamentable. Mojada como una sopa y con los ojos lagrimeantes a fuerza de estornudos, caminé entre las mesas con esa sensación de ridículo que se experimenta cuando piensas que todos los presentes te miran encontrándote hecha una facha, y sabiendo además que vas a solicitar un papel.

Lo cierto era que no lo sabían y que tampoco me miraban. Miraban en cambio a Marcela, que vestía una falda estrechísima y una blusa que me hubiera venido a mí. Pero curiosamente la miraban los que no la conocían, porque ni don Leónidas ni los que le acompañaban levantaron la vista de sus tazas de café cuando nos aproximamos a ellos.

Nuestro encuentro con él debía parecer casual. Se trataba únicamente de que reparara en mi persona y luego Marcela, como quien no quiere la cosa, se encargaría de aludir a mis dotes de actriz. Lo habíamos ensayado en su piso más de cien veces, pero nos salió tan mal, que en ese instante dudé seriamente de que sirviera yo para el mundo de las tablas.

Marcela, que me precedía, se detuvo al pasar cerca de su mesa y dijo algo así como:

—!Ah!, ¿usted aquí?

En un tono tan agudo y tan falso, que la tertulia en pleno alzó la cabeza y se nos quedó contemplando de hito en hito.

No recuerdo que nadie nos animara a sentarnos, pero Marcela se dio por invitada y yo la secundé, porque permanecer en pie ante una gente que no te hace el menor caso es mucho peor que tomar asiento entre ellos, aunque continúen ignorándote. El único que se dignó dirigirme la palabra fue Arturo, que debió captar el mal rato que estaba pasando y me sonrió protectoramente. Don Leónidas ni desvió la mirada en mi dirección. Con sus viejos pantalones grises, su jersey arrugado y la negra barba enmarcando su semblante avinagrado, produjo en mí la impresión de ser un tirano prepotente, además de un pordiosero gordo, que era lo que realmente aparentaba.

Hubiera asegurado que él ni se fijó en mí, pero no debió ser así, porque días más tardes Marcela me comunicó satisfechísima que él quería verme en el teatro Odeón para hacerme una prueba. Por lo visto no le había pasado yo desapercibida y pensaba que tal vez podría darme el papel de hermana tornera en el "Don Juan Tenorio", que todos los años se representa en Madrid en el mes de noviembre.

Y así fue cómo me incorporé a la compañía y comencé a ensayar tarde tras tarde los dos papeles que al final me adjudicaron: el de hermana tornera y el de Lucía, la criada de doña Ana de Pantoja. Los dos eran tan cortos, que don Leónidas decidió encomendármelos, según él, para ahorrarse más follones. La palabra "follón" era una constante en sus labios y después comprobé que también poseía la manía del ahorro. Lo ahorraba todo, focos guardarropía, actores y tramoya. Si algún efecto no quedaba de su gusto, adoptaba la decisión más práctica y resolvía el problema de una forma que invariablemente era la más simple y también la más barata: las candilejas disminuirían progresivamente de intensidad, hasta dejar el escenario en sombras. Así habría de ocurrir en el momento en que el comendador acudiera a cenar con don Juan, abandonando para ello el mundo de los muertos, y su estatua de piedra se filtrara por la pared, en el instante en que las otras estatuas de las personas asesinadas por don Juan abandonaran su pedestal en el cementerio y se abalanzaran sobre éste, en el que doña Inés emergiera de su tumba y en tantas otras, que llegué a temer que representaríamos la función a oscuras, que el Tenorio y Mejías se enfrentarían en duelo, luchando con el dedo para ahorrarse las espadas y que la famosa escena del sofá la llevarían a cabo Claudio y Laura en cuclillas, para que el empresario se ahorrara el sofá.

Pero me equivoqué completamente. El día del ensayo general comprendí por qué don Leónidas era considerado como un director genial y pude apreciar la razón con mucho mayor conocimiento de causa del que podía poseer cualquier crítico. Éste vería la función desde el patio de butacas, pero yo lo hacía desde el interior del escenario y, por tanto, me encontraba en muchas mejores condiciones para ponderar el valor de las decisiones que había ido adoptando don Leónidas. Su cacareado ahorro no era tal. No escatimaba medios, simplemente evitaba los superfluos, en aras de encubrir lo que resultaba inverosímil o podría parecer ridículo.

Su caballo de batalla lo constituía indiscutiblemente el duelo entre don Juan y don Luis Mejías. Vi ensayar esa escena hasta el agotamiento de los dos y el aburrimiento de los que lo veíamos entre bastidores. Al principio a mí me daban risa sus contorsiones y acometidas, pero después bostezaba solamente, preguntándome cómo en el cine resultarían tan reales las luchas de esgrima y tan grotescas sobre las tablas del escenario. Tanto Claudio, como Arturo, ponían su mejor voluntad y atendían las indicaciones de don Leónidas, que se reprimía para no corregirles a gritos como hacía con casi todos los demás. Hasta que el hombre se cansó de tanta represión y se desahogó vociferando que esa escena era un "follón" y que como los dos parecían unas "grullas paralíticas", lo mejor sería atenuar las candilejas para evitar que el público se desternillase de risa.

Lo curioso es que logró lo que pretendía y que fue el cuadro que más alabó la crítica, pues el efecto resultaba muy bueno.

El estreno fue un éxito, que a mí me supuso una diarrea espeluznante a consecuencia de los nervios, y los días que siguieron actuamos a teatro lleno en las dos funciones, sin que mis diarreas amainasen. En cuanto trasponía la puerta de actores del Odeón y aspiraba el olor del pasillo, me convertía en una especie de gelatina temblona y humeante. Humeante, porque fumaba como una chimenea, siguiendo los consejos de Marcela. Ella también experimentaba una desazón similar e incluso Laura, pese a los veinte años de profesión que llevaba a cuestas. La media hora precedente a la subida del telón constituía una terrible guerra de nervios y de fumequeo, durante la cual, lo más acertado era no ponerse a tiro de los "importantes" para que no pudieran hacernos blanco de sus iras.

Pero me he desviado de lo fundamental, que es lo que ocurrió la tarde de ayer. Terminaba de peinarme frente al tocador y de colocarme la cofia de organdí blanco sobre la cabeza, cuando unos golpecitos en la puerta del camerino me obligaron a respingar sobre la mitad de la silla que compartía con Marcela y a dirigir una ansiosa mirada a mi reloj de pulsera, que había depositado anteriormente sobre la mesa, temiendo que fuera la llamada del traspunte. Fue un gesto incongruente, pues yo no pisaba el escenario hasta el segundo acto. Pese a ello, di un suspiro de alivio al reconocer a Jaime Robledo, ya disfrazado de Ciuti, el criado de don Juan Tenorio. Era un muchacho muy alto y sumamente atractivo, de pelo oscuro y ojos azules y guasones, que a Marcela le tenía sorbido el seso, cosa que disimulaba muy mal. Yo le había conocido el mismo día en que don Leónidas me hiciera la prueba en el teatro y desde entonces notaba que me seguía con la vista, cuando no podía acercarse, y que se me acercaba en cuanto podía. Claro que yo no solía separarme de Marcela y ésta opinaba que era ella la que le interesaba.

Mi brusco respingo estuvo a punto de arrojarla de la silla, por lo que se asió al tocador con ambas manos, dirigiéndome a continuación una mirada de reconvención, que se trocó en una sonrisa para el visitante.

—¿Qué?, ¿ya estáis listas?— nos preguntó, cerrando la puerta a su espalda y apoyándose en ella.

Noté el inquieto rebullirse de mi compañera, a la par que el mío propio. Las dos nos alborotábamos como colegiales tontas en cuanto le veíamos aparecer, aunque nuestra forma de exteriorizarlo fuese muy distinta. Yo me quedaba muda y encortada y Marcela, en cambio, se deshacía en mohines picarescos y en alusiones ingeniosas. A su lado me sentía como una estaca rígida y sin gracia, pero Jaime no parecía considerarlo así. Más bien daba la impresión de que le divertía mi falta de desenvoltura y que hasta le suponía un aliciente.

A través del espejo vi que me estaba contemplando y

sin volverme encendí un cigarrillo con manos torpes. Marcela se había girado ya hacia él y con un ademán le animó a que se le aproximase.

—¿Qué haces como un pasmarote? Siéntate y cuéntanos cómo van las cosas por ahí fuera.

Jaime la obedeció, dejándose caer en la otra silla disponible, sin cuidarse de retirar previamente el bolso de ella, y estiró con satisfacción sus largas piernas, enfundadas en unas calzas color crema. Parecía encontrarse sumamente cómodo y le sonrió beatíficamente a Marcela, cuando ésta le increpó con coquetería:

— !Pero hombre!, ¿no ves que me estás espachurrando el bolso? Voy a tener que darte un par de tortas para que espabiles. Me pregunto qué te sucederá últimamente que no haces nada a derechas.

Le amenazaba con el dedo con su mejor cara de inocencia para darle ocasión a que le replicara con una indirecta halagadora, que no se hizo esperar.

—¿Y aún te lo preguntas? No hay más que veros a las dos para que la cabeza no me rija como Dios manda. Y por cierto, ¿os he dicho que estáis preciosas esta tarde?

Me miraba a mí, pero contestó Marcela, como siempre.

—Nos lo dijiste ayer y también anteayer, y ya que te pones tan pesado, aprovecharemos para decirte que, así disfrazado, tú también tienes un pasar.

Tenía bastante más que un pasar con el jubón castaño oscuro ajustado a la cintura por el cinto del que pendía su puñal y la camisa blanca, de amplias mangas recogidas en el puño. Recordaba al príncipe de las películas de dibujos, en el traje y en lo guapo, pero por supuesto me guardé muy bien de decirlo y aparté la vista del espejo al advertir que seguía mirándome.

— Pues muchas gracias a las dos— dijo, sonriéndome como si yo hubiera sido la autora del cumplido, aunque aún no había abierto la boca.

Me hubiera gustado poseer algo del salero de Marcela y perder la estúpida timidez que me impedía comportarme con naturalidad. Incluso por las noches, cuando llegaba a casa, ensayaba ante el espejo unas conversaciones interminables con él, que olvidaba totalmente en cuanto volvía a encontrármelo. Por suerte Marcela no se separaba casi nunca de mi lado y ellos dos se lo decían todo, incluyéndome en sus dimes y diretes. Yo me limitaba a intercalar alguna incoherencia, maldiciéndome interiormente por no ser capaz de replicar con algo más de ingenio. En ese momento notaba la mente en blanco y por más esfuerzos que hice, estrujándomela, no logré que se me ocurriera ningún tema de charla. Como de costumbre, no hizo falta, porque Marcela los encontraba por las dos.

—No hay de qué— repuso siguiendo el hilo de lo anterior—. Agradéceselo al traje que llevas puesto, que es el causante. A los actores os ocurre lo que a los toreros. Con la ropa de faena parecéis otros.

—¿Mejores o peores?— se interesó, algo socarrón.

—Mejores, por supuesto— replicó rápidamente ella—. Hasta Pedrito, que vestido de persona parece un niño de comunión, disfrazado de Gastón resulta presentable. Claro que, a lo mejor nos sucede también a nosotras.

Aguardaba su opinión con los ojos entornados, ofreciendo a su observación el mejor ángulo de su rostro. No cabía duda de que, aunque resultaba preciosa en cualquier circunstancia, el vestido de terciopelo rojo que llevaba puesto le favorecía. Contrastaba con la negrura de sus ojos y teñía sus morenas mejillas con algo de color. Sin embargo, Jaime apenas si le dirigió una distraída mirada y a continuación clavó sus ojos en mí.

—Pues ya que lo preguntas, te diré que también vosotras mejoráis. Algunas hasta parecen hacerse mujeres de repente.

Marcela no recogió la alusión, que me iba dirigida, y abrió la boca con sorpresa.

—¿Pues qué es lo que parecían con su propia ropa?

—Chiquillas— murmuró el con guasa—. Recuerdo a una que, al verla por primera vez aquí, en el teatro, me hizo pensar que se trataba de una niña prodigio. El caso es que no recitaba mal y que pretendía un papel de adulta. Al final resultó que lo era.

Me puse como un tomate, rememorando la prueba que me hiciera don Leónidas y la curiosidad con la que Jaime me observaba mientras tanto desde un extremo del escenario, aunque simulaba conversar con Pedrito. Debió imaginar que yo era una criaja, pues mi aspecto ha sido siempre aniñado y sin duda a eso se estaba refiriendo. La blusa de organdí que llevaba puesta, con el ajustado corpiño negro, y la larga falda recogida en un lado para dejar ver las enaguas, me sentaban bien. Lo noté el mismo día del estreno, pues la mayor parte de los compañeros se me quedaron mirando con asombro, como si no pudieran creer que fuera la chiquilla de los ensayos.

Marcela, que no había cogido onda, insistió.

—¿Y qué pasó con la niña prodigio?

Él se encogió de hombros, sin apartar los ojos del espejo a través del cual me observaba.

— Nada. Ya os he dicho que resultó no ser una niña. Me di cuenta la primera vez que se vistió de chacha.

—¿De chacha?— repitió estúpidamente la otra, aún en babia—. No recuerdo que en ninguna de las últimas comedias hubiese chachas en el reparto y, tanto tú, como yo, llevamos trabajando con el gran León más de dos años. Todas han sido obras clásicas, que son las que a él le gustan.

Frunció el ceño, intentando hacer memoria, y yo me atraganté con el humo, apagando a continuación el cigarrillo.

— Déjalo, Marcela— murmuré—. ¿No ves que es una broma?

La aludida me envolvió en una mirada de desorientación y de pronto se pareció caer en la cuenta de lo que el otro estaba diciendo, porque se volvió hacia él, súbitamente inspirada.

— Ya entiendo. Te refieres a que esa niña pareció hacerse mayor al disfrazarse con un traje similar al que lleva Marina, que también hace el papel de criada, ¿verdad?

Una chispita burlona brilló en los ojos de él, al asentir.

— Efectivamente.

Enarcó Marcela las cejas con perplejidad y terminó por

encogerse de hombros.

— Pues hijo, no sé de quién puedes estar hablando, porque no recuerdo a ninguna con esas características. Pero pasemos a otro tema. ¿Cómo van las cosas por ahí fuera? ¿Está León muy insoportable esta tarde?

— A él no le he visto aún— repuso Jaime, bajando la vista, para fijarla en la punta de sus botas— pero parece que el patio anda algo revuelto. Cuando venía hacia aquí, me he tropezado con Laura, que salía del camerino de Arturo, hecha un basilisco. Los otros dos siguen chillando dentro.

—¿Qué otros dos?— se interesó Marcela, frunciendo el ceño.

— Arturo y Claudio. No sé qué es lo que les ocurre, pero se están peleando.

— Querrás decir que Claudio la ha tomado con Arturo esta tarde, para no desentrenarse. Ese tipo necesita vociferarle constantemente a alguien y hoy le ha tocado a Arturo.

El moreno semblante de Jaime se ensombreció.

— Parece que la de hoy es una gresca en regla. Una de las cosas que Claudio ruge es, que si Arturo no deja la compañía, lo hará él.

—¿Que se marcha Claudio?,— me extrañé. Mi sorpresa fue tan grande que me olvidé de azararme y me dirigí a él por primera vez.

Durante un instante se me quedó mirando como si el oír mi voz fuese un acontecimiento inusitado, que mereciera celebrarse, y esbozó una media sonrisa, que desapareció de su rostro instantáneamente al comentar:

— Eso al menos es lo que está chillando. Aún tenemos por delante quince días de representaciones, pero es de suponer que, si nos deja él, Laura hará lo mismo.

— ¡Bah!— masculló desdeñosamente Marcela—. He presenciado docenas de peleas de esa clase y al final se disuelven siempre en agua de borrajas. Cualquier actor daría lo que fuese por trabajar con el "follonero" de León, y ni siquiera Claudio puede permitirse el lujo de renunciar a ese privilegio. Imagino que el motivo de la discusión será que, en opinión de

Claudio, Arturo le hace sombra, que se le coloca delante en el escenario o que le ha interrumpido al recitar sus versos. Los dos irán a quejarse ahora a León y éste les dirá que no le vengan con "follones" y acabará por calmarles. Porque no creo que Claudio...

Dejó la frase en el aire, pero Jaime debió captar el sentido de lo que no había llegado a decir, porque su expresión se oscureció aún más. Solían referirse a los dos primeros actores de la compañía con medias palabras de las que yo no alcanzaba a entender el significado y que nunca me aclaraban y esa vez no fue una excepción. Jaime se apresuró a rebatir lo que la otra estaba pensando, pero de una forma tan ambigua, que me quedé igual que antes.

— Pues yo creo que sí. Aunque dicen que el interesado es el último que se entera, me parece que hoy se ha enterado.

— !Dios nos valga entonces!— exclamó alarmada Marcela—. Mucho me temo que, en ese caso, ni León sea capaz de capear el temporal. Lo más indicado, por si acaso, es que no nos pongamos a tiro de ninguno de ellos. Del camerino al escenario y viceversa. Afortunadamente mañana descansa la compañía y podrán aprovechar el día de asueto para ventilar sus problemas.

Se volvió volublemente hacia mí.

— Y por cierto, Marina, ¿qué vamos a hacer mañana? Estoy necesitando correrme un buen juergazo para olvidarme de tanto conflicto, pero como a ti no hay quien te saque de casa...

No era cierto lo que decía, pero comprendí su intención. Quería darle a entender al otro que estaba libre de todo compromiso, por si se decidía a invitarla a ir a alguna parte, y, por tanto, permanecí silenciosa, observándole a él a través del espejo. Parecía contemplar interesadísimo la punta de sus botas, sin darse por aludido y su mutismo me desasosegó. Me hacía sentir vergüenza ajena e intervine apresuradamente para romper el silencio y lo que a mí me parecía una escena violentísima.

— Podríamos salir al campo en tu coche, Marcela.

Vi que él levantaba los ojos hacia mi rostro, con la expresión del que acaba de oír una genialidad.

—¿También a vosotras os gusta el campo? Manolo y yo aprovechamos todos nuestros ratos libres para pescar. Si os apetece, mañana podríamos ir los cuatro.

El tal Manolo desempeñaba en la obra el papel de capitán Centellas y ese sí que bebía los vientos por Marcela, aunque ella le encontraba muy pesado. Advertí que tan multitudinario plan le seducía a mi amiga bastante menos, cuando optó por utilizarme de excusa.

—No hace falta que te sacrifiques, chica— me dijo sonriente—. Sé el interés que tienes en ver la serie de la televisión y que, además, no puedes pasarse sin tu siesta. Quédate en casa tranquilita, que yo aportaré la cena con lo que pesque.

Capté el cambio de actitud de Jaime, aunque no hizo el menor gesto. Encendía parsimoniosamente un cigarrillo y me pareció que se estaba buscando una salida. Debió encontrarla, porque denegó con la cabeza.

—No me gusta el número impar y menos aún llevaros la cesta a Manolo y a ti. Si Marina no se anima, os dejaré que os arrulléis solos.

Esta vez sí que me puse como un tomate y no solamente por la claridad de su alusión, sino por la reacción de la tonta de Marcela, que no la entendió y continuó poniéndose en ridículo.

—!Qué cesta ni qué ocho cuartos!— protestó ofendida—. Tu pesadísimo e inseparable amigo me tiene aburrida y mareada con sus miradas de cordero degollado. Por mí también puede quedarse él en su casa, viendo la televisión. Sin él lo pasaremos mucho mejor.

¿Por qué no se callaría de una vez la muy boba?, pensé. Hasta las orejas me ardían ya de vergüenza y ella continuaba parloteando tan contenta, sin darse cuenta de que Jaime volvía a buscarse un escape. ¿Y había dicho poco antes que la figura de don Juan estaba trasnochada y que en cambio cualquier mujer sopapearía al que le interesara sin ninguna dificultad?

No cabía duda entonces de que no debía ser muy espabilada.

De improviso experimenté la agobiante sensación de que el corpiño se me había quedado estrecho. Al menos me faltaba aire de puro bochorno, por lo que me levanté de la silla, dirigiéndome hacia la puerta.

—¿Te vas?— me preguntó él, interrumpiendo a Marcela e incorporándose a su vez—. Aún faltan diez minutos para que levanten el telón y además tú no sales en el primer acto.

Vacilé con la mano en el pomo.

— Voy a...

¿Por qué no se me ocurriría donde ir, si seguramente había un montón de sitios?

— Voy a ver cómo está de concurrido el patio de butacas— terminé trabajosamente.

— De bote en bote— me aseguró Jaime, aproximándoseme con la evidente intención de seguirme, si me empeñaba con comprobarlo.

Marcela, que no estaba dispuesta a perderle de vista, se nos unió, por lo que titubeé abochornada, con la vaga sensación de encabezar una procesión absurda. Y lo más curioso era que los otros dos continuaban tan frescos. En los claros ojos de Jaime brillaba una chispita de diversión y en los de Marcela, la vacuidad más absoluta. Durante una décima de segundo me imaginé a mí misma corriendo por el pasillo, con Jaime detrás de mí y Marcela detrás de Jaime y llegué a la conclusión de que ni aun así sospecharía la muy tonta el motivo por el que Jaime me seguía. Seguramente lo achacaría a que él deseaba hacer ejercicio.

Me pareció que estaba pensando en ese instante lo mismo que yo, porque, al mirarle de refilón, vi que a duras penas lograba disimular las ganas de reír. Creo que no pude ponerme más roja de lo que ya estaba, pero por si cabía esa desagradable posibilidad, bruscamente di media vuelta y salí al pasillo. Fue en ese mismo instante cuando se abrió violentamente la puerta del camerino de Arturo y Claudio salió despedido de su interior, trastabillando de espaldas, como si acabara de recibir un violentísimo empujón, y no paró hasta chocar con la pared opuesta del corredor, para terminar cayéndose aparatosamente al suelo. Un segundo más tarde, Arturo se abalanzó sobre él, profiriendo toda clase de denuestos, en su mayor parte bastante malsonantes.

Recuerdo lo que siguió a continuación como un todo borroso de gritos y ruidos de las puertas de los camerinos al abrirse, dando paso a otros compañeros que intentaban separarles. A don Leónidas, chillando más que nadie. A Laura llorando como una Magdalena y entre todos, al traspunte, medio afónico, llamando a escena a los mismos que se estaban peleando en un barullo indescriptible. Pero no llegué a saber con certeza cuál había sido la causa de la reyerta, porque las versiones que recibí me parecieron deshilvanadas. O hablaban a medias palabras o daban por sabido algo que yo ignoraba.

—Esto se veía venir— me comunicó confidencialmente Alfredo Galán, el veterano del reparto. Un gesto de pesadumbre distendía sus bondadosas facciones, surcadas por infinidad de arrugas, al tiempo que intentaba apartarme del jaleo, como si yo fuera una niña pequeña que no debiera ver ciertas cosas. Solía tratarme de una forma paternal, que me enternecía, pero en esta ocasión luché por desasirme de su mano, mientras buscaba a Marcela con los ojos. La distinguí por fin junto a Jaime, que sujetaba a Claudio para mantenerle apartado de Arturo, y entonces me volví hacia Alfredo.

—¿Qué es lo que se veía venir?, ¿por qué se han pegado?

Matilde, su mujer, que hacía en la obra el papel de Brígida y que se nos unió en ese momento, respondió por él.

—Porque sí, hijita, porque sí. Tú no hagas caso. Eres demasiado joven aún para enterarte de ciertas cosas.

¿Demasiado joven? ¿Cuántos años creerían que tenía yo? Acababa de cumplir los veintidós, aunque seguramente no aparentaría más de diecisiete. Se lo dije a Matilde, pero no se inmutó. Para ella, desde sus sesenta y cinco, todavía estaba yo a medio crecer.

La dejé a mi espalda con Alfredo y me busqué a otro de

mi edad, que no se anduviera con tantos miramientos. Pedrito Rubio me pareció el más indicado, porque era el más joven de la compañía. Hacía en la comedia el papel de Gastón, el criado de don Luis Mejías, y se había pegado bajo la nariz unos tremendos bigotes para aparentar más edad. Aunque le abordé inmediatamente, no me sacó de dudas.

— Mujer, ¿qué quieres que te diga? Claudio es un animal y se merece lo que tiene.

—¿Pero qué es lo que tiene?— insistí.

Le vi tragar saliva y hacer un gesto ambiguo.

— Pues... ya sabes.

— Es que no lo sé— protesté.

— Pues tiene una mujer que... En fin, si no fueras tan jovencita...

— !Y dale!— me enfurecí—. Para que te enteres, hace mil años que hice la primera comunión. Seguramente tengo más edad que tú.

—¿De veras?— se admiró, mirándome especulativamente con sus ojos azules de angelote de retablo—. Yo tengo veintitrés.

— Y yo, veintidós.

— Pues solo te saco uno.

Le solté un bufido, porque su cachaza me ponía nerviosa, y arremetí contra Manolo Ponce, el admirador de Marcela, pensando que sería más explícito. Iba ya vestido de capitán Centellas y se echó hacia atrás el ala de su gran sombrero negro para que yo pudiera acercarme a su oído a preguntarle lo que me interesaba, pero tampoco me dio una respuesta clara. Se limitó a encogerse evasivamente de hombros y a replicar sentenciosamente:

— Yo creo que la culpa ha sido de León, que les ha sacado de sus casillas. Te lo digo yo.

Y más o menos así me fueron contestando los restantes, mientras el traspunte vociferaba como un poseso, llamando a escena a los que debían actuar en el primer cuadro, sin que nadie le hiciera caso. Al fin logró que León le atendiera y fue éste quien resolvió la situación, asiendo a Claudio por un brazo y arrastrándole hacia el escenario, que se encontraba al final del pasillo, en un ensanche desde el que se accedía al mismo subiendo unos peldaños. En el mismo ensanche comenzaba una escalera, por la que en ese momento bajaban los comparsas, vestidos de máscaras, que debían entrar en escena, profiriendo gritos carnavalescos nada más levantar el telón.

Entre bastidores me reuní con Marcela, que me acogió nerviosísima. El telón iba a subir de un instante a otro y Claudio, ya sentado en escena en la mesa que debía ocupar y que figuraba pertenecer a la hostería que representaba el decorado, seguía discutiendo con don Leónidas, hasta que éste se cansó y le hizo callar con un ademán imperioso. Divisé entonces a Jaime, que como criado de don Juan ocupaba su puesto junto a la puerta de la hostería, y a Ventura Caspe, que hacía de hostelero en la comedia, y di un suspiro de alivio al comprobar que ya estaban en sus puestos todos los actores con los que empieza la obra. Sin embargo, el susurro de Marcela en mi oído volvió a desazonarme.

—¿Qué crees que va a pasar ahora, Marina? Mira a Claudio. Parece una furia dispuesta a soltar una retahíla de tacos. Estoy segura de que los va a soltar.

Tragué saliva cuando mis ojos se detuvieron en él. Estaba sentado de frente al público, por lo que yo le veía de perfil. Pese a ello advertí que estaba rojo de ira y que los nudillos de sus dedos revelaban la crispación que sentía.

—Yo, en cambio, estoy segura de que recitará sus versos y no los tacos— la contradije, deseando convencerme a mí misma de que sucedería así, aunque no las tenía todas conmigo.

Seguí con la mirada a don Leónidas, que correteaba por el escenario recomendado calma, y al fin le vi dirigirse hacia el lugar en que nos hallábamos Marcela y yo, para amonestar a la hilera de máscaras que se apretujaban desordenadamente a nuestro lado entre murmullos contenidos.

—!Silencio!— les tronó en un susurro—. Ya tendréis tiempo de chillar dentro de un instante. Y recordad que no quiero ni una sola equivocación.

El hombre se enjugó a continuación la frente con su pañuelo y dirigió una mirada a las alturas, como si pidiera ayuda a Dios en unos momentos tan difíciles. Después dijo con voz firme:

— !Telón!

El corazón comenzó a latirme desacompasadamente, mientras éste iba ascendiendo, descubriendo una sala rebosante de público. Yo también musité entonces una plegaria para que todo saliera bien, para que Claudio lograra dominarse y no hiciese una barbaridad. Acodado sobre la mesa de la hostería, escribía su carta aparentemente tranquilo, pero noté como la pluma de ave le temblaba entre los dedos. Las máscaras acababan de irrumpir en escena, cantando y profiriendo grititos y él debía comenzar a recitar. Sentí el codazo de Marcela en mis costillas y percibí su voz temblona.

— Va a soltar los tacos, Marina. Te digo que los va a soltar.

Permanecí en suspenso un segundo, que se me antojó un siglo y, cuando al fin   oí su voz, la descompuesta maquinaria que llevaba en mi interior se me paró en seco.

"!Cuán gritan esos malditos!
pero, !mal rayo me parta!
Si, en concluyendo esta carta,
no pagan caro sus gritos"

Y digo que se me paró el corazón, porque, aunque fuesen los versos que escribió Zorrilla y que, por tanto, debía recitar, traslucía su tono una rabia tan sorda, una ira tan desproporcionada, que sobrecogía por lo real. Manifestaba sus propios sentimientos, aunque simulase interpretar los que le inspiraban las máscaras y por el absoluto silencio con que el público acogió sus palabras, comprendí que conceptuaba su actuación como genial. Con el vello de los brazos erizado me volví hacia Marcela, esperando que participase de mis impresiones, pero algo aturdida comprobé que se había olvidado ya de Claudio para concentrar su atención en Jaime.

Úrsula Llanos

— Ahora le toca a él— me recordó, señalándole con un gesto—. ¿No te parece que está guapísimo disfrazado de Ciuti? Tiene un tipazo colosal.

— Sí, pero...

No hizo caso de mi interrupción y continuó:

— Estoy segura de que le tengo en el bote. Y por cierto, a ver si no vuelves a meter la pata. Si hubieras mantenido la boca cerrada, mañana iríamos los dos solos de excursión. Pero en fin, puesto que te has empeñado en venir también, espero que me liberes de Manolo.

Entre aturdida e indignada, abrí la boca para protestar y para aclararle que le había echado una mano con la única intención de evitarle que hiciera el ridículo, pero la volví a cerrar al advertir que Arturo se nos había aproximado y esperaba junto a Marcela para hacer su entrada en escena. Le encontré pálido y desencajado, pero no daba muestras de inquietud. En su papel de don Juan, Claudio le había referido ya al hostelero que esa noche se cumplía el plazo de un año desde la noche en que el Tenorio se había apostado con don Luis Mejías, que era capaz de hacer más daño con mejor fortuna que él durante ese lapso de tiempo. La rivalidad con Mejías, que debía interpretar en la obra, la estaba bordando Claudio, que la dejaba traslucir en cada uno de sus gestos y de sus ademanes, con una espontaneidad que no guardaba relación con las actitudes ensayadas. Parecían constituir más bien una auténtica provocación. No obstante, Arturo contempló impasible el mutis del otro por el extremo opuesto del escenario y solo entonces se volvió a cuchichearle algo a Pedrito. Seguramente le recomendaba tranquilidad, porque oí al chico responderle:

— No te preocupes, ya se me ha pasado.

Pedrito había logrado debutar en don Juan Tenorio gracias a la influencia de Arturo y sentía por él una especie de fidelidad perruna, que resultaba enternecedora y un tanto cómica. Al igual que en la obra, en la que el muchacho encarnaba al de criado de Luis Mejías, en la vida real era la sombra de Arturo e indudablemente estaría furioso contra

Claudio. Los compañeros solían tratar a Pedrito con la misma indulgencia condescendiente con la que me trataban a mí, propinándole alentadoras palmaditas en la espalda en cuanto pasaban por su lado. Una equivocación como otra cualquiera. La constitución del chico no podía ser más endeble y en mi opinión le tenían molido a palos. Siguiendo el ritual, Alfredo le propinó unos cuantos trallazos, antes de volverse hacia nosotras.

— Echad un rezo por mí, chicas, que voy a salir ahora mismo a escena.

— Descuide, que lo haremos— repuso Marcela en un susurro—. Aunque usted no necesita de nuestros rezos, porque es un comendador de primera. ¿Se encuentra bien?

— Lo suficientemente bien como para defender el honor de mi hija ante don Juan— bromeó—. Estad atentas, porque hoy voy a dejar al público apabullado.

Lo decía, intentando aparentar una tranquilidad que estaba muy lejos de sentir, y le seguí con los ojos cuando avanzó bajo las candilejas al encuentro del posadero, notando en ellos un escozor molesto. Cojeaba ligeramente, pero su aire no estaba exento de gallardía. Mientras dialogaba con el posadero y le pedía a éste una mesa contigua a la que iban a ocupar Tenorio y Mejías para poder presenciar el resultado de su apuesta, intenté imaginármelo de joven, cuando él solo llenaba los teatros. No me fue difícil, porque el camerino que compartía con su mujer se hallaba materialmente empapelado con fotografías de los dos de entonces. Matilde Iniesta no había sido nunca una primera figura ni tampoco había poseído un físico atrayente. Se había limitado a envejecer, convirtiéndose en una "dama de carácter" aceptable. Alfredo, sin embargo, no era ni el recuerdo de lo que fuera en otros tiempos. Como tenía mucho que perder, había perdido mucho. Su figura regordeta no parecía que hubiera podido pertenecer años atrás al joven apolíneo de las fotografías y desde luego su rostro no guardaba la menor similitud con el del galán de antaño. De su época dorada conservaba únicamente su buen hacer como actor y en el papel que con tanta dificultad había conseguido ponía todo su empeño. Desde que don Leónidas le contratara a instancias de Arturo, estaba realizando un esfuerzo sobrehumano para superar su adicción al alcohol, sabiendo que no tendría otra oportunidad. En el mundillo teatral se le había considerado un hombre acabado y la obra que teníamos en cartel era la única oportunidad de que disponía para demostrar que aún podía dar mucha guerra. Por eso, se encontrara como se encontrase, era siempre el primero en acudir a los ensayos y en cada función intentaba superarse a sí mismo.

Había tomado asiento ya en una mesa apartada de la hostería que representaba el decorado, con el semblante cubierto por un antifaz. Germán Blasco, en su papel de don Diego, ocupaba otra frontera, y en el centro del escenario Manolo Ponce, como el capitán Centellas, y Gabriel Egea, como Avellaneda, hablaban ahora con el posadero de la apuesta de don Juan y de don Luis, cuyo resultado habían acudido a presenciar. Un instante más tarde el reloj de la hostería comenzaría a dar los cuartos para las ocho y los comparsas, disfrazados de caballeros de la época, entrarían en escena en silencio, rodeando la mesa que el posadero les había reservado al Tenorio y a Mejías, para asistir también al desenlace de la famosa apuesta.

Fue en el momento en que comenzaron a irrumpir los comparsas en escena cuando noté a Jaime a mi lado. Había hecho mutis unos instantes antes y su rostro expresaba una inquietud tal, que me alarmé.

—¿Qué ocurre, pasa algo?

No pareció oírme. Intentaba susurrarle algo a Arturo, que se preparaba para entrar en escena, reteniéndole por un brazo, pero el otro se desasió algo impaciente. Ocho campanadas se desgranaban sonoras ya, y esa era la señal para que don Juan y don Luis avanzasen al mismo tiempo y desde ángulos opuestos, hacia la mesa central, iluminada por los focos.

— Déjame— protestó Arturo, empujando ligeramente a Jaime para que le dejara libre el paso—. Ya me lo contarás luego. Ahora no tengo tiempo de escucharte. ¿No oyes el reloj?

Con paso majestuoso salió Arturo de entre bastidores, encaminándose en línea recta hacia la mesa, pero Claudio no apareció al mismo tiempo por el lado contrario, como requería el libreto. Desazonada, intenté localizarle con la mirada, escudriñando la oscuridad que invadía el lateral derecho del escenario, más allá de los telones, y, al no divisarle, me volví hacia Jaime.

—¿Dónde está Claudio?, ¿qué es lo que pasa?

Me miró como si no me viera. Él, que habitualmente derrochaba parsimonia y al que jamás había visto alterado, vivificaba la imagen del nerviosismo. Incluso la voz le salió algo entrecortada al contestarme:

— Pasa que el muy imbécil se niega a continuar. Desde que abandonó el escenario, al principio del acto, ha estado peleándose con Laura y está fuera de sí. Dice que por él la obra puede irse al garete con todos nosotros y que no sale a escena. León está intentando convencerle.

Me costó entenderle y cuando lo conseguí me quedé paralizada. Al fin, medio histérica, logré tartamudear:

—¿Que León está intentando... que Claudio no sale...? Pero si Arturo ya está en escena y él debería estarlo también...

Me volví hacia el lugar que iluminaban los focos, con el corazón en la garganta. Arturo, en su papel de Mejías, se había detenido embozado junto a la mesa a la que debería sentarse con don Juan, rodeado por los que interpretaban a Avellaneda, al capitán Centellas y a otros caballeros que no hablaban. Ventura Caspe, como el hostelero, permanecía junto a la puerta de la hostería y el comendador y don Diego seguían inmóviles, con el rostro cubierto, en unas mesas apartadas. Todos aguardaban expectantes, con una inquietud que se palpaba, aunque semejasen haberse convertido en estatuas. Sin Claudio era imposible proseguir y la función se iba a venir abajo por la obstinación de un estúpido.

Capté cierto revuelo entre el público, que contemplaba sin explicárselo la extraña actitud de unos actores, mudos e inmóviles en escena, y casi a la vez oí la voz de don Leónidas a mi espalda. Pero no era la suya. Era la voz de un hombre al borde de una apoplejía.

— Sal tú, Jaime. Aquí tienes la capa y el antifaz.

Se los entregaba al aludido, que se resistía, sin acabar de entender lo que el otro le estaba diciendo.

— Pero....— intentó Jaime protestar.

— Sal te he dicho !so alcornoque1 !Sal de una vez!

Como idiotizada, vi al empresario colocarle la capa sobre los hombros, encasquetarle el antifaz y empujarle rudamente hacia las candilejas. Y aún más idiotizada vi al chico avanzar hacia la concurrida mesa de la hostería, a ocupar el puesto de Claudio.

Percibí algunos silbidos entre el público y hasta algún intento de pateo, dedicados a Jaime, sin duda por su tardanza, porque, embozado cómo iba, no era posible que los espectadores hubiesen advertido aún que no era Claudio. ¿Pero qué ocurriría cuando dentro de unos instantes se descubriese?

Recé entre tartamudeos, con una plegaria tan incoherente, que llegué a dudar de que incluso Dios fuera capaz de entenderla. Pellizqué a Marcela, que me devolvió los pellizcos, pellizqué a Pedrito, que no me los devolvió, y hasta pellizqué a don Leónidas, que no pareció notarlo. Como hipnotizado, contemplaba la escena, pero yo me volví de espaldas, al igual que un atemorizado avestruz, para no ver lo que sucedía, y de espaldas oí la voz de Jaime, sonora y bien timbrada.

"Esta silla está comprada, hidalgo".

Y a Arturo respondiendo:

*"Lo mismo digo
hidalgo, para un amigo
tengo yo esotra pagada."*

Me pareció que el público enmudecía y nerviosamente así un brazo de don Leónidas.

—¿Se sabe Jaime el papel?

— Por supuesto— rezongó—. Lo ha visto ensayar más de cien veces.

—¿Pero qué ocurrirá cuando en la sala se den cuenta de que no es Claudio?

— Eso es imprevisible— me dijo sin expresión—. Es posible que pateen, que abandonen la sala, o que aplaudan.

— Ya— musité alelada.

Lentamente me volví a contemplarlo, porque si malo era ver cómo se desarrollaban los acontecimientos, peor era imaginarlo. Jaime acababa de arrancarse el antifaz y de nuevo sentí revuelo en el público. ¿Empezarían ahora los pateos o los aplausos?

No hubo ni lo uno ni lo otro. Solo cierta sorpresa que fue apagándose cuando él comenzó su monólogo. Indiscutiblemente recitaba bien y su figura era mucho más atrayente que la de Claudio, aunque no poseyese su experiencia. Sin embargo resultaba algo extraño verle sentado a la mesa, arropado en su capa como si tuviese frío, cuando ya sus contertulios las habían apartado hacia atrás, dejándolas colgar elegantemente del respaldo de sus sillas.

—¿Por qué...?,— empecé, señalándole con un dedo.

Aunque no terminé la frase, don Leónidas me entendió.

— Porque lleva puesto un traje de criado, tonta. Con la capa no se le ve.

Asentí, con la mente tan espesa como si la hubiese invadido una cortina de humo, pero aun así entresaqué de la bruma que me impedía razonar, otro motivo de preocupación.

— Don Leónidas, ¿quién va a salir a escena, en lugar de Jaime, cuando don Juan llame a su criado dentro de un momento? Jaime no puede hacer a la vez los dos papeles.

Le vi parpadear, como si no hubiese caído en la cuenta de tal detalle. Después me dio lo que él debía considerar una amistosa palmadita en la espalda. En realidad, una especie de trallazo, que me obligó a tambalearme.

— !Buena chica!— rezongó con su habitual brusquedad.

Me lo dijo con una afabilidad tan desacostumbrada, que

me hizo sentir importante. Por eso insistí:

— Cualquiera puede servir para sustituir a Jaime en su papel de criado, porque lo único que Ciuti tiene que decir cuando don Juan le llame es: "Señor", escucharle y hacer mutis a continuación. ¿Cree usted que...?

— Que sí, que sí— me interrumpió impaciente—. Ve a buscar a alguno que no salga en el primer acto y tráemelo inmediatamente.

Obedecí al instante, sin escuchar a Marcela, que intentó retenerme para darme su opinión sobre el más idóneo, y sentí cierto alivio al alejarme del escenario y de la guerra de nervios que estaba padeciendo entre bastidores. Incluso al descender los tres peldaños por los que se bajaba al tenebroso pasillo se ofreció éste a mis ojos como algo apetecible, pese a su aspecto tétrico de película de miedo. La única bombilla, que colgaba del techo, esparcía una luz macilenta sobre las baldosas rojas, dejando en sombras el fondo del mismo, próximo a la puerta de la calle, pero me encontraba lo suficientemente aturdida como para no percatarme de la soledad del corredor ni sentir miedo.

No tardé en sentirlo. Las voces de Arturo y de Jaime llegaban hasta mí bastante amortiguadas y sobre las losas rojas del pavimento resonaba el sonido de mis pasos, que parecía expandirse en ecos en todas direcciones. Me llevé una mano a la garganta al percibir cerca de mí un levísimo rumor, pero, aunque me giré, dando una vuelta completa sobre mí misma, solo distinguí sombras a mi alrededor. Necesitaba encontrar un sustituto de Jaime para el papel de Ciuti, pero allí no había nadie. ¿Por qué no había nadie, si habitualmente aquel pasillo era un lugar más que concurrido? Quizás estuviesen todos entre bastidores, me dije, respingando al oír de nuevo aquel leve rumor. Sí, quizás lo mejor fuera dar media vuelta y regresar al escenario a buscar el actor que necesitaba.

Inicié el movimiento, pero el ruido de una puerta al abrirse me detuvo. Se trataba de la quinta del pasillo, contando desde el escenario, y sabía perfectamente a quien pertenecía ese camerino, pero, sin saber por qué, sentí erizárseme el vello de los brazos, mientras aguardaba inmóvil y con los ojos desmesuradamente abiertos, a que alguien apareciese. Tal vez en mi subconsciente pensaba que se trataba del invisible fantasma que tanto me atemorizaba, porque cuando reconocí a Matilde Iniesta di un suspiro de alivio. Iba ya disfrazada de "Brígida", con un largo traje negro y un velo en la cabeza del mismo color. Se asemejaba a una señora enlutada, dispuesta a acudir a un velatorio de otra época. Y no solo por el traje, también su expresión parecía indicarlo. Cuando se me aproximó, vi lágrimas en sus ojos y hasta esbozó un puchero al señalarme la puerta cerrada del camerino de Claudio.

— !Qué desastre, hija, qué desastre! ¿Ha convencido don Leónidas a Jaime para que sustituya a Claudio?

Sin dejarme responder, añadió, mientras cruzaba y descruzaba nerviosamente las manos:

— !Qué tontería de pregunta!, ¿verdad? Estoy oyendo perfectamente al chico recitar el papel de don Juan. Yo también estoy desquiciada, pero es que lo que está sucediendo esta tarde es como para romperle los nervios a cualquiera.

— A cualquiera— repetí como un eco.

— Pues aún no sabes lo peor. Claudio se ha puesto como una hiena al enterarse de que la obra iba a continuar sin él. Creo que debe de estar completamente chiflado, porque, ¿qué es lo que pretende? ¿Hundirnos a todos?

Su voz traslucía un rencor sordo y me di cuenta de que estaba pensando en su marido, que no solo había tomado de antemano partido por Arturo, al que debía agradecimiento. Además, si la comedia se venía abajo, el más perjudicado sería Alfredo, que de nuevo se quedaría sin trabajo. A los demás nos afectaría también, pero teníamos mayores posibilidades de subsistir como actores que él.

— No se preocupe, Matilde— le dije con poca convicción—. Todo saldrá bien. Parece que Jaime se está defendiendo.

— Eso no lo dudo. Más me inquieta pensar que Claudio se empeñe en volver a actuar en el segundo acto y haga alguna barbaridad en escena. Ese hombre se merecería que algo muy gordo le ocurriese. Si yo no fuera una vieja...

75

Desde luego su aspecto respondía a la de una abuelita de cuento, con su cabello plateado y su bondadoso semblante surcado por infinidad de arruguillas, pero los que, como yo, la conocíamos, sabíamos que tenía un carácter muy fuerte y que sabía hacerse respetar, incluso por las personas que, como don Leónidas, no solían reprimirse con los actores secundarios.

La dejé con la palabra en la boca al divisar por encima de su hombro a Cristóbal Sancho. Acababa de llegar de la calle y la gabardina le chorreaba sobre las losas rojas del pasillo formando un reguero a su paso. Desempeñaba el papel de escultor en el último acto y me pareció la persona adecuada para resolver el problema. Se lo comuniqué en pocas palabras, aunque tuve que repetírselo varias veces, pues le costó entender lo que yo le refería. Siempre le había considerado hombre de reacciones lentas, pero esa tarde me dio la impresión de ser completamente obtuso.

—¿Y dices que Jaime está sustituyendo a Claudio y que yo tengo que sustituirle a él?— repitió por enésima vez.

— Sí, pero date prisa— me impacienté—. ¿No oyes a don Juan y a don Luis acabando de recontar a los tipos que han matado y a las chicas que se han metido en el bote? Don Juan va a llamar a Ciuti dentro de un momento.

El muy pelmazo aguzó el oído para comprobarlo por sí mismo y, cuando se convenció de que era cierto lo que le había dicho, dio un respingo de alarma.

— !Atiza, pues es verdad! ¿Y de dónde saco yo ahora el disfraz de Ciuti? ¿Del camerino de Jaime?

Denegué ansiosamente con la cabeza.

— No, ese disfraz lo lleva puesto Jaime, que no ha tenido tiempo de cambiarse para vestirse de don Juan y se ha envuelto en la capa de éste para que el público no lo note.

— Ya— musitó Cristóbal con cara de lelo—. Así que se ha envuelto en una capa. ¿Y en qué capa me envuelvo yo?

— En ninguna— me enfadé.

— Pero es que mi traje de escultor no va a servir.

— Claro que va a servir— repliqué nerviosísima—. El público se entera de que eres un escultor, porque lo dices tú, pero lo mismo podías ser el conserje del cementerio, como lo piensa don Juan al verte, que un panadero o un criado corriente. Bastará con que además te cuelgues un puñal al cinto.

— Pero no voy a tener tiempo de maquillarme— objetó, mientras se dirigía atolondradamente al camerino que compartía con Gabriel Egea, que era el más próximo a la puerta de actores del teatro.

— Pues no te maquilles, pero !por Dios!, !date prisa!

Le empujé dentro de la estancia y cuando cerró la puerta a su espalda, comencé a caminar arriba y abajo por el pasillo, aumentando progresivamente la celeridad de mis pasos. Terminé por correr en ambos sentidos, al borde de la histeria. En el escenario, Jaime estaba dando fin a las bravuconadas de don Juan. ¿Por qué el cretino de Cristóbal no salía de una vez?

Salió. Al fin salió, aunque sin el puñal, porque no hubo tiempo de buscarlo y le seguí corriendo por el pasillo, escalé tras él los escalones de dos en dos, y alcanzamos el escenario. Entre bastidores tropezó con Marcela, a la que faltó poco para que derribara al suelo y a la que yo derribé definitivamente. Tropezó a continuación con Matilde y después con don Leónidas y salió a escena sin aliento, pero justo en el momento oportuno, pues don Juan acababa de llamarle. Y cuando le oí responderle: "Señor", aunque le salió algo entrecortado, exhalé el mayor suspiro de alivio de mi vida.

Abracé a Marcela, que, ya puesta en pie, se sacudía el polvo de sus largas faldas de terciopelo, y que me devolvió el abrazo estrujándome las costillas. Estaba aún más nerviosa que yo y solo me soltó para abrazar a Cristóbal, cuando un segundo más tarde se nos reunió. El pobre estaba sudoroso y repitió más de mil veces:

— Por un pelo, chicas. He llegado a tiempo por un pelo.

Entre histéricas y felices nos volvimos a contemplar la conclusión del acto y, cuando por fin el telón cayó entre una ovación cerrada, volvimos a abrazarnos, tan agotadas como si hubiéramos escalado esa tarde el Everest.

También don Leónidas parecía agotado, pero aún le

quedaron energías suficientes para propinarle a Jaime unos espantosos trallazos en la espalda, a modo de felicitación, que el otro le devolvió con no menores bríos. Una especie de monumental y mutua paliza, con la que ambos intentaban desahogar sus nervios. Después fue Arturo quien palmeó la espalda de Jaime con un:

— Colosal, chico. Has estado colosal.

Y luego Alfredo, emocionado, y Matilde, medio llorosa, y Pedrito y Marcela y todos, en un barullo de voces contenidas, para que no traspasaran el telón y las oyera el público. Yo no llegué a acercarme a él, porque no pude, pero me sentí arrastrada con los demás hacia la salida del escenario y luego hacia el pasillo de los camerinos, que se asemejaba a un hervidero de parabienes, de preguntas sin respuestas y de desorientación. Diez minutos de descanso mediaban entre los dos primeros actos y, aunque la mayoría dábamos por hecho que Jaime seguiría encarnando al Tenorio, no faltaban algunos que opinaban lo contrario. Hacía rato que habíamos perdido de vista a Jaime y a don Leónidas, que se habían introducido en el camerino de Claudio, y Laura debía de estar en el suyo, porque no la distinguí entre los que nos apiñábamos en el corredor.

A codazos conseguí aproximarme a Marcela, que discutía con Pedrito y con Manolo Ponce y que me acogió loca de contento. Repetía incesantemente que no había visto otro don Juan mejor en su vida y que el público había aplaudido como nunca. De esto último no estaba yo tan segura, pues, aunque Manolo y Pedrito lo corroboraron, todos eran claramente partidistas. Si ya anteriormente Claudio no resultaba muy popular entre los compañeros, ahora se había convertido en el blanco de las iras de todos y los que teníamos cerca aseguraban que don Leónidas rescindiría su contrato con él.

Y aún seguíamos discutiendo, cuando el traspunte comenzó su ronda de llamadas a escena. Nos avisó a Marcela y a mí, a Arturo, que se encontraba en un corro cercano, y luego le vi aporrear la puerta del camerino de Claudio, al tiempo que iba haciéndose un silencio de esos espesos, en los que se oye hasta el vuelo de una mosca. Un instante después salió Claudio con el semblante desencajado, seguido de Jaime y de don Leónidas, y, sin decir una palabra, los tres se encaminaron hacia el escenario.

Recogiéndome mis largas faldas con las manos para no pisármelas, eché a correr tras ellos y conseguí alcanzar a Jaime antes de que rematase el ascenso de los escalones por los que se subía a aquél.

—¿Qué habéis hablado ahí dentro?— le pregunté.

Se volvió a medias en el último peldaño y, al reconocerme, se giró completamente, esbozando una media sonrisa, con lo que le encontré guapísimo.

— Nada. El único que ha hablado ha sido León. Claudio y yo nos hemos limitado a escuchar.

—¿Y...?

— Claudio está dispuesto a continuar.

Me quedé mirándole sin entender del todo sus palabras.

—¿Pero León va a consentir que ese majadero se salga con la suya? Creía que tenía más dignidad.

Ahora sonrió del todo, con cierta ironía.

— Se nota que eres una principiante, Marina. El público paga por ver a Claudio y lo que a León le importa, a fin de cuentas, es seguir teniendo el teatro lleno.

Me di cuenta de que no decía del todo la verdad y también de que era un actor muy superior a cómo le tenía conceptuado, pues su expresión era tranquila e indiferente. Parecía tomárselo con absoluta deportividad, pero el sueño de todo actor es interpretar el primer papel y había perdido esa oportunidad después de tenerla al alcance de la mano, por lo que tenía que importarle.

— Pero tú..., — empecé con precaución—. Tú también llenarías el teatro. Has estado extraordinario.

Perdió algo de su aire impasible, para mirarme con una fijeza un tanto excesiva.

— Gracias. Creía que no te lo había parecido, puesto que has sido la única que no has venido a felicitarme.

Lo había notado entonces. Sin saber por qué me sentí

de pronto tan feliz que hubiera brincado como una niña chica, pero paradójicamente me quedé cortada y tragué saliva.

— Bueno... es que no he podido. Había tanta gente que...

Me dio la impresión que me contemplaba con guasa, por lo que insistí.

— Es cierto. A Marcela y a mí nos ha gustado mucho tu actuación. Incluso ella asegura que no ha visto otro don Juan mejor.

— Eso es muy halagador, pero me interesaría más saber qué le has contestado tú— me dijo con cierta intención.

— Pues yo...

— Ya sé— me interrumpió—. Habrás dicho —: Amén, amén, como de costumbre. Hablas tan poquito, que cada vez que oigo tu voz me llevo una sorpresa.

— No hablo poco— protesté, bajando la cabeza, para que no advirtiera lo aturdida que me sentía.

— Puede que no, pero en cuanto aparezco yo, te quedas muda.

Fui a protestar de nuevo, pero en ese instante Marcela se nos reunió y como siempre, lo hizo ella por mí.

—¿Marina muda? !Cuánta tontería hay que oír en este mundo! Pero si es una cotorra. Hasta habla sola en su habitación y en el cuarto de baño.

Dirigí a mi amiga una mirada de advertencia, temiendo que se fuera de la lengua, pero no la recogió. Por fortuna cambió de tema inmediatamente, encauzando la conversación hacia Claudio. También ella quería saber lo que habían hablado en el camerino de éste y Jaime le repitió la versión que me había dado a mí. Tampoco a ella le satisfizo e inquirió, observándole recelosamente:

—¿Y qué más? No esperarás que me lo crea. León podrá ser un tirano gruñón, pero no es imbécil. Algo le habrá dicho Claudio, para que el hombre haya agachado la cabeza y se haya avenido a dejarle continuar. Su reacción normal habría sido propinarle un buen puntapié en el lugar en que la espalda pierde su casto nombre y ponerle de patitas en la calle.

Jaime se encogió evasivamente de hombros.

— A León le horrorizan los escándalos. Le quedan quince representaciones por delante y prefiere dejar las cosas como están. Estoy seguro en cambio de que no volverá a contratarle. Ni siquiera por conservar a Laura.

El traspunte se les reunió en ese momento para avisar a Marcela.

— A escena, señorita Llanes. Dese prisa.

La aludida dio un respingo y me abrazó desasosegada, haciendo crujir todos mis huesos.

— Echa un rezo por mí, que voy camino del matadero— murmuró con voz trémula.

— Que sí, mujer, que sí— le aseguré, devolviéndoselo y empujándola, para que subiera los escalones que le faltaban para ascender al escenario.

Aún se resistió y, cuando logró desasirse de mi mano, se quedó inmóvil, estiró rígidamente su brazo derecho y declamó en tono agudo:

—¿Quién va?

—¿A dónde?,— le pregunté estúpidamente.

Parpadeó nerviosamente, bajando el brazo.

— A ninguna parte, tonta. Es lo que tengo que decirle a Mejías al aparecer en escena por la ventana del decorado. ¿Lo he hecho bien?

Lo había hecho fatal, pero me guardé muy bien de decírselo.

Jaime y yo la seguimos con la vista hasta que desapareció entre bastidores. Instantes más tarde, oí su voz de contralto repitiendo la frase que me había desorientado.

"¿Quién va?"

Y a Arturo respondiendo:
"¿No es Pascual?"

*"¡Don Luis!— l*a escuché exclamar a ella.

81

"!Dona Ana!

Conocía ese diálogo de memoria, pero, sin saber por qué, me acometió de improviso un ataque de risa de esos flojos y que no parecen tener fin. Desde el descansillo rememoré la escena con la misma claridad que si la estuviera viendo desde el patio de butacas. El decorado representando el exterior de la casa de doña Ana, vista por una esquina, de manera que las paredes que formaban el ángulo se prolongaran en dos calles. En la pared de la derecha de la casa de doña Ana, la ventana con reja era practicable, al igual que la ventana y la puerta de la pared de la izquierda.

A la reja de esta última se acabaría de asomar Marcela, acudiendo a la llamada de don Luis Mejías y me pareció tan absurdo que éste pudiera confundirla con Pascual, que por cierto no sale en la obra, que el solo pensamiento me hizo desternillarme. Acabaron por saltárseme las lágrimas y, exhausta, bajé de nuevo los escalones para apoyarme contra la pared del pasillo contraria a las puertas de los camerinos.

Jaime, que también los había descendido detrás de mí, me observaba algo perplejo, pero debió comprender que la causa de mi extemporáneo ataque de hilaridad eran mis nervios, porque me dio una suaves palmaditas en el hombro.

— Cálmate y trata de pensar en otra cosa. A mí también me sucedía al principio.

—¿Y no te sucede ya?— le pregunté, mientras me secaba los lagrimones con los dedos.

— Solo a veces. Quítate esos churretes de la cara y procura no reírte en escena dentro de un instante. Recuerda que lo haces muy bien.

Era la primera vez que alababa mis dotes de actriz y, aunque me dio la impresión de que lo había dicho solo por tranquilizarme, sus palabras me infundieron ánimos. Si habitualmente me sentía como un flan en cuanto llegaba al teatro, esa tarde y conforme se acercaba el momento de actuación, me iba notando al borde de la histeria. Todo había ido saliendo mal desde el principio y cada nuevo incidente había ido repercutiendo dentro de mí, como si atirantase mis fibras más sensibles. Si en ese instante me hubieran dado a elegir, habría optado por olvidarme de las tablas y echar a correr hacia mi pueblo de Toledo, sin detenerme en el camino. Pero como nadie me dio a elegir, permanecí derrengada contra la pared, cuando Jaime, con un último gesto de aliento, se dirigió al escenario.

Poco después salió de éste Arturo, que pasó de largo sin verme, camino de su camerino. Y después entró Matilde, que me pellizcó afectuosamente la mejilla. Arrastrando sus negros velos iba tan tranquila, o al menos lo aparentaba. En cualquier caso, envidié su veteranía, que la ponía a salvo del mal rato que estaba pasando yo. Oí su coloquio con don Juan con un malestar de estómago que iba en aumento. Marcela salió del escenario, poco después y se reunió conmigo en el acto.

—¿Qué te he parecido?, ¿He estado bien?

— Muy bien— repuse como una autómata, pues la verdad era que había procurado no prestar atención a lo que sucedía en escena, para evitar que volviera a acometerme otro ataque de risa.

— Pues, !hala, guapa1, que te toca a ti.

La obedecí apresuradamente, aunque me sobraba tiempo. Tenía que aparecer tras la otra ventana de la casa de doña Ana de Pantoja, que en ese momento estaba cerrada, y que yo debía de abrir cuando Ciuti llamara en las maderas. Aguardé en la semi penumbra de mi puesto, mordiéndome las uñas. No podía ver lo que se desarrollaba en escena, pero oía claramente las voces de Jaime y de Claudio. Con la garganta seca y las manos húmedas, escuché los versos que precedían a los míos y que decía Jaime aproximándose a la ventana tras la que me hallaba.

"La seña mía
sabe bien para que dude
en acudir".

Y a Claudio:

"Pues si acude,
lo demás es cuenta mía".

Tragué saliva al sentir los golpecitos de Jaime en la ventana y conté hasta cinco antes de abrirla. Domínguez había insistido mucho en ese detalle, pues se suponía que yo sería una criada que, lógicamente, tendría algo más que hacer que permanecer junto a los postigos como una tonta. El foco de costumbre me deslumbró cuando terminé mi recuento y aparecí a la vista de los espectadores. Claudio se me acercó inmediatamente, asiéndose a la reja, y procuré no guiñar los ojos y mantenerlos fijos en el bulto que percibía. Con aquel maldito foco no distinguía su rostro ni distinguía nada. Era como volverse cegata de repente y tener que actuar a tientas. Ojalá se fundiese, pensé, mientras me dirigía a la sombra informe que debía ser don Juan.

"¿Qué queréis buen caballero?

El buen caballero contestó lo que tenía que contestar y yo repliqué oportunamente y exclamé lo que tenía que exclamar, cuando él me enseñó un bolsillo de oro, que con el foco no vi, y con el que me sobornó. Mi moral de criada era más que dudosa y me avine, en cuanto insistió un poco, a dejarle entrar en la casa para que sedujera a doña Ana de Pantoja esa noche, pues a la mañana siguiente tenía ella que casarse con don Luis Mejías. Atisbé el otro bulto, que era Jaime, inmóvil junto a la esquina de la calle figurada, mientras yo concertaba la cita con don Juan, en la que prometí entregarle la llave. Él sí que podría ver, en cambio, hasta mis menores gestos, gracias al haz de luz que me daba de lleno en la cara y que me tenía encandilada.

Pero si no llegué a distinguir las facciones de ninguno de los dos, sí capté el desaliento en las inflexiones de la voz de Claudio. Me respondía automáticamente, como si estuviera pensando en otra cosa y el conquistar o no a doña Ana le tuviese sin cuidado. Resultaba tan desacostumbrada esa actuación en él, que llegué a olvidarme de mi foco para escudriñar su expresión. Podía ser un engreído y un tipo odioso, pero lograba dar verosimilitud a su papel. Se fundía con su personaje y sentía con él. Sin embargo, el que yo tenía delante no era el don Juan, que se ríe de lo humano y de lo divino. Más bien aparentaba ser un pobre hombre envejecido, que cansinamente planeara quitarle la novia a su amigo Mejías, por aquello de hacer algo. Incluso su carcajada, cuando cerré la ventana, no pasó de un ja ja, más propio de Pedrito que de él. Fue una caricatura de risa, que oí ya a cubierto de los espectadores. Y, para postre, su último verso terminó de rematarlo. Suponía una especie de resumen triunfante de sus malévolas intenciones:

"Con oro nada hay que falle,
Ciuti, ya sabes
a las nueve en el convento
y a las diez en esta calle".

Pero lo soltó con tal desgana, que se hubiera merecido un "tururú" del público. Marcela me había contado que el año anterior el don Juan de turno obtuvo esa réplica de un chistoso, después de destrozar ese mismo verso como acababa de hacerlo Claudio. Abochornada aguardé. No hubo tururú. Solo unos aplausos flojos, que se extinguieron antes de que hubiese abandonado el escenario, pero que ni siquiera se había ganado. ¿Qué habría podido ocurrir entre él y Arturo, para que su interpretación desmereciese hasta ese punto?

Cuando alcancé el pasillo, le sentí caminar detrás de mí en dirección a su camerino y en ese momento salió Laura del suyo, obedeciendo al aviso del traspunte. No había descanso entre los dos actos y ella se dirigía a ocupar su puesto en el escenario. Pensé que no debía volver la cabeza, porque notaba a mi espalda la tirantez de los dos al verse obligados a cruzarse en el corredor, pero lo hice. Claudio había plegado los labios con dureza y sus ojos parecían despedir chispas.

— !Mucha mierda!— masculló a su paso, con la estúpida expresión con la que los actores nos deseamos suerte. Pero sonó como un trallazo ofensivo y no como una frase alentadora.

Ella ni le contestó. Vestida con un hábito blanco y con su larga melena rubia cayéndole por la espalda, se la veía extrañamente frágil. Poseía aproximadamente mi misma estatura y una silueta similar, por lo que de lejos parecía una jovencita. Reparé en lo hinchado de sus ojos, antes de que apretara el paso. Sin duda había aprovechado el espacio de tiempo en el que habían transcurrido los dos primeros actos para desahogarse con una buena llantina. ¿Por qué habría llorado tanto? No me hubiera extrañado en otra cualquiera, pero en Laura, sí. Don Leónidas solía decir que ella era "todo un carácter", y a ese comentario yo hubiese añadido, que era todo un carácter insoportable. El tipo de mujer que achaca siempre sus errores a los demás y que, cuando se ve obligada a reconocer que los ha cometido, grita, pero no llora.

Marcela, que, vestida de Madre Abadesa, avanzaba hacia mí desde el fondo del pasillo, captó también la escena entre la pareja y se detuvo un segundo al llegar a mi lado. Claudio acababa de introducirse en su camerino, dando un portazo, y Laura había subido ya los escalones del escenario, por lo que no podía oírnos ya. Por eso me susurró:

— Esto va de mal en peor, hija. Ya veremos cómo se arrullan esos dos en el sofá dentro de un rato. Mucho me temo que hoy el público va a acabar tirándonos tomates. Claro que, siempre podremos cenárnoslos— concluyó con humorismo.

Siguió de largo, camino del escenario, arrastrando sus hábitos y yo corrí en dirección opuesta a disfrazarme de hermana tornera, con una desazón que a duras penas lograba dominar. Aunque sin Marcela en el camerino podía rebullirme con más libertad, los nervios parecían comprimirme, entorpeciendo mis movimientos. Volqué dos veces el tarro de maquillaje al sentarme frente al tocador para ajustar la toca a mi cabeza y, al oír la voz de Jaime en el pasillo, pidiéndome permiso para entrar, di tal bote en la silla, que sus patas chirriaron alarmantemente y luego temblequearon bajo mis posaderas, presagiando el próximo fin de sus días.

Traté de recobrar la compostura, pero no debí conseguirlo, porque advertí que me miraba desde el umbral con expresión de total perplejidad.

—¿Te pasa algo?

—No... sí... bueno, no sé. Me parece que tengo los nervios a punto de estallar— repuse, enderezándome la toca de un manotazo y poniéndome en pie—. Tengo que ir al escenario... así que..., así que me voy— farfullé incoherentemente.

Su ceño se desfrunció y esbozó una sonrisa guasona.

—Espera un momento, chiquilla. Doña Inés aún está parloteando con Brígida de lo estupendo que es don Juan y falta mucho para que te toque el turno. ¿Por qué siempre que aparezco te acuerdas de improviso que te tienes que marchar a toda prisa?

Encendía un cigarrillo, estudiando mi expresión con los ojos entrecerrados, por lo que tuve que buscar apresuradamente una respuesta ingeniosa de las que ensayaba por las noches. Mi desorden mental no me permitió encontrar ni tan siquiera una respuesta corriente.

—Porque... porque sí.

—Pues me parece muy convincente— rezongó entre dientes.

—Es que no entiendes nada. Tú no sales en este acto y por eso estás tan tranquilito, pero yo... yo estoy ya medio loca— me quejé, accionando exageradamente—. No me explico por qué dejé mi pueblo. Allí, aunque se me despellejaban las manos con tanta cabeza, me ganaba mis buenas propinas sin que me enchufaran focos a la cara.

—¿Con tanta cabeza?— repitió sin comprender.

—Las cabezas que lavaba. Era peluquera— le aclaré.

—Ya. Y no te enchufaban focos.

—¿Para qué me los iban a enchufar en una peluquería?— repliqué muy digna, aunque me dio la impresión de que me estaba tomando el pelo—. Podía trabajar en paz y no cegata, como aquí. Menos mal que el que me espera es más soportable.

—¿Quién te espera?— se interesó, frunciendo el ceño.

— No me espera nadie. Estoy hablando del foco.

— Ya. Parece que te tiene un poco obsesionada— comentó riéndose—. Lástima que Claudio haya destrozado su coloquio contigo, porque, además, ese foco que tanto te molesta te favorece bastante. Resultas una criada muy en su punto, cuando asomas por la ventana del decorado.

Su comentario me aturdió aún más de lo que estaba y tartamudeé:

— También... también Marcela asoma por otra ventana. Es una ventana muy parecida a la de ella.

— Muy parecida— reconoció divertido—. Ya me extrañaba que no hubieses aludido a tu amiga del alma hasta ahora. Parece que no sepas dar dos pasos sin ella. ¿Cómo te las arreglabas en el pueblo sin su compañía?

— Perfectamente, ya soy mayorcita— repliqué, alzando la barbilla, porque me di cuenta de que se estaba riendo de mí—. Y no es solo mi amiga. Es también medio pariente. Una tía suya era hermanastra de un primo político de mi abuelo. Así que...

— Un parentesco muy interesante— me interrumpió irónicamente, sin molestarse en seguir el hilo del mismo—. Ahora comprendo que estéis tan unidas. Como no hay quien te separe de ella, no me has dado oportunidad de que...

— Ya debe de estar en escena— le atajé atolondradamente. Y como comprendí que iba a enrojecer de un momento a otro, si me hacía alguna insinuación, me dirigí nuevamente hacia la puerta.

—¿Pero quieres esperar un momento?— se impacientó—. No creas que he venido a tu camerino para... para nada especial.

Fui tan tonta, que dejé que asomase a mi rostro lo que estaba pensando.

— !Ah!, ¿no?

— !Ah!, no,— replicó, remedando mi tono, con una

guasa que me humilló—. A lo mejor has pensado que he aprovechado este momento, porque es el único de la tarde en que se te puede encontrar sola, ya que ella se encuentra en el escenario.

—¿Yo?,— protesté indignada—. ¿Pero es que crees que...?

—¿Y por qué no?— me interrumpió riéndose—. Confieso que siento curiosidad por averiguar cómo te desenvuelves sin utilizarla de portavoz. Todo lo dice ella por ti.

Sus ojos azules me observaban socarrones, pero había en ellos algo más, que me produjo el efecto de una descarga eléctrica. Había imaginado por las noches unas situaciones parecidas, pero no acerté a sacarle partido a ésta, como me hubiera gustado. Para colmo me puse de todos los colores y me vi obligada a volverme de espaldas para que no se diera cuenta. Mientras ordenaba frenéticamente los tarritos de maquillaje sobre el tocador, esperaba que insistiera sobre el mismo tema, pero inesperadamente cambió de actitud.

— La verdad es que he venido a tu camerino por otro motivo. A preguntarte si has visto el puñal que llevo al cinto en la función. Al abandonar el escenario, un segundo después que tú, lo llevaba, y sin embargo, no consigo encontrarlo ahora. Se me ha debido caer en estos últimos diez minutos, aunque no me explico cómo.

— Lo siento, no lo he visto— repliqué sin levantar la cabeza—. ¿Cuándo lo has echado en falta?

— Ya te lo he dicho. Hace un momento.

Efectivamente me lo había dicho, pero mi cerebro parecía haber perdido su capacidad de almacenar datos y la mitad de sus palabras se me escapaban. Con un esfuerzo conseguí aparentar una serenidad que no sentía y volverme hacia él. Su expresión ensombrecida, tan distinta a la anterior, me ayudó a recuperar parte de la seguridad que había perdido.

— No te preocupes, hombre, que ya aparecerá— le dije para animarle.

Conocía el apego que sentía por ese cuchillo, que era de su pertenencia. Un trasto enorme y de hoja afiladísima, que a mí me ponía los pelos de punta cuando le veía juguetear con él, pero que Jaime creía que le deba suerte. Era ese un fetichismo muy común entre los de nuestro gremio, del que yo también participaba en grado sumo. Mi amuleto lo constituía un descomunal chal de punto, que me había tejido Marcela, y con el que me arropaba en cuanto me cambiaba de ropa en el teatro. También yo pensaba que me daba suerte y, como además abrigaba bastante, me había evitado no pocos catarros. De improviso recordé alarmada que esa tarde no lo había utilizado. La intempestiva visita de Jaime mientras terminaba de maquillarme, me había alterado lo suficiente como para haber salido del camerino sin echármelo sobre los hombros y con los contratiempos que se habían ido sucediendo lo había olvidado por completo. No era extraño que las cosas estuviesen saliendo tan mal, me dije supersticiosamente, mientras me aproximaba al biombo, que estaba plegado contra la pared. Lo colgaba de una percha detrás del mismo, pero, cuando lo aparté, comprobé que estaba vacía.

Parpadeé sorprendida, ya que la desaparición del chal no tenía explicación posible. Estaba segura de haberlo colgado de la percha la noche anterior y... sí, al disfrazarme de Lucía noté su agradable contacto en la espalda. ¿Quién podía habérselo llevado después? Marcela desde luego que no. Sabía lo bien que le sentaba su traje de terciopelo rojo de doña Ana y, por lucirlo, se arriesgaba a pescar una pulmonía luciéndolo. El de abadesa le desagradaba en cambio profundamente, pero acababa de cruzármela por el pasillo y no llevaba puesto mi chal.

— Tampoco está mi mantón— me inquieté, como si de repente me hubiese quedado sobrecogida.

Jaime, que había ido a apoyarse contra la pared opuesta a la del biombo, me miró impasible sin comprender mi angustia.

— ¿Y para qué lo necesitas ahora? ¿Es que tienes frío?

Con el hábito de tornera que vestía no lo había sentido, pero en ese instante un escalofrío me estremeció.

— Claro que tengo frío. Estoy helada.

— Pues échate sobre los hombros un jersey, o lo que hayas traído de abrigo de tu casa,

— No es eso— protesté, fastidiada por su incomprensión—. Lo necesito por la misma razón que tú el puñal, para que me dé suerte.

Meneó la cabeza con impaciencia, como si acabara de oír una tontería.

— Yo lo necesito además para salir a escena— replicó—. ¿Por qué no me ayudas a buscarlo, en lugar de preocuparte por naderías?

— No son naderías.

—¿No? ¿Entonces, qué son?

Alcé las dos manos, incapaz de explicárselo. Era absurdo lo que sentía, pero lo sentía. Mi nueva profesión de actriz me había agudizado esa manía, pero ya de pequeña tenía que acudir a los exámenes del instituto con un pedrusco en el bolsillo. Lo había encontrado en el río el día en que conocí a Bonifacio, que era el hijo del pastor y que fue mi primer amor. Más tarde, un broche de bisutería sustituyó al pedrusco y, en el presente, mi elemento benefactor era el mantón. Sin él me sentía como una náufraga sin un mal madero al que agarrarme. ¿Cómo hacérselo entender? Viendo que aún aguardaba mi contestación, busqué dificultosamente la forma de aclarárselo.

— Si hubiera llevado el chal esta tarde, Claudio y Arturo no se habrían peleado, ni mi coloquio con don Juan hubiera quedado tan deslucido.

Me sonaron ridículas mis propias palabras conforme las iba pronunciando y a él también debieron parecérselo, porque se echó a reír.

—¿De qué te ríes?— inquirí amoscada.

— De nada.

— Te has reído de mí— le increpé acusadoramente—. Si te parece una tontería lo que he dicho, ¿por qué vas tú siempre cargado con esa faca horripilante?

— Porque me gusta— repuso, intentando aparentar seriedad—. Y no es horripilante. La gané en una verbena, hace años. Pero no pienso que por llevarla encima las cosas vayan a

Úrsula Llanos

salirme mejor ni peor.

— Pues tú dijiste una vez que te daba suerte— insistí tozuda.

—¿Lo dije? Pues no me acuerdo. Pero tranquilízate, porque esa toquilla en la que te sueles envolver no hubiera evitado la gresca de esos dos, ni que hace un momento te enchufaran un foco a la cara.

Su ironía me irritó desproporcionadamente, quizás porque en el fondo reconocía que tenía razón y arremetí contra él.

—¿Sí?, pues yo opino todo lo contrario y tú tienes la culpa de todo.

No sé por qué dije eso. Fue como una pataleta de niña chica, pero en un primer momento le desconcertó.

—¿Yo?, ¿qué es lo que he hecho yo y de qué tengo la culpa? !Pues menuda tarde llevo! He tenido que salir a escena a sustituir a Claudio sin previo aviso, arriesgándome a recibir el mayor abucheo de mi vida. Después he tenido que soportar las iras de ese memo, y ahora vienes tú a decirme que yo tengo la culpa de todo. ¿Se puede saber por qué?

Había ido levantando la voz conforme hablaba y al final estaba tan enfadado, que le chispeaban los ojos. Intuí vagamente que debía disculparme por haber dicho esa tontería, pero en su lugar hice hincapié en una de sus frases.

—¿Has tenido que soportar las iras de Claudio? ¿Pues no me has dicho, cuando iba a salir yo a escena, que en el camerino de él solo había hablado León?

—¿Y qué si lo he dicho ?— replicó furibundo—. Yo no digo siempre la verdad.

— Y la verdad es que...

— Que ese imbécil se ha desahogado a gusto. Estaba que echaba chispas, porque un actor de quinta, según él, se había atrevido a sustituirle. A él, que es el gran Claudio. Después me ha amenazado con hundirme para siempre y hasta ha alardeado de poder conseguir que la productora de la película, que íbamos a comenzar el mes que viene, rescinda su contrato conmigo. Ha sido divertidísimo.

Tragué saliva, anonadada por la furia sorda que traslucía y busqué la forma de aplacarle, pero una vez más me falló la inspiración.

—¿Vas a hacer una película? No lo sabía.

— No me extraña que no lo sepas, porque tú solo sabes lo que Marcela me pregunta y no me lo ha preguntado— rezongó sarcástico—. Y en cualquier caso, ya no sé si la haré. Claudio tiene mucha influencia y, si se empeña, conseguirá que busquen a otro para mi papel.

— Pero... pero ¿y tu contrato?— balbuceé.

— Aún no está firmado. Pero no te preocupes por mí, que no me faltará trabajo— continuó ácido—. León me ha ofrecido el primer papel en "La vida es sueño", hace un momento. Piensa estrenarla dentro de un par de meses, si terminamos con éxito las representaciones que nos quedan. Se refería a éxito de taquilla. Me lo acaba de decir aprovechando que Claudio no se hallaba presente, pues ese imbécil es muy capaz de hundir esta comedia solo para fastidiarme.

— De modo que todos tus proyectos están en manos de Claudio... — resumí como para mí misma. Fue un error dejarlo escapar, porque se enfureció aún más de lo que estaba.

— Sí, pero como, según tú, yo tengo la culpa de todo, debe de ser lo que me merezco.

De pronto me entraron unas ganas de llorar enormes y me volví de espaldas, mordiéndome con fuerza los labios para evitarlo. Me dolía verle tan exasperado conmigo, me dolía que tuviese razón y que toda la recompensa que había obtenido por intentar salvar la función fuera el ver tambalearse lo que, sin duda, le había costado mucho trabajo conseguir. Para colmo, debió interpretar mal que me volviera de espaldas a él, porque le oí proferir algo muy parecido a un resoplido, antes de pasar por mi lado como un basilisco y salir del camerino. Estuvo a punto de arrollar al traspunte, que apenas si dispuso de una décima de segundo para apartarse y que luego introdujo la cabeza de refilón en la estancia, como si temiera encontrarse con otra fiera dentro del cuarto.

— Cinco minutos para salir a escena, señorita Marina—

me avisó.

Era un viejecillo simpático, aunque un poco simple, que pegaba la hebra con cualquiera a la menor oportunidad. Procuré no dársela, porque no me encontraba en condiciones de escuchar su charla, pero se coló en el camerino y me observó conmiserativamente.

—No se preocupe por él, señorita. Hace por lo menos dos años que le conozco y todas acaban llorando por él. Fíjese en otro cualquiera, aunque no sea tan buen mozo. Don Jaime no es de los que se casan.

Se marchó tan silenciosamente como había venido, dejándome desconcertada. ¿Qué habría querido decirme? Me parecía que la cabeza no me servía en esos momentos para otra cosa, que para llevarla sobre los hombros. La notaba hueca por dentro, aunque me pesara como el plomo. Si al menos consiguiera encontrar mi chal..., pensé incongruentemente. Pero no. Lo que tenía que hacer era seguir a Jaime y explicarle que, por lo sobreexcitada que me hallaba, no le había dicho más que estupideces. Seguramente lograría así que se le pasara el enfado y yo dejaría de experimentar aquella molesta desazón.

Decidida, salí al pasillo, pero estaba totalmente solitario. Tampoco le hallé en su camerino. Tal vez se hubiese encaminado al escenario para ver el desarrollo de la función entre bastidores. Pero no le distinguí en la semi penumbra, cuando subí los escalones y me abrí paso entre los telones. Marcela se me reunió al verme llegar y cuchicheó a mi oído:

—¿Cómo has tardado tanto? Sin tenerte al lado me pongo nerviosísima, aunque parece que todo va saliendo bien ahora. Esperemos que ese cretino de Claudio no lo estropee, cuando dentro de un instante haga su aparición, porque Laura ha conseguido emocionar al público. Ha emitido un sollozo de repente que no estaba previsto, al leer la carta de don Juan, pero que le ha valido una ovación. Mírala. Cualquiera diría al verla, que es la niña ingenua y frágil que representa ser en la comedia.

Me adelanté con ella hasta el telón lateral y desde allí la

divisé en escena. El decorado del acto tercero representaba la celda de doña Inés en el convento. Una celda austera, encalada de blanco, con una puerta de estilo castellano al fondo y otra en el lateral izquierdo. Laura, vestida con un largo hábito blanco y con su rubia melena resbalándole por la espalda, se encontraba en el centro de la estancia, apoyada en el brazo de Matilde, que en su papel de "Brígida" la sostenía, ya que doña Inés parecía ser tan frágil y tan delicada, que, emocionada por la carta de don Juan, que acababa de leer, apenas si podía mantenerse en pie. Estaba verdaderamente bonita entre sus velos de novicia e incluso aparentaba las diecisiete primaveras que debía aparentar para encarnar al personaje. Un tramoyista, oculto tras el telón del foro, hizo sonar las nueve campanadas reglamentarias, al tiempo que las candilejas iban disminuyendo progresivamente su volumen, envolviéndola en una luz azulada.

— Ahora va ese imbécil— oí que decía Pedrito, que se encontraba precisamente detrás de mí. Se lo comentaba a Gabriel, señalándole a Claudio que se dirigía hacia el fondo del escenario para aparecer en escena por la puerta practicable del telón del foro.

— Es muy capaz de dejar caer al suelo a su mujer, cuando doña Inés se desmaye— opinó Gabriel con voz apenas audible.

Con un respingo me volví hacia él.

—¿Tú crees?,— le pregunté alarmada.

— No. mujer, es solo una broma— replicó, guiñándome un ojo—. Es tonto, pero no tanto.

Intranquila, me así del brazo de Marcela cuando él irrumpió en la celda y Laura, al verle, se llevó ambas manos al corazón y recitó lánguidamente, con expresión de total desconcierto:

"¿Qué es esto? Sueño... deliro...

Claudio exclamó también, bizarramente, lo que debía exclamar.

!Inés de mi corazón!

Ella dio entonces unos pasos vacilante en dirección a él y se detuvo antes de llegar a rozarle, contemplándole con el semblante demudado.

"¿Es realidad lo que miro,
o es una fascinación...?
Tenedme... apenas respiro...
Sombra... huye por compasión.
!Ay de mí...!

El desmayo de Laura, a continuación, fue un modelo de desmayo: suave, infantil, elegantísimo, y yo respiré hondo cuando le vi a él sostenerla oportunamente.

— Menos mal— le susurré a Marcela al oído—. Había llegado a temer que...

Las dos seguimos a Claudio con los ojos, cuando tomó a Laura en brazos como si fuera una pluma, encaminándose con ella a cuestas hacia la puerta del fondo, por donde había entrado. A la vez noté el pellizco de Marcela, que me traspasó las costillas y me hizo ver las estrellas.

— Nuestro turno, Marina. !Dios mío, qué malísima me pongo! Con tal de que no se me escape algún gallo...

Todas las tardes aludía a ese posible gallo en el crítico momento en que las dos, vestidas de monjas, debíamos salir a escena. Su alusión me producía un efecto desmoralizador, que me impelía a murmurar para mi coleto los primeros versos de mi papel de hermana tornera, en lugar de recitarlos alto y claro, con lo que a diario me ganaba un buen rugido de don Leónidas y que me increpara a la primera oportunidad y mascullara por lo bajo que yo era un "mamarracho paticorto". Esa tarde, sin embargo, no llegué a escuchar a mi amiga, ya que mi atención se hallaba concentrada en la pareja que acababa de hacer mutis. Aún con su mujer en brazos, Claudio había recorrido el fondo del escenario, oculto de la vista de los espectadores por el telón del foro, y se encaminaba hacia nosotras para dirigirse después hacia la salida del escenario. El cambio de expresión de los dos, ahora que no tenían público ante el que actuar, me sobrecogió. El semblante de Claudio traslucía una amalgama de rencor, de ira y de sarcasmo. El de Laura, solo desprecio hacia el hombre que la llevaba a cuestas, al que se dirigió en un susurro que me resonó en el oído como el restallar de un látigo cuando pasaron cerca de nosotras.

— Suéltame de una vez. Te digo que me sueltes.

Realmente era insólito, además de absurdo, que Claudio la transportara todavía en volandas, como si continuara entre bastidores la escena del rapto de doña Inés del convento. Sin embargo, él no pareció haberla oído, porque no la dejó en el suelo y continuó parsimoniosamente su camino hacia la salida del escenario, cargando con ella.

Si dejé de observarles, fue porque no me quedó otro remedio. Marcela, ya en escena, como la madre abadesa, se quejaba de la indisciplina de doña Inés, que no se hallaba en su celda, como debería de hallarse. Me tocaba a mí el turno y, bajo los focos, avancé hacia ella para comunicarle oportunamente que acababa de llegar el comendador, el padre de doña Inés. Conseguí que la voz me saliera bien modulada de la garganta al recitar:

" Dice que es de Calatrava
caballero: que sus fueros
le autorizan a este paso,
y que la urgencia del caso
le obliga al instante a veros".

Aunque probablemente Zorrilla imaginó a su madre abadesa como una bondadosa religiosa llena de paz, la que Marcela encarnaba parecía tener los nervios a flor de piel. Con un respingo se volvió hacia mí, para preguntarme con voz excesivamente aguda:

"¿Dijo su nombre?"

Procuré no dejarme contagiar por su falta de naturalidad y repliqué en el tono mesurado de una hermana tornera, acostumbrada a abrir la puerta del convento a las personas más variopintas:

"El señor Don Gonzalo de Ulloa"

"¿Qué puede querer? Ábrale hermana,
es Comendador de la Orden
y derecho tiene en el claustro de entrada".

Con un recatado ademán de asentimiento, me di media vuelta e hice mutis por la puerta practicable del decorado del lateral izquierdo. Salí de escena a tiempo de ver desaparecer a Claudio, con Laura a cuestas, entre los telones del escenario y, sin saber por qué, me recogí con las manos las largas faldas de mi hábito y eché a correr tras ellos. Sin duda, Pedrito debió sentir un impulso similar al mío, porque les siguió también. Tanto él como yo nos paramos en seco en lo alto de la escalera por la que se bajaba al pasillo y ver a la pareja a un par de pasos de nosotros dos. Claudio todavía la sostenía en sus brazos y aguantaba impertérrito sus insultos, mientras ella pataleaba en el aire. Por fortuna él estaba de espaldas y no nos vio y Laura tampoco se fijó en nosotros, cuando masculló en un enfurecido susurro:

—¿Quieres dejarme en el suelo de una vez, estúpido? Creo que por esta tarde ya has hecho suficientemente el ridículo.

Aunque no había levantado la voz, las palabras de ella parecieron expandirse a lo largo del lóbrego corredor, que se extendía ante nosotros. Me pareció incluso que el eco las repetía en diapasón ascendente, conforme se endurecía la expresión de Claudio, que se había quedado inmóvil en el descansillo. De improviso su rostro se distendió en una sonrisa sarcástica y la soltó de golpe. Laura cayó de espaldas sobre el escalón más próximo y luego rodó como un pesado fardo de peldaño en peldaño, hasta que llegó a desplomarse sobre el polvoriento suelo del pasillo. No sé si las baldosas rojas retumbaron estrepitosamente bajo su peso, pero esa fue la sensación que experimenté. Con los ojos desmesuradamente abiertos vi cómo Claudio, aparentemente tranquilo, saltaba sobre el cuerpo de su mujer para encerrarse luego en su camerino, dando un portazo.

No conseguí reaccionar hasta que Pedrito me pidió ayuda para incorporarla. Laura yacía boca arriba sobre el pavimento, con el semblante blanco como la cera y su larga melena rubia expandida en todas direcciones en derredor de su cabeza. Al rodar por los escalones, el hábito se le había ido enrollando en las piernas, lo que contribuía a conferirle una apariencia estremecedora. Pensé que estaba muerta, pero cuando logré salir de mi estupor y, después de descender de un salto los peldaños, me incliné sobre ella, advertí que respiraba.

Angustiada, levanté la vista hacia Pedrito, que también se había arrodillado a su lado y que, al cruzar su mirada con la mía, me recordó más que nunca a un niño en edad de hacer la primera comunión. La barba postiza se le había despegado en parte y su aspecto me hubiera hecho reír en cualquier otro momento. Creo que inicié el movimiento de pasarle a Laura un brazo bajo la cabeza, pero no llegué a hacerlo, porque en ese preciso instante oí a mi espalda la voz de Matilde, llamándome.

— !Marina, a escena!, !corre!

Al girar la cabeza en su dirección, la vi en lo alto del rellano y recordé que, efectivamente, debía yo volver a la celda de doña Inés, presa de pánico, a informar a la madre abadesa de que un hombre acababa de escapar del convento. Sin embargo, no podía dejar a Laura tirada en el pasillo y en el estado en que se encontraba.

— Pero... — intenté oponer con una voz que se me quebró, señalándosela a Matilde.

Esta se hizo cargo de la situación en menos tiempo del que se tarda en referirlo. Con una fuerza insospechada en una mujer de su edad, me agarró de un brazo y, tirando de él, me obligó a entrar en escena entre los telones del lateral izquierdo en el momento preciso.

Me sentí cegada por los focos, mientras angustiosamente trataba de recordar las palabras que debería pronunciar. Por suerte me vinieron a los labios sin que tuviera que meditarlas y me dirigí histéricamente a Marcela, interrumpiendo su conversación con el comendador.

"Señora..."

Tan desgarrada debió sonarles mi voz, que los dos se volvieron al tiempo hacia mí y, aunque sabían de sobra lo que iba a decir a continuación, pues lo habíamos ensayado miles de veces, esperaron con los ojos agrandados por la inquietud a que se lo comunicase. La madre abadesa me apremió a seguir, tal y como debía hacerlo:

"¿Qué es?

A duras penas logré articular los sonidos oportunos.

"Vengo muerta".

Quizás por mimetismo, Marcela adoptó la expresión idónea en una madre superiora que debe tranquilizar a una de las monjas de su convento y me ordenó:

"Concluid".

Reprimí un sollozo, que me ascendió sin que lo pudiera evitar hasta la garganta y balbuceé atropelladamente y entre tartamudeos:

"No acierto a hablar...
he visto a un hombre saltar
por las tapias de la huerta"

Como en mi papel tenía que aparentar estar asustada y

lo estaba verdaderamente, mi actuación resultó tan real que recibí la ovación mayor de mi vida. Nadie escuchó al comendador, cuando llamó imbécil a la madre abadesa y se marchó muy digno tras de su honor. Incluso un chalado de la primera fila de butacas me reclamaba a gritos y me vi obligada a saludar más de cinco veces con Matilde, Marcela y Alfredo. Ni Laura ni Claudio se encontraban en condiciones de agradecer con nosotros en ese momento los aplausos, pero no me pareció que el público les echara de menos. El teatro entero se venía abajo de entusiasmo y de "bravos" y don Leónidas nos empujaba una y otra vez hacia las candilejas y al otro lado del telón, mientras arreciaban los gritos de:

— !La tornera!, !que salga la tornera!

— Ahora sal a saludar tú sola— me ordenó bruscamente el empresario. Cuando intenté resistirme, me propinó un empellón—. Que salgas, mujer. No te quedes ahí pasmada como "una grulla paralítica".

Aquello era del todo inusitado. De otro empellón de él me encontré de repente ante una masa sin rostro que me vitoreaba sin imaginar nada, ignorante por completo de que la ficción y la realidad se habían aunado para hacerme gritar medio histérica ante ellos. Resultaba extraño y escalofriante sentirse aplaudida por tantas manos, aclamada por tantas voces. Sonreí estúpidamente al chalado de la primera fila, que me lanzaba bravos sin descanso, al patio de butacas, al gallinero y al mundo entero, pero cuando al fin el telón cayó definitivamente en ese acto, me abracé a Marcela y me eché a llorar como si no tuviera más de dos años.

Don Leónidas me separó de ella, para abrazarme a su vez y decirme con su rudeza habitual:

— Aunque parezcas tonta, niña, has demostrado que puedes ser una actriz genial. Repítelo esta noche en la función de las once.

Levanté la mirada hacia su rostro y, aunque a través de las lágrimas le veía turbio, me di cuenta de que aún no sabía lo ocurrido. ¿Cómo iba a repetir mi actuación en la función de las once ni en ninguna venidera? Era imposible que una tarde tan espantosa pudiera repetirse.

Entre hipidos, intenté referirle lo que había acaecido en el pasillo instantes antes, pero no me escuchó. Daba por sentado que lloraba por la emoción de las ovaciones que había recibido y me repitió más de mil veces que todas las grandes figuras habían tenido una experiencia parecida.

— Que sí, niña, que sí. Ya te acostumbrarás. A todas las primeras actrices les ha ocurrido al principio y tú llegarás lejos. No es corriente encontrar una principiante con tanta madera.

Lo de la madera me lo fueron repitiendo todos, uno por uno, menos Jaime. Me encontré con él a la puerta del camerino de Laura, donde fuimos agolpándonos la mayoría de los compañeros conforme fue corriendo la voz de que ella había resbalado en el pasillo y apenas si se podía mover, por lo que Pedrito la había llevado en brazos hasta el diván de su camerino. Jaime se limitó a dedicarme un escueto "enhorabuena", sin mirarme siquiera. Continuaba enfadado conmigo y eso me dio motivo para seguir llorando otro ratito en el hombro de Marcela. Como mi llantina parecía una prolongación de la anterior, a nadie le extrañó. Solo Pedrito fue capaz de entender mi estado de ánimo y me apartó del barullo general, empujándome hacia el comienzo del pasillo. Hice intención de indicarle que entrara conmigo en mi camerino, pero no llegamos a trasponer el umbral. Los dos debimos experimentar la curiosa sensación de que no nos convenía alejarnos del resto de la compañía, porque nos contentamos con hacer allí un aparte, colocándonos frente a frente con el hombro apoyado contra la puerta. Yo daba la espalda al resto de nuestros compañeros y veía en cambio como la lluvia caía con fuerza en la calle. Pedrito, por el contrario, estaba atento a las reacciones que se producían en el grupo cercano que montaba guardia ante el camerino de Laura.

— No te preocupes, chica, que Laura se pondrá bien— me susurró casi al oído—. Ese animal de Claudio le ha obligado a darse un costalazo monumental y en este momento está hecha polvo, pero al menos Arturo no se ha enterado de que el otro ha sido el causante. Es mejor que no lo digamos, ¿sabes?

Dejé de llorar, porque no comprendía sus palabras y necesitaba toda mi capacidad de concentración.

—¿Qué tiene que ver Arturo en todo esto? ¿Y por qué no debemos decirlo? ¿Es que acaso los demás no se han enterado de que...?

—No— me interrumpió—. Matilde ha visto a Laura ya en el suelo y ha interpretado que se ha caído ella sola. Es preferible que todos sigan creyendo esa versión para evitar más problemas.

Me limpié los ojos de un manotazo para estudiar su semblante. Pedrito no tenía más edad que yo y sus ojos azules y su barbilla redondeada le proporcionaban cierta semejanza con un angelote, pero en esos momentos su expresión era la de un hombre sesudo y advertí que sabía algo de lo que yo no estaba enterada.

—Creí que Claudio te caía mal— apunté—. Y conste que no soy partidaria de organizar guerrillas entre compañeros, pero es que lo que le ha hecho él no tiene excusa. Ese hombre se merece...

—Estamos de acuerdo, se lo merece— me atajó—. Pero es mejor así, créeme.

—¿Y crees que Laura va a mantener la boca cerrada?

—Eso es problema suyo. Si es la mitad de inteligente de lo que parece, se mantendrá calladita.

Recelosa, escruté de nuevo su rostro y súbitamente le vi hacerme un gesto de advertencia. Don Leónidas se nos aproximaba, abriéndose paso entre los que se arracimaban a la puerta del camerino de la primera actriz. Sin duda venía de allí, porque su expresión era preocupada.

—Escucha, Marina— me dijo apresuradamente—. Laura se encuentra indispuesta y, aunque se ha empeñado en continuar actuando, no sé si está en condiciones de hacerlo. ¿Te sabes su papel?

Sus palabras penetraron en mi mente convertidas en un torbellino, que continuó girando y girando dentro, sin hacerse plenamente inteligible. Cada una de sus rotaciones me sugería unas preguntas que no terminaba de formular, porque en mi mente se suscitaban otras nuevas. ¿Saberme el papel? ¿Pero por qué yo? ¿No estaba Marcela primero? ¿Su elección se debía a mi reciente e insospechado éxito? ¿Qué diría Marcela? Y en cualquier caso, ¿estaba yo en condiciones de encarnar a doña Inés? No me sentía, ni mucho menos, tan segura de mis dotes artísticas como parecía estarlo don Leónidas, porque era consciente de que la genialidad que me habían atribuido de repente se debía únicamente a que las circunstancias se me habían mostrado propicias.

— Yo... no sé si podré. ¿Tan mal se encuentra Laura?— protesté vacilante.

Don Leónidas asintió inquieto.

— Sí. Se ha caído hace un rato y se ha lesionado la espalda. Cuando he salido de su camerino, había conseguido incorporarse y permanecer sentada, pero dudo mucho de que sea capaz de caminar.

—¿Y no sería posible...? Después de todo, en el acto próximo permanece casi todo el rato sentada en un sofá. ¿No sería posible...?,— alegué, debatiéndome entre el deseo de sustituirla y el no menor de evitarme un riesgo para el que no sabía si estaba preparada.

Parecía seguir él el hilo de mis pensamientos, porque sonrió con el aire de indulgencia del que se ha encontrado muchas veces en situaciones similares. Luego insistió impaciente:

— Bueno, ¿te sabes el papel o no?

— Sí, pero...

— Pues entonces, estate preparada por si acaso.

El revuelo que oímos a nuestra espalda nos impulsó a los tres a volver la cabeza. Laura acababa de aparecer en el umbral de su camerino, sostenida por Arturo y por Manolo. Su esbelta figura se encorvaba bajo el hábito blanco en un gesto de dolor y los círculos morados que sombreaban sus pupilas eran la única nota de color en su semblante, pálido como la cera. Así y todo nos miró desafiante.

—¿Veis como sí podré continuar actuando en la función? Bastará colocar el sofá junto a la puerta del decorado y para entrar en escena me apoyaré en Matilde. Como doña Inés era una blandengue, que iba desmayándose a cada paso, al público no le extrañará.

Un sordo murmullo de opiniones, unas a favor y otras en contra, las más en contra, siguió a sus palabras. Don Leónidas lo cortó en seco con uno de sus potentes graznidos.

— ¿Estás segura, Laura, de que no es un disparate lo que pretendes? Pueden abuchearte, si renqueas por el escenario, porque recuerda que no se trata solo de tu entrada en escena. A mitad del acto, don Juan hace pasar a doña Inés a otra habitación para recibir al comendador y a don Luis Mejías que acuden a la quinta a pedirle cuentas. Marina puede sustituirte por esta tarde.

Sentí que un mar de miradas se clavaba en mí, pero solo entresaqué de ellas la de Marcela. Sus ojos reflejaban una incredulidad absoluta, una decepción sin límites. Sabía que ella había soñado a menudo con que unas circunstancias como las presentes le deparasen la oportunidad que yo ahora le quitaba. Yo, que no era más que una principiante, venía a robarle el puesto a que le daban derecho sus muchos años de profesión. Y tenía que ser precisamente yo, a quien ella había introducido en el mundo de las tablas y que hasta media hora antes no era más que el penúltimo mono de la compañía. Leí en sus pupilas todo eso y mucho más en apenas una décima de segundo y desvié mi mirada de la suya, incapaz de soportarlo.

Veía ahora la expresión de Laura, en la que no había solo incredulidad, sino también recelo. Me estudiaba de una forma nueva, como si hubiese encontrado en mí una peligrosa competidora en la que no hubiese reparado antes. Quizás fuese el riesgo potencial que yo implicaba lo que la ayudó a decidirse, porque cuando volvió a hablar, su tono sonó imperioso.

— Terminaré la función como me llamo Laura Marco. Llevadme al escenario y !deprisa!, que ya hemos hecho esperar demasiado al público.

Inmóvil la seguí con la vista, cuando Manolo la tomó en brazos y se encaminó con ella a cuestas en esa dirección, seguido de la mayoría de los miembros de la compañía. Don Leónidas inició también el movimiento de acompañarles, pero lo pensó mejor y retrocedió sobre sus pasos para volver a mi lado.

— Prepárate de todas formas, Marina. Laura es una gran profesional, pero está loca y es mejor tenerte a mano por lo que pueda ocurrir. Ve a vestirte.

—¿Que me vista?,— balbuceé—. ¿Cómo quiere que me vista? El traje de doña Inés lo lleva puesto Laura.

— Pues entonces, desvístete— masculló con su habitual rudeza, que en esta ocasión no estaba exenta de ternura—. Sin la toca, el hábito de tornera que llevas puesto, servirá. !Ah!, y recógete los vuelos de la falda de forma que no parezcas un saco de patatas. Doña Inés iba vestida de novicia, pero se supone que era una mujer atractiva. Así que ya sabes. Antes de dos minutos te quiero entre bastidores.

Se marchó a toda prisa con una agilidad sorprendente en un hombre tan grueso y me quedé sola frente a Marcela, con una horrible sensación de culpabilidad enroscándoseme por dentro. No se movió ni hizo el menor gesto. Me contemplaba como si no me conociera.

— Marcela, lo siento. Yo... te aseguro que en esto no he tenido nada que ver.

— Ya lo sé— musitó con una voz que no era la suya. Vacilante dio un par de pasos y se pasó una mano por la frente con gesto de cansancio.

— Voy a cambiarme. Mi papel por esta tarde ha concluido ya.

—¿Te vas?— me alarmé. Estaba tan acostumbrada a su compañía, que sin ella me sentía como una huérfana—. ¿Pero no te vas a quedar para el saludo final? ¿Por qué no...?.— No me atreví a pedirle que se quedara conmigo, porque me pareció demasiado cruel.

— Me iré a casa— dijo como para sí—. Hasta las once no tengo nada que hacer.

La vi entrar en nuestro camerino y aguardé en el pasillo como atontada. Recordaba vagamente que don Leónidas me había metido prisa, pero no me sentía con fuerzas de prolongar la tensión que notaba entre las dos. Minutos después salió vestida de calle y se marchó sin despedirse de mí. Caminaba deprisa y con la cabeza baja, como si huyera del teatro, y me acongojó tanto verla así, que tardé un tiempo en reponerme. Por ello, cuando regresé ya arreglada al escenario, sin toca y con una larga peluca rubia cubriendo mi cabeza, habían transcurrido bastantes más de los dos minutos que don Leónidas me había concedido. Me abrí paso entre Matilde y Arturo, que se apelotonaban con Pedrito, Manolo y Alfredo junto al telón lateral y alcancé a ver a Laura en escena reclinada en el sofá, con Claudio de rodillas a su lado. A ella la divisaba de perfil, mientras declamaba lánguidamente sus versos con una maestría insuperable, con una zozobra inmensa que estremecía. En la semi penumbra de la escena, la cristalera color ámbar del telón del foro esparcía una luz difusa y un foco azulado les iluminaba a los dos. Claudio me daba la espalda, pero le noté rígido al recitar los versos más famosos de la obra.

"Esa armonía que el viento
recoge entre esos millares
de floridos olivares
que agita con manso aliento;
ese dulcísimo acento
conque trina el ruiseñor
de sus copas morador,
llamando al cercano día,
¿No es verdad, gacela mía
que están respirando amor?"

De improviso, Claudio se saltó el resto del poema y se acomodó en el sofá como si ya hubiera terminado de galantearla. Y eso no fue todo. Cuando ante el silencio de él, Laura intentó recitar sus versos, la interrumpió. Me llevé las manos a la boca al ver que el muy imbécil la tomaba de las manos y se ponía en pie, tirando de ellas para obligarla a hacer lo mismo. ¿Se habría vuelto loco? Si sabía de sobra que a duras penas lograba mantenerse erguida...

Laura se desasió de él con cierta brusquedad y yo desvié aprensivamente los ojos hacia el patio de butacas. Mi posición me permitía distinguir tan solo un ángulo de las primeras filas, que por contraste con la iluminación del escenario quedaba en sombras, pero intuí que el público no había captado los detalles que me habían alarmado ni la hostilidad de la pareja que fingía arrullarse. Que no sospechaba siquiera que el don Juan, cuya actuación contemplaban, luchaba contra la tentación de abofetear a doña Inés mientras recitaba unos versos amorosos. Y advertí que esa tentación era muy fuerte, cuando Claudio invirtió su posición y pude ver su rostro.

Un sudor frío comenzó a correrme por la espalda, mientras calculaba mentalmente los minutos que faltaban para que ella se retirara de escena. A lo sumo, uno o dos. ¿Por qué transcurrían tan lentos? Agobiada de inquietud, busqué con los ojos algún lugar al que dirigirme para entretener la espera, algo que me distrajera de aquél espectáculo tan desazonante y en mi recorrido visual tropecé con la silueta de Arturo, que se había adelantado unos pasos, apartándose de mi lado. Por si mis nervios no estuviesen ya suficientemente crispados, su actitud me los alteró aún más. Contemplaba la escena que se estaba desarrollando en el sofá con los labios apretados. Los músculos de su mandíbula se veían atirantados bajo la barba postiza y la mano derecha, que tenía sobre el pomo de su espada, se asemejaba a una garra. Próximo a él, Alfredo permanecía inmóvil como una estatua de granito, con expresión de absoluta consternación, y, un poco más atrás, Manolo encarnaba la imagen del desconcierto.

Le hice una seña a este último, retirándome con él hacia la salida del escenario para bajar al pasillo.

— ¿Qué ocurre?— le pregunté ansiosamente —. Me ha parecido que Claudio y Laura están rarísimos. Y no es que sea raro que estén raros— farfullé, atropellándome al hablar—. Es que me ha dado la impresión de que están a punto de llegar a las manos. Y por si fuera poco, Arturo...

Asintió, con una inquietud que a duras penas lograba dominar.

— Yo tampoco lo entiendo, chica. ¿Será posible que Claudio no se haya enterado del batacazo de ella? Cualquiera diría que está haciendo lo imposible por obligarla a levantarse del sofá. Lo ha intentado varias veces y ella se ha resistido. Y ahora que lo pienso, tiene que saberlo, porque me ha visto a mí traerla a cuestas hasta el escenario y cuando la he dejado en el suelo, no se podía sostener. ¿Se habrá chalado del todo ese tipo? Es la única explicación que se me ocurre.

Le escuché con los ojos desmesuradamente abiertos.

— Entonces, ¿no ha sido una impresión mía?

— Me temo que no. Esta tarde está fuera de sí y no le faltan motivos. Claudio es muy celoso y ella le da pie para que lo sea, pero en mi opinión esos asuntos deberían ventilarlos en su casa y no en el teatro.

Abrí los ojos aún más de lo que ya los tenía.

—¿Claudio es celoso? ¿Es por eso por lo que antes de comenzar la función...?.

Me observó con una curiosidad nueva, como si de improviso me encontrara tonta de remate.

—¿Por qué crees si no?

Tragué saliva, deseando llegar al fondo del asunto.

— Pero el otro... ¿El otro quién es?

Ahora sí que debió llegar a la conclusión de que yo era una subnormal profunda, porque se aclaró su semblante, de facciones excesivamente regulares, como las de los galanes de primeros de siglo, y se echó a reír.

—¿De verdad que no lo sabes? Laura ha sido siempre bastante ligerilla de cascos y a Arturo le tiene sorbido el seso desde hace años, pero ahora parece que le ha sustituido por Jaime.

Me quedé sin habla. Me quedé como idiotizada de repente. ¿Cómo era posible?

—¿Jaime?,— repetí incrédulamente, cuando logré

reaccionar—. ¿Por qué entonces se ha peleado Claudio con Arturo y no con él?

Manolo se encogió de hombros, mientras se peinaba con los dedos su ondulado cabello castaño.

— Ya te he dicho que lo de Arturo viene de tiempo, pero Claudio se ha ido a enterar hoy, precisamente cuando ese asunto ha quedado trasnochado. Supongo, que al menos se le habrá ocurrido a Laura terminar con Arturo, antes de emplearse a fondo con el otro, porque de lo contrario estaría tonteando con dos a la vez. Bueno, con tres— se corrigió algo confuso—. Pero no lo comentes— me aconsejó—. Solo faltaría que Claudio arremetiera también contra Jaime.

Meneé escépticamente la cabeza, resistiéndome a creer lo que Manolo me acababa de decir. Yo hubiera asegurado... Claro que, también Marcela estaba convencida de ser ella la única que le interesaba a Jaime. ¿Estaría éste jugando con las tres al mismo tiempo?

—¿Y tú como sabes todo eso?— le pregunté, albergando aún la esperanza de que estuviese equivocado—. ¿Te lo ha dicho él?

— Por supuesto que no— replicó rápidamente—. Jaime es bastante reservado, pero...

—¿Pero qué?— insistí.

Me envolvió en una mirada vacilante, entornando después sus párpados, de largas pestañas rizadas.

— A lo mejor piensas que soy un chismoso.

No estaba yo en condiciones de determinar el calificativo que le cuadraba y lo único que me interesaba era averiguar qué había de cierto en lo que él había insinuado, por lo que volví a insistir.

— No seas pesado y contéstame. ¿Cómo te has enterado?

— Les he sorprendido esta tarde en el camerino de ella, poco después de que finalizara el segundo acto y... en fin, la actitud de los dos no dejaba lugar a dudas.

Parpadeé aturdida. Al terminar ese acto había sido precisamente cuando él había acudido a mi camerino con el pretexto de la pérdida de su cuchillo. O venía entonces de dejar a Laura, con la que se habría estado arrullando hasta ese instante, o, al salir de mi camerino hecho un basilisco, había ido a encontrarse con ella. Sentí una punzada amarga al evocar cada una de sus miradas, cada una de sus palabras, que me habían parecido tan significativas. Desde luego, nunca me había dicho nada con claridad, pero sí me había dejado entrever que yo le interesaba. Y sin duda actuaba de la misma forma con las otras dos y les hacía creer también que eran las únicas. !Y yo que me había reído con Marcela de la personalidad de don Juan! Esto sí que era como para morirse de risa.

Pero no me reí. Debí de esbozar, en cambio, un puchero, porque noté la mano de Manolo sobre mi hombro.

— No te preocupes, chiquilla. Ya falta menos para que termine la función y, en cualquier caso, tú has obtenido un gran éxito. Tu interpretación de la tornera ha sido colosal y te lloverán los contratos en adelante.

¿Qué me importaban a mí los contratos? En ese momento me tenían absolutamente sin cuidado y lo único que deseaba era quedarme sola para poder llorar hasta quedarme seca.

Mi amor propio impidió que ni tan siquiera dejara escapar una lágrima. Por fortuna, Manolo no sospechaba ni por lo más remoto que pudieran afectarme los devaneos de su amigo hasta el extremo que me afectaban y procuré adoptar un aire indiferente. Jaime podía ser un don Juan, pero, desde luego, no estaba dispuesta a convertirme en una tonta doña Inés. En opinión de don Leónidas yo era una buena actriz, por lo que podría interpretar también en la vida real el papel que me conviniese. Sabría demostrarle a él que me tenía sin cuidado.

—¿De veras crees que he estado tan bien?— le pregunté a Manolo, haciendo un esfuerzo por continuar la conversación.

— Y tan de veras—. Se interrumpió para aguzar el oído. Luego dejó escapar un suspiro de alivio—. ¿No oyes la voz de Jaime, comunicándole a don Juan que ha llegado un embozado a la quinta? Eso significa que Laura acaba de retirarse de escena, por lo que podemos felicitarnos de que nuestros temores no se hayan hecho realidad. Vamos a regresar a presenciar la función entre bastidores, pues el temporal ya ha escampado.

Me negué con un gesto.

— No, vete tú. Yo me encuentro más a gusto aquí.

Me propinó unas suaves palmaditas en el hombro, antes de retroceder hacia el escenario y desaparecer entre los telones y me quedé sola con una vaga sensación de irrealidad. Acorchada y, sin embargo, como dolorida. La única bombilla del pasillo esparcía una luz macilenta y pobre, que no disipaba del todo las sombras del corredor y acrecentaba su aspecto fantasmagórico. Parpadeaba intermitentemente, mientras la observaba de hito en hito, inmóvil donde Manolo me había dejado. De pronto experimenté un frío intenso. Hasta mis oídos llegaba distintamente la voz de Arturo que, encarnando a don Luis Mejías, en ese instante le pedía a don Juan explicaciones por haberle arrebatado con malas artes a doña Ana de Pantoja.

"Y lo que tardo me enoja
en lavar tan fea mancha.
Don Juan, yo la amaba, sí,
mas con lo que habéis osado
imposible la hais dejado
para vos y para mí."

La voz de Claudio sonó petulante.

"¿Por qué la apostasteis, pues?"

"Porque no pude pensar
que la pudierais lograr.
Y... vamos, !Por San Andrés!
a reñir, que me impaciento"

Había escuchado ese diálogo más de mil veces, pero

resonaba en el desierto corredor de un modo que estremecía. Parecía retumbar sobre las deslucidas baldosas rojas, después de repetirse en ecos en los desiertos camerinos y chocar unos con otros en la oscuridad.

Me tapé los oídos con las manos y comencé a recorrer el pasillo a largas zancadas, primero en una dirección y luego en la otra. Me crucé con Paco, el traspunte, con el que al poco volví a cruzarme, ya que esta vez iba en dirección al escenario, donde desapareció de mi vista. No sé cuánto tiempo transcurrió, pero de pronto me detuve, retirando las manos que me impedían escuchar los versos que recitaban en escena, para dejarlas caer a lo largo de mi cuerpo. Me quedé quieta, con los sentidos alerta al no percibir ningún sonido y, sin saber por qué lo hacía, eché a correr hacia el escenario. Como una exhalación subí los escalones, y me adelanté silenciosamente hasta el telón lateral más cercano, que solía ser mi observatorio habitual. La escena se hallaba en sombras y tan solo la cristalera de la sala de la villa de Tenorio estaba iluminada. Contra ella se recortaban a contraluz las siluetas de don Juan y de Mejías que cruzaban sus espadas. El comendador yacía en el suelo junto a las candilejas, muerto por defender el honor de su hija, y me llevé ambas manos a la boca, porque sentí que el duelo que se desarrollaba ante mis ojos era real, no una ficción teatral. Que la lucha de las dos siluetas que veía era una lucha de verdad entre dos hombres que se odiaban, aunque todos sus movimientos hubieran sido ensayados hasta en el más mínimo detalle. Como en las funciones anteriores, don Luis estaba acorralando al otro contra la pared del fondo de la sala, cuyas tres cuartas partes estaba ocupada por la inmensa cristalera de color ámbar. A su izquierda, y separada tan solo de ella por un metro de pared, de la que colgaba una panoplia, se hallaba la puerta practicable, por la que supuestamente se accedía a una antesala. Contra esa puerta acababa don Luis de derribar a don Juan, que, tal y como estaba ensayado, cayó estrepitosamente en esa estancia, desapareciendo unos segundos de medio cuerpo para arriba de la vista de los espectadores, para luego, al incorporarse el Tenorio, alcanzar a Mejías en el pecho con su espada. ¿Por qué si repetían los movimientos que yo conocía de antemano me sobrecogía su visión?

Ya se levantaba Claudio del suelo y a continuación debía rematar a su enemigo, pero, incomprensiblemente, una vez que se enderezó del todo, se quedó quieto. Dio después unos pasos vacilantes hacia mí y al fin se desplomó a mis pies como un fardo, entre una ovación estremecedora. Arturo seguía inmóvil, con aire desorientado, y yo me quedé contemplando a Claudio como hipnotizada, sin saber qué había ocurrido ni entender por qué el público aplaudía.

Aún sin reaccionar, oí vagamente carreras a mi alrededor y distinguí en la semi oscuridad una silueta que tenía la voz de don Leónidas, aunque me pareció irreconocible por lo asustada.

— !Bajad al telón, aprisa! !Bajadlo inmediatamente!

Debieron cumplir su orden, porque, cuando el escenario se iluminó instantes más tarde, la inmensa cortina roja nos aislaba ya de los espectadores. Parpadeé deslumbrada. Aún como un pasmarote, Arturo permanecía en pie, mirando cómo alucinado la confusión indescriptible de los que se empujaban unos a otros para acercarse al cuerpo que yacía en el suelo. Creo que también lo intenté yo, antes de que Matilde se colgara de mi cuello llorando a gritos, de que Pedrito echase a correr buscando a un médico, de que todos chillasen al mismo tiempo y me zarandeasen. En aquella espantosa algarabía no conseguíamos entendernos.

De improviso distinguí a don Leónidas, que se incorporaba, después de haber examinado en cuclillas el cuerpo de Claudio y que, ya puesto en pie, se dirigió a Arturo. El semblante del director, que habitualmente reflejaba prepotencia, tenía una expresión extraña y cuando le habló, su voz también sonó extraña.

— Claudio está muerto, Arturo. ¿Cómo has podido...?

El otro pestañeó ligeramente, como si le hubiera oído, pero no comprendiese sus palabras.

—¿Muerto?— balbuceó.

Los que nos arracimábamos en derredor del cuerpo que

yacía en el suelo, fuimos volviéndonos también hacia él y enmudeciendo, hasta que se hizo un silencio total. Su rostro no traslucía ninguna emoción. Parecía como idiotizado y don Leónidas le sacudió por los hombros.

— Claudio ha recibido tu estocada en el pecho y ha debido morir instantáneamente.

Me dio la impresión de que el gordo empresario trataba de averiguar dónde escondía el otro el arma homicida, porque desvió su mirada del semblante de Arturo para recorrer su bordada casaca y detenerse en la espada que éste aún sostenía en su mano derecha. Aunque Claudio tenía en el pecho una mancha oscura, que iba agrandándose, en la espada de Arturo no había rastro de sangre y brillaba a la luz de los focos totalmente limpia. Don Leónidas se la arrebató de un tirón y luego pasó delicadamente un dedo por la punta de la misma, tentando su filo. Perplejo, enarcó sus peludas cejas, al tiempo que su mirada ascendía nuevamente para cruzarse con la de Arturo.

— Con este abrecartas gigante no podrías ni rasgar un sobre— masculló, señalándosela—. ¿Qué arma has utilizado?, di.

Solo entonces dio muestras Arturo de haberle comprendido. Su moreno semblante parecía tallado en granito, cuando, como un autómata, dobló ligeramente el cuello para fijar su mirada en la espada que don Leónidas sostenía en sus manos.

—¿Yo? !Oh, no, yo no he sido!

Su protesta sonó tan convincente, que noté la vacilación de don Leónidas.

— ¿Que no has sido tú? Estabais solos en escena y todos hemos visto que nadie más se le ha acercado, por lo que solo tú has tenido esa oportunidad. ¿Y aún dices que no has sido tú? Hay un sinfín de espectadores como testigos, si los miembros de esta compañía no fueran suficientes.

Al aludir a los espectadores, reparó por primera vez en el alboroto del patio de butacas. Seguramente habría comenzado en el momento en que bajamos el telón, pues don

Juan Tenorio es una obra tan conocida, que todo el mundo sabe cómo concluye el acto que habíamos dejado inacabado. Lo sorprendente era que hubiesen aplaudido al ver finalizar el duelo de forma totalmente contraria a como lo ideara Zorrilla, pero cabía dentro de lo posible que no se hubiesen percatado de que había sido don Juan, en lugar de don Luis, el que había recibido la estocada.

Alfredo Galán se adelantó desde el abigarrado pelotón que formábamos y se aproximó a don Leónidas para ponerle una mano en el hombro, en un ademán que quiso ser de aliento.

— Salga usted y tranquilice al público. Salga usted y cuéntele... cuéntele lo que se le ocurra.

El otro asintió y con un resoplido de exasperación se encaminó hacia el rojo cortinón que nos separaba de la sala, que en esos momentos identificábamos todos con un bastión salvador que protegía nuestra intimidad de la curiosidad del respetable. Le oímos pedir excusas al otro lado del telón por tener que suspender la función, debido a un desgraciado accidente, y el coro de silbidos y protestas con el que los espectadores acogieron la noticia. Cuando volvió a reunirse con nosotros le noté al límite de sus fuerzas. Parecía haber envejecido veinte años de repente, pero aún consiguió reunir las energías suficientes para preocuparse por Arturo.

— Escucha, hombre, más vale que reconozcas lo que has hecho. No tenías intención de llegar a tanto, ¿verdad?

El otro meneó negativamente la cabeza. A sus grandes ojos negros solo asomaba una inmensa desorientación.

— Te aseguro que no he sido yo. Puedes cachearme y comprobar que no llevo ningún arma encima, porque esa estaca plateada no merece tal nombre.

Señalaba con la barbilla la espada que don Leónidas había arrojado sobre el sofá, donde don Juan y doña Inés se arrullaban tarde tras tarde, antes de salir a enfrentarse con el público.

El empresario recogió su indicación y le cacheó concienzudamente, para después dirigir una desconcertada mirada en derredor, rascándose el cogote.

—No entiendo nada, pero mi obligación es llamar inmediatamente a la policía. Te aconsejo que busques, a tu vez, a un abogado y procura que sea bueno, porque te has metido en un buen follón.

Arturo hizo un ademán de asentimiento, pero advertí que no se daba cuenta de la gravedad de su situación. Continuaba ajeno al lugar y a lo ocurrido, como un monigote que sin emoción ni sentimientos se mantiene en pie solo porque otros tiran de sus hilos.

Fue Jaime quien le recordó a don Leónidas el último detalle que faltaba para terminar de hundirle. En aquél barullo no me había fijado en su presencia y reparé en él cuando se adelantó, apartándose de Manolo y de Gabriel.

—Creo que alguien debería decírselo a Laura— le susurró, pese a lo cual, todos le oímos—. Seguramente no estará enterada de lo que le ha sucedido a su marido.

—¿Que no estará enterada?—. Don Leónidas paseó alternativamente su mirada por cada uno de los semblantes de los que le rodeábamos y terminó por darse una palmada en la frente—. Qué estúpido soy. Había olvidado que se encuentra medio impedida. Supongo que estará en su camerino.

—Sí, allí está— afirmó Arturo, que de improviso pareció recobrar la consciencia. De su rostro había desaparecido la expresión idiotizada y se expresó sin la vaguedad de antes—. Yo mismo la llevé allí en brazos, cuando, ante la llegada del comendador a la quinta del Tenorio, éste hace pasar a don Luis a la antesala. O sea, cuando he hecho mutis entre mis dos actuaciones— aclaró—. Pero, como has dicho, tu deber es llamar a la policía. Yo iré a comunicarle la incomprensible desgracia que ha ocurrido y a explicarle como han sucedido las cosas.

Parecía tan sincero, que me sorprendió el recelo con el que don Leónidas le observaba.

—No creo que seas tú el más indicado.

—Pues yo creo que sí— le rebatió el otro, acalorándose por primera vez—. No tengo nada que ocultar y prefiero que lo sepa por mí, antes que por cualquiera de vosotros.

Me di cuenta de que le preocupaba más la idea que Laura pudiera forjarse de lo acaecido, que su propia situación y que ninguno de los presentes se extrañaba de ello. Los sentimientos que Laura le inspiraba le asomaban a los ojos. ¿Cómo podía haber sido yo tan estúpida como para no haberlo advertido antes?

Me pregunté si la expresión de Jaime denotaría algo similar y desvié la mirada hacia él. Se oponía a la pretensión de Arturo al tiempo que pasaba un brazo sobre los hombros de éste, con ademán amistoso.

—No es eso, hombre, pero ponte en su lugar. Es preferible que se lo diga don Leónidas y luego tú... Yo puedo mientras tanto avisar a la policía.

Estudié atentamente cada uno de sus movimientos y de sus gestos, sin llegar a interpretarlos. La preocupación que demostraba era similar a la que experimentábamos todos los demás. Entre la suya y la de Arturo mediaba un abismo, pero yo sabía que era demasiado buen actor y dominaba el arte de ocultar sus verdaderos sentimientos. Evocando las innumerables ocasiones en que le había visto hallándose Laura presente, no pude encontrar ni un detalle revelador que confirmara lo que Manolo me había descubierto. Recordé en cambio lo mucho que le embromaba ella. Solía reírse en cuanto Jaime abría la boca y, al replicarle agudamente, iniciaba una especie de duelo verbal que por su parte no estaba exento de coquetería. Era curioso que no hubiera reparado entonces en que se alborotaba al verle lo mismo que Marcela y que yo, solo que, por su distinta forma de ser lo exteriorizaba más sutilmente.

Ignorante por completo de lo que yo estaba elucubrando, me dirigió él una rápida mirada, antes de volverse hacia don Leónidas para insistir y éste terminó por acceder.

—Está bien. Llama por teléfono a la policía y mientras Arturo y yo iremos a decírselo a Laura. Y todos vosotros— dijo abarcándonos con un ademán— marchaos de aquí inmediatamente. No quiero que toquéis a Claudio ni a ninguno de los trastos que se encuentran en el escenario. ¿Está claro?

En compañía de Arturo y de Jaime, se encaminó hacia la salida del escenario y los restantes les seguimos a cierta distancia. Sentí abrumadoramente la ausencia de Marcela, cuando nos desparramamos por el pasillo, apretujados también entre los comparsas y los tramoyistas. Matilde seguía llorando aferrada a su marido, que intentaba infructuosamente calmarla. Cristóbal Sancho discutía a gritos con Manolo y con Gabriel, que también le contestaban a gritos. Entre tantas voces destempladas y tantos empujones me encontraba como perdida, por lo que terminé por introducirme en mi minúsculo camerino y dejarme caer agotada en la silla que solía compartir con Marcela, frente al tocador, ocultando el rostro entre mis manos. A decir verdad, no experimentaba en esos momentos otra cosa que un aplanamiento absoluto. Sin nervios, sin inquietud, sin nada, aguardaba la llegada de la policía, con una especie de extrañeza vaga de que a mí me hubiese tocado vivir una cosa tan espantosa como la que estaba padeciendo. En mi aturdimiento, ni siquiera me había preocupado por averiguar cómo había reaccionado Laura al enterarse del trágico fin de su marido. Lo supe algo más tarde por Jaime y por Manolo, cuando vinieron a buscarme al camerino. Los dos llevaban puestos aún sus respectivos disfraces, pero Manolo se había quitado ya la barba y el bigote postizo, así como el sombrero, adornado con plumas, que caracterizaba a su personaje. Sin esos aditamentos, su indumentaria era prácticamente idéntica a la de don Juan Tenorio o a la de don Luis Mejías. Debían venir corriendo los dos, porque respiraban entrecortadamente y se dejaron caer en el primer lugar que hallaron a mano. Jaime en la otra silla del camerino y Manolo, a su lado en el suelo.

—¿Qué haces aquí?— me preguntó éste último—. Al no encontrarte entre el barullo general ni por ninguna parte, hemos llegado a pensar que te había sucedido algo.

Tomé del tocador el paquete de cigarrillos y, olvidando ofrecerles, encendí uno con manos torpes.

—No hago nada— repuse sin mirarles—. Me encuentro más a gusto sola, que en el pasillo entre tantos apretones. ¿Sabéis algo de Laura? ¿Cómo se lo ha tomado?

A través del espejo advertí la vacilación de ambos y giré sobre mí misma en la silla para volverme hacia ellos y observar de frente sus semblantes, igualmente ensombrecidos. Jaime mantenía la cabeza baja y el mechón oscuro que le resbalaba sobre la frente ocultaba en parte sus facciones. Fue el otro quien me contestó.

— Te lo puedes figurar. Se ha puesto como una loca y, como no se encuentra en condiciones de dar el menor paso, hemos tenido que llevarla a cuestas al escenario. Al ver a Claudio, ha acabado de perder el poco control que le quedaba.

Intenté imaginarme la escena, pero solo conseguí evocar el momento en que él la había arrojado sobre los escalones y hasta me pareció volver a oír cómo retemblaron las losas del pasillo cuando cayó rodando sobre ellas. Ahora comprendía el interés de Pedrito por ocultárselo a Arturo. Sin duda el muchacho temía que sucediera lo que efectivamente había sucedido. Ahora comprendía muchas cosas y hasta pensé que tal vez Jaime se alegrase en el fondo de este desenlace, que le libraba de sus dos rivales y le dejaba el campo libre.

—¿Cree Laura que ha sido Arturo el que le ha apuñalado?— inquirí a media voz, mientras estudiaba atentamente su expresión. Como no me respondió ni hizo el menor gesto, continué—: Arturo no ha podido ser. Me hallaba a menos de dos metros de él y podría jurar que ha actuado exactamente igual que en todas las representaciones anteriores. Desde luego no le ha asestado una puñalada. Claudio se ha desplomado de repente... porque sí, sin ningún motivo.

— ¿Te parece poco motivo?— murmuró Jaime, levantando por primera vez su mirada hacia mí.

Pese a lo tostado de su piel, los círculos oscuros que sombreaban sus ojos eran claramente perceptibles y en ese instante me di cuenta de que estaba profundamente abatido. No era solo que sintiera lo ocurrido, como Manolo o como yo. Había algo más que no supe interpretar y que cruzó por su rostro con la rapidez de un relámpago, pero desapareció tan súbitamente, que llegué a preguntarme si no lo habría imaginado. Cuando volvió a dirigirme la palabra, su expresión era más bien ausente.

— Yo estaba a tu lado cuando ha ocurrido todo— dijo como meditándolo—. Y, aunque en ese preciso momento no me estaba fijando en el duelo que interpretaban, podría asegurar en cambio que desgraciadamente solo Arturo ha tenido esa oportunidad.

Sorprendida, enarqué las cejas.

—¿Estabas a mi lado? Pues no te he visto.

Salió en parte de su ensimismamiento al esbozar una media sonrisa.

—Ya sé que no me has visto. Has entrado corriendo en el escenario como si te persiguiera alguien en el pasillo y con una cara rarísima. Ni siquiera me has oído cuando, al detenerte junto a mí, te he preguntado si te pasaba algo.

Entrecerré los ojos, luchando por hacer memoria. Recordaba la lóbrega penumbra del pasillo, que recorría en una y otra dirección, el escalofrío que me heló el cuerpo de repente y mi carrera hacia el escenario, pero desde que había subido los tres escalones, mi atención había estado tan concentrada en Claudio y en Arturo, que el resto permanecía como borroso.

— Si estabas a mi lado, verías lo mismo que yo— musité.

— No exactamente. Tú no apartabas los ojos de lo que sucedía en escena y yo, en cambio, te estaba mirando a tí. Cuando la policía me tome declaración, me va a poner en un aprieto.

A mi pesar, enrojecí como una tonta. Ahora que sabía que Jaime era otro don Juan trasplantado a nuestro siglo, debería, cuando menos, mostrarme indiferente a sus insinuaciones. Demostrarle, aunque no fuera verdad, que me tenía sin cuidado. Intenté imitar a Marcela, que solía replicar con gracia a las indirectas de Manolo, dejándole planchado.

— Pues es una lástima que malgastes conmigo tus miradas, aunque al parecer te sobran— rezongué—. Dirígeselas a otra que las aprecie más que yo.

Sin el salero de mi amiga, mi réplica resultó ríspida y

durante una décima de segundo se quedó cortado. Luego se echó a reír como si acabara de oír algo graciosísimo y Manolo le imitó, dándole unas demoledoras palmadas en la espalda, que el otro le devolvió. Aunque se atizaron una zurra superlativa, siguieron desternillándose de risa a mi costa.

—Me parece, chico, que Marina te ha salido respondona— balbuceó a duras penas Manolo, entre carcajada y carcajada—. Y eso que parecía una mosquita muerta.

—Lo que parecía era una mosquita muda— le coreó Jaime—. Llegaba incluso a sorprenderme que fuera capaz de salir a recitar al escenario, sin que Marcela lo hiciera por ella.

—Pues muda y todo, no lo hace nada mal— afirmó Manolo, siguiéndole al otro la broma—. Siento que te hayas perdido su actuación de esta tarde, porque no he visto en mi vida otra tornera más sensacional. Si la función no hubiera terminado tan trágicamente, mañana hablarían de la actuación de Marina todos los periódicos. Ahora, en cambio, saldremos en la página de sucesos.

Su voz había ido perdieron animación conforme se expresaba y, cuando concluyó de hablar, nos quedamos los tres silenciosos, rememorando lo ocurrido. Fue entonces cuando percibimos una nueva algarabía en el pasillo. Una algarabía diferente a la anterior, que identificamos en el acto.

—Ya tenemos aquí a la policía— dijo Manolo, poniéndose en pie—. Me parece estar viviendo una pesadilla interminable. Ojalá aclaren cuanto antes este embrollo y terminen de una vez.

Pero su deseo no llegó a hacerse realidad. Los interrogatorios del comisario, que nos tomó declaración uno por uno, se prolongaron hasta lo indecible. Nos fue recibiendo en el despacho de don Leónidas, sentado tras de su mesa y tomando notas en un cuadernito, que era lo único que no le chorreaba agua. Le chorreaba la gabardina y el sombrero, y los ojos le lagrimeaban a fuerza de estornudos. Yo no había tenido nunca nada que ver con la policía, pero aquel hombre bajito, de escaso pelo rubio, ojos azules y expresión de niño, me pareció muy poco representativo. Me hizo unas preguntas con un aire de aburrimiento que resultaba contagioso y después me mandó al escenario, donde ya se apelotonaban bastantes de mis compañeros. El juez y el forense se habían marchado ya y en el lugar en el que había yacido el cuerpo de Claudio se veía tan solo una silueta marcada con tiza. El policía de la tiza nos hizo ocupar los lugares en los que nos hallábamos en el momento en que mataron a Claudio y dibujó también otros tantos círculos, señalándolos. Otro policía tomaba fotografías mientras tanto y otros dos revolvían los muebles y el decorado del escenario, buscando algo que no terminaban de encontrar. Sé que se llevaron a Arturo, porque me lo dijo Cristóbal, pero yo no le vi marchar. Tampoco vi a Laura, cuando Jaime, Matilde y Alfredo y don Leónidas se la llevaron al hospital para que la atendieran de urgencia. Y... y eso es todo.

●   *   *

La muchacha carraspeó al levantar sus grandes ojos azules hasta el abogado, que la había escuchado sin interrumpirla.

—¿Cree que lo que le he contado puede servirle a Arturo de ayuda? Toda la noche he estado dándole vueltas a lo mismo, rememorando la escena del duelo hasta en sus menores detalles y estoy segura de que él no le mató. Estoy dispuesta a declararlo así ante el tribunal, si usted me llama como testigo.

El semblante de Atila se distendió en una sonrisa ambigua.

— Lo haré, pero me temo que no le valdrá de mucho a mi cliente. Pocos homicidios se habrán cometido en presencia de tantos espectadores y todos ellos, incluso usted, tendrán que reconocer que en el momento de autos nadie más se acercó a don Claudio Veiga. Es indiferente que usted no viera a don Arturo perpetrar la agresión, si materialmente no cabe otra posibilidad, puesto que las puñaladas no vienen, como las balas de revólver, volando por el aire.

Marina se quedó contemplando a Atila sin pestañear. El último comentario de él le había proporcionado súbitamente una idea, que la impulsó a respingar en su butaca y a inclinarse hacia adelante con los ojos brillantes de excitación.

— Ahora que lo dice, ¿no sería posible que...? Claro que sí. Se me acaba de ocurrir que alguien pudo arrojarle un cuchillo a Claudio desde cierta distancia. Alguien que se encontrase entre bastidores y precisamente enfrente de él en el momento en que se levantó del suelo. En ese instante debía alcanzar a Arturo de una estocada, pero, en su lugar, se apartó de él y continuó caminando como un autómata hacia mí para desplomarse a mis pies.

Atila continuó impasible sin apartar la mirada de su rostro y ella, creyendo que no la había entendido, insistió:

— ¿No lo cree posible?

— No. Si el homicidio se hubiera cometido de esa forma, don Claudio hubiera tenido un puñal clavado en el pecho, que todos hubieran visto cuando encendieron la luz en el escenario y lo cierto que ninguno de ustedes vio ese cuchillo, que, además, aún no ha aparecido.

Con un gesto de impaciencia, la muchacha se apartó del rostro su oscura y rizada melena.

— Eso no significa nada. El escenario estaba semi a oscuras y, cuando Claudio cayó al suelo sin vida, la confusión fue indescriptible. El asesino pudo perfectamente inclinarse sobre él, extraerle el cuchillo y ocultarlo antes de que encendiesen la luz, sin que ninguno de los presentes no diésemos cuenta. Incluso yo hubiera tenido esa oportunidad, pues creo recordar que me arrodillé a su lado, para tratar de averiguar si aún vivía.

El lápiz que Atila sostenía entre sus dedos osciló imperceptiblemente sobre la pulida superficie de la mesa.

— Está bien. Considerémoslo más detenidamente. De esa posibilidad que apunta, se desprende que, de ser cierta, el homicida tuvo que ser el que se abalanzara sobre el cadáver en primer término. ¿Quién fue?

Marina vaciló. Desvió los ojos hacia el balcón, donde

se abatía torrencialmente la lluvia, y terminó por morderse los labios decepcionada.

— No lo sé. No puedo recordarlo. La mayoría hicimos intención de incorporar a Claudio, pero no sé en qué orden. Lo que puedo decirle, por exclusión, es quienes no se hallaban presentes.

El abogado tomó rápidamente una cuartilla.

— Veamos.

— Marcela se había marchado ya del teatro y también Ventura Caspe y Germán Blasco, que solo salen en el primer acto y que encarnan al hostelero y al padre de don Juan respectivamente. Laura se hallaba en su camerino imposibilitada, desde que, al hacer mutis después de la escena del sofá, Arturo la llevó allí en brazos.

— Entonces nos quedan...

— Cristóbal Sancho, que hace el papel de escultor en el último acto. Manolo Ponce, que es el Capitán Centellas, Gabriel Egea, que hace de Avellaneda, Pedrito, Jaime, Matilde, Alfredo, don Leónidas y... por supuesto, yo. A mí, si quiere, puede tacharme— le sugirió con una sonrisa tímida—. Puedo asegurarle que yo no maté a Claudio. Las armas me dan horror y me espanta cualquier acto de violencia. Y además, no tenía ningún motivo.

Atila se permitió una broma, ladeando ligeramente la cabeza para mirarla de refilón.

— Bueno, usted me acaba de decir que el primer actor de la compañía le era profundamente antipático, que se merecía que le pasara cualquier cosa.

—¿Yo?,— se sobresaltó ella—. Sí... pero no. ¿Cree usted que yo...?

El abogado se echó a reír.

— Tranquilícese. Solo quería hacerle comprender que hay ciertos comentarios que no deben formularse ante un tribunal, porque pueden ser tergiversados. Pero sigamos con nuestra lista. Me parece que se ha olvidado de los comparsas, de los tramoyistas...

— Los comparsas no salen en ese acto y se encontraban

todos arriba en su camerino. Está en el primer piso y don Leónidas no les permite abandonarlo más que para salir a escena, porque dice que meten mucho follón. En total son unos quince. Los tramoyistas también se hallaban en el primer piso. Desde la galería que circunda las alturas del escenario mudan los telones y accionan los focos. Bajan únicamente cuando concluye cada acto, para cambiar el mobiliario de escena por el que corresponda al decorado. Cuando el policía de la tiza les interrogó, manifestaron que se hallaban todos juntos en su puesto.

—¿El policía de la tiza?

— Sí. Señalaba en el suelo el lugar que cada uno ocupábamos en el momento en que mataron a Claudio, ya se lo he dicho. Por lo que oí, ninguno había visto nada. Queda el portero, que se hallaba en su chiscón, y la mujer que se ocupa de la guardarropía, que estaba donde debía estar, o sea, en el segundo piso. !Ah!, se me olvidaba el traspunte. Paco también dijo que en ese instante estaba en el primer piso.

— Bien, veamos entonces donde se encontraban nuestros posibles sospechosos— aprobó Atila con una sonrisa de aliento—. Gracias al policía de la tiza, lo recordará usted perfectamente.

Sin captar su ligera ironía, Marina asintió con aire eficiente.

— Efectivamente, porque yo no me fijé más que en lo que sucedía en escena. Como le he contado, venía del pasillo y me detuve junto al telón lateral más cercano. Aunque no reparé en su presencia, Jaime estaba a mi lado, casi rozándome.

—¿En línea con usted o un poco más atrás?

— Por lo que me dijo, un poco más atrás. ¿Por qué lo pregunta?

— No, por nada. Continúe.

— Don Leónidas junto a la entrada del escenario con Gabriel y Manolo. Alfredo en escena, caído de bruces en primer término, porque, unos instantes antes y en su papel del comendador, había recibido un tiro de don Juan Tenorio. Matilde, sentada en una silla junto al telón lateral opuesto al mío. Siempre se sienta allí, porque se cansa de estar de pie. Cristóbal y Pedrito a su espalda y... creo que no falta nadie más. Habitualmente permanecemos en nuestros respectivos camerinos entre actuación y actuación y solo acudimos al escenario cuando nos toca el turno, pero... pero la de ayer fue una tarde muy especial, ya lo sabe.

Atila se acarició la barbilla con gesto dubitativo. Había ido dibujando unos cuantos garabatos en un folio, conforme Marina iba explicándole el lugar que había ocupado cada uno de ellos y los examinaba con el ceño fruncido.

—Bien— dijo al fin, sin levantar la vista del papel—. Detálleme ahora los lances del duelo que don Claudio interpretó por última vez con mi cliente.

Marina hizo un gesto de asentimiento.

—Verá. El decorado de ese acto representa el salón de la villa de don Juan Tenorio, junto al Guadalquivir. En la pared del fondo hay una cristalera y una puerta practicable, por la que se supone que se accede a una antesala. En el lateral izquierdo hay otra puerta practicable, por donde entran los personajes que vienen de la calle, y en el lateral derecho, otra puerta más que comunica con el aposento al que se retira doña Inés con Brígida, en el momento en que aparece en la villa don Luis Mejías a pedirle explicaciones a don Juan. Hay también allí otra ventana, abierta de par en par, para que al final del acto pueda escapar éste por ella. ¿Me sigue?

—Naturalmente. Continúe.

—Los decorados son muy buenos y el de la sala de la villa de don Juan sitúa a los espectadores en una hermosa estancia de recibo de un suntuoso palacio del siglo XVI. En primer término y a la derecha del público, se halla el sofá que da nombre a la escena más famosa de la obra, donde don Juan le dice a doña Inés eso de:

> "¿No es verdad, ángel de amor,
> que en esta apartada orilla
> más pura la luna brilla
> y se respira mejor?"

Atila afirmó con la cabeza.

— Sí, sí, conozco la obra. Siga usted.

— Como le he explicado, en el telón del foro hay una cristalera y una puerta practicable a la izquierda de los espectadores que simula dar acceso a una antesala. Arturo acorralaba a Claudio contra la vidriera para que luego tuviera que desplomarse contra esa puerta, que Arturo tenía que dejar entreabierta con esa finalidad, cuando instantes antes entraba por ella en escena, El efecto resultaba formidable. Resultaba tan real como suelen serlo los duelos de las películas de espadachines. Cuando Claudio caía de espaldas contra la puerta, ésta terminaba de abrirse de golpe y él iba a parar al suelo, para, al incorporarse un segundo después, alcanzar a Arturo con una estocada. Esa escena la ensayaron tantas veces, que me sé de memoria cada uno de sus movimientos.

Atila trazó dos nuevos garabatos.

—Si se lo sabe de memoria, podrá corregirme si me equivoco. Don Claudio luchaba de espaldas a usted y don Arturo de frente. ¿En el instante en que don Claudio caía sobre esa puerta, seguía de espaldas a usted?

Marina afirmó enfáticamente.

—Sí. Arturo, situado delante de la puerta, esquivaba agachándose la estocada del otro, que perdía el equilibrio y simulaba aterrizar en la habitación vecina, pero no de bruces, porque habría resultado un tanto ridículo, sino de medio lado, sobre el hombro. Luego, al levantarse, sí que estuvo precisamente frente a mí y avanzó en mi dirección antes de desplomarse como un fardo. ¿Pero por qué lo dice? ¿Es que vuelve a pensar que yo...?

— No, pero no estaba usted sola— puntualizó el abogado, observándola escrutadoramente.

— ¿Sola? No, claro que no. Jaime estaba allí también y...— se interrumpió para agitar nerviosamente la cabeza—. Si cree que él... Eso es una estupidez. Jaime es incapaz de... de una cosa así. Él no tenía ningún motivo para matar a Claudio y si piensa que pudo lanzarle el cuchillo y alcanzarle con él en el pecho, está en un error. Precisamente lo había perdido antes de que comenzara el tercer acto, como ya le he contado.

—Vamos, vamos, no se altere— le recomendó calmosamente el otro—. Solo estoy sopesando las posibilidades que nos ofrece su teoría. Si se tranquiliza, puedo hacerle un resumen de las mismas.

—Está bien— admitió ella, recobrando la compostura—. Pero que quede claro que solo son posibilidades.

—De acuerdo, vayamos al grano. Ese muchacho, Jaime, tuvo oportunidad, desde el lugar en que se hallaba, de arrojarle su cuchillo y alcanzarle en el punto exacto en que lo recibió. No me interrumpa— le pidió, atajándola con un gesto—. Ya sé que él le dijo que lo había perdido, cuando fue a verla a su camerino poco antes del tercer acto, pero si había planeado efectuar así la agresión, es lógico que le contara ese cuento. Ahora pasemos a los motivos. Según sus propias palabras, él cortejaba a la esposa del difunto y éste tenía en sus manos el dar al traste con todos sus proyectos artísticos. No me negará que motivos, lo que se dice motivos, le sobraban al chico.

—¿Y qué?,— protestó ella acaloradamente—. Si los actores nos asesináramos los unos a los otros por celos profesionales o... de otra clase, no habría suficientes cárceles en este país. Y en cualquier caso, los mismos motivos tenía Arturo y la mayoría de los restantes miembros de la compañía.

—Eso también es cierto— admitió Atila con una sonrisa conciliadora—. Pero si usted asegura que don Arturo es inocente y me pide que lo demuestre, tendrá que permitirme que sospeche de esos otros e investigue sus razones para perpetrar el homicidio de don Claudio, puesto que es indiscutible que alguien le mató.

—Sí, pero...

—Ya sé. Usted espera que yo encuentre a un culpable que no sea ni don Arturo ni Jaime Robledo, ¿verdad?

—No es eso— replicó Marina, amoscada por la ironía de su tono—. No sé por qué tergiversa todo lo que digo. Solo pretendía explicarle que Jaime tenía tantos o tan pocos motivos como cualquiera que conociese a Claudio. Claudio era un tipo odioso seguramente desde su nacimiento, pero con su actuación de ayer se ganó a pulso la hostilidad general. Piense, por ejemplo, en Laura, a la que arrojó al suelo como un bestia y a la que intentó poner en ridículo en escena, cuando hizo lo imposible por levantarla del sofá, sabiendo que no se podía tener en pie. Ella es una sospechosa mucho más probable. Si tonteaba con unos y con otros, sería porque estaba harta de su marido. Ciertamente, le hubiera resultado más sencillo divorciarse de él que asesinarle, pero puede que se decidiera por esto último en un rapto de furor, después de que él le destrozara la espalda contra los escalones.

—Sí, pero se olvida de un pequeño detalle. Ella se encontraba medio inválida en su camerino en el momento en que mataron a su marido. Y por cierto, ¿sabe usted cómo sigue?

La muchacha asintió, recobrando su aire apacible.

—Sí, he pasado por su casa esta mañana, antes de venir. Al parecer no tiene ninguna fractura, aunque del golpetazo se le ha aplastado una vértebra lumbar. Se negó anoche a que la hospitalizaran, porque prefiere guardar reposo en su propia cama. Cuando la he visto, continuaba echada y más blanca que una pared encalada, con una criada por toda compañía.

—¿Y de ánimos...?

—De ánimos no sé qué decirle. Parecía totalmente aplanada y me ha contestado con monosílabos. Solo al final se ha interesado por conocer cómo se desarrollaron los hechos y me los ha hecho repetir varias veces. Ha insistido mucho en preguntarme si ocurrió algo más entre Arturo y Claudio, después que ella abandonara el escenario.

—¿Y eso cuando sucedió?

—Cuando en la función llega don Luis Mejías a la quinta a pedirle a don Juan explicaciones por haberle quitado la novia. O sea, a continuación de la escena del sofá. Don Juan la hace pasar a un aposento contiguo, por la puerta practicable del telón lateral derecho para recibir a don Luis. Doña Inés no vuelve a salir a escena hasta el último cuadro de ese acto, en el que, después de huir don Juan por la ventana, entra en el salón con Brígida, tras los alguaciles y los soldados y encuentra el cadáver de su padre. Es un cuadro muy corto, que a menudo se suprime en las representaciones y del que don Leónidas había decidido ayer prescindir por el estado en que se encontraba Laura. Por eso Arturo la llevó en brazos a su camerino en cuanto don Juan le hizo pasar a la antesala, en su papel de don Luis Mejías, para recibir al comendador. Arturo tuvo el tiempo justo de trasportarla hasta el diván de ese cuarto y volver corriendo a escena para desafiar a don Juan y batirse después con él.

—¿Y qué le ha contestado a Laura?

— Que no sabía si Arturo y Claudio habían vuelto a discutir, porque yo había permanecido en el pasillo desde que su marido y ella representaron la escena del sofá.

Vaciló, mordiéndose los labios, antes de levantar nuevamente sus ojazos hacia él.

— Pese a lo que le he dicho, no crea que me gustaría que fuese Laura la asesina. No me es simpática, pero esta mañana me ha dado lástima. Sus circunstancias son bien tristes y... Lo que a mí me gustaría en realidad es que el culpable fuese alguien ajeno a la compañía, ¿comprende?

Atila sonrió, ahora ampliamente.

— Desgraciadamente, es irrelevante lo que le guste a usted. Lo único trascendente son los hechos y las pruebas de esos hechos.

Disimuladamente dirigió una ojeada a su reloj de pulsera y la muchacha, al captar su gesto, se puso en pie apresuradamente.

—Perdone. Le he entretenido mucho y... y ya me marcho. Si me necesita para cualquier aclaración, no dude en llamarme por teléfono. Ahora que el teatro está cerrado dispongo de todo el día. En realidad no tengo nada que hacer.

Le tendía tímidamente una tarjeta, que él depositó sobre la mesa, sorteándola a continuación para acompañarla a lo largo del alfombrado corredor hasta el vestíbulo.

—¿Piensa el director dar por concluidas las representaciones del Tenorio?— le preguntó, cuando ella se detuvo con aire desorientado junto a un incómodo sofá de estilo imperio.

—No, no es eso— repuso Marina, volviéndose a medias y elevando hacia su semblante su mirada, en la que podía leerse la preocupación—. Don Leónidas continuaría si nos lo permitiesen, pero no lo harán hasta que no encuentren el arma con la que mataron a Claudio—. Se interrumpió para estudiar la expresión de él y añadió —: Quizás le parezca mal que nosotros... No es que no sintamos lo ocurrido, lo sentimos más que nadie, pero tenga en cuenta que es nuestro trabajo y que vivimos de él. Don Leónidas ha invertido mucho dinero en esta obra. Ha hecho unos cálculos, contando con un número de funciones y... Es lógico, ¿no?

— Por supuesto que lo es. Solo que al faltar los dos actores principales... Mejor dicho, los tres, puesto que Laura tampoco se encuentra en condiciones de proseguir...

— Eso no sería una dificultad insuperable— replicó Marina, animándose un tanto—. Jaime haría el papel de Claudio y Manolo el de Arturo. Yo... yo podría sustituir a Laura hasta que se recupere. Don Leónidas me lo ha dicho por teléfono esta mañana.

— Ya— masculló Atila entre dientes—. Y en su interior añadió el colorín colorado con que terminan los cuentos felices, mientras escrutaba atentamente el rostro de la muchacha. Su expresión era ingenua. Probablemente aún no había caído en la cuenta de que en el fondo se alegraba del desenlace de los acontecimientos.

Juntos atravesaron el vestíbulo y, al abrirle él la puerta, la esbelta figura de la muchacha se destacó en el umbral contra la oscuridad del descansillo.

— Ya sabe, si me necesita...

Alguien que remataba en ese instante el último tramo de escalones, tropezó con la chica, que iniciaba el movimiento de comenzar a descender por ellos.

— Perdone— oyó Atila decir a Rogelio entrecortadamente. Venía sin aliento, agitando triunfalmente unos papeles en la mano y, al reparar en ella, se volvió a contemplarla hasta que desapareció de su vista al doblar el primer recodo.

— !Vaya bombonazo!— musitó en un susurro—. ¿Quién es?

Sin miramientos, Atila le tomó del brazo, haciéndole entrar en el vestíbulo para cerrar la puerta tras él a continuación.

— Rogelio, te tengo más que repetido que este es un despacho serio y que no debes demostrar la impresión que te producen las visitantes, por guapas que sean.

El chico hizo caso omiso de su reprimenda y se encogió displicentemente de hombros.

— ¿Qué es lo que quiere que haga entonces? ¿Que me quede inmóvil como una esfinge, con los ojos clavados en la pared más cercana? El que me viera pensaría que era idiota.

El otro dejó escapar un resoplido de exasperación.

— Yo no he dicho que mires a la pared ni que te quedes inmóvil como una esfinge. Lo que trato de hacerte entender es que en este despacho tu actitud debe ser la misma ante una chica joven que ante un señor canoso.

— Pues qué difícil me lo pone— replicó Rogelio con toda frescura—. Pero no se enfade, que lo intentaré. Si ese bombonazo vuelve por aquí, pondré cara de funeral y le hablaré con voz lúgubre. Y por cierto, aún no me ha dicho quién es.

— Una actriz del Odeón, una chica que empieza. ¿Traes algo interesante?

Rogelio, que le iba siguiendo por el pasillo hacia el despacho, asintió, recuperando el aire de triunfo con el que llegara.

—¿Algo?, se lo traigo todo. Vengo como una sopa por la lluvia, pero victorioso—. Y entregándole unos papeles, añadió —: Aquí tiene este jeroglífico, que en realidad es el espantoso informe del forense, que, como de costumbre, no se entiende en absoluto. Afortunadamente me lo ha traducido él mismo y dice más o menos que Claudio murió aproximadamente a las nueve menos cuarto de la tarde de una puñalada en el corazón, que le desgarró no sé cuántos tejidos de nombres raros. Resumiendo, que le dejó en el sitio.

—¿Y el arma?,— le interrumpió Atila, dirigiéndole una mirada de desaprobación por su carencia de tecnicismo, al tiempo que le echaba una ojeada al papel. El otro se lo arrebató para deletrear dificultosamente:

— Arma blanca muy afilada de no sé cuántas pulgadas—. Levantó sus risueños ojos castaños hasta su altísimo jefe y añadió con guasa —: Aunque no sé cuántas pulgadas ha considerado el forense que podía tener el arma, da lo mismo, porque ya ha sido hallada e identificada. Se trata del puñal de uno de los actores de la compañía, que lo había perdido a media función. Al parecer, era de su pertenencia y por eso se trata de un cuchillo de monte, como Dios manda, porque los que suelen utilizar en el teatro no sirven ni para cortar una loncha de jamón. ¿Y a que no sabe dónde lo han encontrado?

— No, no lo sé— replicó impaciente Atila.

— Pues envuelto en una birria de chal de punto y escondido dentro de un sarcófago, que se hallaba al fondo del escenario, tras los telones del decorado. El sarcófago de doña Inés, que aparece en el último acto. En la trastienda de ese escenario hay tantísimos enredos, que hasta hace un par de horas no han encontrado esa faca. El comisario de anoche, el que tenía un catarro monumental, ha llamado a don Leónidas entre estornudo y estornudo y éste ha identificado el cuchillo como de la propiedad de un tal Jaime Robledo. El mantón pertenece a una chica, que se llama Marina Abril. ¿Qué le parece? Pero aún no sabe lo más gracioso— continuó, sin permitirle al otro intervenir—. En el mango del puñal no había huellas. En el mantón, en cambio, las hay para todos los gustos y tamaños. A ese mantón le han dado un buen sobo. ¿Conoce usted a su dueña?

Atila asintió con aire beatífico.

— Su dueña es el "bombonazo" que se acaba de marchar.

Vio que Rogelio emitía un silbido de sorpresa y, antes de que pudiera añadir alguna ordinariez referente a la chica y al sobo del mantón, le dirigió una mirada de las que reservaba para casos especiales, que oportunamente lo impidió.

— !Vaya!, pues entonces no me extraña— consideró el muchacho algo intimidado ante la actitud de su jefe—. ¿Qué clase de persona es esa chica?

Atila se encaminó hacia su mesa y tomó asiento tras ella, para observar la cuartilla con los garabatos que había ido dibujando. Solo entonces respondió:

— Si recuerdas bien el Tenorio, te diré que esa chica podría ser una doña Inés actual, dulce, ingenua, con ángel—. Cambió de tono para añadir —: En cambio será una pésima testigo. El fiscal la obligará a contradecirse sobre cualquier afirmación que formule.

—¿Y a qué ha venido?

— A ofrecerse como testigo de descargo y a relatarme punto por punto como se desarrolló la función, incluyendo la pérdida de su mantón y la del cuchillo de Jaime Robledo. Me ha sugerido también la posibilidad de que alguien, que se encontrase entre bastidores, pudiera ser el autor de la muerte de ese actor, arrojándole a éste un cuchillo desde cierta distancia. Cuando le he hecho caer en la cuenta de que ese alguien solamente podría ser Jaime Robledo o ella misma, ha recogido velas rápidamente.

Rogelio, que le había escuchado atentamente, asintió con rapidez.

— Por lo que me cuenta, yo diría que esa chica es un poco simple.

— No me ha dado esa impresión. Un alma cándida sería un calificativo más adecuado, aunque tal vez...— Tabaleó con el lápiz sobre la mesa mientras parecía sopesar algo y concluyó por mover negativamente la cabeza—. No. Si lo que hubiera pretendido fuera guardarse la espalda con la pérdida de su mantón, no habría venido a contármelo a mí, sino que habría acudido a la policía.

Su pasante se había acomodado frente a él, en uno de los dos sillones de los clientes, y meneó la cabeza al oírle.

— Pero si es una simple o un alma cándida, como usted opina, también es posible que se haya equivocado de puerta. Tenga en cuenta que la gente se ha forjado una idea muy curiosa de los abogados criminalistas a través de las películas americanas de la televisión. En esas películas, los abogados son una especie de detectives súper- listos, que persiguen al verdadero asesino hasta que le pescan in fraganti. Se nota que usted no ve la televisión — terminó con humorística suficiencia.

Era cierto que Atila no la veía. Cuando despedía al último cliente y engullía rápidamente la cena que le había dejado preparada la asistenta, solía meterse en la cama con la copia de los autos del caso que llevaba entre manos y los releía hasta que le entraba sueño. Rogelio no tenía por qué saber que él dormía tan bien acompañado, pero sin duda se lo imaginaba, porque en ese momento le estaba contemplando como si le viera arropado entre sus cerros de leyes y demandas, con una guasa que no se molestaba en disimular.

— Tú ves la televisión por los dos— rezongó picado.

— Por supuesto que sí— admitió el chico, para quien el trabajo terminaba en el mismo instante en que abandonaba el despacho y no volvía a preocuparse por él hasta la mañana siguiente—. Pero, dígame, ¿del relato del bombonazo ha sacado usted algo en limpio?

Atila se acarició pensativamente la barbilla.

— Pues sí. Ha corroborado la versión que anoche nos dio nuestro cliente, que no es poco. Si es cierto que se quedó como petrificado cuando don Claudio cayó al suelo y no se movió de su lado hasta que don Leónidas le cacheó concienzudamente, solo caben dos posibilidades: O es inocente o tiene un cómplice.

Al perder el hilo de las elucubraciones del otro, Rogelio se mesó su abundante y rojizo cabello.

— No acabo de entenderlo. ¿Cómo ha llegado a esa

conclusión?

— Por el lugar en que ha aparecido el arma. Es evidente que don Arturo no pudo esconderla dentro del sarcófago, puesto que no se separó del difunto en los primeros momentos y más tarde fue acompañado a su camerino por don Leónidas y otros compañeros, que no le perdieron de vista hasta que llegó la policía. Tuvo que introducirla en el sarcófago otra persona, a la que le faltó tiempo para ocultarla mejor.

Frunció el ceño al bajar la vista para estudiar nuevamente los garabatos que había ido trazando sobre el papel y permaneció silencioso unos instantes.

—¿Está cavilando sobre quien podría ser esa otra persona?— inquirió el chico, situándose a su espalda para observar también la cuartilla. Los pintarrajos de su jefe no le dijeron nada y éste se los fue explicando pacientemente, refiriéndole a la vez lo que Marina le había relatado. Al concluir su narración, los dos permanecieron mirándolos fijamente como si esperaran obtener de ellos alguna idea luminosa. Fue Rogelio quien sintió la inspiración al cabo de unos instantes y propinó tan brusco e inesperado puñetazo sobre la mesa, que el otro dio un respingo sobresaltado.

— !Ya está!,— exclamó con voz de triunfo.

—¿Qué es lo que está?— trató de averiguar Atila, parpadeando desorientado.

— Que ya sé quién fue. Tuvo que ser forzosamente Jaime Robledo. En el momento de autos, era el único que se hallaba situado en el lugar oportuno para lanzarle el cuchillo a Claudio, si descartamos al bombonazo. Pudo después esconderlo en el sarcófago y además, le sobraban motivos.

Atila envolvió a su pasante en una mirada de escepticismo.

— Me parece que te precipitas un tanto. Efectivamente Jaime Robledo se encontraba en el punto exacto para haber podido arrojarle al otro su cuchillo, tal y como la señorita Abril ha apuntado, pero, de haberlo efectuado así, ella le habría visto.

— O no— le contradijo Rogelio. La luz grisácea que

penetraba por el balcón le daba de lleno en el rostro, resaltando las numerosas pecas de su piel. Su expresión era la de un sabueso listo cuando añadió —: La atención del bombonazo debía estar concentrada en lo que estaba sucediendo en escena, porque ni siquiera se percató de la presencia de Jaime, que, como puede apreciarse en los dibujos de este papel, se hallaba unos pasos más atrás que ella. El será un tipo alto, por lo que le arrojaría el cuchillo a Claudio por encima de la cabeza de Marina.

—¿Y cómo sabes que Jaime es un tipo alto?— le preguntó Atila, sugestionado a su pesar por la seguridad con la que el chico se expresaba.

— Porque usted me ha dicho que ese actor es una especie de don Juan y para causar estragos entre el bello sexo es imprescindible poseer un aspecto presentable. A las mujeres no suelen gustarles los bajitos.

— Continúa— le animó el otro—. Según tú, Jaime le lanzó el puñal a Claudio sin que ella lo advirtiese. ¿Qué hizo después?

Rogelio le dedicó un picaresco guiño.

— Pues lo que hubiésemos hecho cualquiera que nos encontráramos en su caso. Seguramente fingió alarmarse y en el mismo instante en el que bajaron el telón se abalanzó sobre el cuerpo de Claudio, simulando tratar de averiguar lo que le había ocurrido. Luego extraería el cuchillo de su pecho y después, aprovechando el alboroto general, ocultaría apresuradamente el cuchillo entre la tramoya que amontonan detrás el decorado del escenario. Allí lo introduciría en el sarcófago de doña Inés, envolviéndolo antes en el chal de Marina, que andaría rodando entre las tumbas del cementerio del último acto. En la confusión, nadie, ni siquiera ella, estaría para fijarse en Jaime. ¿No cree que pudo ocurrir así?

Atila desvió la mirada del semblante de su pasante para clavarla pensativamente en el reloj de pared, que se encontraba junto al balcón. Una antigüedad valiosísima que le regalara años atrás un importante cliente, acusado de asesinar a su suegra y que salió absuelto. Rogelio no comprendía la debilidad que su jefe demostraba por aquella reliquia del pasado, ni la satisfacción con la que acostumbraba a contemplarlo, pues, además de parecerle a él un artilugio anacrónico, jamás estaba en hora. Su maquinaria, tan arcaica como la oscura superficie de la caja, renqueaba lastimosamente, y tan pronto echaba a correr, como se detenía súbitamente con un triste chirrido. En aquellos momentos sus agujas estaban realizando un verdadero alarde de velocidad y giraban vertiginosamente ante la vacua mirada del abogado.

—¿No cree que pudo ocurrir así?— repitió el muchacho, cuando se cansó de observar las manecillas del reloj y del mutismo de Atila.

— Es posible— musitó al fin el otro—. Desde luego, la muerte de Claudio resuelve todos los problemas de Jaime. ¿Pero por qué habría de elegir precisamente el momento en que el otro se encontraba en escena para asesinarle? Lo encuentro demasiado teatral.

Sin duda Rogelio esperaba una objeción de mayor peso, porque se echó a reír.

— Estoy de acuerdo en que es un crimen muy teatral, pero, a fin de cuentas, Jaime Robledo es un actor. La profesión acaba por deformarle a uno.

Atila meneó dubitativamente la cabeza.

— Tu teoría no acaba de convencerme. Si el puñal le fue arrojado a Claudio por Jaime o por otro, la señorita Abril lo habría visto clavado en su pecho cuando él se apartó de Arturo y avanzó hacia ella, cayendo a sus pies. La muchacha me ha asegurado en cambio que no vio en ningún momento ese cuchillo.

— ¿Y qué?— rezongó el otro, encogiéndose de hombros—. Tampoco vio que Arturo le asestara una puñalada ni que lo hiciera un tercero. Probablemente será corta de vista. Si le parece...

El sonido del timbre de la puerta le impidió terminar su comentario y le obligó a reprimir un ademán de impaciencia.

— Iré a abrir. Verdaderamente podría haber elegido Mercedes otro momento para coger la gripe. Si tarda en reponerse, tendrá usted que subirme el sueldo.

Atila siguió con la vista al muchacho hasta que éste traspuso la puerta que daba al pasillo y luego volvió a coger la cuartilla para estudiarla pensativamente. Quizás tuviera razón Rogelio después de todo, pero, antes de admitir como posible la hipótesis que este había apuntado, sería preciso hablar con el forense. Se lo hizo saber, en cuanto le oyó entrar en el despacho, ya de vuelta.

— Vamos a ir ahora mismo a ver al doctor Viudes para hacerle unas preguntas. Es la única forma de entenderle, pues en sus informes se despacha con unos galimatías incomprensibles. Necesito saber si...

Rogelio le interrumpió, levantando una mano como si pidiera una tregua.

— Tendrá que ser más tarde, don Atilano. En la antesala espera el gordo del Odeón. Me refiero al empresario y director del Tenorio y parece estar muy nervioso.

— Está bien— se resignó el otro, tras dirigir una nueva hojeada al papel—. Te apuntaré lo que tienes que preguntarle e irás a verle mientras yo recibo a esa visita.

—¿Que vaya yo?— se alarmó el chico, volviéndose hacia el balcón para contemplar con disgusto como se abatía el agua contra los cristales—. Acabaré enganchando una pulmonía. Si al menos...

— Sí, hombre, sí. Llévate mi coche esta vez— le atajó Atila, procediendo a escribir unos renglones en otra cuartilla—. Aquí tienes lo que debes preguntarle.

— Leeré su papelote, aprovechando los embotellamientos del tráfico— replicó Rogelio, provocando un respingo de contrariedad en su docto jefe, que a los "papelotes" les llamaba siempre "escritos"—. ¿Hago pasar al gordo?

— A don Leónidas— le corrigió Atila, con una severidad que el chico simuló no advertir—. Hazle pasar y regresa del Instituto Anatómico y Forense lo más pronto que puedas.

El muchacho obedeció, exagerando su aire cansino y, cuando segundos más tarde introdujo al visitante en el despacho, aún retardó su marcha para, a espaldas del mismo, gesticular cómicamente sobre su mala fortuna, señalándole a su jefe la lluvia y simulando tiritar bajo ella.

El abogado fingió ignorarle mientras se adelantaba a saludar a. empresario, al que le indicó uno de los sillones ubicados frente a su mesa, donde éste tomó asiento, pero en su interior se desahogó a gusto con una serie de rotundos epítetos latinos contra la inconsciencia de la juventud que Rogelio representaba. Atila nunca había pertenecido a esa clase de juventud, ni siquiera cuando era un muchacho, y desaprobaba terminantemente su falta de seriedad. Ya se lo diría al chico cuando regresara e incluso le amenazaría con despedirle, si no adoptaba una actitud más en consonancia con la dignidad de su despacho.

Se olvidó de él y de sus payasadas en cuanto tomó asiento tras su mesa y concentró toda su atención en su visitante, que incoherentemente procedía a explicarle el motivo de su visita. Efectivamente el empresario parecía nervioso. Vestía un arrugado pantalón de pana marrón y un chaquetón de cuero negro, tan arrugado como el pantalón. Aunque su ropa era cara, nadie que se lo hubiera tropezado por la calle hubiera imaginado que aquel tipo mal afeitado y con aire de pordiosero pudiera ser una prestigiosa personalidad del mundillo teatral, en cuya presencia enmudecían los más afamados actores. Atila se sintió íntimamente satisfecho de su bien cortado traje gris marengo, de su impecable camisa blanca y de su elegante corbata de seda natural, al comparar esas prendas con la indumentaria del otro, que en aquel suntuoso despacho debía sentirse fuera de su ambiente, porque cruzaba y descruzaba sus manazas, visiblemente incómodo.

—Verá usted— comenzó a explicarle—. Hubiera venido a verle de todas formas, pero ahora con mayor motivo, porque todo esto es un "follón". Ya no sé ni donde tengo la cabeza y necesito su consejo.

¿Lo necesitaría para encontrar la cabeza que había perdido?— se preguntó humorísticamente el abogado. Pero como estaba acostumbrado a escuchar incoherencias, permaneció impasible mientras el otro continuaba:

—No hace falta que le ponga en antecedentes, porque anoche ya le contó Arturo lo ocurrido. Para mí sigue siendo incomprensible que él matara a Claudio. Es más, estoy seguro de que no fue él y espero que usted logre su absolución si le acusan de ese crimen. Pero he venido además a pedirle que se haga cargo de los intereses de toda la compañía. No sé si sabe que la policía ha encontrado ya el cuchillo con el que mataron a Claudio. Pertenece a uno de mis actores y esta mañana le han hecho acudir a la comisaría para interrogarle. Solo faltaría que le detengan también y le mantengan encerrado hasta que se vea el juicio. Jaime no ha tenido nada que ver con la muerte de Claudio. Sé que perdió el cuchillo antes del tercer acto, es decir, con anterioridad al crimen, y así se lo he manifestado a la policía, pero no las tengo todas conmigo. Y por si fuera poco, han encontrado el cuchillo de marras envuelto en el chal de Marina y el comisario Ballesteros anda buscándola para interrogarla también. No la ha localizado todavía, pero, cuando dé con ella, puede que la detenga igualmente. Puede que al final nos detengan a todos. Por eso he venido a verle.

El hombre parecía abrumado y Atila le ofreció un cigarrillo, que aceptó. Luego el abogado se retrepó cómodamente en su butaca y cuando expelió el humo, replicó:

—Lamento decirle que solo puedo ocuparme de los intereses de su compañía en tanto no se contrapongan a los de mi cliente, puesto que acepté anoche su defensa.

Don Leónidas parpadeó nerviosamente, con expresión de búho desconcertado.

—¿Quiere decir que...? ¿Y por qué habrían de contraponerse? Consiga en su momento la absolución de Arturo y mientras tanto evite que a los otros tres se les moleste. Yo no veo la contraposición por ninguna parte.

—Tal como lo expone, parece que no la hay, pero usted olvida que para mi cliente no habría solución más satisfactoria que la de que la policía detuviese a otra persona que resultase ser el verdadero autor del homicidio de don Claudio Veiga.

El gordo empresario del Odeón se agitó inquieto en su butaca, que parecía quedarle estrecha.

— Por supuesto, pero ni Jaime ni Marina son los idóneos para sustituir a Arturo en el banquillo. Ninguno de los dos se acercó a Claudio mientras éste se batía con Arturo, ni tuvo la menor posibilidad. Además, que el cuchillo sea de Jaime y el chal de Marina, no significa nada. Cualquiera pudo coger el puñal de él y, después de asesinar a Claudio, envolverlo en el chal y esconderlo en el ataúd.

—¿Cualquiera?

Atila había enarcado las cejas con gesto interrogante y el otro titubeó, bajando la vista para fijarla en la punta de sus rollizos dedos.

— No sé quién pudo hacerlo y comprendo que lo que le estoy diciendo no le resulte muy convincente. Creo que Arturo no mató a Claudio y estoy completamente seguro de la inocencia de Jaime y de Marina. ¿No podría usted...?.

Atila disimuló una sonrisa al recordar el comentario de Rogelio sobre la idea que la gente tenía de los abogados criminalistas, de la que evidentemente participaba el hombre que tenía sentado enfrente. Sin duda esperaba que él descubriese quien había sido el homicida, provisto de una lupa o de otro instrumento similar, y que achantase a la policía con su sagacidad para descubrir pistas invisibles. La confianza con la que el empresario le contemplaba indicaba que le confundía con un experto sabueso y no se sintió con ánimos para desilusionarle.

— Está bien. Haré lo que pueda dentro de los límites que le he manifestado antes. Quizás pueda usted ayudarme contestando a unas preguntas.

El ensombrecido semblante de don Leónidas se aclaró un tanto.

— Pregúnteme lo que quiera. ¿Qué quiere saber?

— Me gustaría conocer su versión de los hechos, que me los relatara de la forma más detallada posible.

El empresario se arrellanó en su sillón y sus ojillos diminutos vagaron por el despacho sin verlo. Se diría que intentaba retroceder con la mente a los sucesos de la tarde anterior.

— Lo intentaré, aunque me va a resultar difícil, porque la función de ayer fue una de las más azarosas de mi vida profesional. No exagero al decir que estuve al borde del soponcio, porque todo fue un auténtico "follón". Voy a procurar empezar por el principio...

*   *   *

Relato de Leónidas Domínguez

Me encontraba en el piso superior del teatro, cuando oí un tumulto espantoso abajo, en el pasillo de los camerinos. Había subido a echarles una bronca a los comparsas, que son los únicos que tienen el camerino en esa planta y que no son más que una pandilla de pelmas y de folloneros. En el escenario, cuando hacen el papel de máscaras de carnaval y tienen que armar bulla, chillan como si estuvieran afónicos. En cambio, entre bastidores molestan a todo el mundo y vociferan sin venir a cuento, pese a mis continuas recomendaciones sobre ese particular.

Como le iba diciendo, les estaba poniendo de vuelta y media, cuando oí el alboroto de abajo y me di media vuelta para descender apresuradamente por la escalera. Termina ésta al final del pasillo de los camerinos y en un ensanche que precede a los tres escalones por los que se asciende al escenario. Me detuve en el último peldaño, porque en un primer momento solo distinguí un revoltijo irreconocible de los que se propinaban empellones en el corredor, insultándose al mismo tiempo, hasta que fui identificando en el eje de ese revoltijo a Arturo, que le aporreaba las narices a Claudio. A Jaime, que intentaba sujetarle. A Pedrito, que se interponía entre ambos y que, como no tiene media bofetada, las estaba

144

recibiendo todas. Y a Laura, que chillaba como una rata histérica. También Marcela chillaba, ésta como una moza de Lavapiés, y Matilde y su marido, Alfredo Galán, y todos. Todos gritaban como energúmenos, pero, como yo tengo un vozarrón ensordecedor, solté tres alaridos y les achanté.

No crea que fue fácil imponer el orden, ya que, para colmo de males, el traspunte se me colgó de una pierna en cuanto me vio aparecer y el muy pesado no me permitió rebullirme a mi gusto entre aquella cuadrilla de psicópatas. El pobre hombre quería hacerme saber que faltaban tan solo unos minutos para subir el telón y, cuando al fin caí en la cuenta de que tenía razón, me puse como un basilisco. A Laura la metí de un empujón en su camerino para que gritara dentro y nos dejara en paz y a Claudio le solté un par de tacos y me lo llevé a rastras al escenario. El hombre estaba como una hiena y farfullaba incoherencias malsonantes sobre Arturo. Hasta se empeñó en que yo eligiera entre los dos, porque, según me dijo, él no estaba dispuesto a continuar con las representaciones que nos quedaban si el otro no dejaba la compañía. La verdad es que no le creí. A menudo les había visto pelearse por una u otra razón, aunque sin llegar a las manos, porque Claudio era un divo, con todo lo que esta palabra tiene de peyorativo, y... bueno, desde que comenzamos los ensayos del Tenorio, comenzaron también las grescas entre ambos.

Reconozco que he tenido parte de culpa en la animadversión que se tenían los dos, pues pensé primero en Arturo para el papel de don Juan. Fue después, cuando Claudio puso como condición para dejar actuar a Laura en la obra la de que le diese a él el papel del Tenorio, cuando no tuve más remedio que pedirle a Arturo que se conformara con encarnar a don Luis Mejías. Laura es una doña Inés insuperable, o al menos yo pensaba entonces que lo era, y me avine a las pretensiones de Claudio para poder contratarla a ella. También su marido era un buen actor cuando quería, pero como tenía un carácter insoportable, la mayor parte de los empresarios habían ido prescindiendo de él y últimamente apenas si conseguía trabajo.

No sé si Claudio se daba cuenta de que esa era la causa de su declive artístico, pero desde luego no ponía nada de su parte por enmendarse. Se limitaba a utilizar a Laura, que continuaba llenando los teatros, para obligarnos a contar con él. Aunque Laura no es mujer que se deje manejar, incomprensiblemente se avenía a secundarle en este punto. Supongo que con ello intentaba salvar su matrimonio, porque me parece inimaginable que le creyera cuando él la amenazaba con hundirla profesionalmente. Desde luego Laura no era nadie cuando se casó con él, pero de eso hace por lo menos veinte años y en ese lapso de tiempo ha demostrado ser muy superior a Claudio en todos los sentidos. Lo cierto es que no le necesitaba a él últimamente para nada, sino más bien al contrario, y al decir para nada, me refiero a que tampoco sentimentalmente las cosas marchaban bien entre la pareja. De esto sí se daba cuenta Claudio y creo que ayer confirmó sus sospechas, pues el motivo del altercado entre los dos hombres debió obedecer a que sorprendió a Laura con Arturo en el camerino de éste.

El caso es que me costó conseguir poner orden y que él ocupara su puesto en el escenario, con lo que la función comenzó en un grado de tensión indescriptible. La obra comienza en Sevilla, en la hostería del Laurel, donde don Juan está sentado a una mesa, escribiéndole una carta a doña Inés. Una vez que le entrega la carta a su criado, Ciutti, para que la lleve al convento donde a ella la ingresó su padre cuando era niña, don Juan hace mutis por el foro. En la hostería permanecen su criado y el hostelero comentando la apuesta entre don Juan y don Luis Mejías, que mantiene expectante a Sevilla y que ha de dirimirse a las ocho de la noche en esa misma hostería.

El cuadro en el que verifican el resultado de la apuesta es uno de los más conocidos y aplaudidos de la obra. El decorado de esa hostería ha sido uno de los más logrados, con gruesas vigas de madera en el techo, una chimenea en la pared del fondo, con gruesos leños y cacharros de cobre en el hogar y adornando la repisa de la chimenea. Se supone que la acción trascurre en el mes de Febrero y al atardecer, por lo que la luz que entra por la única ventana, también de madera, que se encuentra situada a la derecha de la chimenea, apenas si ilumina la estancia. Varios quinqués de cobre, situados estratégicamente, disipan en parte la penumbra y ayudan a crear un clima de intimidad y de cierto misterio en torno a la mesa vacía, ubicada en el centro de la sala. Al fondo, arrancan a derecha y a izquierda dos cortas escaleras, por las que se accede a otras supuestas salas de la hostería, que, a media altura y rodeadas por una tosca baranda, se abren sobre la principal. En la de la derecha se aposenta más tarde el comendador y en la de la izquierda, don Diego, el padre del Tenorio, para presenciar el resultado de la apuesta con el rostro cubierto por un antifaz.

Además de esos personajes, acuden antes de las ocho a la hostería los amigos del Tenorio y de don Luis y otros sevillanos que sienten curiosidad por saber cuál de los dos ha cometido más fechorías con mejor fortuna durante el año anterior, pues en eso consistió la apuesta de aquéllos. El capitán Centellas, Avellaneda y los demás caballeros rodean en silencio la mesa que tienen reservada don Juan y Mejías y aguardan a que el reloj termine de dar las ocho. En ese preciso instante, don Juan, embozado y con antifaz, entra en escena desde el lateral derecho, y don Luis, de la misma guisa, desde el lateral izquierdo, y ambos avanzan hacia la mesa, alcanzándola al mismo tiempo. Una vez que los dos se descubren y se reconocen, toman asiento en la mesa en compañía de los demás caballeros y empiezan a recontar a los hombres que han matado en duelo y a las mujeres que han burlado durante el lapso de tiempo que ha transcurrido desde que hicieron esa apuesta, quedando vencedor el Tenorio.

Bueno, pues precisamente cuando faltaban unos pocos minutos para que el tramoyista hiciera sonar las ocho campanadas y Claudio entrara embozado en escena al tiempo que Arturo, vino a buscarme el traspunte a mi habitual observatorio entre bastidores para comunicarme que el primero se negaba a continuar actuando en la función y que no estaba

147

dispuesto a salir a escena. Me quedé sin habla y sin resuello al enterarme, pero me recuperé en el acto y eché a correr hacia su camerino, donde le encontré aún disfrazado de don Juan y hecho una furia.

—Ya se lo he advertido, Leónidas— me dijo con insolencia, suprimiéndome el tratamiento con el que se me dirigen todos los actores que trabajan conmigo. Estaba sentado frente al tocador y volvió a medias la cabeza para añadir —: Búsquese otro Mejías o le aseguro que tendrá que buscarse otro don Juan ahora mismo. Y si decide prescindir de mí, dese prisa en encontrarme un sustituto, porque el traspunte ya ha venido a avisarme.

Lo decía con la jactancia del que se considera insustituible, apoyándose negligentemente en el tocador sobre el codo derecho, en una pose muy teatral que no me impresionó lo más mínimo. Lo único que sentí fueron unas ganas inmensas de abofetearle y hasta calculé si tenía tiempo de soltarle un par de buenos mamporros. Como llegué a la conclusión de que el tiempo apremiaba y de que no podía permitirme ese lujo, me tragué mis imaginarias bofetadas e intenté convencerle, ya que esto último me pareció más práctico.

—No seas testarudo, hombre. Nos quedan por delante quince representaciones y Arturo seguirá en su papel y tú en el tuyo. Después ya hablaremos.

—Ya le he dicho todo lo que tenía que decirle— rezongó con un ademán desdeñoso de su mano izquierda, copiado de su don Juan en el último acto, cuando le replica a Avellaneda que él es hombre capaz de hacerse platos con las calaveras de sus muertos. En escena y para su personaje quedaba muy efectista, pero en su camerino y para Claudio Veiga resultaba ampuloso en exceso y se lo dije.

—No me vengas con fanfarroneos y no gesticules tanto, que no cuadra en este argumento. Sabes que no tengo otro don Juan de reserva y que la función no puede proseguir sin ti, así que deja de hacer el ganso.

Para desmentir que estuviera haciendo el ganso, puso cara de perro bulldog, enseñándome los dientes.

148

— Pues en ese caso, le aconsejo que salga usted por mí al escenario, porque yo no pienso hacerlo.

Aunque me entraron unas ganas espantosas de estrangularle, me contuve e insistí en que se comportara como un profesional, mientras Paco, el traspunte, me tiraba de los pantalones, medio afónico ya y al borde de la apoplejía.

— Que están dando las ocho campanadas, don Leónidas. Que don Juan tiene que entrar en escena dentro de un segundo. ¿Pero es que no me oye usted?

Pese a que el hombre lleva más tiempo en el teatro que ninguno de nosotros, pues prácticamente ha nacido en él y ha visto de todo, estaba anonadado y miraba a Claudio con expresión suplicante, como si el Odeón fuera suyo y el otro fuera a arruinarle con su empecinamiento. Le palmeé la espalda para infundirle ánimos y por aporrear algo, y también porque Claudio nos contemplaba con suficiencia y no quería darle el gustazo de verme hundido. Él podría ser el gran Claudio Veiga, pero yo tengo fama en el mundillo artístico de ser capaz de superar hasta las dificultades más insuperables y, aunque esa sea una opinión bastante gratuita, decidí demostrar que me la había ganado a pulso.

Bruscamente adopté una resolución. Cogí del respaldo de la silla de Claudio su capa y del tocador el antifaz, prendas con las que don Juan debía acudir a su entrevista con Mejías, y eché a correr con ellas hacia el escenario. Por fortuna el camerino de Claudio es el más próximo a éste, porque aún no había subido los tres escalones, cuando oí como se extinguía el eco de la última de las ocho sonoras campanadas, que un tramoyista había hecho sonar, situado tras el telón del foro. Era la señal para que Arturo y Claudio entrasen al mismo tiempo en escena desde ángulos opuestos. ¿Qué haría Arturo cuando se encontrase con que el Tenorio no comparecía a su cita con él en la hostería, en contra de lo que dispuso Zorrilla al escribir su obra?

Le distinguí entre bastidores, junto al telón lateral izquierdo, en el instante en que se embozaba en su capa y, apartándose de Jaime, Marcela y Marina, con quienes había estado aguardando ese momento, avanzaba bizarramente hacia la mesa. Como una exhalación me dirigí hacia Jaime, que estaba contemplando la función, ya que hasta el final de ese acto no debía intervenir de nuevo, y le agarré de un brazo.

— Sal tú, Jaime, en lugar de Claudio. Aquí tienes la capa y el antifaz.

Clavó en mí sus aturdidos ojos azules, como si no me hubiera entendido.

— Pero... ¿Por qué...?

No le dejé que terminara de preguntarme la tontería que seguramente tenía in mente, ni llegué a atender a Marcela, que también trataba de decirme una simpleza, ni a Marina, que se limitó a mirarme como idiotizada. Yo mismo le encasqueté el antifaz, le colgué la capa de los hombros, y le obligué después a embozarse con ella como si fuera un niño que no supiera como se utilizaba esa prenda. Estaba tan sorprendido, que me miraba como alelado sin reaccionar. Vi que en escena Arturo se había detenido junto a la mesa vacía, a cuyo alrededor los restantes caballeros habían formado un círculo. El comendador y don Diego, desde las mesas situadas en sus respectivos altillos, se asemejaban a dos estatuas vestidas de negro. Todos aguardaban expectantes a un don Juan que incomprensiblemente no aparecía, entre un silencio denso. Un silencio tan agobiante, que parecía haber contaminado el aire, impidiéndonos respirar.

Al menos, yo notaba que me estaba ahogando y, cuando percibí los primeros silbidos entre el público, sentí también que el corazón se me detenía bruscamente. Por suerte conservé la movilidad de los brazos, porque pude propinarle a Jaime un empellón que directamente le obligó a reunirse con Arturo, arrollando a un par de caballeros que se apartaron silenciosamente, rascándose con disimulo las zonas doloridas por el impacto.

Don Juan debía haber hecho su entrada por el lado opuesto de la sala de la hostería y a paso mesurado, pero no hubo tiempo para tales florituras. Los espectadores que no conocieran la obra debieron interpretar que el primer don Juan que habían visto, escribiéndole una carta a doña Inés, era un impostor, pues el auténtico había comparecido anteriormente en la hostería disfrazado de criado y su apresurado regreso, ahora con su auténtica personalidad, obedecía a que por alguna desconocida razón se le había hecho tarde para acudir a su cita con Mejías. Y los que sí la conocieran, que serían los más, sin duda atribuyeron aquella innovación a la extravagancia del director de la obra, o sea, a mí, porque los pitidos del público cesaron en el acto para ser sustituidos por un leve revuelo, como de sorpresa, en el patio de butacas, cuando, en lugar de a Claudio, oyeron decir a Jaime, dirigiéndose a Arturo:

:

"Esta silla está comprada.
hidalgo."

Con un elegante ademán de su mano derecha, el otro hizo intención de asirla por el respaldo.

"Lo mismo digo,
hidalgo, para un amigo
tengo yo esotra pagada."

"Que esta es mía haré notorio"

declamó Jaime con voz clara, ante la desorientación de los espectadores, que se inclinaron hacia adelante en sus respectivas butacas, tratando de escudriñar sus facciones tras el antifaz.

"Y yo también que esta es mía".

aseguró Don Luis Mejías, sin que nadie le hiciera caso. En cambio, sus palabras suscitaron un interés general cuando, después de que Jaime dijera:

"Luego sois Don Luis Mejía."

151

replicara él:

"Seréis, pues Don Juan Tenorio."

El chico estuvo extraordinario. Ya sabía de antemano que era un buen actor, pero al escuchar la ovación cerrada con la que el público acogió el final del primer acto, me maldije interiormente por no haberle encomendado a Jaime el papel de don Juan desde que pensé poner la obra en cartel. Superaba a Claudio en todos los aspectos, incluyendo el físico, pues verdaderamente es un buen mozo y el otro hace años que dejó de serlo. Lo único que sentí fue que Arturo me oyera cuando al felicitarle se lo dije al muchacho. Con ese comentario, indirectamente hacía de menos a éste último, que, por unas razones o por otras, no ha llegado a encabezar nunca el reparto conmigo. Arturo comenzó al tiempo que Claudio y quizás sus dotes artísticas no sean menores que las de éste, pero pertenece a ese tipo de actores que sin un motivo definido no llegan nunca a escalar un primer puesto y que los empresarios encasillamos en papeles secundarios. Sin embargo, no le suele faltar trabajo, ya que, además de sencillo, es un excelente compañero, lo que ayer tuvo ocasión de demostrar una vez más, porque reaccionó bien y felicitó lealmente a Jaime. Le agradeció, como yo, que hubiese salvado la función y que a él le hubiese sacado del aprieto. Pero debió ser un golpe duro para sus aspiraciones, porque luego se alejó con paso vacilante a lo largo del corredor como si estuviera mortalmente cansado, para encerrarse en su camerino.

Jaime y yo nos dirigimos al de Claudio, escoltados por el resto de los miembros de la compañía, a excepción de Laura, en una especie de comitiva triunfal, pero la euforia nos duró lo que tardamos en trasponer la puerta de esa estancia, dejando en el pasillo a los demás, y en enfrentarnos con él. Si le había dejado como una furia poco antes, le reencontré como un energúmeno. Desde su lugar preferido, frente al tocador, nos cubrió de improperios a los dos, aunque especialmente se ensañó con Jaime, al que conminó con desbaratar sus proyectos si se interponía en su camino. Por lo visto dependía de Claudio el que se decidiesen a contratar al chico para realizar una película en la que el otro era el protagonista. Una de esas películas de ahora, que reflejan la absurda existencia de una pandilla de personajes anormales. No me explico cómo tienen éxito ni que Jaime estuviera tan ilusionado con encarnar al hijo drogadicto de un alcohólico, que al final del film terminaba por arrojarse de cabeza a un precipicio, para no ser menos que su padre que se había tirado primero. El papel de alcohólico suicida, por supuesto, lo iba a interpretar Claudio, que desde el primer momento se había mostrado disconforme con que le hubiesen adjudicado en el reparto a un hijo tan mayor. Creo que la sustitución de que el chico le había hecho objeto ayer le sirvió de excusa, porque solo un imbécil reaccionaría de la forma en que él lo hizo. El caso es que me vi obligado a salir en defensa de Jaime, ya que la responsabilidad que el otro le achacaba era exclusivamente mía, y entonces se revolvió contra mí como una hiena.

—También ésta será su última obra de teatro, Leónidas, se lo garantizo.

Me hubiera reído de haber tenido ganas, pero no las tenía y además estaba harto de él, por lo que no me anduve con sutilezas.

—¿Y eres tú el que me a impedir salir adelante?— le grité, perdiendo los estribos—. !Vamos, hombre! Vale más que te des cuenta de que ya no eres nadie, que si aún te contratan de cuando en cuando, es gracias a tu mujer y que si no fuera por ella, a estas horas estarías en la calle. ¿Acaso no te has enterado de que Jaime ha obtenido un éxito muy superior al que habrías logrado tú? Y lo que más siento es no haber pensado en él para el papel de don Juan cuando comencé a poner en marcha esta obra. Por mí puedes largarte ahora mismo, que no me haces ninguna falta.

Había ido palideciendo conforme iba hablando yo y cuando terminé estaba lívido.

—¿Y qué va a hacer usted? ¿Va a decirle al público que una indisposición repentina del primer actor le obliga a sustituirle por otro, que apenas si es más que un comparsa? Hágalo. Yo le daré también mi versión a los periódicos, una versión que no le va a gustar. Armaré un escándalo que le desprestigiará para siempre, le llevaré a los tribunales y tendrá que indemnizarme por daños y perjuicios.

—Esos daños y perjuicios serás tú el que tendrás que indemnizármelos a mí— le rebatí iracundo—. Cuento con un montón de testigos que corroborarán que al gran Claudio Veiga no le dio la gana salir a escena por segunda vez en el primer acto, porque de pronto se le ocurrió que era una idea estupenda dejarme colgado a mitad de la función. No sé si eres un cretino o es que estás loco, pero si conservas algo de seso en la mollera, cosa que dudo, comprenderás que con el numerito que has montado esta tarde la que se termina es tu carrera, no la mía.

De improviso reaccionó como si hubiera recibido un golpe en la cabeza. Me miró aturdido, anonadado, con sus grandes ojos castaños bordeados de pestañas rizadas. Se asemejaba a un niño que después de una trastada cae en la cuenta del castigo que le espera. Pero solo se asemejaba a un niño en lo asustado de su expresión, porque en ese instante advertí lo mucho que había envejecido en los últimos tiempos. Profundas arrugas surcaban su frente y le contorneaban los ojos y la boca, sin que el maquillaje llegara a disimularlas. Sus hombros se inclinaban además ligeramente hacia delante y el exceso de grasa de su abdomen distendía claramente su casaca bordada. Su apariencia no era ya la de un don Juan conquistador y en ese momento me percaté de que no podría encarnarlo en lo sucesivo. Su aspecto le limitaría a conformarse con el papel del comendador, si era capaz de resignarse.

Vi todo eso en su mirada a través del espejo, cuando en silencio se volvió hacia el tocador a contemplarse en él. Se observaba como si no se conociera, como si esos años le hubieran caído encima de repente y no lograra reponerse de su asombro. Cuando volvió a dirigirse a mí, su voz sonó extraña.

—Trate de comprenderme, Leónidas. No necesito explicarle la razón por la que Arturo y yo somos incompatibles.

Conocía esa razón demasiado bien y lo que me extrañaba era que no se hubiera dado cuenta antes. Noté el embarazo de Jaime, que se apartó de mi lado, fingiendo fisgonear las fotografías que cubrían la pared. Sentí a la par el mío propio y carraspeé.

— Vuestras intimidades no son de mi incumbencia y fuera del teatro es donde tenéis que ventilarlas. Si no soportas la presencia de Arturo por... por el motivo que sea, deberías haber rechazado el papel de don Juan, en lugar de aceptarlo.

Parpadeó ligeramente como si no acabara de entenderme y adiviné lo que estaba pensando. El no sospechaba nada entonces. Se había ido a enterar precisamente esa tarde, instantes antes de que empezara la función. Afortunadamente su orgullo le impedía reconocerlo, porque me hubiese hecho sentirme más violento aún de lo que ya estaba.

Se quedó mirándome en silencio como un perro apaleado y tragué saliva sin saber qué más añadir.

— Siento lo ocurrido, Leónidas— murmuró en voz baja al cabo de unos instantes—. No sé... no sé cómo he podido desquiciarme hasta este punto. Terminaré la función y después...

Se había vuelto hacia mí, esperando ansiosamente mi respuesta y no me decidí a contradecirle. Su "después" flotaba aún en el ambiente como un tañido fúnebre, como el réquiem por su vida artística. He asistido a los réquiems de otros muchos actores, pero todavía me siguen conmoviendo, aunque tengo fama de hombre duro. Debe ser una fama inmerecida, porque lo cierto es que algo molesto se me removió dentro.

— Del después ya hablaremos— masculló con toda la rudeza que pude aparentar—. Vamos ahora al escenario, que los diez minutos de descanso han transcurrido ya y debemos comenzar el segundo acto.

Lo dije sin pensarlo, pues por mi gusto hubiera prescindido definitivamente de él desde ese mismo momento, pero no fui capaz de hacerlo. Advertí la decepción que fugazmente se pintó en el semblante de Jaime y que desapareció en el lapso de un segundo, encubriéndola con un aire de indiferencia que no me engañó. Mi decisión había supuesto para él un rudo golpe, pero no llegué a compadecerle, porque sabía que conservaba todos los triunfos en su mano. Su apariencia sí era la de un don Juan y su carrera estaba comenzando. Resultaba hasta cruel para Claudio compararle con el chico, ahora que aquél se había puesto en pie al lado del otro, prestándose sin saberlo a que yo apreciara el contraste entre los dos.

Salimos los tres del camerino entre el silencio expectante del resto de la compañía, que aguardaba en el pasillo haciendo cábalas. Supongo al menos que las estarían haciendo, porque todos los presentes miraron a Claudio con sorpresa, cuando vieron que se encaminaba conmigo hacia el escenario. Especialmente llamó mi atención la estupefacción que denotó Marcela Llanes, que sin duda había apostado que sería Jaime el que continuaría representando a don Juan en la función de esa tarde. Es una actriz maleja, que ni siquiera habría conseguido debutar en el teatro si no la acompañara el físico que la acompaña. Me refiero a que posee una figura magnífica que luce en el escenario, y en papelitos sin complicaciones queda bien, por lo que la contraté para el de doña Ana de Pantoja. Es un papel muy corto, pues solo sale unos minutos en el segundo acto, tras la ventana practicable de lo que en el decorado figura ser su casa, para parlamentar con Luis Mejías y, aunque no borda precisamente su coloquio, su interpretación puede conceptuarse como discreta.

Bueno, pues como le iba diciendo, nos dirigimos al escenario y el segundo acto se desarrolló sin el menor tropiezo, aunque Claudio no se mostró a la altura de costumbre. Parecía como ausente y ni siquiera cuando se enfrentó en escena a Arturo encontró en su enemistad por el otro el acicate necesario para que el diálogo resultara verosímil. La acción transcurre en la víspera del día fijado para que don Luis se case con doña Ana de Pantoja, a la que don Juan, esa misma noche y en la hostería, ha apostado con Mejías seducir. Pese a que don Luis adopta todas las precauciones posibles para impedirlo, poniéndose de acuerdo con su novia en pasar la noche con ella para que el otro no pueda tener la menor oportunidad, don Juan consigue su objetivo, sobornando a la criada de doña Ana para que le entregue una llave de la casa y haciendo apresar a Mejías esa misma noche para que no le estorbe. El personaje creado por Zorrilla demuestra en ese cuadro el enorme grado de cinismo que le caracteriza, y que se compendia en estos versos, en los que ordena a su criado que encierre a don Luis, y se despide de este, advirtiéndole que va a ganarle la apuesta, aunque con malas artes, instantes antes de que baje el telón, ya que a continuación finaliza esa escena:

"Encerrádmelo hasta el día.
la apuesta está ya en mi mano
Adiós, don Luis, si os la gano
traición es, mas como mía."

Claudio sabía meterse en los papeles que interpretaba y solía bordar ese cuadro, que es a mi modo de ver donde mejor se define la compleja personalidad de don Juan y donde con mayor acierto se resalta la desvergüenza, desfachatez y ausencia de escrúpulos del personaje.

Sin embargo, Claudio no consiguió ayer dar vida al héroe de la literatura. Más que a un desaprensivo seductor, se asemejaba a un autómata sin bríos, que se dispusiese a quitarla la novia a su amigo la noche antes de la boda para entretener su aburrimiento.

Por fortuna, el público se sintió benévolo y aplaudió cuando bajamos el telón, pero aun así me quedé desazonado y Gabriel Egea se empeñó entonces en echar una parrafada conmigo y en acabar de hundirme el ánimo. Es un buen chico, pero es un cenizo. Pertenece a esa clase de personas que lo ven todo negro y disfrutan augurando desastres. Y, para colmo, habla muchísimo y en un tono tan lúgubre, que acaba por dejarte destrozado. Yo le evito siempre que puedo, pero ayer no pude. Se me plantó delante cuando iba a salir del escenario y, aunque intenté apartarle, se me pegó como una lapa y me obligó a encaminarme con él hacia el ensanche del pasillo, donde comienza la escalera que conduce a los dos pisos superiores.

—¿Qué le ha parecido el último cuadro, don Leónidas?— se interesó, con su mejor cara de funeral—. A mí me ha parecido flojo, flojísimo, y aunque Marina y Marcela han hecho lo que han podido...

—El público ha aplaudido— le interrumpí evasivamente.

— Sí, pero porque aún conservaba el entusiasmo con el que ha acogido el primer acto. Mucho me temo que, si esto sigue así, en el próximo nos silben y en el último nos pateen. En mi opinión, Claudio no se encuentra en condiciones de continuar la función.

— Claudio se encuentra perfectamente— repliqué malhumorado, iniciando el movimiento de continuar mi camino. Me detuve en seco al oír el comentario de Gabriel.

— Está hecho polvo, que no es lo mismo. Y no es de extrañar que lo esté, ya que Laura piensa abandonarle.

—¿Cómo has dicho?— inquirí incrédulamente, estudiando su contristada expresión. Sabía que mi interlocutor disfrutaba dando malas noticias, pero en esos momentos sus ojos castaños, algo vacuos, reflejaban una condolencia que no hubiera mejorado el empleado de una funeraria.

— Lo que ha oído. Se ha estado peleando con Arturo durante el primer acto, desde que Claudio hizo mutis al poco de comenzar. Por eso se ha negado a volver a escena después.

— De modo que ha sido por eso— musité aturdido—. No entiendo que Laura...

Desde luego no lo entendía, aunque conocía de antiguo la relación que mantenía con Arturo. Era un secreto a voces, del que únicamente Claudio parecía no ser partícipe hasta horas antes. Quizás fuera esa la causa de que Laura hubiera decidido romper con él, porque anteriormente guardaba las apariencias.

—¿Tú les has oído?— inquirí.

— Sí— admitió tristonamente—. Y no porque les estuviera escuchando. Hablaban los dos a gritos y a gritos ha voceado Claudio que ella se había ganado a pulso lo que pudiera sucederle. Se lo cuento, porque estoy intranquilo y... no sé. Le considero muy capaz de hacer cualquier disparate.

Me quedé mirando a Gabriel como hipnotizado, notando la mente completamente vacía. Mis ojos vagaron desde su pelo castaño y excesivamente largo, hasta la barba postiza, que encubría una mandíbula redondeada como la de un niño. Pese a que mi interlocutor era joven y que con su disfraz de Avellaneda debía ostentar un aire bizarro, aparentaba más ser un quejumbroso patriarca que el gallardo caballero que encarnaba en la función. ¿Por qué le habría contratado yo para ese papel?, me pregunté de improviso, dejándome llevar por mi acusada deformación profesional que en mí solía imperar sobre cualquier otra consideración hasta en los momentos más difíciles. Como el escultor-sepulturero del último acto habría estado mucho más propio, me dije, ya que podría darse el gustazo de lloriquear en el cementerio entre los muertos del Tenorio. Imaginé la ovación cerrada con la que los espectadores acogerían su doliente monólogo y la profunda tristeza con la que se lamentaría del triste final de la infortunada doña Inés, muerta de pena por el abandono de don Juan, a la que él había inmortalizado esculpiendo la imagen de su tumba.

Gabriel me miraba con algo de sorpresa, sin acertar a explicarse a qué obedecía mi mutismo ni el interés con el que me veía estudiarle. No sospechaba ni por lo más remoto que ahora la imaginaba cargando con el féretro de don Juan y llorando a lágrima viva. Estaría ciertamente colosal.

—Está bien, hombre— murmuré, bajando de mi imaginaria apoteosis escénica y regresando al lóbrego pasillo en el que nos encontrábamos—. Veré si puedo hacer algo.

Fúnebremente insistió:

—¿No cree que lo mejor sería mandar a Claudio a casa y que Jaime terminase por él la función? Nos quedaríamos todos más tranquilos.

—Eso es. En cada acto podemos sacar a un actor distinto para que interprete a don Juan,— rugí indignadísimo. Y con un sarcasmo corrosivo, añadí —: Y luego podríamos organizar un concurso entre los espectadores y al que cante más afinado le concedemos como premio que remate la función, recitando los últimos versos del Tenorio. ¿No crees que sería formidable que el agraciado recitase eso de?:

> *"!Clemente Dios, gloria a tí!.*
> *Mañana a los sevillanos*
> *aterrará el creer que a manos*
> *de mis víctimas caí.*
> *Mas es justo, quede aquí*
> *al universo notorio*
> *que, pues abre el purgatorio*
> *un punto de penitencia,*
> *es el Dios de la clemencia*
> *el Dios de don Juan Tenorio".*

Parpadeó como una lechuza desorientada, mientras yo continuaba ensañándome con él, por aguafiestas y por inoportuno, pues necesitaba transferir contra alguien la irritación que había ido acumulando con tanto contratiempo.

— No digas más sandeces. ¿Acaso no tengo yo problemas personales? ¿No los tienes tú? Si podemos aguantarnos y seguir trabajando con nuestros conflictos a cuestas, también podrá Claudio.

Sabía que no tenía razón, pero me daba igual. Me sentía desbordado, estaba ya hasta las mismísimas narices, necesitaba desahogarme gritándole a alguien y el pobre Gabriel me sirvió de cabeza de turco hasta que Paco, el traspunte, al pasar por nuestro lado camino de los camerinos, me recordó con su presencia que debía volver al escenario.

Antes de regresar a mi acostumbrado observatorio, me entretuve unos minutos con Jaime, que había perdido su cuchillo de monte y me pidió ayuda para buscarlo. A otro le habría mandado a hacer gárgaras, pero por el muchacho sentía una especie de ridículo enternecimiento desde que, al interpretar a don Juan, sustituyendo a Claudio, recibiera aquella ovación tan estruendosa, tan electrizante. Me enorgullecía de su éxito, como si obedeciese a un descubrimiento mío.

— No tengo tiempo ahora— le expliqué—. Si no lo encuentras, sube a guardarropía y pídele otro a Petra. Estoy seguro de que tendrá algo que te sirva.

Aunque esbozó un gesto afirmativo, no hizo intención de dirigirse a la escalera. Pareció dudar en encaminarse hacia el escenario y terminó por apoyarse en el pasillo contra la pared, con una expresión tan hosca, que descendí los tres peldaños que ya había subido y me aproximé a él. Achacando su malhumor a la decepción que había sufrido por la decisión que había adoptado yo poco antes de que Claudio continuase la función, quise paliársela haciéndole el ofrecimiento que había estado rumiando.

— Escucha, Jaime. Dentro de un par de meses pienso estrenar "La vida es sueño", de Calderón, si concluimos las representaciones que nos quedan con los mismos llenos. ¿Te convendría el papel de Segismundo?

Sus ojos, azules y brillantes, se animaron un tanto, pero no todo lo que yo había esperado.

— Por supuesto que me convendría— me contestó, mirándome de frente, sin sonreír ni esbozar el menor gesto—. ¿Cree usted que...? Dudo mucho que sigamos obteniendo esos llenos a los que ha aludido. Los periódicos de mañana van a poder ensañarse a gusto con nosotros y hasta es posible que nos ridiculicen. Todavía no me explico cómo el público no se ha hecho un lío con tantos don Juanes y tantos Ciutis.

— Tampoco me lo explico yo— reconocí—. Pero en previsión de males mayores, he dado orden al portero de que no deje pasar a nuestros dominios a ningún visitante. No estamos para relaciones sociales y, en cualquier caso, si hay algún crítico en la sala, mañana nos enteraremos. A mí me pondrán verde y a la función en general, pero de ti dirán que te has destapado como una joven promesa de extraordinarias dotes artísticas. Más o menos es el rollo que suelen dedicar como alabanza a un buen actor que empieza.

— Sí, pero yo no estoy empezando— objetó con el ceño fruncido—. Hace mil años que debuté.

— No tantos hombre, no tantos. A ti se te habrán hecho largos. Todos creéis que en esta profesión basta con valer y no es así. Ni siquiera el público más inteligente es capaz de descubrir a un actor superdotado, si el papel no le acompaña. Tú no has hecho hasta ahora más que papelitos de chico guapo.

Le molestó extraordinariamente lo de "chico guapo". Le sentó como una patada en el estómago.

— He hecho los papeles que usted y otros como usted me han permitido hacer. Son ustedes los que me han encasillado y, si en alguna ocasión he creído haber demostrado que servía para algo más que para decir ternezas a la dama joven de turno, ustedes mismos se han encargado de bajarme rápidamente los humos. Si piensa que me divierte hacer de "galán", está muy equivocado.

Se mesó airadamente su corto y brillante cabello oscuro con un ademán muy suyo, que estudié detenidamente y que aprobé en el acto. Lo mejor de Jaime, en su condición de actor y al margen de su innegable atractivo personal, es la espontaneidad de sus gestos, su absoluta naturalidad. La imaginé en el papel de Segismundo en "La vida es sueño", peinándose desesperadamente con los dedos el pelo, como en ese instante, y oí la ovación cerrada del público al oírle recitar desgarradoramente el soliloquio más conocido de la obra:

"¿Qué es la vida?
un frenesí,
¿Qué es la vida?,
Una ilusión
Una sombra, una ficción
Y el mayor bien es pequeño
que toda la vida es sueño
y los sueños, sueños son".

Tuve que contenerme para no aplaudirle yo también, aunque no pude evitar que se me humedecieran los ojos de emoción ante una actuación tan espléndida como la que acababa de ver en mi imaginación. En su lugar, rebatí conciliadoramente sus argumentos.

—No te sulfures, que no tienes razón. Salvo excepciones muy contadas, ninguno de vosotros empieza por arriba. Es un camino que hay que recorrer.

—Un camino muy largo y lleno de obstáculos— masculló entre dientes—. Y cuando uno consigue salvar esos obstáculos, no falta quien venga a ponerte la zancadilla.

—¿Lo dices por Claudio?— insinué.

—Entre otros, porque la mayoría de los actores veteranos no se resignan a dejar paso a los jóvenes que van llegando, cuando por su edad no se encuentran ya en condiciones de representar ciertos papeles. Usted habrá pensado en Laura para encarnar a "Rosaura" en "La vida es sueño", ¿verdad?

Ante mi gesto afirmativo, prosiguió.

—¿Y cree que Claudio se va a conformar? Exigirá para él el papel de "Segismundo" o no le permitirá a ella aceptar su ofrecimiento. Y como supongo que Laura es mucho más imprescindible para usted que yo, acabará por decirme que me olvide de su proposición y que el papel de "Astolfo" me va mucho más por lo "joven" y lo "guapo" que soy.

Subrayó ásperamente los dos calificativos como si fueran dos insultos. En cualquier otra ocasión me habría hecho gracia que le irritaran tanto unos atributos que todos desearíamos poseer. Yo he sido joven como es natural, pero feote, y reconozco que me hubiera gustado parecerme a Adonis e ir rompiendo corazones por ahí. Sin embargo, como mi sentido del humor se hallaba en esos momentos más que atrofiado, me limité a contradecir su afirmación sin sonreír siquiera.

—Tú harás el "Segismundo" y Laura interpretará a "Rosaura" sin que Claudio intervenga para nada. Por lo visto ella piensa dejarle y...

Me interrumpí, maldiciéndome interiormente por haberme ido de la lengua. No soy chismoso ni me gusta propalar las intimidades de los que trabajan conmigo. Calibré además la importancia de la noticia que se me había escapado por el impacto que produjo en Jaime.

—¿Que Claudio y Laura se van a separar?— inquirió incrédulamente—. ¿Se lo ha dicho ella?

— No. Me he enterado por... me he enterado por ahí. No sé por qué te asombras tanto— añadí algo perplejo al advertir la estupefacción que se pintaba ahora en su moreno semblante. Parecía como si estuviera asimilándolo con efecto retardado.

— ¡Pues sí que es una contrariedad!— manifestó al fin, completamente aturdido—. No había imaginado que las cosas llegaran a ese punto y... — Se quedó como vacilante y luego repitió en un susurro —: Verdaderamente es una contrariedad.

También a mí me lo había parecido antes, cuando me lo comunicó Gabriel, pero ahora que comenzaba a digerirlo y a considerarlo un desenlace lógico, me sorprendió la reacción de Jaime por lo desproporcionada. Egoístamente debería alegrarse de que por este medio el otro le dejase profesionalmente el campo libre, pero, en su lugar, lo que traslucía era una consternación desconcertante.

— Quizá se trate de una gresca pasajera— musitó, animándose ante esa posibilidad—. Muchas parejas deciden romper cuando se pelean y después hacen las paces—. Se peinó con los dedos el mechón de cabello oscuro que se empeñaba en resbalarle sobre la frente, mientras me sugería —: Podría usted aconsejarle a Laura que lo reconsidere. Le conoce hace muchos años y tiene muy en cuenta su opinión. Y por cierto, le estoy entreteniendo y el tercer acto ha debido comenzar hace un buen rato.

— Tienes razón— me alarmé, apartándome de él, que, como no salía en ese acto, continuó displicentemente apoyado en la pared. A toda prisa ascendí los tres peldaños por los que se accedía al escenario y al oír nuevamente su voz, volví la cabeza hacia él.

— Pero oiga, don Leónidas, mi cuchillo...

— Busca uno arriba y déjame de follones— repetí, al tiempo que consultaba mi reloj. Ya debía de estar el acto más que mediado y, desde mi punto de vista, esa tarde mi presencia entre bastidores resultaba imprescindible.

Sorteé a Marcela Llanes que disfrazada de abadesa se empeñaba en contarme algo que no llegué a escuchar, y atravesé el escenario por detrás del telón del foro, que era grueso y opaco para que pudiéramos efectuar ese recorrido sin ser vistos por los espectadores. Luego me detuve junto al telón lateral derecho, ya que desde ese punto podría contemplar de frente a Laura cuando se desmayase minutos más tarde, al ver irrumpir a don Juan en su celda. En escena y vestida con un hábito blanco, leía ella la carta del Tenorio, apoyada en el reclinatorio y con Matilde en pie a su lado. Las envolvía una luz azulada que dejaba en semi penumbra el resto de la celda y que arrancaba destellos dorados de la cabellera rubia de Laura, que le resbalaba suavemente por la espalda. Aunque sabía que esa melena era postiza, pues la de ella era mucho más corta, no pude por menos de admirar el suave brillo de sus rizos y la fragilidad de su porte. Su actuación era admirable y noté al público en suspenso. Ojalá no lo estropease el cretino de su marido, cuando, dentro de unos segundos, asaltara la celda en su papel de don Juan y raptara a la dulce doña Inés para ganarle así la nueva apuesta a don Luis Mejías.

¿Por qué se habría inmutado tanto Jaime al enterarse de la ruptura de la pareja?, me pregunté. Laura no soportaba a su marido, lo que era muy comprensible, y para todos sería una excelente solución. El único modo de que nos pudiéramos librar de él, conservándola a ella. Quizás mis pensamientos no fueran muy ortodoxos, pero yo no tenía la culpa de que se llevaran mal y por continuar juntos no se iban a llevar mejor. Que Claudio hubiese espabilado cuando todavía estaba a tiempo.

Analíticamente estudié la entrada en escena de éste. En un principio había dispuesto yo que irrumpiera en la celda saltando por la ventana, pero ante la nula agilidad de mi primer actor me vi obligado a cambiar de plan. Aun así, me pareció que entraba por la puerta del fondo y corría hacia ella como un pesado fardo y no como el apuesto e impetuoso galán que se suponía que era don Juan y que acababa de escalar las tapias del convento para raptarla.

La potencia de los focos había ido disminuyendo conforme el reloj iba dejando escapar nueve campanadas y al irrumpir Claudio en la celda les iluminaban solo a los dos, dejando en sombras la pequeña y enlutada figura de Brígida. Laura, de pie en el centro de la escena y con los ojos clavados en la figura que había surgido por la puerta del fondo de su celda, semejaba la imagen del estupor y permanecía inmóvil viendo como él se le aproximaba. Lánguidamente se llevó una mano al pecho.

"¿Qué es esto?. Sueño... deliro...

El debía manifestar una apasionada vehemencia al dirigirse a ella.

"!Inés de mi corazón!".

Pero más que a desesperado romanticismo, el tono de él sonó a desganada cortesía. Al menos a mí me sonó como si le acabaran de presentar a doña Inés y repitiera el nombre y apellidos de ella. Solo faltaba que ahora se pusiera a silbar mirando por la ventana.

Por fortuna Laura salvó la situación. Su silueta no podía resultar más frágil ni su expresión más aniñada que cuando se volvió incrédulamente hacia Matilde, que en su papel de Brígida se encontraba unos pasos más atrás.

"¿Es realidad lo que miro,
o es una fascinación...?
Tenedme... apenas respiro...
Sombra... huye por compasión
!Ay de mí...!".

Su desmayo fue tan etéreo como el de una vela al apagarse, pero estuvo a punto de convertirse en una catástrofe. Podría asegurar que Claudio se debatió durante un segundo entre el deber de sostenerla, que le imponía el libreto y el imperioso deseo de dejarla caer al suelo. Fue un segundo larguísimo, interminable. Ella trastabilló un par de pasos hacia atrás, hasta que tropezó con Matilde y seguramente se hubiera dejado resbalar suavemente al suelo, si Claudio no hubiera cumplido al fin con las exigencias de su papel y la hubiera cogido en brazos. Y lo más curioso de todo fue que, aunque la estupidez de él estuvo a punto de provocarme un infarto, su actuación resultó de un realismo sorprendente. La impresión que seguramente experimentaron los espectadores que no conocían la obra sería que no estaba previsto que doña Inés se desmayase en esa escena. Pero, sin duda, la mayor parte del público la conocía, porque denotó más extrañeza que entusiasmo cuando Claudio hizo mutis con ella a cuestas, seguido de Brígida. Sus aplausos, bastante flojos, se extinguieron enseguida, mientras yo me secaba con el pañuelo el sudor del cogote.

Tampoco Marcela conseguía ahora dar verosimilitud a su diálogo con el comendador. Sin saber que el Tenorio acaba de raptar a doña Inés, el comendador acude al convento a pedirle a la madre abadesa que adelante la profesión de su hija, porque tiene miedo de don Juan. La abadesa de la comedia es un personaje enérgico y sereno y la que Marcela vivificaba esa tarde recordaba en cambio a una monja de a pie, sin ningún cargo, que estuviese nerviosísima por alguna razón desconocida, pues iba dando saltitos por el escenario como una grulla histérica.

Oí risas entre el público y apreté los puños hasta que los nudillos me blanquearon, rumiando la bronca de que la iba a hacer objeto en cuanto se me pusiera a tiro. Estaba destrozando el final del acto y ya podía percibir anticipadamente el pateo que se avecinaba. ¿Por qué no dejaría aquella idiota de hacer el ganso? Con el hábito de abadesa ni siquiera resultaba guapa ni lucía su tipo, o sea, que no había por dónde cogerla. ¿Por qué la habría contratado yo para ese papel?

Se dirigía ahora a Marina, que, en su papel de hermana tornera, permanecía en silencio junto a la puerta del lateral izquierdo de la celda, y le encomendaba que fuera a buscar a doña Inés en un tono tan agudo, que parecía una principiante de teatro de pueblo. Acabó de rematarlo al tropezar con el reclinatorio. Incluso tuvo que asirse al mismo con ambas manos para no caerse, mientras la otra se retiraba y el comendador intentaba referirle a la abadesa los motivos de preocupación que su hija le inspiraba. Las risas del público impedían entender a Alfredo. Incluso se percibía ya algún silbido suelto por aquí y por allá, que de un momento a otro se fundirían para convertirse en una pita en regla.

Pero de improviso ocurrió el milagro. Marina, arremangándose las faldas del hábito con ambas manos, acababa de irrumpir jadeante en la celda y el dramatismo de su expresión cortó en seco las burlas del público. Incluso yo, que conocía su parrafada más que de sobra, agucé el oído, temiendo escuchar alguna noticia catastrófica, tal como que el techo del teatro estaba a punto de desplomarse sobre nuestras cabezas. Ni sus ademanes ni sus gestos se asemejaban a los ensayados y las palabras parecían apretujársele en la garganta, ascendiendo hasta sus labios entre tartamudeos, al dirigirse a la abadesa.

"Señora...
vengo muerta...
No acierto a hablar...
he visto a un hombre saltar
por las tapias de la huerta".

Balbuceó sus cinco versos como si efectivamente no acertase a pronunciarlos y me quedé con la boca abierta, porque no había imaginado anteriormente que esa chica fuera capaz de una actuación tan magistral. Cinco versos que consiguieron erizarme el vello de los brazos y electrizar al público, que prorrumpió en una ovación estremecedora. Nadie escuchó al comendador, cuando llamó imbécil a la abadesa, con toda la razón del mundo, y se marchó bizarramente tras de su honor. Los bravos a Marina se sucedían ininterrumpidamente a la par que arreciaban los gritos reclamándola. Los aplausos parecían conmover los cimientos del teatro y las voces pidiendo que saliera a saludar se habían fundido ya en un estruendo único y grandioso.

En mi larga carrera profesional era la primera vez que presenciaba un éxito tan arrollador en una principiante con un papelito insignificante. Advertí que se sentía tan aturdida como yo. Se resistía incrédulamente a salir a saludar ella sola y, como no había tiempo para las explicaciones, tuvo que obligarla, propinándola un empujón. Casi instantáneamente oí la tempestuosa acogida de que el público la hizo objeto. Tras el telón y desde el ángulo en que me hallaba, solo distinguía yo a algunos espectadores de las primeras filas de butacas, pero podía verla a ella, inclinándose una y otra vez sin la menor soltura. Recibía aquellas manifestaciones de júbilo como lo que era, una principiante inexperta, que se sentía abrumada por lo que consideraba una recompensa inmerecida. Comprendí que en eso residía su mayor encanto. El público estaba ya cansado de divos consagrados y cada uno de sus componentes creía haber descubierto por sí solo a un nuevo valor en la muchacha que atolondradamente agradecía sus aclamaciones. Le ayudaba su aspecto frágil y atractivo y la timidez que traslucían sus ojos asustados.

Otra joven promesa, me dije caviloso. ¿Cómo no había reparado antes en el enorme talento que escondía esa chica? Me considero un experto con un buen ojo clínico para apreciar las posibilidades de un actor al primer golpe de vista. Con Marina había fallado, pero enmendaría mi error en adelante. Sería una Rosaura única, inigualable. Encabezaría el reparto de mi próxima obra junto a Jaime y obtendríamos un éxito seguro.

Creo que se lo dije, aunque no sé si me escuchó. Lloraba como una Magdalena abrazada a la tonta de Marcela y siguió llorando cuando todos la felicitamos, sin atendernos a ninguno. Como por otra parte es un desahogo muy corriente en sus circunstancias, no insistí y dejé mi ofrecimiento para mejor ocasión.

Tampoco llegué a echarle a Marcela la bronca que tenía proyectada, porque Gabriel me abordó para comunicarme otra catástrofe. Laura había resbalado en el pasillo al abandonar el escenario y se hallaba postrada en su camerino sin apenas poderse mover. Era lo que me faltaba. Olvidé el reciente éxito de Marina, encerrándolo en una especie de paréntesis para unir este nuevo desastre a los anteriores y mascullando una retahíla de tacos y denuestos, me encaminé en su búsqueda y recorrí el oscuro pasillo, abriéndome paso a codazos. Todos tenían algo que decirme, todos esperaban que yo les tranquilizase, pero bastante tenía yo con tranquilizarme a mí mismo.

No conseguí ni siquiera serenarme. El aspecto de Laura, tendida en el diván de su camerino, terminó de situarme al borde del soponcio. Con el blanco hábito de doña Inés y con el semblante lívido, me recordó a una de esas estatuas yacentes de los museos, que suelen estar rodeadas por un sin fin de turistas. Los turistas en este caso eran sus propios compañeros, pues se apiñaba allí la compañía en pleno, a excepción de Claudio, que imaginé que se encontraría en su camerino.

Pese a que el de Laura era el más grande del teatro, en ese momento se asemejaba por lo repleto a un vagón del Metro en horas punta, por lo que lo hice despejar con cajas destempladas.

— !Fuera todo el mundo! !Largaos de aquí y llamad a un médico de urgencia a toda prisa, so alcornoques! ¿Pero no veis que parece un saco de harina destripado?

Lo del saco lo dije con la mejor intención, pero comprendí que mi símil no había resultado afortunado cuando vi cómo torcía el gesto Laura y como se reían los demás, mientras se dirigían hacia la puerta de la habitación donde se quedaron como atascados. Pero fuese afortunado o no mi símil, lo cierto es que, además de a una estatua yacente, recordaba a un saco de harina al que se le fuese escapando ésta poco a poco. Estaba tan blanca... tan descolorida...

— No necesito ningún médico— musitó ella en apenas un susurro—. Creo que ya voy encontrándome mejor.

Advertí que movía con dificultad el cuello al dirigirse hacia mí y me alarmé aún más de lo que ya estaba.

—¿Mejor?, pues nadie lo diría—. Y como tenía los

nervios deshechos, la increpé incongruentemente —: Cómo se te ha ocurrido caerte a media función? ¿Es que estás loca?

Me mordí los labios a continuación. Necesitaba gritarle a alguien, pero ella no era ciertamente la persona más indicada para constituirse en el centro de mis iras. Por eso, en cuanto conseguí dominarme, cambié el tono.

—¿Dónde te duele? ¿Crees que podrás levantarte del diván y ponerte en pie?

Todavía con la larga peluca rubia enmarcándole el rostro, intentó esbozar una sonrisa, que se trocó en una mueca.

— Me he dado un golpe en... donde la espalda pierde su casto nombre y... creo que sí, creo que me levantaré. No me queda otro remedio.

Sus ademanes eran lánguidos, perfectos. Qué bien interpretaría a "Margarita Gautier" en su lecho de muerte, pensé. Bordaría la escena final y lograría que el público llorase a moco tendido al verla extinguirse como una pavesa.

— Sí te queda otro remedio— la contradije con brusquedad—. Si no estás en condiciones, suspenderemos la función.

— !Ni hablar, eso sí que no!— me rebatió, incorporándose con esfuerzo y clavando en mí sus claros ojos azules—. Bastantes dificultades ha tenido usted hoy por causa... por causa nuestra, pero en lo que de mí dependa...

— No es cuestión de que quieras, sino de que puedas— la interrumpí—. Puedo tener fama de ogro, pero soy un ser humano.

Giré la cabeza hacia los que se apelotonaban en el umbral del camerino escuchando nuestra conversación y alcancé a ver la sonrisa irónica de Manolo Ponce al oír cómo me conceptuaba a mí mismo. Por lo visto no me consideraba un ser humano y opinaba que el calificativo de ogro me cuadraba bien. Y eso que no sabía el muy cretino que en innumerables ocasiones había tenido que reprimirme para no aporrearle sus estúpidas narices. Era un tipo guapete y por eso le había contratado para el papel de capitán Centellas, pero como actor era muy flojo. Tan flojo, que en la interpretación de su papel solo merecía un aprobado la forma en que saludaba, quitándose el sombrero de plumas de la cabeza y barriendo con ellas el suelo, a lo mosquetero. Y como era lo único que le salía medianamente bien, saludaba, aunque no viniera a cuento, cada vez que aparecía en escena.

La irritación que el recordarlo me produjo me impulsó a cerrarle la puerta en su misma cara. Luego tomé asiento a los pies del diván.

— Nos quedan unos minutos para decidirlo, Laura— le advertí, echando una ojeada a mi reloj de pulsera—. No será la primera vez que suspenda una función, porque uno de los primeros actores se accidenta. Suele ser un follón, pero por eso no se va a hundir el mundo.

Meneó negativamente la cabeza y los cabellos largos y rubios de su peluca oscilaron a su compás.

— Soy una profesional, Leónidas, y no voy a dejarle en la estacada—. Esbozó un mohín entre tímido y apesadumbrado al mirarme de frente y añadir —: Espero que no me considere responsable de lo que ha sucedido antes con Claudio. Le aseguro que no se volverá a repetir. Sé que usted no quería contratarle cuando puso en marcha esta obra y que lo hizo por mí, por lo que me siento en deuda con usted. De todas formas, la próxima vez no tendrá ese problema. Puede elegir a quien le interese para "La vida es sueño", porque Claudio no actuará en esa comedia.

Me quedé cortado y carraspeé. ¿Acaso le había ofrecido yo a Laura el papel de Rosaura? Estaba seguro de que no y sin embargo ella lo daba por hecho. Probablemente había pensado en ella anteriormente para interpretar a ese personaje, pero el éxito de Marina instantes antes me había obligado a recapacitar y a cambiar mis planes. Busqué un pretexto cualquiera para dejarla fuera del reparto de mi próximo trabajo.

— Olvida lo que has dicho. Tu deber es evitar los disgustos con tu marido y aceptar lo que os ofrezcan a los dos. No necesitas que te explique las razones por las que no quiero volver a trabajar con él y, sintiéndolo mucho, tengo que incluirte a ti también en esas razones.

Creí que el asunto quedaría zanjado así, pero me equivoqué. Laura había logrado ya sentarse y me contemplaba estupefacta.

—¿Quiere decir que piensa prescindir de mí?

Tragué saliva notando la garganta seca.

— Sí. Jaime será el "Segismundo" y... y ya pensaré en alguien para encarnar a "Rosaura".

La sorpresa tiñó levemente sus mejillas con algo de color.

— Pero... pero eso es absurdo. Ya le he dicho que Claudio no será un obstáculo de ahora en adelante. Trabajaré yo sola, podrá contratarme a mí sola—. Titubeó ligeramente antes de aclarármelo—. Ya que ha sacado el tema, le diré que voy a divorciarme de él.

Volví a tragar saliva. ¿Por qué la gente me habría catalogado tan inmerecidamente como un tipo duro? Con su insistencia, Laura me estaba haciendo pasar un rato infame, pero como estaba seguro de lo que quería y, sobre todo, de lo que me convenía como empresario del Odeón, volví a escudarme en el mismo argumento, porque no me atreví a decirle la verdad.

— No digas disparates. Lleváis más de veinte años casados y no puedes acabar con tu matrimonio por una nimiedad. Debes reconsiderarlo, debéis tratar de comenzar de nuevo. Sería indigno por tu parte que le dejaras por conseguir un papel. Eso nunca podría admitirlo.

De sobra sabía yo que el motivo era otro, pero me aferré a esa excusa, como quien se aferra a un madero en medio de un naufragio.

—¿Cree usted que mi trabajo es la razón?— inquirió ácidamente—. Le consideraba más perspicaz.

— Vamos, vamos— la interrumpí, temiendo que echara por tierra mi estúpido pretexto—. No quiero ni volver a hablar del asunto y, como no nos queda tiempo para discutir, decide, ¿suspendo la función o no?

— No— replicó con aplomo, mientras estudiaba mi semblante como si fuera la primera vez que lo veía—. Y le aconsejo, Leónidas, que recapacite. Después de todo, mis dificultades matrimoniales son solo mías y si yo le doy el problema resuelto, usted no es responsable de mis decisiones.

—No, pero lo soy de las mías— rezongué, levantándome apresuradamente de los pies del diván para encaminarme hacia la puerta. Salí, fingiendo no haber oído su última objeción.

— Pero Leónidas, ¿quiere no ser absurdo?

Como alma que huye del diablo, me alejé de su puerta en cuanto alcancé el pasillo por si se empeñaba en seguirme. En el estado en que se hallaba era imposible que corriera detrás de mí, pero estaba tan aturdido que no caí en la cuenta de ese pormenor. Solo pensaba en escapar de su insistencia y en llevar a buen término lo que quedaba de la función.

Distinguí cerca de la puerta de su camerino a Marina, hablando con Pedrito. Tenía los ojos hinchados como botas y el aire desorientado del que acaba de vivir una experiencia incomprensible. Parecía como si no entendiera lo que estaba sucediendo a su alrededor e incluso pestañeó sin comprender, cuando le dije que estuviese preparada para sustituir a Laura en caso de necesidad. La verdad es que no me dio la impresión de que deseara interpretar el papel de doña Inés, sino al contrario, porque intentó resistirse, aunque no le di opción.

Por fortuna, no hizo falta echar mano de ella. A Laura la llevaron a cuestas al escenario entre Arturo y Jaime y poco después entró en escena apoyándose en el brazo de Matilde para dejarse caer inmediatamente en el sofá que da nombre a uno de los cuadros más conocidos del Tenorio.

Aunque todos los decorados son buenos, el del cuarto acto puede calificarse sin exagerar como magistral. Representa un salón de la quinta de don Juan, junto al Guadalquivir, sobre el que da el balcón del lateral derecho. Es practicable ese balcón para que don Juan pueda saltar desde el mismo al río cuando, después de matar al comendador y a don Luis Mejías, acude gente armada a su casa a prenderle y huye.

En la pared del fondo de la sala y a la izquierda de la misma se abre una puerta, también practicable, que se supone que da acceso a otro salón, donde don Juan hace pasar a don Luis Mejías cuando llega a la casa el comendador, pidiendo venganza. A la derecha de esa puerta hay un trozo de pared, como de un metro de ancho, de la que cuelga una panoplia con dos espadas entrelazadas, una de las cuales la utiliza don Juan para luchar con don Luis. Y a continuación una enorme vidriera, color ámbar, que ocupa el resto de ese paredón. La vidriera es traslúcida y se ilumina tenuemente por detrás desde el comienzo del acto, porque, aunque la acción transcurre de madrugada, el efecto resulta muy lucido y además permitía que la escena de esgrima no pareciera una patochada ridícula.

En el lateral izquierdo hay otra puerta practicable, por donde entran todos los que van llegando a la quinta. Cerca de esa puerta se encuentran dos butacas tapizadas en seda dorada, como las cortinas del balcón y de la ventana, con una mesita entre ambas que sostiene un florero con rosas rojas. Y a la derecha y en primer término, el famoso sofá, también tapizado en seda dorada.

El acto comienza unas horas después de que don Juan haya raptado a doña Inés, con Brígida y Ciutti en escena. Estos comentan la audacia que ha derrochado don Juan al asaltar el convento para llevarse a doña Inés, a la que su gente ha traído a casa de él, pues el Tenorio se ha quedado en Sevilla para seducir a doña Ana de Pantoja y así ganarle a don Luis Mejías la doble apuesta: Conquistar a una novicia y quitarle la novia a un amigo que esté a punto de casarse.

Al poco aparece en escena doña Inés, que acaba de volver en sí de su desmayo. Según el libreto, entra sola y por su pie en la sala por la puerta del lateral derecho, pero como Laura apenas si podía caminar, hice que Matilde saliera a recibirla y le sirviera de apoyo luego para llegar hasta el sofá.

Estoy seguro de que ninguno de los espectadores imaginó siquiera que Laura estaba realizando un esfuerzo ímprobo al realizar ese recorrido, porque su actuación fue admirable. Con sus ademanes y con las inflexiones de su voz transmitió al público todos los encontrados sentimientos del personaje que interpretaba y que ha pasado a la literatura como arquetipo de la honestidad y la pureza. Parecía una niña que se encontrara realmente asustada al despertarse en la quinta del Tenorio e incluso se le quebró la voz al intentar explicarle a su dueña sus temores:

"Me estás confundiendo
Brígida... y no sé qué redes
son las que entre estas paredes
temo que me estás tendiendo.
Nunca el claustro abandoné
ni sé del mundo exterior
los usos. Mas tengo honor.
Noble soy, Brígida y sé
que la casa de don Juan
no es buen sitio para mí.
Me lo está diciendo aquí
no sé que escondido afán.
Ven, huyamos".

Noté al público en suspenso cuando terminó de recitar esos versos. Sin embargo, a mí no llegó a conmoverme como en otras ocasiones. Quizás se debiera a que veía a Marina con la imaginación en el lugar de la otra, declamando esos mismos versos. La muchacha estaría divina en ese papel. Estaba hecho precisamente a su medida. Incluso en la vida real su carácter y su apariencia respondían a los del personaje de la ficción. ¿Cómo no había caído en ello la tarde en que Marcela me la presentó? Únicamente reparé entonces en lo atractivo de su físico y, si llegué a fijarme en aquella empapada chiquilla de melena chorreante, fue porque Arturo me lo hizo notar. Arturo le encontraba cierto parecido con Laura, aunque una fuese rubia y la otra morena, y por esa razón la observé con detenimiento, llegando finalmente a la conclusión de que eran totalmente distintas. Pero ahora, mientras contemplaba a Laura, que reclinada en el sofá escuchaba las florituras que le decía don Juan que acababa de aparecer en el escenario, caí en la cuenta de que efectivamente Arturo tenía razón. Las dos pertenecían al mismo tipo de mujer, aniñado y un tanto etéreo. Su aspecto era igualmente delicado y frágil. Marina era lo que fuera Laura veinte años atrás.

Mi conclusión me dejó perplejo, porque día a día no había notado los efectos del paso de esos años en mi primera actriz. En realidad se mantenía bien y a cierta distancia aparentaba ser una jovencita. No habría caído en la cuenta de improviso del cambio que había experimentado, si la juventud de Marina no me lo hubiera puesto tan de manifiesto.

El lapsus de Claudio cortó en seco el hilo de mis pensamientos. Acababa de saltarse la mayor parte de su monólogo y, cuando Laura intentó disimularlo empezando a recitar anticipadamente los versos con los que doña Inés debía contestarle, él la interrumpió y se puso en pie tirando de sus manos para obligarla a que se levantara.

¿Se habría vuelto loco? Antes de comenzar el acto le había repetido hasta la saciedad que Laura no estaba en condiciones de levantarse del sofá, por lo que, cuando llegara el momento del mutis de ella, debería ayudarla a caminar hasta la puerta del lateral derecho, por donde tenía que salir. Vi como ella se desasía bruscamente de su mano con un fugaz gesto de dolor y sentí una ira sorda contra Claudio. Se merecía que le arrojarse a patadas del escenario. Se merecía... Desde luego no volvería a trabajar conmigo nunca más. En cuanto finalizase la función, le pondría de patitas en la calle y, si decidía demandarme por incumplimiento de contrato, que me demandase. Prefería mil veces tener un follón de abogados que seguir tragando bilis por su culpa.

Tuve que contenerme para no para no irrumpir en escena y espachurrarle las narices cuando, al indicarle don Juan a doña Inés que pasara a otro aposento, porque acababa de llegar a la quinta un embozado, ni siquiera intentara ayudarla a caminar el muy cretino, sino que permaneció displicentemente apoyado en una butaca, viéndola marcharse del brazo de Matilde, que había vuelto a escena para ayudarla a retirarse. A la legua se advertía que Laura apenas si podía sostenerse, aunque lo encubría bajo un exagerado dramatismo con el que tal vez engañase a los espectadores, pero no a él ni a ninguno de los que conocíamos el accidente que había sufrido.

Era el colmo, era como para matarle, y estuve a punto de decírselo así a Laura cuando me reuní con ella tras la puerta del decorado por donde acababa de salir. Le acerqué una silla, en la que se dejó caer, pálida como la cera. Luego se nos aproximó Gabriel y poco después Jaime, que salía de escena por esa misma puerta y que me ayudó a trasportarla con silla y todo tras el telón del foro, que era muy recio y permitía que cuchicheásemos detrás de él sin que se nos oyese desde la sala.

El fondo del escenario, donde nos encontrábamos, tenía una profundidad muy superior al espacio que ocupaban los decorados y que los espectadores podían ver. Los telones de los distintos actos se retiraban elevándolos con poleas y quedaban pendientes de la bóveda del escenario hasta que se los volvía a necesitar en la siguiente función, pero el mobiliario y el atrezo de cada uno de ellos se guardaban ordenadamente en el lugar en que nos hallábamos. Por eso nos rodeaban los objetos más diversos: El sarcófago de doña Inés y los de las personas que había matado el Tenorio y que salían en el cementerio en el último acto; la larga mesa, con mantel, platos, vasos y cubiertos, donde cenaba don Juan con sus amigos antes de que el comendador se filtrara por la pared; las mesas de la hostería y la cama y el reclinatorio de la celda de doña Inés. En la semi oscuridad los distinguí porque sabía de memoria el lugar en que se ubicaba cada uno y le indiqué la cama a Jaime como el lugar más indicado para depositar a Laura. Aunque la trasladamos allí con sumo cuidado, apenas si pudo ella reprimir unos gemidos y luego se quedó inmóvil, tumbada boca arriba. Matilde le dio aire con la mano sin saber qué hacer y Jaime y Gabriel me miraron consternados.

— Está muy mal, don Leónidas— gimoteó Matilde—. No debía haberle permitido actuar en este acto.

— Creo que ha debido romperse algún hueso al resbalar antes en el pasillo— opinó lúgubremente el agorero Gabriel—. ¿Qué vamos a hacer?

Jaime se limitó a observarme en silencio con una

expresión entre ensombrecida e iracunda y yo me tragué los improperios que me ascendían desde la garganta hasta los labios, porque lo importante en ese momento era resolver.

— Suprimiremos el cuadro que resta de este acto— decidí—. Es el último en el que sale Laura y así podrá ella descansar tranquila en su camerino hasta que venga un médico a reconocerla. Después de todo, solo dice dos palabras en ese cuadro y en otras ocasiones lo hemos eliminado con mucho menos motivo que hoy.

— Tiene razón— aprobó Matilde, levantando hasta mí sus ojos llorosos, circundados por miles de arruguillas—. Parece mentira que... ese hombre es un bestia, un anormal. ¿Ha visto usted con qué empeño quería ponerla en pie? Es como para matarle.

— Como para matarle— la coreó Jaime con voz contenida.

Lo mismo estaba pensando yo, pero no lo dije. Me limité a inclinarme sobre Laura que, quieta como una esfinge, tenía los ojos fijos en la oscuridad que se cernía sobre nuestras cabezas.

—¿Cómo estás?

Hizo un gesto indefinible, sin mover la cabeza ni mirarme.

— Mal. Debo tener la espalda partida en dos.

— Te llevaré entonces a tu camerino y llamaré a una ambulancia— decidí, iniciando el movimiento de cogerla en brazos, que inmediatamente secundaron los otros dos. Laura nos detuvo levantando dolientemente una mano.

— No, no, prefiero que no me trasladéis por el momento. Arturo se reunirá aquí conmigo en cuanto se retire de escena dentro de unos instantes y... tengo que hablar con él para tranquilizarle antes de que vuelva a salir a interpretar la escena del duelo con don Juan. No quiero que...

Dejó la frase en suspenso, pero todos la entendimos. En la obra, el embozado, cuya llegada a la quinta había motivado que doña Inés se retirara a otro aposento, era don Luis Mejías que acudía precisamente a vengar la honra de doña Ana, con la

que iba a casarse a la mañana siguiente y a la que don Juan
había seducido haciéndose pasar por Mejías. Aunque en la vida
real había sido Arturo quien le había quitado la mujer a
Claudio, al contrario que en la comedia, igualmente estaban los
dos hombres enfrentados a causa de Laura, como si los
sentimientos de los personajes que representaban hubiesen
trascendido de la ficción hasta los actores, por lo que los
temores de ella eran más que fundados.

—Le diré que vaya a verte a tu camerino— aduje—.
Tiene unos diez minutos entre sus dos actuaciones, que puede
aprovechar para hacerte una visita.

—Prefiero que me lleve él, aprovechando esos diez
minutos— objetó obstinada—. Desde aquí, al menos, me
entero de lo que ocurre. No quiero ni pensar que a causa de
esto...

Atendiendo a su indicación, agucé el oído para escuchar
el diálogo que en ese momento mantenían don Juan y don Luis
en escena, a los que nos era imposible ver desde el lugar en que
nos hallábamos, pero cuyas voces nos llegaban distintamente.
Un diálogo que no les ayudaba precisamente a aplacar su
mutuo odio, sino al revés. Parecía haber sido ideado para
exacerbarles aún más de lo que ya estaban.

La voz de Claudio sonó altanera.

"Decid, pues, ¿A qué venís
a esta hora y con tal afán?."

Y la de Arturo, rezumando ira:

"Vengo a mataros, don Juan".

"Según eso, sois don Luis"— dedujo el otro.

"No os engañó el corazón,
y el tiempo no malgastemos,
don Juan. Los dos no cabemos
ya en la tierra".

Levantó Laura por primera vez sus ojos hacia mí y leí en ellos un miedo tan intenso que me sobrecogió. ¿Acaso temía que Arturo cometiese alguna barbaridad?, ¿o más bien tenía miedo de que Claudio hiciese al otro objeto de sus represalias?

Al cruzarse en la penumbra su mirada con la mía, intentó disimular sus aprensiones bajo una forzada ligereza.

—¿Sigue manteniendo la misma opinión, Leónidas?— me preguntó, dirigiéndose a mí, como siempre, por mi nombre de pila—. ¿Sigue pensando que mi obligación es aguantar a Claudio a cualquier precio? Reconocerá que puedo aceptar el papel de su próxima obra sin el menor remordimiento de conciencia.

Me cogió desprevenido y vacilé, pero vacilé por no herirla, no por ninguna otra razón.

— Olvídate de eso Laura. Eres una actriz maravillosa y te lloverán las ofertas sin género de dudas. Yo no puedo ofrecerte trabajo por el momento.

Debió de interpretar mal mis palabras, porque insistió.

— Es que no le entiendo. No creía que fuese usted un puritano. Es posible que me lluevan las ofertas, pero con quien me interesa trabajar es con usted en este teatro y Calderón es además uno de mis autores favoritos.

Experimenté nuevamente la molesta sensación de encontrarme acorralado y sin la menor posibilidad de un escape airoso, por lo que me aparté de su lado, tras susurrarle:

— Lo siento, Laura. Esta vez no podrá ser.

La dejé a mi espalda, rodeada por los otros tres, y me alejé apresuradamente como si me persiguiera mi propia desazón. Aturdido, llegué hasta la salida del escenario y retrocedí sin saber a dónde dirigirme. Había sido cruel proporcionarle esa decepción en el estado en que se hallaba, cruel y desagradabilísimo. Pero un empresario no era una hermana de la caridad, me dije para justificarme, y yo tenía derecho a elegir sin coacciones a los actores que me convinieran. Laura no me convenía ya, porque había encontrado a otra actriz que la superaba, pero prefería no tener que decírselo así, si encontraba otro medio indirecto de hacérselo comprender. Lo mejor que podía hacer por el momento era esquivarla hasta que se convenciera por sí misma de que mi decisión era irrevocable.

Tontamente me escondí tras el decorado del lateral izquierdo, que representaba la puerta por la que entraban a la sala todos los que llegaban a la quinta del Tenorio, y permanecí allí agachado, escuchando el diálogo entre Arturo y Claudio, sin atreverme a asomar la cabeza para verles. Mi propia actitud me pareció tan ridícula, que, cuando noté una mano sobre mi hombro, di un respingo y me puse de todos los colores. Al volverme, reconocí a Alfredo Galán. Disfrazado de comendador y con un gran mostacho blanco que casi le ocultaba el rostro, me observaba con sorpresa, por lo que traté de disimular mi azoramiento dejando escapar una risita floja, que a mí me sonó como el relincho de un caballo afónico.

—¿Le pasa a usted algo?— se interesó perplejo, en un susurro apenas audible—. Desde lejos le he visto aquí en cuclillas y he pensado que se encontraba usted mal. ¿Le duele el estómago?

—No estaba en cuclillas— repliqué muy digno, a su oído—. Y no me duele nada. Es una postura que adopto para descansar cuando me canso y hoy estoy cansadísimo.

Incomprensiblemente se lo creyó y meneó pesarosamente la cabeza.

—Le comprendo. Todos estamos agotados y con los nervios a punto de estallar. Matilde se ha tomado ya cuatro infusiones de tila y yo llevo dos. Si le apetece una taza, pásese por nuestro camerino.

Desde niño había considerado yo que la tila era un brebaje nauseabundo, pero en ese instante me hubiera bebido un par de litros si de esa forma hubiera logrado disminuir la opresión que sentía en el pecho. Alfredo parecía seguir el hilo de mis pensamientos, porque su bondadoso semblante, surcado por infinidad de arrugas, fue denotando los mismos sentimientos que estaba experimentando yo y que trataba inútilmente de ocultar. De improviso caí en la cuenta de que conocía a Alfredo de toda la vida. Él era ya un actor famoso cuando yo comencé a trabajar como tramoyista en el teatro, pero en aquella época en que era Alfredo el importante, siempre se portó amablemente conmigo.

Después los papeles de los dos se invirtieron. De tramoyista, pasé a ser ayudante del director. Más tarde llegué a ser director y finalmente adquirí el teatro Odeón y me convertí también en empresario, mientras él decaía vertiginosamente en su carrera. No fue capaz de asimilar el duro trago que supone para un actor el dejar de ser una primera figura. El de no encabezar la cartelera de los teatros y tener que desempeñar papeles secundarios solo porque los años se te han echado encima. Fue demasiado para él y durante un tiempo permaneció apartado de los escenarios mientras Matilde trabajaba por los dos y luchaba con él, sin conseguirlo, para que dejara de beber.

Y puede que no lo hubiera conseguido, si no hubiera intervenido Arturo. Fue él quien vino a pedirme el papel del comendador para Alfredo, asegurándome que se había reformado ya, lo cual no era cierto entonces. Pero, aunque sin mucha fe, le di a Alfredo la oportunidad que el otro me pedía, quizás porque aún me emocionaba recordar lo afectuoso que se había mostrado conmigo cuando era un actor famoso y yo un don nadie. !Para que luego digan que soy un tipo duro! Lo que soy es un estúpido sentimental.

Tengo que reconocer, sin embargo, que acerté al darle el papel. Alfredo lo bordaba y no volvió a probar el alcohol. Además se comportaba conmigo como un padre, lo que en mis circunstancias es muy de agradecer. Era el único de la Compañía capaz de entenderme y de no agobiarme, el único que se preocupaba por mí, y que no me venía con peplas como todos los demás. Me sentí tan ridículamente enternecido con él en ese preciso instante, que le ofrecí un papel en "La vida es sueño".

— Quería decirle, Alfredo, que, si no tiene otro compromiso, cuento con usted para mi próxima obra. Suponiendo, claro está, que salgamos a flote de este follón que está provocando Claudio. ¿Cómo cree que nos tratará mañana la prensa?

Hizo un gesto indefinible antes de desviar sus ojos hacia la zona iluminada del escenario. En ese momento Arturo avanzaba gallardamente hacia Claudio con aire justiciero, a la par que le acusaba del sucio ardid con que había conquistado a doña Ana. Su voz iracunda sonaba plenamente convincente. Vibraba con odio contenido, con rabia sorda.

Fruncí después el ceño al escuchar la réplica de Claudio, que debía ser conciliadora y traslucía en cambio un rencor inadecuado.

"Y por mostraros mejor
mi generosa hidalguía
decid si aún puedo, Mejía,
satisfacer vuestro honor.
Leal la apuesta os gané,
mas si tanto os ha escocido
mirad si halláis conocido
remedio, y lo aplicaré".

Don Juan era el vencedor de la apuesta y tenía que mostrarse magnánimo con el vencido, no como un gallo de pelea, pues esa era la actitud con la que había recitado los versos. Parecían los dos a punto de llegar a las manos de verdad y el corazón me dio un vuelco.

Afortunadamente llegaba a su final el cuadro y Jaime irrumpió en ese instante en escena para avisar al Tenorio de que el comendador acababa de llegar a la quinta. Sabía que con Alfredo no tendría problemas de ningún tipo, por lo que dejé escapar un suspiro de alivio inmenso, casi inconmensurable, al despedirse éste de mí con unas palmaditas en el hombro.

Mientras, seguí con la vista a Arturo, que salía de escena por la puerta practicable contigua a la cristalera del telón del foro. En la obra, Mejías pasaba a una antesala, a la que se suponía que daba acceso esa puerta, para que don Juan pudiera discutir a solas con el comendador y permanecía en esa antesala unos diez minutos, que era más o menos el tiempo que transcurría hasta que volvía a entrar en escena por la misma puerta para burlarse del Tenorio que le estaba pidiendo perdón al comendador por haber raptado a su hija. Pero, como es lógico, en la realidad Arturo no entraba en ninguna antesala. Por esa puerta del decorado salía a una especie de pasillo de unos cincuenta centímetros de ancho, que era el espacio que quedaba entre el decorado y el telón opaco del foro. Desde ese pasillo y bordeando por detrás el decorado lateral izquierdo, vino a buscarme convertido en un energúmeno.

—Laura te está esperando— le informé, antes de que pudiera abrir la boca y me soltara un cúmulo de improperios contra Claudio—. Solo está un poco resentida.

Me miró con una expresión que un loco no habría mejorado.

—¿Que está bien? No sabe los esfuerzos que he tenido que hacer para contenerme y no atizarle a Claudio un puñetazo en escena. Al menos el papel que interpreto me ha ayudado a desahogarme, pues al pedirle cuentas a don Juan por doña Ana, lo he hecho pensando en Laura. ¿Es que no ha visto usted como ese animal ha pretendido ponerla en pie durante la escena del sofá? Pero esto no acabará así, se lo aseguro. Si usted no hace algo, lo haré yo.

Se marchó como una exhalación, encaminándose en la dirección que le había indicado, antes de que pudiera recomendarle calma, por lo que me pregunté si no sería conveniente que le siguiera, aunque Laura volviera a ponerme en un aprieto con su insistencia. Aún vacilaba, cuando Jaime y Gabriel se me aproximaron. Acababan de dejar a Arturo a solas con Laura y por la expresión de los dos advertí que mi preocupación no era injustificada.

—Debería hacer algo, don Leónidas— insinuó el primero con voz tensa—. Hace un segundo, cuando Arturo ha visto el estado en que se encuentra Laura, ha soltado una retahíla de disparates que... la verdad es que le considero muy capaz de hacer una barbaridad.

Le interrumpí con impaciencia.

—¿Qué le ha dicho Laura a él?

— Pues... — titubeó Jaime—. La verdad es que, aunque ha pretendido quitarle importancia al asunto, ha producido en Arturo el efecto contrario. Como no hacía más que llorar y llorar...

—¿Y vosotros no habéis metido baza?— les pregunté irritadísimo.

—¿Y qué baza quiere que metiéramos?— protestó Gabriel, confuso por la reprimenda—. Arturo nos ha mandado a hacer gárgaras. Ahora la iba a llevar a su camerino y nos ha dicho que no nos necesitaba para nada. Hemos pensado que lo mejor era dejarles tranquilos y... verdaderamente no sé qué podíamos hacer nosotros.

Por lo visto, el único capaz de resolver algo, en opinión de todos, era yo. En ese momento no compartía tal opinión. Notaba la mente más confusa que si me encontrara ante un jeroglífico indescifrable. Para colmo, Manolo Ponce, al unirse al grupo, vino a poner su granito de arena.

—¿Qué va a hacer con el último acto, don Leónidas? No creo que Laura esté en condiciones de continuar. Por suerte, es solo la sombra de doña Inés la que aparece en ese acto, pero si piensa que la interprete Marina, debería tranquilizarla usted primero. La he dejado hace un instante en el pasillo y...

—¿Y qué?— le interrumpí con una ferocidad que le dejó apabullado—. Al parecer estáis todos histéricos y soy yo el que tengo que tranquilizaros. ¿Y quién es el que va a tranquilizarme a mí? Estoy hasta la mismísima coronilla de esta compañía de chiflados, de que no salga nada a derechas, de matrimonios peleantes y de... Para la próxima obra buscaré solo a actores viudos y a actrices feas.

Fue un desahogo a media voz y totalmente incongruente durante el que me fui retirando, seguido de los otros, hacia la salida del escenario. Mi intención era completarlo en el pasillo para poder chillar a gusto. Ya con el último telón a mi espalda, me volví hacia ellos y capté el cambio de expresión de mis interlocutores, segundos antes de que apagasen las candilejas y nos quedásemos semi a oscuras.

Mi absurda parrafada les había hecho sonreír a su pesar y, cuando Jaime volvió a hablar, noté que hacía esfuerzos por contener la risa.

—¿Y cree que con los viudos y las feas no tendrá problemas?

— Si los tengo, serán de otra clase— masculló furioso—. Mentira me parece que los tres o cuatro solteros del reparto no andéis peleándoos a causa de Marina. ¿O andáis peleándoos y todavía no me he enterado?

Les vi intercambiar una socarrona mirada, como si compartieran un secreto a ese respecto, y casi a la vez notamos la presencia de alguien que venía del pasillo y la aludida entró en el escenario y pasó entre nosotros como una exhalación. Estoy seguro de que ni siquiera nos vio. Continuó su camino hasta detenerse junto al telón lateral del decorado y Jaime la siguió, mientras los otros dos comentaban algo por lo bajo.

—¿Se puede saber qué es lo que cuchicheáis?,— inquirí fastidiado.

No sé si llegaron a contestarme, porque de improviso sentí revuelo entre bastidores, a la par que una ovación cerrada en el patio de butacas. ¿Por qué aplaudirían si todavía no había concluido el acto? El escenario aún continuaba en sombras y al encaminarme en esa dirección tropecé con Matilde que se me aferró asustadísima.

— Algo le ha ocurrido a Claudio, don Leónidas. Ha caído al suelo en lugar de Arturo.

No recuerdo con exactitud lo que sucedió a continuación. Sé que mandé bajar el telón y que cuando se encendió la luz la mayoría de los presentes nos inclinábamos sobre Claudio, cuya casaca iba cubriéndose de sangre. Debí adivinar lo ocurrido antes de cerciorarme de que su corazón había dejado de latir, porque lo cierto es que no sentí nada en absoluto. Ni ira ni dolor ni sorpresa, ni nada. Me quedé como ajeno a lo que estaba contemplando con la vaga sensación de estar viviendo una pesadilla de la que no tardaría en despertar. La actitud de Arturo, en pie a pocos pasos del cuerpo que yacía en el suelo, acrecentó esa impresión. Tampoco él parecía hallarse consciente y si se sostenía sobre sus piernas era solamente por inercia. Con dificultad logré recuperar el uso de mi voz.

— Está muerto, Arturo. ¿Cómo has podido...?

Se tambaleó ligeramente al oírme, aunque no comprendió mis palabras. Solo cuando insistí, zarandeándole, protestó de su inocencia y me pidió a que le registrara para demostrarme que no llevaba encima ningún arma. Comprobé que era cierto lo que decía y me quedé totalmente desorientado, porque la espada que aún sostenía en su mano y que le arrebaté, era roma en su punta y además estaba limpia, sin el menor rastro de sangre.

Sigo sin comprender cómo pudo ocurrir. El criminal utilizó el cuchillo que Jaime había perdido y lo envolvió después en el chal con el que Marina suele abrigarse en el teatro, ocultándolo después dentro de la tumba de doña Inés. ¿Pero cómo es posible que no le viera nadie, si el crimen fue cometido ante un sinfín de espectadores? Aún en el supuesto de que el culpable fuera Arturo, no tuvo oportunidad de extraer el arma del cuerpo de Claudio y ocultarla más tarde, porque no me separé de él ni un momento hasta que llegó la policía, ¿entiende?

*   *   *

Leónidas había levantado la vista para fijarla en el abogado con gesto interrogante y el otro hizo un leve gesto afirmativo.

— Sí, esa circunstancia le favorece indiscutiblemente, pero el fiscal aducirá que pudo ocultar el arma otra persona con el propósito de encubrirle.

El empresario torció el gesto en una mueca desdeñosa.

— ¿Encubrirle? No creo que en los primeros momentos conserváramos ninguno el raciocinio suficiente. Nos quedamos como alelados y cuando nos arrodillamos junto al cadáver ni siquiera sabíamos si se había caído al suelo mareado o si le había ocurrido otra cosa.

Atila sonrió a su pesar.

— Sin embargo, me acaba de decir que no se extrañó cuando se cercioró de que estaba muerto, que no sintió la menor sorpresa. ¿En qué quedamos?

Divertido, vio como Leónidas se mordía los labios, tan desorientado como Marina media hora antes.

— Bueno, sí, lo he dicho, pero no debe tomar al pie de la letra todo lo que digo. Aunque no sentí nada especial al comprobar que Claudio estaba muerto, tampoco tenía la cabeza como para razonar con claridad—.Vaciló nuevamente y añadió—: Lo que intento decirle es que a mí no se me hubiera ocurrido en ese momento esconder el arma, aun cuando desease ayudar a Arturo, ¿me comprende?

— Yo sí— le aseguró humorísticamente Atila—. Lo que hace falta es que le comprenda el tribunal cuando testifique en el juicio. Pero dejémoslo y analicemos otro detalle más importante. ¿Recuerda si fue usted el primero en inclinarse sobre el difunto?

Leónidas se le quedó mirando con desconfianza con sus oscuros ojillos, demasiado cercanos a la nariz para resultar estéticos.

—¿Va a hacer también de mi respuesta un juego de palabras o...?

— Por supuesto que no— le tranquilizó el otro—. Solo quiero reproducir la escena con la mayor exactitud posible. ¿Fue usted?

Le vio fruncir el ceño pensativo y desviar los ojos hacia el reloj de pared, cuyas agujas continuaban girando vertiginosamente. Las contempló de hito en hito unos instantes y una expresión de estupefacción se pintó en su abotargado semblante.

— Ese reloj... parece que anda un poco aprisa de más.

— Sí, es que es una antigüedad. Pero no me ha contestado.

El otro fijó ahora la vista en un pesado tintero de bronce

y parpadeó varias veces, como si la insólita carrera de las manillas del reloj le hubiese mareado.

— Pues... no, creo que no, estoy seguro de que no. Marina se incorporaba aterrada y ocupé el puesto que ella dejaba libre. De esto otro no estoy tan seguro, pero me parece que también Jaime acudió antes que yo. Lo que desde luego no podría decirle es lo que cada uno de ellos hizo después. Bastante tenía yo con ocuparme de Arturo, de los espectadores y de la panda de chiflados de la compañía. Comprenda que era la primera vez que me encontraba en una situación semejante.

— Lo comprendo perfectamente.

— ¿De veras?— masculló con sarcasmo Leónidas—. Pues el juez que acudió a levantar el cadáver no lo comprendió. Se enfadó conmigo al enterarse de que habíamos intentado incorporar a Claudio. ¿Qué quería que hiciésemos entonces? Ninguno de los presentes sabíamos si su corazón latía aún o si estaba muerto, pero según él lo correcto hubiera sido que lo averiguásemos desde un metro de distancia. Como tengo malas pulgas, le contesté que en el próximo asesinato en que me viera metido seguiría sus indicaciones.

— ¿Y cómo le sentó al juez su respuesta?— inquirió Atila disimulando una sonrisa.

— Pues no le hizo ninguna gracia. Era un juez sin el menor sentido del humor. Afortunadamente se me olvidó decirle que Laura se arrojó sobre él, llorando a gritos cuando la llevamos al escenario a cuestas. En cuanto se enteró de lo ocurrido, se empeñó en verle y... Me gustaría saber qué habría hecho ese tipo tan avinagrado en mi caso. Bastante mal lo pasé yo, viéndola zarandearle como una loca.

Atila enarcó interrogativamente una ceja.

— ¿Le zarandeó? Tenía entendido que ella no se podía mover.

— Y así era, en efecto. La dejamos en el suelo a su lado. Por suerte, no estaba presente Arturo, porque empezó a chillar toda clase de disparates contra él, acusándole de ser el único culpable de la muerte de Claudio. Fue de lo más desagradable.

—¿Y dónde estaba don Arturo en ese momento?

— En su camerino, acompañado o vigilado, como usted prefiera, por Gabriel y por Cristóbal. Yo les relevé en cuanto volvimos a dejar a Laura en el suyo con Matilde y no me separé de él hasta que llegó usted. Cuando más tarde llegó la policía y se lo llevó a la comisaría, la acompañé al hospital y después, a su casa, donde le di una tila, porque continuaba histérica. Es curioso, ¿verdad?

—¿Qué es lo que es curioso?

Leónidas había vuelto a clavar los ojos en el tintero, pero no parecía verlo.

— La reacción de Laura. Desde luego, hasta con nosotros mismos nos llevamos las mayores sorpresas, pero no podía figurarme que ella fuera capaz de perder el control hasta ese punto. Lleva el teatro metido en los huesos y sus ademanes y sus actitudes son siempre los precisos en todas las circunstancias, como si actuara también en la vida real. Muchas veces, observándola sin que se diera cuenta, he sentido tentaciones de aplaudir al verla desenvolverse con tanta elegancia, con la expresión justa, con los movimientos adecuados, pero anoche no. Anoche, viéndola gritar y agitar exageradamente los brazos, me recordó a Marcela Llanes, que en las situaciones dramáticas se asemeja a un molino de viento. Debería haberla visto usted en la "Raimunda" de "La malquerida", que fue nuestra obra anterior. Acabamos todos constipados con el vendaval que producía al accionar. Por eso, al poner en marcha el Tenorio, pensé que sería una doña Ana de Pantoja estupenda, ya que ese personaje solo sale tras la ventana del decorado y a través de los barrotes de la reja no podría sacar los brazos.

Frunció el ceño rememorando alguna situación irritante y añadió:

— A pesar de todo, los sacaba. Arturo siempre acababa por tropezar con sus brazos y una vez hasta se colgó de uno de ellos, en lugar de colgarse de la reja. Resultó de lo más ridículo.

— Ya— dijo Atila, reprimiendo las ganas de reír—.

Pero estábamos hablando de doña Laura y me decía que le había sorprendido su reacción. En su opinión, ¿cuál hubiera sido la más acorde con su carácter?

El otro se llevó la mano a su escaso cabello, que se le rizaba en el cogote.

— Es difícil saberlo, pero desde luego cualquiera otra más sobria. Esta mañana, en cambio, la he encontrado bastante más serena, aunque está abrumada por la suerte de Arturo. Me ha preguntado más de mil veces cual podía ser la pena que pudiera caerle y si la policía no albergaba ninguna duda sobre su culpabilidad. Al oír mi respuesta negativa, se ha quedado anonadada, cosa muy lógica. De un solo golpe, ha perdido a su marido y,,, y al otro.

— A un marido al que no quería y a un amante del que estaba cansada— puntualizó Atila escrutando atentamente la expresión de su interlocutor.

Este manifestó sorpresa.

—¿Por qué dice eso? Desde luego, con Claudio se llevaba a matar y, como ya le he dicho antes, pensaba divorciarse de él, pero que estuviera cansada de Arturo es nuevo para mí. ¿De dónde se lo ha sacado?

El otro se encogió evasivamente de hombros.

— No sé. Creo haberlo oído, aunque tal vez esté equivocado. Continúe.

— La ha tranquilizado saber que va a defender usted a Arturo, porque sabe que es el mejor abogado criminalista de Madrid y se ha empeñado en venir a verle en cuanto su estado se lo permita, pero no creo que se encuentre en condiciones antes de un par de semanas.

Observaba ahora atentamente al abogado como si no acabara de decidirse a expresar lo que estaba pensando. Al fin lo soltó con su rudeza habitual.

— Dígame, señor Garcerán, ¿sería posible que fuera usted el que se acercara a verla a ella? Sé lo que supondría para Laura y ambos se lo agradeceríamos. ¿Es algo raro lo que le estoy pidiendo?

— Por supuesto que no— repuso Atila amablemente—.

Dígale a esa señora que me llame por teléfono y concertaremos una cita.

— No es necesario— replicó Leónidas, extrayendo con la habilidad de un prestidigitador una tarjeta de su bolsillo que indudablemente llevaba preparada, porque no tuvo que entretenerse en buscarla—. Aquí tiene su dirección— le dijo, entregándosela—. Como no puede levantarse por la lesión que ha sufrido, le recibirá en cualquier momento en que pueda usted hacer un hueco. ¿Podría ser esta misma tarde?

Atila hizo un gesto ambiguo, preguntándose si tendría idea el hombrecillo mal afeitado que tenía enfrente de lo ocupadísimo que solía estar un abogado de su renombre. Seguramente no imaginaba ni por lo más remoto la altura que había alcanzado el cerro de asuntos que se apilaba en el despacho de Rogelio ni que Mercedes acostumbraba a dar hora a los clientes al menos con quince días de antelación. En ese momento sintió la infantil tentación de decírselo, pero si algo le horrorizaba a Atila era cualquier manifestación de presunción. Aún tenía muy presentes los tiempos en que la visita de un nuevo cliente constituía un acontecimiento para él y quizás porque había tenido que trabajar muy duro para conseguir el prestigio de que gozaba en la actualidad, valoraba el esfuerzo personal por encima de todas las cosas y le parecía ridículo pavonearse de los resultados obtenidos mediante ese esfuerzo. Por eso, se limitó a abatir los párpados y a carraspear.

— Lo intentaré, aunque no puedo asegurárselo. Llevo muchos asuntos entre manos y...

— Por supuesto, por supuesto— le interrumpió el otro, al tiempo que se ponía en pie y consultaba consternado su reloj—. Para colmo, le he entretenido más de la cuenta, pero ya me marcho. Recuerde que el principal motivo de mi visita es pedirle que se ocupe de mis intereses y especialmente de los de esos dos actores que pueden encontrarse en apuros. El teatro ha quedado de nuevo a mi disposición, pero no puedo reponer el Tenorio si detienen también a Jaime y a Marina.

Atila sorteó la mesa, precediendo después al otro hacia el pasillo.

—Es muy posible que el interés de la policía se reduzca a tomarles declaración, puesto que los dos tienen testigos que corroborarán que habían perdido el cuchillo y el chal antes de la escena del duelo— le tranquilizó, mientras le acompañaba hacia el vestíbulo—. De todas formas, no puede retenerles más de setenta y dos horas antes de ponerles a disposición judicial. Pero no se preocupe. Me ocuparé del asunto y le mantendré informado.

Cuando al fin el empresario del Odeón desapareció escaleras abajo, Atila volvió a su mesa y procedió a tomar notas en una cuartilla. Después se acodó en la pulida superficie de madera y contempló pensativo como se abatía la lluvia contra el balcón. Se sentía cansado y algo deprimido, cosa que solía ocurrirle cuando no veía claro el caso que le ocupaba y el presente le tenía más que confundido. Si al comentarlo con Rogelio había admitido la posibilidad de que el culpable fuese alguien distinto de Arturo Armengol, esa posibilidad se le antojaba remotísima después de haber escuchado el relato del empresario. Ni a propósito hubiera conseguido reunir su cliente tal cantidad de elementos de convicción en contra suya y para el fiscal sería pan comido esgrimirlos y poner de manifiesto que, además de tener motivos más que sobrados, solo Arturo había podido cometer el crimen, que además calificaría de asesinato. Quedaba una sola circunstancia favorable y era el lugar en el que había aparecido el arma, pero tampoco era concluyente. Tanto Leónidas, como Marina Abril se contradecirían atolondradamente en cuanto el fiscal les interrogara con habilidad. Reconocerían que no habían mantenido todo el tiempo los ojos clavados en Arturo y que en la semi oscuridad del escenario de los primeros momentos apenas si se distinguían unos a otros. Debía buscar un argumento más sólido. ¿Pero cuál? Parecía todo tan ilógico, tan absurdo…

Pensativo se rascó el cogote y tomó nuevamente la cuartilla en sus manos, dispuesto a proceder con método. Dándole la vuelta al papel, escribió en su margen superior el nombre de su cliente, añadiéndole una interrogante.

Comenzaría por considerar su posible culpabilidad, pese a sus protestas de inocencia. Motivos, desde luego, le sobraban. ¿Pero por qué habría elegido para deshacerse de su rival el momento en que se encontraban ambos en escena en un teatro rebosante de público? Tuvo que sentirse acometido por un arrebato de furor del que no midió las consecuencias. Quizás su cliente llegó a estar esa tarde lo bastante desquiciado como para, durante la escena del duelo, perder el dominio de sí mismo y asestarle al otro una puñalada.

Pero precisamente esa puñalada era la que añadía una agravante al tipo genérico de homicidio y lo configuraba como asesinato, porque la tenencia del cuchillo de Jaime Robledo parecía indicar que Arturo había actuado premeditadamente. ¿Para qué, si no, podía habérselo sustraído al chico antes de salir al escenario a enfrentarse con el otro? De esa tenencia se deducía que lo había planeado con anterioridad, que se había apoderado del cuchillo de su compañero con un propósito determinado y ese propósito no podía ser otro que el de utilizarlo contra Claudio.

Caviloso volvió a hacerse la misma pregunta. ¿Por qué la utilizó precisamente en ese momento? No podía haber elegido otro más inoportuno. Quizás no tuviera intención de llegar a tanto y en el ardor de la lucha que sostuvo con su adversario se le fue la mano.

Atila se rió de sus propias conclusiones. ¿A qué ardor y a qué lucha se estaba refiriendo en sus pensamientos? Cada uno de sus movimientos había sido ensayado hasta el aburrimiento día tras día y lo que se repite de esa forma no enardece. Se realiza más bien de forma automática.

Y aún faltaba el último detalle. Si Arturo no se había aproximado a Claudio cuando éste se desplomó sin vida, ¿cómo había desaparecido el cuchillo de su pecho? Varios compañeros hubiesen hecho cualquier cosa por ayudarle, eso estaba claro. Alfredo Galán le debía su vuelta a las tablas, que sin Arturo no habría conseguido, y Matilde le estaba agradecida también por el mismo motivo. Pedrito Rubio había debutado por su influencia y era una especie de perro fiel suyo.

Cualquiera de esos tres actores había tenido probablemente ocasión de extraer el arma del cadáver y ocultarla en el sarcófago de doña Inés. ¿Pero para qué? La desaparición del cuchillo no variaba los hechos y los hechos eran que Claudio había muerto de una puñalada que solo Arturo podía haberle asestado.

Meditabundo se acarició la barbilla. ¿Solo Arturo? Había que tener en cuenta la hipótesis que había barajado con Marina Abril y que después de hablar con el empresario le parecía inverosímil. La de que alguien que se encontrase entre bastidores le hubiese arrojado el cuchillo desde cierta distancia. En ese caso tendría más razón de ser la ocultación del arma, puesto que el crimen le sería achacado a Arturo y a la espada que esgrimía. Claro que el homicida no había previsto entonces que esa espada solo tenía de tal el nombre y que el dictamen del forense poseía un valor trascendental para determinarlo. Pero no sería raro, se dijo pensativo. La mayor parte de los asesinos que había conocido eran unos completos ignorantes y éste podía ser uno más.

De los posibles aspirantes a sustituir a su cliente en el banquillo, solo conocía a Marina Abril. Parecía ser lo suficientemente ignorante como para cometer un error de ese calibre, pero no podía imaginársela arrojándole un cuchillo a nadie ni con la sangre fría indispensable para ocultarla luego y venir a darle a él la idea. Además de ignorante, tendría que ser tonta.

Quedaba Jaime Robledo. Claudio le había insultado y amenazado con truncar su carrera. Tenía en sus manos que el chico pudiera realizar esa película por la que sentía tanto interés y eliminándole sus probabilidades aumentaban considerablemente. Para postre y según Marina, mantenía unas equívocas relaciones con Laura Marco y quizás temiera que el otro se enterara. ¿Era suficiente? Así enumerados, tenía motivos sobrados, pero éstos resultaban inadecuados para un crimen que parecía obedecer más bien a un arrebato por la forma y el lugar en que había sido cometido, pero quizás faltara algún detalle que él desconocía.

Aún siguió dándole vueltas al asunto durante largo rato, sin advertir que el estómago comenzaba ya a aguijonearle. Fue al oír abrirse la puerta del piso, cuando se le ocurrió consultar el reloj, comprobando sorprendido que era más de medio día. ¿Cómo habría transcurrido el tiempo tan deprisa sin que él se diera cuenta?

Para Rogelio no parecía haber transcurrido tan deprisa ni tan inadvertidamente. Venía hecho una sopa y jadeante, pero esto último era algo habitual en él y a Atila no le extrañó.

—¿Has visto al forense?— le preguntó cuándo el muchacho penetró en el despacho como una exhalación, dejando un reguero de agua a su paso. Se despojó después de su empapado chaquetón color crema, que arrojó de cualquier modo sobre el sofá, y tomó asiento frente a Atila en el sillón que el empresario había ocupado. Su cabello rojizo le chorreaba sobre la frente y se lo peinó hacia atrás con los dedos, mientras asentía.

— Sí, le he visto, y como de costumbre me ha soltado unos cuantos latinajos, pero no se preocupe que los traigo traducidos— terminó, con un guiño picaresco dirigido a su jefe.

Atila le observó imperturbable durante unos segundos.

—¿Dónde está el informe?

—¿Qué informe?— replicó el otro alegremente—. Lo traigo todo en la mollera y... esa chica no tenía razón. Salustiano dice que...

—¿Quién es Salustiano?,— le interrumpió el abogado sin comprender.

— Pues el forense, ¿quién va a ser?

— Querrás decir entonces el doctor Viudes— puntualizó Atila con severidad.

— Como usted quiera, pero le aseguro que, para su desgracia, en la pila le pusieron Salustiano.

Como captó el gesto de desaprobación con que el otro acogía sus chanzas, adoptó inmediatamente un aire circunspecto que resultaba aún más cómico.

— Verá, don Atilano. El doctor Viudes me ha dicho

que en su opinión la puñalada le fue asestada a Claudio a bocajarro. Esto es lo que he entresacado de sus divagaciones técnicas, pues, como usted sabe, goza de una ampulosa oratoria. Al llegar yo, se marchaba el comisario estornudón, perdón, el comisario Ballesteros, que había acudido a enseñarle el arma. El doctor Viudes ha mandado analizar la sangre del puñal y, después de hacernos aguardar mil horas, ha corroborado que pertenecía a Claudio. Después, cuando el comisario se ha largado, le he interrogado con habilidad y me ha explicado de forma inteligible lo que le acabo de informar. Ha añadido que por lo afiladísimo de la hoja no sería preciso que el homicida poseyese una fuerza especial, que hasta un anémico endeblucho serviría.

—¿Eso del anémico endeblucho lo ha dicho él?

— Esa es mi traducción— repuso Rogelio con su mejor cara beatífica. Pero cuénteme lo que quería el gordo. ¿Se trataba de algo interesante?

Atila tomó aire para acumular paciencia.

— Don Leónidas— empezó, recalcando el tratamiento— me ha referido lo que sucedió ayer. Su relato coincide con el de la señorita Abril en sus puntos comunes. Me ha pedido también que me haga cargo de los intereses de su compañía, especialmente de esa señorita y de un tal Jaime Robledo al que teme que detengan.

—¿Del bombonazo?,— le preguntó Rogelio, emocionadísimo.

— Del bombonazo y del otro actor que no es un bombonazo— replicó Atila, remedándole irónicamente—. Así que ahora mismo te vas a ir a ver a Ballesteros y...

— Un momento, un momento— le interrumpió el muchacho consternado—. ¿Sabe usted la hora que es? Supongo que no, pero yo se la diré. Es hora de comer. Lo más que puedo hacer en su favor es localizar al bombonazo si aún anda suelta por la calle e invitarla a una paella con cargo a la casa.

Atila parpadeó desorientado.

—¿Y qué saco yo con que la invites a una paella?

— De la paella, concretamente, nada, pero así puedo

seguirle la pista, ¿no le parece?— replicó risueñamente, guiñándole un ojo.

— Déjate de guasas, que no está el horno para bollos— rezongó el otro exasperado—.¿No podrías tomártelo con un poco más de seriedad?

El chico hizo caso omiso de su reprimenda.

— Está bien, pero hablando de bollos, ¿por qué no nos vamos a comer? Noto un runrún en el estómago molestísimo. Después podemos ir a ver al comisario, a localizar al bombonazo o a donde usted quiera, pero recuerde que tiene muchas visitas esta tarde y tendrá que estar aquí para atenderlas. ¿O prefiere que les diga que ha cogido usted la gripe, o que se ha marchado urgentemente al extranjero a hacerse cargo de la herencia que le ha dejado su anciana tía?

— Lo que quiero es que te calles— protestó el otro, mareado por su inagotable verborrea—. Iremos a comer, si, pero te mantendrás calladito. Tengo demasiadas cosas en qué pensar.

— Lo intentaré, don Atilano— se resignó el chico con gesto compungido—. Solo pretendo ayudarle, pero si no quiere que le ayude...

Atila se había puesto en pie y aunque Rogelio se había acostumbrado a su desmesurada estatura y no le sorprendía ya, sintió de improviso la sensación de que se hallaba junto a un rascacielos o junto a un orangután gigante.

— Escucha, tarambana, estoy hecho un lío. Tengo más de mil ideas en la mente que no consigo colocar en su lugar y necesito meditarlas. Tú no eres tonto del todo, así que haz un esfuerzo por no decir más majaderías, ¿de acuerdo?

— De acuerdo— admitió Rogelio con voz lúgubre.

En su vida había logrado estar callado más de dos minutos seguidos, pero le siguió en silencio hasta la calle con el firme propósito de no despegar los labios hasta que su jefe se aburriera de su mutismo.

La lluvia había cesado ya y la calle Velázquez aparecía envuelta en una bruma grisácea que difuminaba sus contornos. Recordaba a una borrosa fotografía en blanco y negro sin otros colores que desmintieran su monocromismo. Al final de la calle, la Puerta de Alcalá se erguía impasible entre los jirones de niebla que la iban circundando.

Juntos se encaminaron en esa dirección y al llegar a la plaza se detuvieron ante un pequeño restaurante de la esquina, donde el abogado acudía con frecuencia. Olía a otoño y a cordero asado en una mezcla extraña que impregnaba el ambiente y que Rogelio aspiró mientras seguía al otro hasta una mesa apartada junto a la ventana. Se entretuvo en observar el gotear incesante de un árbol que, delante de la misma, levantaba hacia el cielo sus ramas desnudas de follaje. Contó cerca de cien gotas de agua antes de que les sirvieran el primer plato, sin que Atila hubiese pronunciado una palabra. Cuando terminó con el segundo había pasado de las trescientas y no pudo contenerse más.

— Parece que comienza a levantarse niebla— comentó como para sí.

Su compañero de mesa continuó impasible, masticando pausadamente su filete y el chico se rebulló inquieto en su silla sin decidirse a insistir. Volvió al recuento de gotas, bostezando sonoramente de cuando en cuando para llamar la atención del otro, hasta que se convenció de que ni un obús que fuera a estallarle debajo del asiento le sacaría de su ensimismamiento. Como ya no podía más, se atrevió a preguntarle tímidamente:

—¿Qué, cómo van esas ideas? ¿Ha conseguido ya ordenar alguna?

Atila parpadeó al clavar unos ojos vacuos en su pasante, como si se extrañara de verle acodado frente a él.

—¿Decías algo?

— ¿Que si ha ordenado ya alguna idea? ¿Por qué no me deja que le eche una mano?

—¿Una mano?— repitió el otro con vaguedad—. Me estaba preguntando... sí, quizás lo mejor sería visitar a la viuda esta misma tarde. Ahora mismo— decidió, animándose súbitamente—. Ella podría aclararme un punto que me tiene sumamente intrigado. Me gustaría saber qué le dijo a Arturo Armengol instantes antes de que éste volviese a escena y de que Claudio recibiera la puñalada mortal.

—¿Piensa que tal vez le indujo a agredirle?— inquirió Rogelio interesado.

— Podría ser— admitió Atila vacilante—. Ella tenía tantos motivos como él y, ya que no se encontraba en condiciones de cometer el crimen por sí misma, pudo incitar a nuestro cliente.

El muchacho lo sopesó unos instantes en silencio.

— Si le incitó, no se lo dirá. Pero... ¿no había llegado usted a la conclusión de que nuestro defendido es inocente? ¿O es que el informe del forense ha trastocado sus deducciones?

— Sí— reconoció, acariciándose su cuadrada barbilla con gesto caviloso—. Tenemos que descartar la posibilidad de que el asesino le arrojara el cuchillo desde cierta distancia. Este crimen parece obedecer además a un arrebato de furor. El más enfurecido y el único que se encontraba cerca de la víctima era Arturo. Todo parece acusarle.

Rogelio recobró su buen humor característico.

— Entonces... ¿quiere que le cuente a sus visitas que ha cogido usted la gripe o prefiere que les diga que se ha marchado al extranjero a hacerse cargo de la herencia de su tía abuela que emigró a las Américas durante la guerra de Cuba?

Sin hacerle caso, Atila le echó una ojeada a su reloj.

— Si me apresuro, llegaré después a tiempo a la consulta. ¿A quién has citado en primer lugar?

Rogelio hizo un gesto ambiguo.

— A una loca que pretende demandar al jardinero por haber maltratado a uno de sus perros. La entretendré contándole como salvé al mío de las malas intenciones de una tribu de gitanos.

—¿Pero es que tienes perro?— se asombró Atila, mirándole de hito en hito. El otro se echó a reír.

— No, pero eso da igual, porque la loca no lo sabe. La entretendré, que es lo importante.

— Bien, bien— aprobó Atila, que no le había escuchado—. Para una tontería como la del perro de esa señora no me molestaré en llegar a tiempo. Atiéndela tú.

Se había puesto en pie y con su despiste habitual se olvidó de abonar la cuenta y de recoger su paquete de tabaco. Cuando su pasante lo advirtió, la altísima y fornida figura del abogado había desaparecido calle de Alcalá abajo, por lo que resignadamente sacó su cartera del bolsillo. Uno de esos días perdería su jefe la cabeza y se marcharía tan contento sin ella, se dijo fastidiado. Si no fuera por él.

—CAPITULO IV—

Atila se detuvo ante la verja de un hotelito de dos plantas y rebuscó en sus bolsillos. Estaba seguro de haber guardado en uno de ellos la tarjeta que le había entregado el empresario con la dirección de Laura, ¿pero en cuál? Fue extrayendo de su interior tres pañuelos inmaculados, una multa de tráfico y la novena de santa Rita que se había empeñado en regalarle la asistenta, pero no la dichosa tarjeta, y desalentado se acarició su cuadrada barbilla. La culpa la tenía su maldito despiste. ¿Para que llevaría encima tanto pañuelo sin usar y qué habría hecho en cambio con la tarjeta? Era extraño que poseyendo una memoria tan prodigiosa pudiera ser tan distraído, se dijo fastidiado. Pero recordaba perfectamente la dirección de Laura, así que, ¿para qué necesitaba la tarjeta?

La puerta del jardín podía abrirse desde el exterior, por lo que la traspuso y se encaminó con paso decidido hacia el porche, abarcando el entorno de una sola ojeada. Apenas si vio al pasar alguna flor en el pequeño jardín. Tan solo una rosa solitaria, pendiente de un tallo que se inclinaba lánguido al compás del viento, pero los árboles aún conservaban parte del follaje y lucían sus más bellos colores otoñales, sembrando el césped de crujientes hojas doradas.

Acudió a abrirle una criada jovencita, que le miró estúpidamente y que le hizo repetir varias veces el objeto de su visita antes de permitirle pasar a un oscuro vestíbulo, en el que comenzaba una escalera de madera enmoquetada. Olía a casa antigua, abarrotada de muebles y cachivaches, que adivinó más que vio, pues la chica le condujo directamente a la estancia contigua.

— Pase usted. La señora le está esperando.

Atila hizo ademán de quitarse el sombrero y descubrió con sorpresa que no lo llevaba puesto. ¿Dónde lo habría perdido? No llegó a precisarlo, pero se olvidó inmediatamente de esa cuestión al avanzar unos pasos dentro de la habitación y distinguir una forma blanca tendida en un sofá bajo el ventanal. El saloncito, decorado en tonos dorados, se encontraba a media luz y también le produjo la impresión de albergar más objetos de los necesarios. Las paredes estaban materialmente cuajadas de cuadros y de cornucopias y por todas partes creyó ver figuritas de porcelana sobre mesitas y consolas. Las corridas cortinas de terciopelo, en un día tan otoñal, apenas si dejaban traspasar algo de claridad, por lo que fue sorteándolas cautelosamente, temiendo causar algún estropicio.

La voz de ella, bien timbrada y musical, llegó hasta sus oídos.

— Perdone que no me levante, pero ya debe de saber que no me es posible. Tome asiento, por favor. No sabe cuánto le agradezco que se haya molestado en venir a verme.

Atila se dejó caer en un sillón cercano al sofá y, ahora que comenzaba a acostumbrarse a la penumbra, advirtió que también el aspecto de ella era sumamente agraciado. En un primer momento le calculó unos treinta y tantos años, que, al fijarse mejor, ascendió a los cuarenta y tantos. Debía tener más, aunque no los aparentaba. Su melena rubia enmarcaba un semblante de facciones suaves y juveniles y su silueta se adivinaba esbelta bajo la especie de túnica blanca que vestía.

— No es ninguna molestia— replicó amablemente Atila. Su empresario ha pasado por mi despacho esta mañana y me ha dicho que usted deseaba verme, aunque quizás debería haber pospuesto mi visita para más adelante para no hacerla recordar unos hechos tan penosos.

Laura le atajó con un ademán lánguido, elegantísimo.

— No se preocupe por mí. Desde anoche no hago más que darle vueltas en la cabeza a lo mismo, por lo que el comentarlo con usted quizás hasta me sirva de desahogo. Deseo ayudar a Arturo, puesto que he sido la causa de que él hiciera lo que hizo—. Vaciló ligeramente y añadió —: En cualquier caso desearía ayudarle. A estas alturas usted no ignorará la relación que nos une a los dos. Pero, dígame, ¿se le juzgará por asesinato?

Atila eludió una respuesta categórica.

— Aún está detenido en comisaría y no ha sido puesto todavía a disposición judicial. Consecuentemente, no se ha dictado Auto de procesamiento contra él, por lo que no estoy en condiciones de contestar a su pregunta.

—Pero le acusarán de asesinato, ¿verdad?— insistió ella, clavando en el abogado sus angustiados ojos azules.

— Es lo más probable, aunque no me parece tan claro que el fiscal califique el delito de asesinato. Puede que se limite a acusarle de homicidio, si no aprecia la agravante de premeditación.

—¿Y cuál es la diferencia?

Atila sonrió indulgentemente.

— Para que lo entienda, le diré que la pena por homicidio es bastante menor.

— Ya— musitó Laura, abatiendo los párpados con aire desalentado—. Supongo que en cualquier caso serán muchos años y ni él ni yo somos ya tan jóvenes como para conservar la esperanza en el después. ¿Cree que... no hay posibilidad alguna de que Arturo salga absuelto?

El abogado se tomó tiempo para contestar y buscó en sus bolsillos el paquete de cigarrillos, pausadamente al principio y luego con celeridad creciente, hasta que se convenció de que no lo llevaba encima. Lo habría olvidado en el despacho y Rogelio aprovecharía para fumar a su costa sin el menor miramiento. Fastidiado, miró de reojo a Laura, que observaba fijamente sus movimientos y que le indicó impaciente la pitillera que se hallaba sobre la mesita baja, cercana al sofá. Encendió ella también un cigarrillo e insistió al expeler el humo:

— No me ha contestado. ¿No hay ninguna posibilidad?

Tenga en cuenta que Claudio le provocó, que se lo ganó a pulso.

—¿Quiere decir que su marido recibió lo que merecía?,— insinuó el otro, observándola escrutadoramente.

Laura mantuvo su mirada. Algo de desconcierto traslucían sus ojos, grandes y límpidos como los de una niña.

— !Oh, no! Yo no he dicho eso, al menos no de esa forma. Lo que he pretendido preguntarle es si no influirá en el veredicto el comportamiento de Claudio durante la función. Cualquiera de la compañía a quien se lo pregunte, le responderá lo mismo, que Claudio hizo lo imposible por desquiciarnos a todos y especialmente a Arturo. Por esa razón perdió el control hasta el extremo de agredirle y causarle la muerte. Él no es ningún exaltado y eso tiene que tenerlo en cuenta el tribunal.

— Por supuesto que esas circunstancias favorecen a mi cliente... hasta cierto punto. En cuanto a la posibilidad de que salga absuelto, efectivamente existe esa posibilidad, pero, habida cuenta de cómo se han producido los hechos, sería necesario demostrar que otra persona tuvo la oportunidad de apuñalar a su marido.

Ella levantó unos centímetros la cabeza del cojín en que la apoyaba.

—¿Quiere decir que cree en la inocencia de Arturo?

—Lo que yo crea es indiferente, mientras no pueda acreditarlo— replicó sencillamente Atila—. Hoy por hoy no podría probarlo y en cambio el fiscal si estaría en condiciones de aportar innumerables testigos de cargo. ¿Qué aforo tendrá el teatro Odeón? ¿Seiscientos, setecientos espectadores? En cualquier caso, muchos, y sus testimonios coincidirían en lo esencial: que Arturo y Claudio se encontraban solos en escena en el momento en que su marido fue apuñalado.

— Se olvida de Alfredo Galán— le recordó ella con voz ronca—. Si conoce la obra, sabrá que segundos antes el Tenorio le descerraja al comendador un tiro con su pistola. Alfredo se encontraba también en escena a pocos pasos de ellos, simulando estar muerto.

— Conozco la obra y no se me ha pasado por alto ese detalle, pero por los relatos de algunos de sus compañeros he averiguado que ese señor se hallaba en primer término, tumbado junto a las candilejas, y en una posición en la que le era materialmente imposible perpetrar tal agresión.

Laura corroboró su afirmación con un movimiento de cabeza.

— Sí, es cierto, pero de sus anteriores comentarios he deducido que tiene alguna pista que podría favorecer a Arturo, ¿no es así?

— Yo más bien le llamaría una prudente duda— puntualizó Atila imperturbable.

—De acuerdo— admitió ella con una sonrisa pálida—. Lo de menos son los términos gramaticales. ¿Puede decirme algo sobre esa prudente duda o está obligado a guardar el secreto? Sé que tanto León como Marina...— se interrumpió con una sonrisa tímida—. Perdón, es el nombre coloquial que le damos los actores al empresario cuando no nos oye. Pues como le iba diciendo, sé que ambos se han presentado en su despacho esta mañana, después de visitarme. ¿Ha sido alguno de los dos quien le ha sugerido la idea? Tal vez pueda yo ayudarle a aclarársela.

Atila fingió titubear para estimular su curiosidad. Se retrepó más cómodamente en su butaca y, procurando dar a su voz el oportuno matiz indiferente, murmuró:

— No creo que pueda ayudarme, porque no fue testigo presencial, aunque quizás pueda serme de utilidad indirectamente, dándome su opinión sobre la señorita Abril. ¿La considera un testigo fidedigno?

Laura parpadeó como si no le comprendiera.

—¿Quiere decir...?

— Si a su juicio es capaz de relatar con exactitud lo que ha visto o si pertenece más bien al tipo emocional, que añade detalles por su cuenta que en realidad no ha llegado a ver.

Ella sacudió la ceniza del cigarrillo en un cenicero de porcelana, mientras lo meditaba con el ceño fruncido.

— Pues... yo diría que pertenece más bien al tipo

emocional. Es poco más que una chiquilla y bastante impresionable. Recuerdo la expresión de pavor con la que se inclinó sobre mí, cuando Claudio me arrojó al suelo en el pasillo. Fue unos segundos antes de que ella volviera a escena y realizara la interpretación de la hermana tornera que entusiasmó a los espectadores—. Hizo una pausa, midiendo sus palabras, y añadió —: Debo decirle que a mí no me sorprendió su insólito éxito, porque sabía que no había hecho más que exteriorizar ante el público sus propios sentimientos. De no haber presenciado la brutalidad de Claudio conmigo y no haberse quedado espantada, habría interpretado su papel mediocremente, como en los días anteriores.

— No la considera entonces una buena actriz— afirmó, más que preguntó, él.

Laura estudió atentamente su semblante antes de responderle.

— No sé cómo la considero. Hasta ayer no era más que una principiante y para mí un éxito aislado no significa nada. Lo que es innegable es que su aspecto es muy agraciado y eso en el teatro ayuda. Ayuda en cualquier circunstancia— añadió tras un segundo de vacilación—. A usted le habrá parecido una chica encantadora.

—¿Y a usted no?

— Por supuesto que sí— se apresuró a afirmar ella—. No solo porque sea una chica mona. Tiene también un atractivo especial, tiene ángel.

— Creo que esa expresión es la que mejor la define.

—¿Pero por qué me pregunta mi opinión sobre Marina?— inquirió Laura algo confusa—. Por lo que me ha dicho esta mañana cuando me ha visitado, se encontraba muy próxima a Arturo y a Claudio cuando interpretaban el duelo y no vio que Arturo le clavara un cuchillo a éste, ni que le agrediera otra persona. ¿Es que a usted le ha contado otra cosa?

— No, no. La versión que me ha dado a mí, coincide con la suya.

— Entonces es que ha sido ella quien le ha dado la pista que le tiene intrigado— apuntó observándole con los ojos entrecerrados—. ¿Me equivoco?

— No del todo— admitió Atila condescendientemente.

— Y de la sugerencia de Marina, ha deducido que el culpable puede ser otra persona distinta de Arturo, con lo que éste quedaría libre, ¿no es así?— continuó ella, incorporándose unos centímetros, con los ojos brillantes de excitación.

El la atajó con un ademán.

— Ya le he dicho antes que lo que yo deduzca no significa nada, mientras no pueda probarlo.

— Pero si ella testificara...

— Dejémoslo por el momento— decidió él, levantando una mano como si pidiera una tregua—. Hay una cosa, en cambio, que me gustaría que me aclarara. Sé cómo se desarrolló la función y que después de que finalizara la escena del sofá, se retiró usted tras el telón del foro y aguardó en el fondo del escenario, acostada en la cama de la celda de doña Inés, a que Arturo se le reuniera allí, para intentar calmarle, antes de que saliera de nuevo a escena a enfrentarse con don Juan.

— Así es— replicó Laura sin vacilar.

—¿Puede referirme la conversación que mantuvieron ustedes dos?

Laura le observó sin pestañear. Parecía seguir el hilo de los pensamientos del abogado, porque esbozó una sonrisa irónica. Atila experimentó una súbita simpatía por ella, al advertir que poseía una mente muy parecida a la suya propia, capaz de razonar con absoluta frialdad y de adelantarse a las elucubraciones de su interlocutor. Ésta sí que sería una magnífica testigo.

— No ocurrió lo que supone— dijo al fin en tono desdeñoso—. No arrojé más leña al fuego, sino al contrario, porque sabía lo enfurecido que estaba Arturo y no quería que hiciese un disparate. Tengo buena memoria e intentaré reproducirle lo que hablamos, aunque quizás se me escape alguna frase. De todas formas, Arturo se lo habrá contado ya.

— Por supuesto— mintió Atila con aplomo—. La intención que me guía es la de completar su relato.

*　　*　　*

Relato de Laura

——Bien—— empezó ella, fijando la vista en las corridas cortinas para atisbar el jardín a su través——. Como sabe, cuando finalizamos la escena del sofá, me retiré de escena apoyándome en Matilde. Ella y yo nos conocemos desde hace muchos años y nos apreciamos mutuamente, aunque la pobre mujer nunca había podido tragar a Claudio. Hasta ayer lo había disimulado, pero cuando tuvo que volver a escena a por mí, al advertir que yo no podía dar un paso y que Claudio no solo no estaba dispuesto a ayudarme, sino que incluso se había apoyado en una butaca a regodearse viéndome renquear, no pudo dominarse más y la oí mascullar por lo bajo unas cuantas imprecaciones bastante fuertes contra él mientras tiraba de mí hacia la puerta del decorado.

Ya la había puesto fuera de sí él, cuando intentó levantarme del sofá, sabiendo que yo no podía sostenerme de pie, que estaba haciendo un esfuerzo sobrehumano al continuar actuando. No sé si pretendía Claudio vengarse de mí, hundir la función o... no lo sé. El caso es que, cuando al fin alcancé la puerta y desaparecí de la vista de los espectadores, me hallaba tan exhausta que creí que esos serían los últimos pasos que daría en mi vida y me dejé caer en una silla que León me aproximó.

Estaba empeñado él en trasladarme a mi camerino, pero no se lo permití. Arturo acababa de salir a escena y. aunque desde el fondo del escenario no podíamos verle, sí oímos su voz, crispadísima, pidiéndole cuentas a don Juan por haberle arrebatado a doña Ana de Pantoja. Destilaba una rabia sorda y, aunque en consonancia con su papel, comprendí que añadía a la ficción sus verdaderos sentimientos, que su reto no era fingido y que en esos momentos se sentía tan vengador como el propio Mejías al que encarnaba. En esas circunstancias no podía dejar que me llevaran a mi camerino. Tenía que aprovechar su próximo mutis para intentar calmarle y así se lo expliqué a León, a Jaime y a Gabriel, que también se habían reunido con nosotros y que rodeaban la cama en la que estaba acostada.

Creo que impacienté a León cuando le repetí que deseaba interpretar el papel de Rosaura en "La vida es sueño", porque se marchó de improviso, después de soltarme algo así como un exabrupto.

También Matilde se marchó poco después, supongo que a buscar a Alfredo, y me quedé sola con Jaime y con Gabriel, que insistieron nuevamente en llevarme a mi camerino. No tuve la menor dificultad en hacerles entender el motivo por el que estaba tan asustada, porque ellos lo compartían. Lo noté de improviso cuando, al oír a Arturo recitar sus versos en escena, intercambiaron una mirada de consternación y susurraron algo por lo bajo, antes de volverse hacia mí para intentar distraerme. No lo consiguieron, por supuesto. Jaime es un gran actor y es capaz de disimular casi siempre lo que siente, pero en esa ocasión su interpretación fue pésima. Se le notaba a la legua que tenía los nervios a punto de estallar, aunque nos hallábamos semi a oscuras y no llegaba a distinguir sus facciones con claridad. El telón del foro, que sirve de fondo al de la cristalera, es muy recio y totalmente opaco para permitir que cruzáramos el escenario por detrás del mismo, sin ser vistos desde la sala y, por eso, tan solo una débil claridad procedente del pasillo de los camerinos disipaba en parte las sombras que nos envolvían. A oscuras y todo capté el sobresalto de Gabriel al escuchar nuevamente como Arturo incitaba violentamente al otro a pelear para lavar su afrenta.

"Don Juan, me habéis maniatado
y habéis la casa asaltado
usurpándome mi puesto.
Y pues el mío tomasteis
para triunfar de doña Ana,
no sois vos, don Juan, quien gana,

porque por otro jugasteis."

La respuesta de Claudio sonó insolente.

"Ardides del juego son".

*"Pues no os los quiero pasar
y por ellos a jugar
vamos ahora el corazón".*

Segundos antes, Gabriel había ido a sentarse sobre el sepulcro del comendador que debe aparecer en el último acto y del respingo que dio estuvo a punto de caerse. Fueron unos momentos espantosos en los que me comí las uñas, mientras que, con todos los sentidos en tensión, seguía el diálogo y trataba de averiguar qué estaba ocurriendo al otro lado del decorado.

Instantes después, Jaime me propinó unas suaves palmaditas en la espalda como si tratara de animarme. Le tocaba el turno de salir a escena y retuve su mano, levantando mis ojos hacia su rostro.

—Haz algo, Jaime. Dile algo a Arturo por lo bajo, si puedes.

Asintió en silencio, aunque sabía, lo mismo que yo, que no podía. Solo pronunciaba tres frases en ese cuadro y debía recitarlas desde la misma puerta del decorado, sin aproximárseles.

Regresó a nuestro lado en cuanto cumplió ese cometido y musitó unas palabras a mi oído.

—Tranquilízate, que Arturo está a punto de retirarse de escena para dejar que el comendador se pelee con don Juan. Está a punto de acabar esta pesadilla.

Intentaba animarme, pero yo sabía que los cinco o diez minutos próximos, que era el tiempo que mediaba entre las dos actuaciones de Arturo en ese acto, constituían solo una tregua que yo debía aprovechar y que aprovecharía, por lo que volví impaciente la cabeza hacia el lugar por donde esperaba verle aparecer. Como había imaginado, venía que echaba chispas y, para colmo, se inclinó sobre mí con tanta brusquedad, que me obligó a proferir un quejido y, lo que es peor, a echarme a llorar.

— Tú tienes la culpa— me increpó—. Si hubieras dejado que León suspendiera la función, esto no habría pasado. Sabes que ese hombre es un animal, que es capaz de pisarte el cuello, que es capaz de cualquier cosa. Pero esto no acabará así, te lo aseguro.

Alarmado, Gabriel intervino, apartando sus manos de mis hombros.

— Pero, Arturo, no seas bruto. Le estás haciendo daño. ¿No ves que la pobre está fatal?

Lo dijo con su mejor intención, pero, como siempre, metió la pata, y el otro, al oírle, arremetió también contra él.

— Ya sé que está fatal. ¿Es que crees que soy tonto? Precisamente porque sé cómo está, es por lo que digo que esto no acabará así.

— Más vale que te calmes, hombre— le recomendó Gabriel, algo intimidado por el furor que destilaba—. León rescindirá su contrato con Claudio, estoy seguro de ello. Esta será la última función en que tengamos que aguantarle. Y perdona, Laura— se excusó, temeroso de haberme ofendido.

Arturo se revolvió como una hiena.

— Laura no tiene nada que perdonar. Ella tiene más motivos para odiarle que ninguno—. Se volvió hacia mí, hecho un basilisco—. Anda, díselo a éste. Dile cómo te ha amenazado antes con matarte si insistes en divorciarte de él. Claudio te hará la vida imposible hasta que te mueras.

Noté lo incómodos que empezaban a sentirse Jaime y Gabriel. Los dos me miraban embarazados, sin saber qué hacer ni qué decir y al advertirlo Arturo hizo un esfuerzo por dominarse. Como no acabó de conseguirlo, optó por echarles con cajas destempladas.

— Idos de una vez y dejadme hablar con ella. No tengo los nervios en condiciones para aguantar tanto mirón. Largaos de una vez.

Deseando quitarse de en medio y perdernos de vista, se apresuraron a obedecerle, lo que les agradecí, porque necesitaba hablar con Arturo a solas. Sin embargo, no encontré las palabras oportunas y, para colmo, no pude reprimir un sollozo.

— Llora, llora— masculló irritadísimo—. ¿Crees que se arregla algo llorando? La culpa de todo la tienes tú por haber dejado que las cosas llegaran a este extremo.

— Por favor, ¿quieres callarte?— protesté entre hipidos—. Me duele muchísimo la espalda, me encuentro tan mal que ni siquiera se me ocurre qué decir, y encima vienes ahora a chillarme. ¿Por qué no me llevas a mi camerino y hablamos allí con calma?

Con el ceño fruncido, me contempló unos instantes en silencio y su expresión se suavizó.

— Tienes razón, Laura, lo siento. Te llevaré ahora mismo.

Vi las estrellas cuando me cogió en brazos y el trayecto que recorrió conmigo a cuestas se me hizo interminable por el dolor tan intenso que experimentaba. Cuando al fin me depositó cuidadosamente en el diván de mi camerino, creí que iba a perder el conocimiento, pero afortunadamente no fue así. Él había cambiado de actitud y cuando se dirigió a mí lo hizo en un tono muy distinto.

—¿Qué vamos a hacer, Laura? Claudio no se resignará a que le dejes y, aunque mañana mismo presentara tu abogado la demanda de divorcio, sería persiguiéndote y amenazándote... si no pasa de ahí. Ese hombre no es normal. Tiene la cabeza trastornada.

Se había dejado caer a mi lado en el diván y sin la furia que le había mantenido antes en vilo, parecía haber perdido toda su energía, se le veía deshecho. Me hubiera gustado animarle, pero no se me ocurrió cómo, porque compartía sus temores. Conocí a Claudio siendo poco más que una chiquilla y me deslumbró. Él era ya por entonces una figura y yo una principiante que acababa de debutar en el teatro. Me ayudó mucho. Por él conseguí mis primeros papeles importantes, siempre para trabajar a su lado, y creí haber encontrado a mi príncipe azul, pues le admiraba extraordinariamente como actor y en la vida real me parecía también un hombre maravilloso. No tardé mucho en darme cuenta de mi tremenda equivocación. Ya al poco de casarnos me desorientaban sus bruscos cambios de humor. Se enfurecía de pronto sin el menor motivo y además era angustiosamente posesivo y celoso hasta rayar en el absurdo. Cuando empecé a encontrarle insoportable, ya la cosa no tenía remedio. Me había acostumbrado a allanarme a sus salidas de tono, a sus gritos y hasta a sus bofetadas y él a que me allanase. Recuerdo que en una ocasión en que decidí terminar con él y se lo dije, de la tunda con la que me obsequió estuve sin poder trabajar durante un mes, pues ni con el maquillaje podía disimular los moratones que me dejó en la cara.

*   *   *

—Le parecerá extraño, ¿verdad?— musitó con vaguedad, volviendo sus ojos hacia Atila—. No soy débil de carácter. Poseo por el contrario un genio más que vivo y sin embargo...

— Todos reaccionamos a veces de una forma incomprensible incluso para nosotros mismos— admitió éste a media voz—. He conocido tipos sumamente violentos y agresivos que se acobardaban ante su esposa en cuanto ésta levantaba una ceja. Su caso no es único, ni mucho menos.

¿De veras?— se admiró ella, desviando melancólicamente la vista hacia el ventanal—. Pues yo sigo sin poderlo entender. Me parece absurdo que un desenlace tan trágico como el de anoche sea consecuencia tan solo del miedo, porque si me hubiera divorciado de él...

Atila entrecerró los ojos para distinguir mejor sus facciones, mientras luchaba por entender lo que había querido decir. ¿Estaba imputándole el crimen a Arturo o se estaba refiriendo quizás a Jaime Robledo, con el que, al parecer, mantenía en el presente una relación sentimental? Laura parecía abstraída y su gesto era dulce, como el de una niña que busca una disculpa para su mal comportamiento.

— Continúe. Se ha quedado a medio— le animó.

—No hubo más— replicó ella, saliendo de su ensimismamiento—. Arturo me dejó para volver al escenario y... entonces fue cuando sucedió todo.

Atila la contempló en silencio unos instantes y terminó por menear dubitativamente la cabeza.

— Es curioso— dijo como para sí—. Al darme su versión de los hechos, todos ustedes han pretendido favorecer a mi cliente y sin embargo todos han conseguido precisamente el efecto contrario, inculparle todavía más. Y para colmo está el asunto del cuchillo— añadió con el semblante ensombrecido—. Que Arturo se lo sustrajera a ese compañero con anterioridad, es lo más espinoso de todo, porque indica o parece indicar que su acción fue premeditada. Dígame, ¿lo vio usted en su poder en algún momento?

— No— repuso Laura distraída—. El cuchillo de Jaime es un trasto enorme y no es fácil de ocultar. De haberlo llevado Arturo encima cuando me dejó en el camerino, me hubiese dado cuenta.

Atila dio un respingo y se puso inmediatamente alerta. Para tomarse tiempo y ordenar sus ideas encendió otro cigarrillo. Debía proceder con cautela y no levantar la liebre antes de averiguar cómo sabía Laura que a su marido le habían matado con el cuchillo de Jaime Robledo. Con su tono más intrascendente, comentó:

— Supongo que habrá tenido muchas visitas esta mañana y que no la habrán dejado descansar. ¿Ha venido también la policía?

— No— repuso, algo extrañada de que él cambiase tan bruscamente de tema—. Y solo me han visitado dos personas. Apenas tengo familia y mis amistades no deben de haberse enterado todavía. La mayoría de los actores, como trasnochan, se levantan tarde. En realidad solo he visto a Marina y a León, que han venido a verme antes de pasar por su despacho.

— Pero habrá tenido muchas llamadas telefónicas— insistió Atila, midiendo las palabras que pronunciaba.

— Tampoco. ¿Por qué lo pregunta?

Aún a riesgo de ponerse pesado, machaconeó:

—¿Sólo ha visto a la señorita Abril y a don Leónidas y no ha hablado con nadie por teléfono?

— Así es.

El abogado hizo una pausa, sin dejar de observarla escrutadoramente. De improviso adoptó la severa expresión que reservaba para los testigos recalcitrantes y que no solía fallar. Todos se encogían como conejos asustados y tartamudeaban a continuación.

— Dígame, si después de las doce del mediodía de hoy, no ha hablado con nadie más que con su criada, ¿cómo está enterada de que a su marido le apuñalaron con el cuchillo de Jaime Robledo?

Laura no se encogió. Únicamente parpadeó desconcertada, y luego se echó a reír.

— ¿Acaso piensa que yo...? ¿Me está acusando de complicidad o de algo semejante?

Su tono traslucía perplejidad, pero no parecía ofendida ni preocupada.

— No la estoy acusando de nada... por el momento. ¿Cómo lo sabía, si la policía no ha encontrado el arma hasta esta mañana, a eso de las doce? Si con ello trata de encubrir a Arturo, le aconsejo que cambie de actitud y que sea sincera conmigo, pues de otra forma me será muy difícil defenderle.

Laura pareció sopesar en silencio su reprimenda y terminó por menear negativamente la cabeza.

— No le he mentido y... espero que esto no la perjudique a ella.

—¿Ella?, ¿quién es ella?

— Marina. Ha sido ella quien me lo ha comentado esta mañana al aludir a su chal. Me ha contado que lo perdió durante la función y que después el asesino había envuelto en él el cuchillo de Jaime después de matar a Claudio. Lo que no sé es como lo sabía Marina a las diez de esta mañana, si la policía ha encontrado el cuchillo y el chal a las doce.

El recelo de Atila dejó paso al desconcierto. ¿Sería posible que aquella muchachita de aspecto angelical, a la que Rogelio llamaba "el bombonazo", le hubiese obsequiado con una sarta de patrañas? Sin acabar de creérselo, insistió:

—¿La señorita Marina se lo ha comentado?

— Sí. Y me ha parecido muy curioso, porque precisamente fui yo la que llevé su chal al escenario. Cuando salí de mi camerino y me dirigí al escenario, instantes antes de que comenzara el tercer acto, en el que, como sabe, intervengo por primera vez, lo encontré tirado en el suelo y lo recogí con la intención de entregárselo a Marina.

—¿Y se lo entregó?

— No, porque no la vi entre bastidores. Creo que lo dejé en el respaldo del sofá, que da nombre a la escena más famosa del Tenorio y que en ese momento se hallaba arrinconado entre un montón de chismes tras el telón del foro.

—¿Y no volvió a verlo después?

Desorientada, Laura clavó en el semblante de su interlocutor sus ojos azul porcelana, bordeados de pestañas negras y rizadas.

— Pues no. Algún tramoyista lo quitaría de allí al sacar el diván a escena para el acto siguiente.

— Ya— musitó Atila en un tono que no significaba nada, pero que a ella le intrigó.

— ¿Que quiere decir con ese "ya"? ¿Lo que le he referido le ha proporcionado alguna idea importante?

El abogado continuó plácidamente retrepado en su butaca, sin que su cuadrado e inexpresivo semblante trasluciera la menor emoción.

— Explica, al menos, la razón de que el criminal lo utilizara para envolver el cuchillo. Si el chal se hallaba rodando entre bastidores, debió ser lo primero que encontró a mano y lo utilizó porque no le sobraba tiempo para buscar un escondite mejor.

— Es posible— admitió ella tras una ligera vacilación,

durante la cual le dio la impresión de que lo estaba meditando intensamente—. Pero, en ese caso, no pudo ser Arturo el que apuñalara a Claudio. Tuvo que ser otra persona que se encontrara muy cerca de él y entre bastidores—. Entrecerró los ojos para concentrarse mejor y luego los abrió súbitamente como si acabara de encendérsele una luz en el cerebro—. Fue ella la que estaba más próxima, me refiero a Marina. Según su propia versión, estaba a pocos pasos de los dos cuando sucedió todo.

El otro simuló no haberla oído. Sacudía en el cenicero la ceniza de su cigarrillo con movimientos deliberadamente lentos. Laura se rebulló impaciente e insistió.

—¿No cree que Marina pudo tener esa oportunidad?

Parsimoniosamente levantó él sus penetrantes ojos castaños hacia su interlocutora, al tiempo que se encogía de hombros.

— Oportunidad, quizás. ¿Pero se imagina a esa muchacha agrediendo a alguien? Y eso sin tener en cuenta que no tenía el menor motivo para apuñalarle. ¿O lo tenía?

Laura tardó en responder.

— No sé si lo tenía. La conozco muy poco y por su aspecto parece una mosquita muerta. Lo que sí he podido advertir es que Jaime le tiene sorbido el seso y, tal vez por ayudarle... Es indudable que la muerte de Claudio le favorece a él.

— Si esa es la regla a tener en cuenta, en el mismo caso se encontraba esa otra actriz, Marcela Llanes. También a ella le tenía sorbido el seso Jaime Robledo, ¿no es así?

Laura sonrió con algo de ironía.

— Bueno, sí. A decir verdad, Jaime pertenece a ese tipo de hombres que gusta a todas las mujeres con las que se relaciona. Incluso Matilde siente por él una cierta predilección... maternal, por supuesto. Es un chico muy atractivo.

Atila permaneció indeciso unos instantes, mientras simulaba contemplar muy interesado una figura de bronce que se hallaba sobre la mesita baja. Buscaba cuidadosamente las palabras y al fin comentó en tono intrascendente:

— Supongo que ese actor resulta tan atractivo, porque a todas las hace objeto de las mismas atenciones, ¿me equivoco?

Vio que Laura cambiaba de actitud. Sus ojos reflejaban ahora algo de recelo.

—¿Por qué dice eso? Jaime resulta atractivo, porque... porque sí, porque lo es. No crea que la razón resida en que él anduviese tonteando con todas las de la compañía.

— Pero con usted sí tonteaba— afirmó tranquilamente Atila, sin hacer caso de su incipiente irritación.

Se quedó desconcertada, pero reaccionó inmediatamente.

—¿Quién le ha dicho eso?

El otro enarcó las cejas como si intentase hace memoria.

— Pues... pues... yo diría que es vox populi.

Durante una décima de segundo asomó al semblante de ella algo muy parecido a la consternación, pero desapareció tan rápidamente que Atila se preguntó si no se lo habría imaginado. Laura sonreía ahora desdeñosamente.

— A la gente le gusta mucho chismorrear a mi costa sin el menor fundamento. Si Jaime y yo nos veíamos con frecuencia fuera del teatro, era exclusivamente por motivos profesionales. Fui yo quien le presenté al productor de la película que comenzaremos a rodar en breve y por mí ha conseguido el papel que interpretará. ¿Satisfecho?

Atila la observó, preguntándose hasta qué punto le estaría diciendo la verdad. Desde que sacara el tema la notaba claramente reticente y como a la defensiva. Aún a riesgo de resultar impertinente, insistió:

—¿Y por qué consiguió ese papel precisamente para él? ¿Por qué no para Arturo? Hubiese sido más lógico.

No consiguió deducir nada de la expresión de Laura. Se había recubierto de una máscara de frialdad y su réplica sonó ácida.

— Por una razón muy sencilla. Arturo tiene cincuenta años y el actor que nos faltaba en el reparto encarnaría a un muchacho universitario. Como ve, no hay ningún motivo oculto. Simplemente una cuestión de edad.

— Bueno, bueno— no se enfade— le recomendó él conciliadoramente, mientras echaba una ojeada a su reloj—. Admito que la gente suele hablar más de la cuenta y no siempre con buena intención. Siento haberla molestado y... se me está haciendo tarde.

Se puso en pie, al tiempo que Laura hacía ademán de retenerle.

— No me ha molestado, al contrario. Su visita me ha tranquilizado mucho. No imagina lo desesperante que es el permanecer acostada sin nada que hacer, más que ver pasar las horas esperando... esperando que todo esto se arregle.

Atila la contempló en silencio desde sus alturas. Tendida en el sofá parecía tan solitaria, tan indefensa, que experimentó una profunda conmiseración. Pero también algo más que no llegó a analizar, una especie de aprensión vaga que no logró materializar en nada concreto.

—¿No estaría mejor en un hospital?— le preguntó a media voz—. Probablemente se repondría antes y, en cualquier caso, estaría mejor atendida. ¿Por qué no ha querido que la ingresen?

Laura se encogió de hombros y un velo de melancolía enturbió sus ojos.

— En los hospitales necesitan las camas y esto mío va para largo. Del golpetazo que Claudio me obligó a darme, tengo aplastada una vértebra lumbar y lo único que me han prescrito es reposo y analgésicos. No puedo permanecer en un hospital hasta que me recupere, ¿no lo comprende?

— Pero es que en esta casa, sola...

Ella volvió a encogerse de hombros.

— No estoy sola y...me encuentro tan aturdida... Resulta extraño no tener quien se preocupe por una y... todavía no me he acostumbrado.

Parecía abstraída y hablaba como para sí, pero al cruzarse su mirada con la de él, salió de su ensimismamiento y, quizás porque adivinó lo que Atila estaba pensando, añadió con forzada ligereza:

— Créame, estaré perfectamente. Aunque inválida y con una chica bobalicona por toda compañía, no peligra mi seguridad, como en esas películas de suspense en las que el criminal se empeña en asesinar a la paralítica para que no le descubra. Una vez interpreté ese papel y me chocó que el guionista tuviese tan poca imaginación. Para librarme del asesino, me hubiera bastado con sacar la pistola de un cajón y pegarle un tiro, pero, en su lugar, me pasé toda la película corriendo con mi silla de ruedas de habitación en habitación, gritando como una loca. ¿No la vio usted? Se llamaba "Inmóvil ante el terror".

— Voy muy poco al cine— replicó él evasivamente. Interiormente se avergonzó por permitirse unas elucubraciones tan melodramáticas, pues al oírselas expresar a Laura en voz alta le habían parecido absolutamente ridículas.

Sin embargo, cuando después de despedirse de ella salió a la calle, no pudo por menos que examinar atentamente el edificio. Como creía recordar, las ventanas carecían de reja y la cancela del jardín podía abrirse desde la calle. La niebla espesa, que en jirones ascendía hasta el tejado, no ayudaba precisamente a disipar sus lúgubres aprensiones. Sería tan fácil...

El ladrido de un perro callejero le sacó de su abstracción y abandonó su observatorio para echar a andar apresuradamente hacia la parada del autobús. De pronto cayó en la cuenta de que no había tomado sus acostumbradas notas, por lo que se detuvo en la primera esquina y después de extraer un bolígrafo, siguió rebuscando en sus bolsillos algún papel en el que apuntar los pormenores que le habían intrigado. Solo consiguió hallar la novena de santa Rita y con un suspiro de impaciencia garrapateó por el revés de la hoja hasta cubrirla por entero con su letra menuda. Una letra de la que siempre se había sentido normalmente satisfecho, hasta que Rogelio le explicó que era propia de una persona avara y roñosa, lo que le dejó muy preocupado.

Guardaría esas notas en cuanto llegara al despacho, se

dijo. Mejor aún, se las entregaría a Rogelio para que las archivase, pues su pasante, aunque se tomara la vida a chirigota y fuera un inconsciente y un alocado, poseía un sentido del orden casi exasperante. Precisamente el sentido del orden que le faltaba a él. Dirigió una nueva ojeada a su reloj y con un respingo de alarma reanudó la marcha. La niebla difuminaba los contornos de la calle, que parecía estar envuelta en una nube algodonosa, pero Atila no llegó a fijarse en su aspecto fantasmal. Bastante tenía con darle vueltas en la mente a aquellos detalles que le habían puesto en guardia y que parecían implicar a Marina Abril. La llamaría en cuanto llegase a su despacho y concertaría con ella una nueva cita.

¿Pero qué motivo podía haber tenido esa muchacha para mentirle? Quizás el de encubrir a alguien a quien apreciaba, porque lo que le había insinuado Laura le resultaba inverosímil. El carácter tímido y algo pusilánime de Marina no concordaba con la personalidad que él se había forjado del criminal, pues éste tenía que ser un tipo audaz, capaz de arriesgarse hasta las últimas consecuencias, o un idiota, y ella no respondía a ninguno de los dos perfiles idóneos. En cambio, sí era posible que hubiese visto como el verdadero culpable envolvía el arma en su chal, que tal vez anduviese no muy lejos del cuerpo de Claudio, y como lo escondía luego dentro del sepulcro de doña Inés.

Sus elucubraciones le abstrajeron hasta tal punto que, cuando media hora más tarde llegó a su despacho, apenas consiguió entender las recriminaciones de su excitado pasante. Rogelio se empeñó en resumirle las incidencias que habían acaecido en su ausencia, pero su jefe le cortó en el acto como si no le interesaran lo más mínimo.

— Ya me lo contarás luego, hombre— le interrumpió— . Ahora mismo vas a llamar por teléfono a la señorita Marina Abril. Dile que necesito verla esta misma tarde.

El pecoso semblante del chico denotó la más completa estupefacción.

—¿A qué viene eso ahora? Tiene la antesala llena de gente, estoy intentando referirle lo pesada que es la condesa de los perros y lo locos que están un aspirante a estafador y el padre de un reincidente que quiere que le consiga usted la libertad provisional a su retoño, y me sale usted con que quiere ver al bombonazo. ¿Es que le ha flechado?

Se mordió los labios nada más terminar de decir esa tontería, que sin duda su jefe consideraría una falta de respeto, pero afortunadamente Atila no le había escuchado. Con la mirada perdida, parecía estar en trance o, al menos, en otro lugar distinto de aquel despacho, circunstancia que aprovechó el muchacho para escabullirse hasta el suyo propio por la puerta que comunicaba ambos. Un par de minutos más tarde reaparecía en el de su jefe.

— Ya he llamado a Marina Abril, pero en su casa no contesta nadie— le comunicó el muchacho con inusitada seriedad.

Atila se había sentado ya tras de su mesa y le dirigió una mirada vaga.

— Bien, sigue intentándolo cada media hora. Pero, antes de que se me olvide, toma esto y archívalo en la carpetilla del crimen del teatro Odeón.

Rebuscaba algo en sus bolsillos y terminó por entregarle la novena de santa Rita, que Rogelio observó con sus claros ojos castaños agrandados por la sorpresa. Por miedo a decir alguna otra inconveniencia, se limitó a preguntar tímidamente:

—¿Quiere que archive una novena?

— Eso es— afirmó el otro sin hacerle caso.

El chico se le quedó mirando con la boca abierta y luego se mesó su rojiza pelambrera, preguntándose si su interlocutor se habría vuelto loco. Le tenía conceptuado como un tipo distraído y desordenado y, por supuesto, como un soporífero compendio jurídico capaz de apabullar al más docto magistrado del tribunal supremo, pero loco... Al menos, no había dado muestras de ello hasta la fecha.

—¿Y dónde quiere que la archive?— le preguntó cautamente.

Atila pareció bajar de las nubes y le observó

parpadeante.

— Ya te he dicho que en la carpetilla del crimen del Odeón. Es muy importante para esclarecerlo.

— Ya— masculló el otro con sorna mal disimulada—. ¿Y no podría darme una pista? Me tiene sobre ascuas.

— Podría dártela, en efecto— admitió su jefe sin captar su ironía— pero, como no la entenderías, sería una pérdida de tiempo.

— ¿Y por qué está tan seguro de que no la entendería?— protestó Rogelio amoscado, tomando asiento frente a la mesa en uno de los dos sillones de los clientes.

— Porque, si no la entiendo yo, mucho menos la ibas a entender tú— repuso Atila con aire condescendiente—. Pero, en fin, te lo diré. Ya sabes que la señorita Marina Abril ha visitado a doña Laura Marco a primera hora de esta mañana. Seguramente habrá llegado a casa de la viuda a eso de las diez, porque a las once y media ha llamado a la puerta de este despacho.

— ¿Y qué?

— Pues que esa jovencita le ha comunicado a la otra que perdió su chal durante la función y que más tarde el asesino lo utilizó para envolver en él el cuchillo de Jaime Robledo, con el que había apuñalado a Claudio Veiga.

— ¿Y eso qué tiene de particular?

— Tiene mucho de particular. Ninguno sabíamos con qué arma habían matado a ese actor, hasta que esta mañana, después de las doce, la ha encontrado la policía en el teatro, dentro de la tumba de doña Inés cubierto con la sangre de la víctima. Sin embargo, la señorita Marina Abril conocía esos pormenores con anterioridad a que lo descubriese la policía, ¿entiendes?

El chico emitió un silbido de sorpresa.

— Entonces... si el bombonazo lo sabía... eso quiere decir que, o fue ella quien envolvió el cuchillo dentro del chal o vio como lo envolvía otra persona, antes de ocultarlo en la tumba. Este bombonazo me está resultando muy sospechoso— concluyó, sacando de su bolsillo el paquete de cigarrillos de

Atila para ofrecerle uno.

Su jefe se hallaba demasiado absorto para darse cuenta de que la cajetilla era de su pertenencia y aceptó el ofrecimiento, agradeciéndoselo con una sonrisa mecánica.

— Ya te he dicho que no lo entenderías. Esa chica es inocente sin género de dudas. Lo que me preocupa que no me haya dicho toda la verdad, que haya visto algo que se haya callado para proteger a alguien.

—¿A Jaime Robledo?— apuntó Rogelio frunciendo el ceño—. Es posible, pero me parece que usted la ha descartado demasiado pronto. Por muy simpática que le resulte y por muy bombonazo que sea, tiene que reconocer que tuvo oportunidad de cometer el crimen. Recuerde lo que me ha explicado el forense y que ella se encontraba en primera línea de tiro con Claudio a pocos pasos.

—¿Te la puedes imaginar asestándole una puñalada a la víctima a bocajarro?,— objetó Atila caviloso—. Yo no. Esa clase de agresiones le cuadran más al género masculino.

— !Bah!,— rezongó desdeñosamente el chico—. También hay mujeres sumamente brutas, aunque admito que la muchacha no parece pertenecer a ese gremio. De todas formas, no conocemos sus antecedentes y... si hubiera trabajado en un circo antes de dedicarse al teatro, quedaría todo explicado.

—¿En un circo?,— repitió Atila, parpadeando desorientado—. ¿Qué es lo que explicaría eso?

Rogelio se echó a reír con su guasa característica.

— Estoy seguro de que usted no ha pisado nunca ninguno. Supongo que cuando era pequeño jugaba a hacer torres con los tomos del Aranzadi, o puede que ni siquiera jugara y ya comenzara a tan tierna edad a empollarse el código civil. Yo, en cambio, como he sido un bebé corrientito, me entusiasmaba con ese número en el que un tipo vestido de mamarracho delineaba la silueta de su partenaire, lanzándole cuchillos a distancia. ¿Sabe lo que le digo?

— Claro que lo sé— refunfuñó el otro picado, dudando en enfadarse seriamente con su incorregible pasante. Al fin pudo más la curiosidad por lo que dejó el enfado para otra ocasión y se inclinó hacia el chico—. ¿Piensas que la señorita Marina Abril...?.

—¿Por qué no? Cabe dentro de lo posible.

Atila lo consideró unos instantes en silencio y terminó por hacer un gesto negativo.

—No. Por lo que me ha dicho esta mañana, era peluquera antes de trabajar en el teatro, pero, aún en el caso de que hubiera aprendido a lanzar cuchillos por su cuenta, ¿qué motivos tenía ella?

—¿Y cómo demonios quiere que lo sepa yo?,— protestó el chico con un cómico gesto de ignorancia—. Así de pronto, se me ocurren miles de razones que puede haberse callado—. Y fijando la vista en el techo, hizo intención de comenzar a enumerarlas, contándolas al mismo tiempo con los dedos—: Puede que el difunto le hiciera proposiciones deshonestas— consideró—. No me parece probable, porque bastante tenía él con ocuparse de la casquivana de su mujer. Más plausible es que se limitara a darle un pellizco por lo bajini y si ella es una mojigata...

Al ver el gesto de exasperación del otro, recogió velas rápidamente.

—Bueno, bueno, no se enfade, que estoy dispuesto a hablar con seriedad y a convertirme en su Hasting o en su Watson, el que más le guste—. E inclinándose hacia su jefe sobre la mesa, le preguntó risueñamente: —¿Cual es su preferido? ¿O tampoco lee novelas policíacas?

—Hace años leí una— admitió Atila, humillado por la guasa de su pasante, que parecía considerarle un monotemático e irreductible engendro, sin punto de contacto alguno con los demás seres del género humano—. Pero la verdad es que no me gustó la novela. El autor se sacaba las conclusiones de la manga después de complicar su relato de una forma tan absurda como indocumentada. Como sabes, soy poco dado a la literatura de ficción, por lo que prefiero entretenerme con un buen tratado jurídico o con algún ensayo interesante.

—Ya, ya— se horrorizó Rogelio, que, no obstante, consiguió permanecer impasible.

—Has olvidado además el informe del forense— le recordó pacientemente Atila—. Si la puñalada se la asestaron a bocajarro, es irrelevante que esa chica haya trabajado o no en un circo y aprendido a lanzar cuchillos.

Rogelio esbozó un gesto de incredulidad.

—¡Bah! Ni que los forenses fueran el oráculo de Delfos. Eso no es más que una conjetura en mi opinión y puede haberse equivocado.

Y como temía que le largara algún rollo sobre tales particulares, cambió rápidamente de conversación.

—Pero volvamos al tema que comentábamos y contésteme a esto. ¿Qué impresión le ha causado la viuda?

Atila tardó en responder. Había desviado la vista hacia el balcón y contemplaba abstraído los jirones de niebla que cruzaban ante los cristales como si rememorase su conversación con ella.

—Pues... no sabría decirte. Es una mujer lista, aunque menos de lo que ella cree. Se ha empeñado en convencerme de que está preocupadísima por Arturo Armengol, asegurándome que hará lo que esté en su mano por ayudarle y sin embargo no ha callado nada que pueda perjudicarle. Es curioso, ¿no?

—Solo hasta cierto punto— consideró Rogelio, sopesándolo—. El gordo y el bombonazo han venido aquí con la misma intención y también le han contado unas cosas horripilantes sobre el pobre Arturo.

—Sí, también. Pero el interés de ellos no es tan directo y, además, si no me las hubieran contado, yo habría acabado por enterarme de todas formas por medio de otros testigos. A decir verdad, lo que me ha extrañado de Laura ha sido su exceso de sinceridad. Ni por un momento ha fingido sentir la muerte de su marido y ha admitido sus relaciones con Arturo antes de que se lo preguntara.

—¿Y de qué se queja entonces?— objetó el chico algo confuso—. Puede que sea una doña verdades y en ese caso sería lógico que no se guardara nada en el tintero.

Atila meneó dubitativamente la cabeza.

—Pues sin embargo me ha dado en varias ocasiones la

impresión de que me estaba mintiendo. Una, cuando le he preguntado por Jaime Robledo. Inmediatamente se ha puesto a la defensiva. Y otra, al pedirle su opinión sobre Marina Abril. Ha tratado de disimularlo, claro, pero esa muchacha le resulta profundamente antipática. Tanto, que hasta me ha insinuado que podría ser ella la autora de la muerte de su marido.

— Bueno, las mujeres no suelen llevarse muy bien— comentó el otro sin darle demasiada importancia—. También el bombonazo le ha dicho esta mañana que podría ser Laura la asesina, así que por lo visto las dos andan peloteándose el muerto—. Estudió con interés el semblante de su jefe y luego le preguntó —: ¿Piensa acaso que lo hacen para desviar las sospechas de sí mismas?

— No creo que ninguna de las dos sea sospechosa— replicó evasivamente Atila.

—¿No? Marina, desde luego, no lo parece, pero creo que usted se inclina más bien por la viuda. ¿Puede decirme la razón?

— No hay ninguna razón— reconoció vacilante el otro—. Ya te he dicho que ha habido algo que me ha chocado. Ha sido cuando me he despedido de ella y a lo mejor te vas a reír cuando te lo cuente.

Rogelio se apresuró a poner su mejor cara de funeral.

— No me reiré. Desembuche.

— Pues... no sé. He experimentado de pronto como una sensación de peligro que no he conseguido concretar.

—¿Era usted el que se encontraba en peligro?,— trató de puntualizar el chico, con una expresión de interés que no hubiera mejorado un psicoanalista.

— No, desde luego que no. Más bien era algo que se respiraba en el ambiente, aunque no sé explicarte el motivo.

Rogelio hizo un gesto de asentimiento como si fuera un experto en la materia.

— Ya sé. Ha sentido lo mismo que cuando uno se encuentra viendo una película de terror. De pronto la protagonista se queda sola en una casa oscura y solitaria y empiezan a moverse las cortinas, al tiempo que comienza a oírse una música tenebrosa. El espectador se da cuenta de que algo va a ocurrirle a la protagonista, que de un instante a otro se va a llevar un susto monumental y... la protagonista en este caso era Laura, ¿verdad?

Atila asintió pensativamente.

— Sí. Ella está inválida y tiene por toda compañía a una criada que parece estúpida, así que...

Rogelio le interrumpió, recobrando su aire guasón.

—Recuerdo una película que me impresionó por lo espeluznante y que tenía un argumento similar, pero no se preocupe, porque al final la paralítica le atizaba un mamporro al asesino con la silla de ruedas y le dejaba hecho una breva, de modo que no debe imaginar esas tonterías. Creo que lo mejor será que archive su novena y que haga pasar a su siguiente visitante, ¿no le parece?

— Sí, creo que será lo mejor— admitió Atila—. Hazle pasar

—CAPITULO V—

Redactaba Atila apresuradamente el recurso de reforma que iba a interponer contra el auto de procesamiento de Arturo Armengol, que le había sido notificado el día anterior. Un sol pálido penetraba a través del balcón, alegrando la severidad del oscuro mobiliario y arrancando reflejos dorados del tintero de bronce. Con el ceño fruncido releyó lo escrito un par de veces y movió desaprobadoramente la cabeza. No, aquello seguía sin gustarle. Faltaba alguna pieza en el rompecabezas, porque las restantes no encajaban. Aunque tal vez... tal vez la solución fuese la más sencilla y él estaba buscándole inútilmente tres pies al gato. Quizás lo más acertado fuera admitir la culpabilidad de su cliente y fundamentar su defensa en las atenuantes que indiscutiblemente le asistían, en lugar de empeñarse en encontrarle un sustituto en el banquillo. Arturo le había asegurado que era inocente, pero eso no significaba nada. La mayoría de los delincuentes que había defendido anteriormente le habían hecho las mismas protestas de inocencia y algunos hasta le habían mentido en los detalles más nimios.

Pero había que considerar el asunto de aquella muchacha. Marina Abril continuaba sin aparecer y esa circunstancia le mantenía preocupado. También su desaparición intrigaba a Ballesteros, que desde que la semana anterior acudiera a su despacho a preguntarle por ella, le llamaba a diario para averiguar si había tenido noticias suyas. Probablemente pensaba que la chica era cómplice de Arturo

Armengol y que había huido para no ser detenida, porque eso fue más o menos lo que le dio a entender la tarde en que le recibió en el despacho, pocos días antes. Recordaba Atila que esa tarde tenía previsto recibir más visitas que de costumbre y que la sala de espera estaba atestada, ya que se había entretenido demasiado con un ejecutivo que temía que le acusasen de desfalco, por lo que apenas si había visto a Rogelio, al que había encargado que recibiese a los clientes de menor interés. Por eso le extrañó la expresión de inquietud del chico, cuando éste se introdujo apresuradamente en su despacho, en cuanto su jefe regresó de acompañar al ejecutivo hasta la puerta.

—Don Atilano, su comisario, el estornudón, se ha plantificado aquí y lleva un cuarto de hora contaminando la sala de espera con sus estornudos. ¿Le digo que pase o le dejo que estornude un poco más y espere su turno como todo el mundo?

Sin alterarse, su jefe enarcó interrogativamente una ceja.

—¿Que está en la sala de espera? ¿Y qué es lo que quiere?

—Pues quiere ver al bombonazo. Lo que no sé es por qué viene a buscarla a este despacho, donde únicamente estamos usted y yo sin ninguna clase de bombones ni tan siquiera de chocolatinas que llevarnos a la boca.

Ante la exasperación que denotó la expresión de Atila, el chico se interrumpió intimidado para tragar saliva.

—Perdone— se excusó con un hilo de voz—. ¿Qué le digo al comisario?

—Que pase— masculló el otro secamente, indicándole la puerta con un ademán imperioso.

Mientras el muchacho se encaminaba en la dirección señalada, el abogado dejó escapar un resoplido. Ya le gustaría ver en su lugar al santo Job. Estaba seguro de que con su pasante perdería su bien ganada fama de paciente y acabaría por arrojarle a la cabeza un pisapapeles o cualquier otro objeto contundente. Si el chico no fuera sobrino de Violeta, haría tiempo que le habría puesto de patitas en la calle. Y no porque no fuese listo. Lo era, además de eficaz, pero tenía la maldita costumbre de tomarse a broma hasta los asuntos más serios y carecía asimismo del más elemental sentido del respeto hacia las personas en general y hacia sus visitantes en particular. Sus modales eran deplorables y su desfachatez insufrible. Si no fuera por Violeta... Evocó la sonrisa de ella y a duras penas pudo reprimir un suspiro. ¿Qué estaría haciendo en esos momentos la muy boba?

Trocó inmediatamente su expresión de nostalgia por otra de bienvenida para recibir al comisario, que acababa de entrar en el despacho y que avanzaba ya hacia él. Vestía la misma gabardina de la noche del asesinato de Claudio Veiga, pero no conservaba en cambio el mismo aire de aburrimiento. Algo debía de ocurrirle, porque sus ojillos azules vagaban inquietos, saltando de un objeto a otro con evidente nerviosismo.

Atila, que se había adelantado a saludarle, cambió con él un vigoroso apretón de manos, antes de palmearle la espalda.

—¿Usted por aquí? No sabe lo que me complace su visita— le aseguró, como si efectivamente le complaciera—. Lamento haberle hecho esperar, pero siéntese, siéntese— le animó, rodeando la mesa para dejarse caer en su butaca.

El comisario obedeció, mientras continuaba con su atento escrutinio. Con la mirada recorrió los tres paños cubiertos con librerías, pasó revista al balcón y al reloj de pared y al fin retornó con la vista a la mesa para fijarla en el pesado tintero de bronce, al que finalmente se quedó contemplándolo como hipnotizado.

— Procuraré no entretenerle. Sé lo ocupadísimo que está, pues he visto la multitud de clientes que están fuera aguardando a que la reciba. Únicamente deseo preguntarle por una actriz del Odeón. Necesito hacerle unas preguntas a esa chica y no consigo localizarla. Me refiero a Marina Abril.

Aunque no demostró la menor sorpresa, Atila se puso inmediatamente alerta.

—¿Y por qué piensa que puedo ayudarle yo?

Como si estuviera cansado de marrullerías de abogados, Ballesteros le atajó con un gesto.

— Leónidas Domínguez me dijo la semana pasada que, si no la dejábamos en paz, vendría a solicitar su ayuda legal. Ese caballero, por cierto, tiene una idea bastante curiosa de lo que constituye la investigación policial de un homicidio y por ende de lo que es dejar en paz a los que pueden encontrarse implicados en el mismo. Como usted no es ningún ignorante, gracias a Dios, no perderé el tiempo en explicarle por qué la estoy buscando.

— Por supuesto— admitió Atila con una sonrisa conciliadora—. Pero no sé qué espera de mí. No tengo la menor idea de dónde puede encontrarse esa señorita.

El otro le observó con sus ojos llorosos de catarro y el abogado leyó en ellos cierto recelo.

—¿Acaso piensa detenerla?,— inquirió el abogado, aparentando perplejidad—. Por la información que he podido recabar hasta ahora, esa muchacha perdió su chal durante la función y en el momento de autos estaba rodeada de algunos compañeros que podrán atestiguar que ni lo llevaba en ese momento ni tuvo oportunidad de aproximarse al difunto.

— Todo eso ya lo sé— rezongó Ballesteros, volviendo a la contemplación del tintero que parecía atraer poderosamente su atención—. Como le dije la tarde en la que mataron a Claudio Veiga, este es un crimen muy claro y mi interés por esa señorita es puramente rutinario... o lo era— se corrigió tras una ligera vacilación en la que se olvidó del tintero para fijar sus lagrimeantes ojos en su interlocutor.

—¿Quiere decir que...?.

— Que nadie se oculta de la policía sin una razón y esa muchacha lleva varios días dándonos esquinazo. De cada uno de los lugares donde hemos ido a buscarla se acababa de marchar.

— Puede tratarse de una casualidad— adujo Atila, encogiéndose de hombros como si quisiera quitarle importancia al asunto.

— Es que van siendo ya muchas casualidades y más

aun teniendo en cuenta que por todas partes he ido dejándole aviso de que acuda a la comisaría de mi cargo— replicó el otro, ahogando un par de estornudos con un pañuelo enorme—. Pero, en fin, si no sabe nada de ella, no le entretendré más.

Se acababa de poner en pie con la evidente intención de marcharse y Atila se levantó también de su butaca, cortándole disimuladamente el paso. Deseaba precisar algunos detalles sin llamar la atención del otro sobre el interés que sentía por esclarecerlos por lo que se entretuvo en divagar con su mejor cara de inocencia.

—También usted estará ocupadísimo— murmuró, impasible en apariencia— pues, pese a lo que acaba de afirmar, este no es un crimen sencillo. Conozco sus métodos y su probada meticulosidad. Solo usted habría sido capaz de encontrar tan pronto el arma homicida, porque, aunque aún no he visitado el escenario del teatro Odeón, supongo que estará repleto de enredos que habrán dificultado esa búsqueda.

—No se imagina cuantos— suspiró Ballesteros halagado, mientras se encaminaba por el alfombrado pasillo hacia el vestíbulo, seguido del otro—. Pero no ha resultado difícil. Si el homicida hubiera tenido tiempo de ocultarla en el sótano o en los pisos superiores del teatro, nos hubiera llevado mucho más tiempo, pero, como usted sabrá, la escondió dentro de una de las tumbas que salen en el cuarto acto y que se encontraba tras los telones del escenario. Fue uno de los primeros lugares donde la buscamos.

—Es ese caso, la encontraría a primera hora de la mañana siguiente a la del crimen— insinuó Atila, intentando concretar ese pormenor.

—Nada de eso— refunfuñó el otro, ya con la mano en el pomo de la puerta del piso—. Yo diría que eran más de las doce, cuando ese empresario cascarrabias apareció en el teatro, empeñado en verme, y fue precisamente mientras discutía con él, cuando uno de mis hombres halló el cuchillo de ese otro actor dentro de la tumba.

Sin alterarse, Atila hizo un gesto de asentimiento. No cabía duda entonces de que Marina había tenido que ver algo la noche del crimen, se dijo. ¿O sería ella la que había escondido el cuchillo de Jaime Robledo en el lugar donde había sido hallado? Cabía dentro de lo posible, pero en ese caso, ¿por qué habría de haber ido a contárselo precisamente a Laura? ¿Quizás para hacerla partícipe de que con ello pretendía encubrir a Arturo? Al darse cuenta de que el comisario volvía a observarle con recelo, fingió extrañarse de nuevo.

—¿Tan tarde? No es posible.

— Claro que es posible. Leónidas Domínguez identificó el arma cuando se la enseñé y recuerdo que era precisamente esa hora, porque consulté el reloj, pensando en llevársela al forense, lo que efectivamente hice a continuación. De paso, dejé al empresario cerca de este despacho, pues quería hablar con usted.

— Muy amable por su parte.

— No fue cuestión de amabilidad— gruñó el otro, frunciendo el ceño como si el recuerdo todavía le malhumorase—. Fue más bien por quitarle de en medio. Aunque mis hombres le advirtieron que yo había prohibido la entrada en el teatro a todo el mundo, se obstinó en que el Odeón era su teatro y tenía derecho a pasar. No se lo permitieron, por supuesto, pero continuó dando la lata y hubiera continuado dándola, si no me lo hubiese llevado de allí. Es un tipo insoportable.

— Sin embargo, su presencia en el Odeón le resultó muy útil a usted, ya que el empresario identificó inmediatamente el arma— puntualizó Atila—. Y por cierto, ¿le ha tomado declaración a Jaime Robledo después de hallarla o tampoco ha conseguido localizarle a él?

— A ese chico le localizamos en el acto— replicó Ballesteros, trasponiendo al fin la puerta del piso y saliendo al descansillo de la también alfombrada escalera—. Su declaración ha sido corroborada por varios de sus compañeros y le hemos dejado en libertad, porque no había huellas en el cuchillo. La sangre, por supuesto, era la del difunto. Puede decírselo al empresario, si es que aún no lo sabe, y adviértale de paso que la ocultación de pruebas y de testigos está penada por la ley. Si se lo oye decir a usted, a lo mejor se lo cree.

—¿A que se refiere?,— inquirió cautelosamente Atila.

—¿A qué va a ser? Al paradero de esa muchacha. Apostaría a que Leónidas Domínguez la ha quitado de la circulación para escamoteárnosla.

—¿Y qué interés podría tener él en...?

Ballesteros le observó con suspicacia.

— Si usted no lo sabe, yo no se lo voy a explicar. Y ahora me va a disculpar, pero tengo que marcharme.

Se encaminó cachazudamente escaleras abajo, arrastrando su vieja gabardina y Atila regresó preocupado a su despacho. ¿Sería posible que aquella muchachita de aspecto angelical estuviese implicada en aquél crimen tan absurdo?

Apenas si consiguió dormir esa noche, dándole vueltas a lo mismo, y los días que siguieron continuó barajando en la mente diversas posibilidades que pudieran explicar con alguna lógica la desaparición de ella. También Rogelio estaba intrigado y elucubraba a menudo sobre los posibles motivos que la hubieran podido impulsar a poner pies en polvorosa, lo mismo que la muchacha que le llamara poco antes por teléfono. Ésta última parecía estar desconcertada por esa misma razón. Pero no, se corrigió. Esa chica no estaba desconcertada precisamente. A través del hilo había podido percibir los trémolos histéricos de su voz. Marcela Llanes estaba muy asustada y Atila había accedido a recibirla inmediatamente. No sabía cómo podría serle útil, pues, desde que Marina Abril acudiera a su despacho aquella mañana a ofrecérsele como testigo, no había vuelto a tener noticias suyas. Intuía que, por el contrario, una conversación con Marcela podría serle a él de utilidad. Por ello, cuando poco después sonó el timbre de la puerta y Mercedes, ya recuperada de su gripe, le comunicó que la actriz aguardaba en la sala de espera, le dijo que la hiciera pasar en el acto.

Atila no la había visto nunca, pero a través de los relatos de sus compañeros se había forjado una idea del aspecto de su visitante muy aproximada. No era excesivamente alta, aunque lo parecía por la longitud de sus piernas. Poseía una melena oscura y rizada, que aureolaba un semblante llamativo de facciones acusadas. Sus ojos eran grandes y muy negros, bordeados de pestañas espesas con un mirar algo retador. Como Marina le comentara, era el tipo adecuado para encarnar a la Carmen de Merimée. Una mujer espléndida, españolísima.

Marcela estrechó su mano con cortedad y al tomar asiento frente a él tragó saliva varias veces. Se advertía que no sabía por dónde empezar y el abogado procuró allanarle el camino sonriéndole tranquilizadoramente.

— Me ha dicho usted que se llama Marcela Llanes y que es muy amiga de la señorita Abril.

— Así es. Soy su mejor amiga y... le extrañará que haya venido a verle a usted precisamente, pero es que no sé a quién acudir y temo que a Marina le haya pasado algo.

Su voz sonaba ronca, como si la llevase mucho tiempo contenida en la garganta. Abatía ahora sus largas pestañas, mientras rebuscaba en el bolso un pañuelito que aplicó a su nariz. No hacía falta ser muy perspicaz para advertir que estaba a punto de echarse a llorar y Atila se rebulló inquieto en su butaca. Las lágrimas del sexo femenino siempre le habían embarazado. Le hacían sentirse torpe, cosa que le molestaba profundamente. Apresuradamente le ofreció un cigarrillo que ella aceptó con la mano que le dejaba libre el pañuelo y sin levantar la cabeza.

— Vamos, vamos, cálmese. Si puedo servirle de ayuda, lo haré encantado, ¿Pero no cree que la policía sería más indicada que yo?

Marcela asintió con un ligero sorbetón.

— Ya he ido a la policía. Mejor dicho, ya ha venido la policía a casa varias veces, pero no consiguen dar con ella y he pensado que tal vez usted... Marina vino a verle y quizás le dio usted algún consejo, ¿me entiende?

— ¿Qué clase de consejo?— intentó puntualizar Atila enarcando levemente las cejas.

— Pues... no sé. Es que no sé qué hacer ya. He agotado todas las posibilidades, la he buscado por todas partes y... Ha tenido que ocurrirle algo, estoy segura— dijo entrecortadamente—. Vivimos juntas desde hace unos seis meses y es la primera vez que esto sucede. Marina no se habría marchado sin decírmelo.

Se sonó sonoramente y levantó hacia él sus ojos llorosos que traslucían una débil esperanza.

—¿Usted no sabe nada? ¿No tiene la menor idea de dónde puede estar? Ella vio el crimen y sé que vino a ofrecérsele como testigo. He pensado que quizás usted estuviera escamoteándosela al fiscal mientras buscaba más pruebas.

—¿Escamoteándola?, ¿yo?—se sorprendió el otro, con un gesto tan ampuloso, que la muchacha dejó de llorar en el acto para, intimidada, encogerse sobre sí misma.

—Perdone, me parece que le he dicho una impertinencia— balbuceó con un hilo de voz—. No tengo idea de cómo actúan ustedes, pero en las películas de la televisión...

Al recordar Atila lo que le comentara Rogelio al respecto, su indignación dejó paso a una cierta indulgencia condescendiente.

—Ya entiendo. Esas películas, señorita, son americanas. En España, el procedimiento judicial es muy diferente y mucho menos espectacular. Lamento aclararle que no he aconsejado a su amiga que se esconda, aunque es posible que lo haya hecho ella por su cuenta. De todas formas, no creo que tenga nada que ocultar.

—Ni yo tampoco lo creo— se apresuró a confirmarle Marcela—. La noche en la que mataron a Claudio, llegó a casa deshecha. Yo me estaba arreglando para volver al teatro y me dejó de piedra cuando me contó lo que había ocurrido. En su opinión, Arturo era inocente, pero no sabía quién podría haber sido el criminal. Si hubiera visto como otra persona apuñalaba a Claudio, sería distinto, ¿verdad?

Vio como el abogado la observaba en silencio e, interpretando que no había entendido del todo sus palabras, insistió:

—Quiero decir, que en ese caso sería más lógico que hubiese tratado de ocultarse.

—¿Para proteger al verdadero culpable no prestándose a declarar?— insinuó Atila con voz queda.

— !Oh, no! Por miedo, únicamente por miedo. El testigo presencial de un crimen corre peligro mientras el verdadero asesino ande suelto, ¿no lo entiende?

El otro permaneció impasible. Aspiró suavemente el humo de su cigarrillo y lo expelió luego sin hacer el menor gesto.

— Es posible. De todas formas, creo que debemos descartar esa conjetura, puesto que su amiga no vio nada comprometedor.

— Pero entonces...

Atila la atajó con un ademán.

— Dígame, ¿cuándo supo de ella por última vez? La policía la estuvo buscando desde la mañana siguiente a la del crimen, sin hallarla.

— Ya lo sé— dijo Marcela encogiéndose de hombros— . Esa mañana Marina se marchó de casa muy temprano y yo también. No podíamos figurárnoslo, ¿comprende? Ella salió a primera hora a visitar a Laura y después a usted. Habíamos quedado en una cafetería a eso de la una y cuando nos reunimos la encontré rarísima. Y no es que no estuviera rara antes, pero al menos hablaba y hablaba sin dejar de darle vueltas a lo mismo. En la cafetería parecía como ensimismada y no conseguí sacarle gran cosa. Me dijo tan solo que todo estaba en contra de Arturo y que no creía que ella pudiera ayudarle cuando testificara en el juicio. Para distraerla me la llevé a comer a un pequeño restaurante de la carretera de la Coruña, sin saber que ya estaba ese inspector tratando de localizarla.

Hizo una pausa, desviando los ojos hacia el balcón por donde penetraba el sol a raudales y añadió vacilante:

— Lo hice solo por distraerla. Llovía a mares cuando enfilamos la carretera y a mí no me gusta conducir con lluvia. Para colmo, después se levantó niebla y el regreso fue aún peor. El pavimento estaba resbaladizo y no se veía a dos metros de distancia. Por mi gusto hubiéramos vuelto a casa, pero

Marina propuso que nos metiéramos en algún cine. Estaba tan impresionada y el piso en el que vivimos es tan lúgubre... Algo parecido pasó en los días siguientes. Como no teníamos que ir a trabajar, aprovechamos para hacer todo lo que habitualmente no podemos realizar. Ir de compras, salir fuera a comer, al cine... ya sabe. Marina estaba tan destrozada que...

— Entiendo— murmuró Atila comprensivamente—. Ha tenido que ser un trauma terrible para ella. Es tan joven...

Marcela le observó con curiosidad, como si tratara de averiguar la impresión que le había producido su amiga.

— No es tan joven como piensa— le aclaró con cierta ironía. Ha cumplido ya los veintidós, aunque no los aparenta. Todo el que la conoce cree que es una chiquilla, pero lo es solo en ciertos aspectos. Como ha vivido pegada a las faldas de su madre, no sabe desenvolverse, sin embargo, tiene un viejo en la barriga. Y perdone — rectificó, considerando sin duda que la expresión que había dejado escapar resultaba un tanto ordinaria y sonaba mal en un despacho tan elegante.

Atila le sonrió tranquilizadoramente, mientras recordaba los comentarios de Rogelio sobre la conveniencia de averiguar los antecedentes de la otra muchacha. Se consideraba un experto en sonsacar a la gente sin que lo advirtiera, por lo que se retrepó en su butacón adoptando una expresión paternal.

—¿La señorita Abril no tiene más familia que su madre? ¿A qué se dedicaba antes de debutar en el teatro?

— Trabajaba en una peluquería y claro que tiene más familia. Más que familia, un familión. Sus padres, siete hermanos y setecientos tíos y primos. Ya sabe lo que sucede en los pueblos. Todos los vecinos son medio parientes o se lo consideran. Incluso ella y yo nos lo consideramos, porque una tía mía era hermanastra de un primo político de su abuelo. Por esa razón su madre la dejó venirse conmigo a Madrid. No le hacía ninguna gracia que Marina se dedicara al teatro, pero como ella se empeñó...

Atila luchó inútilmente por seguir el hilo del intrincado e inexistente parentesco, acabando por desistir. De todas formas, era lo de menos.

—¿De modo que usted es del mismo pueblo que ella?

— Sí, pero me trasladé a Madrid hace más de diez años. Los mismos que llevo de profesión. Pensé que Marina tenía aptitudes y me ofrecí a ayudarla. Se la presenté a León y conseguí que la contratara para que interpretara dos papelitos en el Tenorio. Son muy cortos los dos, pero teniendo en cuenta que Marina no poseía la menor experiencia...

Parecía ufanarse de su influencia, circunstancia que aprovechó Atila para profundizar más en el tema.

— Imagino que, si no hubiera sido por usted, ella no habría logrado abrirse camino. ¿No había tenido anteriormente ningún tipo de relación con el mundillo artístico?

— Bueno, de pequeña, en la escuela, actuó en alguna función, pero eso fue todo. Después, como le he dicho, entró de aprendiza en una peluquería. Fui yo quien le sugirió que se viniera conmigo y probara fortuna en el teatro. No podía imaginar entonces que las cosas fueran a salir de este modo ni que a los quince días de su debut asesinarían a Claudio a media representación. Soy responsable de lo que pueda haberle ocurrido y...

Dos gruesos lagrimones enturbiaron sus ojos y Atila volvió a rebullirse inquieto.

— Vamos, prosiga. Se ha quedado en que fueron al cine. ¿Qué hicieron después?

Marcela dio un nuevo sorbetón y continuó hablando como si el pronunciar cada palabra le supusiese un esfuerzo enorme.

— Vimos una película y al salir del cine recordé que no había acudido a darle el pésame a Laura ni a interesarme por su salud. Pero no— se corrigió— antes merendamos en una cafetería. Cuando llegamos a casa de Laura, que vive en un chalet en el Viso, eran cerca de las ocho. Encontramos allí a la mayoría de los compañeros de la obra que tenemos en cartel y a otros muchos. El hotelito estaba de bote en bote, pero se fueron marchando uno tras otros y al final nos quedamos solamente Jaime, León, Manolo Ponce y nosotras dos. Marina se peleó con Jaime sin venir a cuento y él se enfadó tanto, que se largó hecho un basilisco. No sé qué mosca pudo picarle a ella, pero el caso es que creó una situación violentísima y aún más teniendo en cuenta que Laura estaba presente y que no era el momento oportuno para que la pobre tuviera que soportar impertinencias. Tendida en el diván del saloncito y con unas ojeras que le llegaban a los pies, resultaba de lo más patética, pero Marina le soltó un par de frescas que la dejaron helada. Todos nos quedamos estupefactos y levantamos el campo a continuación.

—¿A qué hora, más o menos?— intentó precisar él.

— Eran más de las diez y media y había una niebla espantosa— replicó Marcela sin vacilar—. Cuando al marcharnos salimos al porche, Manolo propuso que nos fuéramos juntos a cenar y yo acepté. Marina, en cambio, nos dijo que estaba cansada y que ya tomaría algo en casa. Aunque es muy miedosa, no me extrañó que quisiera marcharse sola, porque después del numerito que había montado estaba como abochornada.

Se interrumpió para clavar en el abogado unos ojos angustiados.

— Fue la última vez que la vi. Yo no podía imaginarme que...

— Por supuesto que no podía imaginárselo— corroboró el otro a media voz—. Pero dígame, ¿qué dirección tomó?

Marcela parpadeó nerviosamente.

— La de nuestra casa, naturalmente. Manolo y yo bajamos con ella hasta la calle de Serrano y aguardamos a que tomara el autobús. Supongo que se bajaría en la parada de la Puerta del Sol y desde allí caminaría por la Calle Mayor hasta la del Pretil de los Consejos, donde vivimos.

— Un trayecto bien iluminado y que suele estar muy concurrido— comentó él como para sí.

La muchacha meneó negativamente la cabeza, agitando cadenciosamente su oscura y rizada melena.

— Esa noche, no. Como recordará, hacía una noche de perros y la niebla era muy espesa. Apenas si me crucé con un par de transeúntes cuando regresé a casa. Al no encontrarla en el piso fue cuando empecé a preocuparme. Llamé a todos los amigos y conocidos por teléfono, luego aporreé la puerta de los vecinos y hasta desperté a la portera, pero ninguna la había visto ni sabía nada de ella. Tampoco el vigilante de la obra que están haciendo enfrente pudo aclararme nada. Me aconsejó que avisase a la policía y es lo que hice.

—¿Y no sería posible que hubiera regresado con su familia?— sugirió pensativamente Atila.

Marcela hizo un ademán negativo, haciendo nuevos esfuerzos por contener las lágrimas.

—No. También lo comprobé, aunque sabía que era imposible. Marina no llevaba dinero encima. Incluso se había dejado el bolso en mi coche y, por no volver a por él, me pidió el necesario para coger el autobús y la llave de la puerta de la cocina de mi casa. Y además, ¿a esas horas donde iba a ir?

La voz se le quebró y comenzó a sollozar convulsivamente, escondiendo el rostro entre las manos, al tiempo que Atila daba un respingo en su butaca, absolutamente consternado. Levantó las dos manos con un gesto de súplica que ella no vio, las volvió a bajar y al fin carraspeó, tirándose del nudo de la corbata.

—Vamos señorita, vamos, cálmese. Su amiga aparecerá. Debe tener confianza.

¿Por qué no se le ocurrirían más frases de consuelo que añadir?, se preguntó embarazado. En sus treinta años de profesión había tenido que presenciar al menos una llantina diaria, pero aún no había aprendido a reaccionar oportunamente. La mente se le quedaba invariablemente en blanco y lo más que lograba era balbucear alguna incoherencia. Por fortuna, ahora contaba con Rogelio, a quien los llorones se le daban como hongos y que, como solía escuchar detrás de la puerta de su despacho, acudía oportunamente en su ayuda. ¿Qué estaría haciendo el muy estúpido que no aparecía inmediatamente? Marcela hipaba e hipaba inconteniblemente y él ya había reducido su elegante corbata de seda natural a un lamentable pingajo. ¿Por qué no estaría escuchando al otro lado de la hoja de madera como era su obligación?

!Por fin!, se dijo, al oír sus discretos golpecitos en la puerta de comunicación y aliviadísimo, le gritó:

— Pasa, pasa.

Un segundo más tarde, la figura del muchacho se destacó en el umbral, pero por su gesto comprendió Atila que su intromisión era puramente causal. No tenía idea del pastel que le aguardaba, porque en un primer momento ni siquiera se fijó en Marcela. Se dirigió en cambio hacia él muy excitado, como si fuera a comunicarle algo importante, pero al llegar a la altura de la mesa reparó en la llantina de la chica y por un instante se quedó cortado. Después se inclinó hacia el oído de su jefe y le dijo a media voz:

— Le llama Ballesteros por teléfono. Dice que acaba de encontrar a la señorita Marina Abril. ¿Le paso la comunicación?

Atila no tuvo tiempo de contestarle afirmativamente. Al oírle, Marcela se había puesto en pie de un salto y se arrojó sobre el estupefacto Rogelio, zarandeándole como una loca.

—¿Qué es lo que le ha dicho a usted por teléfono?, ¿donde está Marina?— sollozó—. ¿Qué es lo que le ha pasado?— Y con dos sacudidas más, insistió a gritos—:¿Pero por qué no me contesta usted?

No era fácil para Rogelio recuperar el uso de su voz. Aunque le sacaba a ella más de la cabeza y no era precisamente enclenque, Marcela le había acorralado contra la mesa, sopapeándole entre lloros y preguntas que no le daba tiempo a responder. Atila llegó a temer que con aquel ataque de nervios le estrangulase, por lo que la agarró por ambas manos, hasta que consiguió que le soltase.

— Señorita, tranquilícese. Si no deja de gritar, no lograremos enterarnos— le vociferó al oído, interponiéndose después entre los dos. Se volvió a continuación hacia su maltrecho pasante, que con una mano en la garganta hacía visibles esfuerzos por tragar saliva y le propinó unas suaves palmaditas en la espalda.

— Anda, pásame la comunicación. Date prisa.

El muchacho se apresuró a obedecer. Regresó segundos

más tarde, cuando ya el abogado había descolgado el auricular y, mientras ponía en orden sus ropas, fue a parapetarse tras la mesa de su jefe, observándola recelosamente. Ella luchaba ahora por arrebatarle el aparato a Atila, que hacía inútiles esfuerzos por entender lo que le decía el comisario.

— Hemos dado con ella, don Atilano— le oyó decir—. Marina Abril se encuentra ingresada en el Hospital Doce de Octubre desde hace tres noches. Al parecer, la atropelló un automóvil cuando regresaba a su domicilio. ¿Me oye?

Oírle, le había oído, pero aquella histérica no le había permitido contestarle. Al fin había logrado apoderarse del auricular y le lloraba a gritos a Ballesteros, que atónito repetía:

— Pero don Atilano, ¿qué le ocurre a usted?

Fue Rogelio quien consiguió recuperar el aparato, después de arrojarla a ella de un empellón sobre la butaca donde había estado sentada y, en cuanto se lo pasó a su jefe, se apresuró éste a tomar la palabra.

— No me ocurre nada. ¿Decía usted que a esa señorita la ha atropellado un automóvil?

— Sí, pero afortunadamente no ha sido nada de importancia. Solo un brazo roto y contusiones en todo el cuerpo. Se repondrá pronto—. Notó a través del hilo la ligera vacilación de Ballesteros al añadir —: He hablado con ella ya y... no sé, hay algo extraño en todo esto. Asegura que un coche se le echó encima, pero el transeúnte que la llevó al hospital dice que la encontró caída de bruces en las escaleras de su calle. Es muy raro que un coche la haya atropellado allí.

Desazonado, advirtió Atila que solo a duras penas mantenía Rogelio a raya a Marcela, que luchaba nuevamente por arrebatarle a él el teléfono, por lo que se apresuró a preguntarle al policía:

— Entonces, ¿no hubo ningún testigo?

Ahogó una imprecación al recibir una patada en la espinilla, que con certero instinto atribuyó a Marcela. La muchacha ganaba posiciones por momentos y entre hipidos y jadeos le estaba propinando a Rogelio una tunda monumental. Él se limitaba a impedir que pudiera aproximarse a su jefe, aguantando impertérrito sus embestidas. Atila no le suponía capaz de tanto estoicismo y se lo agradeció desde el fondo del alma, mientras le vociferaba a Ballesteros:

— Hable más alto. No consigo entenderle.

— Le decía que no, que no hubo testigos— repitió el comisario—. Si es cierto lo que ella dice, el conductor del vehículo puso pies en polvorosa. Creo que convendría que se acercase a verla al hospital. Está muy nerviosa y no quiere añadir una palabra más, sin haber hablado antes con usted, ¿me oye?

— Le oigo, le oigo.

— Es que me parece que no me oye. ¿Qué es ese alboroto que tiene en su despacho?

Atila colgó el auricular sin explicárselo. ¿Qué habría pensado el comisario si le hubiese contado que Marcela acababa de derribar a Rogelio sobre la alfombra con una llave de judo? El chico había tenido el tiempo justo de sujetarla por un tobillo y arrastrarla en su caída y ahora se daban de moquetes sobre la alfombra, pugnando los dos por levantarse e impedirle al otro que se incorporara. En su larga carrera profesional era la primera vez que tenía lugar en su despacho un espectáculo tan bochornoso, tanto, que solo se le ocurrió carraspear para llamar la atención de ella, ya que, después de todo, era la única culpable.

— Señorita, ¿quiere hacer el favor? Su amiga se encuentra perfectamente. ¿Quiere hacer al favor de levantarse y atenderme?

Marcela le atendió en el acto, pero no se levantó. De rodillas sobre la alfombra, desgreñada y con el rímel corrido, repitió en tono interrogante:

—¿Marina se encuentra perfectamente?, ¿dónde está, qué le ha pasado?

Aturdida se puso en pie, mientras Atila le resumía su azarosa conversación con Ballesteros y cautelosamente se parapetaba tras de su mesa, temiendo una explosión de júbilo de ella, igualmente aparatosa.

No se equivocó. Profirió primero Marcela unos cuantos

grititos de alegría, saltó después, y finalmente se echó a llorar de nuevo, colgándose del cuello de Rogelio, que terminaba de levantarse y al que estuvo de punto de volver a derribar. A duras penas logró el chico quitársela de encima.

— Tranquilícese, señorita. Su amiga está bien y estará deseando verla. Lo mejor que puede hacer es acudir al hospital inmediatamente— le sugirió con la evidente intención de perderla de vista cuanto antes.

Aún desmelenada y con la cara llena de churretes, Marcela seguía siendo una mujer de bandera. Sonreía ahora abochornada, mirándoles entre sus negras pestañas.

— Perdonen por haberme dejado llevar por los nervios. Soy muy temperamental y estaba tan asustada, tan preocupada por Marina que... Me disculpan, ¿verdad?

— Nos ponemos en su caso— repuso Rogelio con voz lúgubre, arreglándose el nudo de la corbata—. La suya es una reacción muy natural.

Ella procedía a limpiarse la cara con la ayuda de un espejito que había sacado de su bolso e insinuó:

— Habrán pensado que soy una histérica.

Aunque utilizando el plural, se dirigía a Rogelio, que, mientras recomponía su indumentaria, le replicó en el mismo tono de antes:

— Sí, quiero decir, no. Comprendemos sus sentimientos.

Pero indudablemente no los comprendía, porque la observaba como si ella fuera una leona del zoológico a la que le hubieran abierto la puerta de su jaula por equivocación. Atila cayó entonces en la cuenta de que desconocía la identidad de la muchacha y se la presentó.

— La señorita es actriz también e íntima amiga de la señorita Abril. Por eso estaba tan preocupada por ella.

— Ya— articuló solemnemente Rogelio, estudiándola con nueva curiosidad—. Pues celebro conocerla y que lo de su amiga no haya sido nada.

La otra sonrió entre tímida e intranquila.

— Solo un brazo roto. Teniendo en cuenta lo que podía

haberle pasado, es como para volverse loca de alegría, ¿no le parece?

Seguía dirigiéndose a Rogelio con cierta coquetería y este asintió muy serio.

— Desde luego, como para volverse loca.

Latía en su tono un matiz irónico que ella no captó, pero Atila sí y que le impulsó a poner fin a la entrevista. Hizo ademán de precederla hacia la puerta, al tiempo que le comentaba:

— Dígale a su amiga que iré a visitarla mañana mismo y transmítala mis deseos de que se recupere pronto.

Marcela recogió atolondradamente su bolso y le siguió. Desde el umbral se volvió hacia Rogelio para sonreírle.

— Adiós y... perdone.

Él le devolvió forzadamente la sonrisa y en cuanto le dejaron solo en el despacho pasó revista a su maltrecha persona, mascullando frases ininteligibles por lo bajo. Cuando un minuto más tarde regresó Atila, le encontró sentado en el sillón que ocupara Marcela antes de que le acometiese aquella alferecía, con la vista fija en el techo como si contemplara algo de mucho interés. Su jefe dedujo que estaba especulando sobre ella por la pregunta que le formuló a continuación.

— Dígame, don Atilano, ¿la loca que se acaba de marchar está fuera de toda sospecha? A ésta sí que me la imagino perfectamente apuñalando a Claudio y profiriendo después el grito de Tarzán. Pertenece indiscutiblemente al gremio de las fieras vestidas con faldas.

Una sonrisa socarrona distendió las apacibles facciones del abogado. Mientras tomaba asiento en su butaca, observaba a su pasante francamente divertido.

— Pues lo siento, porque sí parece estar fuera de toda sospecha. Se marchó del teatro en cuanto concluyó su papel y se hallaba en su casa cuando se cometió el crimen.

— Eso es lo que le habrá dicho ella, ¿pero lo ha comprobado?— insistió obstinado.

— Por supuesto. Tanto don Leónidas como la señorita Abril coincidieron en ese punto.

— No me parece suficiente— objetó Rogelio, que al fin había encontrado una sospechosa de su gusto—. Tal vez ella volviera al teatro después y se escondiera en alguna parte. Los escenarios están llenos de chismes y de recovecos y además esas actrices dominan el arte de caracterizarse.

—¿Y de qué piensas que pudo caracterizarse?— inquirió Atila, siguiéndole pacientemente la corriente.

El chico se alisó dubitativamente su rojiza pelambrera.

— De cualquier cosa. De viejecita andrajosa, por ejemplo.

— No hay ninguna viejecita andrajosa en la comedia. La única viejecita es la Brígida, que por cierto no tiene nada de andrajosa. Si es que te sientes influenciado por el cuento de Blancanieves...

El otro le interrumpió, bruscamente inspirado.

— Ya está. Pudo disfrazarse de comparsa. Recordará usted, porque les vimos la otra tarde, que iban vestidos de mamarrachos y se cubrían la cara con un antifaz. Nadie la hubiera reconocido así disfrazada y además estoy seguro de que ni ellos mismos saben cuántos son.

— No había ningún comparsa entre bastidores durante el cuarto acto— replicó Atila implacable—. Y por otra parte, ¿por qué ese interés en achacarle el crimen a la señorita Llanes? Aunque demasiado temperamental, es una muchacha muy atractiva y tú no eres precisamente insensible a los encantos del sexo femenino.

— A esa, para mi gusto, le sobran encantos— masculló el chico con algo de rencor.

Su jefe se echó a reír con ganas.

— !Vaya, hombre!, te encuentro un poco amoscado, aunque reconozco que no es para menos. Pero dejémoslo y contéstame a una pregunta. ¿Has estado alguna vez en la calle del Pretil de los Consejos?

— Sí, se encuentra en el Madrid antiguo y arranca de la calle Mayor, desde la que se baja por unas escaleras. ¿Por qué lo pregunta? ¿Es que la fiera vive allí?

— Vive allí efectivamente, pero te lo pregunto porque

atropellaron a la señorita Marina Abril en esas escaleras. ¿Qué te sugiere esa circunstancia?

— Que el conductor estaba borracho— replicó Rogelio sin detenerse a meditarlo—. Esa noche había bastante niebla y, si llevaba encima dos copas de más, probablemente se lanzó alegremente con su coche escaleras abajo.

Atila no pareció muy satisfecho con la respuesta de su pasante y permaneció unos segundos callado con el ceño fruncido. Al fin dijo:

— No sé, tal vez tengas razón, pero en cualquier caso iré a visitar a Marina Abril mañana. Aun cuando el atropello pudiese haber sido involuntario, necesito aclarar lo referente al cuchillo y a su chal y averiguar por qué me mintió. Quizás si la interrogo con habilidad...

— El bombonazo cante como un canario— terminó Rogelio por él.

—CAPITULO VI—

Marina Abril se incorporó ansiosamente en el lecho de su habitación del hospital, cuando el abogado entró a visitarla. El cuarto, con las paredes pintadas de verde, constaba de dos camas, pero la otra estaba vacía. La muchacha parecía más menuda y aniñada en aquel entorno, que cuando le visitara en su despacho, pese a que ya entonces le había parecido muy jovencita a Atila. Con sus oscuros y rizados cabellos desparramados por la almohada, parecía una colegiala que se hubiera visto obligada a guardar cama por una gripe intempestiva. Solo los moratones de su rostro y la escayola de su brazo derecho desvirtuaban esa impresión.

—Le agradezco que haya venido— musitó la muchacha con una voz algo débil—. Ya me encuentro mejor, pero estoy tan nerviosa... Siéntese, por favor.

Le indicaba la única butaca de la estancia, situada entre las dos camas, de donde Marcela acababa de levantarse, y Atila vaciló antes de dirigirse a ésta.

—Si me permite... No se moleste, pero quisiera hablar con la señorita Abril a solas. Serán solo unos minutos.

—Por supuesto— admitió Marcela, haciendo intención de dirigirse hacia la puerta—. Bajaré a la cafetería a tomar algo mientras tanto. Por mí no tenga prisa.

Cerró cuidadosamente la puerta tras de sí y Atila aproximó lo más posible la butaca al lecho, tomando asiento a continuación.

—Vamos a ver qué es lo que tiene que contarme.

253

Marina asintió, mordiéndose los labios.

— Sí, estoy tan asustada… Ese comisario no me ha creído, aunque le he dicho la verdad y...— Clavó en el semblante de su interlocutor sus aterrados ojos azules—. ¿Qué me va a pasar cuando salga de este hospital? El coche se abalanzó sobre mí, me atropelló intencionadamente. Yo corrí y corrí, pero me alcanzó cuando llegué a las escaleras y... Después, cuando me desperté en esta habitación, no podía recordar nada, ni siquiera como me llamaba...

— ¿Es por eso por lo que Ballesteros ha tardado tanto en encontrarla?

La chica asintió de nuevo, esbozando un puchero.

— Había olvidado mi bolso en el coche de Marcela y no llevaba encima documentación, pero poco a poco he ido reconstruyendo los hechos. Luego he pedido que avisaran a Marcela, pero el comisario se ha presentado primero y, aunque le he explicado cómo tuvo lugar el accidente, no me ha creído. No hacía más que insistir sobre la pérdida de mi mantón y se ha empeñado en que yo había envuelto en él el cuchillo con el que mataron a Claudio.

— ¿Y no lo hizo usted?

— ¿Yo? —. Su estupefacción era tan absoluta que le hizo dudar a Atila.

— Si no lo hizo usted, vería como lo hacía otra persona. A mí puede decírmelo.

Con la misma expresión de estupor, Marina volvió a denegar con la cabeza.

— No vi nada semejante. Solo lo que le conté en su despacho.

Atila dudó de nuevo. La sorpresa de ella parecía tan auténtica y sus protestas tan sinceras, que se sintió confuso. Si le estaba mintiendo en ese momento, era una consumada actriz. ¿Lo sería en realidad? Leónidas Domínguez así lo había afirmado, pero su opinión carecía de valor, porque se la había forjado en unas circunstancias bastante equívocas. La chica debió seguir el hilo de sus pensamientos, porque manifestó cierta suspicacia.

—¿Tampoco me cree usted?

— Desde luego que sí— le aseguró él, con una convicción que estaba lejos de sentir—. Pero cuénteme qué es lo que le ocurrió la otra noche. ¿Por qué cree que la atropellaron intencionadamente?

Los claros ojos de ella le miraron asustados. Traslucían un inmenso terror.

— Verá. Me di cuenta de que un coche me seguía en cuanto atravesé la Puerta del Sol y eché a andar por la calle Mayor.

— Pero en el sentido que usted llevaba, esa calle es dirección prohibida— objetó él, interrumpiéndola.

— Pues por eso precisamente lo advertí— murmuró Marina con voz temblona—. No había un alma por la calle y con la niebla apenas si se veía a dos metros de distancia, pero oí a ese coche detrás de mí y lo esquivé subiéndome al escalón de un portal y aplastándome contra el portalón de la casa. Aunque me llevé un susto espantoso, pensé que se trataba de alguien que conducía con dos copas de más y aguardé dando diente con diente a que el coche siguiera de largo. Entonces el automóvil dio marcha atrás y se detuvo a un par de metros, como esperando a que saliera de mi refugio. Con el corazón en la garganta, eché a correr como una loca, sin despegarme de las fachadas de las casas, y cuando crucé corriendo la primera bocacalle, faltó un pelo para que me arrollase. Volví entonces la cabeza y vi entre la niebla como daba nuevamente marcha atrás y se lanzaba tras de mí como una exhalación. Fue al llegar a las escaleras que bajan de la calle Mayor a la del Pretil de los Consejos, cuando me alcanzó. Sentí un dolor muy intenso y... después nada. Cuando recobré el conocimiento, me encontraba aquí, en el hospital.

— Ya— articuló escuetamente Atila—. ¿Logró ver al conductor del coche? ¿Se fijó al menos en el número de matrícula?

Ella denegó nerviosamente con la cabeza. La barbilla le temblaba ligeramente al responder:

— No, y no creo que me hubiera fijado ni aun

hallándome serena. Con la niebla, se veía todo como borroso. De lo único que estoy segura, es de que se trataba de uno de esos coches que tiene todo el mundo. ¿Entiende lo que lo digo?

Atila sonrió ante su expresión de ingenuidad.

¿Era como el mío?

—No sé cómo es el suyo y perdone que me explique tan mal. Las marcas de coche nunca me han interesado. Marcela le podrá decir a qué modelo me refiero, porque ella tiene uno igual. El color tenía que ser blanco o gris y... lamento no poder darle más detalles. Pensará que soy una estúpida.

—Nada de eso— replicó paternalmente él—. Comprendo que, en el estado de nervios en que se encontraría, no estaba en condiciones de reparar en esos detalles.

Incorporándose en la cama, Marina le interrumpió excitada.

—¿Pero por qué me ha ocurrido esto? Yo no me he metido nunca con nadie. ¿Cree que puede tratarse de un chiflado?

Atila tardó en contestarle. Cuando lo hizo, empleó un tono deliberadamente persuasivo.

—¿Está segura de que me ha contado todo lo que vio la tarde del crimen? Le prometo no utilizarlo sin su permiso.

Ella parpadeó como si no comprendiera sus palabras.

—¿Quiere decir que...?, ¿Piensa que las dos cosas pueden estar relacionadas?

— Cabe dentro de lo posible.

Lo meditó con el ceño fruncido y algo como un escalofrío la obligó a arrebujarse más bajo las sábanas, pese a que la calefacción era insoportable y él se sentía bañado en sudor.

— Pero eso es absurdo. ¿Por qué a mí? Si yo hubiera visto algo de importancia aquella tarde, podría entenderlo, pero vi lo que todos los demás, que Claudio caía al suelo inesperadamente. Solo eso.

Su aire de angustia hubiera conmovido a cualquiera que se sintiera menos receloso que Atila, pero éste, decidido a no dejarse influir por marrullerías, replicó acusadoramente:

—Si fuera cierto lo que me está diciendo, no le habría contado a Laura Marco, la mañana siguiente al crimen, que alguien había ocultado el arma homicida dentro de su chal. ¿Cómo lo sabía usted si la policía no había encontrado aún el puñal de Jaime Robledo dentro del sarcófago?

La estupefacción de Marina alcanzó su apoteosis. Abrió desmesuradamente los ojos y la boca y permaneció durante varios segundos sin tan siquiera pestañear.

—¿Que yo le dije a Laura...?— articuló trabajosamente—. Es completamente falso. Me enteré de que habían matado a Claudio con el cuchillo de Jaime varios días después y precisamente en su casa. Cuando me acerqué a verla con Marcela y nos encontramos allí a todos los de la compañía. Fue precisamente la noche en la que me atropellaron.

Desorientado, Atila frunció el ceño.

—¿Cuando la visitó aquella mañana en que acudió después a mi despacho, no le comentó a Laura lo del cuchillo y lo del mantón?

—Claro que no. Ni siquiera tocamos ese tema. Laura no sabía cómo ni con qué habían asesinado a su marido ni yo tampoco.

Ahora sí que Atila se quedó desconcertado. ¿Le estaría diciendo Marina la verdad? Si era así, la que le había mentido había sido Laura, que en ese caso debía estar de alguna manera implicada en el crimen.

—Bien, bien, no se altere— le recomendó—. Pero dígame entonces la razón por la que, a partir del momento en que la policía identificó el arma y su mantón, se buscó mil excusas para no aparecer por su casa y despistar de ese modo a Ballesteros. ¿Por qué ha estado esquivándole desde entonces?

—¿Que yo he... estado esquivándole...?— balbuceó apenas ella—. ¿Pero qué le pasa a usted esta tarde? No hace más que inventar cosas que nunca han sucedido y en tergiversarlo todo. ¿Por qué no habría yo de querer volver a casa y qué interés podría tener en esquivar a la policía? Por mi gusto no habría salido de nuestro piso en los días que siguieron a la muerte de Claudio. Fue Marcela la que se empeñó en que debíamos distraernos y me llevaba de un sitio para otro, porque decía que el piso le producía claustrofobia. Pregúntele a Marcela y se lo confirmará.

La otra le había contado un cuento bien distinto, se dijo Atila caviloso. En realidad, era el mismo cuento con un enfoque diferente. De la versión de Marcela se deducía que era Marina quien pretendía eludir a Ballesteros y de la de la muchacha que tenía enfrente parecía desprenderse que era la otra la que no quería encontrarse con la policía. ¿Cuál de las dos le habría dicho la verdad? Se inclinaba a creer a Marina y no solo por sus preferencias personales. Al relatarle su accidente, la muchacha acababa de decirle algo que le había alertado y que le intrigaba. Era tan solo un indicio sin base por el momento, y en el que quizás no habría reparado si Rogelio no hubiese opinado tan desfavorablemente sobre Marcela tras la visita de ésta a su despacho pocas horas antes. El hecho de que la muchacha poseyera un coche igual al que había atropellado a Marina podía ser una casualidad, pero no perdía nada por tomarlo en consideración. Quizás las conjeturas de su pasante no fueran tan absurdas, se dijo. Si después de que aparentemente se hubiera marchado Marcela del teatro, Marina la había reconocido, disfrazada o caracterizada de cualquier cosa, y la vio realizar algo comprometedor, sería lógico que tratara de encubrir a su amiga. Tan lógico como que Marcela intentara quitarla de en medio, simulando un accidente.

¿Pero no estaría pasándose de listo? El numerito que Marcela había montado en su despacho esa misma mañana parecía indicar que se preocupaba seriamente por Marina, que sentía por ella verdadero cariño. Claro que, también podría significar lo contrario, que al no conocer las consecuencias de su atropello se sintiera sumamente inquieta. Decidido a averiguarlo, se inclinó hacia la cama con el semblante impasible.

— Dígame una cosa, ¿todos esos recorridos los hicieron en el coche de su amiga?

La pregunta le resultó a Marina tan extemporánea, que su irritación dejó paso a la perplejidad.

— Sí, ¿por qué?

— Y cuando se despidieron de Laura Marco la noche en la que la atropellaron, su amiga se marchó en su coche con el señor Ponce. En cambio, usted prefirió irse andando, pese a que la niebla no invitaba a pasear.

— Me marché en autobús, porque no sentía el menor deseo de continuar vagabundeando por Madrid. A Marcela sí le apetecía y por eso me fui sola. ¿Acaso está pensando ahora que adiviné que alguien iba a atropellarme y decidí darle esa oportunidad a mi agresor?

Atila sonrió socarronamente.

— Por supuesto que no estoy pensando esa tontería. Solo quería saber el motivo de que, siendo tan miedosa como es, decidiera marcharse sola, pero ya ha quedado claro que era la señorita Llanes la que no quería volver a casa. ¿No se empeñó en convencerla de que usted les acompañase a cenar?

— Claro que se empeñó. Me trata como si fuera mi madre y, aunque ella no se asusta de nada, siempre está imaginando desgracias que pueden ocurrirme a mí. Pero no me gusta hacer el papel de carabina y si Manolo y ella querían irse a cenar, yo no pintaba nada. Hace mucho tiempo que él anda persiguiéndola y me da la impresión de que le estorbo.

— Comprendo— murmuró el abogado con un gesto que la apaciguó.

Se recostaba ahora sobre sus almohadas más sosegada y, aunque le contemplaba con el ceño fruncido, advirtió que su animosidad había desaparecido. Debía estar meditando sobre algo que la preocupaba.

— Dígame, don Atilano, ¿hay alguna probabilidad de que la policía descubra quien ha sido la persona que me atropelló? Si no se trata de un chiflado y me persiguió a mí intencionadamente, puede que repita la intentona.

— Nuestra policía es muy eficaz, pero con unos detalles tan imprecisos lo considero muy difícil— repuso él, meneando dubitativamente la cabeza—. Creo que lo mejor sería que usted regresara con su familia por el momento. Al menos, hasta que se esclarezca quien ha sido el autor de la muerte de Claudio

Veiga. Después...

—Está convencido entonces de la inocencia de Arturo— musitó Marina, desviando la mirada hacia la ventana—. Piensa que el criminal aún anda suelto y que es el que pretende quitarme de en medio, ¿verdad?

Pronunció las palabras lentamente, como si las fuese meditando sobre la marcha y al terminar volvió a clavar su vista en él.

—Es eso, ¿verdad?

—Sí— reconoció sencillamente Atila—. Puedo equivocarme, pero considero preferible que no se arriesgue usted.

—¿Y cree que en mi pueblo estaré más segura? Está a muy pocos kilómetros de Madrid y mi aspirante a asesino tiene coche, no lo olvide. En media hora puede plantarse allí y descerrajarme un tiro o arrojarme por una ventana. Aquí al menos tengo a Marcela y ella no permitirá que me ocurra nada.

Su confianza en la otra parecía ser ilimitada y eso inquietó a Atila aún más de lo que ya estaba.

—Su amiga no ha sido capaz de evitarlo esta vez.

—Porque ella no podía imaginárselo ni yo tampoco, pero a partir de ahora será distinto. No me separaré de su lado para nada.

—Es solo una muchacha— apuntó inexpresivamente él, sin decidirse a hacerla partícipe de sus sospechas.

—Pero es muy fuerte. Va todas las mañanas a un gimnasio donde practica kárate y judo. Hace un par de años intervino en una película en la que hacía un papel de ninja y tuvo que aprender los rudimentos de esas artes marciales. Desde entonces se ha instruido a fondo y no deja ni un día de entrenarse.

Su interlocutor vaciló. Quería hacerle una pregunta relacionada con las absurdas conjeturas de Rogelio, pero precisamente porque eran absurdas no acababa de decidirse a expresarlas en palabras. Cuando finalmente optó por formulársela, la soltó de sopetón y se sintió tan en ridículo que enrojeció.

—Dígame, ¿su amiga ha trabajado alguna vez en el circo?

Las cejas de Marina se elevaron sobre su frente a la par que sus ojos azules se agrandaban de sorpresa.

—¿Marcela? No, claro que no. Lo suyo es el teatro, en el que debutó muy jovencita. De vez en cuando la contratan para alguna película. Papelitos sin importancia para lucir su físico. Recuerdo que en la última que rodó, toda su actuación se reducía a caminar por una calle con una ropa muy estrecha. Los extras se volvían a su paso y le silbaban.

—¿Eso fue todo?

—Pues sí— reconoció Marina, abatiendo sus largas pestañas, algo ruborizada por la ironía que había dejado traslucir él—. Pero ahora que lo dice...

Se interrumpió súbitamente para observarle con admiración.

—¿Cómo lo ha adivinado? ¿Es que vio aquella otra película? Marcela tenía también un papelito insignificante, pero la acción se desarrollaba precisamente en un circo.

El respingó imperceptiblemente en su butaca.

—¿Y ese papelito insignificante...?

—Encarnaba a una domadora de leones a la que devoraban en la primera escena— le aclaró ella, avergonzándose de nuevo.

—¿Y no...? — Atila tomó aire para continuar y con un esfuerzo ímprobo, añadió —: ¿Y no había en la película ningún número de lanzamiento de cuchillos? Suele ser habitual.

Abochornado por hacer suyas las tonterías de Rogelio, aguardó la respuesta de ella, que no se hizo esperar. Se había echado a reír, pero no de él. Por el contrario, parecía encantada de su perspicacia.

—Claro que sí. ¿De verdad no ha visto la película? También su papelito era muy corto, pero Jaime estaba colosal. Pese a todo, la crítica puso la película por los suelos y en Madrid solo estuvo una semana en cartel. En mi pueblo, en cambio, gustó muchísimo. Yo vivía aún allí cuando la estrenaron y la vi con mis amigas más de seis veces. Después, cuando me vine y en el teatro le conocí personalmente... no puede imaginarse lo emocionante que me pareció.

Atila se había quedado inmóvil y como alerta.

— ¿De modo que era Jaime Robledo quien realizaba ese número? Supongo que necesitaría adiestrarse previamente. ¿O acaso utilizó un doble?

Marina volvió a reír como si le divirtiera la ignorancia de él.

— ¿Un doble? Si era lo único que Jaime hacía en la película.... Creo que por eso le tiene tanto apego a su cuchillo, porque esa película fue su primera oportunidad—. Repentinamente dejó de reír y se le quedó mirando recelosa—. ¿Por qué me ha preguntado eso? — Y en tono acusatorio, añadió —: Me da la impresión de que ha ido encauzando esta conversación con un propósito determinado.

— En absoluto— le aseguró él, apresurándose a poner su mejor cara de inocencia—. Recuerde que estábamos hablando de la señorita. Llanes y hemos derivado hacia ese muchacho por casualidad. La encuentro muy suspicaz esta tarde.

Marina le observó en silencio unos instantes.

— Perdone, es que me ha parecido... He recordado de pronto que con ese cuchillo mataron a Claudio y he creído que disimuladamente me estaba tirando de la lengua. No necesita hacer eso conmigo. Le he dicho todo lo que sé.

— O por lo menos, lo que cree saber— puntualizó él—. Mire, seré sincero con usted. Pienso que efectivamente me ha dicho todo lo que sabe, pero que vio algo más en lo que no ha caído aún y que debe tener importancia. Si lo recuerda, llámeme a cualquier hora a mi despacho, aunque sea de madrugada. Vivo en el piso en el que tengo mi despacho.

La solemnidad con la que se había expresado la intimidó, pero pese a ello denegó con la cabeza.

— Le aseguro que no hubo más. Si esa es la razón por la que alguien ha intentado matarme, se halla en un error.

— No se preocupe, pero hágame caso— le aconsejó él al ponerse en pie, propinándole unas suaves palmaditas en la mano sana—. A cualquier hora estaré a su disposición.

Inició el movimiento de marcharse, pero ella le retuvo, aferrándole por un brazo.

— Gracias por haber venido a verme y por ... por todo. Dentro de unos días me darán de alta y... me gustaría seguir su consejo, pero no puedo. Aquí tengo mi trabajo y no puedo desaprovechar la oportunidad que me ha ofrecido don Leónidas. Si regresara a mi pueblo ahora, tendría que rechazar su oferta, pues los ensayos comenzarán la semana que viene.

— ¿A que se refiere?

— A la obra que piensa montar. Me ofreció un papel la otra noche en casa de Laura, o sea, la noche en la que me atropellaron.

— ¿Se lo ofreció esa noche?— trató de precisar él algo desorientado—. ¿Y no le dijo que Ballesteros andaba buscándola como un loco y que acudiera usted a su comisaría?

— Sí que lo hizo, pero ya era muy tarde y pensé dejarlo para la mañana siguiente.

Atila estudió en silencio su pálido semblante.

— ¿Lo pensó usted sola o alguien se lo sugirió?

Marina esbozó una media sonrisa de disculpa.

— Bueno... fue Marcela la que dijo que ya no eran horas de ir a ninguna parte y los demás estuvieron de acuerdo.

— ¿Quiénes eran los demás?— insistió él con aire adusto.

— Pues todos los que quedaban: don Leónidas, Laura, Manolo, Jaime y... y nadie más.

— Ya— masculló él entre dientes. Podía imaginarse perfectamente a Marcela convenciéndola y a Marina dejándose convencer. Más le extrañaba que aquel inconsciente de empresario hubiese adoptado tal actitud temiendo como temía que Ballesteros tuviera intención de detenerla. Con ello solo agravaba las sospechas que el comisario pudiera tener sobre ella. ¿O tendría razón este último al afirmar que el empresario trataba de escamoteársela?

Pero por dejar pasar una noche no sacaba nada en limpio, se dijo. Solo ganar un poco de tiempo que a él no le beneficiaba. Beneficiaba en cambio al que más tarde la atropelló. Quizás imaginó que el interés de Ballesteros se debía a algo más importante que al hallazgo de su chal y al sentirse en peligro actuó precipitadamente. Pero en ese caso el criminal debía hallarse en la reunión de la casa de Laura, con lo que el número de sospechosos se reducía considerablemente.

— Ya sé que no le interesan las marcas de automóviles— le dijo con aire despreocupado—. Pero tal vez recuerde algún detalle del coche que la atropelló, si me describe los de algunos de sus compañeros. ¿Cómo es el de don Leónidas Domínguez, por ejemplo?

Marina, que debía esperar una reprimenda, se sintió aliviada y repuso sin recelar en absoluto de las intenciones del otro:

— Es un trasto muy grande color rojo. Un modelo deportivo con el que nunca consigue aparcar. Por eso suele dejárselo en casa, pero en la calle de Laura se aparca bien y esa noche lo llevaba. El de Manolo, es un Opel de segunda mano, de color verde oscuro. Los de los demás son todos iguales, aunque varíe el color.

Atila dedujo que aquellos coches "todos iguales" lo eran también al que la atropellara e insistió:

—¿De quién son esos autos iguales?

— Pues... Claudio tenía uno así y también Marcela y Jaime. Ya recuerdo cuál es la marca— dijo con súbita inspiración—. Son todos Renault no sé cuántos. Los que tiene todo el mundo.

Atila sonrió satisfecho. Había que descartar entonces a Leónidas Domínguez y quedaban como únicos sospechosos Jaime y Marcela.

Marina cortó el hilo de lo que estaba meditando.

— Dígame, ¿irá a verme cuando estrenemos la comedia? Con todo lo que ha ocurrido, don Leónidas ha dado por concluidas las representaciones del Tenorio y piensa poner su nueva obra en cartel lo más pronto posible. Le mandaré una invitación. Creo que el papel me va y será el primero de importancia que represente. ¿Conoce "La vida es sueño", de

Calderón? Mi papel es el de Estrella.

Él parpadeó intentando hacer memoria. ¿No le había dicho el empresario que pensaba encomendarle el de Rosaura? Sí, estaba completamente seguro. ¿Por qué entonces la habría rebajado en el reparto?

— ¿Quien hará entonces de Rosaura?— le preguntó desorientado.

Marina se hallaba demasiado entusiasmada con sus proyectos y no lo captó.

— Laura, naturalmente. Por lo que me ha comentado Manolo, don Leónidas no pensaba darle ese papel a ella, pero después de lo que le ha ocurrido...

— Ya— murmuró Atila comprendiendo—. ¿Fue esa la razón de que la otra noche se disgustara usted con ella?

Marina enrojeció hasta la raíz del pelo y denegó tímidamente con la cabeza.

— No. Fue una estupidez por mi parte y... me puse en ridículo de una forma que aún me abochorna recordar. Estaba furiosa contra Jaime por haberme hecho creer que yo le interesaba, cuando en realidad la que le importaba era la otra. Como en su casa pretendió seguir con ese juego, di una rabotada y traté de darles a entender a los dos que estaba al cabo del asunto, pero no estuve oportuna. Sonó mal lo que dije, sonó incongruente. Todos se quedaron de piedra y me miraron como si me hubiera vuelto loca de repente, ¿comprende?

— Perfectamente— le aseguró él, que podía imaginarse la escena sin ninguna dificultad—. Todos cometemos errores de vez de cuando, así que no se preocupe y piense únicamente en el futuro. Iré a verla al teatro y le mandaré un ramo de flores, pero quiero que me prometa que mientras tanto se cuidará y... ya sabe. Si recuerda algún nuevo detalle no deje de comunicármelo inmediatamente.

— Descuide que lo haré— murmuró Marina emocionada por su interés—. Puede que acabe harto de mí si le llamo con tonterías, pero de todas formas lo haré.

Atila se despidió de ella por segunda vez y, al salir al amplio y concurridísimo pasillo, se detuvo unos instantes a rebuscar en sus bolsillos. Reconocía que el apuntar los retazos más importantes de sus entrevistas era una manía, pues podía recordarlos con todo detalle sin necesidad de papelitos, pero, precisamente porque era una manía, si no lo hacía así no se quedaba tranquilo. En esa ocasión fue una servilleta de papel la que le sirvió para garrapatear unos renglones y luego se la guardó nuevamente en el bolsillo, bastante satisfecho. A continuación echó a andar calmosamente por el corredor, admirándose de que, perteneciendo a un hospital, pudiera semejarse a un hervidero de transeúntes desocupados. Casi recordaba a la Gran Vía a la caída de la tarde. Enfermeras empujando carritos y más enfermeras que no empujaban nada, se cruzaban con enfermos en pijama que se paseaban en compañía de otras personas correctamente vestidas, que seguramente habían acudido a visitarles.

Entre el barullo reconoció a Marcela, que avanzaba en dirección contraria a la suya y sin saber por qué le acometió un acceso de risa muy poco frecuente en una persona tan controlada como él. Bueno, sí sabía por qué. Había asociado el pasillo que ambos recorrían a la calle de la película en la que la muchacha había trabajado, pues, lo mismo que en aquella, todo el elemento masculino se volvía a su paso y, si no le silbaban admirativamente, era solo por respeto al lugar.

Marcela taconeaba, indiferente por completo al revuelo que producía, como si estuviera más que acostumbrada a ser el blanco de todas las miradas. Con su ceñida falda gris, un jersey fresa no menos ceñido, y su oscura melena bamboleándose sobre los hombros a cada paso, resultaba altamente llamativa. Al llegar a su lado se detuvo, evidentemente interesada en conocer su opinión.

—¿Le ha contado Marina cómo esa noche la persiguió un coche hasta atropellarla? ¿Quién cree usted que pudo ser lo bastante anormal como para arremeter de ese modo contra la pobre chica? Quizás se trate de algún maníaco que ande suelto.

—O puede que no— replicó él, observándola escrutadoramente—. He aconsejado a su amiga que por el momento vuelva con su familia, pero se ha negado a hacerlo.

Confía ilimitadamente en usted, por lo que deseo rogarle que demuestre estar a la altura de esa confianza.

Sus últimas palabras debieron parecerle a Marcela algo capciosas, porque su atractivo semblante manifestó cierta desorientación.

— ¿Quiere decir que me hace responsable de su seguridad? Por supuesto, no pienso dejarla sola ni un momento, ¿Pero no cree que sería aconsejable pedir ayuda a la policía? Aunque...

Sus labios se plegaron en un rictus duro y levantó las manos con gesto de impotencia.

— Ese idiota del comisario no ha creído lo que Marina le ha contado y seguramente no me hará el menor caso si voy a pedírsela. Tal vez si interviniera usted... —Le contempló anhelosamente durante unos segundos, antes de añadir —: Aunque el comisario piense que fue un accidente y que el conductor del coche no la atropelló intencionadamente, usted no es tan idiota como él.

Al reparar en la socarrona sonrisa de él, confusa, trató de explicarse mejor.

— Quiero decir, que usted es un cerebro, no solo que no es un idiota.

Atila agradeció el cumplido con una inclinación de cabeza.

— Hablaré con Ballesteros y procuraré convencerle, aunque también yo lo veo difícil. ¿Sabe cuándo le darán de alta a la señorita Abril?

— Aún la retendrán aquí unos días, pero se lo comunicaré por teléfono con la suficiente antelación. No quiero ni pensar que, cuando ella vuelva a casa, una cosa tan terrible pudiera volver a repetirse.

La angustia que asomaba a sus ojazos negros parecía sincera, pero Atila estaba harto de aparentes sinceridades y además tenía la mosca detrás de la oreja después de escuchar el relato de Marina. Había varios puntos que le intrigaban y decidió que era un buen momento para aclararlos. Desechando el método directo, que podría ponerla en guardia, comentó en tono intrascendente:

— He olvidado un pequeño detalle que guarda relación con lo que me ha referido esta mañana. Me ha dicho que la noche del atropello cenó usted con el señor Ponce en un restaurante, pero no recuerdo el nombre y...

— Creo que no se lo he dicho, porque no fue en un restaurante— replicó ella con entera naturalidad—. Manolo y yo tomamos unos emparedados en una cafetería de Serrano, ¿por qué?

— Y después, él se marchó a su casa y usted a la suya— afirmó Atila, esperando una reacción que no se produjo. Marcela continuó mirándole impasible y repuso sin el menor titubeo:

— Sí. Manolo vive en la Calle Ayala y le acerqué con el coche hasta la esquina. ¿Por qué le interesa saberlo?

— Por nada. Si no se entretuvo mucho con él en esa cafetería, debió usted llegar a su casa unos minutos después de que la señorita. Abril sufriera ese accidente.

Se expresó de forma deliberadamente equívoca, pero si Marcela captó la acusación que latía en sus palabras, no dio muestras de ello. Tan solo se acrecentó su expresión de angustia.

— También yo lo he pensado y hasta me siento culpable en parte, pero no podía imaginarlo. A diario volvemos a casa ya de madrugada y nunca nos ha pasado nada. En mi descargo le diré que es la primera vez que la he dejado sola.

— Yo diría que la segunda— puntualizó él—. La tarde en que mataron a Claudio Veiga también se marchó del teatro sin esperarla. ¿O la he entendí mal ayer y me dijo que volvió después al teatro a recogerla?

Marcela se quedó inmóvil, contemplándole de hito en hito. Algo que Atila no supo interpretar distendió un segundo sus facciones. Luego se mordió los labios, tragando saliva a continuación.

— No recuerdo haber comentado ese tema con usted— repuso tras un ligero titubeo—. Pero si le interesa, se lo explicaré. Efectivamente me marché sin esperarla porque...

porque sufrí una tremenda decepción esa tarde y necesitaba digerirla. Por eso me fui a casa y me tomé un par de copas. Cuando me disponía a regresar para la función de la noche, llegó Marina y me contó lo que había sucedido, ya se lo he dicho.

— Pero lo que no me ha dicho es que después hizo lo imposible por eludir a la policía— objetó el otro acusadoramente—. A pesar del mal tiempo y de que no le gusta conducir con lluvia, se ha pasado los últimos días zascandileando de un lado para otro, y solo se ha decidido a recalar en su casa cuando, por lo avanzado de la hora, no era probable ya que la policía se personara en su domicilio.

Marcela había intentado interrumpirle varias veces, pero no parecía ofendida, sino solamente confusa, cuando le replicó:

— Me parece que le gusta a usted buscarle tres pies al gato, pero conmigo se equivoca. Yo no sabía que ese comisario andaba buscando a Marina y mi intención fue únicamente la de distraerla. ¿Por qué habría de querer esquivar yo a la policía? No fui testigo del crimen y, cómo ni siquiera me hallaba en el teatro cuando ocurrió todo, no pensé que quisieran tomarme declaración. En cuanto a Marina, ella ya había declarado lo que había visto esa tarde. ¿Qué es lo que hubiera sido oportuno? ¿Que las dos nos quedáramos en casita todo el tiempo por si al comisario se le ocurría de pronto venir a estornudar a nuestra casa? Pues lo lamento. No se me pasó por la imaginación.

— ¿Ni tampoco cuando don Leónidas le comunicó a su amiga que Ballesteros la andaba buscando como un loco, se le pasó por la imaginación acompañarla a la comisaría? Me parece, señorita, que su imaginación deja mucho que desear.

Marcela movió la cabeza vacilante y sonrió azarada, como tratando de quitarle importancia al asunto.

— Bueno, yo pensé que a la mañana siguiente sería más indicado. No sé cómo actúa esa gente, ¿pero y si por casualidad se le ocurría retenerla y hacerla pasar una noche entre rejas? Vamos, que no. Que fuera lo que fuese lo que querían preguntarle, podían esperar unas cuantas horas.

Levantó la vista hacia él con gesto tímido.

—¿Le parece muy mal lo que hice? Creí que era de sentido común y Laura estuvo de acuerdo conmigo. Manolo y don Leónidas también terminaron por darme la razón.

Atila no tuvo oportunidad de manifestar su opinión al respecto, porque en ese preciso instante ella profirió una exclamación de júbilo al reconocer a alguien que avanzaba por el pasillo en dirección a la habitación de Marina. Se trataba de un muchacho casi tan alto como Atila y de aspecto deportivo, que, en compañía del empresario del Odeón, se abría paso a través de un grupo de enfermeras que le miraban sin disimulo. Causaba la misma sensación en las jóvenes que Marcela entre el elemento masculino y, aunque su atuendo no tenía nada de llamativo pues vestía un pantalón vaquero y una cazadora de cuero negra, había algo en él que llamaba poderosamente la atención. El abogado analizó meticulosamente su tostado semblante, en el que destacaban sus ojos, de un color azul intenso, y su mentón fuerte y obstinado. Un tipo indiscutiblemente atractivo, que no parecía tener conciencia de que la naturaleza se hubiese mostrado tan pródiga con él. Desde luego, nada de estudiado había en su aspecto. Llevaba el oscuro y espeso cabello más bien corto, pese a lo cual le resbalaban unos mechones sobre la frente que parecían irritarle, porque continuamente intentaba echárselos hacia atrás, peinándoselos con los dedos con un ademán absolutamente espontáneo. Sorteaba en ese momento a las enfermeras con la misma impaciencia con la que un corredor hubiera sorteado los obstáculos que se interpusiesen en su camino para llegar a la meta. Atila jamás olvidaba un rostro y le identificó inmediatamente como el barbudo que la tarde del crimen le hablara al empresario a gritos en el pasillo del teatro. También esa tarde iba sorteando obstáculos, mientras buscaba a alguien a quien no acababa de encontrar. Ahora no llevaba barba, pero su actitud y su desasosiego parecían ser un calco de aquellos. Era como si repitiera idéntica escena con un decorado distinto.

Sin necesidad de que le dijeran su nombre, Atila supo de quien se trataba y, no solo porque fuera listo por naturaleza, sino principalmente por la expresión de Marcela. La chica parecía haberse transfigurado y dejó a su interlocutor con la palabra en la boca para echar a correr atolondradamente hacia él, sin reparar en el empresario ni en los que se cruzaban por el medio, a los que materialmente arrolló. El empresario, en cambio, divisó inmediatamente al abogado y se le reunió en el acto para comentarlo algo muy excitado. Hablaba y hablaba sin permitirle al otro intervenir, por lo que Atila se entretuvo mientras tanto en observar disimuladamente a la pareja, que se había detenido a pocos pasos de ellos. No alcanzaba a oír lo que decían, pero por los ademanes de los dos se percató de que él tenía prisa por ver a Marina y por desembarazarse de Marcela, que no acababa de permitírselo. El interés de ella por retenerle le pareció a Atila más que palpable. Se asemejaba a una colegiala derretida de emoción por haberse encontrado inesperadamente con el niño que le llevaba caramelos a la puerta del colegio. El niño, en este caso, estaba ya un poco crecidito y los caramelos que llevaba no debían ser para ella, porque terminó por esquivarla hábilmente y continuó apresuradamente su camino. Marcela le siguió sin amilanarse hasta la habitación de Marina, por lo que Atila tuvo que disimular una sonrisa, recordando lo que le había contado ésta última sobre las relaciones de los tres. Debió disimularla mal, porque el empresario interrumpió sus disquisiciones, que no tenían nada de chistosas, para enarcar las cejas con extrañeza.

—¿Qué es lo que le hace tanta gracia?

Buscaba con los ojos a su alrededor lo que pudiera ser la causa y al no hallarlo, volvió a mirar perplejo al abogado.

— Nada, no es nada— replicó Atila, buscando una excusa verosímil—. Solo que... ese muchacho con el que usted ha venido... me ha recordado de pronto a un amigo al que hace mucho tiempo que no veo.

— ¿Se refiere a Jaime?— se interesó Leónidas, observándole con curiosidad—. Andaba medio desquiciado estos días por la desaparición de Marina. A todos nos ha inquietado muchísimo, como es natural, pero él ha llegado a superar incluso a la loca de Marcela, que ya es decir. Entre los dos, me han hecho imaginar todas las catástrofes posibles y hasta las imposibles que podían haberle ocurrido a la chica. Menudos días hemos pasado.

— Yo también había llegado a preocuparme seriamente— manifestó Atila, midiendo las palabras que pronunciaba—. Era tan extraño que ella no hubiese llegado a su casa la otra noche...

— !Y tan extraño!— corroboró el otro—. Ninguno de los que la habíamos visto horas antes podíamos explicárnoslo, aunque Marina estaba muy rara durante la reunión de casa de Laura. Yo me marché unos minutos antes de que se fuera ella y cuando, poco después de que llegara a mi casa, Marcela me llamó por teléfono para preguntarme si sabía qué podía haberle pasado... No sé. La muerte de Claudio me ha producido tal psicosis, que creo ver crímenes por todas partes y... va usted a reírse, pero lo que pensé fue que Marina era la segunda.

Atila no se rió en absoluto. Al contrario, desde sus alturas contempló lúgubremente al otro.

— ¿Quiere decir, la segunda en ser asesinada? ¿Por qué pensó tal cosa?

El empresario parpadeó nerviosamente.

— No sé por qué. Marina dijo algo en casa de Laura que me chocó, pero después no he podido recordar qué fue. Algo que parecía indicar que alguno de nosotros no estábamos la tarde del crimen donde debíamos estar o al revés. Sé que me causó esa impresión y que ella se expresó inconscientemente, sin caer en la cuenta de lo que decía. ¿No le ha pasado eso a usted alguna vez? Sentir que algo de lo que ha ocurrido te ha desazonado o sorprendido y no poder precisarlo después con exactitud.

Atila se había puesto en guardia. Algo así había imaginado al conocer las circunstancias del atropello y ahora que lo tenía al alcance de la mano resultaba que su interlocutor no era capaz de concretarlo. Con un esfuerzo por dominar su excitación, manifestó impasible:

— Puede ser, pero dígame, ¿de qué estaba hablando la señorita Abril en ese momento?

—De la muerte de Claudio, ¿de qué iba a ser? Le parecerá indelicado que mantuviésemos esa conversación delante de su viuda, pero era ella quien sacaba el tema continuamente. Nos habló de que usted la había visitado y por ahí comenzó todo.

—Sí, ¿pero no podría puntualizarlo un poco más? ¿Quiénes se hallaban presentes cuando la señorita Marina Abril dijo eso que le chocó?

Leónidas frunció sus negras y peludas cejas y movió negativamente la cabeza.

—Pues no lo sé. Ya le he dicho que ella estaba rara. No soy buen psicólogo ni siquiera buen observador. Noté que estaba rara por la forma en que le contestó a Jaime. Tampoco recuerdo qué le había dicho él primero, pero me extrañó porque Marina no se enfada nunca. Tiene un carácter muy apacible.

—O sea, que Jaime Robledo estaba en la reunión y también Marcela, Laura Marco, Manolo Ponce y usted— precisó Atila con un alarde de paciencia, pues las vaguedades del otro le estaban soliviantando—. ¿Había alguien más?

—Creo que no. Creo que Alfredo Galán y su mujer se habían marchado ya y también Pedrito, pero no estoy muy seguro. ¿Por qué no se lo pregunta a Jaime? Puede que él recuerde algo más que yo.

Malhumorado, Atila se dijo que para superar en memoria al empresario no haría falta ser ningún fenómeno, pero lo único que exteriorizó fue asentimiento.

—Está bien, lo haré. ¿El señor Robledo y la señorita. Abril...?

Aunque dejó la frase en el aire, el otro le entendió.

—No, que yo sepa. Conozco a Jaime desde hace tiempo, al menos debe de llevar dos años en la compañía, y suele trastornar a las actrices jóvenes que trabajan con él, aunque no se suele enterar, pero no creo que Marina se encuentre entre sus admiradoras. Yo más bien diría que él le resulta antipático.

Además de desmemoriado, el empresario le estaba

resultando también la antítesis de la perspicacia, se dijo el abogado reprimiendo una sonrisa sarcástica. Luego volvió a la carga.

—Por lo que he creído entenderle, usted imaginó que la señorita Abril podía haber sido asesinada por lo que dijo la otra noche en casa de Laura Marco. ¿No podría explicarse mejor? Sus palabras parecen indicar que esa muchacha acusó inadvertidamente de la muerte de Claudio a otra persona que no era mi cliente.

Leónidas esbozó una mueca que acabó por convertirse en un gesto vago.

—¿De veras he dicho eso? Me he expresado mal entonces, porque no creo que Marina acusara a nadie. Quizás mi reacción obedeció a una asociación de ideas, porque cada vez estoy más seguro de que Arturo no tuvo nada que ver con el crimen y que, por lo tanto, el verdadero culpable anda suelto. Seguramente por eso le achaqué al asesino la desaparición de Marina.

Aturdido, recogía velas, por lo que Atila desistió de seguir interrogándole sobre el mismo tema y pasó a considerar otra cuestión, respecto de la cual quizás el empresario pudiera ser más explícito.

—Dígame, ¿recuerda en qué orden se fueron marchando ustedes esa noche de casa de Laura?

Alarmado, el otro dio un respingo.

—¿Cómo quiere que lo sepa? En el chalet de ella estábamos como sardinas en lata y no paraba de entrar y de salir la gente. No soy un fichero, o mejor dicho, un archivo, por lo que no lo sé. Sí sé que al final nos quedamos solo unos cuantos de la compañía con Laura. Los que usted ha enumerado antes.

—¿Y en qué orden se marcharon esos pocos que se quedaron solos al final?,— repitió Atila pacientemente—. ¿Tampoco se acuerda?

El abotargado semblante de Leónidas se iluminó.

—De eso sí me acuerdo. Jaime se largó el primero hecho una furia. A continuación Manolo y yo subimos a cuestas a Laura a su dormitorio y después me fui. Manolo, Marcela y Marina debieron irse casi a la vez, porque cuando arranqué el coche les vi discutiendo en el porche de la casa. Marcela parecía enfadada y le gritaba algo a Marina que no llegué a oír, ¿por qué?

Leónidas parecía tener prisa por despedirse, porque sin aguardar su respuesta le señaló la puerta de la habitación de la muchacha.

— ¿No va a pasar? La hora de visita está por concluir y...

— Vaya usted— le animó Atila—. Ya he visto a la señorita Abril y tengo que irme también. Dígale a Jaime Robledo que le agradecería que se pasara por mi despacho mañana, si le es posible. No recibo por las mañanas, pero con él haré una excepción. Estaré encantado de verle a eso de las nueve.

El otro hizo un ademán afirmativo y se dio media vuelta, al tiempo que Atila continuaba su camino hacia el ascensor. Aún se entretuvo unos minutos para extraer de su bolsillo la inevitable servilleta de papel, en la que escribió prolijamente, hasta cubrirla por entero. Después volvió a guardársela pensativo y meneó la cabeza aprobadoramente

—CAPITULO VII—

Atila le ofreció un cigarrillo a Jaime Robledo, que acababa de tomar asiento frente a él. Había comparecido a las nueve en punto con aire algo soñoliento, aunque la desenvoltura de sus ademanes lo desmentía. Llevaba la misma indumentaria del día anterior y el mismo mechón oscuro le resbalaba sobre la frente cuando aceptó el mechero de su interlocutor, inclinándose sobre la mesa. Un segundo más tarde se retrepaba cómodamente en su butaca.

— León me dijo ayer que quería usted verme y me alegro, porque yo también deseaba hablar con usted. Estoy más que preocupado por Marina y, ya que es usted su abogado y al parecer también el mío, me gustaría saber cuál es su opinión sobre lo que le ocurrió a ella la otra noche y si hay algún procedimiento para conseguir que la policía la proteja en adelante. ¿Cree usted, como León, que lo que le pasó pueda tener relación con la muerte de Claudio?

El muchacho poseía una voz bien timbrada y de sus ademanes, parcos y espontáneos, se desprendía cierto magnetismo, aunque él no parecía ser consciente de ello. Tan solo denotaba una profunda inquietud cuando clavó en el abogado unos ojos sorprendentemente azules en un semblante tan tostado, esperando su respuesta. Aunque éste no era gallego, acostumbraba a responder a las preguntas directas con otra pregunta.

— ¿Usted también lo cree así?

— ¿Yo? Yo no sé qué creer ya, me parece todo de lo

más confuso. Desde luego, no creo que Arturo matase a Claudio. Reaccionó de una forma bien extraña cuando le vio tendido en el suelo, como si no lograra explicárselo. Además, él no tuvo oportunidad de quitarme el cuchillo, pues no recuerdo que se me acercara lo suficiente en ningún momento. El que lo sustrajo tuvo que extraerlo de la vaina que me colgaba del cinto, por lo que no creo posible que pudiera hacerlo sin que yo me diese cuenta.

Se expresaba con perfecto aplomo, pero al ver cómo Atila revolvía sobre su mesa un par de servilletas de papel, una estampa y otros papelitos similares con extrema meticulosidad, perdió algo de esa compostura para traslucir un cómico desconcierto. El otro, al advertirlo, carraspeó azarado.

— Tomo notas sobre la marcha y no siempre encuentro la agenda en mis bolsillos, pero aquí está todo. ¿Decía usted que Arturo Armengol no se le aproximó lo suficiente en ningún momento? Debe de tener muy mala memoria entonces. Recuerde que cuando concluyó el primer acto y obtuvo usted ese gran éxito sustituyendo al primer actor, mi cliente le abrazó, felicitándole. ¿Le parece poca oportunidad?

Esperaba halagarle al aludir a su "gran éxito", pero el muchacho continuó mirándole impasible y al replicarle hizo caso omiso de ese comentario.

— Estoy de acuerdo en que un abrazo pudo ser la forma más indicada y la que yo menos advertiría, pero no me abrazó solamente Arturo. Creo que lo hicieron todos los presentes, exceptuando a Marina. En cualquier caso, da igual— dijo atajándole con un ademán—. En el segundo acto aún conservaba el cuchillo en el cinto. Fue antes de comenzar el tercero cuando lo eché en falta y en ese lapso de tiempo Arturo no se me acercó. Es más, debió encerrarse en su camerino, porque ni siquiera le vi.

Por el ardor con que defendía al otro, Atila dedujo que el chico se consideraba por encima de toda sospecha, pues en caso contrario hubiera tratado de achacarle la sustracción con tal de que su propia inocencia quedase patente.

—¿Y con quién estuvo en ese intervalo? ¿Le abrazó

quizás alguna otra persona? Disculpe si le parezco impertinente— añadió al advertir su momentáneo recelo—. Sus intimidades no me interesan. Solo trato de aclarar este punto, porque puede ser de la máxima importancia. Si podemos demostrar que a mi cliente le fue materialmente imposible apoderarse del arma homicida, nos apuntaremos un tanto nada despreciable, ¿comprende?

Le vio arrellanarse más sosegado en su butaca, pero con un aire desorientado que le intrigó. Parecía meditar sobre algo en lo que no había caído anteriormente y que no se decidía a comunicarle. Hizo intención un par de veces, arrepintiéndose a continuación. Atila adoptó su gesto más persuasivo.

—Lo que usted me cuente es estrictamente confidencial y ya le he dicho que sus intimidades no me interesan más que como un medio de esclarecer los hechos. A usted más que a nadie debe importarle probar que su cuchillo le fue sustraído. ¿No lo entiende?

—Lo entiendo perfectamente— replicó abstraído— pero como ella no tuvo nada que ver, está fuera de lugar el que se lo cuente.

¿Quién podría ser esa "ella?, se preguntó Atila, observándole escrutadoramente. Cualquiera de las tres actrices jóvenes de la Compañía, pues a Matilde Iniesta, por su edad, había que descartarla. Decidió sugerir a la más probable.

—¿Se refiere a Marina Abril?

—Por supuesto que no— replicó Jaime sulfurándose—. Cuando fui a buscarla a su camerino, ya había perdido el cuchillo y además, es más arisca que un erizo dispuesto a atacar con todos sus pinchos.

—Pues solo quedan dos— apuntó él disimulando la diversión que le producía la irritación de él. No cabía duda que Marina le interesaba bastante más de lo que quería reconocer, pues la había calificado de arisca con evidente resquemor. ¿Cuál podía ser la otra que no se le manifestaba tan arisca? Marcela bebía los vientos por él y Marina había afirmado que otro tanto le ocurría a Laura, aunque ésta lo había negado cuando la visitó en su casa. Pero lo extraño hubiera sido que lo hubiese admitido, se dijo. Seguramente se trataría de ella y sin duda Jaime estaba dudando si referirle la escena que había tenido lugar en su camerino, cuando Manolo Ponce les sorprendió.

— Sé que es usted un caballero— le elogió con una ampulosidad un tanto trasnochada—. Sin embargo, no es necesario que me oculte lo mucho que admira a doña Laura Marco y que esa admiración es recíproca.

Jaime frunció el ceño y contempló al abogado con suspicacia.

—¿Por qué dice eso? ¿Ella le ha contado...?. No puedo creerlo y en cualquier caso está equivocado. Admiro a Laura exclusivamente como actriz. Me gustaría saber quién es el chismoso que le ha venido con ese cuento.

Atila levantó una mano, como pidiendo una tregua.

— Eso también es confidencial, pero dejemos el tema por el momento. Estábamos en que perdió su cuchillo entre el segundo y el tercer acto y en que Arturo no se le aproximó en ese lapso de tiempo. ¿Que vio más tarde del homicidio? Usted se hallaba entre bastidores y precisamente al lado de Marina Abril.

Jaime pareció más aplacado y denegó con la cabeza.

— No vi nada. Puede que lo encuentre absurdo, porque, aunque me encontraba muy cerca, no vi nada. No estaba mirando lo que sucedía en el escenario.

—¿Miraba en cambio a Marina Abril?

El ceño de él volvió a fruncirse, pero lo admitió de mala gana.

— Sí. Puede sacar de esa circunstancia la conclusión que más le guste—. Mantuvo retadoramente la mirada del abogado y al cabo de unos segundos añadió en otro tono —: Es la verdad. Yo no podía figurármelo, ¿comprende? Si hubiera supuesto que alguien iba a asesinar en ese momento a Claudio, le habría observado con cien ojos, pero no lo supuse. Me di cuenta de que algo raro había ocurrido por la expresión de Marina y por el alboroto que se produjo a mi alrededor. Entonces fue cuando reparé en que era Claudio y no Arturo quien había caído al suelo. En un primer momento pensé que Claudio había sufrido un desvanecimiento o algo parecido, pero al arrodillarme junto a él, comprobé que el motivo era muy distinto. Aunque el escenario se encontraba semi a oscuras, vi la marcha oscura que empapaba su casaca y se la desabroché. Lo demás supongo que ya lo sabe.

— De modo que fue usted el primero en acercársele— comentó el otro como para sí. Disimulando su excitación, insistió—: ¿Y el cuchillo?, ¿lo retiró de su cuerpo?

— No, no tenía clavado ningún cuchillo en el pecho. Solo tenía una herida que sangraba bastante. En ese momento se encendió la luz y tanto Marina como los que se apelotonaron a nuestro alrededor vieron lo mismo que yo.

Sonrió ahora irónicamente, sin apartar los ojos del abogado.

—¿Acaso sospecha de mí? ¿Piensa que fui yo el que ocultó el cuchillo? Le aseguro que, de haberlo escondido yo, no habría escogido precisamente el chal de Marina y no le explico las razones, porque ya me he dado cuenta de que es muy perspicaz.

El otro sonrió también, aunque modestamente.

— No hace falta ser muy perspicaz, salta a la vista. Pero, a mi modo de ver, esa circunstancia no es suficiente para descartarle. No se enfade— le pidió, atajándole con un ademán—. No le estoy acusando de nada. Hablo en pura hipótesis.

— Creía que su misión era defendernos si llegaba el caso— apuntó Jaime mordaz—. Por lo visto estaba equivocado, pues más que mi abogado parece usted el fiscal.

— Para defenderle si llegara el caso, como dice, tengo que ponerme primero en el lugar del fiscal. Considerar los puntos por donde podría atacarle, ¿comprende?

El muchacho se acarició pensativo la barbilla y acabó por asentir con una chispita burlona en sus ojos claros.

— De acuerdo, hablemos en hipótesis. Supongamos que yo decidiera de repente encubrir a Arturo y se me ocurriera la idea genial de esconder un arma invisible. ¿Qué hubiera conseguido con eso? La realidad es que, aunque es indiscutible que él no pudo llevar mi cuchillo hasta el sarcófago que se encontraba al fondo del escenario, le han metido en chirona, acusado de asesinato. Comprenda que, aunque yo hubiera sido lo bastante caritativo como para intentar encubrirle, no iba a arriesgarme tontamente si con esa acción no podía beneficiarle.

—A Arturo, no. Podía en cambio beneficiarse a sí mismo— afirmó Atila como si pronunciara una sentencia.

—¿Quiere decir que por ser el arma de mi pertenencia...?

— Quiero decir, que usted pudo fingir haberla perdido y pudo arrojársela a Claudio Veiga desde el lugar en el que se hallaba.

Jaime se echó a reír divertidísimo.

— No le falta imaginación, tengo que reconocerlo, pero si aspira a encontrar otro culpable que sustituya a Arturo, no pierda su tiempo conmigo. En el supuesto que ha apuntado, Marina me habría visto hacerlo.

Estudió atentamente el ambiguo gesto de su interlocutor y denegó con la cabeza.

— Se equivoca en eso también. A Marina le tengo sin cuidado y no se habría callado por protegerme. Si se hubiera visto en el dilema de elegir entre Arturo y yo como candidatos al banquillo... pues no sé qué decirle. A Arturo le aprecia como compañero y a mí últimamente me ha cogido asco.

—¿Últimamente?

— Sí— admitió Jaime, desviando los ojos hacia el balcón como si se preguntara cual podría ser la causa—. La misma tarde del crimen se puso rara de repente y ha continuado rara después, porque en casa de Laura estuvo extrañísima. Y no es que ella anteriormente...

Se mordió los labios, clavando sus ojos en su interlocutor, para acabar sonriendo con guasa.

— Está bien. Usted está empeñado en enterarse de mis asuntos sentimentales, aunque diga que no le importan, y hablemos de lo que hablemos acabamos siempre en lo mismo. Satisfaré su curiosidad y así no daremos más rodeos. Verá, la verdad es que Marina no me ha hecho nunca demasiado caso, pero al menos, aunque no solía articular tres palabras seguidas, se mostraba amable. Como es bastante tímida, yo pensé... Da igual lo que pensara— se corrigió brusco—. El caso es que desde entonces me evita en lo posible y si me pongo pesado me manda a freír espárragos, ¿satisfecho?

Intentaba echarlo a broma, pero no hacía falta ser un lince para advertir que la actitud de ella le molestaba profundamente. Pese a ello, Atila insistió.

—¿Y por qué dice que en casa de Laura Marco estaba extrañísima? ¿La notó especialmente preocupada? Tal vez recuerde si ella dijo algo que le sorprendiera.

Jaime se echó a reír sin ganas.

—Es Marcela la que lo dice todo por ella. Marina no necesita abrir la boca, porque para eso ya tiene a la otra. No, no recuerdo que dijera nada de particular.

Atila no se dio por vencido y decidió atacarle por su flanco débil. Con su mejor cara de padre, se inclinó hacia él sobre la mesa.

—¿Por qué no intenta hacer memoria? Le aseguro que el interés que me guía es exclusivamente el de evitar que un atentado como el que sufrió esa chica la otra noche pueda volver a repetirse. Hágame un relato lo más detallado posible de esa reunión.

El muchacho le envolvió en una mirada escéptica.

—No veo que una cosa tenga que ver con la otra y va usted a bostezar de lo lindo además, pero si es un capricho...

*   *   *

Relato de Jaime

Fui a casa de Laura con Manolo Ponce a eso de las

siete y media a interesarnos por ella y cuando llegamos encontramos el chalet abarrotado de actores y conocidos. Ya sabe que en esas circunstancias se considera obligado el hacer compañía a la persona que ha sufrido una pérdida y desde luego compañía le sobraba. Manolo y yo no conseguimos acercarnos a ella hasta bastante después y mientras tanto fuimos a sentarnos en el primer peldaño de la escalera que arranca del vestíbulo. León se nos reunió casi inmediatamente y también Alfredo Galán y su mujer.

Encontré a León muy bajo de forma, cosa que por otra parte me pareció natural. Todos estábamos hechos polvo, como atontados. Matilde, que junto con su marido, había ido a acomodarse en las dos únicas butaquitas del vestíbulo que, con una mesita delantera, se encontraban entre la escalera y un historiado escritorio repleto de cajones, repitió más de mil veces que no había pegado un ojo en toda la noche y se condolió otras tantas de la suerte del pobre Arturo. Es una buenaza, pero bastante pesada y el oírla hacer cábalas sobre los años de condena que podían caerle y sobre la triste situación de Laura no era lo más apropiado para levantarle el ánimo a nadie. León se cansó pronto de escucharla y aprovechó que me tenía cerca para intentar un aparte conmigo.

—Tengo que decirte una cosa, Jaime. Es sobre la próxima obra que voy a montar. Sabes que tenía intención de ofrecerle el papel de Rosaura a Marina, pero después de lo que ha pasado no va a poder ser. Me he sentido obligado, ¿comprendes?

Estaba sentado un escalón más arriba que yo y, al volverme hacia él, le vi encogido sobre sí mismo como si tuviera frío. No podía ser ese el motivo. La calefacción estaba echando bombas y con tanta gente deambulando por la casa y fumando como chimeneas parecía que nos encontrásemos en un baño turco. Comprendí que su postura era producto del grado de abatimiento que había alcanzado y, aunque yo tampoco me sentía como unas castañuelas, intenté levantarle la moral.

—No se preocupe, Leónidas. Las cosas se arreglarán.

Movió pesarosamente su redonda cabeza.

—Solo se arreglarán hasta cierto punto y no estoy pensando en Claudio. Eso ya no tiene remedio y es inútil darle vueltas. Estoy pensando en el futuro y lo veo de lo más negro. ¿Cómo crees que nos acogerá el público después de lo que ha ocurrido? Hay una calle en Madrid a la que todavía le llaman la calle del crimen, aunque ese crimen tuvo lugar en el siglo pasado. ¿Cómo piensas que denominarán al teatro Odeón en lo sucesivo?

Me reí con ganas, palmeándole la espalda.

—El nombre que le den no tiene demasiada importancia. La gente suele ser morbosa y hasta es posible que el acudir al lugar en que se cometió constituya un aliciente para muchos. Lo único a lamentar es la pérdida de Arturo. ¿Qué impresión le produjo el abogado que se ha hecho cargo del caso?

Se acarició su escasa pelambrera y sus perspicaces ojillos chispearon admirativamente.

—Un gran tipo. Uno de esos tipos que te embarullan, aunque no quieras y que te hacen decir lo que no se te había pasado por la mollera. Esperemos que aturulle al fiscal y convenza al tribunal de que Arturo es más inocente que un recién nacido.

—¿Lo cree posible?

—No— reconoció meditabundo—. Como no sea que se saque alguna conclusión rara de la historia de tu cuchillo... No veo si no por donde va a meterle mano. Desgraciadamente Arturo está en sus cabales, por lo que lo de la locura transitoria no se lo iba a creer nadie. Aunque todos atestigüemos que Claudio era lo bastante desquiciante como para haberse ganado a pulso lo que le pasó, condenarán a Arturo. Y aún queda por analizar el asunto de Laura y de él. Lo mismo les da por pensar que Arturo se quitó premeditadamente al otro de en medio para dejarse el campo libre.

Manolo, que nos escuchaba en silencio, objetó:

—En ese caso, Arturo habría buscado otro momento más oportuno en el que no hubiera espectadores de ningún tipo.

Pero, dígame don Leónidas ¿a quién le ha ofrecido entonces el papel de Rosaura? Ha dicho antes que se había sentido obligado a dárselo a otra. Supongo que no será a Marcela.

El empresario se echó a reír en sus narices con poquísimo tacto. Que Manolo bebe los vientos por ella es algo que sabemos todos desde hace mucho tiempo y el gesto desdeñoso del otro resultó de lo más inoportuno.

— ¿Crees que me he vuelto idiota de repente? Marcela está como un camión, pero no vale un pimiento como actriz. Se lo he tenido que dar a Laura. Tenía mucho empeño en ese papel y después de lo que le ha pasado... Lo interpretará bien, pero no como Marina. Esa chica deslumbraría al público, lo electrizaría. Llegará muy lejos, si no se le cruza un cretino en su camino.

— ¿Qué clase de cretino?— le preguntó Manolo, dirigiéndome de soslayo una mirada socarrona.

— Cualquier cretino. El matrimonio para una actriz es un grave inconveniente. Entre los embarazos y los celos del marido, pierden sus mejores oportunidades.

— ¿Y si ese cretino fuera otro actor?— apuntó Manolo sin apartar los ojos de mí, ni disimular su guasa.

— Peor aún— sentenció Leónidas—. Si ella vale más que él, resultaría una catástrofe. Fijaos en el caso de Laura, que es una buena prueba. Si Claudio siguiera vivo, yo no la contrataría en lo sucesivo ni por todo el oro del mundo.

Clavó sus ojillos en mí, excitándose conforme hablaba.

— ¿Viste la interpretación de Marina la tarde del crimen? Fue una tornera colosal, fue inenarrable.

— No, no la vi— repuse vagamente malhumorado.

— Pues no sabes lo que te perdiste.

Siguió deshaciéndose en alabanzas y encendí un cigarrillo empezando a malhumorarme de verdad. Como no tenía el menor interés en escucharle, me entretuve en observar a los que entraban y salían intermitentemente por la puerta de la calle, que justamente estaba situada enfrente de la escalera. Les acompañaba la misma criada bobalicona que nos había abierto a nosotros. Una mocetona rolliza, de mejillas coloradotas y pelo lacio. Vi marcharse a Ventura Caspe y a Cristóbal Sancho con sus mujeres. Poco después llegó Pedrito, arrebujado en un abrigo enorme y con la nariz colorada como un pimiento. Se sentó también en el escalón con nosotros y coreó durante un buen rato las lamentaciones de Matilde, añadiendo algo de su cosecha de cuando en cuando.

Cuando aparecieron Marina y Marcela nos habíamos quedado ya todos silenciosos, pero Marcela no suele necesitar interlocutores y aprovechó que los demás no abríamos la boca para desquitarse a gusto. Bajo la gabardina, vestía una falda de cuadros blancos y negros, que le quedaba pequeña en dos o tres tallas, y un jersey amarillo, que se asemejaba a una camiseta por lo estrecha. Estuvo a punto de reventar la falda y el jersey cuando se empeñó en sentarse en el escalón entre Manolo y yo y, cada dos palabras, le pedía a Marina que confirmase lo que decía.

Encontré a ésta última muy pálida y como ajena al lugar en que nos hallábamos. Había ido a sentarse en una silla de respaldo alto, junto al escritorio de los cajones, al otro extremo del vestíbulo y, llevaba la misma ropa con la que suele acudir al teatro, un pantalón vaquero que le está grandísimo y un jersey azul claro, del mismo color que sus ojos, más grande todavía. La primera vez que la vi en el Odeón con esa facha creí que era la hermana pequeña de Marcela, que la había acompañado al ensayo. Una hermana pequeñísima, se entiende, de las que todavía van al colegio. También allí, en el vestíbulo de Laura, me produjo esa impresión y creo que no solo a mí. La mayoría de los que cruzaban la habitación para meterse en el saloncito, se la quedaban mirando, como preguntándose qué pintaría en el duelo aquella chiquilla. Claro que, a lo mejor no la miraban solo por eso, porque, aún descolorida y con la ropa colgandera, que parece que se la haya prestado una parienta más gorda, llama la atención por lo atractiva.

Me hubiera acercado a ella a darle palique, si Marcela me lo hubiera permitido, pero es que esta última es como una especie de sinapismo secante con una verborrea inextinguible. Cada vez que iniciaba el movimiento de levantarme del escalón, me soltaba una nueva reparandoria en la que invariablemente me pedía mi opinión y que, por tanto, me obligaba a escucharla y a contestarle. Manolo dice que sus comentarios son muy agudos y que a su lado es imposible aburrirse, pero la verdad es que yo me estaba aburriendo como una ostra. Además, me estaba impacientando una barbaridad y, cuando decidí que ya estaba harto, la dejé con la palabra en la boca y me dirigí hacia Marina, que me acogió con un respingo, poniéndose inmediatamente en pie. No sé exactamente qué le había dicho yo primero, pero para el caso da lo mismo. Murmuró algo ininteligible y se apartó de mí, encaminándose apresuradamente hacia el saloncito como alma perseguida por el diablo.

Naturalmente me molestó su reacción, pero la seguí y Marcela a mí y Manolo a Marcela. Ese tipo de procesiones las formábamos muy a menudo en el teatro y, aunque a Marina, que siempre las encabezaba, la abochornaban, a mí me parecían muy cómicas. Sin embargo, la procesión de esa noche me produjo una irritación sorda. La conducta de Marina no obedecía solo a su timidez, como en otras ocasiones, sino que más bien parecía responder a que le desagradaba mi presencia. Ya había notado algo similar la tarde en que murió Claudio. Cambió bruscamente de actitud sin razón aparente y lo que pretendía yo al perseguirla por el saloncito de Laura, sorteando grupos, era averiguar el motivo. No lo conseguí, por supuesto. Marcela me alcanzó enseguida y también el resto de los compañeros que habíamos dejado en la escalera y que, por lo visto, habían ido engrosando nuestra ridícula hilera.

En desordenado pelotón, llegamos dificultosamente hasta el sofá de Laura. Hablaba con Marina, que se nos había adelantado y que, como una niña maleducada, se volvió de espaldas a mí en cuanto me acerqué. Aunque me entraron unas ganas locas de soltarle una fresca, me limité a ignorarla, dirigiéndome directamente a la otra, que me acogió con una fatigada sonrisa.

—Te agradezco que hayas venido. Os lo agradezco a todos— se corrigió, abarcando a los que me rodeaban con un lánguido ademán—. ¿Por qué no os sentáis? No sé si habrá sitio para todos, pero...

Tendida en el diván y con sus rubios cabellos desparramados en derredor de su cabeza, resultaba extrañamente patética. Solo sus ojos parecían poseer vida en su semblante pálido, como el de una muerta. Levantaba ahora las manos con gesto de disculpa y Marina se apresuró a tranquilizarla.

—Hemos venido solo un momento a interesarnos por ti, pero no queremos darte la lata. Debes estar agotada y con este barullo...

—Nada de eso— replicó con voz apenas audible—. Deseaba veros a vosotros precisamente. Vosotros sois los únicos que podéis comprender lo que siento. Los demás no estaban esa noche en el Odeón y por mucho que digan no pueden ponerse en mi lugar.

Retenía a Marina por un brazo y la hizo acomodarse a su lado en el sofá, como si su cercanía le supusiese un consuelo. Nunca se había mostrado Laura muy amistosa con ella, pero Marina posee un algo especial que sin duda alivia a los que sufren. Un algo difícil de explicar, que quizás radique en su extrema sensibilidad.

Manolo y yo fuimos a apoyarnos contra la pared más próxima, porque resultaba imposible permanecer junto al sofá ahora que la gente empezaba a despedirse. Marcela nos ofreció cigarrillos y se quedó con nosotros comentando tonterías por lo bajo, hasta que la habitación se despejó. Conocíamos a la mayoría de los presentes e intercambiamos con ellos un verdadero rosario de apretones de manos y de frases convencionales. Pedrito fue el último en decirnos adiós, después de abrazar a Laura emocionado, y cuando desapareció en el vestíbulo los restantes fuimos tomando asiento en semicírculo delante del sofá.

—¿Cómo te encuentras, Laura?— le pregunté.

—De la espalda algo mejor, pero estoy muy deprimida. La otra tarde vino a verme el abogado de Arturo y me produjo muy buena impresión, aunque no fue muy explícito, pero después, aquí sola sin poder moverme y pensando en lo que puede ocurrirle... ¿Qué te dijo a ti el abogado, Marina, cuando fuiste a verle el otro día?

Ésta, que continuaba sentada en el borde del diván, vaciló ligeramente y mientras retiraba de su rostro su larga y rizada melena, musitó:

— En realidad fui yo la que más hablé. Le conté como se desarrolló la función y... no, nada más.

— También fui a verle yo el mismo día— intervino Leónidas, acercando ruidosamente su butaca—. Me pareció que sabe muy bien lo que lleva entre manos, así que procura no pensar en ello.

— ¿Y en qué quieres que piense? Solo puedo darle vueltas a lo mismo. ¿Ninguno de vosotros vio algo que pueda ayudar a Arturo?

Sus ojos recorrieron los semblantes de todos los presentes. Los clavó primero en Leónidas, luego los desvió hasta Alfredo Galán, que pesarosamente se encogió de hombros. A continuación, los fijó en Matilde, luego en Marcela, de ésta pasó a Manolo, y terminó en mí.

— Quizás a algún extraño que se introdujera por la puerta de actores sin que el portero se diese cuenta— insistió.

Manolo meneó apesadumbrado la cabeza.

— No había ningún extraño entre bastidores.

— Pero pudo entrar más tarde sin que le vierais— se obstinó Laura—. Si algún chiflado se hubiese colado en el teatro durante el cuarto acto, probablemente no le habríais visto.

— Le habría visto yo— murmuró Marina en voz muy baja como si temiese desilusionarla—. Me salí al pasillo durante la escena del sofá, porque no podía soportar más aquella tensión, y estuve recorriéndolo arriba y abajo hasta unos segundos antes de que... de que todo pasara— terminó con un esfuerzo.

Laura la observó cómo alucinada.

— Pero entonces...

— Lo siento— musitó Marina como disculpándose por

ello—. No perdí de vista la puerta del escenario y nadie entró ni salió por ella. Nadie en absoluto. Bueno, exceptuando a Paco, el traspunte que fue a avisar a alguno de los actores y regresó inmediatamente al escenario.

— Tú estuviste allí todo ese tiempo...

— Sí— admitió la chica con un escalofrío—. El pasillo estaba tan solitario, tan lúgubre que... creo que de pronto presentí algo, porque eché a correr hacia el escenario y llegué justo a tiempo de presenciarlo. Justo a tiempo.

— Ya— dijo la otra, dejando caer hacia atrás la cabeza como si la respuesta de Marina hubiera terminado de aplanarla. Parecía anonadada por completo y Matilde se puso en pie, aproximándosele compasivamente.

— No pienses más en ello, Laura. Todo se arreglará. Debes acostarte ahora y tratar de descansar.

— ¿Acostarme? Llevo todo el día acostada— masculló mordaz.

— Acostarte arriba, en tu cama. Jaime o Manolo pueden llevarte a tu dormitorio y evitarle ese esfuerzo a tu criada.

— No es necesario— articuló apenas Laura, pasando una mano por su frente con gesto de cansancio.

— Pues a mí me parece que sí. Alfredo y yo nos marchamos ahora mismo y creo que los demás deberíais imitarnos— se obstinó Matilde, volviéndose hacia nosotros.

Su marido recogió la alusión en el acto. No recuerdo que hubiera despegado los labios desde que le encontré en la casa y quizás por eso no me había fijado en él, pero ahora, mientras le veía abrocharse los botones del abrigo, noté lo mucho que había envejecido en los últimos días. Cuando después de despedirse de Laura salió del saloncito en compañía de Matilde, me di cuenta de lo encorvado que caminaba, apoyado en su brazo.

Pero no era solo él el que parecía envejecido de repente. Los restantes nos habíamos puesto en pie dispuestos a seguirles y desistimos a continuación a ruegos de Laura. Fue al volver a acomodarnos en nuestras butacas respectivas cuando experimenté la sensación de que para todos habían transcurrido mil años desde la tarde del crimen. León, encogido en su sillón, no guardaba punto de contacto con el empresario despótico que nos mantenía en vilo en el teatro. Con sus arrugados pantalones grises y su invariable jersey negro, plagado de bolitas y de manchas, recordaba más bien a un cargador de muelle jubilado que al tirano todopoderoso de nuestro mundillo artístico.

El aspecto de Manolo tampoco era el suyo habitual. Taciturno y con un hondo pliegue en la frente, no parecía conservar ni tan siquiera las energías suficientes para contemplar la exhibición de piernas que Marcela estaba prodigando inadvertidamente. Mantenía ella la vista fija en las doradas cortinas del ventanal y permanecía extrañamente silenciosa. Extrañamente, porque yo no la había visto callada anteriormente más de dos minutos seguidos. Desviaba ahora los ojos de la cortina para clavarlos en Marina que, por contraste, parecía ser la hija de cualquiera de nosotros. Con aquella ropa que le sentaba tan rematadamente mal, el rizado cabello aureolándole su moreno semblante y las ojeras que circundaban sus ojazos azules, se asemejaba a una huérfana desvalida que estuviera a punto de ingresar en un asilo.

Pero los estragos mayores de esos días los ostentaba Laura. Ella sí que parecía la madre de Marina. Inmóvil como una estatua y con los ojos fijos en el techo, no conservaba la menor similitud con la actriz de aspecto juvenil que encarnara a doña Inés en la función en que su marido encontrara la muerte. Ésta era una mujer madura, agobiada por el peso de los años.

La desesperanza de las últimas palabras de Marina flotaba aún en el ambiente. Nos había caído encima como una losa abrumadora y el silencio fue haciéndose más y más pesado. Lo rompió León con un esfuerzo y entre carraspeos.

— ¿Has hablado ya con Ballesteros, Marina? Quería hacerte unas preguntas relativas a tu chal. A eso de las cuatro me ha llamado por teléfono y me ha dicho que lleva varios días intentando localizarte.

La aludida dio un respingo imperceptible en el borde del diván y abrió la boca para responder, pero como de costumbre se le adelantó Marcela.

— No hemos estado en casa en todo el día. ¿Qué es lo que quiere ahora ese pesado? Marina ya declaró esa tarde en el teatro lo que sabía.

— Esa tarde no lo habían encontrado todavía y es natural que el comisario pretenda que lo identifique.

— ¿De qué está usted hablando?— le interrumpió Marina con los ojos agrandados por el susto.

— De tu chal— le expliqué yo—. Por lo visto, aún no lo sabes. Encontraron el otro día el arma con la que mataron a Claudio. Se trata precisamente de mi cuchillo y ha aparecido envuelto en tu chal. Le dije a Ballesteros, cuando me tomó declaración, que lo perdiste a media función, pero, o no se lo ha creído o prefiere que le des tu versión.

Me miró como si no me comprendiese con sus grandes ojos azules muy abiertos.

—¿Que le dé mi versión?, ¿pero cómo es posible que...?

Se quedó quieta, con las manos cruzadas, caídas sobre el regazo y una expresión tan extraña, que hasta Laura salió de su inmovilidad para levantar la cabeza y observarla con curiosidad.

— No te preocupes, mujer— le dijo ésta última, cubriendo cariñosamente con una mano las de la otra—. Quizás yo pueda aclararle ese punto a Ballesteros. Cuando salí de mi camerino, encontré tu mantón en el suelo del pasillo, por lo que lo recogí y lo llevé al escenario para entregártelo. Como no te vi entre bastidores, cuando salí a escena lo solté sobre algún mueble de los que arrinconan detrás del decorado. Ya se lo conté a don Atilano el día que tuvo la amabilidad de venir a visitarme.

— ¿Lo encontraste tirado en el pasillo?— inquirió Marina en un tono agudo, muy distinto al suyo habitual. Estaba como envarada, como a la defensiva—. No llegué a usarlo, ni siquiera lo descolgué de la percha del camerino. Marcela lo sabe.

La aludida dejó traslucir cierto asombro.

—¿Que yo lo sé? ¿Por qué dices que lo sé? Siempre vas arrebujada en esa toquilla, porque tienes frío. Se te caería en el pasillo en algún momento y por eso Laura lo encontró tirado en el suelo.

Marina denegó lentamente con la cabeza sin apartar los ojos de ella. Me recordó de pronto a un animal acorralado, aunque en mi opinión no tenía ningún motivo para sentirse así.

—No es verdad— protestó nerviosa. Entonces se volvió hacia mí, esperando que lo confirmase—. ¿A que no es verdad, Jaime? Tú viniste a buscarnos al camerino antes de que comenzase la función y tuviste que darte cuenta de que cuando salimos al pasillo, camino del escenario, no la llevaba sobre los hombros.

Intenté hacer memoria, reproduciendo ese momento. Se confundía con tantos otros similares en los que Marina iba abrigada con esa prenda, que no conseguí deslindarlo con claridad. La ansiedad con la que aguardaba mi respuesta me indujo no obstante a tranquilizarla.

—De lo que estoy seguro es de que cuando te vestiste de tornera la habías perdido ya. Que la usaras o no la usaras anteriormente no tiene la menor importancia.

—Se trata solo de una formalidad— le aseguró León, advirtiendo que mi contestación la había alterado aún más.

—Nada más que de una formalidad— le apoyé—. A mí ya me tomaron declaración el otro día, pero, si quieres, puedo acompañarte ahora mismo a la comisaría.

Permaneció inmóvil, con los ojos clavados en mí, y vislumbré algo en ellos que no supe interpretar. No sé si era recelo, odio, o las dos cosas juntas.

—No, gracias. Conmigo te pasas de amable.

Su voz era tan desdeñosa y latía tal irritación en su fondo, que más que a réplica sonó como un insulto. Hasta León, que no suele captar ciertos matices, lo captó y la contempló estupefacto.

—Jaime solo pretende hacerte un favor— objetó, enarcando sus peludas cejas.

—Ya le he dicho que se lo agradezco, pero no necesito

sus favores— rezongó ella en el mismo tono ácido. Desvió luego sus ojos hacia Laura, que estaba tan sorprendida como el resto, y añadió sarcásticamente:

—¿No te parece Laura que tengo razón?

Esto último sonó como una acusación aún más extraña, totalmente extemporánea e incongruente. Parecía que nos estuviera uniendo a Laura y a mí en algo que había dejado pendiente y que solo Manolo debió comprender, porque carraspeó embarazado. No sé lo que Laura interpretaría, pero palideció aún más de lo que estaba y tragó saliva.

—¿Qué quieres decir?

— Nada— farfulló, levantando retadoramente la barbilla—. Iré a ver al comisario con Marcela.

La aludida la observaba de hito en hito absolutamente atónita y al oírse nombrar reaccionó con un respingo.

— ¿A estas horas? Ni lo sueñes, guapa. Lo mismo ese petardo de policía te hace pasar la noche en la comisaría y a mí velarte al otro lado de la reja. Le prometí a tu madre que te cuidaría como si fueses mi hija y a mi hija la mandaría a la cama ahora mismo. Aunque sea trascendental lo que quiere preguntarte Ballesteros, cosa que dudo, mañana será otro día.

Noté que Manolo se rebullía inquieto en su butaca. Parecía encontrarse incómodo por la forma en que Marina se había expresado e incluso intercepté la mirada de advertencia que le dirigió y que, al recogerla ella, la impulsó a cambiar de actitud radicalmente. Como abochornada, se volvió inmediatamente hacia Laura.

— Perdona si he estado impertinente. Tengo los nervios destrozados y no sé lo que digo. No he querido...

— Descuida, lo entiendo, — replicó la otra mordaz.

— ¿Pero qué os pasa esta tarde?— se asombró Marcela, que se sentía totalmente fuera de juego. A continuación se dirigió a mí, esperando que pudiera aclararle el extraño comportamiento de su amiga del alma, y me preguntó —: ¿Qué le has hecho, si puede saberse, para que se le haya revuelto la bilis de repente? No intentarías propasarte con ella la otra tarde en el teatro, aprovechando mi ausencia, ¿verdad?

Fue una broma de la clase que Marcela solía gastar. Habitualmente insinuaba tonterías similares, metiéndose con Manolo o conmigo a propósito de la otra y, si nos hacían gracia sus bobadas, era precisamente por lo inconcebibles. Sin embargo, en esa ocasión terminó de rematar lo absurdo de la situación. Inesperadamente Marina se puso como un tomate y parpadeó con los ojos llenos de lagrimones. La impresión que experimentamos todos los presentes, incluido yo, que sabía que era falso, fue que Marcela había dado en el clavo. Uno tras otros fueron fijando sus ojos en mí, que no había tenido tiempo siquiera de reírme. En sus miradas había inequívoco estupor con algunos matices diferenciadores, pero la que más llamó mi atención fue la de Marcela. Me vi reflejado en sus pupilas como un reptil o un gusano asqueroso. La barbilla le temblaba ligeramente, cuando musitó desconcertada:

— ¿Es posible que tú...?

— No digas más majaderías— rugí exasperadísimo. Si ya anteriormente había ido malhumorándome con las tonterías de León y luego con las de Marina, aquello fue la gota que colmó el vaso. Sentía esa clase de furor desconcertado en el que las palabras se te acumulan en un lugar que no es la garganta y solo a duras penas consigues expresarlas. Esa clase de rabia sorda que te produce el verte obligado a defenderte de una acusación que te parece tan absurda, que no llegas a encontrar argumentos en tu favor. El caso es que debí de encontrarlos, porque seguí vociferándole a Marcela:

— Pregúntale a esa llorona y te dirá que no le he rozado nunca ni la punta del dedo meñique. Todos estamos bastante desquiciados, pero ella además ve visiones. Las chiquillas mojigatas me aburren sobremanera y, si hubiera decidido de pronto propasarme con alguna, descuida que no habría sido con ella.

No era precisamente esa grosería lo que hubiera querido decir, pero cuando comprobé que a Marina le había dolido, me alegré. Hacía esfuerzos desesperados por contener las lágrimas y me sentí algo reivindicado. Cuando se levantó de un salto del diván y me miró ofendidísima, no me arrepentí en absoluto, al contrario. Lamenté únicamente que no nos encontráramos solos en ese momento, pues el montar numeritos en público me ha repateado siempre.

—Vámonos, Marcela— le ordenó imperiosamente a la otra, que por extraña paradoja acababa de recuperar su buen humor. Pero como yo no estaba dispuesto a que dijera ella la última palabra, me puse también bruscamente en pie.

—Puedes quedarte, porque el que se marcha soy yo.

Para disculparme, me volví hacia Laura, que se había quedado con la boca abierta de pura estupefacción.

—Perdona, ya vendré a verte en otro momento más oportuno.

Y me fui. Salí de la casa como si me persiguiera el mismísimo diablo, pero el fresco de la noche me apaciguó nada más salir a la calle. Corría un viento helado que me despejó las ideas y me hizo comprender que mi reacción había sido estúpida. Si me lo hubiera tomado a broma, habría zanjado la cuestión sin violentar a los demás, pero como ya no tenía remedio, conseguí tranquilizarme un tanto, transfiriéndole la culpa a Marina, y me marché a casa.

*   *   *

Levantó la vista hacia Atila que le había escuchado en silencio.

—Eso fue todo. Después me llamó Marcela por teléfono, asustadísima. Acababa de regresar a su piso y no había encontrado a Marina en él como esperaba. El resto ya lo sabe usted.

Aunque el abogado continuó acodado en la mesa sin traslucir la menor emoción, Jaime intuyó algo, por lo que le preguntó:

—¿Ha entresacado algún detalle o alguna pista importante de lo que le he contado? Me da la impresión de que está atando una serie de cabos sueltos, ¿me equivoco?

— No, no se equivoca— reconoció el otro—. Había en los relatos de algunos de sus compañeros una contradicción que me tenía intrigado y que me acaba de aclarar. Porque supongo que su narración es rigurosamente cierta y que no ha tergiversado el comportamiento de la señorita Marina Abril para favorecerla.

— Por supuesto que no. Pero dígame, ¿cree que la acusarán de algo? Su situación es similar a la mía y Ballesteros se dio por satisfecho con las explicaciones que le di sobre mi cuchillo. No sé por qué se muestra más suspicaz con ella. Marina me dijo ayer en el hospital que él no se había creído su versión del atropello.

Atila meneó pensativamente la cabeza.

— El comisario sospecha que fue ella quien ocultó el arma, por lo que, si puede aportar alguna prueba, es posible que el fiscal la acuse de encubrimiento.

— Pero eso no tiene sentido— protestó Jaime acalorándose al rebatírselo a su interlocutor—. Claudio no tenía el cuchillo clavado en el pecho cuando me incliné sobre él y nadie se le acercó antes que yo, así que difícilmente hubiera podido Marina esconder un cuchillo inexistente. Además, estoy seguro de que no se separó ni un momento del corro que formábamos alrededor del cuerpo.

— ¿La estuvo mirando fijamente todo el tiempo?— le preguntó el otro con algo de ironía—. A pesar de la sorpresa que experimentaría usted al comprobar que el primer actor de la compañía estaba muerto y del desconcierto y alboroto consiguiente, ¿puede asegurar tal cosa?

— Pues sí— repuso Jaime sencillamente. Luego levantó los ojos hacia el inexpresivo semblante del abogado, al que le sonrió con guasa, e inquirió —: ¿Es usted casado?

— No, ¿por qué?— se sobresaltó Atila.

El otro se encogió de hombros, acentuando la socarronería de su sonrisa.

— Aunque no lo sea, habrá tenido novia alguna vez y sabrá, por tanto, que cuando a uno le interesa una chica es como si llevara encima una especie de radar que detecta con toda precisión los movimientos de ella, aun cuando no se la esté mirando.

Aunque los avatares sentimentales de Atila se perdían en la noche de los tiempos, podía rememorarlos con absoluta claridad y en su fuero interno tuvo que darle la razón a Jaime Robledo, lo que le produjo una sorda irritación. Y que él hubiera malgastado su invisible radar con la tonta de Violeta... No se merecía la muy boba los sentimientos que le había inspirado y mucho menos aún que todavía la recordase con nostalgia, pese a los años que habían transcurrido.

Jaime le observaba intrigado, preguntándose seguramente qué podría estar él pensando, y debió de desistir de averiguarlo, porque insistió:

— De todas formas, ya le he dicho que en casa de Laura, Marina se quedó de piedra al enterarse de que habían matado a Claudio con mi cuchillo. No tenía la menor idea y no cabe que simulara la sorpresa que demostró, porque finge muy mal.

— ¿De veras? Tenía entendido que es una buena actriz.

— En el escenario tiene un pasar— admitió Jaime no muy convencido—. Como se sabe el papel y lo ha ensayado mil veces, queda discreta. Donde resulta una calamidad es en la vida real. Es como si se transparentara, porque es muy ingenua y se comporta de forma totalmente espontánea.

El abogado tabaleó maquinalmente con el bolígrafo sobre la mesa como si el ruidito que producía le ayudara a ordenar sus ideas.

— Si le resulta tan transparente, sabrá a qué obedeció la extraña actitud de ella en casa de Laura. Todos ustedes la han calificado de desusada, de insólita en su carácter. ¿Cree que el motivo pudo ser el miedo a encontrarse implicada en el crimen a causa de su chal?

Jaime vaciló e hizo un gesto de exasperación que en esta ocasión iba dirigido a la muchacha.

— !Y yo qué sé! Marina se asusta de casi todo, pero a mí me dio la sensación de que... No sé cómo explicárselo. Que finja mal no quiere decir que sus reacciones sean siempre comprensibles. Arremetió de pronto contra Laura y contra mí de una forma absurda. Al oírla, cualquiera hubiera pensado que nos consideraba cómplices de algo que no se me alcanza.

Atila intentó disimular una sonrisa, porque ese punto era para él claro como el agua, pero la habilidad que poseía para ocultar sus impresiones le falló esta vez y el muchacho lo captó.

— ¿Es que ella le ha contado...?

— Lo que me haya podido decir, es estrictamente confidencial, ya se lo he advertido antes.

— Sí, por lo menos un par de veces— rezongó Jaime, observándole con aquellos ojos tan claros—. ¿No podría darme una pista sin faltar a ese secreto profesional que tanto cacarea?

Lo del cacareo le hizo daño en los oídos a Atila, que por un segundo creyó tener sentado enfrente a su pasante en lugar de al otro, pero no lo demostró. Se limitó a menear negativa y parsimoniosamente la cabeza.

— Así que es usted como una tumba— masculló el chico malhumorado.

— Más o menos— corroboró Atila imperturbable—. Pero hemos dejado unos cuantos puntos sin tocar. Me ha dicho que se marchó a su casa nada más abandonar el hotelito de Laura y que Marcela le llamó por teléfono más tarde. ¿No podría precisar la hora?

La pregunta pareció disipar la irritación de Jaime, pues, después de observar atentamente a su interlocutor, se echó a reír.

— Puedo precisarla con toda exactitud. Me había acostado ya y cuando sonó el teléfono lo primero que hice fue mirar el despertador de la mesita de noche. Eran exactamente las once y dieciséis minutos.

Vio como el abogado revolvía el sinfín de papelitos que se amontonaban sobre su mesa, antes de hacer un ademán aprobador.

— Perfectamente. ¿Y vive usted...?

— En el Paseo de la Habana, en un apartamento minúsculo.

Con una chispita burlona en sus ojos claros, añadió:

— Lejísimos de Marina. Ni con un helicóptero hubiera podido atropellarla a las once y diez y estar de vuelta en casa seis minutos más tarde.

— ¿Y cómo sabe que el atropello tuvo lugar precisamente a las once y diez?— trató de averiguar Atila, con un gesto muy teatral. Le estudiaba escrutadoramente, pero a Jaime parecían divertirle sus suspicacias.

— Porque me lo dijo Marina ayer— replicó guasonamente—. Me contó que al cruzar la Puerta del Sol, miró el reloj de la plaza como suele hacer todo el mundo. Aunque lo hayan jubilado, los madrileños no le hemos perdido el apego a ese reloj.

Se retrepó más cómodamente en la butaca, contemplando al otro con los ojos entrecerrados.

—¿Sigue considerándome sospechoso? No le negaré que en ocasiones haya sentido deseos de matar a alguien, pero a Marina, desde luego, no.

—¿Y a Claudio?— inquirió Atila en voz muy baja.

Jaime no se inmutó en absoluto.

— Reconozco que sí y añadiré que no he sentido su muerte más que habría sentido la de cualquier desconocido, pero no lo hice y lamento que Arturo, si es que fue él, escogiera un momento tan inadecuado.

Atila se quedó silencioso y algo defraudado. También Jaime Robledo parecía sincero. Le había aclarado varios puntos de interés y sus respuestas habían sido convincentes, salvo las que se referían a Laura. ¿Estaría utilizando a Marina de tapadera para encubrir sus relaciones con la otra? Ahora que estaba seguro de que Laura sabía que habían asesinado a su marido con el cuchillo de Jaime antes de que lo descubriese la policía y que le había mentido a él a ese respecto, encontraba su conducta más que sospechosa. Estaba claro que ella no había podido perpetrar el crimen por sí misma, pero sí podía hallarse en connivencia con el homicida y esa podía ser la explicación. Y si descartaba a Arturo, quien más probabilidades tenía de ser el criminal era precisamente el muchacho que tenía enfrente. Pero no lograría sacarle nada comprometedor por muchas argucias que empleara, se dijo fastidiado. Parecía poseer una mente muy rápida. Lo mejor sería que se empleara a fondo con Laura Marco, a la que, pese a su primera impresión, podría embarullar con más facilidad.

—Le agradezco su información y que se haya apresurado a venir a mi despacho— le dijo cortésmente—. ¿Me haría el favor de comunicarle al señor Ponce que me gustaría intercambiar con él unas palabras?

—¿Me despide ya?— fingió asombrarse el otro con una falta de seriedad muy similar a la de Rogelio. De improviso, Atila le encontró enormemente parecido a su pasante. Los dos poseían la misma desfachatez, la misma atractiva juventud y la misma alegría de vivir. Una alegría que les impulsaba a caricaturizar hasta las circunstancias más graves.

Jaime insistía ahora, adoptando un aire solemne.

—¿Me ha descartado o es que quiere que vuelva otro día?— Sin esperar su respuesta, añadió en tono normal —: Le daré su recado a Manolo, ¿pero de verdad no podría darme una pista sobre las rarezas de Marina? Ya es bastante desagradable estar envuelto en un asesinato, para además no saber a qué atenerse sobre ella. Y, hablando de pistas, se me olvidaba— dijo, cortando la intentona del otro de ponerse en pie—. León me ha pedido que le consulte esto, porque no está muy seguro de si debe acudir a la policía. Lo encontramos ayer en el teatro por casualidad y la verdad es que no sabemos qué actitud tomar.

—¿Por qué no se explica un poco mejor?— le pidió pacientemente Atila—. ¿Qué es lo que quieren consultarme y qué es lo que han encontrado?

—El muchacho procedió a extraer un sobre de su bolsillo y cuidadosamente le mostró su contenido. Se trataba de un trocito de tela blanca, que colocó sobre la mesa.

—Lo encontramos ayer León y yo, pendiente de un clavo en la puerta practicable del decorado, que simula dar acceso a la antesala del Tenorio. La puerta sobre la que se desplomó Claudio instantes antes de morir. La tela estaba como a un palmo del suelo y... nos intrigó, claro. Pensamos que alguien que estaba al otro lado de la puerta se había enganchado con el clavo, haciéndose un desgarrón en la ropa. No sé si me sigue— masculló, carraspeando para llamar su atención, pues el otro rebuscaba entre sus papelitos algo que no acababa de localizar y aparentemente no le escuchaba. Al fin dio con la cuartilla en la que dibujara la disposición de los telones y el lugar que ocupaban los actores en el momento de autos y con un suspiro de satisfacción levantó la vista hasta el semblante de su interlocutor.

— Continúe, le he entendido perfectamente. Alguien se hizo un siete con ese clavo en algún momento de la función.

— Pero es que me parece que no me entiende— protestó Jaime exasperado—. Lo de menos es el desgarrón. Lo importante es donde y quién se lo hizo. Marina, Marcela y Laura visten hábitos blancos en la obra y, al encontrar ese trocito de tela, fuimos León y yo a sus camerinos a comprobar el estado de sus trajes de monjas. El de Laura no estaba, porque la llevamos a su casa aún disfrazada para evitarle el esfuerzo de mudarse, que en su situación podría condolerle. En el camerino de las otras dos sí encontramos sus hábitos y el de Marcela presentaba una rotura en el borde de la falda que coincidía exactamente con la tela que le he dejado encima de la mesa. Pero lo curioso es que, cuando en el hospital le preguntó León delante de mí cómo se había desgarrado el hábito, Marcela negó que tal cosa hubiera sucedido. Fue en el camerino de Marina, cuando usted ya se había marchado. Nos aseguró que en ningún momento se había aproximado a esa puerta y que cuando se quitó el traje de abadesa no presentaba éste ningún desgarrón.

Vaciló ligeramente y consultó con los ojos al abogando, esperando algún comentario por su parte.

— Realmente es muy curioso— dijo este en tono indefinible.

Jaime no acabó de interpretar lo que había querido decir y vaciló nuevamente.

— Le hemos dado muchas vueltas al asunto y hemos decidido ponerlo en conocimiento de usted. Marcela no estaba en el teatro cuando ocurrió el crimen, pero es posible que alguien utilizara su disfraz para introducirse en el escenario y agredir a Claudio. Me refiero a algún extraño. Lo que no sabemos es si decírselo a Ballesteros, porque podría sacar alguna conclusión equivocada, ¿qué opina usted?

— ¿Qué clase de conclusión equivocada?

— Pues...! Qué sé yo! Podría imaginar, por ejemplo, que Marcela había regresado al teatro antes de que mataran a Claudio o alguna simpleza por el estilo. Lo que no queremos es implicarla tontamente, ¿comprende?

— Sí, le comprendo muy bien— repuso Atila en un tono tan ambiguo, que desconcertó al otro—. Déjeme este trocito de tela que ya meditaré sobre lo más conveniente. Realmente no deja de ser curioso

—CAPITULO VIII—

—Jaime me dijo ayer que quería usted verme— manifestó Manolo Ponce, que acababa de tomar asiento frente a Atila, al otro lado de la mesa del despacho. Vestía tan descuidadamente como su amigo la tarde anterior, por lo que el abogado llegó a la conclusión de que los pantalones vaqueros, el jersey oscuro y la cazadora de cuero negra constituían una especie de uniforme entre los artistas. El desaliño de éste y sus ademanes eran, sin embargo, más estudiados. Su cabello ondulado, de color castaño claro, estaba cuidadosamente peinado y sus gestos no resultaban del todo naturales. Atila se dijo que, sin duda, habría sido un precioso bebé. Uno de esos niños guapos que desmerecen al hacerse hombres. De mediana estatura, delgado y con unos ojos grandes de pestañas excesivamente largas y rizadas, poseía esa clase de belleza trasnochada que hubiera hecho furor a principios del siglo anterior. No era extraño que Marcela Llanes prefiriese a Robledo, se dijo para sus adentros. Al lado del otro, éste quedaría eclipsado en todos los aspectos.

—Efectivamente deseaba hablarle— repuso Atila, mientras ocultaba con sus manos el montón de papelitos que sobre la mesa seguían proliferando—. Tengo entendido que, en el momentos de autos, usted estaba junto a la salida del escenario, en compañía de don Leónidas y de un par de compañeros.

—Sí, con Jaime y con Gabriel— puntualizó Manolo,

sonriéndole, como si quisiera animarle para que continuara haciéndole preguntas—. Al rato entró Marina en el escenario y fue a situarse junto al telón lateral izquierdo y Jaime la siguió. No nos dimos cuenta de nada hasta que de pronto oímos una ovación cerrada, que llamó nuestra atención por lo inesperada, ya que aún faltaban unos minutos para que concluyera el acto. León nos dejó con la palabra en la boca para averiguar a qué obedecían los aplausos y, al seguirle, nos encontramos con el pastel. Claudio tendido en el suelo y los demás apelotonados sobre él, más muertos que vivos. Por suerte habían bajado ya el telón pues, aunque todos tratábamos de que nuestras voces no lo traspasasen, fueron unos momentos de confusión indescriptibles. Matilde lloraba al borde del soponcio, mientras nos empujábamos los unos a los otros sin acertar a reaccionar. Después, cuando León nos dijo que estaba muerto, sentí como si me hubieran dado un mazazo en la cabeza. Pedrito había echado a correr en busca de un médico y los restantes fuimos formando un círculo de autómatas alrededor de Claudio y de Arturo. Este último se había quedado como idiotizado. Ni siquiera trató de averiguar qué le había sucedido al otro y cuando León se lo dijo, no se lo creyó al principio. Daba la impresión de que la sorpresa le había paralizado.

— Y en su opinión, ¿a qué obedecía esa sorpresa?—le preguntó interesado Atila

— Pues... pues yo diría que no se explicaba siquiera que Claudio estuviera tendido a sus pies. Quizás no me crea y piense que con esto trato únicamente de echarle un capote, pero es la verdad. La impresión que a mí me dio, fue que estaba más extrañado que ninguno de nosotros, absolutamente incrédulo. Como es lógico, le he dado después muchas vueltas al asunto y he llegado a la conclusión de que Arturo no pudo matarle.

Atila se inclinó sobre la mesa para no perderse una sola de sus palabras.

— Si puede probar esa opinión, su testimonio sería de un valor inestimable en el juicio. ¿Puede probar lo que dice o es una mera suposición?

Le vio vacilar, mientras contemplaba sus bien cuidadas manos. Luego repuso:

— No sé cómo lo calificará usted, porque no estoy versado en asuntos legales. Ha sido esta mañana cuando se me ha ocurrido y... sí, imagino que se trata de una suposición, pero muy probable, porque con ello quedaría todo explicado, incluyendo el lugar en que apareció el arma. Es que esta mañana me he reunido con León y con unos cuantos compañeros en el Odeón para el reparto de papeles de nuestra próxima obra. León no es persona que pierda el tiempo y...

— Por favor, ahórreme esos detalles— le atajó Atila, que estaba sobre ascuas—. Vaya al grano.

— Es que si no, no va usted a entenderlo— protestó Manolo confuso—. Lo que quiero decirle es que ha sido en el escenario cuando he caído en la cuenta de cómo pudo suceder. Como la policía no permitió que se retirase el decorado ni que se modificara la situación de ninguno de los objetos que estaban en escena, todo seguía en el mismo lugar que esa tarde. Supongo que lo habrá visto.

— No, aún no, pero continúe.

— Si no lo ha visto, se lo describiré. El telón frontal representa una cristalera, separada por un trozo de pared, como de un metro de ancho, de una puerta, a la izquierda del espectador. Esa cristalera se iluminaba durante el duelo para que se recortasen a contraluz las siluetas de Claudio y de Arturo. Tras ese telón, hay otro opaco que nos permitía atravesar el escenario por detrás de él, sin ser vistos desde la sala. ¿Me sigue?

— Desde luego, continúe.

Manolo hizo un ademán muy efectista.

— Creo que la persona que asesinó a Claudio se encontraba precisamente entre los dos telones. Como le he dicho, queda como un metro entre la cristalera y la puerta practicable y si alguien se escondió en ese lugar, pudo perfectamente apuñalar a Claudio cuando éste se desplomó sobre la puerta, cayendo al suelo a continuación en lo que simula ser una antesala. Jaime y yo hemos reproducido el duelo, utilizando a Pedrito de asesino y hemos llegado a la misma conclusión. Durante un par de segundos, que es lo que tardaba Claudio en levantarse, quedaba precisamente de frente a quién hubiera podido esconderse allí. Desde la sala no podían verle y si, como me han contado, Claudio se incorporó después y dió un par de pasos vacilante por el escenario, todo encaja. Por eso no llevaba el puñal clavado en el pecho ni apareció después. Mientras los demás nos arrodillábamos sobre el cuerpo caído en el suelo, el criminal lo envolvió en el chal de Marina, que andaba rodando entre la tramoya, al fondo del escenario, lo metió dentro del sarcófago de doña Inés y se esfumó.

Sin decir palabra, Atila le ofreció un cigarrillo y encendió otro a su vez. Solo cuando expelió el humo, objetó:

—Sus conjeturas tienen varios puntos débiles. Supongamos que ocurriera como dice y que efectivamente hubiera alguien oculto entre los dos telones. ¿No le habría visto alguno de ustedes? Esa persona tuvo que introducirse en el escenario antes de que Laura Marco concluyese la escena del sofá e hiciese mutis, pues desde este momento Marina Abril permaneció en el pasillo, ante la puerta del escenario y no vio salir a nadie. ¿Pudo permanecer esa persona tanto tiempo en ese lugar sin ser vista?

—Yo no digo que aguantase entre los dos telones todo el tiempo— replicó Manolo—. Basta con que se escondiera allí, inmediatamente antes del duelo. Mientras tanto pudo andar deambulando entre bastidores.

—En ese caso no pudo tratarse de un extraño—objetó Atila con una sonrisa—. Tuvo que ser alguno de ustedes. Pero dígame, ¿desde qué lugar se accionan los focos que iluminan la cristalera? El luminotécnico que tenga ese cometido habría visto a esa hipotética persona.

Con aire de triunfo, Manolo meneó negativamente la cabeza.

—No. El cuarto de luces está en el primer piso. Desde la galería superior cambian los telones y dirigen los focos.

—O sea, que desde arriba se domina el escenario, ya

que tienen que estar atentos al desarrollo de la función para cumplir su misión— dedujo Atila caviloso.

— Así es.

—¿Y nadie vio a esa persona agazapada en el lugar que me ha indicado?

— No— reconoció Manolo, que, sin amilanarse, añadió —: Pero eso no significa nada. Si, como le he dicho, el criminal se introdujo entre los dos telones al comenzar el duelo, el escenario se había quedado a oscuras. Precisamente esta mañana León ha interrogado a los tramoyistas, aunque ya habían declarado a la policía lo que sabían, y a Paco, el traspunte, por si había reparado en algún detalle que pudiera ser de interés. Eso ha sido después de que Jaime y yo reprodujéramos la escena del duelo y llegáramos a la conclusión que le he manifestado antes. Ninguno vio nada que apoye mi teoría, pero han reconocido que seguramente no lo habrían visto tampoco de ser cierta.

— Ya— musitó Atila, pasando una mano por su frente como si tratara de ordenar sus ideas—. Efectivamente parece que pudo suceder como dice y si tuviéramos algún punto en que apoyarnos, podría lograr la exculpación de Arturo. Desgraciadamente no tenemos ese punto de apoyo. Todos ustedes poseen excelentes coartadas. Los lugares en los que cada uno de ustedes estaba han sido corroborados al menos por uno de sus compañeros.

Echó una ojeada a una de sus cuartillas más manoseadas, donde dibujara la situación de los actores en el momento del crimen, y añadió:

— La señorita Marina Abril y Jaime Robledo se encontraban en primer término, junto al telón lateral izquierdo. Don Leónidas, Gabriel Egea y usted, junto a la salida del escenario. Don Alfredo Galán, en escena, caído en el suelo, y su esposa, Cristóbal Sancho y Pedro Rubio, junto al telón lateral opuesto. Marcela Llanes en su casa y Laura Marco en su camerino. ¿Quién era esa imaginaria persona, si no había nadie más en el escenario?

Durante unos segundos Manolo sostuvo su inquisitiva

mirada y terminó por encogerse de hombros.

— Pudo ser... cualquiera. Permanecer escondido durante cierto tiempo entre la tramoya que se amontona detrás del decorado, no es demasiado difícil.

— De acuerdo, no es difícil, ¿pero cómo consiguió el asesino evaporarse después? El portero ha declarado que nadie se marchó del teatro durante el cuarto acto y que después de que don Leónidas le diera esa orden, cerró la puerta de actores a cal y canto. ¿Se filtró por las paredes, como el comendador del Tenorio?

Al oír este último comentario, Manolo se echó a reír.

—¿Y qué quiere que le diga? Si yo me hubiera encontrado en el lugar del asesino, no crea que no se me hubieran ocurrido soluciones. Abandonar el escenario no pudo suponerle la menor dificultad, porque en los primeros momentos la confusión fue total. Después... pues no sé. Pudo echar a correr escaleras arriba y esconderse en cualquier parte, mezclarse con los comparsas que bajaron en tropel en cuanto se enteraron o... !Yo qué sé! En el follón que se armó, cualquiera hubiera pasado desapercibido.

— En eso tiene razón— admitió meditabundo Atila. Pero, dígame, ¿no vio a nadie cuya presencia le extrañase? Me refiero a alguien a quien no esperase encontrar allí en aquellos momentos, aunque perteneciese al teatro.

El otro denegó lentamente con la cabeza.

— No. Cuando León nos hizo desalojar el escenario, había ya un jaleo de mil demonios en el pasillo y la verdad es que no estaba para fijarme en nada. Un rato después, Jaime me pidió ayuda para buscar a Marina y anduvimos deambulando de un lado para otro hasta que la encontramos en su camerino, pero tampoco reparé en ninguna persona determinada.

El abogado se dedicó a colocar ordenadamente los papeles de su mesa hasta formar con ellos una torre. Solo cuando remató el pináculo le preguntó en tono intrascendente:

—¿Ha sido a usted a quien se le ha ocurrido que el crimen pudo haberse cometido de esa forma?

Al levantar la vista hacia el semblante de su

interlocutor, vio como este asentía muy satisfecho.

—¿A usted solo?— insistió—. ¿Y cómo tuvo lugar su proceso mental? ¿Vio los telones del decorado y de pronto cayó en la cuenta o...?

— Bueno, Jaime y yo estuvimos inspeccionándolos. León y él habían encontrado el otro día un trocito de tela enganchado en el marco de la puerta del decorado. Enganchado por la parte de atrás de esa puerta, ya lo sabe, y entonces fue cuando se me ocurrió que allí podía haber estado escondido el que apuñaló a Claudio, y todo lo que le he contado después.

—¿Se le ocurrió a usted., o fue Jaime Robledo quien se lo sugirió?

Manolo parpadeó desconcertado.

— Pues... creo que él dijo algo primero y eso me dió la idea.

— Ya— murmuró Atila en un tono que no significaba nada, pero que desconcertó al otro aún más—. Supongo que tambíen sería Jaime Robledo quien propuso reproducir la lucha y que después usted sacó sus propias conclusiones.

— Así fue, pero...— Se interrumpió para clavar sus ojos en el otro, con el recelo del que siente que está cayendo en una trampa—. No entiendo dónde quiere ir a parar. ¿Qué importa de dónde partiera la idea? ¿O es que importa?

— No, creo que no— replicó inexpresivamente Atila—. Imagino que Jaime Robledo y usted son amigos desde hace tiempo y existe entre los dos la natural afinidad de pensamiento.

— Desde luego, pero lo dice usted de una manera que parece... que parece que es Jaime el que piensa por los dos.

El otro se apresuró a disimular sus impresiones, ya que las había dejado traslucir con demasiada claridad.

— En absoluto, nada más lejos de mis pensamientos. Solo pretendía precisar que su amistad viene de antiguo. Discúlpeme si le he parecido impertinente.

Manolo sonrió más tranquilizado.

—Efectivamente, Jaime es mi mejor amigo. En realidad todos los componentes de la compañía nos conocemos desde hace bastante, exceptuando a Marina y a Pedrito, que han sido los dos últimos fichajes de León.

Atila desbarató su torre de papeles, mientras escogía cuidadosamente sus palabras.

—¿Conocía ya a la señorita Llanes cuando realizó aquella película en la que encarnaba a una domadora de leones?

Como había esperado, el semblante de él se iluminó al tener ocasión de hablar de Marcela y sus últimos vestigios de recelo desaparecieron.

— Claro que sí. Estaba colosal en su papel, aunque la crítica no supiera apreciarlo. Y mire por donde, fue durante ese rodaje cuando conocí a Jaime. Entonces era un chaval sin la menor experiencia artística y, si le contrataron, fue de pura casualidad. Como era estudiante y necesitaba ganar algún dinero, se presentó como extra en unión de otros amigos para actuar como público del circo. Fue precisamente durante un descanso del rodaje y a causa de una apuesta, por lo que el director se fijó en él. Recuerdo que al pobre Matías le molestó bastante que le quitara el papel, pero el hombre no tenía la menor puntería. En la película realizaba un número de lanzamiento de cuchillos, con un doble que los arrojaba por él. Como le iba diciendo, Jaime se apostó con sus amigos el dinero que ganaran. Sería para el que acertara más blancos en una diana que improvisaron. No falló un solo lanzamiento y, como además el chico estaba bastante más presentable que el pobre Matías, el director le quitó a éste el papel y se lo dió a Jaime. Valió la primera toma y a partir de entonces Jaime colgó los libros y se dedicó al teatro. Es curioso, ¿no le parece? Quien le iba a decir que por presentarse de extra... Todo en este mundo son casualidades.

— Así es— admitió Atila, encantado por el giro que tomaba la conversación y en el que aparentemente él no había intervenido—. No hay más que ver a Jaime Robledo para adivinar que se halla bien dotado para el ejercicio de cualquier deporte. ¿Sigue ejercitándose en el lanzamiento de cuchillos?

Había bajado la vista hacia sus papeles, como si su

pregunta constituyese un simple comentario sin interés y, cuando volvió a levantarla hasta el semblante del otro, procuró adoptar un aire indiferente, que engañó a su interlocutor.

—No le queda mucho tiempo libre entre los ensayos y las dos funciones— replicó, ajeno por completo a las intenciones del abogado—. Cuando podemos, aprovechamos para esquiar o para salir al campo.

Se interrumpió para desviar sus ojos hacia el balcón y añadió melancólicamente:

—Precisamente, habíamos quedado la tarde en que mataron a Claudio en salir al día siguiente de excursión con Marcela y con Marina. Lástima que a consecuencia del crimen se desbaratase el plan.

Se había quedado extático, contemplando la calle a través de los visillos y Atila se dijo que aquella era una excelente oportunidad para averiguar qué había de cierto en los asuntos sentimentales de Jaime Robledo. Su interlocutor parecía ser un tanto cándido, por lo que tal vez pudiera sonsacarle con habilidad.

—He tenido ocasión de conocer a esas dos señoritas y creo que sería difícil encontrar una compañía más encantadora. Seguramente ellas sentirían tanto como ustedes no poder llevar a cabo ese proyecto.

El semblante de Manolo se oscureció. Sin duda evocaba algún desplante de Marcela que le hería en lo más profundo, porque murmuró:

—Pues no lo sé. Las mujeres resultan muy difíciles de entender. Lo que parecen querer durante un tiempo, les aburre a continuación.

En ese punto Atila estaba totalmente de acuerdo. Y no solo por su única experiencia sentimental. También a lo largo de sus treinta y tantos años de ejercicio profesional había podido comprobar que en su mayoría eran unas liantas con unas reacciones incomprensibles. A veces compadecía a los casados que tenían que soportar toda la vida, y día a día, tal caja de sorpresas por compañía. Claro que, si él seguía soltero, no era precisamente por vocación, sino por otros motivos que prefería no recordar y que además no venían al caso. Su interlocutor parecía proclive a confidencias, por lo que debía alentarle, relegando a su arcano sus propias remembranzas. Con su mejor cara paternal, simuló estar en desacuerdo.

— !Bah!, no se fíe de las apariencias. En el fondo son más sencillas de lo parecen— manifestó, cruzando los dedos por debajo de la mesa—. Lo que ocurre, es que les gusta hacerse valer.

— Pues se pasan— masculló rencorosamente Manolo—. Y conste que no lo digo solo por mi propia experiencia. También Jaime anda bastante escaldado últimamente. Creo que es la primera que se le resiste y no lo acaba de digerir.

—¿Se refiere a Marina Abril?— apuntó cautelosamente Atila, temiendo que en cualquier momento el otro diese marcha atrás.

— Sí. Yo hubiera asegurado que la tenía en el bote, pero estaba equivocado. Claro que... es natural que Marina no se fíe de él. A Jaime se le dan demasiado bien las mujeres y puede que ella se haya dado cuenta, aunque es más infeliz que un cubo. Imagínese si será infeliz que no sabía nada de las relaciones entre Arturo y Laura y eso que son vox populi. Creo que fui yo quien se lo dije y se quedó de piedra.

Atila tragó saliva. Aunque su interés era meramente circunstancial y se basaba en el deseo de aclarar los móviles de los posibles implicados en el crimen, el hurgar en ciertas intimidades le hacía sentirse como una de esas comadres de pueblo que viven de chismorreos. Al insistir en el tema, temía tanto una rabotada de Manolo como el identificarse con una de esas comadres, por lo que tanteó el terreno con precaución.

—¿Se lo dijo usted? Tenía entendido que esas relaciones eran agua pasada y que últimamente Jaime Robledo había sustituido a mi cliente. Pero claro, se oyen tantas cosas...

Manolo levantó bruscamente la vista hacia él y le observó con suspicacia.

—¿Cómo se ha enterado? Jaime ni siquiera me lo ha comentado. Les sorprendí por casualidad.

Atila temió dar un paso en falso si insistía y se limitó a observarle en silencio. Acicateado por su mutismo, el otro inquirió intrigado:

—¿Cómo le ha llegado la noticia? Es curioso que usted, aquí... desde su despacho... estoy seguro de que ni León ni los demás tienen la menor idea. Por supuesto, Arturo no se lo imagina siquiera y supongo que usted no le irá con el cuento cuando vaya a visitarle a la cárcel. Sería la puntilla para el pobre hombre.

Parecía estar auténticamente alarmado, circunstancia que aprovechó Atila, fingiendo titubear.

— No le diré nada, si es usted capaz de aclararme ciertos puntos. En caso contrario me veré obligado a hacerlo ante el tribunal por el bien de Arturo, ¿comprende?

Resultaba obvio que Manolo no comprendía nada. Se le había quedado mirando con cara de estúpido y más que nunca le recordó a Atila a un señor de primeros del siglo anterior, escapado de un cuadro. Solo le faltaba el bigote y la raya en medio.

— Claro que lo comprendo— admitió a media voz, atribuyéndose una inteligencia mucho más meridiana de la que en rigor le correspondía—. Si usted ya lo sabe, no hay razón para que yo lo niegue. Verá, como le he dicho, Jaime no me había hecho el menor comentario sobre el particular y yo estaba plenamente convencido de que era Marina la que le interesaba hasta la tarde en que murió Claudio. Fue poco antes de comenzar el tercer acto, cuando le encontré con Laura en el camerino que compartimos él y yo. Como también es mi camerino, no se me ocurrió llamar a la puerta antes de entrar y les sorprendí in fraganti. Laura se marchó corriendo y Jaime me puso a caer de un burro por inoportuno, aunque se negó a darme una explicación. Después... sí, creo que se lo comenté a Marina, porque ella me lo preguntó, y lo curioso es que, aunque no me pareció que le afectara lo más mínimo, se mostró muy distante con Jaime a partir de entonces. Sobre todo la noche que nos encontramos con ella y con Marcela en casa de Laura. De pronto tuvo una salida de tono sin venir a cuento, que nos dejó a todos helados.

— Ya. ¿Y cómo cree que interpretaron los presentes esa salida de tono?

Manolo se rebulló en su sillón, como si el recuerdo todavía le azarase.

— No lo sé, pero sonó muy mal. Debía estar indignada contra Jaime, imaginando que él con sus asiduidades pretendía tomarle el pelo, y, cuando se ofreció a acompañarla a la comisaría, le replicó de una forma bastante absurda. Pareció que acusara a Laura y a Jaime de algo que tenía que ver con el crimen, aunque lo que trató de insinuar fue que conocía la relación que les unía a ambos. Laura se mosqueó y él se puso como una hiena y se largó de la casa, después de soltarle unas cuantas groserías. Marcela y León se quedaron estupefactos al principio, pero enseguida se les pasó. De todas formas, como ya era tarde y la situación resultaba un tanto tirante, subimos a cuestas a Laura a su dormitorio y nos despedimos a continuación. Hacía una noche de perros, pero a Marcela no le apetecía volver aún a su casa y les propuse a las dos que me acompañasen a cenar algo en una cafetería. Marina dijo que ya estaba harta de zascandilear y que en su piso tomaría cualquier cosa para acostarse inmediatamente.

Envolvió a Atila en una sonrisa vacilante y añadió:

— Marcela y yo no insistimos demasiado. No sé quién dijo que dos son compañía y tres multitud, pero tenía razón. Claro está que no podíamos imaginar ni por lo más remoto que alguien pudiera tener intención de cargársela, simulando un accidente. A mí no se me pasó por la cabeza ni a Marcela tampoco. Sin embargo, al poco de entrar en una cafetería de la calle de Serrano, noté que ella empezaba a ponerse nerviosa, como si estuviera elucubrando sobre las mil desgracias que podían ocurrirle a la otra en una noche tan lúgubre. Aludió varias veces a lo espeso de la niebla, a lo resbaladizo del pavimento y a los borrachos e indeseables que andaban sueltos por la calle a esas horas. El caso es que le entró de repente una prisa enorme por regresar a su casa y el bocadillo que habíamos pedido nos lo terminamos de comer en su coche. Me dejó en la esquina de mi calle y se largó a toda velocidad, Serrano adelante, para desde la plaza de la Independencia bajar por la calle de Alcalá hasta la Puerta del Sol. No invirtió más de veinte minutos en llegar a su destino, porque fue lo que tardó en llamarme por teléfono, con un susto que no la permitía hablar.

— Ya— murmuró escuetamente Atila.

Parecía que tampoco su interlocutor hubiera podido ser entonces el autor del atropello. Necesitaba quedarse solo para reflexionar y le despidió amablemente, abismándose a continuación en sus meditaciones. Con los ojos fijos en la cuartilla donde dibujara la situación de los que presenciaron la muerte de Claudio, pasó revista a cada uno de ellos, sin llegar a una conclusión satisfactoria. Ninguno parecía haber podido acometer la empresa por sí solo, pues quedaban piezas en el engranaje que escapaban a sus posibilidades. ¿Se habrían puesto dos o más de acuerdo o quizás...?

Cuidadosamente dibujó el segundo telón detrás del de la vidriera y trazó un nuevo círculo en el lugar indicado, con una interrogante en su centro. Lo estudió con el ceño fruncido y meneó dubitativamente la cabeza. Si consiguiera despejar la interrogante, todas las piezas encajarían. ¿Pero quién podría haberse hallado en ese lugar en el instante preciso y desaparecer después sin ser visto? De improviso tuvo una idea y oprimió el timbre. Rogelio apareció casi inmediatamente en el umbral de la puerta que comunicaba los dos despachos, destacándose en el quicio.

—¿Me ha llamado?

— Ven aquí— le ordenó su jefe, sin levantar la vista de la cuartilla e invitándole con un ademán a que se le aproximase—. Vas a llamar ahora mismo a don Leónidas y le dices que deseo visitar su teatro mañana por la mañana. Que a ser posible reúna allí a todos los que se encontraban en el Odeón en el momento de autos.

—¿Al público también?— bromeó el chico, con su característico aire guasón.

Como de costumbre, Atila se impacientó.

—No seas bobo, hombre. Me refiero a los actores, a los tramoyistas, a los luminotécnicos, etc., ya sabes.

—Rogelio avanzó hacia él con desgana y fue a apoyarse contra la esquina de la mesa.

—¿Qué se propone? ¿Es que va a hacer algún experimento o es que pretende interrogarles por turno?—. Le guiñó un ojo y añadió —: Si lo que pretende es interrogarles a todos, más vale que me lo diga para que lleve un rollo de papel higiénico.

El abogado levantó por primera vez la vista de los dibujos que atraían tan poderosamente su interés y la clavó con perplejidad en su pasante.

—¿Y se puede saber para qué podemos necesitarlo? ¿Acaso estás indispuesto?

Rogelio se echó a reír.

—¿Yo?, claro que no. Pero en algún papel tendrá que apuntar lo que le cuente toda esa gente y me temo que con un manojo de servilletas, novenas y multas de tráfico no tengamos suficiente. Después yo archivaré el rollo de papel, para que pueda consultarlo cuando guste.

Cómicamente fingió asustarse, encogiéndose sobre sí mismo cuando el otro le dirigió una de sus miradas furibundas.

—No se enfade, jefe, no se enfade. Solo pretendía animarle un poco con mis chirigotas, porque está usted tan obsesionado con el homicidio de ese actor que se le está agriando el carácter, pero no se preocupe, que lo resolverá— le aseguró en tono paternal—. Y, cuénteme, ¿le ha dado alguna pista ese tipo de ojos lánguidos que se acaba de marchar?

Sin aguardar su respuesta, se colocó a espaldas de su jefe para analizar atentamente el contenido de la cuartilla. Se lo conocía de memoria, por lo que reparó en el acto en el nuevo círculo que el otro había dibujado.

—!Ajá! Veo que mis suposiciones eran ciertas y que el guaperas del pelo rizadito ha cantado. ¿A quién corresponde ese círculo?—. Y como si se tratara de un juego de adivinanzas, inquirió rápidamente —: ¿Hombre o mujer?

—!Qué pesado eres, Rogelio, qué pesado!— rezongó

Atila perdiendo la paciencia—. No estoy para bromas, así que lárgate ahora mismo y llama a don Leónidas por teléfono.

Sin inmutarse, el otro permaneció inmóvil, mirándole con cara de pascuas.

—Está bien, me meteré en situación—. Consiguió adoptar un aire de sabueso, después de colocarse el cigarrillo en la comisura de los labios y de aflojarse el nudo de la corbata—.¿Quién estaba en ese lugar, don Atilano?— le preguntó a continuación en tono inquisitivo—. Supongo que se tratará de algún personaje nuevo, porque nadie posee el don de la ubicuidad. Nuestros sospechosos crónicos siguen en el mismo sitio, bien dibujaditos, así que tiene que ser otro que declaró no estar en el escenario. ¿Quiere que los repase con usted?

—Bueno— admitió condescendientemente Atila, pasando por alto sus payasadas.

—Espere un momento entonces— le pidió el muchacho, mientras se encaminaba hacia su despacho. Regresó poco después con un fajo de papeles que fue consultando. Apoltronado en la misma butaca que había ocupado poco antes Manolo Ponce, comenzó —: Tenemos aquí a un tal Ventura Caspe, que hace el papel de Butarelli y solo sale en el primer acto. Este no le sirve. Se marchó del teatro en cuanto concluyó su actuación y se fue al dentista con un dolor de muelas imponente. El sacamuelas lo ha corroborado.

—Eso es.

—Veamos a este otro, a esta otra quiero decir, Laura Marco. La llevó Arturo a su camerino en cuanto se retiró éste de escena, entre sus dos actuaciones del cuarto acto, o sea, unos instantes antes de la escena del duelo. Estaba sola en el camerino cuando se cometió el crimen, pero como se había dado un trancazo en las posaderas y se había espachurrado una vértebra, para el caso es como si hubiera estado acompañada de un regimiento.

Aspiró el humo de su cigarrillo y luego lo depositó en el cenicero de cristal de la mesa de Atila, antes de pasar la hoja. Al leer el nombre que figuraba en la parte superior de la misma, frunció el ceño.

— Aquí tenemos algo más interesante, Marcela Llanes. También se marchó a su casa, según ella, y no salió para nada hasta que llegó Marina Abril con la noticia. La portera no la vio entrar en el portal ni se cruzó con ningún vecino por la escalera. ¿Qué le parece? ¿No cree que encajaría en su nuevo circulito? Desde luego, el portero del teatro ha manifestado que ella no regresó posteriormente al Odeón, pero eso no es suficiente para descartarla. Vive a un par de manzanas del teatro y, aun cuando efectivamente hubiera regresado a su casa, en deshacer el camino habría invertido solamente unos minutos y quizás aprovechara algún despiste del portero. Por lo que he visto anotado en una de sus servilletas de papel, esa chica practica yudo y karate, pero, aunque no lo hubiera visto en su servilleta, sé por experiencia propia que es capaz de sopapear al que se le ponga por delante y no me extrañaría que también lo fuera de apuñalar, si se encontrara con un tipo lo suficientemente antipático. Claudio lo era al parecer.

Atila contempló al otro impasible y terminó por encogerse de hombros.

— Admito que pudo ser ella y que es la única que aparentemente tuvo oportunidad de atropellar a su amiga la otra noche. La acusa también el trocito de tela que han encontrado Jaime y don Leónidas enganchado en la puerta practicable del decorado, pero...

—¿A qué se refiere?— inquirió Rogelio, con un cómico gesto de desorientación.

Su jefe se lo explicó pacientemente y el otro emitió un silbido.

—¿Y qué hace usted repanchingado en su butaca con esa cara tan lúgubre? Al fin tenemos la prueba que necesitábamos, puesto que ese retal coincide con el desgarrón de su hábito de abadesa. Bastará con encontrar a unos cuantos testigos que declaren que cuando Marcela terminó su actuación, vieron cómo se dirigía a su camerino a mudarse de ropa y en esos momentos su hábito no presentaba ningún desperfecto. El desgarrón demuestra que ella volvió al teatro, se escondió entre los dos telones y se enganchó la falda en el clavo que tenía la puerta practicable del decorado a un palmo del suelo, ¿no lo cree?

En el semblante de Atila se pintó una mueca de escepticismo.

— No sé. Me extraña que Ballesteros no reparara en ese trocito de tela cuando inspeccionó el escenario. Es un hombre sumamente meticuloso. Olfatea hasta el aire del lugar donde se ha cometido un delito.

— Está muy constipado últimamente para olfatear nada— replicó humorísticamente el chico—. Además, no habrá creído necesario sacar la lupa para estudiar con ella palmo a palmo los decorados, porque no le cabe duda que fue Arturo el criminal. ¿Para qué buscar colillas comprometedoras o desgarrones de tela de hábito de monja enganchados en un clavo? Su único objetivo después de detener a nuestro cliente ha sido encontrar el arma homicida, que es en lo que ha concentrado toda su atención. Estoy seguro de que si ha llegado a reparar en ese siete monjil, lo ha despreciado olímpicamente.

— Pues yo no estoy tan seguro— manifestó pensativamente el otro—. Y no solo por la meticulosidad de Ballesteros, sino también por otro detalle que aún me tiene intrigado. Que Laura Marco supiera que habían matado a su marido con el puñal de Jaime Robledo, antes de que la policía lo averiguara, parece indicar que el criminal ha tenido que ser alguien con el que ella mantenga una relación muy estrecha. Marcela Llanes no se encuentra en ese caso.

— No— admitió Rogelio de mala gana—. Así que piensa que Laura es cómplice del asesino y su favorito para ese papel es Jaime Robledo.

— Si descartamos a Arturo, no queda otro.

Rogelio se rascó el cogote mientras examinaba atentamente la manoseada cuartilla de su jefe.

— Pero él no pudo esconderse entre los dos telones durante la escena del duelo, puesto que en el momento de autos estaba al lado del bombonazo, junto al telón lateral izquierdo.

—Eso es lo que él ha declarado. Marina Abril me comentó el otro día, sin darle importancia, que no advirtió la presencia de él a su lado. Jaime Robledo se lo manifestó así y ella corroboró más tarde a la policía esa versión, que ni siquiera ha cuestionado. Para colmo, ha sido también Jaime quien ha encontrado un indicio que compromete a Marcela, lo que le viene de perlas para desviar las sospechas de su persona. Lo que es más raro es que también haya sido él quien haya hecho caer a los demás en la cuenta de la forma en que probablemente se cometió el crimen.

—¿Y qué explicación le encuentra a ese aparente contrasentido?— le preguntó Rogelio, que empezaba a embarullarse con tantos argumentos a favor y en contra del actor.

— Se me ocurren varias.

—¿De veras?— se extrañó el chico—. Pues espero que me las cuente, porque a mí me parece que, de ser él el culpable, ha cometido una estupidez al aclararle a los demás cómo se las arregló para apuñalar a Claudio en plena función. Manteniendo la boca cerrada, le habrían cargado el muerto a Arturo. ¿Para qué levantar la liebre?

— No sé. Tal vez sienta remordimientos y trate de echar un cable a nuestro cliente, confundiendo a la policía con nuevas pistas que no llevan a ninguna parte. En cualquier caso, la forma en que ha sugerido que pudo cometerse el crimen le descarta a él, puesto que, para Ballesteros, Jaime se encontraba con Marina junto al telón lateral y sabe que ella no declararía en contra suya.

—¿Y piensa que la otra noche decidió atropellarla, por si las moscas?

Atila meneó vacilante la cabeza.

— No, pero solo porque no tuvo tiempo y es una lástima, porque todo encajaría en caso contrario. Hay bastantes argumentos en contra de él. Su intimidad con Laura, que probablemente trató de encubrir utilizando a Marina de pantalla. Su enemistad con el difunto y la oportuna pérdida de su cuchillo, que pudo ser fingida. Se encontraba presente también en casa de Laura Marco, cuando Marina insinuó aparentemente que conocía algo que ignoraban los demás y que le atañía a él y a Laura. Jaime reconoció aquí, en este despacho, que la actitud de ella cambió radicalmente a partir del crimen, que desde ese momento se mostró muy distante con él. Es fácil que, como consecuencia, imaginara que Marina sabía algo comprometedor e intentara silenciarla, pero, como te he dicho, no pudo ser él quien la atropellara, porque no tuvo tiempo. Seis minutos después de que a Marina la arrollaran, cogía el teléfono en su casa y contestaba a la llamada de Marcela

— También es posible que Marcela trate de encubrirle a él, falseando la hora en que le llamó. A ese tipo se le dan las mujeres como hongos, por lo visto, y las tres a las que tiene en el bote harán cualquier cosa por no perjudicarle— murmuró, pasando una mano por su frente como si se hubiese hecho un lío con sus propias conclusiones. A continuación, se puso en pie, recuperando su acostumbrado aire dinámico, y añadió —: No se preocupe, jefe, que resolveremos el enigma. Llamaré al gordo y con un rollo de papel higiénico para usted y mi perspicacia natural, mañana ataremos los cabos que nos faltan. Confíe en mí, que soy un lince para resolver esta clase de berenjenales.

Cansinamente, levantó Atila su mirada desde sus cuadradas manazas, hasta el pecoso semblante de su pasante, para preguntarle en tono recriminatorio:

—¿Estás seguro, Rogelio, de que esa palabra existe en el idioma castellano?

— Naturalmente— afirmó el muchacho con toda frescura. Y ayudándose con los dedos, como si estuviera sumando con ellos, masculló entre dientes —: Un berenjenal, dos berenjenales, tres berenjenales. ¿No le suena?

Después salió apresuradamente del despacho para no oír la retahíla de malhumorados improperios de su jefe.

—CAPÍTULO IX—

Aunque Rogelio había acudido al Odeón en compañía de Atila la tarde del crimen, conservaba un recuerdo del teatro más bien vago, asociado a la sensación de agobiante barullo, de empujones y de nerviosismo. Sin ninguno de esos elementos, el Odeón le pareció otro. Desde luego no había advertido aquella tarde que el portal, que constituía la puerta de acceso de los actores y que se encontraba en una estrecha callejuela a la que daba la fachada lateral del edificio, fuese tan oscuro y tan decrépito. Era el típico portal de casa vieja de barrio, aunque el Odeón estuviese en el centro de Madrid. Sus dos altísimas puertas de madera renegrida estaban abiertas de par en par a esas horas y permitían que la claridad de la mañana se filtrase en su interior, iluminando a trechos los desconchones de las paredes, pintadas de color verde chillón, y la guirnalda de flores también chillona que zigzagueaba cercana al techo.

Una completa birria esa guirnalda, se dijo el chico. ¿Quién habría sido el inspirado decorador de aquel engendro?

Pero ni siquiera el portal era lo peor. Al fondo del mismo había otra puerta, también de madera renegrida y de cristal, por la que se accedía a un largo y tenebroso pasillo, más horripilante aún que el portal. Rogelio dedujo que debía discurrir paralelo y todo a lo largo del patio de butacas, del que seguramente solo estaría separado por el tabique de su derecha. En el de la izquierda se abrían multitud de puertas, que daban acceso a los camerinos, pero no entraron en ninguno de ellos. El empresario, que les había recibido en el portal, les precedió por el corredor hacia el escenario, que se encontraba justamente al fondo, y al que había que subir por una corta escalera de cinco peldaños. En el ensanche que cerraba el pasillo, en el que se hallaba ésta, comenzaba también otra por la que se ascendía al piso superior, y despedía un penetrante olor a lejía, pese a su aspecto de suciedad.

El chico se dijo que las interioridades del teatro destinadas a la compañía de actores resultaban desmoralizadoras y no parecían guardar punto de contacto con el patio de butacas ni con las estancias reservadas a los espectadores. Era como si pertenecieran a dos aspectos antagónicos de la misma realidad, porque desde el lugar en que se hallaba en esos momentos sentía que lo irreal eran las dependencias del público.

Incluso el escenario, desde dentro, le pareció lúgubre y como desmantelado, aunque, no lo estaba. Los telones del cuarto acto pendían inmóviles de las alturas, dando vida a la villa de Tenorio, el famoso sofá, en primer término, ocupaba su lugar, y, apretujados en él unos cuantos y ocupando los otros unas sillas, distinguió a la mayoría de los actores de la compañía. Faltaban los que era lógico que faltaran: Laura Marco, que aún no se encontraba en condiciones de levantarse de la cama. Marina, que continuaba en el hospital. Arturo que estaba recluído en la cárcel de Alcalá Meco y, por supuesto, Claudio.

Los que conocían a Atila por haber acudido a su despacho se levantaron inmediatamente a saludarle y don Leónidas le presentó a los restantes.

— He dispuesto que todo esté igual que aquella tarde— le explicó el empresario a Atila, abarcando con un ademán el escenario—. Supongo que su propósito es ambientarse para comprender mejor como se desarrollaron los hechos y, aunque la policía lo revolvió todo, creo que he conseguido reproducirlo en sus menores detalles.

Sonreía con un aire de superioridad absoluta, sin similitud alguna con el que traslucía en el despacho del abogado. Estos eran sus dominios y se sentía dueño y señor.

Atila, por el contrario, le seguía algo vacilante como si se encontrara en terreno ajeno y temiera molestar. Don Leónidas les había conducido directamente hacia los dos telones del foro. Colgaban paralelos el uno del otro, dejando entre medias una especie de pasillo de unos cincuenta centímetros de anchura. Una cristalera emplomada de color ámbar, de forma ojival, y una puerta practicable, ocupaban la totalidad del delantero, separadas tan solo por un metro de pared simulada.

— Ahora les haremos una demostración de cómo se las arregló el asesino para matar a Claudio— manifestó don Leónidas, dirigiéndose al abogado—. Ayer caímos en la cuenta y verdaderamente no sé cómo no se nos ocurrió antes. Es sencillísimo. Bajen ustedes al patio de butacas y podrán verlo cómodamente. Jaime y Manolo sustituirán a Claudio y a Arturo y Pedrito hará de asesino, igual que ayer.

Rogelio siguió a su jefe hasta una de las primeras filas del patio de butacas y al tomar asiento comprobó que los actores aludidos, sin decir palabra, habían ido a ocupar sus lugares respectivos. El chico dedujo que el tal Pedrito debía ser el muchacho esmirriado que vestía unos pantalones vaqueros y un jersey azul marino, sobre otro marrón, y que había ido a ocultarse tras el decorado entre la vidriera y la puerta practicable. A Jaime y a Manolo ya les conocía, pero no les había visto juntos. No recordaba que el último de los dos fuese tan bajo. Jaime le sacaba más de la cabeza y daba la impresión de que podía derribarle al suelo al otro de un solo manotazo.

Con sus espadas en la mano y absoluta seriedad habían ido a situarse delante de la vidriera y aguardaban pacientemente a que el empresario les hiciese alguna señal, pero éste con su característica deformación profesional pretendía, al parecer, trocar el simulacro en una escena auténtica y, puesto en jarras, le vociferaba a alguien que se encontraba en las alturas y a quien Rogelio no alcanzaba a ver. Debía tratarse de algún tramoyista, porque de improviso la vidriera se iluminó, a la par que la luz del escenario se oscurecía súbitamente y las candilejas comenzaban a esparcir una débil claridad. Un foco fue a proyectarse sobre el sofá y

Leónidas volvió a arremeter contra el invisible tramoyista.

— Ese no, idiota. Ya se ha terminado la escena del sofá y han matado al comendador, ¿entiendes?

El tramoyista debió de entenderle, porque el foco se apagó al tiempo que Leónidas se volvía hacia un hombre de edad y de aspecto simpático, que estaba sentado en una silla junto a una señora.

— Tú, Alfredo, a tu puesto. Y vosotros, despejad el escenario.

Se refería al resto de los actores, que obedecieron en silencio. El tal Alfredo fue a tumbarse artísticamente retorcido en el suelo a pocos pasos del telón lateral derecho y Leónidas se apartó a un lado, desapareciendo de su vista.

— Ya podéis empezar— le oyó decir a las dos siluetas que se recortaban en negro contra la vidriera.

Rogelio había asistido divertido a lo que consideraba excesivos preparativos, pero en el mismo instante en que esas dos siluetas salieron de su inmovilidad contuvo la respiración con un estremecimiento. La ambientación resultaba tremendamente efectista y se sintió transportado a su pesar a los lejanos siglos de duelos y espadachines. En la semi penumbra, sus evoluciones eran ágiles, precisas, acompañadas por el incesante tintinear de sus espadas. El más bajo esquivaba ahora una estocada agachándose y, al levantarse de nuevo, se lanzaba a fondo contra su adversario, que desviaba el acero para arremeter después contra el otro con mayor vigor. Manolo le acorralaba contra la puerta, que se adivinaba más que se veía, y con su ataque le obligaba a desplomarse sobre ella, que se abría con estrépito. Rogelio aguzó la vista ahora, pero solo logró distinguir como el actor que encarnaba a don Juan Tenorio parecía caerse de medio lado en lo que aparentaba ser la estancia contigua, a la par que derribaba al más bajo con el pie. Se enderezaban los dos simultáneamente, aunque Jaime le llevaba al otro unos segundos de ventaja. Entonces Rogelio le vio avanzar unos pasos vacilante hacia el telón lateral izquierdo y, antes de que Manolo hubiera llegado a aproximársele, caer al suelo como un fardo.

El chico reprimió los deseos de aplaudir, mientras seguía a su jefe al escenario que acababa de iluminarse, y miró a los dos actores con nuevo respeto. Su actuación le había parecido formidable, colosal, pero comprendió que ninguno de los dos esperaba felicitaciones de esa clase. Jaime se levantaba sacudiéndose el polvo de sus pantalones de pana y aguardaba con auténtico interés a que Atila le diese su opinión, mientras le veía acercársele.

—¿Qué le ha parecido, don Atilano? Puedo asegurarle que Pedrito me ha asestado una buena puñalada, aunque usted, desde la sala, no lo haya podido advertir. ¿No cree que pudo ocurrir de esta forma?

Sus ademanes resultaban tan espontáneos y su preocupación tan sincera, que Rogelio experimentó una súbita simpatía por él. ¿Por qué sería el sospechoso favorito de su jefe? Era un tipo agradable a más no poder, de esos que parecen derrochar salud y buenas intenciones. Si tenía que achacarle el crimen a alguno de los presentes, prefería imputárselo a Manolo, que enarcaba estudiadamente las cejas, aguardando la respuesta de Atila con gesto de creerse guapísimo. O a Marcela, que se le acercaba taconeando y por su aire nadie hubiera adivinado que era una salvaje a medio civilizar. O incluso a don Leónidas, que era un antipático y le ignoraba a él como si fuese invisible, para dirigirse exclusivamente a Atila. De los tres, optaría por Marcela si le dieran a elegir y no solo por antagonismo personal. Con su bamboleante melena y sus andares de vampiresa, recordaba una barbaridad a la novia del jefe de las películas de gánsteres. ¿Lo habría advertido Atila? Su jefe ofrecía en ese instante cigarrillos a los actores que le iban rodeando, como si estuviese meditando su respuesta. La demoraba tanto, que Jaime insistió.

—¿Qué opina, don Atilano?

El aludido esbozó un gesto ambiguo, que no significaba nada.

— Veamos primero donde estaban ustedes en ese preciso momento— dijo al fin cachazudamente—. Si fueran tan amables de colocarse en los lugares en que se hallaban en el momento de autos, yo podría apreciar mejor esa posibilidad.

El empresario se apresuró a colaborar. Al lado del abogado parecía un pigmeo mal afeitado y peor vestido, pero sin duda no advirtió lo deslucido que quedaba por contraste con el otro, porque, más que intimidado, pareció adoptar una actitud aún más dominante y autoritaria de la habitual.

—Desde luego, don Atilano. Como es natural, todos tenemos el máximo interés en ayudar a Arturo. Estamos dispuestos a hacer lo que estime oportuno, incluso a interpretar para usted toda la función.

—Lo que sea preciso, señor Garcerán— corroboró la señora bajita y apergaminada que vestía de negro y a quien Rogelio identificó como Matilde Iniesta. Poseía unos ojos bondadosos que permanecían pendientes de Atila, como si esperasen de él algún comentario tranquilizador. Aparentaba ser la más afectada del grupo por la suerte de Arturo, aunque quizás fuese tan solo la que más dejaba traslucir sus emociones, porque en el círculo que les rodeaba a su jefe y a él podía captar en todos sus componentes, por mil detalles insignificantes, idéntica ansiedad.

—De momento, bastará que ocupen esos lugares y se mantengan unos minutos en sus puestos hasta que les avise— replicó Atila con una sonrisa—. Si hacen el favor...

No fue necesario volverlo a repetir. Con un murmullo sordo, se rompió el círculo de actores y el escenario se despejó instantáneamente. Bajo los focos permaneció únicamente Alfredo Galán, que volvió a tumbarse en el suelo, entre el sofá y las candilejas, y Rogelio, que, al verse solo y sentirse blanco de todas las miradas, avanzó unos pasos, azorado, sin rumbo ni dirección. Con una enorme sensación de ridículo, se dió una vuelta sobre sí mismo, buscando a su jefe. ¿Dónde se habría metido? El maldito foco le daba de lleno en los ojos, por lo que apenas si podía distinguir a los que se habían ido desperdigando por la penumbra reinante entre bastidores. Por eso adivinó, más que vio, a Marcela Llanes, que se hallaba junto al telón lateral más próximo a la puerta del escenario en compañía de Jaime Robledo. Ella le indicó con una seña que se le aproximase y, cuando le tuvo lo bastante cerca, le susurró:

— Estoy ocupando el lugar de Marina, ¿sabe? Porque en el momento en que mataron a Claudio, me había marchado ya del teatro. ¿Le parece bien que sustituya a Marina o prefiere que me retire?

Aunque sus palabras no tenían nada de particular, los pestañeos y los mohines con los que Marcela las pronunció azararon aún más a Rogelio, que se llevó instantáneamente la mano al nudo de la corbata. ¿Por qué no apagaría el tramoyista de una vez aquel maldito foco? Deslumbrado por completo y con los ojos guiñados, no se atrevía a avanzar en ninguna dirección por si se caía al patio de butacas. Y para colmo, aquella tonta, que era la única a la que medio conseguía distinguir, le estaba haciendo pasar un rato infame con sus miradas incendiarias.

— Me pare... me parece bien—tartamudeó incomodísimo—. ¿Sabe dónde se ha metido don Atilano?

Jaime se adelantó a indicárselo.

— Ha ido a examinar el escondite del criminal, entre los dos telones. Como es evidente, desde aquí no puede vérsele—. Le sonrió animadamente y añadió —: Tampoco creo que se le distinga desde los lugares en que se encuentran mis restantes compañeros, por lo que pienso que admitirá como más que probable la teoría que le hemos apuntado sobre el modo en que se cometió el crimen. ¿Cree que le servirá de ayuda a Arturo esta simulación?

El interés con el que aguardaba su respuesta halagó a Rogelio que se sintió importante de repente. Tenía tan poca costumbre de que los clientes de su jefe tuvieran en cuenta su opinión, que experimentó la curiosa sensación de haber crecido súbitamente unos centímetros y haber alcanzado en estatura a su interlocutor, que era casi tan alto como Atila, aunque no poseía su corpulencia.

— Quizás— replicó, imitando los modales cautelosos del abogado—. Quizás, si encontramos algún indicio razonable que la apoye. Las meras conjeturas no tienen valor si no pueden probarse, ¿entiende?

El otro le observó sin pestañear, con aquellos ojos tan sorprendentemente azules.

— Pero esto no es una mera conjetura— adujo a media voz—. Usted ha visto que Manolo no ha tenido tiempo de acercárseme después de que con su ataque me haya obligado a aterrizar en la habitación vecina, casi a la vez que le he derribado yo a él con una zancadilla, Cuando me he vuelto a incorporar ya me había apuñalado Pedrito y él, desde luego, no ha tenido oportunidad.

— Tal y como han reproducido ese duelo, no— reconoció Rogelio, tan inexpresivamente como el propio Atila—. Usted se ha enderezado una décima de segundo antes que su oponente. ¿Pero lo interpretaron exactamente así el día de autos?

— Desde luego— afirmó Marcela, olvidando que ella no había estado presente esa tarde. ¿O sí había estado presente y se le acababa de escapar?, se preguntó Rogelio, estudiando atentamente su expresión. Se ahuecaba ella su rizosa y oscura melena y le sonreía con los ojos entornados, con aire de encontrarse a sí misma irresistible. Entre sonrisa y sonrisa, continuó —: Ese duelo lo ensayaron Arturo y Claudio un centenar de veces. Puedo asegurarle que repitieron cada uno de sus movimientos en todas las funciones con total exactitud.

Rogelio hizo un gesto afirmativo. ¿Qué debería decirles ahora? Carecía de la experiencia suficiente para opinar sobre el caso, porque no había intervenido aún en ningún homicidio, pero afortunadamente iba bastante al cine.

— Es importante que lo atestigüen así, por supuesto— murmuró totalmente impasible, aunque con una desazón creciente en su interior. La expectación con la que los dos actores aguardaban a que continuara le impulsó a patinar un poco más por aquel terreno resbaladizo y a añadir:

— Pero hay que contar con los dos o tres visionarios que no suelen faltar en estos casos y que declararán haber visto como Arturo Armengol le clavaba al otro el puñal y hasta como le corría la sangre por la casaca. Entre seiscientos o setecientos espectadores sería raro que no aparecieran unos cuantos histéricos de esa clase.

—¿De veras?— se extrañó Marcela, abriendo desmesuradamente sus ojazos negros, bordeados de pestañas largas y rizadas—. ¿Es posible que existan personas capaces de mentir en un asunto tan serio?

Aunque Rogelio no estaba seguro de que las hubiera, la envolvió en una mirada de suficiencia.

—Más de los que se imagina, señorita. Y lo más gracioso es que no mienten. Están convencidos de que dicen la verdad, de que vieron lo que solamente imaginaron. Si alguno de ustedes pudiera aportar algún argumento más sólido en favor de ese supuesto asesino, agazapado entre los dos telones...

Les vio intercambiar una mirada interrogante y le pareció que Jaime iba a decir algo, pero se arrepintió.

—No vi a ningún extraño deambulando entre bastidores ni don Leónidas permitió que esa tarde nos visitase nadie en los camerinos— dijo el muchacho al fin—. Los conflictos comenzaron antes de que levantáramos el telón y dió al portero la orden de que le impidiera el paso a las personas ajenas al teatro.

—De todas formas, puede que se descuidara en algún momento— apuntó ella, aferrándose a esa posibilidad—. ¿Por qué no habla con él?

Se lo sugería como si esperara que Rogelio fuese capaz de descubrir algo que se le hubiese escapado a la policía y su confianza le hizo crecerse de nuevo. Acababa de divisar a Atila que atravesaba el escenario a largas zancadas y que se encaminaba en dirección al lateral opuesto, donde estaba Matilde Iniesta sentada en una silla con un actor barbudo a su espalda y con Pedrito. Su jefe continuaba su inspección sin tenerle en cuenta a él para nada y la exasperación que la actitud del otro le produjo le impulsó a seguir los consejos de Marcela.

—Hablaré con el portero— le comunicó, dándose importancia.

Se apartó de los dos, encaminándose hacia la salida del escenario, pero, al sentirse seguido por la mirada de ella, dió un par de tropezones que deslucieron la dignidad de su mutis y además le hicieron ver las estrellas. Casi dió un suspiro de alivio cuando al trasponer los telones laterales se sintió a salvo de miradas indiscretas. Allí se detuvo un instante para arreglarse el nudo de la corbata, que esa mañana parecía asfixiarle, y para echar una ojeada a su alrededor. En el ensanche del pasillo al que acababa de salir y a su derecha, comenzaba otra escalera de barandilla de hierro y gastados peldaños que ascendía en espiral hasta el piso superior. Aunque estaba recién fregada, su aspecto era sucio y lóbrego. Tan lóbrego como el interminable pasillo de los camerinos que se extendía frente a él y que poseía una extraordinaria similitud con todos los corredores de películas de miedo que había visto. Contó diez puertas en la pared de su derecha, igualmente mugrientas y deslucidas, antes de reparar en el hombrecillo que acababa de entrar desde la calle y que avanzaba apresuradamente en su dirección. Llevaba un abrigo de espiguilla muy usado y un sombrero, que hacía juego por lo astroso con el pasillo. Clavó en su rostro unos ojillos bondadosos cuando se detuvo al pie de los peldaños y levantó la vista hacia él.

—Me parece que llego tarde— murmuró algo nervioso—. Don Leónidas me dijo ayer que debía acudir al teatro a primera hora de la mañana, pero el Metro venía de bote en bote y se me han escapado tres trenes. ¿Sabe si ese abogado tan famoso que va a defender a Arturo ha llegado ya? Yo soy Paco, el traspunte, ¿sabe?

Lo decía como si su cargo le enorgulleciera y luego añadió pavoneándose:

—Llevo toda la vida en este teatro. Por un pelo no nací aquí. He conocido de bien cerca a todos los actores españoles importantes y he coleccionado autógrafos y fotografías de todos ellos. ¿Le gustaría verlos?

Se dirigía a Rogelio como si le conociese de toda la vida, por lo que el chico dedujo que el viejecillo pertenecía a esa clase de personas un tantas ingenuas que pegan la hebra con el primero que se les pone por delante. Como no tenía el menor interés en ver las fotos ni los autógrafos, hizo intención de continuar su camino.

— Efectivamente llega tarde— le advirtió a modo de despedida—. Don Atilano está ya en el escenario y...

—¿Le ha visto usted?— le interrumpió el traspunte, reteniéndole por un brazo—. Don Leónidas me dijo ayer que ese señor quería hacerme unas preguntas. ¿Sabe usted qué es lo que quiere preguntarme? Intenté explicarle a los policías lo que sabía, pero no me hicieron el menor caso. En cuanto les dije que no me encontraba en el escenario, me interrumpieron y me hicieron salir del despacho.

Rogelio olvidó sus propósitos de sonsacar al portero, diciéndose que tal vez su interlocutor pudiera aclararle algunos pormenores que su jefe desconocía.

— ¿Dice que la policía no quiso escucharle?

Paco meneó negativamente la cabeza, tras esbozar una especie de puchero.

— No, no quisieron. Parecían tener una prisa enorme y no quisieron atenderme. Yo hubiera podido contarles punto por punto todas las rarezas que sucedieron esa tarde y, créame, sé lo que me digo. Comencé a trabajar en este teatro siendo un chaval, pero no recuerdo otra tarde igual ni con tanto despropósito.

Con un guiño amistoso, el viejecillo aproximó su boca al oído del muchacho para preguntarle en un susurro:

—¿Le gustan las comedias de Jardiel Poncela?

Rogelio, que esperaba algo más trascendente, parpadeó perplejo.

— Sí, pero... ¿Qué tiene que ver ese autor con lo que me está contando?

El otro se echó a reír con una risa cascabelera e infantil.

— Pues eso, que las cosas que ocurrieron esa tarde le hubieran servido de argumento a Jardiel para una de sus comedias, solo que no tenían gracia. Eran disparatadas, pero no resultaban cómicas. No creo que pueda imaginar las dificultades que tuve que superar para cumplir con mi trabajo. Consiste en avisar a los actores para que acudan a escena a tiempo y me vi y me deseé, porque ninguno estaba donde debía estar.

Rogelio le ofreció un cigarrillo, que Paco aceptó y encendió con avidez y, cuando ambos expelieron el humo, comentó con simulada admiración:

— Lo comprendo, lo comprendo. Pero, dígame, ¿vio a algún extraño entre bastidores o alguna cosa insólita que llamara especialmente su atención?

Repentinamente Paco perdió su aire amistoso y estudió recelosamente a Rogelio de arriba a abajo, como si acabara de darse cuenta de que estaba hablando con un desconocido.

— ¿Quién es usted? ¿No será algún chismoso, que anda metiendo las narices donde no le llaman?

El chico se apresuró a asegurarle que no era ningún chismoso y que no estaba metiendo las narices en ninguna parte. Luego añadió:

— Don Atilano Garcerán y yo defendemos a Arturo Armengol, ¿entiende? Puede contarme lo que sepa, que yo se lo transmitiré palabra por palabra. ¿Por qué no nos sentamos en alguna parte y me refiere alguna de esas rarezas que sucedieron?

Paco asintió, encantado de haber encontrado un oyente tan bien dispuesto, lo que no debía ocurrirle con frecuencia, y le señaló la decrépita escalera que ascendía hacia las alturas en espiral.

— Suba conmigo a mi leonera y se lo contaré. Venga, venga.

Le precedió escaleras arriba con una agilidad sorprendente en un hombre de sus años y al llegar al rellano de la primera planta se detuvo para mostrarle una puerta cerrada.

— Ahí dentro podremos hablar sin que nos molesten. Le llamo mi leonera, porque suelo meterme en ese cuarto a echar una cabezada entre las dos funciones. Vivo lejos y no me compensa regresar a mi casa durante tan corto espacio de tiempo. La habitación está llena de chismes, pero eso es lo de menos.

— Había accionado el picaporte y, después de encender

la luz, le cedió el paso a Rogelio, quien se detuvo antes de haber dado el segundo paso. Efectivamente el nombre de leonera le cuadraba a aquella especie de antro maloliente, rebosante de trastos y de polvo. Aunque no era remilgado, estudió con aprensión el zarrapastroso sitial que el otro le indicó para que se acomodara en él, después de pasar revista a una desvencijada cama provista de dosel, a un arpa cubierta de telarañas, a dos relojes de pared, a otros tantos cofres y al cerro de heterogéneos objetos que se apilaban por doquier e incluso colgaban de las paredes.

— Siéntese aquí— insistió Paco, volviéndole a señalar el polvoriento sitial, mientras se dejaba caer en una silla estilo Luis XVI, cuya tapicería colgaba hecha jirones—. Como verá, en esta habitación hay de todo. Don Leónidas arrincona aquí el mobiliario que emplea en sus obras para cuando vuelva a necesitarlo. Yo me ocupo de mantenerlo en condiciones.

El muchacho se dijo que su interlocutor tenía una idea muy particular sobre tal punto, pero se guardó de exteriorizar sus impresiones. Resignadamente tomó asiento en el borde de su cochinísimo trono, calculando mentalmente lo que le costaría en la tintorería la limpieza de sus pantalones. El otro, en cambio, parecía sentirse a sus anchas cuando se inclinó confidencialmente hacia él.

— ¿Por dónde quiere que empiece?

— Por el cuarto acto de la función. ¿Dónde estaba usted cuando se cometió el crimen?

— Pues en todas partes, como siempre— repuso Paco con absoluta imprecisión—. Me marché del escenario en cuanto comenzó el duelo. Don Leónidas me había advertido que iba a suprimir el cuadro que le sigue por la indisposición de la señorita Laura. Es un cuadro muy corto. Es un cuadro sin fuste y otros años también lo hemos suprimido. De esa forma el acto concluye cuando el Tenorio remata a Mejías de una estocada y, al oír que viene gente armada en su busca, salta por la ventana al río y escapa, ¿entiende?

— Claro que lo entiendo. Conozco la obra al dedillo, así que puede ahorrarse esos detalles. Continúe.

—Bueno, pues como todos los actores estaban en escena y a mí no me quedaba nadie a quien avisar, más que a Jaime, que estaba presenciando la función, me subí aquí arriba a descansar un rato.

—¿Entonces no vio nada?— inquirió decepcionado Rogelio, diciéndose que había echado a perder inútilmente sus pantalones.

—Del crimen, no. Por eso el comisario acatarrado no me quiso escuchar, ni tampoco el don Leónidas, ni ninguno—. Frunció el ceño como preguntándose cuál podría ser el motivo y añadió, traduciendo sus pensamientos en palabras —: No sé por qué nunca me quieren escuchar. Me interrumpen en cuanto abro la boca.

A Rogelio le pareció bastante comprensible el comportamiento de los aludidos, pero se limitó a hacer un gesto ambiguo. Paco entrecerraba ahora sus ojillos maliciosos, al tiempo que se inclinaba hacia el chico, bajando la voz.

—Lo que yo quería decirle a la policía era que él no estaba donde les dijo. No estaba en su camerino cuando fui a avisarle y me volví loco buscándole, imaginando la bronca que me iba a echar don Leónidas como no le encontrase a tiempo.

—¿A quién se refiere?— le preguntó el muchacho confuso.

—A don Arturo.

—¿Y dice que no estaba...?

—No. Le buscaba para la escena del duelo y, cuando regresé sin aliento al escenario, le vi hacer su entrada en escena en ese momento. ¿Comprende lo que le quiero decir?

Le guiñaba significativamente un ojo y Rogelio le correspondió con otro guiño similar, aunque desorientado por completo.

—Claro, eso quiero decir que...— farfulló, dejando la frase en el aire para que el otro la completase.

—Que les mintió. Si don Arturo se hubiera dirigido a su camerino cuando salió de escena poco antes, al volver al escenario se hubiera tropezado conmigo en el pasillo y la única persona que estaba allí era la señorita Marina. Quiero decir que la señorita estaba en el pasillo...

Por más que se estrujó la mente, el chico no consiguió calibrar la importancia que pudiera tener el hecho de que Arturo se encontrase en un lugar o en otro en esos momentos ni el motivo de que Paco le atribuyese tanta trascendencia.

—La culpa fue de ella, ¿sabe?— continuó el hombre incoherentemente—. Les tenía a los dos trastornados y les enzarzaba al uno contra el otro para que no cayesen en la cuenta de sus trapicheos. Pero yo vi como le perseguía, aunque él no le hacía mucho caso. Con anterioridad, esa misma tarde oí como él la mandaba a la mismísima porra. Fui a buscarla a ella a su camerino para avisarle de que debía acudir a escena en cinco minutos. Su camerino estaba vacío y no sé por qué se me ocurrió que podía encontrarse en el de al lado. No me equivoqué. Entonces le di el aviso y luego me quedé junto a la puerta hasta que apareció Manolo y tuve que marcharme.

—¿Pero a quién se está usted refiriendo?— se impacientó Rogelio, harto ya de oírle hablar sin entender lo que decía.

—A la señorita Laura y a don Jaime. ¿A quién va a ser? A él se le dan todas de miedo, aunque da la impresión de que no se entera. La señorita Marcela y la señorita Marina también andan detrás de él, pero es un tipo muy duro de pelar y no se deja pescar. Cuando hace unos meses estrenamos "Las de Caín", flechó a las siete actrices jóvenes que interpretaban los papeles de hijas de Caín, el personaje principal de la obra, y se quedó tan fresco. Bueno, tan fresco, no. Una tarde en que las siete se enzarzaron entre sí por su causa y organizaron un cacao monumental, me agarró del brazo y. apartándome a un rincón me preguntó —: Paco, ¿sabe usted lo que les ocurre a esas?

—¿Y qué le contestó?

—¿Qué le iba a contestar? Estaba en Belén con los pastores y cuando se lo expliqué, no se lo creyó. ¿Usted lo entiende?

Rogelio hizo un gesto vago.

—Pues... no sé. Será un tipo despistado.

—!Hum!, no es eso precisamente. Es que vive solo

para su profesión y lo demás no le interesa. Últimamente yo pensaba que al fin le habían echado el lazo. La señorita Marina es tan bonita, tan dulce... Es la única que me escucha cuando voy a contarle algo, porque los demás... !Puaj!

Su mueca le pareció a Rogelio tan cómica, que a duras penas logró dominar un acceso de risa.

— ¿Y qué pasó? ¿Se equivocó?— inquirió cuando consiguió controlarse.

Paco afirmó pesarosamente con la cabeza.

— También les sorprendí esa tarde a los dos en el camerino de ella. Jaime se marchó en cuanto me vio aparecer y la señorita Marina se quedó, sorbiéndose las lágrimas. Seguro que él le había dado calabazas. Pobrecilla.

Rogelio se imaginó a Jaime Robledo corriendo por el lóbrego pasillo de los camerinos, perseguido por las tres muchachas y, aunque no conocía a Laura Marco y tenía una pésima opinión de Marcela Llanes, experimentó una envidia corrosiva. Ya le gustaría a él estar en el pellejo del actor y haber flechado al bombonazo, se dijo fastidiado.

— Así que esa tarde Jaime tuvo un programa muy completo y se sacudió de encima a dos, de las tres actrices jóvenes de la compañía— masculló en voz alta.

— A la señorita Marcela se la sacudía todos los días— le aclaró ingenuamente Paco—. Pero esa tiene más moral que el Alcoyano y vuelve a la carga sin inmutarse, tarde tras tarde.

El chico observó durante unos instantes al otro sin decidirse a preguntarle lo que le interesaba saber. ¿Cuál podría ser el mejor medio de averiguarlo sin despertar su recelo? Al fin decidió darlo por hecho y analizar su reacción.

— Conozco a esa señorita. Creo que es medio pariente de la señorita Marina y la protege como si fuera su madre. ¿La vio usted la tarde del crimen, cuando, después de marcharse del teatro, regresó a recoger a su amiga?

Paco parpadeó como un búho y luego sonrió estúpidamente.

— Sí, ¿pero está seguro de que se marchó? Aún llevaba puesto el hábito cuando, desde aquí fuera, desde lo alto de la escalera, la distinguí abajo, corriendo por el pasillo.

— ¿Cómo ha dicho?—. Rogelio había dado un bote en el asiento y el desvencijado sitial gimió bajo sus posaderas.

El otro clavó en él sus claros ojillos.

— ¿No se lo he contado? Ya le he dicho que al comenzar la escena del duelo me vine a esta leonera a descansar un rato. Al menos esa era mi intención, pero cuando subía la escalera oí una ovación y pensé que aplaudían el final del acto y que este había concluido antes de lo que había calculado. Así que me di media vuelta y, al comenzar a bajar los escalones la vi salir corriendo. No llevaba yo las gafas puestas, pero distinguí su hábito. Cuando llegué abajo, ya no la encontré por el pasillo y no sé dónde se pudo meter, porque después no la volví a ver. Claro que tampoco me fijé. Con el jaleo que se armó, no estaba yo para fijarme en nada. ¿Por qué lo pregunta?

— Porque es importante— replicó Rogelio dominando a duras penas su excitación—. ¿Sabe lo que tiene que hacer? Ir ahora mismo a declarar lo que me ha contado a la policía.

El hombre le envolvió en una mirada de escepticismo.

— No me harán el menor caso y de todas formas... antes quisiera averiguar una cosa de la señorita que me tiene intrigado. Tampoco estaba antes donde les dijo a todos que estaba, ¿sabe?

Impaciente, el chico decidió que su interlocutor debía ser rematadamente tonto. ¿Qué importancia tenía donde estuviera ella antes? Al fin había encontrado un testigo de descargo excepcional. Tenía que comunicárselo inmediatamente a su jefe, que sin duda continuaría en el escenario perdiendo el tiempo, sin sospechar el inesperado giro que habían tomado sus averiguaciones. Pero Marcela estaría con don Atilano y no era cosa de explicárselo en su presencia.

— Espere aquí un momento, que voy a avisar al señor Garcerán—le indicó a Paco, mientras se desincrustaba dificultosamente del sitial y se ponía en pie—. Los dos le acompañaremos a la comisaría

Paco meneó dubitativamente la cabeza.

— ¿Y si voy con ustedes me escucharán?

— Qué sí, hombre, que sí— se impacientó el otro—. Espéreme aquí, que regresaré dentro de un instante.

Como una exhalación salió de aquel antro, sacudiéndose el polvo, y descendió la escalera, saltando los peldaños de dos en dos. Nada más subir al escenario, distinguió a su jefe frente a la cristalera del decorado con el nutrido círculo de artistas rodeándole. Reconoció la rizada melena y el ceñido jersey azul pálido de Marcela entre el grupo y para no despertar su recelo disminuyó la celeridad de sus pasos, aproximándose con naturalidad.

— Don Atilano, ¿quiere venir un momento?

El aludido desvió la mirada hacia él y, desde le veintena de pasos que les separaba, le indicó con un ademán vago que no le importunase. Hablaba con el actor barbudo, que le debía estar contando algo muy triste, que debió alcanzar su cenit cuando Rogelio consiguió introducirse en el pelotón, por lo que Atila continuó escuchándole pacientemente. El chico le dirigió entonces una rápida mirada a Marcela que le acogió con una sonrisa deslumbradora. ¿Cómo comunicarle a su jefe lo que acababa de averiguar con ella delante? Para colmo la muchacha apartaba a Pedrito y a Matilde para aproximársele y situarse a su lado. Al parecer no tenía bastante con Jaime Robledo, con el que había estado tonteando hasta ese instante y pretendía también probar suerte con él, porque sus ademanes resultaban bastante significativos.

— ¿Ha conseguido sacarle algo al portero?—le preguntó en un susurro con un abaniqueo de pestañas.

— No le he visto— farfulló él sin mirarla, mientras tiraba de la manga del abogado y se ponía de puntillas para decirle al oído —: ¿Quiere venir? Será solo un momento.

Su jefe le dio un manotazo por lo bajo y siguió escuchando al doliente barbudo, a la par que Marcela volvía a la carga, asiendo a Rogelio por un brazo.

— ¿Es que no le ha encontrado? Puedo acompañarle, si quiere.

— No es necesario— replicó brusco, en un tono más

alto de lo imprescindible, con lo que atrajo la atención de Manolo Ponce, que se le quedó mirando con curiosidad, mientras ella murmuraba:

— Le encuentro muy raro de repente. ¿Es que está aún enfadado conmigo por lo del otro día? Créame, que no tenía intención de agredirle. Fueron los nervios y la preocupación que sentía por Marina. Ya le he dicho al señor Garcerán que muy pronto le darán el alta.

Rogelio dio un respingo como si fuese la peor noticia que hubiera podido recibir, detalle que a ella no le pasó inadvertido.

— ¿Qué le pasa ahora? ¿No se alegra? Aunque con un brazo en cabestrillo, se encuentra perfectamente y podrá hacer vida normal. No le hemos contado a su familia lo del accidente para que no se alarme. Su madre se empeñaría en que regresase al pueblo con ellos y Marina no puede marcharse ahora de Madrid.

Lo comentaba alegremente, pero el chico tergiversó instantáneamente el sentido de sus palabras y hasta el tono con el que las pronunciaba. Mientras sostenía sin pestañear la mirada de la muchacha, la vio en su imaginación con una expresión asesina en sus ojazos negros y transformó la sonrisa de sus labios en un rictus cruel. Que el bombonazo saliera tan pronto del hospital y quedara a merced de la otra era más que una catástrofe. ¿Cuánto tardaría esta última en arrojarla por una ventana o en volver a atropellarla, con más efectividad esta vez?

Desesperadamente le atizó un codazo en las costillas a Atila, que atónito recibió el impacto. Su gigantesco jefe se olvidó del barbudo para echarse una mano a parte dolorida y dirigir una mirada de odio a su pasante.

— ¿Quiere venir, don Atilano?— repitió por enésima vez Rogelio, gesticulando significativamente.

El otro vaciló, pero el codazo le había fastidiado lo bastante como para desear soltarle al chico unas cuantas imprecaciones, por lo que, clavó cinco garras en su brazo y lo apartó del grupo bruscamente, encaminándose con él hacia la salida del escenario.

— Quedas despedido, so alcornoque— le rugió al oído en voz bajísima—. Esta misma tarde lías tu petate y te buscas un abogado simple que te aguante, ¿me has entendido?

Se asemejaba a un furibundo gorila gigante mientras echaba chispas por los ojos, pero cuando Rogelio se puso nuevamente de puntillas y consiguió susurrar unas palabras en su oído, las chispas se le apagaron y miró a su pasante boquiabierto.

— ¿Cómo has dicho?

— Que fue Marcela. El traspunte la vio salir del escenario vestida de abadesa, nada más finalizar el duelo.

Atila se quedó inmóvil como una enorme estatua.

— ¿Estás seguro?

— Claro que sí. Paco está esperándole arriba para hablar con usted

El abogado volvió la cabeza para dirigir una disimulada ojeada a su espalda. El grupo de actores les observaba de hito en hito y ya los más decididos empezaban a disgregarse y a avanzar en su dirección, dispuestos a seguirles. El empresario encabezaba la marcha con Marcela pisándole los talones, por lo que, vacilante, tragó saliva sin acertar con el medio de desembarazarse de ellos. De pronto, se inclinó hacia Rogelio, bruscamente inspirado, para cuchichearle:

— Entretenla tú. Parece que no te encuentra del todo feo, así que distráela y consigue que no se mueva del escenario hasta que termine de hablar con el traspunte.

— ¿Que la entretenga? ¿Y cómo quiere que la entretenga?— se alarmó el chico, con los ojos fijos en ella y la expresión del que ha recibido la orden de detener a un elefante.

— Como se te ocurra. Cuéntale tu vida, invéntate una historia, como se te ocurra.

Apenas si la voz de Atila era audible, cuando la manada de obsequiosos actores les alcanzó y volvió a reunírseles.

— Les agradezco mucho su colaboración y no les haré perder más tiempo— les manifestó a éstos, envolviéndoles en una sonrisa de agradecimiento—. Ahora, si me lo permiten, me gustaría echar un vistazo al piso superior.

Era una forma sutil de despedirles que no debieron recoger, porque ninguno se batió en retirada. Probablemente, aunque don Leónidas hubiera captado la indirecta, no se hubiera sentido incluido, sino al contrario. Con espíritu de anfitrión le señaló los cinco escalones por los que se bajaba al pasillo.

—Adelante. Si quiere hablar con los tramoyistas también, están arriba esperando.

Cortésmente se cedieron el paso el uno al otro y Rogelio tuvo el tiempo justo de obstaculizárselo a Marcela, impidiendo que siguiera al resto de los actores que parecían decididos a acompañar a los otros dos.

—Ejem, ejem. Necesito hacerle unas preguntas, señorita.

Algo perpleja, la muchacha hizo ademán de continuar tras los otros, que ya trasponían el último telón.

—Muy bien, por la escalera puede preguntarme lo que quiera. Le enseñaré los dos pisos superiores para que conozca a fondo las interioridades del teatro.

—No me interesan esas interioridades— farfulló él, impidiéndole nuevamente el paso.

Su frase sonó un tanto equívoca y Marcela pestañeó, analizando su semblante con los ojos entornados.

—¿No? ¿Qué interioridades le interesan entonces?

—Pues... las del sofá— replicó Rogelio incoherentemente—. Quiero decir, que venga a sentarse al sofá y hablaremos.

Le señalaba el que se encontraba en el iluminado escenario y Marcela esbozó una sonrisa maliciosa.

—¿Es que ha sentido de pronto un acceso de romanticismo? Hace unos momentos se asemejaba usted un cardo borriquero.

La alusión a su supuesto romanticismo le molestó aún más que el calificativo de cardo, pero se limitó a adoptar un aire digno que hubiera entusiasmado a Atila de haber estado presente.

Úrsula Llanos

—Las preguntas que quiero formularle son estrictamente profesionales, señorita. Si hace el favor...

Le señalaba nuevamente el sofá, con una seriedad que habría admirado a su jefe, y Marcela terminó por taconear en esa dirección para tomar asiento finalmente, cruzando las piernas.

—Pues usted dirá— manifestó divertida, fingiendo asustarse por la solemnidad de su interlocutor—. ¿Quiere que conteste con un sí o un no, o prefiere que me explaye?

Rogelio se sentó también el sofá, lo más retirado posible de ella, y nuevamente carraspeó. ¿Por qué no se le ocurriría nada que preguntarle? Solía improvisar sobre la marcha ante cualquier problema, pero en ese instante notaba la mente en blanco. Le ofreció un cigarrillo para ganar tiempo y después de darle fuego, encendió el suyo tan parsimoniosamente, que Marcela se impacientó.

— Bueno, ¿dispara ya? Me tiene sobre ascuas.

Sin duda había captado la inseguridad de él, aunque la atribuía a una causa distinta de la real, porque sus ojos relucían guasones.

— ¿No es usted demasiado joven?— bromeó ella al fin, con cierto airecillo de suficiencia.

— Según para qué— replicó Rogelio sin entenderla del todo.

— Demasiado joven para ser tan importante.

— El señor Garcerán es el importante. Yo todavía no lo soy.

— Pues en el despacho de su jefe lo parecía— replicó Marcela, envolviéndole en una admirativa mirada—. Debe ser emocionante la vida de ustedes, siempre entre crímenes y cosas así. ¿Qué se experimenta al encontrarse frente a frente a un asesino?

El chico clavó francamente su mirada en el atractivo semblante de ella, dispuesto a averiguarlo. De momento, solo una estúpida desazón sin la más remota sensación de peligro o de alarma. Y la estúpida desazón provenía de sentirse en ridículo sin saber por qué.

— Depende— repuso evasivamente—. Depende de la clase de asesino.

— Los habrá de muchas clases, supongo.

Rogelio sabía del tema lo mismo que pudiera conocer ella a través de los periódicos, pero como no podía reconocer su ignorancia, contestó muy serio:

— Pues sí. Algunos no lo parecen y hasta resultan agradables de trato. Salvo los criminales de pueblo, los demás no se distinguen en nada del resto de los mortales.

La explicación no le sonó bien a Marcela, que enarcó las cejas con extrañeza.

— ¿Los criminales de pueblo...?.

— Me refiero a la gente de ínfima cultura— se corrigió Rogelio, maldiciéndose por su desafortunado modo de expresarse, que le habría valido una bronca de su jefe—. Los homicidas pasionales que se lían a hachazos con su mujer o le cortan el gaznate con una hoz. Esos suelen ser brutísimos y solo hemos defendido alguno por compromiso. Pero los otros, los que además de ser refinados planean cuidadosamente el crimen sin descuidar los más mínimos detalles, esos no se diferencian en nada de usted o de mí.

— ¿De veras?— se sorprendió ella, abriendo desmesuradamente los ojos—. ¿Y piensa que...?—

Se había quedado mirándole con la boca abierta, pero debió llegar al convencimiento de que no tenía razón, porque denegó con la cabeza agitando su melena —. No lo creo. Admito que puede ser una persona normal el que comete un crimen a causa de un arrebato, si ha sido provocado, pero el que lo planea fríamente, no. Ese, forzosamente tiene que estar tocado del ala—. Interesada se inclinó hacia él —. Pero dígame, ¿qué opina del que apuñaló a Claudio? ¿Cree que pudo ser alguno de nosotros?

Había bajado la voz y miró a su alrededor con aprensión.

— Me refiero a alguno que trabaje en este teatro. Como mis compañeros, no hago más que darle vueltas al asunto y... parece tan absurdo... Todos están convencidos de que Arturo es inocente. Pero entonces... ¿quién pudo ser el que se escondió entre los dos telones y cómo es que nadie le vio salir del escenario?

Rogelio escrutó atentamente su semblante, antes de rebatírselo pomposamente.

— Se equivoca, señorita. Alguien le vio salir. Alguien que estaba en lo alto de la escalera, vio a esa muchacha vestida de monja.

— ¿Vestida de monja?

La extrañeza de ella era evidente, pero no parecía dar muestras de inquietud. Más bien manifestaba incredulidad.

— ¿Se refiere a Marina? Ella no salió del escenario ni se separó de los demás. ¿Por qué dice esa tontería?

— Puede que al fiscal no le parezca una tontería— replicó él sin apartar la mirada de su rostro—. Tenemos a un testigo que puede dar fe de ello y no estoy hablando precisamente de su amiga.

— ¿De quién entonces?— se asombró Marcela, observándole sin pestañear—. ¿De alguien que se disfrazó de monja para pasar inadvertido? Laura estaba en su camerino, con la espalda partida en dos, sin poderse levantar del diván y yo en mi casa. Exceptuando a Marina, somos las únicas que llevamos hábito en la función.

— Usted dice que se marchó a su casa— puntualizó acusadoramente Rogelio, olvidando el motivo por el que la estaba entreteniendo—. Nadie ha corroborado esa afirmación.

Le contempló ella de hito en hito durante unos segundos y de improviso se echó a reír a carcajadas como si lo encontrara divertidísimo.

— Ya veo que le han contado la historia del desgarrón de mi hábito. ¿Acaso cree que yo...?. ! Qué cosa más estúpida! ¿Por qué habría yo de cargarme a Claudio? No me hizo proposiciones deshonestas ni de ningún tipo. Ni siquiera me miró dos veces.

Dijo esto último ingenuamente, como si no se lo explicase y Rogelio sonrió a su pesar. Debía encontrarse a sí misma irresistible y su fatuidad no dejaba de tener cierta gracia.

—Pudo usted tener otras razones— insinuó él inexpresivamente.

—Claro, claro. Y usted. Y el vecino de enfrente— replicó sin ofenderse—. Si quiere que hablemos en parábola... ¿O no se dice así?

Frunció el ceño, como si empezase a enfocar la actitud de él durante los últimos minutos bajo un prisma distinto.

—De modo que, lo que está usted haciendo es sonsacarme, mientras el señor Garcerán interroga a ese supuesto testigo.

Parecía más decepcionada que alarmada, lo que desconcertó aún más a Rogelio. Había esperado de ella una reacción que denotase su culpabilidad, pero curiosamente solo traslucía desencanto por haberse confundido al incluirle a él entre sus admiradores. ¿Sería tonta de remate o se debería su actitud a que se sentía muy segura?

No tuvo tiempo de averiguarlo, porque en ese momento oyó la voz de su jefe aproximándose al escenario y, cuando segundos más tarde divisó su alta figura y su malhumorado semblante se puso inmediatamente en pie, encaminándose a su encuentro.

—¿Ha hablado con él, don Atilano?— le preguntó impaciente en cuanto se le reunió, sin preocuparse de disimular ante Marcela, que le había seguido.

El otro meneó negativamente la cabeza.

—No, no estaba en el piso superior. El portero me ha dicho que se ha marchado hace un rato y que parecía muy excitado. ¿Tienes idea de a dónde ha podido ir?

Rogelio rememoró la cándida expresión de aquel hombre y su incomprensible manera de expresarse.

—Tal vez a la comisaría. Es un tipo bastante simple y puede que no me haya entendido bien. ¿No le ha dicho al portero a donde se dirigía?

Con una mueca apenas perceptible, el abogado le previno de la presencia de Marcela junto a él, pese a lo cual la muchacha lo captó y sonrió mordaz.

— No se preocupe por mí, señor Garcerán, y váyanse a buscar a su testigo. !Ah!, y aconséjele de mi parte que visite al oculista, porque debe ser corto de vista. No regresé al teatro la tarde del crimen ni me desgarré el hábito con un clavo del decorado, ni, por lo tanto, salí corriendo del escenario después de que apuñalaran a Claudio, porque estaba en mi casa a esas horas. No sé quién les ha contado esa patraña, pero me da igual, porque imagino que alguien me vería a mí esa tarde cuando regresé a mi casa y podrá atestiguar que no volví a salir, así que, ahora mismo me largo a buscar a mi testigo particular. Que ustedes lo pasen bien.

Con la cabeza alta, pasó entre los dos taconeando y ambos la siguieron con la vista hasta que salió del escenario y desapareció en el pasillo.

— No sé— se quejó el chico—. Me parece que cada vez entiendo menos este asunto. El traspunte me ha dicho que la distinguió desde lo alto de la escalera huyendo del escenario, al tiempo que el público dedicaba a Claudio la última ovación de su vida, o sea, unos segundos después de que le apuñalaran. Sin embargo, se ha quedado tan fresca cuando se lo he dicho—. Pensativo se rascó el cogote—. Esto nos pasa por buscar a un asesino entre un montón de actores. Todos representan a la perfección el papel del inocente.

— Luego nos lamentaremos, Rogelio— le recomendó Atila, en un tono paternal que no prodigaba con su pasante—. Trata de recordar ahora si el traspunte te ha dicho algo que nos pueda orientar sobre el lugar al que se ha marchado.

El otro se mesó su crespa y rojiza coronilla.

— No lo sé. Ha repetido varias veces que ninguno de los actores se encontraba esa tarde donde debería haberse encontrado y... sí, me ha dicho que antes de acompañarnos a ver a Ballesteros quería averiguar dónde estaba o donde había estado "ella" la tarde del crimen, antes de la escena del duelo. Supongo que se refería a Marcela. Podemos acercarnos primero a la comisaría y, si no le encontramos allí, continuar a casa de esa actriz. Ese Paco es un infeliz y me preocupa que...

Aunque no terminó la frase, el otro le entendió.

Muerte en el teatro

— Sí, vamos.

CAPITULO X—

ₐallesteros parecía haber mejorado de su catarro, pero aún le lagrimeaban los ojos cuando, al terminar de relatarle lo sucedido, los levantó hacia el abogado que le había escuchado en silencio.

— ¿Cómo lo adivinó, señor Garcerán? ¿Qué le dijo ese pobre hombre para que estuviera usted tan seguro de que estaba en peligro? No pude suponer la tarde del asesinato... Me pareció un pelma y me aburrieron enseguida sus divagaciones. Como no se hallaba en el escenario en el momento del crimen, ni sabía nada de interés, le despedí inmediatamente. ¿Qué fue lo que le dijo a usted?

Sentado tras su mesa, Atila, que había escuchado en silencio al comisario sin hacer el menor gesto, salió de su inmovilidad para levantar ambas manos en un ademán de impotencia.

— Yo no le vi esa mañana en el Odeón. Habló con mi pasante, al que le comentó que había visto salir corriendo del escenario a Marcela Llanes, nada más terminar la escena del duelo. En cuanto él me lo comunicó, intenté localizar al traspunte en el teatro, pero no lo conseguí, porque se había marchado ya. Por eso fuimos a su comisaría y, al saber que no había acudido allí y no encontrarle tampoco en casa de Marcela ni en la suya propia, me preocupé seriamente. Por eso le llamé a usted al día siguiente, al saber que no había aparecido.

Ballesteros asintió pesarosamente.

— Le buscamos por todas partes. ¿Pero cómo imaginar

que aparecería despeñado en un barranco, a un par de kilómetros de Navacerrada?

Abstraído desvió sus llorosos ojillos hacia el balcón por donde penetraba alegremente el sol y añadió:

— Detendremos inmediatamente a Marcela Llanes y la retendremos el mayor tiempo posible mientras continuamos investigando. ¿Cree que hay indicios suficientes para que se dicte Auto de prisión contra ella cuando la pongamos a disposición judicial? Muerto el único testigo de cargo, si ella presenta una buena coartada, nos va a resultar imposible conseguir que la procesen.

— Setenta y dos horas dan mucho de sí— manifestó Atila con un optimismo que estaba muy lejos de sentir—. Esperemos que sea capaz de averiguar en ese tiempo si está implicada o si no lo está, porque a mí me parece que este asunto no está nada claro. Esa actriz se marchó del Odeón instantes antes de que lo hiciéramos nosotros y, por lo que dijo, me dio la impresión de que pensaba dirigirse directamente a su casa, pero es posible que fuera en busca de Paco.

Vaciló imperceptiblemente y añadió:

— Hay otro asunto que me tiene preocupado. Dentro de poco darán de alta a Marina y también me inquieta bastante su seguridad.

Ballesteros le envolvió en una mirada vaga.

— Descuide, que la vigilaremos. Ese accidente, que dice que sufrió, aún me mantiene intrigado. Al principio pensé que lo había simulado para desviar nuestra atención o para hacernos creer que el verdadero asesino todavía andaba suelto, pero ahora no sé ya qué creer. Es posible que con Arturo Armengol nos hayamos equivocado. La muerte del traspunte parece desmentir su culpabilidad, a no ser que tenga un cómplice.

A continuación se puso en pie, encasquetándose su sombrero.

— Detendremos de inmediato a Marcela Llanes y... bueno, ya veremos qué resulta de todo esto.

Se marchó a toda prisa y Rogelio, que, como de

costumbre, andaba escuchando tras la puerta que comunicaba su propio despacho con el de su jefe, se personó en el de éste en cuanto el otro desapareció. Atila tenía la vista fija en el balcón y, aunque su semblante no traslucía ninguna emoción, el chico advirtió que se sentía profundamente abatido.

— Lo que nos temíamos, ¿verdad?— afirmó, más que preguntó, al tomar asiento frente a él en uno de los sillones de los clientes.— A ese pobre idiota le han quitado de en medio por la vía rápida. Lo que no entiendo...

Se interrumpió y permaneció cabizbajo como si estuviera intentando ordenar sus ideas.

— ¿Qué es lo que no entiendes?

— Cómo ha podido suceder. Estoy seguro de que no llegué a decirle a Marcela quien era el testigo que la había visto escapar del escenario—. Levantó sus claros ojos ambarinos para clavarlos en el inexpresivo rostro del abogado al preguntarle —: ¿Y usted? ¿Le dijo a la manada que le acompañaba que tenía interés en hablar con el traspunte?

El otro hizo un ademán negativo.

— No, le pregunté al empresario por él, pero como de pasada. Ninguno de los tramoyistas que estaban en el piso superior le había visto esa mañana. Entonces me desembaracé de eso que tú llamas "la manada" y fui con don Leónidas a preguntarle por él al portero—. Cansinamente continuó —: Pero lo que ese hombre sabía solo podía comprometer a Marcela Llanes ¿Qué interés podía tener cualquier otro en silenciarle?

Rogelio lo meditó con el ceño fruncido, pero terminó por hacer un gesto de desorientación.

— No lo sé, es solo que ahora no creo que fuera Marcela la autora del asesinato. No se alarmó en absoluto cuando le dije que Paco la había visto salir del escenario con el hábito de monja y no se hubiera comportado de una forma tan despreocupada de tener algo que ocultar.

— Pues era tu candidata preferida— le recordó Atila con algo de ironía.

— Lo era, sí, pero ya no lo es. Y no por lo que está

pensando—le advirtió, después de analizar su socarrona sonrisa—. Le dije en una ocasión que esa chica no era mi tipo y lo mantengo. Es que no me cuadra que apuñalara a Claudio, ni que atropellara intencionadamente a Marina con su coche ni que arrojara más tarde al pobre Paco a un precipicio.

Se mordió los labios por haber dejado escapar esto último, ya que había puesto en evidencia que había estado escuchando detrás de la puerta de comunicación.

—Desde mi despacho se oía bastante bien al estornudón, aunque se me han escapado los detalles — alegó a modo de disculpa—. ¿Cómo ocurrió?

El semblante de Atila se oscureció.

—No hay testigos presenciales. A primera hora de esta mañana un montañero lo ha encontrado por casualidad en el fondo de un barranco, cerca de Navacerrada. Por el estado del cuerpo, el forense ha deducido que debió morir hace tres días, o sea, cuando desapareció, pero aún no tenemos el resultado de la autopsia.

—Ya— murmuró Rogelio, sintiéndose de improviso tremendamente cansado—. Parece que nuestro asesino tiene afición a servirse de su coche para liquidar a los que le estorban. Supongo que le propondría a ese infeliz dar un paseo y en cualquier revuelta de la carretera, !Zas!.

Se acarició pensativo la barbilla y añadió:

—Tiene que tratarse de un tipo muy arriesgado, alguien que no tema el peligro.

—O que se encuentre terriblemente asustado— apuntó Atila en un susurro. Vacilante desvió nuevamente la vista hacia el balcón y se quedó mirando abstraído los blancos visillos que pendían inmóviles sobre los cristales—. Sabemos lo que había visto el traspunte y a quien comprometía, ¿pero qué sabe Marina Abril? Cuando volví a visitarla ayer en el hospital, insistió en negar que me hubiera ocultado ningún detalle de importancia. ¿Crees que puede estar protegiendo a su amiga?

El interés con el que le pedía su parecer desconcertó a Rogelio, que no tenía costumbre de que jefe tomara tan en cuenta su opinión, pero, para disimular lo halagado que se sentía, se echó a reír.

— Está usted desconocido, don Atilano, pero, ya que me lo pregunta, le diré que no. Incluso discrepo con usted en que solo fuese Paco una amenaza para Marcela. La verdad es que no pronunció su nombre, porque solo repitió mil veces "ella". Fui yo el que supuse que "ella" tenía que ser Marcela, porque me pareció que era la única opción posible. Pero es que además, Paco me dijo algo que no entendí y que después he intentado recordar sin conseguirlo. Era algo que tenía relación con nuestro cliente y que quería declarar a la policía.

Frunció el ceño, mientras se manoseaba la barbilla.

— ¿Qué fue? Era algo que parecía indicar que Arturo debía hallarse en otro lugar en un momento determinado. Aunque me lo comentó muy excitado, como si tuviera un interés trascendental, no le di importancia.

Atila se inclinó hacia él, recuperando parte de su habitual aire animoso.

— ¿En qué momento? Recordarás eso al menos.

Desalentado, el chico se encogió de hombros, después de intentar inútilmente recordarlo.

— No, pero, en cualquier caso, Arturo se encuentra en la cárcel, por lo que obviamente no ha podido ser él quien se lo llevara de paseo hasta Navacerrada y lo arrojara al barranco— alegó Rogelio a guisa de disculpa por su inoportuna falta de memoria—. De todas formas, ¿no cree, don Atilano, que ha llegado el momento de sonsacarle adecuadamente? Sé que usted le ha hecho un par de visitas protocolarias, pero no un interrogatorio de los suyos. Estoy seguro de que el "Caballero de la mano en el pecho" no le ha dicho todo lo que sabe.

— ¿El caballero de la mano en el pecho? ¿Por qué le llamas así?

— Porque es igualito al del cuadro del Greco, ¿No se ha fijado? Tiene la misma cara y los mismos ojos melancólicos. Si usted no ha perdido forma, puede hacerle cantar como un canario.

—No lo veo tan claro— refunfuñó el otro preocupado—. Si al menos supiera por donde atacarle, tendríamos alguna probabilidad, pero con unos datos tan vagos...

— !Bah!— rezongó Rogelio, recuperando su característico optimismo—. Emplee su táctica habitual. Mírele fijamente a los ojos y murmure lúgubremente: ¿Por qué me ha mentido, señor Armengol? ¿No sabe que tiene la soga al cuello?

Su imitación era tan exacta que su jefe se echó a reír.

— Y cuando él me jure por los huesos de sus antepasados que me ha dicho toda la verdad, ¿qué?

— Entonces pone usted cara de funeral, cosa que se le da muy bien, y menea tristemente la cabeza. De pronto, le señala bruscamente con el dedo y le dice: señor Armengol, ¿por qué no estaba en su camerino cuando el traspunte fue a avisarle para la escena del duelo?

Había ido accionando conforme representaba el papel que debía interpretar Atila y súbitamente se quedó rígido, señalando aún con su dedo a éste.

— Eso fue lo que me dijo Paco— musitó como alelado—. Lo acabo de recordar.

Se había dejado caer en su butaca como si el esfuerzo le hubiera privado de energías, pero al cabo de unos segundos recompuso su postura y comentó en tono normal:

— ¿Le sugiere algo, don Atilano? A mí me parece una tontería.

Sin responderle, el otro tomó una cuartilla y comenzó a escribir algo con celeridad creciente. Como el chico estaba más que harto de los absurdos apuntes de su jefe, se impacientó.

— No sea pesado y déjese de notitas. Tengo el archivo repleto de lo que parecen jeroglíficos y palabras cruzadas. Gracias a Dios, posee una memoria bastante decente, así que, lávese el dedo y en marcha.

El abogado interrumpió la operación para levantar la vista hacia el muchacho y parpadear perplejo.

— ¿Y para qué quieres que me lave el dedo?

Rogelio suspiró con aire de resignación.

— ¿Para qué va a ser? Para señalar acusadoramente a

Arturo, ¿para qué va a ser?

Muerte en el teatro

CAPITULO XI—

Aunque Arturo vestía un pantalón gris y una camisa azul, Rogelio le encontró mayor parecido que nunca con el caballero de negro, con la golilla al cuello y la mano colocada sobre el pecho, que el Greco inmortalizara. Su expresión era igual de doliente y sus ojos oscuros traslucían la misma melancolía, cuando se acomodó frente a ellos, al otro lado del cristal del locutorio donde ellos le aguardaban. Disponían de un interfono para hablar con el recluso, pero Atila era tan conocido y admirado en la prisión de Alcalá, que el funcionario que les había acompañado se había apresurado a conducirles directamente hasta la última de las cabinas, que disponía de una especie de ventana practicable en el cristal que dividía la estancia y separaba a los abogados de sus clientes. Así podían mantener una conversación los tres con relativa comodidad y Arturo se acodó inmediatamente en el alféizar para preguntarle ansiosamente al abogado.

— ¿Hay algo nuevo, señor Garcerán?

Atila asintió con una media mueca que pretendía ser tranquilizadora.

—Efectivamente. He avanzado mucho en mis indagaciones y me complace decirle que son satisfactorias, pero necesito que me explique algunos puntos que distan mucho de estar claros.

Arturo asintió y Atila hizo una pausa efectista, pero no le señaló con el dedo como Rogelio esperaba. Se limitó a esbozar un oportuno gesto lúgubre y a menear tristonamente la cabeza.

—¿Por qué me ha mentido? ¿No comprende que podemos perder el caso, si se obstina en entorpecer mi trabajo?

Consternado, Arturo tragó saliva.

—¿A qué se refiere? No le comprendo.

—Pues yo creo que sí me comprende. A lo largo de su relato, ha ido desfigurando detalles de la máxima importancia. ¿No se da cuenta de que el fiscal puede aprovechar mi desconocimiento de esos detalles para utilizarlos contra usted?

El otro sostuvo su mirada y su semblante se ensombreció.

—Le he dicho la verdad. Yo no maté a Claudio. Se desplomó al suelo de improviso sin que ni tan siquiera le hubiera rozado. Alguien podrá corroborar esto.

—Es posible—admitió Atila de mala gana—. Aunque no faltará quien atestigüe haber visto lo contrario y, además, el fiscal le obligará a reconocer los evidentes motivos que tenía usted para desear la muerte de ese actor. ¿Por qué no me dijo que mantenía relaciones íntimas con su esposa?

No era la clase de ataque que Rogelio consideraba idónea y se preguntó para cuándo dejaría su jefe la imputación que habían ensayado. Pese a ello, Arturo acusó el impacto y su delgada figura se tornó rígida.

—¿Se lo ha dicho ella?— inquirió cautelosamente.

—Digamos que es vox populi— replicó el otro, eludiendo como siempre una respuesta directa—. Comprendo que pretenda dejarla al margen, pero la acusación de asesinato por la que van a procesarle es muy seria y tiene que pensar en sí mismo antes que en los demás. Dígame, ¿le indujo ella de alguna manera a matar a su marido? Recapacite y contésteme la verdad, porque es muy probable que alguien les oyera y lo atestigüe así en el juicio.

Aunque Arturo bajó la cabeza y clavó su vista en la punta de sus dedos, Rogelio advirtió por su expresión que rememoraba ciertos detalles inquietantes que le desazonaban. Cuando levantó de nuevo los ojos hacia el abogado, su mirada se había vuelto suplicante.

—Es muy fácil dar a ciertas frases un sentido equívoco— reconoció—. Laura estaba indignada contra él y se desahogó con toda suerte de improperios, pero en ningún momento me animó directamente a asesinarle, puede estar seguro.

—O sea, que le animó indirectamente— recapituló Atila con énfasis.

—No, no— le rebatió apresuradamente Arturo—. Precisamente esa misma tarde me dijo que había decidido separarse judicialmente de él. No sé qué extraño dominio ejercía Claudio sobre ella, porque esa decisión debería haberla tomado Laura mucho antes. Pero lo decidió así esa tarde, así que, ¿para qué había de inducirme a liquidarle, si pensaba abandonarle de todos modos?

—Puede que para heredarle y casarse después con usted— apuntó Rogelio, pensando que era una posibilidad que debían tener en cuenta—. ¿Sabe si el difunto era una persona adinerada o si su esposa era la beneficiaria de algún seguro de vida?

Arturo clavó en el chico unos ojos vacuos y terminó por ocultar el rostro entre las manos. Permaneció así unos instantes y, cuando los apartó de nuevo, la melancolía de su expresión era infinita. Solo le faltaba llevarse la mano al pecho para que resultar idéntico al del cuadro.

—Si Claudio hubiese fallecido de muerte natural, Laura tampoco se hubiera casado conmigo—manifestó con voz apenas audible—. Nada más llegar al teatro esa tarde, vino a mi camerino a decirme que... que lo nuestro había terminado. Precisamente Claudio nos sorprendió allí cuando yo trataba de insistir, y esa fue la causa de la reyerta que presenció toda la compañía y que probablemente se ha interpretado mal. Tiene gracia, ¿no?— musitó lúgubremente—. Ya no había razón para pelearnos por ella, había resuelto desembarazarse de los dos y sin embargo... Claudio me sacó de mis casillas. Me llamó fantoche, actorcete fracasado y conquistador de vía estrecha. Me acusó de haberme aprovechado de Laura para prosperar y de un sin fin de desatinos más. Me aseguró que yo no llegaría a pisar el escenario, porque él se encargaría de que Leónidas me pusiera de patitas en la calle. A mí, que empecé en el teatro antes que él y que hubiera interpretado el primer papel del Tenorio si no se hubiese escudado en Laura para pisármelo.

Sus ojos despedían chispas, mientras dejaba escapar aquel torrente de rencor reconcentrado.

— Entiendo— murmuró escuetamente Atila con expresión de padre comprensivo—. Pero, ¿cuál fue la causa del repentino enfriamiento de doña Laura?

Arturo desvió su ensombrecida mirada y la clavó en la puerta que los dos abogados tenían a su espalda.

— No fue repentino. Me lo había estado temiendo desde varios meses antes. Laura encontró otro, eso es todo.

— ¿Y Claudio no advirtió que...?

— No. Y creo que el interesado tampoco. Está demasiado acostumbrado a que las mujeres le persigan y me da la impresión de que ni repara en ello. Se lo pregunté a Laura y me contestó que me metiera en mis asuntos. Ya ve, por ese muchacho que, además de ser mucho más joven que ella no le ha dirigido dos miradas seguidas, estaba dispuesta a hacer lo que yo le había pedido a diario, recibiendo solo negativas. Las mujeres son bastante extrañas.

Lo dijo con auténtico resentimiento a intentó adoptar a continuación un aire indiferente al preguntar:

— ¿Cómo sigue ella? ¿Se ha recuperado del batacazo que ese animal le obligó a darse?

Atila abrió la boca y la volvió a cerrar sin responder, con una chispita de triunfo brillando en sus ojos castaños.

— ¿De modo que ella le dijo que había sido su marido el causante? Tenía entendido que se lo había callado para no echar más leña al fuego.

El otro se mordió los labios al darse cuenta que había hablado de más y luego con un ademán muy teatral intentó quitarle importancia al asunto.

— Se lo sonsaqué cuando me reuní con ella, minutos antes de la escena del duelo. Gabriel y Jaime la acompañaban y, cuando nos dejaron solos, no dejé de insistir hasta que me dijo la verdad, aunque al principio lo negó. Laura no estaba en esos momentos para echar leña al fuego ni para nada. Bastante tenía con sostenerse en su silla.

— Y usted la llevó en brazos a su camerino.

— Sí— afirmó Arturo sencillamente.

— ¿Y se quedó con ella hasta que el traspunte le avisó de que debía acudir al escenario para la escena del duelo?

— Así es.

Atila hizo una pausa, sin dejar de observarle escrutadoramente. Rogelio le conocía demasiado bien para no darse cuenta de que habían llegado al punto crucial del interrogatorio. Ahora le señalaría acusadoramente con el dedo y el otro se encogería en su incómodo asiento, acobardado. Decepcionado, advirtió que su jefe no utilizaba esa técnica. Se limitó a menear desaprobadoramente la cabeza.

— ¿Cómo se explica entonces que el traspunte no le encontrara allí cuando fue a comunicárselo ni que tampoco se lo cruzara por el pasillo?

Rogelio dominó los deseos de aplaudir. Aunque con evidente sobriedad de ademanes e ignorando la importancia que pudiera tener su imputación, Atila había logrado el efecto pretendido. Un efecto fulminante que tornó grisáceo el moreno semblante de Arturo e hizo temblar sus largas y bien cuidadas manos. Una lástima que su jefe no se dedicara al teatro, pensó el chico, estudiando el desconcierto del otro. Atila habría llegado a primer actor sin proponérselo y nada más pisar por primera vez las tablas del escenario eclipsaría al difunto, a Arturo y al don Juan de la compañía que trastornaba a todo el elemento femenino. Permanecía ahora inmóvil, con las cejas enarcadas, y expresión de estar leyendo en lo más recóndito del arcano de su interlocutor como si este fuera transparente. Arturo a duras penas logró recuperar el uso de su voz.

— ¿Dice usted que Paco...?.

— Sí.

— ¿El me vio...?

El actor se interrumpió, como si el concluir la frase le supusiese un esfuerzo excesivo y aguardó ansiosamente la respuesta de Atila. Rogelio se dió cuenta de que el terreno que su jefe pisaba ahora era sumamente resbaladizo. Con una sola palabra podía estropear lo que había conseguido y advirtió que no se decidía a pronunciarla. Él le ayudaría, si supiera al menos qué pretendían averiguar, pero no tenía la menor idea.

El abogado se decidió al fin a eludir la respuesta, adoptando un aire persuasivo.

— ¿Por qué no me lo cuenta? Sabe que para defenderle necesito conocer todo lo que pueda inculparle. ¿Dónde fue usted después de dejarla a ella en su camerino?

Aunque sin intuir el motivo, adivinó Rogelio que acababan de perder terreno. El color volvía a las mejillas de Arturo y hasta le pareció oír el suspiro de alivio que no dió.

— Al escenario— replicó sin vacilar—. Volví inmediatamente y quizás por esa razón Paco no se cruzó conmigo en el pasillo. Debí regresar antes de que él saliera de su leonera. Efectivamente no me crucé tampoco con ningún otro.

— Pues no deja de ser curioso— musitó como para sí Atila y en un tono que se prestaba a muchas interpretaciones. Arturo debió captar una que no le gustó, porque se rebulló inquieto en su silla.

— ¿Qué le contó Paco, señor Garcerán? Ese hombre es un chismoso, además de un infeliz. Pretende hacerse el importante, llevando y trayendo cuentos y tiene una imaginación prodigiosa para inventarlos.

— Y usted miente muy mal, permítame que se lo diga— replicó Atila transfiriendo contra el otro la irritación que le producía su propio fracaso. Al igual que Rogelio, había podido apreciar que acababa de dar un paso en falso y perdido posiciones, a la par que Arturo las recuperaba. Le amenazó ahora con el dedo como último recurso.

— Se lo advierto. Si no confía en mí lo suficiente como para decirme la verdad, puede buscarse otro abogado.

Arturo se alarmó visiblemente.

— No, eso no. Solo usted puede sacarme de este atolladero. ¿Qué quiere que le aclare?

Rogelio se decidió a meter baza al notar lo perdido que se encontraba Atila.

— Queremos que nos diga qué podía saber el traspunte para que le hayan asesinado. Él me dijo, en esa especie de jerga incomprensible con la que se expresaba, que usted no estaba en su camerino cuando fue a avisarle para la escena del duelo y que más tarde vio a Marcela Llanes salir corriendo del escenario. Queremos que nos aclare la importancia que podía tener lo que sabía ese hombre para el que le mató.

La sorpresa dejó paralizado a Arturo. Solo al cabo de unos segundos logró articular:

— ¿Es cierto que Paco...? ¿Cómo es posible?

Parecía aplanado por completo, pero Atila volvió a la carga, reprimiendo a duras penas su malhumor.

— Eso le beneficia a usted. Parece ser una prueba de que el asesino aún anda suelto, a menos que tuviera usted algún cómplice que se dedique a silenciar a los que pudieran declarar en su contra. Es lo que opina Ballesteros y lo que seguramente aducirá el fiscal si la identidad de esa persona no se esclarece. Y ahora, si es tan amable, le agradecería que me dijese lo que se ha callado. ¿Quiere que empiece por el principio?

— No es necesario— articuló el otro casi sin voz—. Pero no sé nada, aparte de lo que le he contado. ¿Y dice que Paco vio como Marcela escapaba del escenario? A mí me pareció... pero no. Ella se había marchado del teatro anterioridad. No puede ser.

Atila inspiró profundamente, como si pretendiese hacer acopio de paciencia.

— Vamos a ver si conseguimos concretar sus divagaciones. ¿Vio usted o le pareció ver a Marcela Llanes en el escenario, después de que se hubiera despedido de todos ustedes? Tal vez disfrazada aún de abadesa. ¿La vio?

Arturo lo meditó durante unos segundos, pero terminó por denegar con un ademán.

— No, creo que no, aunque lo más probable es que no me hubiera fijado si la hubiera visto. Pero si Paco afirmó lo contrario y le han asesinado, eso parece indicar...— sugirió débilmente esperanzado.

— ¿Es todo lo que puede decirnos?— insistió Atila, tabaleando con los dedos sobre la especie de alféizar en el que estaba acodado—. Cabe la posibilidad de que el criminal se ocultara entre los dos telones del foro y apuñalara a Claudio Veiga cuando usted le derribó contra la puerta practicable del decorado. ¿Acaso estaba usted en ese lugar cuando Paco fue a avisarle a su camerino, encontrándolo vacío, y es esa la razón de la importancia que el pobre hombre atribuía a esa circunstancia?

Arturo parpadeó ligeramente.

— Pues sí, pero no había nadie entre los dos telones cuando salí a escena. Hice mi entrada por la otra puerta del lateral derecho, atravesando el escenario por detrás del telón del foro y no me pareció que hubiera nadie oculto allí. Aunque ahora que lo dice...

Se interrumpió y sus ojos oscuros brillaron de excitación.

— Es posible que tenga razón. Creo que percibí un ligero sonido tras el decorado cuando acorralé a Claudio contra la puerta practicable. No me extrañó, porque siempre hay gente pululando entre bastidores, pero esa tiene que ser la explicación.

Atila sostuvo su mirada sin pestañear.

— ¿Está seguro de haber oído ese sonido?

El otro se apresuró a afirmarlo.

— ¿Está seguro también de que no vio a nadie cuando cruzó el escenario por detrás de los telones?

— Completamente—replicó sin vacilar—. Estoy seguro de que allí no había nadie.

— Pues el fondo del escenario está repleto de chismes, según he podido comprobar. ¿Podría asegurar que no había nadie escondido detrás de alguna estatua o dentro del sarcófago de doña Inés, pongo por ejemplo?

Arturo dió un ligero respingo.

— ¿Dentro del sarcófago?

— ¿No sabe lo que es un sarcófago?— apuntó Rogelio

con ligero retintín—. Aunque no salga usted en el último acto, lo ha tenido que ver mil veces arrinconado al fondo del escenario, para ser utilizado en el momento oportuno.

— Claro que lo he visto— replicó amoscado—. Es que no se me había ocurrido esa posibilidad y por eso me he extrañado. Cuando crucé el escenario no había nadie a la vista. Si Marcela u otra persona estaban deambulando por allí, yo desde luego no la vi.

— Pues es una lástima—masculló Atila entre dientes—. Pero dígame, ¿sabe si Marcela podía tener algún motivo para asesinar a Claudio?

Arturo se encogió de hombros.

—No lo sé. Todos estábamos indignados contra él y esa muchacha es muy temperamental. Quizás pretendiera ayudar a Jaime, a quien el otro podía perjudicar mucho. Marcela también forma parte de su harén.

Lo dijo sin ninguna convicción y el abogado se puso en pie, dando por terminada la entrevista. Aunque no intercambiaron una sola palabra hasta que se introdujeron en el coche de éste, Rogelio captó la desmoralización de su jefe, que tenía el ceño fruncido como si algo le preocupase profundamente.

— No hemos adelantado mucho, ¿verdad?— se decidió a comentar el chico—. Este hombre es más escurridizo que una anguila. Me pregunto por qué se habrá alarmado tanto, cuando le ha dicho usted lo que me contó a mí el pobre Paco. Sigo sin comprender la importancia que pueda tener.

Atila continuó con la vista fija en la carretera que recorrían rápidamente en dirección a Madrid, y que a esas horas de la tarde se extendía solitaria y silenciosa, al igual que si se hubiera transformado en un camino vecinal aún no contaminando por los ruidos ensordecentes y los humos de la civilización. Parecía tan ensimismado, que a Rogelio le sorprendió oír su voz, cuando musitó como para sí mismo:

— Siento que no me acompañaras la tarde en la que fui a visitarla, porque tu opinión me serviría ahora de gran ayuda. Parece una mujer frágil y delicada, pero creo que su apariencia no responde a su verdadero carácter.

—¿De quién me está hablando?— inquirió el chico, interrumpiéndole, mientras se preguntaba a qué vendría en ese momento lo que el otro le acababa de comentar.

—De Laura Marco. Todos los indicios apuntan en su dirección y, aunque me he resistido a sospechar de esa actriz, me veo obligado a rectificar mi opinión. Tuvo que ser ella.

—¿La que asesinara a su marido?— se extrañó Rogelio—. Me parece, jefe, que olvida que en el momento de autos estaba tumbada en un diván en su camerino, con un trallazo monumental en las posaderas con el que se le había aplastado una vértebra, lo que incluso le impedía mantenerse en pie. ¿Es que se le ha olvidado?

—No, no se me ha olvidado— admitió el otro caviloso—. Sé que no pudo perpetrar materialmente la agresión, pero estoy seguro de que está implicada de algún modo en el crimen. Lo malo es que, de admitir que fue la inductora, al único al que pudo inducir fue a Arturo Armengol.

Rogelio se alisó con los dedos su crespa pelambrera rojiza, al tiempo que reconsideraba esa posibilidad. Luego objetó:

—¿Y por qué no a Jaime Robledo? Tonteaba con ella y estaba furioso con el difunto. Además, tuvo la oportunidad de esconderse entre los dos telones durante la escena del duelo, porque, si recuerda la versión de los hechos de don Leónidas, instantes antes de que apuñalaran a Claudio, Jaime se apartó del grupo que formaba con el empresario, Manolo Ponce y Gabriel junto a la salida del escenario y siguió a Marina, cuando ésta entró como una exhalación y fue a contemplar la escena tras el telón lateral izquierdo. Jaime le dijo a usted en el despacho que se quedó al lado de la muchacha hasta que Claudio cayó al suelo, aparentemente alcanzado por la estocada del otro espadachín, pero imagino que el bombonazo no se fijó en él y que si se hubiera ido a esconder tras el decorado probablemente ella no se habría enterado.

Sin desviar la mirada de la carretera, Atila meneó lentamente la cabeza en ademán afirmativo.

— Sí, pero hay un detalle que no encaja. Si Laura instigó a Jaime Robledo a que matase a Claudio, ¿por qué le sustrajo el puñal que éste llevaba al cinto? Aprovechó para ello los diez minutos que mediaban entre el acto segundo y el tercero y le quitó el cuchillo mientras se abrazaban en el camerino de él, donde les sorprendió Manolo Ponce.

— ¿Y por qué cree que Laura le quitó el cuchillo en ese momento?

Aunque sin la menor fatuidad, el abogado sonrió como si la respuesta fuera obvia.

— Porque capté el proceso mental de Jaime Robledo en mi despacho cuando se lo insinué. Noté que no se le había ocurrido antes esa posibilidad, pero que, al sugerírsela yo, le pareció más que probable que Laura hubiera utilizado esa artimaña.

— ¿Quiere decir que Laura se propasó con el guaperas para poder birlarle el puñal sin que él se diese cuenta?— inquirió aturdido Rogelio. Luego exclamó guasonamente —: !Lo que son capaces de hacer las mujeres!

A continuación desvió el chico los ojos hacia la ventanilla y contempló sin verlo el oscuro paisaje que discurría velozmente ante su vista.

— Claro— musitó al fin—. Por eso la viuda sabía que el puñal de Robledo era el arma homicida, antes de que lo encontrase la policía dentro del sarcófago, porque lo planeó con el asesino o él se lo contó después. Y tiene razón, jefe— añadió magnánimamente, como si el otro fuera un pobre idiota y en esa ocasión, por casualidad, hubiera dado en el clavo—. Es un detalle que no encaja. ¿Para qué habría de haberle robado el puñal a Jaime Robledo, si hubiera estado de acuerdo con él?

— ¿Para qué?— repitió Atila como un eco.

— Solo caben dos respuestas posibles— siguió el otro en tono doctoral.

— ¿Cuáles?— le preguntó con evidente interés el abogado, dirigiéndole una rápida mirada de soslayo.

— Pues... o bien planearon juntos el crimen y Jaime Robledo fingió haber perdido el puñal para desviar las sospechas que pudieran después recaer sobre él, o bien Laura lo planeó con otra persona y le sustrajo el cuchillo a Jaime entre achuchón y achuchón. ¿Quién podría ser esa otra persona? Es la misma que anda suelta por ahí, que ha atropellado al bombonazo y que después se ha cargado a Paco, así que, tranquilícese, jefe, porque no ha podido ser Arturo— concluyó muy satisfecho.

Al reparar en el mutismo del otro, se volvió hacia él. Seguía impasible, pero Rogelio advirtió que no se sentía satisfecho con las dos posibilidades que había apuntado.

— ¿Qué pasa? ¿Qué fallos le encuentra a mi teoría?—le preguntó.

— No sabría decirte— repuso el otro a media voz—. No tengo una explicación lógica para rebatirte esas dos soluciones posibles, en las que, en cualquier caso, ella es cómplice del asesino. Y también pienso yo que ha tenido que serlo forzosamente. Lo mejor sería que me acercase un momento a su casa y aclarase un par de puntos. Tú mientras puedes volver al despacho a recibir a las visitas que tenga citadas.

Poco después le abría la puerta del chalet la criada de sonrisa bobalicona, que en esa ocasión le saludó amistosamente.

— Me alegro de verle. Me he enterado de que es usted muy famoso. Hasta en mi pueblo le conocen y me llaman todos a preguntarme como es usted en la intimidad.

Se lo decía muy satisfecha y Atila se preguntó qué les habría contestado aquella muchacha, que, al parecer, consideraba "intimidad" la circunstancia de que él hubiese acudido al chalet en una sola ocasión y mantenido una formalista conversación con Laura. Claro que también en su pueblo estaban orgullosísimos de que él hubiera nacido allí y acudían en masa a saludarle cuando iba a pasar la Navidad con su familia. Le llamaban "el Atilano" y hasta le habían puesto su nombre a la calle mayor.

Le devolvió modestamente la sonrisa y como le azaraban las alabanzas, le preguntó algo cohibido:

— ¿Cómo sigue doña Laura? ¿Se encuentra mejor?

Angelines se encogió evasivamente de hombros.

— No sabría decirle. Yo creo que ha perdido las ganas de vivir, porque de no ser así, se habría recuperado ya. Es por el miedo que sentimos por las noches, ¿sabe? Yo no he sido nunca miedosa, pero ella me lo está contagiando.

Atila la contempló de hito en hito unos instantes.

— ¿Miedo? ¿Y de qué tienen miedo?

La chica volvió a encogerse de hombros.

— No lo sé, pero en cuanto empieza a oscurecer se sobresalta con cualquier ruido. Y luego por las noches, en cuanto se acuesta cierra el pestillo a la puerta de su cuarto y luego se va a la cama renqueando, porque ya puede dar cortos paseos. Yo también lo cierro, ¿entiende? Pero pase. La señora se pondrá muy contenta de verle.

Le precedió, cruzando el pequeño vestíbulo hasta el saloncito, de donde regresó poco después.

— La señora está acostada en el sofá y no puede levantarse para recibirle, pero me ha dicho que le alegra mucho su visita. Pase.

Como Atila ya conocía el camino, sorteó con mayor seguridad los muebles que se interponían entre los dos y se aproximó al sofá. Echada boca arriba, Laura le sonrió al verle acercarse.

— Cuanto me alegro de verle. ¿Puede decirme algo sobre Arturo?

Atila hizo un gesto de asentimiento, mientras tomaba asiento frente a ella.

— Sí. Mi pasante y yo hemos estado esta tarde en la prisión de Alcalá. Se encuentra bien y le manda saludos muy afectuosos. ¿No le ha escrito usted?

Laura meneó negativamente la cabeza. Vestía de blanco como la vez anterior y parecía estar más delgada y más pálida que entonces.

— No, porque tengo miedo de comprometerle, ¿comprende? Pero, dígame, ¿ha encontrado algún argumento o alguna prueba que le exonere del crimen?

Atila inspiró profundamente sin apartar de ella sus ojos castaños.

— Bueno, tengo algunas ideas, pero quisiera hacerle a usted una pregunta. Supongo que sabe que atropellaron a Marina Abril la otra noche, cuando salió de esta casa. He ido a verla al hospital y en la conversación que hemos mantenido ha negado que le comunicase a usted que habían matado a su marido con el cuchillo de Jaime Robledo. Quisiera saber por qué me mintió la otra tarde.

Laura sostuvo su mirada durante unos segundos y después apareció una lágrima en sus claros ojos azules.

— Si se lo digo, usted no lo utilizará contra Arturo, ¿verdad?

— Por supuesto que no. Él es mi cliente. No soy el fiscal, soy su abogado defensor, ¿comprende?

— ¿Y tampoco se lo dirá a nadie? A Leónidas, por ejemplo.

— Por supuesto que no. Puede estar tranquila.

Se había incorporado unos centímetros al hacerle esa pregunta y se dejó caer de nuevo en el sofá como si estuviera mortalmente cansada.

— Fue Arturo, ¿sabe? Me lo dijo después de que... después de que Claudio muriera. Vino a mi camerino a informarme... a informarme de que habían apuñalado a Claudio con el cuchillo de Jaime.

Aunque permaneció impasible, Atila experimentó una sacudida. Pero en ese caso... Era obvio que si había sido Arturo el que se lo había dicho a Laura o era él el autor del crimen o era cómplice del que lo hubiera realizado materialmente.

— Bien, no hable con nadie de este asunto ni le comente a nadie lo que me acaba de decir. Yo la mantendré informada— le advirtió mientras se ponía en pie con la vaga sensación de haber recibido un mazazo en la cabeza.

— Es que tengo miedo— le interrumpió ella—. Tengo la sensación de que voy a ser la siguiente.

— ¿La siguiente?

— Sí, primero Claudio, luego Marina, después Paco

y... creo que la siguiente voy a ser yo.

— Vamos, vamos, no diga más tonterías—la animó Atila, que sintió de improviso una prisa enorme por consultar las notas que tenía en su despacho. Y dirigiéndose hacia la puerta de la habitación, añadió —: Perdone, pero tengo que marcharme. Tengo citadas en el despacho varias visitas y... Llámeme por teléfono si necesita algo, le voy a dar el número de mi móvil y... cierre bien la puerta de la casa por las noches. Así se sentirá más segura.

En cuanto llegó al despacho y Rogelio se reunió con él, le refirió la entrevista, que dejó a su pasante completamente aturdido.

— Tenemos perdido el juicio, don Atilano. Si Laura se enteró por Arturo de que el arma homicida era el cuchillo de Jaime, no cabe más que una solución. Le asesinó él.

Al advertir el abatimiento de su jefe, trató de animarle, desviando la conversación hacia la actriz.

— Y dígame, don Atilano. ¿Qué impresión le ha causado ella hoy?

Atila se encogió evasivamente de hombros.

— No lo sé. He revivido la extraña sensación que experimenté la tarde en la que fui a visitarla a su casa por primera vez. Fue al despedirme, ¿Recuerdas que...?.

Rogelio se apresuró a interrumpirle.

— Recuerdo que tuvo usted una especie de premonición, el presentimiento de que algo iba a ocurrirle a Laura Marco. ¿No es así?

— Sí— admitió de mala gana Atila—. No soy muy sensitivo, pero capté algo que me erizó el vello de los brazos cuando iba a marcharme. En aquel diván del saloncito me recordó a una paloma herida. Estaba tan blanca, tan indefensa... y sentí algo muy extraño, ¿entiendes? Hoy he sentido lo mismo.

Unas gotas de agua se estamparon contra el cristal presagiando un aguacero, al tiempo que el viento comenzaba a agitarse por la calle Velázquez con un sordo gemido.

— Entiendo, jefe, entiendo— le tranquilizó

afectuosamente Rogelio—. Usted cree que ella es cómplice del asesino, pero a la vez piensa que está en peligro, ¿es eso?

Atila lo reconsideró abstraído.

—No sé. No sé si es cómplice del autor del crimen, pero sí creo que está en peligro.

—CAPITULO XII—

— ¿Necesita algo más?— le preguntó la muchacha desde los pies de la cama.

La observaba ahora con aquel aire estúpido que la caracterizaba y Laura meneó negativamente la cabeza.

—No, gracias, puedes irte a acostar ya, Angelines. Muchas gracias.

La otra aún permaneció indecisa. Parecía sentir cierta conmiseración por la actriz que, tumbada boca arriba en el enorme lecho de su dormitorio, ofrecía un aspecto extremadamente frágil. El jardinero la había subido en brazos hasta allí instantes antes, porque aún no era capaz de subir la escalera, y se había despedido a continuación, lo que venía siendo habitual desde que Laura resbalara en el teatro, la misma tarde en la que mataron a su marido. Angelines acostumbraba a precederles y, después de ayudar a la otra a ponerse el camisón y de dejarla convenientemente acostada, regresaba a su cuarto, ubicado junto a la cocina, en la planta baja, donde dormía a pierna suelta hasta la mañana siguiente, pues Laura no la había despertado desde su accidente ni una sola noche. Para avisarla, no tenía más que oprimir el timbre que pendía del cabecero de su cama. Sonaba en el pequeño vestíbulo, desde el que se accedía por la puerta trasera a la cocina y a su dormitorio. Quizás por esa razón la actriz no daba muestras de inquietud cuando cada noche se quedaba completamente sola en la planta superior, pues ya se hallaba en condiciones de levantarse de la cama sin ayuda, y Angelines se despedía de ella bastante tranquila, sabiendo que se bastaba para atenderla hasta que a la mañana siguiente el jardinero acudiera a hacer lo único que estaba fuera de sus posibilidades: trasladarla a cuestas hasta el sofá del saloncito, donde Laura permanecía de día, dormitando a ratos y a ratos viendo la televisión.

Esa noche, sin embargo, Angelines la notó desasosegada. Quizás se debiese al viento que soplaba alrededor de la casa y se filtraba por los resquicios del amplio ventanal del dormitorio, agitando las sábanas de la cama, o quizás al inquietante resonar de la lluvia contra los cristales. Inquietante, porque restallaba con un sonido bronco y desazonante al compás de las ráfagas de viento y tan pronto se abatía sesgadamente con el ímpetu de una tromba contra los muros de ladrillo rojo, como se desplomaba de golpe sobre el tejado de pizarra del hotelito.

Una noche de perros, se dijo Angelines. Ideal para reunirse con sus amigas junto al fuego del hogar en la vieja casona de su pueblo a contar cuentos de miedo, como acostumbraba a hacer en noches parecidas antes de trasladarse a Madrid para trabajar como criada en casa de los Veiga, pero no para escuchar a solas el ulular del viento desde la planta baja del hotelito, sabiendo que la única persona a la que podría acudir en caso de necesidad era Laura, que se encontraba tan sola como ella en el piso superior y que además no podía valerse por el momento.

Instintivamente Angelines se acercó a la ventana y comprobó que estaba bien cerrada. Luego trató de atisbar el exterior. A través de la cortina de agua, distinguió el tejadillo del porche, metro y medio más abajo del alféizar, y el jardín de la parte delantera de la casa, borroso bajo la lluvia. Los árboles se agitaban, zarandeados por el vendaval y advirtió que también la puertecilla del jardín se balanceaba sobre sus goznes. El jardinero la había dejado abierta al marcharse, se dijo inquieta. Ahora tendría ella que bajar a cerrarla y a correr el pestillo de hierro, pese a que era una precaución inútil, pues podía abrirse desde la calle con solo introducir la mano entre los barrotes de la puerta. ¿Para qué molestarse entonces?

Cuidadosamente bajó la persiana y corrió las cortinas de damasco azul, a juego con el cabecero y la colcha de la cama. Después se volvió hacia Laura que seguía sus movimientos con la mirada y que sin duda había adivinado lo que la muchacha estaba pensando, porque le preguntó:

— ¿Se ha dejado Justo abierta la puerta del jardín? Me parece estar oyéndola rechinar sobre sus bisagras a cada golpe de viento.

Angelines se maravilló de que la otra pudiese percibirlo desde allí, máxime cuando el fragor de las ráfagas de aire acallaba cualquier otro sonido, pero ya en ocasiones anteriores había podido comprobar que la actriz poseía un oído finísimo.

— Sí, se la ha dejado abierta, pero no importa, porque esa puerta no sirve para impedirle el paso a nadie— musitó. Y débilmente esperanzada, inquirió —: No querrá que salga al jardín con lo que está cayendo, ¿verdad? Si algún transeúnte decide robarle las rosas esta noche, se las robará lo mismo si cierro la puerta ahora, que si lo dejo para cuando escampe. Debería cambiar la cancela del jardín por otra más segura.

Laura clavó sus claros ojos azules en el redondeado semblante de Angelines. La muchacha tenía aspecto de campesina, pero de campesina bien alimentada. Poseía un sólido corpachón sobre unas piernas rollizas y traslucía un aire saludable y optimista, pues sonreía casi siempre, aunque con expresión algo estúpida. Sin embargo no era tan tonta como parecía. En la mayoría de las ocasiones entendía lo que Laura deseaba, antes de que esta tradujese sus pensamientos en palabras y esa vez no fue una excepción.

— ¿De verdad quiere que baje a cerrar la puerta con este diluvio? Me pondré hecha una sopa, me acatarraré. ¿Y quién cuidará de las dos entonces?

Esperaba hacerla desistir con ese argumento, pero Laura se mostró inflexible.

— Si enfermaras, te cuidaría yo. Estoy tardando mucho en recuperarme, pero he contratado a un terapeuta y mañana mismo vendrá a casa y comenzaré las sesiones de rehabilitación. El médico opina que es mi estado de ánimo el que me mantiene postrada en la cama y que, si pusiera algo de mi parte, ya habría conseguido recuperarme lo suficiente como para tenerme en pie y desplazarme sola por la casa. Lo que me pregunto es, de qué manera podría yo, en mis circunstancias, volver a sentir deseos de vivir.

Había desviado la mirada hacia las corridas cortinas, como si quisiera traspasarlas para contemplar el exterior y sus palabras sonaron como un desesperanzado murmullo. A Angelines le pareció que se le habían escapado a su pesar y le sonrió compasivamente.

— Es usted muy joven aún, señora. Mi madre dice que hay que mirar siempre hacia adelante y pienso que tiene razón.

No se atrevió a agregar que la muerte de Claudio Veiga no podía ser considerada por Laura como una pérdida, porque le pareció un comentario de mal gusto, pero conocía de sobra las malas relaciones del matrimonio, en cuya casa llevaba ya más de dos años y había tenido sobradas ocasiones de comprobar que el finado era un tipo insoportable que amargaba la vida a los que la rodeaban. Desde luego, a su mujer se la había amargado a conciencia y a la propia Angelines le había hecho pasar tan malos ratos, que más de una vez estuvo a punto de despedirse. Por eso, al enterarse aquella noche por don Leónidas de su trágica muerte, no experimentó otra cosa que sorpresa. ¿Cómo podría Laura haber perdido las ganas de vivir al librarse de semejante engendro?, se preguntó. Para añorarle, resultaba preciso ser masoquista y la señora a la que servía no lo era. Probablemente se daría cuenta con el tiempo de que había tenido una suerte inmensa al convertirse en viuda. Ahora podría llorarle cuando le conviniera, disfrutando de la vida el resto del tiempo, en lugar de llorar a todas horas por culpa de él y encima recibir de cuando en cuando un par de buenas bofetadas.

La chica recordaba, sobre todo, las que el muy bruto le propinó a su mujer una tarde en la que regresó inesperadamente del teatro. Laura se había quedado en casa con un gripazo y se encontraba acostada en su dormitorio. Fue en el momento en que Claudio abrió la puerta de la calle con su llavín y entró en el vestíbulo, cuando sonó el teléfono y Laura debió descolgar el auricular en su cuarto, al tiempo que él hacía lo mismo en el aparato del saloncito. No llegó a pronunciar él una sola palabra. Se limitó a escuchar con el rostro lívido lo que Laura y el otro se decían, en presencia de Angelines que había corrido también a atender el teléfono y que se quedó quieta como una estatua, temiendo lo que se avecinaba, cuando Claudio lo alcanzó antes que ella.

No se equivocó. Le vio arrojar al suelo el aparato y subir los escalones de dos en dos. Después oyó en el piso superior un estrépito horroroso y los gritos de ella pidiendo ayuda.

Angelines estaba acostumbrada a las grescas y no lo dudó. Después de haberse armado con una escoba, echó a correr escaleras arriba y llegó al dormitorio en el momento en que Claudio salía de esa habitación dando un portazo. A la chica ni la vio. Pasó por su lado convertido en un energúmeno y bajó luego al saloncito donde se bebió él solo una botella de coñac, pues Angelines la encontró vacía al día siguiente, tirada sobre la alfombra.

También presenció altercados similares en muchas otras ocasiones, unas veces con motivo y las más, sin ninguna razón. A Laura la llamaban muchos hombres, porque, además de ser una mujer muy atractiva, era una actriz famosa, pero había uno en concreto que tenía una voz sumamente agradable y por el que ella debía sentir algo especial, porque le contestaba a través del hilo en un tono que a la chica le recordaba al de los balidos de las ovejas de su pueblo, cuando intentaban atraer la atención de los machos del rebaño.

Poco antes de que muriera Claudio, Angelines había captado a través del teléfono una nueva voz, más agradable todavía. Laura se derretía cuando hablaba con el propietario de esa voz, que, por cierto, no llamaba tan a menudo como el otro, pero, cuando lo hacía, ella se transfiguraba, sonreía con cara de boba cuando creía que no la miraba nadie y hasta deshojaba margaritas. Claro que, Angelines lo comprendió el día que le conoció a él. Acudió a visitar a Laura, en compañía de otros actores, pocos días después de que muriera Claudio y también ella se quedó embobada, cuando, después de reconocer su voz, le miró a la cara. Aunque tenía la piel muy tostada por el sol, sus ojos eran tan azules que producían sorpresa por lo inusitado del contraste. Y luego era tan alto, tan bien plantado, tan increíblemente atractivo, que Angelines empezó también a suspirar y a deshojar margaritas.

Esa misma tarde había venido él a visitar a Laura, pero la chica no había conseguido oír nada de la conversación que habían mantenido los dos en el saloncito, por más que había pegado el oído a la puerta. ¿Y decía ahora que con la muerte de su marido había perdido las ganas de vivir? Era como para morirse de risa.

Advirtió la chica que la otra la estaba observando en ese momento y, como solía adivinar sus pensamientos, se rebulló inquieta.

— Bueno, ¿quiere que salga al jardín a cerrar la puerta?

— Sí, haz el favor. Coge un paraguas del paragüero del vestíbulo y date prisa. Luego, echa el cerrojo del portón de entrada de la casa y el de la puerta de la cocina y comprueba que todas las ventanas están bien cerradas.

La chica asintió con la cabeza y se encaminó hacia la puerta del dormitorio, experimentando una vaga sensación que no supo definir. Sin duda flotaba algo extraño en el ambiente, porque la señora no era anteriormente una mujer miedosa y en los últimos días manifestaba una intranquilidad que parecía ir en aumento. Porque esa noche traslucía un desasosiego poco habitual en su carácter, como si temiera que algo extraño pudiera sucederle en cualquier instante.

Tampoco Angelines se asustaba fácilmente y no obstante respingó cuando, al salir de la habitación y encontrarse a oscuras en el pasillo, oyó el golpeteo de las ramas del manzano contra la ventana del descansillo de la escalera. Sonaba como si alguien llamara, aporreando los cristales, pidiendo que le abrieran.

! Qué tontería !, se dijo la muchacha. Esa ventana tenía

reja y era imposible que nadie fuese tan estúpido como para encaramarse al manzano en una noche tan inhóspita como aquella a golpear los cristales, pudiendo llamar al timbre de la puerta.

A tientas palpó las paredes del pasillo y localizó el conmutador de la luz. El corredor se iluminó al instante, mediante los apliques con forma de quinqué que, cada metro y medio de distancia, ocupaban los escasos espacios del testero que dejaban libres los cuadros. Expandían una luz tenue y Angelines inspeccionó aprensivamente lo que podía distinguir a su alrededor. A su derecha, divisó la puerta del dormitorio de huéspedes, que ocupaba el fondo del pasillo y que permanecía cerrada. Hacía tiempo que ese cuarto no se utilizaba, pues los Veiga no eran muy dados a tener invitados en su casa. Había transcurrido más de un mes desde que la chica lo limpiara por última vez y era la única que entraba de cuando en cuando en la habitación para realizar ese cometido, por lo que lo extraño hubiera sido que la puerta estuviera abierta. Sin embargo, observó fijamente la tallada hoja de madera de nogal con todos los sentidos en tensión. ¿De dónde provenía la corriente de aire que recorría el pasillo?

El golpeteo de la lluvia en el tejado, sobre su cabeza, la sobresaltó en el momento en que se volvía hacia la puerta frontera a la del dormitorio de Laura. Estaba cerrada también y daba acceso al cuarto que había pertenecido al señor, pues el matrimonio dormía en habitaciones separadas. El aire parecía filtrarse por debajo de esa puerta, pero Angelines se dijo que era imposible que procediera de la ventana de ese dormitorio, puesto que había estado allí dentro, pocas horas antes, colocando las alfombrillas de pie de cama que acababan de mandar de la tintorería y había atrancado convenientemente los postigos.

Contiguo al dormitorio de Claudio había un cuarto de baño que Angelines entró a revisar. Había sido el que utilizaba Claudio, y estaba alicatado en color crema, Aún aparecía repleto de frascos con toda clase de cosméticos, que se apilaban por doquier. La pared opuesta a la de entrada estaba cubierta casi en su totalidad por un enorme espejo y respingó al verse reflejada en él. ¿Era ella aquella chica gorda, de cara redonda y expresión asustada? Indiscutiblemente, sus ojos castaños, de pestañas cortas y claras aparecían agrandados por el miedo mientras se contemplaba a sí misma como si no se reconociera.

¿Pero de qué tenía miedo? ¿De aquella absurda corriente de aire que recorría el pasillo? En cualquier caso, allí no había nada que pudiera originarla, ya que la ventana estaba cerrada y con la persiana echada.

Quedaba únicamente por examinar el baño que utilizaba la señora, contiguo también al dormitorio de ésta, cuya puerta abrió Angelines a continuación, al tiempo que encendía la luz. Era más espacioso que el otro y mucho más sofisticado. El suelo y las paredes eran de mármol de color rosa y estas últimas estaban además materialmente recubiertas de espejos, en los que la muchacha se observó nuevamente. Ese cuarto de baño siempre le había gustado mucho, por la femineidad que traslucía, con las cortinas de la ventana y las de la bañera de encaje y los miles de detalles que denotaban que pertenecía a una mujer. Además, en el rincón del fondo y en estantes de mármol, se alineaban las pelucas que la señora utilizaba en las obras de teatro y que maravillaban a la chica. Había una, sobre todo, de pelo oscuro, largo y rizado, que a ella le sentaba prodigiosamente bien, pues se entretenía probándoselas todas cuando se quedaba sola en la casa, lo que, antes de que muriera el señor, tenía lugar indefectiblemente a partir de las seis de la tarde, hora en que el matrimonio se marchaba al teatro, y hasta las dos de la madrugada, en que regresaba después de la última función.

Pero esa noche no se entretuvo en acariciar los brillantes rizos de cabello natural que se deslizaban del porta-pelucas de mimbre. Se limitó a bajar apresuradamente la persiana y a continuación se volvió bruscamente a mirar a su espalda. No había nadie y sin embargo ella hubiera asegurado...

Intranquila, volvió a salir al pasillo y se encaminó en dirección a la escalera. Debía bajar a cerrar la puertecilla del jardín y después se iría a la cama cuanto antes, en lugar de imaginar absurdos, solo porque se encontraba prácticamente sola en la casa y el viento rugía entremezclado con el sonido de la lluvia de una forma espeluznante.

El corredor desembocaba en el rellano de la escalera, que se encontraba a oscuras, por lo que tanteó los peldaños con el pie. Eran de madera y descendían en línea recta, adosados a una pared de la que pendían innumerables cuadros. La chica conocía de memoria cada uno de los escalones y generalmente los bajaba a saltos sin molestarse en encender previamente la luz, pero esa noche buscó a tientas el conmutador, que se encontraba a la altura de su cabeza y entre dos cuadros pequeños.

Los apliques de la pared iluminaron el descansillo y los semblantes adustos de los personajes de los retratos, esparciendo algo de claridad por la escalera y proyectando sombras alargadas sobre el solitario y enmoquetado vestíbulo que tenía a sus pies. Al mismo tiempo, las ramas del manzano volvieron a golpear los cristales de la ventana, que se encontraba a media altura de la escalera.

Con un gritito de susto, Angelines remató el descenso en unos segundos y se dirigió apresuradamente hacia la puerta de entrada de la casa. Antes de abrirla, palpó su bolsillo, buscando las llaves. Solía llevarlas allí, pero, al no hallarlas en ese lugar, recordó que se las había dejado sobre la mesita de noche del cuarto de la señora cuando necesitó utilizar las dos manos para bajar la persiana. Giró la entonces la cabeza para mirar a su espalda. El manzano volvió a arremeter contra la reja de la ventana de la escalera con un sonido sordo y como susurrante y la luz de los apliques parpadeó intermitentemente a su compás, augurando un próximo apagón.

Angelines tragó saliva, notando una opresión en la garganta. No, no estaba dispuesta a retroceder sobre sus pasos para recuperar la llave de la puerta de entrada. De todas formas, el jardín delantero era minúsculo, por lo que solo tardaría unos segundos en salir corriendo dejando el portón abierto, echar el pestillo a la cancela del jardín, y regresar como una exhalación a la casa. Ni tan siquiera cogería el paraguas para no perder tiempo.

Decidida, abrió la pesada hoja de madera y la atrancó con una silla para que no pudiera cerrarla un golpe de viento, lo que la habría obligado a pasar la noche a la intemperie, hasta que a la mañana siguiente apareciera Justo, que tenía otra llave de la puerta de la cocina. Luego traspuso el umbral y echó a correr hacia la cancela del jardín. Un diluvio se abatió sobre su cabeza y la empapó de arriba a abajo en cuanto salió del porche, nublándole la visión, por lo que no pudo fijarse en el tipo alto que, bajo un gran paraguas negro, aguantaba inmóvil el chaparrón en la calle, al otro lado de la valla del jardín. Tiritando, la chica corrió con esfuerzo el oxidado pestillo y, a continuación se dió la vuelta para volver corriendo al edificio. Al llegar al pie de los escalones por los que se accedía al porche, resbaló en un charco y estuvo a punto de caerse, pero pudo asirse a la columna, oculta bajo la hiedra que sostenía el tejadillo y segundos más tarde se introducía jadeante en el silencioso y oscuro vestíbulo. No reparó en ese momento en que, aunque había dejado encendidos los apliques de pared de la escalera, la casa se encontraba ahora totalmente a oscuras. Apresuradamente retiró la silla y cerró la puerta a su espalda, al tiempo que un nuevo remolino de viento penetraba en la estancia tras ella y se expandía en derredor aventando las sombras. Las ramas del manzano restallaron nuevamente con inusitada violencia contra la reja de la ventana y Angelines alargó una mano trémula hacia el conmutador de la luz. Fue entonces cuando advirtió que la luz de la escalera estaba ahora apagada y cuando percibió algo más. Algo, como una presencia extraña muy cercana. Algo intangible, pero que estaba allí enrareciendo la atmósfera.

Sobrecogida, volvió a accionar la llave de la luz, ya que ésta no había respondido a su primer intento y, al comprobar por segunda vez que no se encendía la lámpara que pendía del techo, se encogió sobre sí misma en la oscuridad.

¿Qué había ocurrido en su ausencia? Aunque no había mirado el reloj, estaba segura de no haber invertido más de un minuto en atravesar el pequeño terreno cubierto de césped, cerrar la cancela y regresar corriendo. ¿Cómo podía haberse introducido un desconocido en la casa en tan escaso espacio de tiempo sin que ella le hubiese visto? La única posibilidad era que se encontrase agazapado tras algún arbusto del jardín, se dijo estremecida. O quizás, si estaba en la calle, al verla dejar la puerta abierta, había saltado el seto y se había colado en el vestíbulo mientras cerraba la cancela. Y ahora, o había desconectado la luz, o el vendaval había arrancado el cable de la acometida. En cualquier caso, daba igual, porque el resultado era el mismo. La casa se había quedado a oscuras, y allí, muy cerca de ella, había alguien que se deslizaba sin ruido sobre la moqueta del pavimento.

Cautelosamente, Angelines se retiró de la frente sus empapadas greñas y escudriñó la negrura que la rodeaba, luchando por distinguir alguna silueta en la oscuridad. Una nueva ráfaga de viento se filtró por debajo del portón y atravesó el vestíbulo, después de rebotar contra ese alguien, pues la chica percibió el susurro de unas ropas a su paso y en el vestíbulo no había cortinas ni visillos ni ninguna clase de tejido que el aire pudiera agitar. Solo un bargueño con innumerables cajoncitos junto a la pared de la izquierda, dos butaquitas de cuero con una mesita entre el bargueño y la escalera y en la pared de la derecha, una puerta de cristales por la que se accedía al salón. Nada que pudiera ser aventado por aquella húmeda corriente ni producir aquel sonido.

La chica sintió que la frente se le perlaba de sudor. Ahora el silencio era completo, pero el tenue revoloteo que acaba de escuchar le había permitido localizar al intruso. Tenía que encontrarse precisamente al pie de la escalera, a menos de metro y medio de ella.

Su descubrimiento la atemorizó, pero simultáneamente experimentó un súbito y violento impulso de arrojar de la casa a aquel desconocido, igual que acostumbraba a hacer en su pueblo con los ladrones de gallinas que se introducían por las noches en el corral, saltando la tapia del patio. Claro que, entonces disponía de la escopeta de su padre y en el momento presente no contaba con otra cosa que no fuera su instinto para orientarse en la oscuridad. Sabía que aquel extraño conocía el lugar exacto en el que se hallaba ella, porque la había visto venir corriendo del jardín y después, cuando había cerrado el portón, había oído con toda claridad como ella intentaba encender la luz, accionando repetidamente el conmutador, que se encontraba entre el marco de la puerta y el de la ventana. Por eso tenía que alejarse de allí. Quizás si consiguiera entrar en el salón y coger el atizador de la chimenea...

Una avalancha de agua se abatió de golpe contra el tejadillo del porche. El viento se filtró de nuevo por los resquicios y zarandeó alguna de las puertas de la zona de servicio, que se cerró con estrépito. Sobresaltada, Angelines se llevó ambas manos a la boca, notando como le chorreaba el pelo por la espalda, por el jersey sobre la gruesa falda de lana, y reculó unos pasos marcha atrás, en dirección al bargueño. No podía llegar hasta el salón. Tenía para ello que pasar por delante del primer peldaño de la escalera y el intruso estaba precisamente ahí y quizás empuñara una navaja o un cuchillo...

El peligro que representaba un arma de esas características le proporcionó súbitamente una idea. En el cajón de la mesa de la cocina había cuchillos de todos los tamaños. Si lograba llegar hasta allí...

Silenciosamente retrocedió un par de pasos más, hasta que su espalda chocó con el bargueño. ¿Oiría el intruso como le chorreaba la ropa sobre la moqueta? Él, en cambio, no se había movido del lugar en el que la chica le detectara. Poseía ésta una percepción sumamente aguda, por lo que permaneció inmóvil, con los sentidos en tensión y, al escuchar otra vez el golpeteo de las ramas del manzano agitadas por otra embravecida embestida del viento, avanzó de lado hacia la puerta de la cocina, esperando que el vendaval acallara el sonido de sus pisadas sobre la moqueta. La puerta se encontraba en la pared del fondo del vestíbulo y, cuando notó el contacto de la madera bajo sus manos, tanteó cuidadosamente el pomo. Silenciosamente lo hizo girar y entreabrió la hoja unos centímetros. Repentinamente, una nueva ráfaga de viento la abrió de golpe con un estrépito horroroso y, sin volver atrás la cabeza, la chica atravesó precipitadamente el umbral, recorrió el corto corredor y se abalanzó contra la puerta de la cocina, acompañada por el fragor del temporal. El aire helado de la noche le dió de lleno en la cara cuando penetró corriendo en la estancia, pero no se dió cuenta de que la ventana de encima del fregadero estaba abierta de par en par hasta que alcanzó la mesa y logró abrir el cajón y hacerse con un cuchillo de punta larga y afilada. De un salto se volvió para mirar aterrorizada a su alrededor. Frente a ella, la puerta por la que había entrado era como un difuso manchón oscuro dentro de la propia oscuridad proveniente del vestíbulo, pero a su espalda la farola de la calle a la que daba el jardín posterior, esparcía una débil claridad dentro de la cocina, por lo que Angelines distinguió los muebles y los electrodomésticos y pudo diferenciarlos del resto de las sombras que poblaban la cocina. Reprimiendo el castañeteo de sus dientes, reparó por primera vez en la ventana abierta. Eso explicaba la corriente de aire que había notado en la planta superior y que en la casa hubiera penetrado el intruso.

Con el cuchillo empuñado y la cabeza vuelta hacia la puerta de la cocina, la cerró y luego se quedó inmóvil aguardando.

¿Qué podía hacer?, se preguntó angustiosamente. Podía escapar por la puerta trasera y llamar a la policía desde la cabina de la esquina, porque si lo intentaba utilizando el aparato que colgaba de la pared del pasillo que comunicaba el vestíbulo con la cocina, el desconocido la oiría con toda seguridad. Pero para llamar desde la calle necesita monedas y las tenía en su bolso, dentro de su dormitorio, al que se accedía por el mismo pasillo. Tendría que intentar llegar hasta allí.

Sudando copiosamente, avanzó unos pasos hacia la puerta con suma cautela. La hiedra, que enmarcaba la ventana que acababa de cerrar, se quejó a impulsos del viento, suavemente al principio y luego con furor creciente, con un gemido bisbiseante que fue trocándose en un húmedo tintineo conforme la lluvia iba amainando. Ahora el silencio era completo. El viento se había detenido de improviso y la lluvia parecía haber suspendido sus gotas en el aire, porque Angelines no consiguió percibir ningún sonido a su alrededor.

Sigilosamente salió al pasillo y tanteando la pared de su derecha avanzó unos metros con suma precaución, hasta que palpó la puerta de su cuarto. No tenía más que entrar, coger las monedas y retroceder sobre sus pasos, pero repentinamente cambió de idea. De puntillas, continuó avanzando, apretando fuertemente el puño del cuchillo, y se detuvo antes de cruzar el umbral de la puerta del vestíbulo. El absoluto silencio de la estancia le pareció irrespirable por lo engañoso, aunque la intangible sensación de proximidad de un ser viviente, que experimentara antes, se había desvanecido por completo. ¿Dónde se había escondido aquel extraño? ¿Estaría agazapado en algún rincón, esperándola?

El crujido de la tarima del pavimento en lo alto de la escalera la impulsó a levantar la mirada en esa dirección. Sin duda aquel desconocido había subido a la planta superior para... ¿Para qué?

Indecisa, volvió a apartarse sus chorreantes greñas de la cara y en ese instante oyó un penetrante grito de Laura, a la par que un estrépito que parecía provenir del cuarto de ella.

Angelines no lo dudó más y echó a correr escaleras arriba, mientras el tumulto iba en aumento y los gritos de Laura resonaban más y más agudos. Como una exhalación, recorrió la chica el oscuro corredor del piso superior y se abalanzó sobre la puerta del dormitorio que cedió al accionar el pomo. Dentro la oscuridad era absoluta y tropezó con algo pequeño y duro que estaba en el suelo. Los gritos de Laura procedían de su cama, pero había alguien más, alguien que sin duda forcejeaba con ella y contra el que la muchacha arremetió a tientas cuando instantes más tarde se sintió atacada. Algo afilado e hiriente se clavó en su brazo, al tiempo que ella blandía el cuchillo de cocina contra su agresor, que debía ser extremadamente alto, porque le alcanzó con su improvisado puñal a la altura de lo que debía ser su cintura.

De un empellón la lanzó él contra la pared frontera a la

de la cama, mientras Laura seguía gritando, y Angelines se incrustó los riñones contra la cómoda, que retembló con estrépito, antes de descomponerse en las mil astillas sobre las se desplomó ella al desmoronarse el soporte contra el que había caído y contra el que se mantenía recostada.

Un estruendo resonó a continuación. Del golpetazo, el espejo que pendía sobre la cómoda debió soltarse del clavo que lo sostenía, porque le cayó a la chica sobre el regazo, produciéndole un dolor insoportable en una pierna, un segundo antes de que el intruso se abalanzara nuevamente sobre ella.

Aunque la oscuridad era completa, Angelines adivinó las intenciones de él e intentó incorporarse para eludir su ataque, pero no consiguió liberar su pierna de aquél hiriente peso que se había abatido sobre su muslo. El cuchillo se le había escapado de la mano al aterrizar sobre las esquirlas y, aterrada, supo que el desconocido iba a utilizar el suyo contra ella, que no se podía mover ni tenía ya con qué defenderse.

Su agresor erró su acometida por unos centímetros, mientras la chica palpaba el suelo a su alrededor, intentando localizar algún objeto que le permitiera neutralizarle e impedir la cuchillada que iba a asestarle a continuación. Laura seguía chillando, lo que de improviso le pareció injusto. ¿Por qué no dejaría de gritar y corría en su ayuda? Solo estaba aquejada de una estúpida depresión y ella en cambio, por ayudarla, estaba a punto de ser apuñalada.

Las astillas se le clavaron en la mano cuando localizó lo que le pareció que debía ser una de las patas de la cómoda. Una hermosa pata de madera torneada con apliques de metal dorado, que instintivamente levantó con los dos brazos y con la que arremetió con todas sus fuerzas contra su invisible atacante. Al mismo tiempo sintió un fuerte impacto en la cabeza y después... nada.

Muerte en el teatro

—CAPITULO XIII—

Laura entreabrió dificultosamente los ojos cuando Atila y Rogelio entraron en la habitación del hospital donde había sido ingresada de madrugada, junto con Angelines, que aún permanecía en la UVI, por lo que la otra cama aún estaba vacía. A la luz del sol que penetraba por la única ventana, el abogado comprobó que su aspecto era tan lamentable como si hubiera participado en un combate de boxeo la noche anterior. Tenía los párpados hinchadísimos y amoratados y la cabeza vendada, así como los dos brazos, ocultos bajo un cerro de gasas y esparadrapo. Era todo lo que las sábanas con las que se cubría permitían ver, pero bastaba para poder apreciar que la actriz había recibido una tremenda paliza, lo que no dejaba de ser extraño. En el estado de postración en el que ya se encontraba anteriormente, no podía haber ofrecido mucha resistencia a su atacante. ¿Por qué entonces se habría entretenido éste en vapulearla, en lugar de liquidarla directamente?

— Me alegra que haya venido— musitó ella, dirigiéndose a Atila, cuando los dos hombres se aproximaron a su cama. Pese a su estado y al esfuerzo que le suponía emitir sonidos audibles, se corrigió inmediatamente para incluir a Rogelio en su comentario, aunque no le conocía—. Me alegra que hayan venido los dos. Estoy horrible, ¿verdad?

Mientras Atila le aseguraba cortesmente que en ninguna circunstancia podría estar horrible, Rogelio la observó con curiosidad. De improviso le pareció emocionante encontrarse tan cerca de la actriz a la que tanto había admirado cuando era estudiante de bachillerato y a la que había visto actuar en innumerables películas. En aquella época no se había preguntado qué años podría tener ni tampoco se había sorprendido de que hubiesen transcurrido sin dejar huella en su silueta esbelta, propia de muchacha universitaria, ni en su bonito semblante, enmarcado por una melena larga, rubia y lisa, que agitaba cadenciosamente. Parecía poseer el secreto de la eterna juventud, pues seguía bordando los papeles de jovencita, mientras que los galanes que le habían dado la réplica en otros tiempos tenían que conformarse ahora con interpretar papeles de hombres maduros. En ese momento apenas si recordaba a la famosa estrella, con su melena, tan característica, oculta bajo las vendas y el semblante desfigurado, pero pese a ello seguía poseyendo un encanto muy singular que quizás radicase en su acusada femineidad.

—Está usted muy bien— afirmó Rogelio muy serio, cuando Atila terminó de asegurarle lo mismo con un lenguaje mucho más ampuloso—. ¿Cómo se encuentra?

—Regular, pero ha sido la pobre Angelines la que ha llevado la peor parte. Aún está en la UVI y el médico me ha dicho que tiene conmoción cerebral y una pierna fracturada. El tipo que asaltó anoche mi casa le asestó también unas cuantas puñaladas, pero afortunadamente no la ha alcanzado en ningún órgano vital. El médico opina que se recuperará pronto.

Intentó sonreír al decir estas últimas palabras, pero no consiguió otra cosa que esbozar una mueca, mientras les indicaba a sus visitantes las dos sillas tapizadas de cuero negro, que estaban arrimadas a la pared y en las que ambos tomaron asiento después de aproximarlas a la cama. La que le correspondió a Atila no parecía ser adecuada a su tamaño, pero no resultaba ridículo con sus larguísimas piernas encogidas en el escaso espacio disponible entre la pared y la cama. Al contrario. Incluso en tan incómoda postura era majestuoso su porte e infundía su presencia tanta seguridad, que Laura intentó nuevamente sonreírle, esta vez admirativamente, como si le considerase capaz de resolverle cualquier problema, en cualquier situación.

— ¿Qué opina de lo ocurrido, don Atilano? ¿Piensa que pueda estar relacionado con la muerte de Claudio?

Su interlocutor solía encender un cigarrillo cuando le formulaban una pregunta tan directa para tomarse tiempo, pero como no podía recurrir a esa treta en un hospital, se limitó a hacer un gesto ambiguo y a eludir la respuesta.

— ¿Vio anoche a su agresor o captó algún detalle que nos proporcione alguna pista sobre su identidad?

Laura meneó negativamente la cabeza con un fatigado ademán.

— No. La casa se quedó a oscuras unos minutos antes de que él entrase en mi cuarto. Supongo que fue él mismo quien provocó antes el apagón, porque yo tenía encendida la lámpara de la mesita de noche hasta ese momento.

— ¿Y qué pasó entonces?— se interesó Rogelio, animándola con su gesto a proseguir.

— Que, como les he dicho, se apagó de improviso. Fuera caía una tromba de agua y el viento soplaba alrededor de la casa con la violencia propia de un huracán. Por eso pensé al principio que el apagón podía obedecer a las circunstancias meteorológicas, porque otras veces en que ha estallado una tormenta también han cortado la luz en el barrio, pero casi inmediatamente después comencé a inquietarme. No soy miedosa, pero de pronto caí en la cuenta de que estaba impedida y de que me encontraba completamente sola en la planta superior de la casa, sin medio alguno de avisar a Angelines, pues el timbre que pende del cabecero de mi cama, como es lógico, no funciona si falla la electricidad.

Rogelio le sonrió comprensivamente y ella continuó.

— Entonces oí que alguien subía por la escalera. Es de madera y, desde que sufrí el accidente en el teatro y me paso el día acostada, he aprendido a distinguir los distintos crujidos de cada uno de los peldaños. Como pensé que se trataba de Angelines, me fui sintiendo más y más aliviada conforme se aproximaba el sonido de sus pasos por el pasillo. Luego oí como se abría la puerta de mi dormitorio y como penetraba alguien en el cuarto, al que a oscuras no podía ver, pero que supe instintivamente que no era ella. Lo supe mucho antes de que se abalanzara sobre mí con un cuchillo con el que intentó apuñalarme, aunque solo logró clavármelo en ambos brazos, porque segundos antes experimenté algo parecido a una premonición y me senté de un salto en la cama, cubriéndome con la almohada.

Les indicó sus brazos, cubiertos de apósitos, y reprimió a duras penas un puchero.

— Creo que destripó la almohada, que la hizo picadillo. Si no hubiera sido por Angelines, ese tipo me hubiera dejado en el sitio, pero, cuando ella me oyó gritar, echó a correr escaleras arriba y arremetió contra el intruso, que no tuvo más remedio que soltarme a mí para defenderse de ella. No sé con qué pudo atacarle Angelines, porque en la oscuridad no podía distinguirles. Solo les oía jadear y percibía también el estrépito de los muebles que rompían, hasta que oí a uno de los dos salir corriendo de la habitación. Luego, nada. El silencio más absoluto.

Dos gruesos lagrimones le resbalaron por las mejillas y los dos hombres se rebulleron inquietos en sus sillas, temiendo que fueran el preludio de una llantina en regla, pero Laura se las enjugó delicadamente con el pañuelo que guardaba bajo la almohada y continuó:

— Con un esfuerzo inmenso conseguí sentarme en la cama y después ponerme en pie. Fue en ese momento cuando oí el ruido de la puerta de entrada de la casa al cerrarse y entonces llamé a Angelines, que no me contestó. Terminé por encontrarla caída en el suelo y con el semblante cadavérico. Estaba semi recostada en la pared de enfrente de mi cama, entre un montón de astillas, en el lugar que antes había ocupado la cómoda y con el espejo que colgaba de la pared sobre las piernas. Llamé entonces a la policía y... Me han asegurado esta mañana que llegaron enseguida, aunque... aunque a mí se me hizo eterno el tiempo que transcurrió.

Un incontenible sollozo le ascendió hasta la garganta y se echó a llorar convulsivamente. Horrorizado, Atila pidió socorro a su pasante con la mirada, al tiempo que se llevaba la mano al nudo de su elegante corbata de seda, que de pronto parecía oprimirle. Afortunadamente a Rogelio le impactaban bastante menos las lloreras femeninas y acudió en su ayuda en el acto tomando asiento en el borde de la cama de Laura para propinarle unas suaves palmaditas. Su efecto consolador solía ser fulminante, aunque no siempre producían el resultado de cortar la llantina de la llorona de turno. Incluso en ocasiones alguna se deshacía en lágrimas al contacto de su mano como si se hubiese convertido en un verdadero manantial de agua salada. Pero al menos todas reconocían después que habían llorado a gusto y le agradecían al chico su tacto y su comprensión. Por eso se inclinó sin vacilar sobre la actriz, dispuesto a aliviar su congoja. Lo malo fue que no encontró lugar donde propinarle las palmaditas. No podía acariciarle el pelo, oculto bajo las vendas, ni se atrevió a darle un cachete en la mejilla, hinchada y rebosante de mercromina, ni en los hombros ni en los brazos, tan vendados como la cabeza, por lo que terminó por meterse las manos en los bolsillos.

—Vamos, vamos, señorita, ya ha pasado todo— balbuceó abochornado. Y como no se le ocurrió nada más que decir, se echó mano también al nudo de la corbata, con la intención de aflojárselo antes de que le asfixiase irremediablemente.

O Laura no se dió cuenta del embarazo de sus visitantes y del mal rato que les estaba haciendo pasar o le dió lo mismo, porque empezó a hipar desconsideradamente ante la consternación de los dos hombres, que intercambiaron una mirada de desesperada impotencia.

—Vamos, señorita, cálmese— repitió Rogelio que se sentía en ridículo sin saber por qué—. Cálmese y termine de contarnos lo sucedido. Aún no nos ha dicho si captó algún detalle de la personalidad de su atacante que pueda servirnos para identificarle o...

Laura reprimió sus dos últimos sollozos y giró la cabeza sobre la almohada para enfocar con sus inflamados ojos azules al muchacho, que había vuelto a tomar asiento en su silla.

—Creo que... sí, estoy segura de que se trataba de un hombre, porque al forcejar con él le rocé una vez la mejilla y noté que raspaba como si fuera mal afeitado—. Frunció el ceño para hacer memoria y añadió —: Creo que además era muy alto y... olía a tabaco rubio, mezclado con esa colonia de hombre que anuncian tanto en la televisión. "Egoiste" creo que se llama.

Les sonrió tímidamente a los dos, como excusándose.

— Lo siento, pero es todo lo que pude captar. Tal vez cuando Angelines esté en condiciones de hablar con ustedes.... Sé que recobró el conocimiento al poco de que nos ingresaran en este hospital, pero el médico me ha dicho que no se encuentra aún en condiciones de recibir visitas. Pobre chica.

Dos nuevos lagrimones enturbiaron sus ojos y los dos hombres volvieron a rebullirse inquietos. Tanto, que Atila tomó rápidamente la palabra para evitar que pudiera llevar a cabo su espeluznante propósito.

— Nos ha dicho que la encontró caída frente a los pies de su cama, sin conocimiento. ¿Cómo pudo localizarla a oscuras? ¿O es que volvió a funcionar la electricidad en la casa cuando su atacante se marchó?

Con los ojos fijos en el semblante del abogado, parpadeó perpleja, como si no entendiera lo que le estaba preguntando.

— ¿La luz? No, no volvió. Mi dormitorio seguía a oscuras, pero se filtraba algo de claridad por la ventana. Además, cuando ese tipo la arrojó contra la cómoda oí el estrépito con el que se vino al suelo el mueble, con ella encima. Por eso creo que me fue más fácil localizarla después.

— Y entonces llamó a la policía— afirmó, más que preguntó, Atila.

— Sí, dejo siempre el teléfono móvil sobre la mesita de noche.

— Ya— musitó escuetamente él, que a continuación pareció perder todo interés en seguir interrogándola.

Esa fue al menos la impresión que produjo en Rogelio, que notó la repentina prisa de su jefe por marcharse, sobre la que le preguntó en cuanto se despidieron de la actriz y salieron al pasillo, una media hora más tarde.

— ¿Que le ocurre, don Atilano? ¿No cree que hemos dejado sin concretar muchos detalles? Me extraña que, siendo usted tan concienzudo, haya decidido largarse de improviso, probablemente a tomar el aperitivo, sin haber intentado exprimirle un poco más la memoria a ella.

Lo del aperitivo lo dijo por decir, porque no había visto nunca tomarlo a su jefe ni le creía capaz de tales frivolidades, pero desorientó al otro, que debía estar muy absorto en sus pensamientos, porque solo entendió parte de sus palabras.

— ¿Aperitivo? ¿Qué aperitivo?

— El que va a tomar usted, supongo.

Ante la expresión de vacua incredulidad del otro, el chico precisó con resignada sorna:

— Ya sabe, el vermut o la cerveza con almendritas que se toman los que no tienen nada que hacer a eso de la una del mediodía. ¿No sabe usted lo que es un aperitivo?

Atila clavó sus ojos castaños en el pecoso semblante del muchacho y cuando llegó a la conclusión de que, como siempre, estaba de broma, le dedicó un bufido.

— Qué pesado eres, Rogelio, qué pesado. Tenemos a nuestro cliente en la cárcel acusado de asesinato, y a una compañía de actores chiflados a los que alguien parece estar dispuesto a ir liquidando uno tras otro y todo lo que se te ocurre es que me distraiga comiendo almendras. ¿Y por qué no ancas de rana o coles de Bruselas?

Antes de que el chico pasara a considerar esa última posibilidad y dijese alguna patochada al respecto, le explicó el motivo de su prisa:

— He quedado con Ballesteros dentro de una media hora en casa de Laura Marco. Le he pedido por teléfono esta mañana que me dejara ver el escenario donde se han producido los sucesos de esta madrugada y ha tenido el detalle de acceder. Está muy complaciente estos días.

Rogelio emitió un admirativo silbido.

— Así que ha conseguido que nos deje inspeccionar el

lugar del crimen. Me ha dejado nota, don Atilano.

Y entusiasmado y sin reparar en la reprobadora expresión del otro por lo que debía conceptuar como unos epítetos inadecuados, le dijo admirativamente:

— Aunque a primera vista pueda parecer usted un tanto rollífero, hay que reconocer que es un tío legal, un tipo verdaderamente pistonudo.

El otro no se sintió halagado, al contrario. Le dirigió una mirada helada por encima del hombro y continuó camino hacia el ascensor sin despegar los labios, con un escozor amargo en su interior. Ya antaño había sospechado que Violeta se aburría con él y que ese había sido uno de los motivos por los que decidiera dejarle aparcado con sus Aranzadis y largarse con aquel tipo tan imbécil, que se reía a todas horas de simplezas y ni tan siquiera era capaz de traducir una frase sencillita del latín. Quizás por eso no soportaba Atila las bromas relativas a la seriedad de su carácter y desde luego, que le tildasen de "rollífero" le sentaba como una patada en el estómago. ! Qué inoportuno podía ser su pasante a veces!

Éste caminaba a su lado preguntándose qué podría haberle dicho para haberle ofendido de aquel modo, pues, aunque su jefe mantenía en casi todas las circunstancias un semblante totalmente inexpresivo, él había llegado a calarle y sabía que alguno de sus comentarios le había herido en lo más profundo. Un curioso personaje su jefe, se dijo fastidiado. Tendría que pedirle opinión sobre el particular a tía Violeta, que le había conocido a fondo años atrás y que siempre sonreía nostálgicamente cuando oía pronunciar su nombre, aunque sin efectuar el menor comentario.

— Dígame, don Atilano, ¿qué piensa ahora de Laura Marco? Está claro que vamos a tener que descartarla como cómplice, como asesina y hasta como encubridora. El verdadero asesino ha tratado de quitarla de en medio. ¿Pero por qué?

— Eso, ¿por qué?— repitió Atila con aire ausente.

Pese a sus esfuerzos, no consiguió el chico que su jefe desfrunciera el ceño durante el lapso de tiempo que emplearon en atravesar Madrid en dirección al Viso en el coche de este último. Solo cuando aparcó frente a la puerta del jardín de la casa de Laura, pareció regresar de sus solitarias y sombrías ensoñaciones para interesarse por lo que le rodeaba y por Ballesteros, que les salió al encuentro en cuanto descendieron del automóvil y les condujo directamente hacia el hotelito. Mientras el comisario comentaba algo con su jefe, Rogelio examinó atentamente el jardín que cruzaban, esperando encontrar huellas reveladoras de los zapatos del agresor o cualquier otro vestigio similar. Se fijó en primer término en la valla del jardín, que no mediría más de metro y medio y estaba enteramente recubierta de hiedra perfectamente recortada. Cualquiera podría saltarla, aunque aún resultaría más sencillo entrar por la puertecilla del jardín, cuyo pestillo podía descorrerse desde la calle con solo introducir la mano entre los barrotes de la cancela.

Un sendero de gravilla discurría desde allí hasta el porche de la casa, dividiendo en dos partes desiguales el manto de césped que relucía de verdor, recién lavado por la pasada lluvia. El camino estaba cubierto de charcos, que Rogelio fue salvando en pos del comisario y de su jefe, procurando no enlodar los zapatos que se había comprado a la vez que su restante indumentaria para trabajar en el despacho de don Atilano y que le habían costado carísimos. Por suerte el jardín era de pequeñas dimensiones por lo que, ya en el porche y a salvo del barro, respiró más aliviado y se aproximó a los otros dos a escuchar lo que Ballesteros le decía a Atila.

—La puerta principal no ha sido forzada— le explicaba, mostrándosela—. Hace un par de horas he conseguido que el médico que la atiende me dejara hablar un momento con la criada y ésta me ha dicho que cree que el intruso se introdujo por la ventana de la cocina, que encontró abierta cuando volvió a entrar en la casa después de cerrar la cancela del jardín.

Les abrió el portón y les precedió al interior del vestíbulo, que estaba tenuemente iluminado por la luz del día, gracias a la ventana que se encontraba a media altura, en la pared a la que estaba adosada la escalera. Rogelio advirtió que se trataba de una pieza rectangular de suelo enmoquetado, con una puerta de cristales a la derecha, que daba paso al saloncito, y otra al fondo, junto a la escalera, que subía recta hasta el piso superior.

Ballesteros les indicó las humedades de la moqueta.

— Es agua— les aclaró—. La criada regresó a la casa hecha una sopa cuando ya se había producido el apagón y, al percatarse de la presencia del extraño, se quedó quieta unos instantes chorreando, hasta que pudo reaccionar y echar a correr hacia la cocina, donde se armó con un cuchillo.

— ¿Y él no la persiguió?— le preguntó Atila.

— No. Ella piensa que ese individuo creyó que no le había visto y que por eso se abalanzó directamente al piso superior con la intención de asesinar a Laura.

Les refirió punto por punto todo el relato de la muchacha y a continuación se dió media vuelta y comenzó a subir parsimoniosamente la escalera, seguido por los otros dos, mientras comentaba:

— Les he preguntado también si ayer por la tarde acudió algún visitante a la casa y ambas me han dicho que solo vino Jaime Robledo, a eso de las cinco, al que Laura recibió en el saloncito. La criada me ha asegurado que él no subió al piso superior ni, por lo tanto, al dormitorio de la actriz.

— ¿Importa algo eso?— inquirió Rogelio, preguntándose si el comisario sería un puritano. Desde luego no parecía que el hombre se interesara por nada que fuera ajeno a su profesión. A su modo, era tan monotemático como don Atilano, así que llegó a la conclusión de que ese detalle debía guardar relación con algún punto crucial de la investigación.

— Pues sí, importa mucho— repuso el otro lacónicamente.

Habían rematado la ascensión y caminaban ahora a lo largo de un oscuro corredor enmoquetado con puertas a ambos lados. Oscuro, porque aún no habían reparado la avería de la electricidad, según les explicó el comisario, y además, porque las puertas del pasillo por las que Rogelio supuso que se accedería a los dormitorios, estaban todas cerradas. Ballesteros se detuvo ante la más próxima a mano derecha, abriéndola solemnemente para ceder el paso a sus acompañantes.

El chico examinó con curiosidad el interior de la habitación, que presentaba el aspecto de haber sido asolada por un huracán. A través de la ventana de la pared frontera a la de entrada penetraba un sol pálido, que resultaba incongruente en el desolado panorama que tenía ante su vista. En el testero de su izquierda, el cabecero de la cama, tapizado en seda azul, al igual que las cortinas de la ventana, pendía semi descolgado sobre una cama de matrimonio deshecha, cuya colcha, también de seda azul, se arrastraba por el suelo hecha jirones, y junto al tabique de la derecha quedaba, convertida en un montón de piezas de madera desarticuladas, lo que sin duda había sido una cómoda, pues aún podía identificarse el tablero y sus bien torneadas patas con incrustaciones de metal dorado. Los cajones estaban desparramados por doquier y la ropa que habían contenido aparecía entremezclada con trozos de cristal y de porcelana, así como con innumerables frascos y frasquitos, por lo que apenas si se podía deambular por el dormitorio. Entre los restos de la cómoda pudo ver también el marco de un espejo grande, que debía haber estado colgado sobre la cómoda y en el rincón opuesto, una butaca volcada, con la tapicería de seda azul rasgada de arriba a abajo.

— Sí que ha quedado bonito el cuarto— masculló entre dientes el muchacho—. Me imagino que la criada que le plantó cara a ese animal debe ser una especie de híbrido entre una orangutana gigante y una mujer barbuda de circo.

— Es una mocetona rolliza de unos veinte— replicó distraídamente Ballesteros, que estaba revisando las manchas negruzcas de la colcha—. Una chica simple y un tanto primitiva, acostumbrada a la vida rural. Nuestro desconocido visitante ha debido quedar bien señalado por ella, porque hemos encontrado en el suelo un cuchillo de cocina manchado de sangre y Angelines me ha dicho que por lo menos hirió dos veces con él a su agresor. Tendré que comprobar de momento si alguno de los posibles sospechosos tiene algún corte a la vista.

—Habrá mandado a analizar también la sangre del cuchillo— afirmó, más que preguntó Atila, que se había aproximado a la ventana y oteaba el exterior desde allí.

—Por supuesto. Personalmente opino que el tipo que ha asaltado esta casa durante la madrugada es el mismo que ha actuado como cómplice de Arturo Armengol en el asesinato de Claudio Veiga. El mismo que atropelló a Marina Abril, que ha asesinado después al traspunte y ha intentado ahora liquidar a Laura Marco. ¿No piensa lo mismo que yo?

El comisario se había dirigido a Atila, que acababa de situarse junto a los pies de la cama y la estudiaba atentamente con el ceño fruncido, como si barajara alguna cuestión que le intrigara.

—No, no lo creo— musitó al fin, sin apartar los ojos del lecho.

—¿No lo cree?— se sorprendió Ballesteros—. ¿Piensa que la tentativa de asesinato de Laura Marco no guarda relación con la muerte de su marido?

Atila bajó la vista hacia el semblante del otro, que le había seguido y que ni siquiera le llegaba al hombro.

—No, no he dicho eso. Probablemente sí guarde relación. De lo que en cambio no estoy tan seguro es de que la calificación del delito que ha realizado usted sea la acertada, porque no sé si nos hallamos ante una tentativa de asesinato o, si, por el contrario, deberíamos considerarlo un delito de lesiones consumado. El comisario se le quedó mirando con la boca abierta.

—¿Y eso qué importa en estos momentos? Es al fiscal al que le corresponde calificar el delito, no a mí y, de cualquier modo, no viene al caso en este momento de la investigación. Parece olvidar usted que lo que estamos tratando de averiguar es quien ha podido ser el autor de la agresión que han sufrido las dos mujeres que se encuentran en el hospital.

Aunque no lo manifestó, en su interior Rogelio se vio obligado a darle la razón a Ballesteros. Determinar en esos instantes el grado de ejecución del delito que se había cometido contra Laura resultaba inadecuado. Sabía, porque lo había estudiado en la universidad, que no era fácil diferenciar la tentativa o el delito frustrado de asesinato del delito de lesiones consumado y que la jurisprudencia basaba la distinción entre ambos en el dolo específico, es decir, en la intención que guiaba al agresor y que ésta debía deducirse de signos externos, pero estaba de acuerdo con el comisario en que las elucubraciones jurídicas de su jefe no venían a cuento en el destrozado dormitorio en el que se encontraban. Tímidamente intentó hacérselo comprender a éste.

— ¿No le parece, don Atilano, que ese tema podemos estudiarlo más adelante? Lo importante ahora es averiguar quién ha podido ser el atacante de las dos mujeres y...

— Precisamente— le interrumpió el otro, que parecía haber recobrado de pronto las energías perdidas, como si el perorar sobre una cuestión jurídica le produjese el mismo efecto que una inyección de vitaminas—. Y porque lo es, resulta imprescindible determinar previamente qué pretendía el autor de la agresión. No estoy seguro ni mucho menos de que su intención fuera asesinar a la actriz.

— ¿Que no cree que...? ¿Y por qué no lo cree?— se indignó Ballesteros entre dos sonoros estornudos. Luego se enjugó con el pañuelo sus llorosos ojillos azules para poder clavar en el abogado una mirada desafiante.

— Porque me parece muy improbable que, de haber querido apuñalarla, no lo hubiese conseguido. Laura Marco es una mujer frágil...

— No tiene dos bofetadas— corroboró Rogelio convencido.

— ...y está prácticamente imposibilitada— siguió Atila—. Imagínensela en esa cama— les recomendó señalándosela—. Estaba acostada y a oscuras cuando ese individuo se abalanzó sobre ella con un cuchillo. Lógicamente empezaría a gritar en cuanto se sintiera agredida, pero, si la criada se encontraba en la cocina, me parece increíble que ese tipo no la liquidara antes de que la otra acudiera en su defensa. En su lugar, le ha propinado una buena tunda. ¿Por qué?

Ballesteros se cansó de mantener la mirada desafiante y parpadeó, pero fue Rogelio quien respondió por él.

— Porque estaban a oscuras y el aspirante a asesino tampoco veía ni torta. En lugar de atinar con la actriz, se lió a puñaladas con la colcha, con la almohada y con esa butaca que está volcada— le explicó, señalándosela—. Venía con el dolo específico a cuestas, pero es un chapuzas. Lástima que la criada no le atizara un buen trancazo en la cabeza y le dejara fuera de combate.

Ballesteros disimuló una sonrisa, pues el modo de expresarse del muchacho le hacía gracia.

— Lo intentó, pero ese tipo se le adelantó y fue él quien la dejó sin sentido a ella.

Atila se quedó pensativo con los ojos fijos en la ventana, mesándose su abundante cabello castaño.

— Dígame, Ballesteros, ¿ha averiguado cómo se produjo el apagón?

— Naturalmente— repuso petulantemente éste—. El cuadro eléctrico está en la cocina. Ese tipo cortó los cables.

— Ya— musitó escuetamente Atila.

— Ya— repitió Rogelio, que acababa de enderezar convenientemente la butaca destripada para tomar asiento en ella a continuación—. Así que ese individuo se introdujo en la casa mientras la criada cerraba la puerta del jardín— empezó a recapitular—. No sabemos si entró por la puerta principal o por la ventana de la cocina que estaba abierta. Si entró por la puerta, aprovechando el momento en que la criada cruzó corriendo el jardín para cerrar la cancela, debe tratarse de alguien que conoce muy bien la casa, porque solo dispuso de un par de minutos para localizar el cuadro eléctrico y cortar los cables. En cambio, si entró por la ventana de la cocina mientras la chica estaba en el piso de arriba con la actriz, tuvo más tiempo para provocar el apagón. En este último caso...

— No entró por la ventana— le interrumpió el comisario—. Mis hombres y yo hemos examinado palmo a palmo el terreno y no hay huellas de pisadas al pie de la ventana. Con lo que llovió anoche, las habría si ese tipo hubiera utilizado ese medio para entrar. Con seguridad se coló en el vestíbulo mientras la boba de la criada corría por el jardín. Lo extraño es que no le viera.

—Hacía una noche de perros— le recordó Rogelio, extrayendo de su bolsillo el paquete de cigarrillos. Luchó infructuosamente por encontrar el mechero y cuando desistió de encontrarle le ofreció un cigarrillo al comisario que lo aceptó distraídamente—. Llovía a mares y el jardín estaría oscuro como boca de lobo. Imagino que la pobre chica, cegada por la tromba de agua, no se detuvo a otear los alrededores ni a escudriñar las sombras del porche, entre las que el intruso estaría agazapado, pues, de otro modo, él se habría empapado y habría dejado sus huellas en la moqueta, ¿no es así?

—Efectivamente— aprobó Ballesteros, al que le pareció en ese momento que razonaba con mucha mayor lógica el pasante que su jefe—. Todo eso me hace pensar que el asaltante pertenecía al círculo de íntimos de Laura Marco. Tiene que ser alguien que ha venido a esta casa anteriormente al menos una vez. Ahora me falta por verificar, mientras me dan el resultado del análisis de sangre del cuchillo, si alguno de sus amigos o compañeros tiene un par de heridas de arma blanca producidas por la criada con el cuchillo de cocina con el que se defendió de él. Y también tengo que averiguar quién es el dueño de este mechero.

Sacó de su bolsillo una bolsita de plástico transparente y les mostró su contenido a los otros dos. Rogelio se había aproximado a su jefe, que seguía junto a la ventana, cuando el otro se lo enseñó, y estudió en silencio el objeto que el comisario sostenía en la mano.

—¿Dónde lo ha encontrado?— inquirió Atila.

—En la planta superior, al fondo del pasillo. Y como observarán tiene una mancha de sangre que voy a mandar a analizar—. Hizo un gesto vago y luego continuó:

—Lo he llevado al hospital por si podían identificar a su propietario. Las dos han coincidido en que ese tipo olía a tabaco rubio y que no habían visto antes este mechero.

—¿Tampoco Laura Marco lo ha reconocido?

— Tampoco.

— Pues es muy curioso— murmuró Atila entre dientes.

— ¿Qué es lo que le parece curioso?— trató de averiguar Ballesteros, desorientado. Le fastidiaba extraordinariamente que el abogado fuese tan inexpresivo, porque le obligaba a él a descifrarle el pensamiento, lo que no le resultaba nada sencillo. En ese momento, apoyado contra la pared, junto a la ventana, se asemejaba a la descomunal figura de cera de un filósofo actual, que no acabara de comprender el teorema de Thales.

— Que la señora Veiga no haya reconocido el mechero— le aclaró al fin. Y con toda sencillez, añadió —: Es de Jaime Robledo. El día que vino a mi despacho me ofreció fuego con él.

De pura sorpresa, a Rogelio le acometió un tic nervioso y el comisario respingó entre dos sonoros estornudos.

— ¿Está seguro?

—Completamente. Suelo fijarme en los encendedores, porque me gustan—. Y tímidamente, como excusándose por lo que debía considerar un defecto, le explicó —: Bueno, la verdad es que me fijo en casi todo. Es una manía que no puedo controlar.

— Pues es una suerte que no la controle— masculló el comisario por lo bajo—. Como les he dicho antes, esa Angelines me ha contado que Jaime Robledo estuvo ayer aquí con Laura Marco, que le recibió en el saloncito. Que luego se marchó él a eso de las siete y que a eso de las ocho y media la trajo a este dormitorio el jardinero. O sea, que Jaime Robledo no subió a esta planta, pese a lo cual ha aparecido en el pasillo su encendedor, de lo que puede deducirse que ascendió a esta planta a buscar algo. O también podría indicar, por la mancha de sangre, que se le cayó cuando abandonaba la casa a toda prisa. Pero en este último caso, ¿por qué ha aparecido al fondo del pasillo y no en el dormitorio o por las escaleras? No entiendo que....

Dejó el comentario en el aire, con lo que Rogelio casi entró en trance cuando cogió el hilo de lo que el otro había dejado pendiente.

— Y es un tipo muy alto. Y fuma bastante. Fuma cigarrillos rubios. Lo que no sé, es qué colonia usa.

— ¿Qué colonia...?.— empezó a preguntar Ballesteros, sin comprender.

— Si. Laura Marco nos ha dicho que su agresor olía a tabaco rubio y a una colonia que se llama "Egoiste". Creo que deberíamos acercarnos a olfatear a ese actor.

Captó un destello de admiración en los ojos de Ballesteros y experimentó una curiosa sensación de exultante esponjamiento. Lástima que su jefe no hubiera escuchado su brillante deducción y continuase abstraído. Seguramente estaría meditando sobre la conveniencia o no de aplicarle al asaltante de la casa en la que se encontraban algún retumbante epíteto latino, porque tenía el ceño fruncido y la expresión, característica en él, de estar a punto de alcanzar una conclusión importante. Sin embargo, la pregunta que les hizo a continuación le decepcionó totalmente.

— ¿A qué hora amanece en esta época del año?— inquirió, como si la respuesta fuese trascendental.

Rogelio advirtió que a Ballesteros no solo le había decepcionado la consulta que don Atilano acababa de formular. Además de inoportuna, le había parecido una solemne tontería, por lo que le contestó desabridamente.

— Si usted madrugara tanto como yo, lo sabría. Estamos en otoño. A finales del otoño. Cuando llego a la comisaría, a eso de las ocho de la mañana, todavía está amaneciendo. Pero claro, a esas horas estará usted durmiendo como un pachá.

Que comparara a su jefe con un pachá le pareció a Rogelio inadmisible, porque no sería fácil encontrar a otra persona que, siendo tan importante, fuese tan austera. Por eso creyó oportuno salir en su defensa y le enseñó los dientes a aquel policía tan idiota que, pese a ser bajito y estar perpetuamente acatarrado, no solo no tenía conciencia de ser una birria, sino que encima se atrevía a tildar de burgués al gran don Atilano.

— ¿A las ocho llega usted a la comisaría? A esa hora ya estamos don Atilano y yo a punto de comer y hemos olvidado el momento en que desayunamos—. Y jactanciosamente añadió —: Tenemos tanto trabajo que no nos queda tiempo de mirar por la ventana, ¿comprende? Por eso no sabemos a qué hora amanece.

— Claro, claro— rezongó el otro sin amilanarse. Y con una sorna molestísima, añadió—: Afortunadamente yo sí miro, por lo que he podido aportarles ese dato tan inapreciable—. Y volviéndose hacia Atila, inquirió haciendo acopio de paciencia —: ¿Y ahora puede decirme por qué o para qué le interesa saberlo?

Atila le envolvió en una mirada vaga.

—No sé. Estaba tratando de precisar cómo se produjeron los sucesos de esta madrugada. Por lo que nos ha dicho que le ha referido la criada, ella bajó a cerrar la puerta del jardín a eso de las once de la noche, ¿no es así?

— Sí— afirmó Ballesteros, más aplacado.

— Parece que a esa misma hora se introdujo en la casa el delincuente. Primero desconectó la luz y después subió al dormitorio de doña Laura. ¿Podemos saber aproximadamente a qué hora ocurrió esto último?

Ballesteros se encogió de hombros.

— Pongamos que fue a las once y diez.

— Bien. ¿Cuánto cree que pudo durar la pelea entre las dos mujeres y ese individuo que olía a tabaco y a colonia Egoiste?

El otro hizo un gesto vago.

— No lo sé con exactitud. Más o menos, otros diez minutos más.

Atila hizo un gesto afirmativo.

— O sea, que en total tenemos una media hora, lo que indica que él se marcharía de esta casa, como alma que huye del diablo, a las once y media de la noche.

— Sí, ¿y qué?

— ¿Y qué?— repitió Rogelio como un eco de Ballesteros.

—Que doña Laura Marco empezó a buscar a doña Angelines por la habitación a esa hora. En la casa no había electricidad y sin embargo la encontró caída en el suelo y con el semblante cadavérico, gracias a la claridad que entraba por la ventana. ¿Qué claridad podía entrar en esta habitación si era completamente de noche y encima la criada había bajado la persiana antes de marcharse a cerrar la puerta del jardín?

Los otros dos se le quedaron mirando con perplejidad, como si esperasen que el propio Atila les diese la respuesta. Cuando se convencieron de que éste tampoco lo sabía, parpadearon a la vez y se precipitaron a dar su opinión.

—La encontraría a palpón— opinó optimistamente Rogelio—. Lo del semblante cadavérico de Angelines, se lo habrá inventado para que la historia resultara más escalofriante. Hay muy pocas personas que no añadan detalles por su cuenta a sus relatos.

—Tiene que comprender que este dormitorio es amplio, pero no tanto como para no encontrar a alguien que esté caído en el suelo, aunque no haya luz— objetó el comisario—. Me parece que a usted le gusta complicarse la vida y buscarle tres pies al gato.

—Puede— admitió Atila pensativo—. Pero a pesar de todo, sigo sin comprender como pudo llamarles a oscuras por teléfono. He examinado el móvil que está ahí, en esa mesita junto a la cama—les explicó señalándoselo—. Y aunque subiera la persiana, era completamente de noche, así que no sé cómo pudo distinguir los números, porque he comprobado que es un aparato antiguo al que no se le ilumina la pantalla para marcarlos.

Ballesteros respingó de nuevo. Una expresión de incredulidad se pintó en su sonrosado semblante, mientras sacaba el paquete de tabaco del bolsillo. Estaba tan alelado que se le olvidó ofrecerlo a sus acompañantes y encendió un cigarrillo con manos torpes.

—Bueno— articuló al fin—. No lo sé, pero probablemente ella tendría una linterna en la mesita o un mechero o una caja de cerillas. Eso lo explicaría todo.

— Claro, eso lo explicaría todo— aprobó Rogelio—. ¿Dónde estaba ella cuando llegaron ustedes esta madrugada?

— Tirada en la cama, irreconocible y chorreando sangre. La criada estaba en el suelo sin conocimiento.

— Entonces la linterna, las cerillas o el mechero no pueden estar muy lejos de la cama. ¿Lo han encontrado ustedes?

Ballesteros meneó negativamente la cabeza.

— No. Solo hemos encontrado el mechero de Jaime Robledo. Ya se lo he dicho.

— ¿Y estaba al fondo del pasillo? Lejísimos de la cama. ¿Qué podía haber ido a buscar allí ese tipo?

— Pues... no lo sé. En esta planta, frente al dormitorio de Laura, se encuentra el dormitorio del que era su marido y cada uno de ellos tenía su propio cuarto de baño. Al fondo está el dormitorio de huéspedes con otro baño—. Ballesteros se rascó el cogote—. No lo entiendo—. Y dirigiéndose a Atila le propuso —: ¿Por qué no me acompaña a la comisaría? Quiero interrogar nuevamente a Jaime Robledo, al que es posible que detenga a continuación, y voy a detener a Marcela Llanes en cuanto la localice, porque esa chica es más escurridiza que una anguila. Me evitaría usted tener que esperar a la llegada de otro abogado para que asista a sus declaraciones, porque estoy seguro de que los dos se alegrarían de poder contar con usted.

Atila meneó negativamente la cabeza.

— No puedo. Sus intereses podrían contraponerse a los de mi cliente. Hágaselo saber a ambos.

— Como quiera— refunfuñó el comisario, encaminándose hacia el pasillo seguido de los otros dos. Me temo que me aguarda un día muy agitado, en el que espero que quede aclarado este asunto. Últimamente todos los actores del Odeón parecen ser culpables, aunque es posible que lo sean de delitos distintos. Arturo Armengol, del asesinato de Claudio Veiga, aunque es más probable que él sea inocente y que Marcela Llanes sea la autora. Seguramente también fue ella la que atropelló a Marina Abril y la que se cargó al traspunte. Y ahora parece que Jaime Robledo podría haber intentado liquidar a Laura Marco. ¿Pero qué motivos podría tener él? Por lo que he oído, mantienen una relación muy especial, así que no me parece lógico que él, después de visitarla ayer tarde, haya regresado a la casa en una noche de perros, a quitarla de en medio. Solo en el caso de que Marcela Llanes haya cometido los otros tres delitos con la complicidad de Jaime, podría entender que ahora haya atentado contra Laura... quizás para silenciarla.

Debió hacerse un lío con sus propias conclusiones, porque el resto del trayecto hasta la calle lo recorrió en silencio y como ensimismado, al igual que Atila, que solo murmuró unas palabras de cortesía cuando el comisario se despidió de ellos al introducirse en su coche.

—Les llamaré para comunicarles lo que me diga el médico. Hasta luego.

Tampoco más tarde hizo intención Atila de salir de su mutismo, por lo que Rogelio se aburrió como una ostra en el automóvil de su jefe hasta que llegaron al despacho. Allí no se divirtió mucho más. El teléfono no paró de sonar durante toda la mañana y el otro estuvo tan ocupado con las llamadas de sus clientes, que no se puso en contacto con su pasante hasta media tarde, cuando a eso de las seis la secretaria le dió el aviso de que quería verle. Atila acababa de hablar con el comisario y, en contra de la impasibilidad que solía exteriorizar y que constituía una de sus características más acusadas, parecía estar muy excitado.

—El médico le ha dicho a Ballesteros que el atacante de la noche pasada hirió a doña Laura Marco en ambos brazos y que le dio también una tremenda paliza con un objeto contundente. Con algo parecido a un bate de béisbol.

— Magnífico— aprobó Rogelio, tomando asiento sobre la esquina de la mesa—. Se habrá pitorreado usted del idiota del estornudón, ¿no? Creo estar viendo todavía su expresión de sapo sarcástico cuando le llamó a usted dormilón y burguesazo por no saber a qué hora amanece en esta época del año. ! El muy cretino! ! El muy...!.

Atila estaba tan absorto en sus pensamientos que no

reparó en la apasionada defensa de que su pasante le estaba haciendo objeto. Probablemente se hubiera sorprendido de haber caído en la cuenta, porque hasta pocos días antes Rogelio no había demostrado sentir por él el menor aprecio.

— Escucha— le interrumpió—. Ballesteros me acaba de decir también que ha dejado en libertad a Jaime Robledo, ya que estuvo anoche cenando con el empresario, con el que después se fue al teatro, por lo que no es posible que a las once de la noche asaltara la casa de Laura Marco.

— ¿Pero usa la colonia "Egoiste" o no la usa?— quiso saber el chico, como si esa fuera la prueba decisiva.

Sin hacerle caso, el otro continuó, aunque más bien parecía que estuviese hablando consigo mismo:

— Lo extraño es que, por lo visto ese muchacho tiene un corte en una mejilla, cubierto por un esparadrapo. La explicación que le ha dado al comisario es que se lo ha hecho al afeitarse esta mañana.

— ¿Y Ballesteros se lo ha creído?

— Pues... no sé. Estaba un tanto desorientado, pero como no presentaba más lesiones y en principio no hay motivo alguno para dudar de la palabra de don Leónidas, no ha podido detenerle. Habrá que esperar al resultado del análisis del cuchillo que blandió la criada. Ballesteros ha tenido que contentarse con meter entre rejas a Marcela Llanes, que jura y perjura no haber tenido nada que ver en la muerte del traspunte. No sé si sabes que la bufanda de éste ha aparecido en su coche, pero ella asegura que alguien la ha puesto allí para incriminarla.

— ¿Alguien...?, ¿quién?

— Según ella, el mismo que asesinó a Claudio— replicó cansadamente Atila.

El chico meneó dubitativamente la cabeza.

— Sí, y que luego atropelló al bombonazo con poca puntería, se cargó al pobre Paco y probablemente ha intentado liquidar también a Laura, aunque usted opine que solo quería decorarla con unos cuantos chichones. Realmente la ha dejado como un mapamundi. ¿Y dice usted que le han dado de alta a ella? ¿Cómo va a marcharse a su casa si casi no puede andar?

— De esa cuestión va a ocuparse don Leónidas, que iba a ir a recogerla.

No recordaba Rogelio haber visto a su jefe tan desanimado anteriormente, aunque ningún extraño se hubiera dado cuenta. En los días que siguieron y aunque aparentemente su expresión era la habitual y se mantenía erguido en su butaca con su característico aplomo, el chico advirtió que algo le desasosegaba profundamente. Por eso decidió que lo mejor sería sonsacarle con habilidad.

— Qué complicado nos está resultando este asunto, ¿verdad? Y qué confuso. Todavía me estoy preguntando por qué se alarmaría tanto Arturo Armengol cuando fuimos a visitarle a la cárcel y usted le comunicó lo que me había dicho ese infeliz, me refiero al traspunte. Sigo sin entender la importancia que podría tener el que no encontrara a Arturo en su camerino cuando fue a avisarle, puesto que eso fue anterior a la escena del duelo.

Atila desvió la mirada hacia el balcón, por el que penetraban ya las sombras del anochecer, y se quedó inmóvil, acodado en la mesa, con un pliegue hondo en la frente. Como ausente, murmuró:

— Sí, coincide con lo que me contó Marina Abril y, si estoy en lo cierto, puede ser la razón de que intentaran liquidarla, atropellándola con el coche. Marina me aseguró que se salió al pasillo durante la escena del sofá y que estuvo recorriéndolo hasta que regresó corriendo al escenario, justo a tiempo de presenciar el desenlace del duelo. Lo extraño es que Arturo no se cruzara con ella en el corredor cuando llevó a cuestas a Laura a su camerino y que Marina no le viera tampoco.

Rogelio escudriñó su expresión, sin comprenderle del todo.

— ¿Quiere decir que se acaba de dar cuenta de que el bombonazo le mintió? ¿Que no estaba en el pasillo, sino en otro lugar cuando...?—. Sobresaltado, abrió desmesuradamente sus ojos ambarinos—: ¿Acaso entre los dos telones del foro?

—No. Es cierto que estaba en el corredor, puesto que don Leónidas, Jaime, Manolo y Gabriel coinciden en que la vieron entrar por la puerta del escenario instantes antes del asesinato. Lo que me pregunto...

Dejó la frase en el aire y abrió febrilmente el cajón de la mesa en el que guardaba las notas que aún no le había archivado Rogelio, para consultarlas con ansiedad creciente. Algo debió de encontrar en su pináculo de anotaciones, porque de improviso se quedó como anonadado. Ni tan siquiera pareció oír el estridente sonido del teléfono sobre su mesa, ni a Rogelio cuando lo atendió, ni lo que el chico intentó comunicarle segundos más tarde.

—Era el bombonazo, don Atilano. Dice que le han dado de alta en el hospital y que dentro de unos diez minutos se marchará a su casa. ¿Pero no me escucha usted?

Atila salió a medias de su abstracción, pero, aunque clavó en el otro su mirada, no pareció verle.

— Somos dos idiotas Rogelio— musitó—. Todo estaba aquí, en mis apuntes y, pese a que son exhaustivos, no hemos sabido interpretarlos.

Bruscamente consultó el reloj y dió un respingo en su butaca.

—Dios mío, es tardísimo. ¿A qué hora ha dicho esa boba que va a marcharse del hospital?

Resultaba tan insólito que Atila prescindiese del tratamiento de señorita y llamase tonta a Marina, que Rogelio se quedó paralizado por la sorpresa, pero en cuanto recuperó el movimiento, enarcó las cejas y, atónito, estudió su descompuesto semblante.

— ¿Le pasa algo, jefe?

— Claro que me pasa, pero contéstame, so alcornoque— le apremió el otro nerviosísimo.

— El chico le observó preocupado.

— Creía que no me había oído usted. Ha dicho que se marcharía dentro de unos diez minutos, aunque ya han debido transcurrir unos cuantos. ¿Pero por qué está usted tan raro?— insistió.

—Escucha y no me interrumpas— replicó Atila, dándole un manotazo como si fuera un crío chico—. Vas a ir ahora mismo al hospital a buscar a Marina Abril, la vas a llevar a su casa y no te vas a separar de ella ni un instante hasta que aparezca yo con Ballesteros. Ni un instante, ¿entiendes? Cuéntale cualquier cuento mientras tanto. Procuraré demorarme lo menos posible.

—¿No se ha vuelto loco, verdad?—se interesó el chico desconcertado, analizando su expresión—. ¿Qué mosca le ha picado de repente? Si Jaime Robledo no es sospechoso y Marcela ha sido ya detenida, ¿de qué se preocupa usted?

—¿Que de qué me preocupo?— se enfureció Atila—. Pues me preocupo porque acabo de atar cabos. Acabo de comprender el motivo de que la atropellaran y considero que es más que probable que el autor repita esa tentativa. Hemos sido unos estúpidos al creer la versión que nos dió Arturo de lo sucedido durante la representación del Tenorio, porque él nos mintió desde el principio.

—¿Quiere decir que a Claudio le asesinó Arturo?— le preguntó Rogelio estupefacto, mesándose su rojizo cabello, como si con el gesto pudiera ordenar igualmente sus ideas—. Pues no lo entiendo. Y lo que desde luego me parece imposible es que, desde la cárcel, Arturo atropellara a esa chica y después arrojara a Paco al barranco.

—Eres un alcornoque— repitió Atila con impaciencia—. Lo que estoy intentando explicarte es que el traspunte tenía razón y que no encontró a Arturo en su camerino, porque no estuvo allí. Y Arturo no pudo ver a Marina en el pasillo, porque no llegó a salir del escenario. ¿Lo entiendes ahora?

El chico tragó saliva.

—No señor, ni una palabra.

—Da lo mismo— rezongó Atila, empujándole hacia la puerta—. Ve al hospital lo más rápido que puedas. No me extrañaría que nuestro asesino haya ido con su coche a recogerla.

Muerte en el teatro

—CAPITULO XIV—

Jaime Robledo cerró la portezuela de su auto después de ayudar a introducirse en él a la muchacha y lo rodeó para tomar asiento frente al volante.

— ¿Cómo te encuentras?— se interesó, dirigiéndole una rápida ojeada.

Marina parecía haber adelgazado en los días que permaneciera en el hospital y sus ojeras y la palidez de su semblante acrecentaban la fragilidad de su aspecto.

— Estoy bien y te agradezco que te hayas molestado en recogerme. ¿Pero por qué no ha venido Marcela?— le preguntó inquieta—. Prometió hacerlo. Ya sé que habéis comenzado los ensayos de "La vida es sueño", pero si tú has podido zafarte, también podría haberse zafado ella.

Le sorprendía la deserción de su amiga, por lo que aguardó impaciente a que él le diese una explicación, pero por toda respuesta Jaime le ofreció un cigarrillo.

— ¿Quieres?

— Sí, ¿pero por qué no me contestas?

Él buscó infructuosamente su mechero en los bolsillos y al no encontrarlo se arrellanó en su asiento sin decidirse a poner en marcha el coche. Un pliegue hondo surcaba su frente mientras buscaba cuidadosamente las palabras.

— Verás, es que le ha sido imposible. No te alarmes por lo que voy a decirte. Espero que sea una nueva equivocación de Ballesteros y que dentro de unos días la ponga en libertad. El caso es que esta tarde la ha detenido.

Los ojazos claros de Marina se abrieron desmesuradamente, expresando una estupefacción sin límites.

— Ya te he dicho que no debes alarmarte y que se tratará de una equivocación— repitió persuasivamente él—. Por lo visto, el comisario cree que ha sido ella la culpable, pero no tardará en convencerse de su error.

— ¿Que no tardará...? ¿Que Marcela...?— balbuceó trabajosamente—. Es lo más absurdo que he oído en mi vida. Si ni siquiera se encontraba en el teatro cuando mataron a Claudio...

— Ballesteros afirma que sí. Al parecer, Paco la vio salir corriendo del escenario, segundos después de que le apuñalaran.

Marina dió un respingo en el asiento y con su única mano sana se apartó su rizosa melena del rostro. Luego extrajo un mechero de su bolso y le dio fuego a él, encendiendo su cigarrillo a continuación.

— ¿Que la vio? Eso es imposible— articuló incrédulamente—. No pudo verla, porque ella no se encontraba allí. ¿Supone acaso Ballesteros que Marcela liquidó después a Paco por esa razón? Ayer tarde, cuando vino a visitarme, me contó lo que le había ocurrido el pobre hombre, y estaba terriblemente preocupada. ¿Pero cómo es que el señor Garcerán ha permitido que la detengan?— protestó ansiosamente.

— Eso él no lo puede impedir. Le he llamado hace un rato para comunicárselo, pero la secretaria me ha dicho que no estaba en el despacho.

— Que no estaba, que no estaba— rezongó inquietísima—. Ni los médicos ni los abogados están donde deber estar cuando más se les necesita. ¿Le has dejado el recado?

— Por supuesto, tranquilízate. La secretaria se lo dirá en cuanto regrese, así que no le des más vueltas. Supongo que estarás cansada y querrás que te lleve inmediatamente a tu casa.

— No estoy cansada— replicó, mordiéndose las uñas

de su mano sana—. Y tampoco quiero volver a casa. Es un piso oscuro y de lo más lúgubre y sin Marcela...

Él la observó con curiosidad. Vestía Marina un pantalón vaquero y una cazadora de ante sobre un jersey azul marino, con lo que parecía más joven de lo que realmente era. Por su aspecto, cualquiera hubiera pensado que se trataba de una estudiante universitaria, que hubiese sufrido un accidente en su brazo derecho al practicar algún deporte en su facultad.

— ¿Es que tienes miedo?— le preguntó Jaime.

— Claro que tengo miedo, estoy asustadísima— repuso, extrañándose de que se lo preguntara, como si ese sentimiento debiera presuponerlo en ella—. Aquella noche... no llegué a distinguir el coche con claridad, pero estoy segura de que aquello volverá a repetirse. ¿Cómo se le ha ocurrido a Ballesteros detener a Marcela, sabiendo que hoy me iban a dar de alta en el hospital?— protestó puerilmente—. Ahora no sé qué hacer ni a dónde dirigirme. No tengo de quién echar mano.

Jaime la envolvió en una mirada que ella no recogió.

— Me tienes a mí.

— ¿A tí?— farfulló intranquila—. No sé de qué puedes servirme. Si pertenecieras al sexo femenino, sería distinto.

— Completamente distinto— reconoció él con guasa.

— Lo que quiero decir, es que en ese caso podría irme a tu piso hasta que dejaran libre a Marcela—puntualizó amoscada—. Y no te rías— se enfadó—. ¿Es que no te das cuenta de que voy a ser la siguiente? En opinión del señor Garcerán, debí ver algo comprometedor para el asesino de Claudio la tarde en que le mataron, pero por más vueltas que le he dado en la cabeza a lo que sucedió en el teatro, no he conseguido dar con ello. Tú estabas a mi lado en ese momento y tampoco notaste nada extraño. ¿O lo notaste?

Se había vuelto hacia él y le sorprendió un tanto su expresión. La miraba extrañamente serio y con un punto de alarma en sus ojos azules.

— No, pero si ese es el motivo de que puedas estar en peligro, no me parece oportuno dejarte en tu casa. Será mejor que demos un paseo y trates de hacer memoria, reconstruyendo lo que viste. En cuanto caigas en la cuenta de cuáles son esos detalles comprometedores y los declares a la policía, podrás sentirte segura.

El tono de él le sonó raro, por lo que inquirió:

— ¿Quieres decir que una vez que la policía sepa eso que debí ver, ya no habrá ninguna razón para que quieran matarme?

—— Eso es. Enfilaremos la carretera de Andalucía y cenaremos en cualquier restaurante de por allí. En cuanto consigas hacer memoria, regresaremos.

Su proposición la alegró desproporcionadamente. Seguramente Jaime sería un don Juan y quizás pretendiera divertirse a su costa, pero en ausencia de Marcela su compañía le resultaba altamente tranquilizadora. Cualquier cosa le parecía preferible a encerrarse en el lóbrego pisito de su amiga en completa soledad. Se apoltronó en su asiento, mientras el coche arrancaba, y distraídamente dejó vagar sus ojos por el paisaje que iba discurriendo ante su vista con celeridad creciente. Las sombras del atardecer agrisaban los tonos verdes de los árboles difuminando sus contornos. Los contempló sin verlos, intentando recordar. Notaba la mente espesa, como si la inquietud que experimentaba le impidiera razonar con claridad.

— No sé— manifestó, al cabo de unos minutos de silencio—. Lo recuerdo todo como borroso. Lo único que puedo evocar de esos momentos es la sensación de irrealidad que me acometió en cuanto alcancé a presenciar la escena que se interpretaba en el escenario. Sentí de pronto que la reyerta era real, que Arturo y Claudio se odiaban tanto o más que Mejías y Tenorio y que el desenlace del duelo sería trágico.

— ¿Real o irreal, en qué quedamos?— bromeó él, sin apartar los ojos de la carretera.

— Las dos cosas al mismo tiempo— replicó Marina, frunciendo el ceño como si le costara deslindar la oposición existente entre ambos conceptos—. Real, porque sentí que lo que ocurría en escena no era más que la exteriorización de los sentimientos de los dos, e irreal, porque, al verlos, creí haberme sido trasplantada a la edad media. Noté de pronto como un

421

escalofrío, que no sabría definir. ¿No experimentaste tú algo similar?

—Desde luego que no—repuso Jaime con cierta guasa—. Soy poco influenciable. Ni por un segundo dejé de ver los telones del decorado ni de recordar los ensayos de ese duelo. No me metí en situación ni llegué a fijarme en Claudio ni en Arturo. Y por cierto, si te sentiste retroceder en el tiempo, creo que te equivocaste de siglo, porque la edad media había quedado bastante atrás cuando el Tenorio producía estragos entre el elemento femenino.

—Una corrección muy oportuna, que demuestra tu gran cultura— admitió ella, remedando su tono irónico—. Pero la época no es lo determinante, sino las características del personaje. Creo que todos hemos conocido de cerca a alguno, que nos ha demostrado que su psicología es intemporal. Me refiero a su faceta de conquistador.

Pronunció con acritud sus últimos comentarios y analizó su expresión, esperando verle acusar la indirecta, pero Jaime continuaba con la misma sonrisa guasona y los ojos fijos en la carretera.

—¿Has conocido muchos en ese pueblo donde vivías?

—En el pueblo, precisamente, no— puntualizó seca.

—¿En Madrid, entonces?— indagó, dirigiéndole una rápida ojeada—. Ya me ha hablado Marcela de la colección de admiradores que os asedian a las dos.

—!Ah!, ¿sí?— refunfuñó, fastidiada de que no se hubiese dado por aludido. In mente se preguntó de qué admiradores podría haberle hablado Marcela, porque, exceptuando a Manolo Ponce y al chico del supermercado, que solía decirles algún piropo por lo bajo cuando acudían a hacer la compra, no había mucho más que comentar. A Marcela, desde luego, se la quedaba mirando por la calle todo el mundo y de vez en cuando hasta le soltaban alguna grosería, pero a ella, no. De todas formas, no estaba dispuesta a reconocerlo, por lo que eludió el tema y murmuró fría:

—Bueno, sí, alguno hay, pero no me refería a ellos. Y por cierto, ¿cómo está Laura?

Lo preguntó con retintín, pero él siguió sin captarlo, aunque su moreno semblante se ensombreció.

— Regular. La que se ha llevado la peor parte ha sido la criada, a la que han ingresado en La Paz, con una pierna fracturada y un navajazo en un brazo, aparte de hematomas por todo el cuerpo. A Laura la han mandado ya a su casa y parece que va reponiéndose del susto.

Marina le envolvió en una mirada de desorientación.

— ¿Pero de que me estás hablando?

Al caer en la cuenta de que ella ignoraba lo que había sucedido en casa de la actriz la noche anterior, Jaime se lo refirió, quitándole importancia, como si no guardase relación alguna con el asesinato de Claudio y la agresión de que habían sido objeto las dos mujeres fuese obra de un ladrón que se hubiera visto sorprendido de improviso.

— ¿Y dices que Laura ha vuelto ya a su casa?— musitó apenas Marina, que, pese a los esfuerzos de él, se había quedado aterrada—. ¿Y cómo es posible que...? ¿Es que el asesino de Claudio pretende liquidarnos a todos los actores de la compañía? ¿Ha podido ella verle la cara?

— No. Tanto Laura como su criada afirman que se trataba de un hombre, pero ninguna de las dos le vio con claridad anoche, porque ese tipo desconectó la luz cuando se introdujo en la casa. Después, cuando dejó a la criada sin conocimiento de un golpe en la cabeza, huyó y Laura llamó por teléfono a la policía. Afortunadamente tenía el móvil sobre la mesita de noche. La pobre recibió una buena paliza y está casi irreconocible. Además de unas cuantas puñaladas, tiene hematomas por todas partes.

Pese a que Marina se había quedado espantada con la noticia, ese sentimiento dejó paso a un cierto despecho al notar la preocupación que él demostraba.

— ¿Has ido a verla?— le preguntó a media voz.

— Sí, en cuanto me he enterado, la he visitado en el hospital. Luego la he llevado a su casa, donde no creo que esté en condiciones de quedarse sola, porque renquea de una forma lamentable, pero, como es más cabezota que una mula, se ha empeñado en que estará perfectamente hasta que acuda una prima suya, a la que ya ha avisado, que se quedará con ella unos días. Dice que el jardinero y su mujer le echarán una mano mientras tanto.

— Y tú te habrás ofrecido también a ayudarla en lo que necesite— apuntó Marina sin poder disimular su sarcasmo.

Jaime debió de captar por primera vez algo raro en su tono, porque enarcó las cejas.

— Me parece que no te cae muy bien, lo que hasta cierto punto comprendo, porque no se ha mostrado nunca muy simpática contigo. Y ya que has sacado el tema, me gustaría saber qué quisiste decir la otra noche, cuando coincidimos en su casa a los pocos días de la muerte de Claudio. Nos dejaste a todos helados.

— Pues tú te derretiste enseguida— masculló mordaz— . Más bien parecías arder como una furia y ya que no te di entonces las gracias por los cumplidos que me hiciste, te las daré ahora. Lo de llorona y mojigata me llenó de satisfacción.

Sus ojos claros brillaban iracundos y paradójicamente a Jaime le acometió un acceso de risa al advertirlo.

— Bueno, siento lo que te dije, aunque no debería sentirlo, porque te lo ganaste a pulso. Con mi mejor intención me ofrecí a acompañarte a la comisaría y te revolviste contra mí como una hiena y luego arremetiste también contra Laura. ¿Se puede saber qué mosca te picó?

— No me picó ninguna mosca. Me molestan los tipos como tú, que revolotean entre el elemento femenino dándose aires.

— ¿Que yo revoloteo...?..— Se había quedado estupefacto, como si fuera la cosa más absurda que hubiera podido oír.

— Sí revoloteas, sí— insistió iracunda, sin reparar en que la expresión resultaba cómica al aplicársela a un hombre de su tamaño—. Te pasas la vida tonteando con toda la que se te pone por delante y yo no pertenezco a la clase de tontas que se quedan babicaídas en cuanto un presuntuoso les dice tres piropos seguidos.

— ¿A qué clase de tontas perteneces entonces?— inquirió él sin alterarse.

— A ninguna clase, no soy tonta y no me chupo el dedo.

— Eso último me parece muy bien— aprobó divertido—. Lo de que no eres tonta, me parece en cambio una afirmación más gratuita. ¿Se puede saber por qué me consideras un presuntuoso y por qué dices que me paso la vida tonteando? Si es porque suelo bromear con Marcela...

— No se trata de Marcela. Se trata de Laura— se le escapó, por lo que se mordió los labios a continuación.

Le pareció que a Jaime le costaba trabajo entenderlo, porque repitió estúpidamente;

— ¿Con Laura...?

Aunque Marina se dió cuenta de que se estaba poniendo en evidencia, la cosa ya no tenía remedio.

— Con Laura, sí. ¿Crees que no lo sabe toda la compañía? No sé por qué te sorprende tanto. Si tienes algo que ver con ella, no voy a consentir que me utilices a mí de tapadera. Búscate a otra a quien le guste ese papel.

Al notar que se quedaba callado, se volvió furiosa hacia él y se extrañó al comprobar que parecía intrigado y un tanto suspicaz.

— Así que has sido tú las que le has ido con el cuento— murmuró como si estuviese pensando en voz alta—. Ya me chocaba el empeño con el que insistía sobre el tema y todo lo demás. Me di cuenta enseguida de que yo era su sospechoso preferido, aunque me repitió mil veces que solo hablaba en hipótesis.

— ¿A quién te estás refiriendo?

— Al abogado, al señor Garcerán. Me citó en su despacho y en cuanto empezamos a hablar adiviné cuales eran sus intenciones, aunque las disimulaba bien. Supongo que, gracias a tí, pensó que me libré de Claudio por Laura, para dejarme el campo libre. Menos mal que tengo una coartada magnífica, pues en el momento en que le apuñalaron estaba contigo y no me separé de tu lado hasta que, al advertir que había sido Claudio y no Arturo el que había caído al suelo, bajaron el telón.

Con los ojos fijos en el parabrisas, Marisa movió negativamente la cabeza.

— Pero yo no te vi. Fuiste tú el que me dijiste que estabas a mi lado en ese momento. Yo estaba pendiente del escenario y no me fijé en...

Se interrumpió de pronto, llevándose su mano izquierda a la boca. Inmóvil, intentó reconstruir la escena, buceando en su memoria para extraer algún detalle, por nimio que fuese, que indicara la presencia de Jaime junto a ella en esos instantes. Se vio entrar corriendo al escenario desde el lóbrego pasillo y volvió a experimentar la inquietante desazón de que algo terrible se iba avecinando. La negra silueta de Arturo se destacaba contra la cristalera, acorralando a Claudio que, ofreciendo su perfil, retrocedía hacia la puerta practicable del decorado. Con la frente perlada de sudor, rememoró su aparatosa caída. Se incorporaba ya con movimientos inseguros para desplomarse de nuevo. Oyó otra vez aquella ovación cerrada proveniente del patio de butacas. ¿Pero dónde estaba Jaime mientras tanto?

— No te vi— repitió con voz ahogada—. No te vi.

De improviso reparó en la soledad del lugar que iban recorriendo. Apenas si se distinguía nada a ambos lados de la carretera. Solo el confuso murmullo de los árboles, agitándose al compás del viento.

Algo parecido debió atisbar el pobre Paco en su último paseo, antes de que su acompañante le arrojase de cabeza a aquel precipicio. Quizás comenzó todo con una amable charla y cuando el hombre estaba más confiado...

Pero Jaime no podía haber sido el asesino, se dijo, reprimiendo un estremecimiento. Era demasiado agradable, demasiado atractivo para cometer un crimen tan horrible y para haber intentado atropellarla aquella noche a sangre fría. El recuerdo de la fantasmagórica persecución de que el coche la hizo objeto la erizó entera. Miró con nuevos ojos al auto el que confortablemente se encontraba y el corazón le dió un vuelco.

Podía ser el mismo. Entre la niebla le pareció grisáceo y éste era blanco. ¿Habría sido Jaime? No cabía duda entonces de que había acertado don Atilano al recomendarle que hiciera memoria, porque había algo que ella sabía, aunque ignoraba su importancia. No había caído en que si corroboró la coartada de Jaime, fue porque él se la sugirió primero y la aceptó como idea suya. Pero en ese caso...

Acurrucada en el asiento, empezó a razonar con claridad. A ella no le ocurriría lo que a Paco. Aunque no tan buena como don Leónidas creía, era actriz y lograría engañarle. Lograría que diese media vuelta y la dejase en casa.

— ¿Dices que no me viste?— bromeó él en tono intrascendente—. Al menos notarías que te sacudí por el brazo al preguntarte si te encontrabas mal. Por tu expresión, parecías estar viendo visiones.

El sí que era un buen actor, pensó, mientras clavaba rápidamente sus ojos en el perfil que medio distinguía en la oscuridad. Aparentaba en ese instante una tranquilidad absoluta. Con el mechón de cabello oscuro que le resbalaba sobre la frente y aquellos ojos tan increíblemente azules, le encontró a su pesar más atrayente que nunca. Imponente aunque fuera un asesino.

— Eso sí que lo noté— mintió con voz clara, a la que consiguió conferir el oportuno matiz indiferente—. Pero... ¿no te parece que es muy tarde ya? Han sido muchos días de cama y estoy más cansada de que lo que suponía. Preferiría volver a casa.

Aunque su actuación fue perfecta, Jaime le dirigió una rápida ojeada que no supo interpretar. Parecía francamente contrariado, pero había algo más, que la desazonó.

— ¿Has cambiado de opinión? Aún no has hecho memoria ni hemos cenado ni... ¿No decías que sin Marcela te encontrarías a disgusto en tu casa?

— Sí, pero es una bobada— balbuceó—. Ya voy siendo mayorcita para necesitar niñera y...

— En eso estamos de acuerdo— dijo él interrumpiéndola—. No sé cuántos años tienes, pero en el teatro te comportabas como si no pasaras de los quince. Ibas siempre agarrada a las faldas de Marcela y en cuanto te dirigía la palabra, aunque fuera para darte las buenas tardes, te ponías de todos los colores. Claro que yo no sabía entonces que me considerabas un presuntuoso insoportable.

Bromeaba como siempre, pero había pisado a fondo el acelerador. Cada vez más alarmada, pensó que podría convenirle simular un nuevo enfado.

— Si me ponía de todos los colores y te contestaba con monosílabos, sería por alguna razón. Ya te he dicho que me revientan los tipos como tú y, como no tengo ganas de volver a discutirlo, frena de una vez y da la vuelta.

— Daré la vuelta en cuanto me contestes a una cosa— replicó él sin ofenderse—. Continúa intrigándome y pretendo dormir bien esta noche.

— Pues no pienso contestarte hasta que frenes— masculló muy digna levantando retadoramente la barbilla, aunque la voz le tembló lastimosamente.

Debió obedecer a su indicación, porque de improviso se sintió lanzada contra el parabrisas y se aferró con su mano sana al asiento. Cuando recobró la compostura advirtió que Jaime había desviado el coche hacia la cuneta, dejando a su izquierda la carretera. La oscuridad era casi total, pero creyó distinguir a lo lejos la luz de una casa.

— ¿Qué... qué haces ahora?— tartamudeó trémula.

— Lo que has pedido. ¿No querías que frenase? Pues ya he frenado.

No llegó a saber cuál era la expresión de él. Intuyó más que vio que la miraba fijamente y que un pliegue hondo surcaba su frente.

— Yo no he dicho que pararas aquí. He dicho que quería volver.

— Y yo que quería preguntarte una cosa. Me gustaría que me aclararas el motivo por el que estás tan rara desde aquella tarde. La tontería que me has dicho antes sobre Laura no es más que eso, una tontería. Le he dado muchas vueltas al asunto y he llegado a imaginar que tú...

La atenazó un terror absurdo y denegó nerviosamente con la cabeza.

— Estás equivocado. Ya te he dicho que, si te interesa ella, me dejes a mí tranquila o que te busques a otra que te lo aguante.

— ¿Y si no me interesa Laura?— inquirió suavemente.

— Pues también. Tenías razón cuando me llamaste llorona y mojigata. Soy las dos cosas y no me gusta que me tomen el pelo. Te vi con ella esa tarde en el teatro y...

— ¿Que me viste...?

¿Por qué habría dicho eso? No era cierto y la inmediata réplica de Jaime la había obligado a respingar en el asiento. Ahora sí que su voz había sonado rara. ¿Pero qué podía decir? Si lo negaba, seguramente se enfurecería más él y después de todo sería muy probable que...

— Te vi con ella en tu camerino esa tarde y, aunque sea una mojigata sé lo que significan ciertas escenas.

— ¿Y qué significado le diste?— le preguntó mordaz.

— Pues eso. Era una escena tierna y se notaba que la teníais muy ensayada.

Algo perpleja, percibió el brusco movimiento de él al poner en marcha el coche. Salían de nuevo a la carretera para dar la vuelta y tomar la dirección contraria. ¿Se habría arrepentido de repente o...?. El auto devoraba ahora kilómetros y kilómetros mientras permanecían silenciosos. Las tranquilizadoras luces de la ciudad se divisaban ya a lo lejos cuando él salió de su mutismo. Debía haber estado haciendo cábalas sobre lo mismo todo ese tiempo y llegado a una conclusión que le satisfacía, porque su tono lo denotaba.

— De modo que fue por eso... Ya ves. En casa de Laura me pareció que pretendías insinuar tu propósito de acudir a la comisaría a decirle a Ballesteros algo que sabías sobre Laura o sobre mí. Creo que fue lo que interpretamos todos y después, cuando Marcela me llamó diciéndome que no habías llegado a tu casa... no puedes imaginarte lo que sentí. Aunque me vieras con Laura esa tarde en mi camerino, tú sabes que yo...

Hasta media hora antes se hubiera sentido feliz al oírle

expresarse de ese modo, pero ahora creyó percibir en su voz algo que acrecentó su recelo. Sus palabras le sonaban calculadas. Le sonaban como si hubiera desistido de llevar a cabo su propósito inicial y ahora pretendiera engatusarla para tenerla de su parte. Debía encontrarla atractiva y era una solución más agradable que la de estrangularla en la cuneta o arrojarla a un barranco, como a Paco. Le dolió lo que estaba sospechando, aunque se dijo que debería alegrarse y, sin detenerse a recapacitar ni aprovechar esa ventaja, manifestó desdeñosamente:

— ¿Te me estás declarando acaso? A lo mejor has imaginado que me tienes en el bote y que lo que me ocurre es que estoy celosa.

Se mordió los labios alarmada al percatarse de que lo había expresado con total exactitud, por lo que añadió precipitadamente:

— Si es así, lamento desilusionarte. Me importas menos que un comino o que un rábano o que...

— ... un ardite o un bledo— continuó él, remedándola—. Pues vaya por Dios, sí que te importo poco. Con el trabajo que me ha costado decidirme a estrenarme, estoy haciendo el más lamentable de los ridículos.

Parecía divertido y eso acabó de desconcertarla. Tanto, que olvidó momentáneamente sus sospechas e indagó ingenuamente:

— ¿Te has estrenado conmigo? No lo creo. ¿Y Laura? ¿Y Marcela? ¿Y... todas?

Con un cómico gesto, él se encogió de hombros.

— Te lo contaré, si eres capaz de convencerme de que no estás celosa.

Marina se revolvió indignada.

— ¿Que yo...? Eres aún más estúpido y engreído de lo que imaginaba. Ya te he dicho que no me importas nada y no me afectaría lo más mínimo asistir a tu boda y tirarte arroz. Te lo arrojaré tan contenta, cuando decidas casarte con cualquiera de esas.

— ¿Sí? Pues yo preferiría que fueran "esas" las que nos

tirasen arroz a nosotros dos.

Al no ser capaz de discernir si hablaba en serio, se rebulló inquieta.

— ¿Quieres decir que...?

Le dirigió él una mirada rápida, que no supo interpretar.

— ¿Por qué no? Aunque eres bastante boba, por una extraña aberración me gustaste desde el día en que te vi en el Odeón por primera vez, hecha una facha. De la mano de Marcela parecías una niña chica y cuando subiste al escenario y recitaste el papel de la tornera tartamudeaste de una forma lamentable. Creo que fue en ese momento cuando sentí el flechazo.

— No tartamudeé— protestó, preguntándose si entre bromas le estaría diciendo la verdad—. Sé muy bien que recité los versos de corrido y recuerdo también que no iba hecha una facha. En cambio tú sí que lo estabas. Llevabas unos calcetines de cuadros rojos y morados que daban la hora.

— Entonces te fijaste— apuntó él con ironía.

— En los calcetines, sí.

— Ya.

Volvió a rebullirse aún más inquieta durante el corto espacio de tiempo que permanecieron en silencio. Al fin lo rompió ella:

— Aunque me estés tomando el pelo, te aclararé una cosa por si te importa.

— No te estoy tomando el pelo y sí me importa.

Tragó saliva y dijo muy digna:

— Todavía lo veo muy lejano, pero tengo que decirte que el día que decida casarme lo haré con un hombre que me parezca de fiar y que no tenga líos de faldas. Los don Juanes de pacotilla me revuelven el estómago.

Inesperadamente, Jaime se echó a reír.

— ¿Sabes que eso que has dicho me suena a "La Revoltosa"?. Una vez interpreté el papel del "Felipe" de esa zarzuela en la televisión, aunque por supuesto el que cantaba era otro, y la "Mari Pepa" me decía algo muy parecido, aunque no se refirió para nada a su estómago. Me parece muy bien que a tí se te revuelva— concluyó, fingiendo seriedad.

— Eres... eres completamente estúpido— farfulló ella sulfurándose.

— Eso ya me lo has dicho. En cambio, aún no me has contestado.

— ¿A qué?— le preguntó recelosa.

— Te he pedido que te cases conmigo. ¿No te has enterado?

Parpadeó aturdida y buscó una salida airosa, pero no la encontró. Solo consiguió decir estúpidamente:

— ¿Y para qué quieres casarte conmigo?

— Ya ves, una manía— replicó zumbón—. A lo mejor, para que no te veas obligada a declarar contra mí en el juicio de Arturo cuando hagas memoria y recuerdes esos detalles tan comprometedores. Según me ha explicado el señor Garcerán, la mujer casada no puede ser acusada de complicidad, cuando encubre a su marido.

Pese a la ligereza de su tono, sintió ella de pronto como si recibiera un chorro de agua fría en pleno rostro. ¿Sería verdad? Intuía que entre bromas, Jaime le estaba diciendo lo que realmente sentía y deseaba. Quizás le gustase y si además casándose con ella conseguía silenciarla, ¿podía haber una solución mejor para él? Le entraron de repente unas ganas enormes de llorar y se mordió con fuerza los labios para evitarlo.

— ¿Piensas que esos detalles te comprometerían precisamente a tí?— le preguntó quedamente con los ojos fijos en el Paseo de las Delicias, que se divisaba próximo.

— ¿A mí?—. Se echó a reír con ganas—. Si quieres, podemos volver la oración por pasiva y verás que tú también saldrías ganando bastante, porque tampoco yo podría declarar contra tí.

— El semáforo en rojo les impedía el paso y al detener el coche, se volvió hacia la muchacha. Su expresión le hizo fruncir el ceño.

— ¿Qué pasa? ¿Es que te lo has tomado en serio? La última tontería que te he dicho era una broma, pero el resto, no.

Si te gustan más las declaraciones estilo antiguo, puedo intentar ponerme de rodillas, aunque es posible que si nos ve algún guardia me ponga una multa por entorpecer el tráfico. En general, son muy poco románticos.

Las lágrimas se le agolparon a Marina en los ojos y se las limpió de un manotazo.

— No me gustan de ninguna manera y, por favor, deja de hacer el ganso. Me encuentro en una situación horrible y lo único que se te ocurre es ensartar majadería tras majadería. Si no supiera todo lo que sé, quizás podría tomarlo en consideración, pero...

La interrumpió perdiendo su aire guasón y demostrando algo de impaciencia.

— ¿Te estás refiriendo a Laura otra vez?

Marina denegó con la cabeza.

— Me estoy refiriendo a Claudio.

— ¿A Claudio? ¿Y qué es lo que sabes de Claudio que pueda tener algo que ver con nosotros dos?

Se la había quedado mirando con una fijeza un tanto excesiva y pensó que debía dar marcha atrás y disimular, pero, sin saber cómo, se le escapó.

— Creo tener una idea de quien le asesinó y tú también.

— ¿Yo?— se sorprendió Jaime—. ! Qué más quisiera! Acabaría de una vez esta pesadilla, porque la detención de Marcela no significa que haya terminado. ¿Es que has hecho memoria de repente?

La observaba sin pestañear y debió intuir alguna de las confusas ideas entre las que ella se debatía, porque abrió la boca con asombro.

— ¿Acaso imaginas que yo...?—. La sorpresa le impidió continuar y cuando recuperó el habla latía en su voz una estupefacción sin límites.

— Si yo estaba a tu lado en el escenario. ¿No lo recuerdas?

— No, no lo recuerdo— musitó Marina, ahogando un sollozo—. Lo corroboré ante Ballesteros, porque tú lo afirmaste primero. Si no dejan en paz a Marcela, iré a decírselo.

Vagamente pensó que acababa de cometer un error, pero se encontraba tan aturdida que ni siquiera le importó. De todas formas, no era fácil que entre el espeso tráfico que circulaba por el Paseo de las Delicias pudiese intentar algo contra ella. El semáforo en verde les permitía ya el paso y, al arrancar de nuevo y mezclarse entre los demás automóviles, se sintió más protegida. Le miró de soslayo para comprobar cuál había sido la reacción de él. Su expresión era adusta y desconcertada.

— ¿Crees que también fui yo el que te atropelló aquella noche?

— No lo sé, pero supongo que sí— musitó apenas—. El coche era parecido y, si entendiste que sabía algo sobre tí que pensaba comunicar a la policía, es muy probable.

— !Claro!—masculló furioso—. Más que probable, probabilísimo. Supongo que esa sarta de disparates se te ha ocurrido cuando íbamos por la carretera y has imaginado también que mi intención era arrojarte por la borda en cualquier revuelta del camino, ¿verdad? Igual que le ocurrió a Paco, cuya muerte me habrás achacado también.

Al oírle expresar sus sospechas en palabras, le parecieron absolutamente ridículas, pero, pese a ello, no fue capaz de mentirle, por lo que murmuró débilmente:

— Sí.

— Pues no cabe duda de que eres un lince— rezongó indignado—. Por si te interesa, te diré que a Paco le mataron porque vio a Marcela salir corriendo del escenario inmediatamente después de que asesinaran a Claudio. Ballesteros ha investigado cuidadosamente los movimientos de todos los que trabajamos en el teatro y, por supuesto, los coches. No quería decírtelo para que no te preocuparas, pero en el de Marcela han encontrado la bufanda que llevaba ese pobre hombre. Estábamos ensayando en el Odeón cuando se presentaron a detenerla y oí a Ballesteros cuando se lo dijo.

Hizo una pausa y añadió aún más enfadado:

— En cuanto a lo de tu atropello, también la han

acusado de él a Marcela. Manolo le declaró al comisario que ella le dejó en su casa, en la calle Ayala, a eso de las once menos diez y a tí te encontraron caída de bruces en las escaleras de tu calle veinte minutos más tarde, según puntualizó el tipo que te recogió y que te llevó al hospital. Marcela tuvo tiempo de sobra de realizar el recorrido y de...

— Marcela no fue— le interrumpió airada—. Llegaría si acaso unos minutos más tarde. Ella me quiere demasiado para haber arremetido contra mí de aquella forma tan espantosa.

Por un instante creyó ver de nuevo el haz de los faros emergiendo entre la niebla y un escalofrío la recorrió entera. Con voz temblona, objetó:

— Además, ¿qué podía tener en contra mía? No la vi en el teatro, si es que regresó, y, aunque la hubiese visto, me habría callado.

— ¿Habrías dejado que le cargaran el mochuelo a Arturo?

Marina lo meditó y reconoció titubeando:

— No lo sé, pero a ella no la habría acusado.

Advirtió la ligera vacilación de él, antes de que le hiciese una nueva pregunta:

— ¿Quieres que te lleve a la comisaría? Si estás convencida de que soy un criminal por partida triple, estarás deseando contárselo a Ballesteros y no hay razón para que no lo hagas.

Marina tragó saliva sin saber qué responder. Lo que imaginara en la carretera le parecía totalmente absurdo, ahora que discurrían por la calle Mayor.

— Llévame a casa— le dijo en un susurro.

No se atrevió a mirarle, pero adivinó su expresión por las inflexiones de su voz. Sonaba extrañamente cálida.

— ¿De veras quieres ir a tu piso? No me gusta la idea de que te quedes sola esta noche. Aunque Ballesteros crea que ha sido Marcela la autora de toda esa barbarie, no las tengo todas conmigo. Si el verdadero criminal anda suelto aún y tú viste algo que no sabes...

—No te preocupes— replicó, fingiendo una tranquilidad que estaba muy lejos de sentir—. La puerta del piso es muy resistente y tiene además mil cerraduras y candados. Los correré todos y me acostaré. Mañana...

—Mañana iré a recogerte a primera hora— la interrumpió—. Mientras no se aclare todo esto, no quiero que salgas sola a la calle, ¿me entiendes?

Muerte en el teatro

—CAPITULO XV—

Marina ascendió con ligereza la oscura escalera y se detuvo antes de haber rematado el primer tramo al oír la voz de la portera.

— !Señorita!, !Señorita! ¿Al fin ha vuelto? ¿Cómo se encuentra? Un joven ha venido preguntando por usted y me ha dejado su tarjeta y el recado de que le llame urgentemente a su móvil.

La muchacha desanduvo lo andado y se reunió con la otra al pie de la escalera.

— ¿Qué joven?

— Un tal Rogelio Bernal. Parecía muy nervioso y ha aguantado esperándola en este portal más de dos horas. Y por cierto, su amiga aún no ha vuelto. ¿Pero está usted bien?

El inquisitivo y reseco semblante de la portera expresó compasión al fijarse en su brazo escayolado.

— Sí, es solo una fractura que no tardará en unir. ¿Qué quería ese muchacho? No recuerdo a nadie con este nombre— manifestó confusa, dando vueltas en su mano a la cartulina que la otra le había entregado.

Eufrasia se encogió de hombros.

— No lo sé. Era un chico alto y rubio, bastante guapete, y me ha dicho que era pasante de un tal Garcerán, al que usted conoce. Pero cuénteme que fue lo que le sucedió la otra noche. Lo preocupados que hemos estados todos los vecinos desde que desapareció. Llegamos a pensar incluso que la habían liquidado, igual que a ese actor, compañero suyo— le comunicó confidencialmente—. Y luego la policía no ha parado de venir y de hacernos preguntas a todos. Ha sido realmente horrible.

Sus ojillos pardos traslucían verdadera satisfacción, que tenía bastante de morbosa, aunque sus palabras expresaran lo contrario. La vida de Eufrasia era sumamente monótona, por lo que chismorreaba incesantemente sobre cualquier incidente del vecindario y extraía de esos comadreos todo el jugo posible. De su accidente debía haber extraído mucho y sin duda estaba dispuesta a extraer más.

—Dígame, ¿es cierto que fue un maníaco sexual el que la atropelló? Si no llega a ser por el Demetrio, que regresaba a esas horas de un mitin, a saber lo que le podría haber ocurrido a usted.

El tal Demetrio vivía justamente encima de ellas y le inspiraba a Marina un miedo cerval desde el día en que, meses atrás, se lo cruzara por primera vez en la escalera. Su aspecto se aproximaba bastante al de un gorila y hasta parecía rugir cuando hablaba. Para colmo, militaba en un partido político del que ella ignoraba el nombre, pero que poseía la curiosa cualidad de agriar el carácter de sus afiliados. Todos los que se reunían con el Demetrio en su piso tenían igual de revuelta la bilis y mascullaban las mismas frases ininteligibles, que se filtraban por el techo del cuarto de estar y les ponían a las dos los pelos de punta. Y de las inteligibles más valía no hablar. Entre taco y taco, insertaban amenazas contra todo bicho viviente y especialmente contra la policía, a la que tenían metida entre ceja y ceja. ¿Qué sería lo que ella tendría que agradecer a tan siniestro personaje?

—Creía que nadie había presenciado mi accidente— objetó confusa, sin apartar sus grandes ojos claros del semblante de la portera—. Me recogió un farmacéutico que se dirigía a la Puerta del Sol a tomar el autobús después de cerrar su farmacia, y me llevó al hospital sin sentido. Ha ido allí a visitarme y me ha asegurado que aquella noche no había un alma por los alrededores. ¿Es que Demetrio...?

Eufrasia bajó la voz hasta convertirla en un murmullo

apenas audible.

— Sí, ya le he dicho que regresaba de un mitin y, al enfilar la calle Mayor, se extrañó al ver a un coche circulando en dirección prohibida y persiguiendo a una muchacha. No llegó a reconocerla a usted y, aunque echó a correr detrás del automóvil, lo perdió de vista. Debió el Demetrio llegar a nuestra calle instantes después de que el farmacéutico la recogiera, porque no la vio caída en el suelo.

— ¿Y cómo entonces no se lo dijo a Marcela?— se sorprendió Marina—. La pobre ha estado buscándome como una loca durante tres días.

— Bueno, ya sabe que es un tipo raro— replicó Eufrasia, haciendo un gesto significativo con un dedo en la sien—. Y además, ya le he dicho que él no sabía que se trataba de usted. La de él fue la única puerta a la que su amiga no se atrevió a llamar y Demetrio no se enteró de que usted había desaparecido, porque no suele hablar con los vecinos. Tampoco la policía ha conseguido localizarle en casa hasta ayer y...

— ¿Pero vio algo?— la interrumpió impaciente la muchacha—. ¿Distinguió al conductor?

— Pues...— la portera vaciló, dirigiéndole una mirada de soslayo, antes de bajar la vista para fijarla en sus gruesas manazas.

— ¿Qué fue lo que vio?— insistió Marina cada vez más nerviosa.

— Con seguridad, nada— repuso al fin la otra—. Ayer oí como le decía al inspector que el coche era similar al de su amiga y que incluso le pareció distinguirla a ella al volante, pero, como comprenderá, no puede ser.

Aguardó expectante a que ella hiciese algún comentario, pero Marina se había quedado sin reaccionar, con los ojos clavados en la barandilla de la escalera. ¿Sería posible que...?. Pero no, tenía que haber otra explicación.

— ¿Se trataba de una mujer entonces?— inquirió casi sin voz—. ¿Cómo era?

— El Demetrio dijo que morena, con una melena oscura y rizada y que llevaba gafas oscuras. Pensó que se trataba de la señorita Marcela, porque se le parecía y suele llevar también gafas oscuras. Cuando esta tarde ha vuelto la policía preguntando por ella... pues... Dígame, ¿fue ella?

Marina la envolvió en una mirada vaga.

— Por supuesto que no.

— ¿Y por qué entonces no ha regresado?— insistió Eufrasia, que era más lista de lo que aparentaba—. Para mí, que la han metido en chirona, por si las moscas. Ya me venía barruntando algo yo, con tanto interrogatorio de la policía. Tanto preguntarme si la había visto entrar o salir de casa la tarde en que mataron a Claudio Veiga, me tenía intrigada. Yo no la vi salir, pero resulta que el Demetrio, sí.

Marina dió un imperceptible respingo.

— ¿Demetrio la vio?

— Sí, se lo dijo ayer a ese inspector tan acatarrado. Desde el descansillo de su piso, la vio bajar la escalera a eso de las ocho y media, pero no sabe cuando regresó.

— Eso no significa nada— replicó la chica desdeñosa—. Parece que ese hombre no tenga nada mejor que hacer que espiarnos a las dos, entre mitin y mitin. Para su tranquilidad, le diré que Marcela ha salido esta tarde de viaje para ver a su madre que se encuentra enferma y que el interés de la policía por ella es de mero trámite. ¿Satisfecha?

Eufrasia, que no tenía costumbre de ver alterada a Marina y mucho menos de recibir de ella comentarios cortantes, parpadeó.

— Bueno, bueno, no se enfade. Solo quería saber...

La muchacha la dejó con la palabra en la boca y ascendió de nuevo rápidamente la escalera con una vaga sensación de inquietud. No creía una sola palabra de lo que la otra le había dicho y continuaba confiando ilimitadamente en su amiga, pero... Parecían estar todos tan seguros de su culpabilidad... Las pruebas acusatorias contra Marcela continuaban proliferando. Comenzaron con el desgarrón de su hábito, que la otra había negado que se hubiera producido, cosa que ella podía ratificar. La recordaba nítidamente en el pasillo del Odeón, cuando al comunicarle don Leónidas que estuviera preparada para sustituir a Laura si fuera preciso, vio la decepción inmensa que traslucían sus ojazos negros. Vestía aún de abadesa y si en su falda hubiera habido algún desgarrón, ella se habría dado cuenta. Conservaba en su retina ese momento como una foto fija y estaba segura de ello. Y después... después todo lo demás.

Pero Marcela no podía haber sido, se dijo al rematar jadeante el tercer piso. En ningún caso atentaría contra ella, sino al contrario. Sacudió la cabeza como si con ese gesto quisiera desechar tanto desatino e introdujo con precaución el llavín en la cerradura. Después empujó la puerta del piso, a la par que dirigía una recelosa mirada a su espalda. Nadie la había seguido, pero, desde que se despidiera de Jaime, el temor impreciso de sentirse vigilada había vuelto a acometerla. Lo había experimentado aquellos días en el hospital sin el menor fundamento y ahora que se encontraba sola, esa sensación parecía acrecentarse.

Encendió la luz del diminuto vestíbulo y presurosamente echó los tres cerrojos, la cadena y las dos aldabas de hierro. Solo después exhaló un suspiro de alivio. Ya estaba. Ni con un tanque podrían forzar la especie de fortaleza en la que Marcela y ella se atrincheraban y eso suponiendo que el tanque consiguiera subir las escaleras. Allí dentro estaba segura. Segurísima, se repitió para convencerse, mientras recorría el vestíbulo y pasaba al cuarto de estar, no sin antes extender rígidamente su mano útil para alcanzar el conmutador de la luz.

La estancia sin Marcela se le antojó otra. Las abiertas maderas del balcón permitían vislumbrar que ya era noche cerrada. Ni un transeúnte cruzaba la desierta y mal iluminada calle. Solo un farol bajo el balcón disipaba en parte de las sombras.

Marcela presumía a menudo del barrio de los Austrias en que vivían. Aseguraba que aquella zona del Madrid antiguo se conservaba casi idéntica a los tiempos en que embozados y tapadas transitaban por sus desempedradas callejas, pero esa noche a Marina le pareció su calle demasiado solitaria.

Cerró herméticamente las contraventanas y corrió las ajadas cortinas de terciopelo granate, vestigio de un pasado más glorioso. Marcela no había introducido el menor cambio en la decoración, por llamarle de algún modo, desde que se instalara allí, diez años antes, al heredar el piso de una anciana tía, y el olor a antigüedad y a damascos polvorientos impregnaba el ambiente. Ese ambiente característico de casa vieja en el que huele a gato, aunque no lo haya, y en el que, o sobran muebles o falta espacio. Un piano negro, que nadie tocaba, ocupaba el testero frontero al balcón, con una consola repleta de cachivaches entre el mismo y la puerta de la habitación. Una vitrina de caoba, con más cachivaches, cubría la casi totalidad de la pared contigua y del resto colgaban un sinfín de cuadros y cuadritos con una serie de señores bigotudos y señoras de aspecto solemne retratados en ellos. La camilla, con sus faldas de apolillado damasco en el centro de la habitación, rodeada por sillas de alto respaldo, apenas si permitía deambular por el cuarto sin tropezar con algún mueble. y. por supuesto, no faltaban los dos sillones de orejas reglamentarios a ambos lados del balcón. Una obra de moros conservar limpio tanto chisme y rebullirse entre ellos sin romper las treinta figuritas de porcelana, los cinco floreros sin flores y demás objetos y adornos.

Por descontado, que de la limpieza se ocupaba ella. Marcela bastante tenía con dejar enredos por todas partes, lo que acrecentaba la sensación de agobiante abarrotamiento del piso. En los días que había permanecido en el hospital, la otra había logrado convertirlo en una leonera. Su abrigo marrón colgaba del respaldo de una de las sillas, un par de jerséis aparecía tirado sobre la consola y un plato con mondas de naranja encima de la camilla.

En otras circunstancias se hubiera apresurado a poner orden en tal desaguisado, pero en las que se encontraba apenas si les dirigió más que una distraída mirada, antes de encaminarse apresuradamente al teléfono, que colgaba de la pared, arrebatándole espacio a los cuadritos de señores de cara antigua, pues su móvil se había quedado sin carga en el hospital. Tenía que hablar cuando antes con el muchacho que la visitara de parte del señor Garcerán. Sin duda tenía alguna novedad concerniente a Marcela y necesitaba averiguarlo inmediatamente. Marcó el número que venía en la tarjeta con un dedo que la ansiedad volvía torpe y oyó la señal de que la línea estaba ocupada.

!Vaya por Dios!, se dijo impaciente, consultando su reloj de pulsera. Si eran más de las diez. ¿Con quién estaría hablando a esas horas el muchacho? Con inquietud creciente lo intentó ahora con el número fijo del despacho de Atila con el mismo resultado infructuoso. Tenía que ser el abogado el que en ese momento estuviese de cháchara, ignorante por completo de la zozobra que experimentaba ella.

Nerviosa colgó el auricular y tomó un cigarrillo del paquete que Marcela dejara entre la familia de perritos de porcelana de la consola, yendo a sentarse en uno de los sillones de orejas.

¿Qué habría ocurrido para que ese muchacho la hubiera esperado en el portal durante dos horas? Sin duda algo importante. Quizás habían descubierto al verdadero asesino, porque era incuestionable que Marcela no podía estar implicada en el crimen, pese a lo que dijera la portera, el Demetrio y el mundo entero.

Expelió el humo hacia el altísimo techo, reclinando la cabeza en el respaldo. Ya no sabía qué pensar de Jaime. Parecía tan interesado por ella, tan inquieto por su seguridad... No era posible que él hubiera intentado atropellarla. Ni Marcela tampoco, desde luego. Frunció el ceño, tratando de recordar algún detalle, alguna característica distintiva de aquel coche, pero solo consiguió vislumbrar su forma fantasmal entre los jirones de niebla que lo envolvían y rememorar su propio espanto. Un terror absoluto, enloquecedor, que la impidió gritar pidiendo ayuda y que solo le permitió correr y correr por puro instinto. Porque no llegó a pensar, se dijo estremeciéndose. La mente se le quedó paralizada y obró como lo haría cualquier animal en peligro.

Quizás fuera ese instinto el que la avisó, cuando en el

pasillo del teatro oía el diálogo de Mejías y don Juan. Lo presintió de pronto y por eso echó a correr hacia el escenario.

¿Pero qué pudo haber presentido?, se preguntó cavilosa. ¿Tal vez algo raro en las inflexiones de sus voces? Conocía ese diálogo más que de sobra y lo repitieron textualmente. Sin embargo, ella notó algo extraño que le sobresaltó. ¿Qué fue?

Lo recitó por lo bajo, con los ojos fijos en el techo. No, no fue la voz de Arturo la que llamó su atención ni tampoco la del comendador, al que encarnaba Alfredo. De improviso dió un respingo. Ya sabía. Fue Claudio quien la hizo presentir algo en uno de sus último versos. ¿Pero por qué?

Los repitió de nuevo lentamente:

"Y venza el infierno pues,
Ulloa, pues mi alma así
vuelves a hundir en el vicio
cuando Dios me llame a juicio
tú responderás por mí".

Entrecerró los ojos para concentrarse mejor. Después oyó el pistoletazo con el que don Juan mataba al comendador, pero lo que a ella le chocó tuvo lugar antes. Fue una nota aguda y discordante en la bien timbrada voz de Claudio lo que la alertó. Su voz sonó incrédula, sobresaltada, sonó como si Claudio en ese momento hubiera visto o sentido algo que por un segundo le dejó paralizado de sorpresa.

¿Sería entonces cuando recibió la puñalada y pese a ella continuó actuando como un autómata?

No, no era posible. El dictamen del forense precisaba que la recibió directamente en el corazón y debió morir instantáneamente. No hubiera podido después acometer el duelo con Arturo. Debió ver otra cosa. ¿Quizás al asesino agazapado entre los dos telones, como Marcela le había comentado que todos sospechaban?

Con un esfuerzo reprodujo los movimientos de Claudio en esa escena. Se hallaba de rodillas ante Alfredo y en el centro del escenario, cuando Arturo entraba por la puerta del lateral derecho, y al verle aparecer retrocedía un par de pasos hacia la izquierda. Arturo avanzaba altanero hacia él y Claudio seguía retrocediendo. Al pronunciar esos versos se hallaba exactamente de espaldas al telón del foro y junto a la puerta del mismo. Si volvió la cabeza en esa dirección y efectivamente había alguien escondido, tuvo que verle. ¿Pero quién podía encontrarse allí, cuya presencia le extrañase tanto como para sobresaltarle? Solo algún desconocido o...

Paco había dicho que había visto a Marcela con sus hábitos salir corriendo del escenario, segundos después de que el público ovacionara por error la caída de Claudio. Pero ésta se había marchado anteriormente y si hubiera vuelto a entrar en el escenario, ella la habría visto, pues permaneció en el pasillo todo ese tiempo y nadie entró en el escenario en ese momento. ¿Nadie?

Se incorporó de improviso en el sillón con los ojos desmesuradamente abiertos. !Dios santo! ¿Cómo no había caído en la cuenta antes? Paco la vio salir y por eso ella le mató. La distinguió desde lo alto de la escalera con sus hábitos blancos y...

Bruscamente se sintió transportada a la calle Mayor y vio su coche entre la niebla persiguiéndola, subiéndose a la acera para atropellarla.

Un torbellino se agitó ante sus ojos al retroceder al momento en que en casa de Laura tuvo aquella inoportuna salida de tono. Creyó oír de nuevo las palabras de Marcela, convenciéndola para que acudiese a la comisaría a la mañana siguiente y no esa noche. Con eso su asesina ganaba unas horas que aprovechó para intentar matarla y si falló en su intento fue de pura casualidad. Pero entonces...

Un escalofrío la recorrió entera y atemorizada miró recelosamente en todas direcciones. El silencio era total y los cerrojos de la puerta estaban bien echados. ¿Por qué de pronto no le parecían tan seguros? Castañeteándole los dientes, se puso en pie de un salto y corrió al teléfono. Tenía que decírselo al señor Garcerán, tenía que decirle que había recordado aquel detalle crucial que se le pasó por alto, que sabía quién había asesinado a Claudio.

Marcó nuevamente el número con una mano tan temblona, que tuvo que repetir varias veces la operación. Continuaba comunicando. ¿Es que no pensaría colgar nunca?

Impaciente colocó el auricular en su lugar y se apoyó contra la pared por miedo a que hubiese alguien detrás de ella. ¿Pero quién podía haber?, se dijo con una risita nerviosa que acrecentó su angustia. No había nadie en la casa y no tenía nada que temer. Marcela seguía detenida y ella no abriría la puerta, aunque llamaran. ¿Pero por qué estaba tan segura de que la otra seguía detenida? La visita del pasante del señor Garcerán parecía indicar que había ocurrido alguna novedad importante. Era muy posible que la hubiesen dejado en libertad y en ese caso no tardaría en oír el timbre de la puerta. ¿Qué debería hacer entonces?

Cautelosamente avanzó de puntillas hacia el vestíbulo y aplicó el oído a la puerta. El corazón le dió un vuelco al percibir el sonido de unos pasos que ascendían por la escalera. Se tapó la boca con la mano para no gritar y, procurando no hacer ruido, echó a correr hacia el teléfono. La línea del abogado continuaba ocupada, por lo que, medio histérica, reprimió un sollozo. ¿Qué podía hacer? No sabía cómo, pero intuía que ella lograría entrar, a pesar de las aldabas de la puerta. Vivía en un tercer piso, pero quizás por alguno de los balcones... Era más ágil de lo que cabía imaginar por su aspecto y por la fachada discurría la tubería de desagüe del tejado.

Con la frente perlada de sudor, corrió al pasillo y pasó a su dormitorio. Sobre la colcha granate de la cama vio desparramada la ropa que vestía cuando ingresó en el hospital, que Marcela había recogido y traído a casa, llevándole la que llevaba puesta en ese momento en previsión de que le dieran de alta. Las puertas del armario de caoba, abiertas de par en par, permitían distinguir el desorden de su interior, obra de la otra en su ausencia, pero dirigió su mirada exclusivamente al balcón. Los cristales estaban cerrados, aunque no las contraventanas. Las afianzó, echando la falleba, y jadeante volvió al pasillo para penetrar en el dormitorio contiguo. Una ráfaga de aire frío le azotó el rostro al trasponer la puerta. Los visillos se agitaban al compás de la brisa nocturna y con su única mano útil cerró también ese balcón de golpe, maldiciendo las manías higiénicas de Marcela y sus ansias de aire puro. Sin detenerse a recoger la ropa que ésta había dejado esparcida por el suelo, salió nuevamente al pasillo y entró en el cuarto de baño que remataba el fondo del corredor. La ventana era muy alta y demasiado estrecha para que nadie pudiera penetrar a través de ella, pero la cerró también estremeciéndose de frío y luego pasó corriendo a la cocina. Se asemejaba a una nevera, con la ventana que daba al patio abierta de par en par. Hasta allí no había forma de subir. Ni un hombre mosca lograría trepar por la pared, completamente lisa, pero convenía extremar las precauciones. Solo cuando la aseguró convenientemente, dió un suspiro de alivio y regresó sin aliento al cuarto de estar para repetir su llamada al abogado. Al comprobar que la línea continuaba intervenido, golpeó el teléfono con su mano izquierda. ¿Es que no iba a terminar nunca de hablar?

De improviso tuvo una idea. Llamaría a Jaime. Él la ayudaría. Tenía la certeza ya de que no estaba implicado en el crimen, por lo que no tenía nada que temer de él. Le pediría que acudiera inmediatamente y...

Acababa de marcar el número, cuando creyó percibir un rumor levísimo procedente de la puerta del piso. ¿Sería el chalado de Demetrio que caminaba de puntillas por el descansillo o... De puro nerviosismo, casi gritó al oír la voz de él a través del hilo.

— !Jaime!, ¿eres tú? Ven... ven inmediatamente... estoy muy asustada... No consigo hablar con el señor Garcerán y creo que hay alguien que pretende entrar en el piso...

— Marina, ¿qué te pasa? ¿Te ocurre algo?— se alarmó él.

¿Cómo explicárselo, si apenas lograba que la voz le saliese de la garganta?

— Te digo que vengas—gimió con un sollozo—. He caído en la cuenta de repente de cómo sucedió todo. Sé quién mató a Claudio. Yo estaba en el pasillo y ella no llegó a salir del escenario, porque la hubiera visto. Por eso mató a Paco, porque la distinguió desde lo alto de la escalera, cuando escapó corriendo hacia su camerino después de apuñalar a Claudio. Vio su hábito, ¿comprendes?

— Ni una palabra— replicó Jaime confuso—. Iré ahora mismo, pero procura tranquilizarte. Todo está bien y pensaba llamarte para darte una sorpresa. Acabo de enterarme de que acaban de dejar libre a Marcela. Pasará ya la noche en vuestra casa, contigo, por lo que no tendrás que preocuparte.

Marina no llegó a escuchar sus últimas palabras. Ahora los pasos resonaban claramente en el rellano de la escalera y había aguzado el oído, apartando de su oreja el auricular. El timbrazo de la puerta la obligó a dar un respingo y volvió a aferrarse al aparato.

— !Jaime! !Están llamando! !Ven! ¿No me oyes?

—Sí, te oigo y ya voy. No tardaré más de veinte minutos. Tranquilízate.

Le oyó colgar e intentó hacer lo mismo, pero la mano le temblaba tan lastimosamente que le costó realizar ese cometido. Se quedó quieta unos segundos, luchando por dominarse, por convencerse de que dentro del piso no podría sucederle nada. No abriría, aunque siguieran llamando y por los balcones nadie lograría entrar.

Con los sentidos en tensión, avanzó unos pasos hacia el oscuro vestíbulo. Ya no se percibía más que un silencio absoluto. Quienquiera que fuese, había desistido y lo único que tenía que hacer ella, era esperar. Veinte minutos pasaban pronto y, después que transcurriesen, Jaime estaría a su lado.

Volvió al cuarto de estar, aproximándose a la consola para encender otro cigarrillo y consultó su reloj de pulsera. ¿Cuánto tiempo habría pasado ya? A lo sumo un minuto o dos. ¿Qué podía hacer para entretener la espera?

Se decidió a pasear torpemente entre las sillas, volcando una a su paso. Entre tanto chisme no podía ni rebullirse.

El estridente sonido del teléfono la sobresaltó cuando la estaba levantando del suelo. ¿Quién podría ser? ¿Quizás el señor Garcerán?

— Diga, diga, ¿quién es?— balbuceó entrecortadamente.

Le pareció oír de nuevo la voz de Jaime, pero sonaba lejana y como extraña.

— Marina, ¿Eres tú?

— Sí, claro. ¿Pero dónde estás? Creí que estarías ya de camino— balbuceó—. ¿Por qué no vienes de una vez?

— Es que ha ocurrido algo imprevisto. Estoy en el teatro Odeón con Ballesteros y no puedo marcharme de aquí. El comisario quiere verte para que corrobores lo que acaba de descubrir. ¿Por qué no te reúnes inmediatamente con nosotros? Es muy importante.

— ¿A estas horas?— objetó aturdida—. Ya te he dicho que tengo miedo. Hace unos instantes han llamado a la puerta y... tengo miedo. Ven tú a buscarme.

Le pareció que sus protestas le exasperaban.

— Ya te he dicho que no puedo— replicó impaciente—. El comisario ha descubierto quien es el criminal y una vez que tú declares lo que viste, podrá detenerla. Necesita que lo atestigües y, después de todo, tu casa está a dos pasos del teatro.

¿Por qué su voz le sonaba tan extraña? Carecía del acento cálido de antes. Le sonaba como si...

— ¿Pero quién eres tú? ¿Eres Jaime?— inquirió trémula.

— Claro, ¿quién voy a ser? Ven ahora mismo.

Oyó el clic que cortaba la comunicación y se quedó mirando incrédulamente el auricular que sostenía en su mano útil.

¿Cómo era posible que en solo dos minutos la actitud de él hubiera variado tanto? Solo se interesaba porque acudiera a declarar. El terror que sentía le tenía sin cuidado.

Vacilante se encaminó hacia el vestíbulo y se detuvo

frente a la puerta. ¿Qué ocurriría si la trasponía y salía al rellano? Quizás hubiese alguien acechándola al otro lado o quizás no, pero casi prefería arriesgarse, a la zozobra de continuar encerrada en el piso, paseando entre los muebles del cuarto de estar, sabiendo que Jaime ya no acudiría.

Bruscamente se decidió. Tomó el chaquetón del perchero y trabajosamente logró introducirse en la prenda. Con el brazo derecho en cabestrillo, hasta los movimientos más sencillos resultaban complicados. Aún más trabajosamente descorrió el arsenal de cerrojos y aldabas y cautelosamente salió a la escalera. Estaba oscura y silenciosa. Bueno, no tan silenciosa. De abajo venía el murmullo inconfundible de la televisión de la portera, que le sonó a música celestial. Eufrasia estaba levantada todavía y, si se tropezaba con alguien en la oscuridad, sus gritos la harían acudir en el acto.

Aferrada a la barandilla, realizó el descenso a una velocidad vertiginosa, con el corazón martilleándole dentro del pecho como una maquinaria descompuesta. Sin detenerse, atravesó el portal y salió jadeante a la calle. A la incierta luz de una farola reconoció al vigilante de la obra de enfrente, que la saludó.

—¿Va al teatro, señorita Marina? Creía que seguía cerrado.

El señor Vicente se enorgullecía de conocerla a ella y a Marcela tanto como presumía Eufrasia de tenerlas en la casa y seguramente chismorrearía también de lo lindo a cuenta de su accidente y del crimen en el que se veían envueltas, pero pese a todo, le identificó en ese momento con un ángel salvador.

—Sí, voy allí y, aunque se encuentre solo a dos manzanas... está esto tan oscuro que... si no le importa...

El rubicundo semblante de él se distendió en una sonrisa.

—La acompañaré, no faltaba más. Después de lo que le ocurrió la otra noche, no es cosa de que vaya sola.

Los pasos de los dos resonaban en la desierta callejuela, mientras caminaban aprisa y con la cabeza baja para defenderse del viento helado.

— ¿Va usted a ensayar a estas horas? ¿Cómo no la acompaña su amiga?

El hombre solía estar al tanto de todo lo que sucedía en el vecindario, por lo que seguramente estaba tratando de sonsacarla. Para no darle una explicación, se encogió de hombros.

— No, no voy a ensayar. Tengo que ir allí, pero espero que sean solo unos minutos.

— Ya— dijo él, meneando cachazudamente la cabeza y observándola con curiosidad— Puedo esperarla, si quiere, para acompañarla después a su casa.

— Gracias, pero no se moleste— replicó al doblar la esquina, volviéndose hacia él para despedirse—. Me acompañará después Jaime Robledo, pero gracias de todos modos.

Se sintió seguida por sus ojos al cruzar la calle y detenerse un instante ante la puerta de actores del teatro. Se encontraba entreabierta y a través de la puerta de cristales del fondo del portal comprobó que el pasillo estaba a oscuras. Sin moverse, oyó alejarse a su espalda los pasos del vigilante e, indecisa, continuó inmóvil. Al fin cruzó el portal y empujó la puerta de cristales, buscando a tientas el conmutador de la luz y cuando la única bombilla alumbró tenuemente el largo pasillo, dió un par de pasos vacilante. ¿Dónde se habría metido Jaime? El corredor aparecía desierto con las puertas de los camerinos herméticamente cerradas. Temblorosa, le llamó quedamente.

—!Jaime!

Su propia voz pareció expandirse y resonar lúgubremente en aquel silencio tan absoluto, sobresaltándola. ¿Dónde se habría metido? ¿Cómo no se había molestado en esperarla en la puerta? ¿Y dónde se encontraría el comisario?

Avanzó unos pasos más hacia el fondo del pasillo al distinguir el hilillo de luz que se filtraba desde el escenario para caer sobre las losas rojas del corredor, pero se detuvo instantáneamente. ¿Qué había sido eso? A su espalda acababa de percibir un rumor levísimo, quizás procedente de alguno de los camerinos que ya había rebasado.

Pero no. Las tres puertas que dejara tras ella continuaban cerradas. ¿Qué había sido entonces? Un sudor frío comenzó a correrle por la espalda. ¿Por qué le había hecho caso a Jaime, abandonando la seguridad de su casa? Él la sabía en peligro y sin embargo se había empeñado en hacerla acudir al teatro sola, cuando no le hubiera costado ningún esfuerzo recogerla.

Dudó en dar media vuelta, pero aquél impreciso sonido volvió a repetirse. ¿De dónde provenía? A la incierta luz de la bombilla que colgaba del techo escrutó ansiosamente las sombras que envolvían el portal que acababa de dejar a su espalda. Parecía venir de ese lugar o quizás de alguno de los primeros camerinos. ¿La habría seguido alguien?

Un escalofrío la recorrió, aunque intentó convencerse de que nada podría sucederle. El haz de luz que salía del escenario indicaba claramente que Jaime estaba allí esperándola y lo que tenía que hacer era reunirse con él cuanto antes.

Sus pasos sobre las baldosas rojas repercutieron levantándose en mil ecos cuando se decidió a encaminarse apresuradamente en esa dirección. Terminó por correr como una loca y subió como un ciclón los cinco escalones que llevaban al escenario.

— !Jaime!— chilló histéricamente.

Pero el escenario estaba desierto. Los telones del cuarto acto colgaban inmóviles a la azulada luz de las candilejas, como si todo estuviese preparado para representar nuevamente la escena en que Claudio perdiera la vida. Faltaban únicamente los actores que debían interpretarla. Faltaba Jaime que debería estar esperándola. ¿Qué clase de estúpida broma le había gastado? Cuando poco antes la llamara desde el teatro, le notó raro, como distante, pero no le consideraba capaz de una broma de tan mal gusto. Alguna razón habría para que hubiera variado tan radicalmente de actitud. Algo muy importante para que en solo un par de minutos se mostrase tan frío hacia ella, tan indiferente.

¿En solo dos minutos? El corazón le dió un vuelco

Úrsula Llanos

dentro del pecho y luego pareció ascender para martillearle en la garganta. En tan escaso tiempo no podía haber recorrido Jaime la distancia que separaba el teatro de su casa y llamarla a continuación por teléfono. Era imposible. ¿Pero quién entonces podía haber imitado tan perfectamente su voz? ¿O la había llamado desde su apartamento citándola en el Odeón para...? ¿Para qué?

La frente se le perló de sudor. Era absurdo lo que estaba imaginando, se dijo, avanzando maquinalmente para aproximarse al sofá y mirar recelosamente en todas direcciones. Sabía ya quién era la culpable y que él no estaba implicado. Sabía que...

Un ligero rumor su espalda la sobresaltó e intentó volverse, al tiempo que algo rodeaba su cuello. Algo que oprimía, que asfixiaba. Mientras se resistía inútilmente oyó su voz.

— !Hola, Marina! Te estaba esperando.

Muerte en el teatro

—CAPITULO XVI—

Atila se retrepó cómodamente en el respaldo de su asiento y durante unos segundos contempló impasible el moreno y consternado semblante del acusado. En la sala de la audiencia reinaba un silencio opresivo. Los miembros del tribunal permanecían inmóviles y el fiscal, sentado en el estrado frontero al de Atila, a la izquierda del tribunal, disimulaba como podía una sonrisa de satisfacción. De las respuestas del acusado a sus sibilinas preguntas se constataba sin género de dudas que únicamente él podía haber cometido el crimen y, en su opinión, poco le quedaba al temible Atila por hacer.

Éste, sin embargo, no parecía afectado por la marcha de los acontecimientos. Con absoluto aplomo se acodó en su mesa, inclinándose ligeramente hacia adelante para dirigirse a su cliente con su bien timbrada voz de barítono.

— Con la venia de la Sala. Veamos, señor Armengol— continuó, dirigiéndose ahora a su cliente—. Corríjame si me equivoco. Usted ha declarado que al finalizar la escena del sofá, durante el cuarto acto y, dado que doña Laura Marco se había accidentado anteriormente y casi no se podía mover, la llevó usted en brazos a su camerino y permaneció con ella en ese lugar hasta que el traspunte le avisó de que debía dirigirse al escenario para, interpretando a don Luis Mejías, pedirle cuentas a don Juan Tenorio por haberle quitado la novia con malas artes. ¿Es cierto?

Arturo vaciló imperceptiblemente.

—Bueno, no del todo. Cuando finalizó la escena del sofá, Laura estaba tan conmocionada que no podía dar ni un solo paso. Por eso la acostamos en una cama, al fondo del escenario, donde permaneció unos instantes oyendo como transcurría la función. Yo salí seguidamente a escena a retar a muerte a don Juan. En la obra, mientras el personaje que yo encarnaba está riñendo con él, llega a la quinta del Tenorio el comendador con la intención de vengar a su hija, doña Inés. Entonces don Juan hace pasar a don Luis a otra estancia para recibir a solas al padre de ella, al que finalmente mata de un disparo. Entonces fue cuando llevé en brazos a Laura Marco a su camerino y la dejé acostada en un diván. Después regresé inmediatamente al escenario para la escena del duelo y entonces fue cuando... cuando alguien mató a Claudio de forma incomprensible.

Atila hizo un gesto de asentimiento.

—Ya. ¿Y sabe usted que fue lo que le produjo la muerte?

—Sí— replicó sencillamente Arturo—. La policía me ha dicho que alguien le asestó una puñalada en el corazón precisamente cuando estábamos representando la escena del duelo.

—¿Alguien? Vio usted a alguna persona entre bastidores que hubiera podido tener esa oportunidad?

Arturo se apresuró a negar con la cabeza.

—No, pero no creo que le hubiese visto, aunque se hubiese ocultado entre los dos telones del foro. En escena te deslumbran las candilejas y ni distingues bien al público ni a quien pudiera esconderse entre el decorado.

Atila eligió cuidadosamente las palabras.

—¿Y cuándo llevó a doña Laura a su camerino se encontró con alguien en el pasillo?

—Protesto— le interrumpió el fiscal, olvidándose por unos segundos de sus escurridizas gafas, que le resbalaron hasta la punta de su nariz—. La pregunta es irrelevante y debe ser declarada impertinente. No viene al caso quien pudiera encontrarse en el pasillo en esos momentos, puesto que el crimen se cometió en el escenario del teatro—. Y muy satisfecho consigo mismo por lo listo que estaba resultando ser, don Froilán Pérez, volvió a recostarse en el respaldo de su asiento.

— Con la venia de la Sala. Tiene mucho que ver— le rebatió Atila dirigiéndose al presidente del tribunal—. Es absolutamente determinante para probar que la coartada de uno de los actores de la compañía es falsa.

Aunque aquél no llegó a entender lo que pretendía Atila, admitió la pregunta e hizo un leve gesto de asentimiento.

— Denegada la protesta. El acusado contestará a la defensa.

Visiblemente consternado, Arturo se aflojó ligeramente el nudo de la corbata. Abrió la boca y la volvió a cerrar. Al fin articuló trabajosamente.

— No, en el pasillo de los camerinos no vi a nadie.

— ¿Está seguro?

El otro volvió a vacilar.

— No... digo sí. Todos los actores y don Leónidas se encontraban entre bastidores, porque aquella fue una representación espantosa en la que de antemano teníamos todos los nervios rotos. No, en el pasillo de los camerinos no vi a nadie.

Atila hizo una pausa efectista.

— ¿No? ¿Cómo se explica entonces que doña Marina Abril haya declarado que nadie salió del escenario durante el cuarto acto? Al folio 152 del Sumario consta su declaración en la que manifiesta que permaneció en el pasillo durante el lapso de tiempo que transcurrió entre el final de la escena del sofá hasta que terminó la escena del duelo.

El semblante de Arturo adquirió un tinte ceniciento.

— Pues... no sé.

— ¿No lo sabe? Yo creo que sí lo sabe. Sabe perfectamente que usted no abandonó el escenario en ningún momento durante el cuarto acto. ¿No es cierto?

Arturo vaciló nuevamente, pero terminó por bajar la mirada hacia la punta de sus zapatos que pareció contemplar con gran interés.

— Bueno... sí, es cierto. No salí del escenario, pero eso no quiere decir que... no quiere decir nada.

El abogado le interrumpió con un gesto imperioso, antes de que su cliente estropeara el clima de enigmática confusión que acababa de crear. El tribunal parpadeaba perplejo sin entender qué extraña conclusión pretendía extraer el famoso Atila del hecho de que el acusado hubiera permanecido en el escenario ni la importancia que pudiera tener el hecho de que no se hubiera ido a tumbar en el diván de su camerino inmediatamente antes de la escena del duelo. Froilán Pérez, claramente desorientado, luchaba nerviosamente con sus gafas, empeñadas en deslizársele por su nariz. Parecía que el interrogatorio de Atila pretendiera perjudicar aún más a su cliente, obligándole a contradecirse respecto de lo que había declarado anteriormente. El público de la sala permanecía en suspenso y Rogelio se reprimía para no morderse las uñas. ¿A qué estaría jugando su jefe?

Pero Atila no aclaró a qué estaba jugando. Se limitó a dar por finalizado el interrogatorio de Arturo y a escuchar en silencio las declaraciones de los cinco testigos de cargo que presentó el fiscal. Cinco espectadores de la representación, que declararon que en el momento de autos nadie se aproximó a don Claudio Veiga y que el único que había tenido la oportunidad de apuñalarle había sido el acusado.

Cuando le tocó el turno, Atila se limitó a preguntarles si habían visto a Arturo Armengol perpetrar el delito, a lo que éstos contestaron negativamente. Después el agente judicial procedió a avisar a los testigos de la defensa.

Marina Abril entró en la sala evidentemente intimidada. En las vastas proporciones de aquella, su figura parecía más menuda que nunca y su aspecto aún más aniñado que de costumbre. Oscuras ojeras circundaban sus grandes ojos claros y con su rizada melena oscura enmarcando su moreno semblante, estaba realmente bonita. Incluso vestía mejor de lo que acostumbraba, pues llevaba un traje de chaqueta gris bien cortado y una blusa azul claro que entonaba en cl color de sus ojos y que le favorecía bastante. Entró en la sala siguiendo al agente judicial y prestó juramento antes de tomar asiento en la butaca reservada a los testigos. Luego levantó su mirada hacia Atila que inmediatamente le preguntó:

— Se llama usted Marina González López, aunque su nombre artístico es Marina Abril, ¿no es así?

— Sí, señor— repuso ella en apenas un susurro.

— ¿Qué papel interpreta en la función de don Juan Tenorio?

— El de Lucía, la criada de doña Ana de Pantoja y el de hermana tornera. Son dos papelitos sin importancia.

— ¿Y dónde se encontraba usted durante el cuarto acto de la representación?

La voz le salió algo temblona a la chica al responder:

— Estuve entre bastidores, junto al telón lateral izquierdo, mientras Laura Marco y Claudio Veiga interpretaban la escena del sofá. Como me puse muy nerviosa al advertir que Claudio intentaba poner en pie a Laura, sabiendo, cómo sabía, que no podía ella sostenerse, me salí al pasillo de los camerinos y permanecí allí sola, recorriéndolo de arriba a abajo, hasta unos instantes antes de que finalizara la escena del duelo. Entonces eché a correr hacia el escenario y llegué a tiempo de ver sus últimos lances y como Claudio caía al suelo.

— ¿Vio usted a alguien en el pasillo durante el tiempo en que estuvo allí?

— No, no salió nadie del escenario durante el lapso de tiempo que medió entre la escena del sofá y la muerte de Claudio.

— ¿Está segura?

— Completamente.

— ¿Desde el lugar en que se hallaba en el pasillo, divisaba la entrada del escenario?

— Sí y no salió ni entró nadie en él. Solamente Paco, el traspunte, al que vi subir después a su leonera por la escalera por la que se asciende a la primera planta. Solía encerrarse allí a descansar cuando se lo permitía su trabajo.

Atila hizo un gesto de aprobación.

—Bien, Ha dicho que regresó al escenario a tiempo de ver cómo don Claudio Veiga caía al suelo. ¿Vio que alguien le agrediera clavándole un cuchillo?

Marina denegó enfáticamente con la cabeza.

— No, pero Arturo no pudo hacerlo. Cuando Claudio cayó al suelo, Arturo se quedó en pie a su lado como si no lo entendiera y cuando instantes después bajaron el telón y encendieron la luz del escenario, no tenía el menor rastro de sangre en sus manos ni en su espada ni en su ropa, aunque Claudio sangraba bastante por una herida que tenía en el pecho.

— ¿Llevaba el señor Armengol guantes en esa escena?

— No, no los llevaba.

— ¿Y los llevaba algún otro actor?

Marina reflexionó unos instantes con el ceño fruncido.

— No, creo que no.

— ¿No está segura?

— Sí, sí lo estoy. Ningún actor llevaba guantes. Don Leónidas lo decidió así para ahorrarse más...— Estuvo a punto de decir "follones", pero se interrumpió a tiempo y terminó diciendo: — ... para ahorrarse más problemas.

— Bien, quedamos en que no vio a nadie agredir al señor Veiga. Cuéntenos ahora lo que acaeció el día veinticinco de noviembre por la noche, cuando se marchó usted de la casa de doña Laura Marco, a la que había ido a visitar.

Se refería sin duda al atropello de que había sido objeto y Marina lo refirió con voz aún más temblona, esbozando algún que otro puchero conforme iba relatando como tuvo que subirse a la acera para librarse de aquél automóvil y como éste continuó persiguiéndola entre la niebla para alcanzarla al fin en las escaleras de su calle. El público siguió su relato en absoluto silencio y con evidentes muestras de simpatía. Efecto que Atila acrecentó, inclinándose hacia ella al acodarse sobre su mesa con aire paternal.

— ¿Sabe usted quién era su perseguidor y por qué quería matarla?

Marina se enjugó un par de lagrimones antes de contestar:

461

— No, no lo sé. El coche era un Renault, creo que de color gris. Había mucha niebla esa noche y no estoy segura de esto último. Tampoco llegué a distinguir al conductor ni me fijé en la matrícula del automóvil. Comprenderá que no estaba para fijarme en nada

— ¿Y sabe usted por qué quería matarla?

— Con la venia de la Sala. Protesto— se le adelantó el fiscal, que parecía haber cogido nuevamente el hilo de lo que se estaba declarando—. La defensa le está pidiendo una opinión a la testigo sobre una cuestión que no tiene nada que ver con lo que aquí se está enjuiciando. La pregunta debe ser declarada improcedente.

Atila levantó condescendientemente una mano.

— Está bien. Formularé la pregunta de otra manera. ¿Tiene usted algún enemigo o existe alguna persona que pudiera beneficiarse con la muerte de usted?

— Pues...— La chica reflexionó durante unos segundos con la cabeza baja. Luego se enjugó nuevamente unos lagrimones con un pañuelito que había extraído del bolso y al fin dijo casi sin voz—: Bueno... sí. Al principio no caí en la cuenta de lo que había visto la noche en que mataron a Claudio. Por más que intenté hacer memoria no relacioné mi estancia en el pasillo de los camerinos durante el cuarto acto con la coartada de uno de los actores y... creo que intentó atropellarme para que no pudiera declararlo ante la policía.

Se oyó un rumor sordo entre el público que el presidente de la Audiencia cortó, dando un mazazo sobre la mesa.

— !Silencio!— tronó—. Después se dirigió a la muchacha —: Continúe.

Marina asintió vacilante.

— Eso fue lo que pensé la noche en que salí del hospital después del atropello. Fue a recogerme un compañero, Jaime Robledo, y me llevó a casa. Estaba tan asustada que, al poco de dejarme en ella le llamé por teléfono, porque me pareció que alguien intentaba entrar en mi piso. Me contestó Jaime que llegaría a mi casa en unos veinte minutos, pero cuando no habían transcurrido más de cinco o diez, me telefoneó él para decirme que la policía había descubierto algo importante y que me esperaba con ésta en el Odeón, donde debía acudir inmediatamente yo para que lo confirmara. Me pareció muy extraño que, sabiendo cómo sabía que habían querido matarme y que estaba muy asustada, me hiciera salir de mi casa a las once de la noche para dirigirme al teatro sola. El teatro está muy cerca de mi casa, pero así y todo yo me creía en peligro y él lo sabía y...

— ¿Y qué hizo usted?— le preguntó Atila al percatarse de que se interrumpía vacilante.

— Al fin me decidí. Bajé a tientas la escalera y crucé la calle, donde me encontré al señor Vicente, el vigilante de la obra de la casa de enfrente, que se ofreció a acompañarme al teatro, lo que yo acepté en el acto. Me dejó ante la puerta de actores que estaba entreabierta, lo que no me extrañó porque pensé que dentro estaría la policía con Jaime y que me estarían esperando. Lo primero que me sorprendió fue que el pasillo de los camerinos estaba a oscuras y que en el teatro no parecía haber nadie. Solo un hilillo de luz provenía del fondo del mismo, que se filtraba por debajo de los telones del escenario. Llamé a Jaime pero no me contestó, aunque sí creí percibir un ligero rumor, como si alguien se escondiera no muy lejos de mí y...

— Continúe— la animó Atila.

— ... y.... bueno, al final eché a correr hacia el escenario, donde aún colgaba el decorado del cuarto acto del Tenorio. Tampoco había nadie allí, aunque estaban encendidas las candilejas azuladas que se proyectaban durante la escena del duelo. Histérica, llamé nuevamente a Jaime y entonces, cuando me aproximé al sofá, noté la presencia de alguien detrás de mí. No pude volverme. Algo me rodeó el cuello y empezó a asfixiarme. Escuché su voz y unos segundos más tarde la voz de otro hombre que debía venir corriendo por el pasillo de los camerinos. Después nada.

— ¿Perdió el conocimiento?

— Sí— reconoció sencillamente—. Cuando lo recobré,

estaba tumbada en el sofá del escenario y dos hombres se inclinaban sobre mí.

— ¿Sabe quiénes eran esos hombres?

— Sí. Uno era Jaime Robledo y el otro era ese señor.

Señalaba con el dedo al pasante de Atila, sentado en el estrado junto a él, con su recién estrenada toga. Rogelio se puso como un tomate e intentó infructuosamente aflojarse el nudo de la corbata sin conseguirlo.

— El señor Bernal había ido a visitarme a casa esa tarde y, al no encontrarme, volvió más tarde con el mismo propósito— siguió ella—. Era la persona que llamaba al timbre de mi piso y que me hizo pensar que era el asesino y que venía ahora a por mí. El caso es que, cuando el señor Bernal bajó nuevamente la escalera, se encontró al guarda de la obra y éste le dijo que yo me hallaba en el Odeón y que él me había acompañado, porque tenía ensayo. Don Rogelio sospechó la verdad. Que no eran horas de citar a ningún actor con ese propósito y echó a correr hacia el teatro. Como a mí, le guio la luz del escenario que se filtraba hasta el pasillo y llegó justo a tiempo de impedir que me estrangularan, aunque no llegó a identificar a mi agresor. Creo que, instantes después, apareció también apresuradamente Jaime Robledo, que, según dijo, se había encontrado en la calle al señor Vicente, que igualmente le había informado de que yo me encontraba en el teatro—. Llorosa, extendió la mano señalando nuevamente a Rogelio—. Le debo la vida a ese señor.

Entre el público se produjo un revuelo de admiración hacia el muchacho, que se puso más rojo todavía que antes y estuvo a punto de ahogarse definitivamente con la corbata. Afortunadamente lo impidió Atila, que se dirigió nuevamente a la muchacha.

— ¿Llegó a reconocer a su agresor? Ha dicho hace un instante que oyó su voz cuando intentaba estrangularla.

— Sí... lo he dicho, pero no estoy segura. Parecía la voz de Jaime, pero...— Vaciló, más llorosa aún que antes— ... pero no era igual. Si el que intentó estrangularme era un actor, pudo imitar su voz. Casi todos sabemos hacerlo. Puedo demostrárselo— añadió, al ver la expresión de escepticismo del tribunal—. Puedo, si me lo permiten, imitar ahora la voz de Laura. Es la que mejor me sale.

El presidente del tribunal disimuló una sonrisa. Aquella muchacha parecía tan ingenua, tan vulnerable...

— No es necesario. Continúe.

—Pues... no hubo más. Don Rogelio y Jaime me dijeron que no habían llegado a ver a mi agresor en el escenario ni tampoco después. A mí me llevaron a urgencias de un hospital y cuando me dieron de alta me marché a mi pueblo sin despedirme de nadie. Ni siquiera de Marcela Llanes con la que vivía. Solo al señor Garcerán le di mi dirección para que pudiera enviarme la citación de este juicio y por si quería ponerse en contacto conmigo por cualquier otra razón. Es lo que me pareció más seguro.

Atila le sonrió, dando el interrogatorio por finalizado.

— Bien, señorita Abril, No hay más preguntas.

Le tocaba el turno al fiscal, que estuvo pesadísimo. Su interrogatorio se circunscribió a la muerte de Claudio, como si no le interesaran las dos tentativas de homicidio de que la muchacha había sido objeto.

— Usted ha dicho que se encontraba en el escenario junto al telón lateral izquierdo en el momento de autos, ¿no es cierto?

— Sí, sí lo es.

— ¿Y qué ocurrió cuando el señor Veiga cayó al suelo al finalizar la escena del duelo?

— Que en un principio ninguno entendimos lo que había sucedido.

— ¿Y qué hizo el acusado?

— Se quedó quieto junto al cuerpo caído de Claudio. En pie y con la espada colgando de la mano.

— ¿No se inclinó sobre él?

Marina meneó negativamente la cabeza.

— No, no lo hizo.

— ¿Tenía el señor Veiga un cuchillo clavado en el pecho?

— No, no lo tenía. Estaba Claudio frente a mí y a pocos pasos un instante antes de caer al suelo, por lo que lo hubiera visto de haberlo llevado clavado, Únicamente tenía una mancha oscura en la casaca.

— ¿Y después? ¿Está segura de que el acusado no se apartó en ningún momento del cuerpo del difunto?

— Segurísima.

— Con el desconcierto que el suceso originaría, ¿estuvo mirándole fija e ininterrumpidamente todo el tiempo?

— Sí señor.

El fiscal dejó escapar una risita sardónica.

— Eso es imposible, señorita. ¿Quiere hacernos creer que se quedó al margen del revuelo que se produciría en el escenario como si fuera una espectadora? ¿Que no gritó ni se abrazó a nadie, como hubiera sido la reacción de cualquier persona normal?

Marina se irguió en su sillón con una seguridad de la que Atila no la hubiera creído capaz anteriormente.

— No recuerdo si grité, pero no me abracé a nadie ni me aparté de Arturo. Tampoco sé si mi reacción fue la normal, pero sí estoy segura de que él no pudo matar a Claudio.

Al fiscal le sentó su respuesta como una patada en el estómago, al escuchar las risas del público. Torció el gesto, se ajustó las gafas sobre su pequeño apéndice nasal y finalmente hizo un gesto displicente con la mano.

— Está bien, señorita. No haré más preguntas.

Rogelio dejó escapar un suspiro de alivio. El bombonazo había estado sensacional, en contra de las predicciones de don Atilano que auguraba que el fiscal la haría contradecirse tantas veces como quisiera. Claro que Froilán Pérez no había estado todo lo brillante que el caso requería. Bastante había tenido con preocuparse de no perder sus gafas, se dijo muy satisfecho.

Fue entonces cuando distinguió a alguien entre el público en quien no había reparado antes. Le miraba emocionada, sosteniendo un pañuelito contra sus ojos como si hubiera estado llorando al enterarse de que su sobrino del alma le había salvado la vida al bombonazo. Claro que, en realidad, la chica no le debía nada. Había sido pura casualidad el que él llegara a tiempo de impedir que su agresor la estrangulara, ya que éste huyó al oírle correr por el pasillo, en dirección al escenario. Pero era tan agradable sentirse un héroe, aunque solo fuera por un instante...

Con un disimulado codazo intentó llamar la atención de su jefe, que escuchaba deferentemente al tribunal, que en esos momentos posponía la continuación de la vista para esa misma tarde.

— Don Atilano— le susurró al oído.

— ¿Qué, qué quieres?— le preguntó éste con una desusada amabilidad—. Ha ido todo bien, ¿no te parece? La señorita Abril ha sido una testigo inmejorable.

Su pasante le sonrió de oreja a oreja. Si hasta parecía que su jefe tomaba en cuenta su opinión. Esa circunstancia y la de considerarle un héroe eran dos sensaciones nuevas para él, nuevas y maravillosas.

— Escuche, don Atilano. Ha venido mi tía a verme y está emocionada. Quizás usted no la recuerde, pero voy a pedirle que sea atento con ella para no desilusionarla y que si no le supone mucho esfuerzo, le diga algo bueno de mí. La pobre cree que valgo un montón, ¿sabe? Por si no se acuerda, le diré que se llama Violeta.

Aunque aparentemente se quedó impasible, Atila sintió una sacudida interior y dirigió su mirada al público. El tribunal había bajado ya de su estrado y había salido de la sala y el público empezaba a desalojarla también, con un murmullo sordo y acompasado. ¿Cuál de todas aquellas mujeres que se disgregaban entre los bancos de madera destinados a los espectadores podría ser Violeta? Habían transcurrido ya veinte años largos y probablemente no se parecería en nada a la de entonces. ¿Sería aquella morena gorda, que llevaba una larga y estropajosa melena? ¿O aquella otra pintadísima, que vestía un traje de chaqueta tres tallas menores de la que le correspondía a sus medidas?

De pronto sintió una timidez absurda. ¿Cómo habría

envejecido él? No había engordado y su figura seguía siendo atlética aunque no practicara ningún deporte. ¿Pero se parecería al muchacho universitario que paseaba incansablemente con ella por los jardines del Retiro, tanto en verano como en invierno, y que no podía permitirse el lujo de invitarla a un café? ¿Pero cuál sería de todas las que le aguardaban para felicitarle en la amplia galería a la que acababan de salir?

Al fin la reconoció entre una multitud que comentaba algo a gritos. Y... sí, había cambiado. Ya no lucía una melena lisa y brillante hasta media espalda ni su pelo era ya negro. Ese color se había trocado en rubio ceniza y lo llevaba peinado en una melenita corta, que enmarcaba un semblante muy parecido, aunque menos alegre y con algunas arruguillas junto a los ojos. Su silueta sí era igual, estilizada y elegante. Más elegante que antes, porque ahora vestía muy bien. Le miraba con una sonrisa tímida y... sí, admirativa. Atila sintió algo muy parecido a una bola de algodón en la garganta.

— Venga, don Atilano—le apremió Rogelio, tirándole de la manga de la toga para obligarle a reunirse con ella—. Es mi tía Violeta, a la que creo que conoció usted en la universidad. Le admira mucho y tiene guardados recortes de artículos de periódico que se refieren a usted y a sus juicios. ¿A que tengo una tía preciosa?

Durante un larguísimo segundo Atila y Violeta se miraron en silencio. Luego tragaron saliva a la vez y rompieron a hablar al mismo tiempo.

— Tu sobrino...— empezó él.

— Quiero felicitarte, Atila. Supe ya entonces que llegarías lejos y....

¿Atila? ¿Le había llamado Atila como en los años de facultad? — se preguntó con una sensación rara que hacía siglos que no experimentaba. Era un apodo que le puso ella y que le pertenecía en exclusiva, pues, se dijo, nadie, ni siquiera Rogelio, se hubiera atrevido a acortarle el nombre y a denominarle como al famoso y sanguinario jefe de los Hunos. De haberle preguntado sobre ese apodo a los miembros del tribunal, al fiscal, o a cualquiera de los que se aglomeraban en el pasillo, se hubiera llevado una sorpresa, porque todos le conocían por ese apelativo, pero, como no se lo preguntó, se sintió como en éxtasis.

—Estás igual, Violeta— le dijo, olvidándose de la anterior melena de ella, del color de su pelo y de las arruguillas de sus ojos—. No has cambiado nada. ¿Cómo te ha ido en estos años?

Ella hizo un gesto vago.

—Bien. Me quedé viuda a los cinco años de casarme y... no tuvimos hijos... Ahora pinto. ¿Recuerdas que estudié Bellas Artes? Voy a exponer en Madrid la próxima semana. Me gustaría que asistieses a la inauguración—. Hizo una pausa y volvió a contemplarle admirativamente levantando la cabeza hacia las alturas de él—. Sobre todo, quería felicitarte. Muchas veces en estos años he estado tentada de llamarte, pero no me he atrevido. Ahora eres tan famoso que... que pensé que ya no te acordarías de mí.

Atila le sonrió modestamente. ¿Cómo podía ignorar la muy boba que no había pasado un solo día desde que se largó con aquel idiota en que él no le hubiera dedicado algún nostálgico recuerdo? Le entraron ganas de decírselo, pero en su lugar respondió con aire indiferente:

—Qué cosas dices. ¿Cómo podría haberme olvidado de tí y de los años de estudiante? Y por supuesto que estaré encantado de asistir a la inauguración de tu exposición. Mándame una invitación, que no faltaré. Y ahora, perdona. Tengo el tiempo justo para comer, porque a las cinco se reanuda la vista. Y por cierto, que tienes un sobrino de muchísima valía. Llegará lejos en la profesión.

Y se marchó a su casa, diciéndose que era un completo estúpido. Que había desaprovechado tontamente la ocasión de invitarla a comer o a cenar o... o a pasear por el Retiro. Como hubiera dicho Rogelio, era un completo alcornoque. Un rollífero compendio jurídico con el Aranzadi atragantado. Un aburridísimo picapleitos, que, aunque los ganara todos, se quedaba atontolinado ante la única mujer que le había importado y no era capaz siquiera de concertar una cita con ella.

—CAPITULO XVII—

El primero en comparecer esa tarde como testigo fue don Leónidas a instancia de la defensa y seguidamente Jaime Robledo. El empresario, con su rudeza habitual, pero con aparente sinceridad, declaró en favor de Arturo sin una sola vacilación. Jaime despertó un rumor admirativo entre el elemento femenino del público. Su testimonio también fue favorable a éste y no se contradijo ni una sola vez.

A continuación hizo lo propio Laura Marco. Entró en la Sala sin timidez, envuelta en esa gracia etérea que la caracterizaba y que era la causa principal de su enorme atractivo, con el que se había convertido en el ídolo del público.

Vestía un traje de chaqueta de un azul intenso que destacaba la gracilidad de su esbelta figura y el rubio ceniciento de su melena, que le caía ondulada sobre la frente y le resbalaba brillante y lisa hasta los hombros. Con absoluta naturalidad juró en pie decir la verdad y tomó luego asiento en la butaca destinada a los testigos con una elegancia insuperable.

— ¿Se llama usted Laura Marco?— empezó Atila.

— Sí, es mi verdadero nombre.

— ¿Y qué papel representaba en la función de don Juan Tenorio?

— El de doña Inés.

— ¿Es cierto que el día de autos, antes de que comenzara la función, tuvo usted un fuerte altercado con su

471

marido en el camerino del acusado?

Laura hizo un gesto afirmativo.

— Sí, tuvimos una discusión, como las habíamos tenido antes en otras muchas ocasiones. Claudio tenía muy mal carácter y se enfadaba por nimiedades. Esa tarde no fue una excepción. También esa tarde se peleó con Arturo Armengol, con don Leónidas Domínguez y con Jaime Robledo. No sé si con algún otro, pero si no riñó con los demás fue porque no se le pusieron a tiro.

Lo afirmaba con tan aparente sinceridad, que Rogelio no dejó de sorprenderse. ¿Estaría mintiendo o es que para ella la ruptura con Arturo de esa tarde y la circunstancia de que Claudio se hubiese enterado simultáneamente de su existencia eran nimiedades? ¿Qué motivos consideraría entonces dignos de ser considerados importantes?

— Bien, cuénteme a grandes rasgos cómo se desarrolló la función—continuó Atila—. Al parecer, al finalizar el tercer acto con el rapto del convento de que don Juan hace objeto a doña Inés, don Claudio Veiga la sacó a usted del escenario en brazos y la arrojó por las escaleras por las que se desciende al pasillo de los camerinos, ¿fue así?

Laura vaciló durante unos segundos. Se apartó de la frente su suave melena ondulada y levantó hacia él sus claros ojos azules, límpidos como los de una niña.

— Pues... efectivamente. Ya le he dicho que Claudio tenía muy mal carácter y esa tarde estaba fuera de sí. Cuando salió del escenario conmigo a cuestas, le dije que me dejara en el suelo en cuanto desaparecimos de la vista de los espectadores. Hizo como que no me había oído y cuando se lo repetí, me tiró desde lo alto sobre los peldaños por los que se desciende al pasillo de los camerinos. Sentí un dolor horroroso y, aunque lo intenté, no me pude levantar, por lo que me quedé allí caída en el suelo. Después Pedrito, o sea, Pedro Rubio que es otro compañero, me llevó en brazos a mi camerino y me depositó en un diván.

— ¿La llevaron a usted a urgencias de algún hospital?

Laura se secó delicadamente con un pañuelo un

lagrimón que le rodaba por la mejilla y luego se sonó antes de responder.

— Si, cuando acabó la representación y la policía nos lo permitió.

— ¿Y cuál fue el diagnóstico médico?

— Aplastamiento de la primera vértebra lumbar y un fuerte traumatismo en toda esa zona. El médico me dijo que tenía que guardar reposo absoluto hasta que disminuyera la inflamación, pero, aunque él no me lo hubiera prescrito, habría tenido que guardar igualmente reposo. No me podía mover.

Atila se acarició su cuadrada barbilla en gesto dubitativo.

— No obstante y pese a los terribles dolores que sufría después de su lesión de espalda, se obstinó en continuar representando su papel en la obra y en realizar la escena del sofá.

Dos nuevos lagrimones se deslizaron por las mejillas de ella y Atila empezó a removerse inquieto en su asiento. Solo faltaría que ahora se pusiera a llorar a gritos y él no supiera qué hacer para calmarla. Claro que era muy poco probable que Laura se pusiera a llorar a gritos. Resultaría muy poco estético y llevaba el teatro metido en las venas. Si acaso dejaría escapar un par de sollozos, pero sin descomponer su agraciada imagen.

— Sí— contestó al fin ella—. Soy una profesional y no podía defraudar al público ni perjudicar al empresario, que se hubiera visto obligado a suspender la función con lo que esto conlleva... pateos, silbidos y la devolución del dinero de las entradas—. Se interrumpió para sonreírle dulcemente al tribunal con expresión ausente—. No podía permitirlo, ¿comprende?

Hubo un rumor sordo de simpatía entre el público que se acalló cuando Atila reanudó el interrogatorio.

— Pero usted no se podía mover, ¿no es cierto?

— Apenas, pero con un esfuerzo ímprobo conseguí llegar hasta el sofá que da nombre a la escena, del brazo de Matilde Iniesta, que hacía el papel de Doña Brígida, simulando estar muy afectada por el rapto del convento perpetrado por don Juan. Creo que al público no le extrañó porque doña Inés es un personaje frágil, que se va desmayando a cada paso. Matilde me sentó en el sofá donde ya, antes de levantar el telón, habían puesto unos cojines para que estuviese más cómoda y luego, aunque en el libreto sale doña Inés de la estancia por su pie y sola, volvió a entrar en escena Matilde para ayudarme a hacer el mutis. Cuando alcancé los telones laterales y desaparecí de la vista de los espectadores, creí que iba a perder el conocimiento por la intensidad del dolor, pero afortunadamente no fue así. Entre varios de mis compañeros me llevaron al fondo del escenario y me acostaron en una cama que sale en el tercer acto, en la celda del convento de doña Inés. Después, Arturo Armengol me llevó a mi camerino y me acostó en el diván.

Atila se acarició nuevamente la barbilla.

— ¿Cuándo la llevó?

— Entre sus dos actuaciones en el cuarto acto. Transcurren unos cinco minutos entre las dos. En su primera intervención, llega a la quinta del Tenorio a matar a don Juan por haberle quitado a su novia, doña Ana de Pantoja. Cuando van a llegar a las manos aparece también en la quinta el comendador, el padre de doña Inés con el mismo propósito. Entonces don Juan hace pasar a don Luis a otra habitación para poder hablar a solas con el comendador, al que le pide perdón por haberle raptado a su hija y le promete enmendarse si le concede su mano. El comendador no le cree y al final don Juan le mata de un disparo. Entonces vuelve a entrar don Luis en escena y se burla de don Juan, por lo que acaban luchando a espada. Pues fue entre esas dos actuaciones cuando Arturo Armengol me llevó en brazos a mi camerino. Creí no poder soportar el dolor, aunque me transportó con todo cuidado.

— Ya—murmuró Atila, que en esos momentos parecía tener la mente en otra parte—. ¿Puede decirme cuánto tiempo ha tenido usted que guardar reposo después?

— Un mes más o menos.

— Y durante el trascurso de ese mes fue agredida en su casa por un extraño que se introdujo en la misma durante la noche y que apuñaló también a su criada.

Laura alzó hacia él unos ojos angustiados.

— Sí. Faltó poco para que nos matara a las dos.

— ¿Quiere referirnos cómo sucedió?

Froilán Pérez se sintió obligado a intervenir.

— Con la venia. Protesto. La agresión de que fueron objeto la testigo y su criada no guarda relación con el asesinato que aquí se está enjuiciando.

El presidente del tribunal levantó interrogativamente una ceja.

— ¿Señor Garcerán?

— Con la venia. Sí guarda relación con el asesinato del señor Veiga— afirmó tajantemente Atila—. Probaré, señorías, que el asesino de don Claudio Veiga es la misma persona que esa noche atacó a la testigo y a doña Angelines Díaz y consecuentemente que el acusado es inocente.

Aunque el presidente del tribunal pretendió permanecer impasible, como era su obligación, no pudo evitar que la curiosidad le aflorase al semblante.

— Denegada la protesta. Conteste a la defensa, señora Marco.

Laura se secó dos nuevos lagrimones que le rodaban por las mejillas.

— Pues... sucedió a primeros de diciembre. Hacía una noche de perros. Llovía a mares y Angelines subió a mi cuarto para ver si necesitaba algo antes de bajar a acostarse. Su cuarto está en la planta baja, junto a la cocina y el mío en la planta superior. Es un chalet de dos plantas. Cuando iba a bajar ella la persiana de la ventana de mi dormitorio advertimos las dos que el jardinero se había dejado abierta la puertecilla del jardín. Es una puerta de barrotes de madera que puede abrirse igualmente desde la calle, pero se estaba balanceando sobre sus goznes y su chirrido me estaba poniendo nerviosa, por lo que le dije a Angelines que la cerrara antes de acostarse.

— ¿Qué hora sería cuando sucedió esto?

— Las once u once y media. Era ya completamente de noche. Angelines corrió las cortinas de la ventana y se despidió de mí hasta la mañana siguiente. Yo empecé a leer un libro que tenía en la mesita de noche y de pronto se apagó la luz. En un primer momento pensé que el apagón obedecía al temporal de lluvia y de viento que rugía fuera, pero luego oí el sonido de unos pasos que subían por la escalera. Supe enseguida que no era Angelines. Aunque la oscuridad era total, el intruso olía a tabaco y a una colonia muy penetrante y Angelines no fuma ni tampoco se perfuma, por lo que advertí inmediatamente que no se trataba de ella. Como pude, me incorporé en la cama y entonces ese tipo se abalanzó sobre el lugar que había ocupado yo hasta ese momento con algo muy punzante, con lo que me alcanzó en los brazos. Grité y Angelines acudió corriendo en mi ayuda. Oí la lucha que mantenían, el estruendo de la cómoda de mi cuarto al deshacerse en astillas y el del espejo que colgaba sobre ella al caer al suelo. Debió ser entonces cuando se desembarazó de Angelines, porque después se abalanzó sobre mí y me apaleó repetidamente con algo contundente, empapándome con su propia sangre. Después he sabido que Angelines se defendió y me defendió con un cuchillo de cocina.

— ¿Perdió usted el conocimiento?

— No, creo que no. De improviso algo debió de ocurrirle a mi agresor, porque de pronto se apartó de mí y echó a correr escaleras abajo. Luego oí el ruido del portón de la casa al cerrarse tras de él y... — Se le escapó un sollozo, que emocionó a los oyentes—. Fue horrible. Encontré a Angelines tirada en el suelo con el semblante cadavérico y... y la cómoda hecha pedazos y el espejo... el espejo hecho añicos.

Atila pareció reflexionar unos instantes y luego le hizo una pregunta totalmente inesperada.

— ¿Fuma usted?

Laura parpadeó desconcertada, el tribunal despertó de su ensimismado letargo y el fiscal respingó sobresaltado en el estrado de la acusación.

— Con la venia. Protesto, señorías. La pregunta es impertinente— alegó éste último con las mejillas arreboladas de pura indignación.

— La defensa tendrá que establecer la relación entre la pregunta que ha formulado y el asesinato que se está enjuiciando— dictaminó el presidente del tribunal disimulando su perplejidad.

— Con la venia. La estableceré de inmediato si acuerdan declararla pertinente— adujo Atila.

— Está bien. En caso contrario no constará en acta— decidió el presidente del tribunal, que luego se volvió hacia Laura.

— Conteste a la pregunta.

La actriz hizo un gesto de asentimiento.

— Sí, sí fumo.

— ¿Y tenía la cajetilla y el mechero o la caja de cerillas en la mesita de noche?— le preguntó el abogado.

— No, nunca fumo en la cama. Dejé ambas cosas abajo cuando me subieron al dormitorio. Las dejé sobre la mesa del salón.

— ¿Y tampoco tenía una linterna en la mesita de noche?

El fiscal hizo un gesto de exasperación, pero no llegó a formular la protesta.

— No— repuso ella aún más perpleja.

— ¿Y qué hora calcula usted que sería cuando su agresor desistió de su intento, bajó la escalera y se marchó de su casa cerrando el portón de entrada?

— Pues... las once y media de la noche. A lo sumo podían ser las doce.

— ¿Y no se equivocó de dirección el asaltante y, en lugar de dirigirse a la escalera, echó a correr por el pasillo hacia el cuarto de huéspedes que se encuentra al fondo del mismo?

— No, no señor. Salió de mi dormitorio como un ciclón y echó a correr hacia la escalera.

— ¿Y su casa continuaba a oscuras?

— Sí, después he sabido que mi agresor cortó los cables del cuadro eléctrico.

Atila hizo una pausa muy teatral, antes de preguntarle

en tono intrascendente:

— ¿Cómo encontró entonces el cuerpo de su criada? Usted ha dicho que tenía el semblante cadavérico y que la encontró tirada en el suelo en el lugar que había ocupado la cómoda, cubierta con el espejo que había colgado sobre ese mueble y que se había desplomado sobre la pobre chica.

— Sí, por la ventana se filtraba algo de claridad y... mi dormitorio no es tan grande. Encontré a Angelines donde le he dicho.

— ¿Con el semblante cadavérico?

— Efectivamente. En un primer momento pensé que estaba muerta— balbuceó Laura, reprimiendo un nuevo sollozo—. Pero luego me di cuenta de que respiraba. Si no fuera por ella yo no estaría aquí en este momento.

El fiscal la miró compadecido y hubo un rumor de conmiseración entre el público. Solo Atila continuó impasible, cuando inquirió escépticamente:

— ¿Y vio a su criada tirada en el suelo, pálida como una muerta y con un espejo hecho añicos encima de ella a la luz que entraba por la ventana? ¿Qué luz podía entrar por la ventana a las once y media de la noche en el mes de diciembre?

Laura vaciló imperceptiblemente, como si no entendiera a donde quería ir a parar el abogado, pero terminó por hacer un gesto de asentimiento.

— Sí.

— ¿Y cómo podría entrar claridad por la ventana a esa hora si antes de que las atacara ese desconocido su criada había bajado la persiana y había corrido las cortinas?

Ella parpadeó desconcertada, pero luego intentó sonreír.

— Bueno... no sé. Quizás la encontré, palpándola entre las sombras.

— Y palpando los objetos en la oscuridad, identificó también la cómoda y el espejo que se había desplomado sobre doña Angelines Díaz.

— Pues... sí, supongo que sí.

Atila hizo una pausa muy teatral y tal como esperaba Rogelio la señaló acusadoramente con el dedo.

— Pero usted no se podía mover. Como consecuencia de su lesión de columna no podía incorporarse sola en la cama y después de la paliza que le acababan de propinar es lógico suponer que le sería imposible hacer el menor movimiento.

Con sus bonitos ojos azules muy abiertos, ella le observó de hito en hito como si no encontrara la respuesta. Atila continuó implacable:

— No obstante, y pese a que su estado era de absoluta invalidez, de que había recibido varias puñaladas en los brazos y de que la habían golpeado con ensañamiento produciéndole toda clase de contusiones, se bajó usted de la cama sin ayuda de nadie completamente a oscuras y encontró a su criada en el suelo, al menos a tres metros de distancia, con el semblante blanco como la pared y comprobó que respiraba. ¿Cómo lo comprobó? ¿Llegó hasta ella a gatas o... dígame, ¿cómo lo comprobó?

Por primera vez perdió Laura el perfecto control sobre sí misma y en su bonito semblante se pintó una mueca de consternación.

— Pues yo...

— Pues usted no puede explicarlo, ¿verdad? ¿No es cierto que utilizó para ello el mechero que uno de los actores de la compañía perdió en su casa esa misma tarde? Esa noche, cuando el jardinero la subió a su cuarto en brazos, se llevó ese mechero y lo dejó sobre la mesita de noche. Y después, cuando su agresor había huido ya, a la luz de su llama encontró a su criada en el suelo y después llamó por teléfono a la policía, distinguiendo los números también gracias a su llama. ¿No fue así?

Con los ojos agrandados por el miedo, Laura hizo un gesto afirmativo.

— Sí, pero...

— ¿Y cómo explica usted entonces que ese mechero haya aparecido al fondo del pasillo en la planta superior?

—Pues...

—Y supongo que tampoco podrá explicarnos el motivo de que la sangre del cuchillo con el que su criada se defendió de su agresor fuera la de usted.

— ¿La mía?

—Sí, en su dormitorio había sangre por todas partes, que la policía se encargó de mandar a analizar y se ha constatado que pertenecía solo a dos personas. A su criada y a usted.

Ella abrió la boca, pero no consiguió articular palabra.

— Pero entonces...— musitó al fin trabajosamente.

— Pero entonces es evidente que no existió ese agresor nocturno que las atacó a ustedes dos más que en su imaginación. Mientras su criada salía al jardín a cerrar la puerta, usted bajó a la cocina, abrió la ventana y cortó los cables del cuadro eléctrico, dejando la casa a oscuras. Después volvió a subir a su dormitorio y allí se puso a gritar, para hacerle creer a doña Angelines Díaz que la estaban agrediendo. Cuando su criada acudió en su ayuda, a oscuras la atacó con un cuchillo y ella se defendió con otro que había cogido en la cocina. Ella es más fuerte de lo que usted esperaba y le dio una monumental paliza, hiriéndola también en ambos brazos. De un golpe en la cabeza usted la dejó sin conocimiento y entonces, a la luz de la llama del mechero, marcó el número y llamó a la policía, arreglando previamente la escena. Aunque sea usted actriz, se le escaparon algunos detalles. Por ejemplo, se le olvidó subir la persiana. Cuando oyó llegar a la policía se dejó caer artísticamente en la cama y cubierta de sangre, como estaba, representó a la perfección el papel de moribunda.

A Laura comenzaron a temblarle ostensiblemente las manos, pese a sus esfuerzos por disimularlo.

— ¿Y por qué había yo de haber simulado ese atraco? Es completamente absurdo.

— No tanto. Notó que las sospechas de la policía y también las mías, iban recayendo sobre usted y necesitaba desviar de sí misma esas sospechas y pasar a ser considerada como una más de las víctimas del asesino de su marido. Por esa razón simuló ese atraco, preparando concienzudamente el escenario, aunque al final le quedó tan real que no tuvo que esforzarse demasiado con el decorado. En la pelea con doña

Angelines probablemente destrozaron la cómoda y el espejo entre las dos. ¿O fue usted sola cuando la pobre muchacha había perdido ya el conocimiento? Usted es una buena actriz, pero se le escapó un detalle fundamental, quizás porque en el teatro no utilizan sangre real, sino únicamente pintura roja. La sangre actualmente se analiza y puede determinarse con precisión a quien pertenece, gracias a las pruebas del ADN.

El semblante de ella se tornó lívido.

— Pero eso que está diciendo no tiene sentido. Cuando Claudio me arrojó al suelo al salir del escenario me produjo el aplastamiento de una vértebra. Yo no me podía mover.

Atila le dirigió una mirada helada, antes de volver a señalarla con el dedo.

— Eso no ha sido nunca cierto, aunque nos lo ha hecho creer a todos. Cuando su marido la tiró por las escaleras, no sufrió esa lesión de la primera vértebra lumbar, como le comunicó a don Leónidas Domínguez cuando terminaron de reconocerla en el hospital Si hubiera sido así, no le hubieran dado de alta esa misma noche ni hubiera aparecido el mechero manchado de sangre al fondo del pasillo. Se le cayó a usted cuando fue a buscar algo que añadir al escenario que había montado en su dormitorio. Lo que en el hospital le diagnosticaron fue un fuerte traumatismo en la zona lumbar, donde podía apreciarse un antiguo aplastamiento de esa vértebra. Sufrió esa lesión hace unos cinco años a consecuencia de la caída de un caballo.

— Eso no es cierto— gritó ella.

— Sí lo es. Consiguió la policía el diagnóstico médico sobre esa lesión, que fue aportado como prueba y que obra en autos.

El fiscal se apresuró a intervenir.

— Con la venia. Lo impugno, señorías. Aunque lo que se alega por la defensa pudiera ser cierto, en nada afecta al asesinato de don Claudio Veiga, que aquí se está enjuiciando.

— Con la venia— tronó Atila—. Lo que pretendo demostrar, señorías, es que doña Laura Marco no estaba impedida la noche en que asesinaron a su marido y que fue ella la que le mató.

Hubo un revuelo entre el público, el fiscal estuvo a punto de caerse del estrado, los tres miembros del tribunal salieron de su absoluta inmovilidad, Rogelio, sin poder reprimir más su nerviosismo, se mordió la uña del dedo gordo y Laura perdió definitivamente el control.

— Es mentira— gritó—. Yo estaba en mi camerino cuando le asesinaron. Estaba tumbada en un diván porque de la caída que sufrí no me podía mover. ¿Cómo se atreve...?

Repentinamente se hizo el silencio. Un silencio denso que pareció extenderse por las vastas proporciones de la sala y que rompió Atila.

— Usted no estaba en su camerino. El traspunte fue a buscar allí al señor Armengol para avisarle de que debía acudir al escenario para representar la escena del duelo. Y no les encontró allí, porque estaban los dos en el escenario. Salvo el traspunte, del escenario no salió nadie después de la escena del sofá, porque en otro caso le habría visto doña Marina Abril, que antes de que terminara esa escena se salió al pasillo y estuvo recorriéndolo arriba y abajo hasta unos instantes antes de que finalizara la escena de duelo. A usted la habían acostado en una cama al fondo del escenario y no fue llevada a su camerino por el señor Armengol, como éste declaró para proporcionarle una coartada. Cuando comenzó la escena del duelo, usted fue a situarse entre los dos telones. Conocía al dedillo todos los movimientos que debían efectuar el acusado y su marido durante el lance y que éste debía fingir caer de medio lado en la estancia contigua, abriendo con estrépito la puerta practicable del decorado. Estaba esperando ese momento entre los dos telones del foro y cuando él simuló caer de lado y lo tuvo frente a usted le apuñaló con el cuchillo que previamente le había sustraído a don Jaime Robledo. Después envolvió el cuchillo en el chal de doña Marina Abril y lo escondió dentro del sarcófago de doña Inés, que se encontraba también al fondo del escenario. Luego salió corriendo del escenario y se metió en su camerino, tumbándose en el diván, como si realmente estuviera imposibilitada para hacer el menor movimiento. Era su coartada, ¿verdad? No contó con el traspunte, que estaba en lo alto de la escalera, a la altura del primer piso, y la vio salir del escenario. Por eso le mató. Y tampoco en este caso contó con la policía científica y el análisis de las huellas que encontraron en el cuchillo con el que mataron a su marido.

Roja de furia, Laura arremetió contra él.

— ¿Huellas?, ¿qué huellas? No han podido encontrar huellas mías en ese cuchillo. Me puse guantes...

Se llevó ambas manos a la boca y miró a Atila con los ojos agrandado por el susto. Luego volvió la cabeza hacia el tribunal y luego hacia el fiscal y terminó por echarse a llorar como una magdalena.

— Usted no entiende nada— hipó—. ¿Qué quería que hiciera? Claudio nunca me hubiera dejado en paz, aunque hubiera conseguido divorciarme de él. Me hubiera perseguido hasta el último rincón de la tierra. Y encima, el muy animal, me tiró por las escaleras, con lo que hubiera podido matarme. ¿Qué quería que hiciera?

Y continuó llorando a gritos sin escuchar al tribunal que suspendió el juicio para citarla a ella como imputada por el asesinato de Claudio, advirtiéndola que debería presentarse con un abogado y que cualquier palabra que pronunciara a partir de ese momento podría ser utilizada en contra suya.

Úrsula Llanos

—е р і Ꮟ ᎧᏀᎧ—

El telón cayó definitivamente entre los aplausos ensordecedores de la abarrotada sala del Odeón. El público, puesto en pie, continuaba aclamando y vitoreando a los actores que tras saludar por última vez habían desaparecido ya, ocultos a su vista por la roja cortina de terciopelo y Rogelio dió un codazo a su jefe, que aplaudía frenéticamente con sus enormes manazas, metiendo más ruido que nadie.

— Fantástico, don Atilano, ¿no le parece?

La gruesa señora de su derecha se volvió hacia el muchacho al oír su comentario. Una cotorra aquella buena señora, que apenas si le había permitido enterarse de la trama con sus continuas exclamaciones y sus no menos continuas opiniones. El nutrido grupo que la acompañaba ocupaba la totalidad de la primera fila del patio de butacas, exceptuando las que les correspondían a su jefe y a él y competían ahora con el abogado en el entusiasmo que manifestaban.

— ¿Le ha gustado, joven?— le preguntó ella, dirigiéndole una sonrisa jubilosa—. Es un portento mi chica, un verdadero portento. Y pensar que yo no quería que se dedicase al teatro... Pretendía retenerla a mi lado, allá en el pueblo y hubiese sido un crimen, ¿no cree?

La alusión al crimen provocó un respingo en el muchacho, aunque lo disimuló asintiendo muy serio.

— Sí, señora. Hubiese sido una lástima.

— Y eso que usted no lo sabe— siguió ella bajando la voz y acercándose confidencialmente a su oído—. En este mismo teatro se cometió un asesinato de verdad hace unos meses, cuando mi chica actuaba en él. Nos enteramos por los periódicos con algo de retraso, porque ella no nos dijo nada, pero en cuanto me enteré vine a buscarla con toda la familia.

Con un ademán abarcó a los seis vocingleros chiquillos que a su derecha continuaban aplaudiendo a rabiar y al resto de lo que debían ser parientes, que remataban la fila de butacas.

— Marina volvió con nosotros hasta que pescaron a la persona que cometió el crimen. El miedo que debió pasar la pobrecilla antes de que le echaran el guante. Nosotros somos una familia como Dios manda que nunca hemos tenido que ver con la policía, ¿comprende?

— Comprendo, sí señora.

— Y mucho menos con un asesinato— siguió ella con su verborrea inextinguible—. Un asunto muy desagradable, porque el muerto era uno de sus compañeros. Pero quizás usted, viviendo aquí en Madrid, se haya enterado también. ¿O no vive en Madrid?

— Sí, señora. Vivo aquí.

Ella manifestó su aprobación con una sonrisa y añadió:

—Pero lo que no sabrá fue como se descubrió todo. Habían detenido a otro actor y fue el abogado de este último quien lo averiguó. Un tipo famoso y bastante raro ese abogado. Imagínese que lleva los bolsillos llenos de novenas de santos y que por las novenas desenmascaró al asesino. Lo que no me dijo mi chica es cómo lo hizo. Yo rezo a San Antonio cuando se me pierde algo, pero no sé cuál es el santo que ayuda a descubrir a los criminales. ¿Lo sabe usted?

— No, señora— replicó Rogelio imperturbable—. No tengo la menor idea. Y perdone usted, ya me marcho— añadió viendo que Atila iniciaba la retirada hacia el otro extremo de la fila para salir al pasillo lateral. Se reunió inmediatamente con su jefe y le siguió cuando el otro se dirigió a los dominios de los actores a felicitar a los que habían intervenido en la función. El pasillo de los camerinos, habitualmente lúgubre y mal iluminado, era un hervidero de risas, empujones y parabienes. Distinguió a Marcela Llanes que, en su papel de

Estrella, vestía un largo traje de satén azul y que intentaba librarse de Manolo Ponce para pegar la hebra con Jaime Robledo, que, con su disfraz de Segismundo, intentaba hacer lo propio con Marina Abril. Ésta estaba siendo materialmente asediada por unos desconocidos que sin duda formaban parte del público y de los que se libró ella en cuanto distinguió a Atila.

—Señor Garcerán—le saludó emocionada cuando consiguió llegar a su lado—. ¿Ha visto la función? ¿Qué le han parecido las localidades que le hemos enviado?

Le había mandado a su despacho las dos butacas centrales de la primera fila con una nota firmada por Jaime y por ella, en la que le decían que sería para ellos un privilegio que él y Rogelio se dignaran asistir al estreno de la obra.

Entre empujones y más empujones, don Leónidas se le acercó de pronto y le palmeó la espalda a Atila a la altura de la cintura, porque no consiguió llegar más alto por más que el hombre se empinó sobre sus talones. Luego se les unió Jaime que sí llegó a aporrearle vigorosamente los omoplatos. Después, Manolo Ponce, que no se atrevió a palmearle en ningún sitio y cambió con el abogado un apretón de .manos. Después, Marcela Llanes con un abaniqueo de pestañas con el que casi le constipó. Luego Arturo Armengol que le saludó con un fuerte abrazo y así uno tras otro, todos los actores de la compañía que meses antes habían interpretado don Juan Tenorio y ahora hacían lo propio con "La vida es sueño". Faltaban los que era natural que faltaran. Claudio Veiga y Laura Marco. Ésta última en prisión provisional en espera del juicio por el asesinato de su marido y de Paco, el traspunte, por dos tentativas de asesinato de Marina Abril y por un delito consumado de lesiones a su criada Angelines Díaz.

Como en el pasillo de los camerinos, semejante a un vagón del metro en las horas punta, no conseguían ni rebullirse, Domínguez, a empujón limpio, consiguió abrirse paso hacia el escenario, seguido de Atila, de Rogelio y del resto de los actores. El decorado del último acto había sido ya retirado y sustituido por el del primero, con el que tendría que empezar la función al día siguiente, pero el empresario dio unas cuantas órdenes, bruscas y precisas y unos tramoyistas aparecieron de improviso con sillas para todos e incluso un cómodo sillón para el abogado, al que los actores rodearon acercándole sus asientos.

— ¿Qué le ha parecido la obra, señor Garcerán?— empezó don Leónidas entre el respetuoso silencio de toda la compañía—. ¿No cree que tenía yo razón cuando le dije que Jaime y Marina estarían insuperables en los papeles de Segismundo y Rosaura? Claro que yo también he tenido algo de mérito en el éxito del estreno— manifestó, haciendo gala de la más absoluta ausencia de modestia en opinión del abogado, que antes hubiera soportado una tortura china que permitirse un gesto de presunción—. Porque hay que ver lo que he tenido que bregar con esta colección de grullas paralíticas. Son una pandilla de mamarrachos paticortos que chillan en el pasillo y que en el escenario parece una tribu de gatos afónicos. Los ensayos han sido un auténtico "follón", pero en fin, con unos cuantos gritos y unas cuantas indicaciones parece que hemos conseguido sacar a flote el estreno. ¿Usted qué opina?

Jaime le observaba risueño, esperando divertido su respuesta y Marina, preciosa con su disfraz de Rosaura, con los ojos muy abiertos, con tanto interés como si Atila fuese el oráculo de Delfos. Ambos habían estado extraordinarios, tanto por sus dotes interpretativas como por su innegable atractivo físico.

— Me ha parecido magnífica la representación. La dirección, los decorados, la interpretación de los actores... todo.

Hubo un murmullo de satisfacción entre los hasta ese momento silenciosos actores.

— Tenemos que agradecérselo a usted, señor Garcerán— manifestó Arturo con su pálida sonrisa de caballero de otro siglo—. Si no hubiera sido por usted, al menos yo no estaría aquí en estos momentos.

— Y probablemente yo tampoco— consideró Marina, llevándose una mano al cuello como si estuviera recordando los instantes en que alguien intentara estrangularla en ese mismo escenario. ¿Quién podía imaginarse que Laura...? Parecía tan frágil y... todos creíamos que con el batacazo que su marido le obligó a darse, arrojándola por la escalera, había quedado temporalmente impedida. Que le era imposible levantarse de la cama.

Reprimió un estremecimiento, pero don Leónidas no le permitió continuar.

— Cerrad todos el pico ya, si es que podéis— tronó con su rudeza habitual—. El señor Garcerán nos va a contar como dedujo quien era el asesino de Claudio. El desenlace lo conocemos todos más que de sobra, pero siento curiosidad por saber las pistas que siguió. Dígame— le pidió volviéndose hacia el abogado — ¿cómo empezó a sospechar quién había sido el culpable?

Atila se encogió de hombros evasivamente.

— Pues a decir verdad, no lo sé. Fui atando cabos y desechando detalles que en un principio llamaron mi atención, pero que luego comprobé que no llevaban a ninguna parte. Los relatos de ustedes coincidían en lo esencial y todos parecían estar fuera de sospecha, ya que disponían de excelentes coartadas para el momento en que se cometió el asesinato.

Hizo una pausa mientras se mesaba su espeso y liso cabello castaño, como si con ese además pretendiese ordenar sus ideas.

— Aparentemente ninguno de ustedes había tenido oportunidad de apuñalar a don Claudio Veiga. Doña Marcela Llanes se había marchado ya del teatro. Doña Laura estaba en su camerino, impedida y los demás estaban acompañados en el momento de autos por uno o más de sus compañeros. Únicamente don Jaime Robledo resultaba más que sospechoso, porque, aunque él declaró que se encontraba en esos instantes junto a doña Marina Abril, ella no recordaba haberle visto a su lado. Además, el arma que se había utilizado para cometer el crimen era de su pertenencia y, por si fuera poco, le sobraban motivos, pues, entre otras razones que no hacen al caso, el difunto podía dar al traste con su carrera de actor.

Prudentemente omitió el abogado cualquier alusión a

las relaciones sentimentales de Jaime, lo que éste le agradeció con una sonrisa. Como si no la hubiese captado, Atila continuó:

— También parecía estar implicado en el atropello de que fue objeto la señorita Abril. La noche en que todos ustedes visitaron a doña Laura, doña Marina se expresó de forma extraña. Pareció dar a entender que conocía algo que les implicaba a los dos, por lo que era lógico que él se alarmara y aguardara a que ella se marchase, siguiéndola luego con su coche para silenciarla. Desde que me enteré del atropello, intuí que ella había visto algo a lo que no había dado importancia o que no había relacionado adecuadamente, pero por más que insistí no logré que recapacitara lo bastante y me diera una explicación.

Hizo una pausa, mientras paseaba en derredor sus ojos castaños como si les estuviera catalogando

— Por otra parte, igualmente había razones para sospechar que había sido el autor del asalto y agresión que sufrieron doña Laura y su criada, ya que coincidían los detalles que las dos habían proporcionado a la policía sobre el intruso. Un tipo muy alto, que fumaba tabaco rubio y usaba una colonia denominada "Egoiste". Y por cierto— dijo volviéndose hacia Jaime— ¿usa usted esa colonia?

El aludido hizo un gesto de asentimiento.

— Sí, pero no entiendo el motivo por el que Laura haya intentado imputarme esa agresión.

— Porque así desviaba las sospechas de ella misma.

Por primera vez, y aunque nadie le había preguntado, Rogelio sintió la tentación de meter baza.

— Porque no ha perdido ocasión de endilgarle el muerto a todos los actores de la compañía. Primero aludió a Marina como posible autora del crimen. Después a Arturo. Luego a Marcela y más tarde a usted. Puede que, de haber durado más la investigación, nos hubiera achacado los asesinatos a don Atilano, a mí o incluso al comisario Ballesteros.

Los actores acogieron su explicación con risas contenidas y Marcela además le envolvió en una mirada admirativa, con lo que Rogelio estuvo a punto de ahogarse con el nudo de la corbata.

— Continúe usted— tronó don Leónidas, dirigiéndose a Atila y haciendo caso omiso de Rogelio como si éste continuara siendo invisible.

Pensativamente se acarició el abogado su cuadrada mandíbula.

— Fue aquí, en el teatro, cuando ustedes, reprodujeron la escena del duelo y llamaron mi atención sobre el lugar en que debió esconderse el asesino, cuando comencé a atar cabos. El criminal tenía que ser forzosamente alguien que no pudiese probar dónde se hallaba en el instante en que apuñalaron a don Claudio Veiga. El puesto de cada uno de ustedes fue corroborado por alguno de los demás. Solo el del señor Robledo seguía pareciéndome más que dudoso.

—Pero… — intentó Marcela interrumpirle, ganándose a pulso una de las miradas que don Leónidas reservaba para los casos especiales.

Atila no llegó a enterarse y continuó:

—Sin embargo, ese mismo día mi pasante conoció al traspunte y estuvo hablando con él. La conversación que mantuvieron acabó de confundirme. Le aseguró haber visto a la señorita Llanes salir corriendo del escenario nada más cometerse el crimen vestida aún con sus hábitos de abadesa y, si era cierto, el asunto tomaba otro cariz. Indicaba que podía haber sido ella quien apuñalase al señor Veiga y el hecho de que asesinasen a continuación al traspunte parecía apoyar que fuese la culpable.

—Pero… — articuló a duras penas la aludida, recibiendo en esta ocasión un codazo de Marina. Pese a ello no se amilanó y consiguió en esa ocasión objetar con voz clara:

—Pero yo no volví al teatro esa noche. Estuve en mi casa fumando como una chimenea hasta que me quedé sin tabaco. Bajé entonces a la calle a comprar una cajetilla en el bar de la esquina y en la escalera me crucé con el Demetrio, que, por lo que me ha dicho la portera, debió de interpretar otra cosa.

—Es que fumas mucho— comentó Manolo Ponce envolviéndola en una admirativa mirada que ella no apreció.

—Silencio— tronó don Leónidas—. Continúe señor Garcerán.

Esbozó éste un gesto de asentimiento.

—El traspunte había aludido de una forma un tanto vaga a un detalle que consideraba transcendental y que tardé en comprender. Le dijo a mi pasante que don Arturo Armengol no se hallaba en su camerino cuando fue a avisarle para la escena del duelo ni ella tampoco. Eso me dió mucho que pensar. Para colmo, comenzaron a aparecer pruebas que acusaban a doña Marcela y que curiosamente la policía no había encontrado anteriormente, pese a su probada meticulosidad. Entre los dos telones encontró Jaime Robledo un trocito de tela blanca arrancada del hábito de abadesa de doña Marcela Llanes y que coincidía con el desgarrón que el hábito presentaba en la falda. Era realmente curioso que la policía no lo hubiese visto antes y que se descubriera tan oportunamente en ese momento. Realmente todo se ponía en contra de doña Marcela. Había declarado que no regresó al teatro, como acaba de corroborar, y sin embargo el traspunte la vio salir del escenario tras cometerse el crimen. El trocito de tela indicaba el lugar donde se había escondido en el instante de autos y, por si fuera poco, se hallaba presente en casa de doña Laura cuando la señorita Abril se expresó de forma tan desafortunada y fue ella quien la convenció de que pospusiera su comparecencia en la jefatura para la mañana siguiente. Tuvo además el tiempo y la oportunidad de atropellarla y su coche coincidía en lo esencial con el que arrolló a la víctima. Para postre, la tarde en la que don Leónidas me enseñó los entresijos de este teatro, se marchó ella a continuación de que lo hiciera el traspunte y a éste no se le volvió a ver hasta que apareció despeñado en un precipicio.

— Pero yo soy incapaz de matar a una mosca— protestó Marcela con un mohín pícaro dedicado a Atila, que éste no captó.

— También doña Laura parecía incapaz de realizar

cualquier acto de violencia— afirmó el abogado, continuando con su relato—. Ella, además, por su estado físico estaba fuera de toda sospecha o eso creí. Todos ustedes habían corroborado que se encontraba medio impedida en su camerino cuando apuñalaron a su marido, por lo que, en principio, había que descartarla como posible culpable. Sin embargo, al día siguiente del crimen fui a visitarla a su casa y allí, sin darse cuenta, dijo algo que la comprometía bastante. Aludió al arma homicida y al lugar y a la forma en que había aparecido. ¿Cómo podía haberse enterado de esos detalles? La policía había encontrado el puñal dentro del sarcófago de doña Inés, envuelto en el chal de doña Marina esa misma mañana, algo después de las doce y desde esa hora, según me dijo doña Laura, no había recibido ninguna visita ni la habían llamado por teléfono. ¿Cómo podía saberlo si todos ustedes lo ignoraban? Se lo pregunté, claro, y me dijo que la había informado sobre ese particular doña Marina Abril cuando había ido a visitarla a eso de las diez de la mañana, hora en el que el arma aún no había aparecido.

— Pero yo no le dije nada del cuchillo de Jaime. Me enteré mucho después—le interrumpió Marina.

— Eso ya lo sé ahora, pero entonces, era incuestionable que una de las dos mentía. Cuando más tarde supe del atropello de que había sido víctima doña Marina y la visité en el hospital, negó que doña Laura y ella se hubiesen referido siquiera al arma cuando la visitó esa mañana. Entonces me dirigí nuevamente a casa de doña Laura, dispuesto a averiguar qué había de cierto en su declaración. Reconoció entonces que lo había sabido por Arturo Armengol la misma tarde del asesinato y que al escapársele a ella, hablando conmigo, se lo había achacado a doña Marina por encubrirle a él.

Arturo respingó en su silla de anea.

—Pero eso no es cierto.

—¿Queréis callaros?— tronó don Leónidas—. Continúe señor Garcerán.

— Pues lo que me dijo doña Laura Veiga me dio bastante que pensar. Como he manifestado antes, mi sospechoso favorito hasta ese momento había sido Jaime Robledo y me pareció sorprendente que doña Laura prefiriese achacarle el crimen a don Arturo, con el que, al parecer, había mantenido una estrecha relación. Intenté entonces averiguar cuál era la que la unía con el otro. En su casa me aseguró doña Laura que para ella éste último era solo un compañero y que era Arturo quien le interesaba. Sin embargo, deduje que no era cierto por las versiones de los demás y, al llegar a esa conclusión todo parecía encajar. Había sido por Jaime Robledo y no por Armengol por quien ella había sabido que el puñal se hallaba en el sarcófago, antes de que fuera descubierto por la policía.

—No es verdad— protestó Arturo—, A Jaime le habían sustraído ese cuchillo antes de que representáramos la escena del duelo y tardó en enterarse de que habían apuñalado a Claudio con él.

—Eso ya lo sé… ahora— admitió Atila con una sonrisa conciliadora—. El traspunte, cuando estuvo charlando con mi pasante, aludió de una forma un tanto vaga a un detalle que consideraba transcendental y que tardé en comprender. Le dijo que don Arturo Armengol no se hallaba en su camerino cuando fue a avisarle para la escena del duelo ni ella tampoco, pero por más vueltas que le di no conseguí entender la trascendencia que pudiera tener esa circunstancia.

—Y entonces fuimos a visitarle a la cárcel— le recordó Rogelio, incapaz de permanecer tanto tiempo callado.

—Sí. Fue unos días después de realizar esa visita cuando lo entendí. En mi despacho comprendí lo que había querido decir el traspunte. No había encontrado a Arturo en su camerino ni se lo había tropezado tampoco por el pasillo cuando fue a avisarle para la escena del duelo y al preguntarle a mi cliente poco antes sobre ello me había contestado que regresó apresuradamente al escenario y que efectivamente no se había tropezado con nadie. ¿Pero cómo era posible que no hubiese visto a la señorita Abril que había permanecido recorriéndolo desde que Laura hizo mutis tras la escena del sofá y no se había movido de allí?

—Yo estuve tuve ese tiempo en el pasillo— le confirmó Marina.

—Ya lo sé. Lo comprobé revisando unas notas que había tomado. Del relato de doña Marina se desprendía que solamente Paco salió y entró del escenario durante ese tiempo, de modo que la conclusión era obvia y ahora sí que todas las piezas encajaban. La realidad era que doña Laura no fue llevada a su camerino al concluir su actuación, porque doña Marina la hubiera visto. Permaneció oculta en el fondo del escenario y en el momento oportuno se escondió entre los dos telones. Tenía en su poder el cuchillo que le había quitado a Jaime Robledo aprovechando un momento en que se encontró con él en su camerino y donde don Manolo Ponce les sorprendió abrazados. Fue entonces cuando se lo sustrajo del cinto sin que Jaime lo advirtiera ocultándolo seguidamente en los pliegues de su hábito.

—¡Qué cara más dura!— masculló Manolo como para sí.

—Una pájara de mucho cuidado— corroboró Marcela a su oído—. A mí siempre me cayó fatal.

—Silencio— vociferó una vez más don Leónidas envolviéndoles en una mirada de reconvención. Y dirigiéndose al abogado le animó a continuar.

—Siga, señor Garcerán.

Éste afirmó con la cabeza.

— Como saben, conocía Laura la escena del duelo hasta en sus mínimos detalles y estaba al tanto de que durante un par de segundos su marido le brindaría la oportunidad de apuñalarle, pues le tendría frente a ella, instante que aprovechó para cometer su crimen. Luego escondió el cuchillo en el sarcófago de doña Inés envolviéndolo en el chal de Marina y a continuación salió corriendo del escenario. El traspunte la distinguió desde lo alto de la escalera, pero no llevaba las gafas puestas y la confundió con la señorita Marcela. El golpe que el difunto le había obligado a darse no la había resentido tanto como aparentó, pero como le servía de coartada, se metió inmediatamente en su camerino, echándose en el diván a continuación como si no se hubiera movido de allí desde que finalizara la escena del sofá. Allí la encontraron ustedes cuando acudieron a comunicarle el trágico fin de don Claudio Veiga y, como don Arturo Armengol había afirmado que él la había llevado en brazos nada más hacer su mutis tras esa escena, ninguno de ustedes puso en duda que había permanecido echada todo el tiempo y que verdaderamente no se podía mover.

—Valiente imbécil— cuchicheó Marcela por lo bajo—. Y parecía una mosquita muerta.

Como Atila no la oyó, continuó imperturbable:

—Eso fue lo que más tarde declaró a la policía, segura de que mi cliente no la desmentiría. Él no sabía quién había sido el autor del crimen ni creo que lo imaginara tan siquiera. Se limitó a protegerla, pensando optimistamente que, puesto que él era inocente, ya daría la policía con el culpable. En parte fue esa la razón de que se empeñara en comunicarle personalmente lo ocurrido. Aunque fue al camerino de ella acompañado de algunos de ustedes, debió de encontrar el medio de susurrarle que les había manifestado ser él quien la llevara hasta allí para que no le contradijera más tarde. ¿No fue así?

Se dirigía a Arturo, que asintió melancólicamente.

— Sí. Laura me dijo que había conseguido llegar medio a rastras hasta su camerino en cuanto yo la dejé tras el telón del foro para salir a escena, pero los dos decidimos mantener la otra versión. La descartaba totalmente y yo no podía suponer... la creí incapaz aunque le sobraban los motivos. El día que en la prisión me repitió usted las palabras que el traspunte había intercambiado en el teatro con el señor Bernal la última vez que se le vio con vida, y me preguntó a continuación donde me hallaba yo, ya que Paco no había sido capaz de encontrarme para que saliera a escena, me alarmé por Laura. Si se averiguaba que ella había permanecido al fondo del escenario durante ese tiempo podía verse muy comprometida y yo estaba plenamente convencido de su inocencia. Solo lo sabía yo y decidí callar.

Atila meneó negativamente la cabeza

— También lo sabía la señorita Abril aunque tardara en caer en la cuenta— manifestó dirigiéndole a la muchacha una mirada paternal—. Salió al pasillo antes de que la otra dejara la escena apoyada en el brazo de doña Matilde Iniesta. Lo estuvo recorriendo todo ese lapso de tiempo y volvió al escenario segundos antes de que el señor Veiga fuera apuñalado. En ese intervalo intercambió unas palabras con el señor Ponce y vio más tarde salir al traspunte, pero a nadie más.

— Es cierto— reconoció Marina pensativa—. Fui lo bastante estúpida como para no advertirlo y como para comentárselo a Laura la noche en la que nos acercamos a visitarla. Tampoco interpreté bien lo anonadada que se quedó al escucharme. Imaginé que era la situación de Arturo lo que la preocupaba y no su propia suerte. Si yo le aclaraba ese punto a la policía su coartada se vendría abajo. ¿Pero cómo adivinar que había sido ella la que había cometido el asesinato de su marido, si realmente aparentaba encontrarse inválida? Estaba tan pálida, tan demacrada y... cada uno de sus movimientos parecía producirle un sufrimiento insoportable. Nunca hubiera supuesto que se encontraba tan solo algo dolorida y que en cuanto salimos de su casa se levantó del diván y con su coche siguió a mi autobús. Lo que no comprendo es como su criada no se dió cuenta de que se había marchado, cuando acudiera a ayudarla a subir al piso superior para acostarse.

Atila meneó la cabeza con gesto dubitativo.

— Porque hizo que el jardinero la llevara a su dormitorio en cuanto se marcharon ustedes y mandó a la criada a la cama. Y a continuación bajó sigilosamente la escalera y salió por la puerta de atrás hasta el garaje. Debí caer antes en la cuenta—manifestó pesarosamente—. Ninguna persona que está impedida o medio impedida gasta esfuerzos en evitar que pueda entrar en la habitación la única persona que puede auxiliarla. Para llevarle un vaso de agua, por ejemplo. La criada me lo comentó sin darle mayor importancia y debo reconocer que tampoco yo le di toda la que tenía. El aspecto de doña Laura Marco engaña y además es una excelente actriz.

Conmigo representó a las mil maravillas el papel de amante angustiada y si no hubiera sido por el lapsus relativo a la aparición del arma homicida, creo que nunca hubiera sospechado de ella.

— Y porque además mantenía usted su atención concentrada en mí—intervino Jaime Robledo con su característico aire guasón—. Desde el primer comento se empeñó en achacarme el crimen. Siento haberle decepcionado.

Marcela Llanes se echó a reír. Se hallaba sentada a su lado y aunque conocía la relación que le unía a Marina, no se había acostumbrado aún a prescindir del terceto que formaran.

— ¿Tú?— murmuró con un abaniqueo de pestañas—. Qué cosa tan ridícula. Te considero incapaz de matar a una mosca y de atentar contra Marina, mucho menos. Desde que la traje a este teatro noté que te había sorbido el seso. ¿Cómo ibas a atropellarla tú de aquella forma tan horrible?

— Tampoco yo llegué a creer que hubieras cometido tú el atropello— reconoció él, aunque sin apartar los ojos de Marina—. Aunque Laura se las ingenió bien para achacarte el muerto a tí o, mejor dicho, los muertos, nunca pensé que hubieras sido tú capaz de agredir a ella.

La muchacha fingió ofenderse.

— ¿Así que me creíste capaz de cargarme a dos tíos como dos catedrales? Me sobrevaloras, chico. Yo, si acaso, les hubiera envenenado, pero liarme a puñaladas con uno y arrojar al otro de cabeza por un barranco no entra en mi estilo. Hace falta ser un animal. Pero dígame, señor Garcerán— dijo dirigiéndose al abogado— ¿cómo supo Laura que Paco suponía un peligro para ella? Ni siquiera se encontraba ella en el teatro cuando el pobre hombre habló con el señor Bernal.

Le sonreía ahora a Rogelio con su característico aire de mujer fatal y el muchacho se sintió obligado a responder.

— Porque era un infeliz y no se le ocurrió nada mejor que ir a casa de ella a preguntarle donde se encontraba instantes antes de la escena del duelo. Entró en su camerino buscando a Arturo y lo encontró vacío. Eso fue lo que le extrañó tanto y lo que trató de decirme a mí, solo que yo interpreté que se refería a la señorita Llanes. Aludía a ella de una forma indeterminada que me confundió. Seguramente Laura le propuso dar un paseo en su coche para charlar y cuando llegaron al lugar adecuado frenó. Le dió un golpe en la cabeza y luego le arrojó al barranco.

— ¿Y tampoco se enteró en esa ocasión la criada de que ella podía caminar perfectamente y que se marchó en compañía del pobre hombre?— indagó Manolo Ponce algo perplejo.

Sin darse cuenta, Rogelio imitó los modales de su jefe envolviéndole en una mirada solemne.

— No. En cuanto Laura comprendió el motivo por el que él acudía a su casa, le dió a la criada la tarde libre, alegando que Paco era un pariente que permanecería con ella hasta el regreso de la otra. Cuando la criada regresó por la noche, ya se había desembarazado de él y se hallaba tumbada en el diván. La pobre chica no tenía la menor idea de la clase de señora a la que servía.

— ¿Pero por qué la agredió Laura aquella noche, simulando que un extraño había asaltado la casa?

— Para desviar las sospechas sobre sí misma— repuso Atila—. Advirtió que tanto Ballesteros como yo empezábamos a barajar la posibilidad de que fuera ella quien hubiera perpetrado el asesinato, porque verdaderamente era la única que no tenía más coartada que su pretendida invalidez. Simulando esa agresión, creaba un nuevo sospechoso. Un hombre que fumaba tabaco rubio y olía a un perfume que se anunciaba en la televisión. Así ella se convertía en otra víctima del asesino de su marido.

Marina reprimió un escalofrío, clavando sus ojos claros en el abogado.

— Laura no me era simpática, pero nunca hubiera podido imaginar que... Aquella noche en que salí del hospital, al poco de llegar a casa caí en la cuenta de que tenía que ser ella la autora del crimen... Pero aun estando sobre aviso me engañó. Imitó tan perfectamente la voz de Jaime cuando me llamó por teléfono, que vine corriendo aquí como una tonta sin pensar que no podía haber sido él quien me llamara desde el teatro, porque un instante antes se hallaba en su casa.

—Y faltó un pelo para que te estrangulase— siguió él—. Gracias al vigilante de la obra de enfrente que nos indicó al señor Bernal y a mí donde habías ido, llegamos a tiempo de evitarlo. El hombre me dijo que te había acompañado al teatro cuando le pregunté por tí.

—Yo llegué a la vez a su casa— intervino Rogelio dirigiéndose a Marina—. Me pasé la tarde esperándola en compañía de la portera, en cuanto comprobé que había salido ya del hospital, porque le habían dado el alta. El señor Garcerán y yo teníamos motivos para pensar que usted se hallaba en peligro y él fue a hablar con Ballesteros mientras yo intentaba localizarla. Debió llegar usted a su casa cuando fui al bar de la esquina a tomar un bocadillo, porque cuando regresé la portera me dijo que ya había vuelto usted y que se encontraba en casa. Subí y llamé al timbre, pero no me abrió nadie y entonces la estuve llamando por el móvil, dando por supuesto que no abría porque tenía miedo. Luego di un paseo para hacer tiempo. Cuando volví de nuevo al portal fue cuando me encontré con a Jaime Robledo y juntos vinimos a buscarla al teatro.

—Así que fue usted quien llamaba al timbre esa noche—comentó Marina dedicándole una sonrisa de agradecimiento—. Si lo hubiera sabido... Me asusté terriblemente al oír el timbrazo. Creí... creí que era ella.

Su bonito semblante se ensombreció.

—Pensar que lo planeó todo fríamente. ¿Qué clase de mujer es? Puedo encontrar alguna disculpa para lo que le hizo a Claudio. Él le hacía la vida imposible, la maltrató aquella tarde arrojándola por las escaleras y hubiera tratado de impedir por cualquier medio que le dejase. ¿Pero y lo demás? Hubiera permitido que, en lugar de ella, Arturo cargara con el crimen, si no lograba atribuírselo a Marcela. Liquidó a Paco, que era un pobre hombre, agredió seriamente a su criada, que ha tardado meses en reponerse, y por dos veces estuvo a punto de liquidarme a mí. Sé, señor Garcerán, que ella quiere que la defienda usted en el juicio. ¿Se ocupará de su caso?

Atila desvió los ojos para fijarlos en un punto indefinido y meneó negativamente la cabeza.

— No— musitó.

No llegó a explicar el motivo, porque en ese momento apareció en el escenario el guarda que vigilaba la puerta de actores del teatro. Al llegar junto al telón lateral izquierdo se detuvo, claramente intimidado por la presencia del empresario, al que se dirigió.

— Don Leónidas, hay un grupo de gente ahí fuera que quiere saludarle. ¿Qué les digo? Creo que son periodistas o algo así.

El aludido contestó con algo semejante a un graznido y el guarda paseó entonces su mirada por el resto de los presentes.

— También hay una señora que pregunta por el señor Bernal. ¿Hay alguien aquí que sea el señor Bernal?

Rogelio se puso en pie de un salto y cogió a Atila por un brazo, dando la reunión por terminada.

— Sí, soy yo. ¿Dónde está esa señora?

Atila supo de quien se trataba, antes de verla, esperando en el pasillo, entre un gentío que se empujaba y la empujaba. Pese a aquel barullo ensordecedor, le pareció que estaban solos en aquel pasillo lúgubre, que de improviso había dejado de ser lúgubre. Ni siquiera reparó en que tenía a su lado a Rogelio que intentaba disimular una sonrisa socarrona. Solo la vio a ella y, pese al aplomo que era su característica más acusada, experimentó una incontenible timidez. La misma que debía de sentir ella, que le miraba cohibida, intentando sonreír.

— He venido a ver la obra— musitó ella, como si no fuera obvio que se encontraba en el teatro por ese motivo—. Me ha parecido magnífica. ¿Os ha gustado?

— Muchísimo— articuló a duras penas Atila, a quien su hermosa voz de barítono le salió de la laringe algo temblona—. No sabía que ibas a venir.

— No, claro— dijo ella, que tontamente añadió—: ¿Cómo lo ibas a saber?

— Podía habérmelo dicho tu sobrino— replicó él, aún más tontamente.

— Sí, claro— repitió Violeta, azaradísima—. ¿Pero no te lo ha dicho...?

— No, no me ha dicho nada.

De improviso rompieron a hablar los dos al mismo tiempo.

— Quiero recordarte... empezó ella.

— En cuanto a tu exposición... —la interrumpió Atila— mándame la invitación y puedes contar conmigo, porque asistiré. Es la semana próxima, ¿verdad?

— Sí. ¿Te lo permitirán los mil asuntos legales que debes llevar entre manos?

En ese momento no recordaba Atila ni le importaban lo más mínimo los clientes que pudiera tener citados para la tarde del viernes. En realidad ni siquiera sabía si tenía citado alguno y como no lo sabía, dijo lo primero que se le ocurrió.

— Ya he previsto con anticipación tomarme esa tarde libre. Tu exposición es lo primero.

Sin querer creer lo que oía, Rogelio se le quedó mirando con la boca abierta. Lo primero para Atila era su trabajo o lo había sido hasta ese momento. ¿Qué mosca le habría picado? ¿Habría olvidado además el número de visitas que acudirían al despacho esa tarde? Intentó decírselo, aunque infructuosamente.

— Pero don Atilano, ¿se ha olvidado de la sonámbula que está acusada de matar a su suegra mientras dormía? ¿Y de la acusación particular a los ladrones de la joyería de...?.

— Que sí, Rogelio, que sí— le interrumpió el otro sin escucharle—. Tal y como quedamos el otro día, a todas esas personas las recibirás tú el viernes.

— Pero...

— Pero nada. Los recibirás tú.

Violeta sonrió, con la misma sonrisa de antaño.

— Creo que te gustarán mis cuadros, Atila. Sobre todo hay uno que... Es mi preferido y... Es un paisaje del parque del Retiro. ¿Te acuerdas? A lo mejor no te acuerdas de que, cuando éramos estudiantes, paseábamos por las tardes por el Retiro. ¿Te acuerdas de que...?.

Atila no llegó a saber qué le había contestado. ¿Que si se acordaba? ¿Cómo podía la muy boba preguntarle esa tontería?

www.ingramcontent.com/pod-product-compliance
Lightning Source LLC
Chambersburg PA
CBHW071629260626
47170CB00001B/28